KB166305

을 유 세 계 문 학 전 집 · 5

# 로빈슨 크루소

# 로빈슨 크루소

## ROBINSON CRUSOE

대니얼 디포 지음 · 윤혜준 옮김

❖ 을유문화사

옮긴이 **윤혜준**

한국외국어대학교 영어과와 서울대학교 대학원 영문과를 졸업하고, 뉴욕주립대학에서 영문학 박사 학위를 받았으며, 한국외국어대학교 영어학부 교수를 거쳐 현재 연세대학교 영문과 교수로 재직 중이다. 다수의 학술 논문 및 저서 외에 장편소설 『비발디풍 어머니』, 『우르비노의 비너스』, 연작시집 『청담동의 페트라르카』가 있다. 옮긴 책으로 『올리버 트위스트』가 있다. 『올리버 트위스트』는 2006년 영미문학연구회에 의해 최고의 번역본으로 선정되었다.

**을유세계문학전집 5**
로빈슨 크루소

발행일·2008년 7월 20일 초판 1쇄 | 2023년 3월 30일 초판 13쇄
지은이·대니얼 디포 | 옮긴이·윤혜준
펴낸이·정무영, 정상준 | 펴낸곳·(주)을유문화사
창립일·1945년 12월 1일 | 주소·서울시 마포구 서교동 469-48
전화·02-733-8153 | FAX·02-732-9154 | 홈페이지·www.eulyoo.co.kr
ISBN 978-89-324-0335-9 04840  978-89-324-0330-4(세트)

# 차례

요크 출신 뱃사람 로빈슨 크루소의 생애와

이상하고도 놀라운 모험


대니얼 디포

나는 1632년에 요크 시에서 태어났는데, 집안은 괜찮은 편이었으나 원래 그 지역 출신은 아니었으며, 아버님은 브레멘에서 온 외국인이었는데 처음엔 헐*에 정착했다가 장사를 해서 쓸 만한 재산을 모은 다음엔 사업을 그만두고 이후에 요크에서 사시다 거기서 어머니와 결혼하셨는데, 외가 쪽은 그 지역의 제법 괜찮은 집안으로 성이 '로빈슨'이라, 내 이름을 '로빈슨 크로이츠네'라고 지으셨던 터, 하지만 영국에서는 늘 그렇듯 말의 원음이 변질되어 우리 집 성은 남들이 부르는 대로 그냥 '크루소'로 쓰기로 했으니, 내 동료들은 나를 늘 이렇게 불렀다.

　내 위로는 형이 둘 있었는데, 큰형은 플랑드르에서 전에는 그 유명한 로카트 대령*이 지휘하던 영국 보병대 중령이었지만, 됭케르크 전투에서 스페인 군대와 싸우다 전사했으며, 둘째형은 어디서 뭘 하는지 통 모르고 지냈고, 그렇기는 우리 부모님이 내 소식을 모르고 지내신 것과 마찬가지였다.

나는 우리집의 셋째아들로 특별한 직업 훈련도 받은 것이 없는 터라, 내 머리는 아주 일찍부터 온갖 잡념들로 꽉 차기 시작했었으니, 아버님은, 벌써 나이가 많이 드셨지만, 가정교사와 시골 중등학교에서 배울 수 있는 수준에서는 제법 신통한 교육을 시켜주셨고, 나를 장차 법조계 쪽으로 보낼 작정이셨던 바, 하지만 나는 배 타고 바다로 가는 것 말고는 그 무엇이건 흡족해하질 않았고 이런 의향 때문에 아버님의 의지, 아니 명령과도 강하게 맞부딪쳤고 어머니나 그 밖의 다른 친지들의 간청과 설득을 완강히 거부하였으니, 아마도 내게 닥칠 그 불행한 삶으로 직행하게 하는 무슨 숙명 같은 것이 타고난 내 기질 속에 있었던 모양이다.

아버님은 점잖고 현명한 분이셨으므로, 내 계획이 뭔지 내다보시고는 나를 말리려고 진지하면서도 훌륭한 훈계의 말씀을 해주셨다. 아버님은 통풍(痛風)으로 관절염을 앓고 계셔서 잘 움직이질 못하시는지라 어느 날 아침 서재로 나를 불러 이 문제에 대해서 아주 강한 어조로 타이르셨으니, 아버님께서 물으시기를, 아버님의 집과 조국을 떠나지 않고 남아 있으면 당신이 알아서 일자리를 마련해 주실 것이고, 열심히 부지런하게 살다 보면 내 신세가 활짝 펴서 안락하고 즐겁게 인생을 살 수 있는 전망이 있건만 도대체 이걸 다 버리고 떠나려는 게 순전히 이곳 저곳 떠돌아다니고 싶은 기분 때문이 아니라면 무슨 이유가 있겠느냐고 하셨다. 덧붙여 말씀하시기를, 배를 타는 모험을 감행하는 자들은 아주 가망 없는 팔자를 타고났거나 아니면 월등하게 팔자가 넉넉한 사람들로서, 투기 심리로 모험을 통해 팔자를 고치거나 아니면 남들이 하지 못하는 비범한 일을 시도해서 유명해지려는 경우들인 법이지만, 이들에 비하면 내 처지는 한쪽보다는 너무 아래이고 다른 쪽보다는 너무 위인 터, 이는 중간 계층 내지는 평범한 서민층 중에서 상류 계층이라고 할 만한 위치라, 이 중간 계층의 삶이란 게 아버님 당신이 오랜 경험을 통해 깨달은 바, 노동하는 부류들처럼 궁핍함과 역경이나 힘든 노역에 시달리지 않으면서도 상류층처럼 오만이나 사치, 야심, 시기심으로 인한 불편한 마음을 갖지 않아도 되니, 그야말로 이 세상에서 인간이 행복을 누리기에 가장 적합한 최상의 위치라고 하셨다. 그리고 말씀하시기를, 이 중산층이 얼마나 행복한 것인지는, 한 가지 사실, 즉 이런 처지를 다른 모든 계층의 사람들이 부러워한다는 점만 보아도 수긍할 것인즉, 왕들도 위대한 존재로 태어난 데서 생기는 온갖 불행함을 한탄하며, 비천함과 고귀함의 두 상반된 계층 사이 중간 계층의 신분으로 세상에 나왔으면 하고 바라는 일이 흔하니, 지혜로운 솔로몬 왕도 빈곤이나 부귀 모두 피할 수 있기를 기도하면서, 이것이 진정한 행복의 올바른 기준임을 증언했다*고 하셨다.

아버님은 내게 생각을 좀 해보라며 말씀하시기를, 인생의 재난이란 상류층과 하류층이 나눠 갖는 것이어서, 중간 계층은 불행한 일을 가장 적게 당하며, 상류 계층이나 하류 계층처럼 급격한 변화에 시달리지 않으니, 한쪽은 타락한 삶이나 지나친 사치 때문에, 다른 한쪽은 힘든 노동에다 생필품이 모자라고 먹는 것도 형편없고 부족하기에 사는 방식 자체의 자연스런 결과로 질병을 앓게 되지만, 중간 계층은 신체나 정신의 질병이나 불안 때문에 고생하는 일이 별로 없는 법인즉, 중산층의 삶은 온갖 미덕과 온갖 낙을 누리기에 딱 맞도록 계산된 것이라, 절제와 검소함과 평온함과 건강과 교제 및 기타 모든 적절한 오락들, 모든 바람직한 쾌락이 이에 수반되는 축복이요, 평안함과 풍족함이 부리는 종처럼 중산층을 섬기는 것인즉, 이 길로 가면 인생을 차분하고 무난하게 살다가 편안하게 저 세상으로 갈 수 있을 터, 손이나 머리로 노동하느라 갑갑하게 지내거나 일용할 양식을 버느라 노예 같은 삶에 팔려가거나 난처한 형편에 들들 볶여서 영혼의 평안과 육체의 안식을 모두 빼앗기거나, 대사(大事)를 탐하느라 야심에 속이 타 들어가지 않는 이 중산층의 삶에서는 그저 인생을 순탄하게 물 흐르듯 살면서 생활의 쓴맛은 빼고 달콤한 기쁨만 맛보면서 행복을 느끼며, 하루하루 경험을 통해 더욱 실감나게 행복을 깨닫게 되는 법이라고 하셨다.

그러고 나서, 간곡하며 또한 자식에 대한 지극한 사랑이 담긴 어조로 타일러 말씀하시길, 철부지처럼 굴지 말거라, 원래 태어난 처지대로 자연스럽게 살면 피할 수 있게 돼 있는 고생길로 뛰어들려 하지 말거라, 밥벌이 고생을 할 필요가 없는 형편인데다 넉넉하게 돈을 대 주어 조금 전 여러 말로 권했던 중산층의 삶을 살 수 있도록 노력을 다하겠다. 그래도 만에 하나 내 인생살이가 편하거나 행복하지 못하다면 그것은 순전히 내 팔자거나 내 흠 탓이지, 나한테 해가 될 걸 뻔히 알기에 그런 길로 가지 말라고 경고함으로써 아버지로서 도리는 다한 것이라 아버님 당신은 책임질 일이 전혀 없으리라 하시니, 말하자면 아버님이 이끄시는 대로 내가 맘을 잡고 집에 남아 있으면 꽤나 좋은 것들을 많이 베풀어 줄 거라는 말씀이셨고, 따라서 떠나겠다는 나를 격려함으로써 내 불행에 일조하는 일은 하지 않겠다고 하시면서 마무리 짓기를, 형을 본보기로 삼으라고 하시니, 형에게도 전쟁터가 된 네덜란드에 가지 말라고 오늘처럼 간곡하게 만류를 했건만 뜻을 꺾지 못했고, 젊은 혈기에 군인이 되더니 전사하고 말았지 않았느냐고 하시며, 덧붙여, 나를 위해 기도를 멈추지는 않겠으나 내가 이 어리석은 발걸음을 내딛는다면 하나님이 축복하지 않으실 거라고 감히 단언하는 바이니, 이다음에 내가 불행에서 벗어나도록 도와줄 이가 아무도 없을 때 당신의 훈계를 무시한 결과를 두고 실컷 후회하게 될 거라고 하셨다.

아버님께서 훈계의 이 마지막 대목을 말씀하실 때 보니까, 이것이 아마 아버님 당신은 참된 예언이 되어 버릴 줄은 모르셨을 터이지만, 하여간 그 대목에서 보니까 눈물을 줄줄 흘리시는 것이었는데, 특히 죽은 형 얘기를 하실 때 그랬고, 내가 도와줄 이 아무도 없이 나중에 실컷 후회할 거라고 하실 때도 목이 메어 더 이상 말을 잇지 못하겠다며 말씀을 끊으셨다.

이런 아버님의 훈계에 나는 진심으로 감화를 받았으니, 어떤 아들인들 안 그랬으리요? 그래서 나는 외국으로 갈 생각은 더는 하지 않고 아버님의 뜻에 따라 집에 머물러 있기로 마음을 돌려먹었다. 하지만 그게 며칠이나 갔던가! 결국, 아버님의 끈질긴 만류를 더 이상 듣지 않으려고, 몇 주 뒤에는 아예 아버님 곁을 떠나버리기로 작정했던 것이다. 그렇다고 내가 마음을 먹자마자 후끈 달아서 곧장 행동에 옮긴 것은 아니고, 어머님께 평소보다 기분이 좀 좋으신 듯한 때를 잡아서 말씀드리기를, 내 생각이 온전히 바깥 세상을 구경하는 데 쏠려 있어서, 차분히 마음잡고 사회 생활하기는 아마 절대로 힘들 것이니, 아버님 허락도 받지 않고 떠나도록 억지로 몰아세우시는 편보다는 허락하시는 편이 나을 터, 이제 내 나이가 열여덟 살이라 사업가 밑에 도제로 들어가거나 변호사 서기가 돼서 일을 배우기에는 너무 늦었고, 또 그런다고 해도 연수 기한을 다 채우지 못할 게 분명하니, 연한을 채우기도 전에 도망가서 배를 탈 게 틀림없는 일이라, 그러니 어머님이 아버님께 내가 딱 한 번만 배를 타고 해외로 가는 걸 허락하시도록 말씀해 주시면, 만약 그렇게 해보고서 썩 마음에 들지 않을 때엔 다시 집으로 돌아와 더 이상 떠나지 않을 것이며, 두 배로 더 부지런히 일해서 그간 낭비했던 시간을 되찾을 것임을 약속드린다고 했다.

이 얘기를 듣자 어머님은 크게 화를 내시며 말씀하시기를, 그런 문제로 아버님과 얘기하는 게 아무 소용없음을 잘 알고 있으며, 아버님은 나한테 이로운 게 무엇인지 너무 잘 아시기에 내게 해가 되는 것은 일체 허락하시지 않을 것이며, 아버님한테 이미 훈계를 듣고 난 터에, 게다가 그렇게도 자애롭고 다정하게 말씀하셨음에도 불구하고, 어떻게 그런 생각을 여전히 품고 있을 수 있는지 이해할 수 없다고 하셨다. 결국 어머님의 말씀은 내가 내 팔자를 망칠 작정이라면 어쩔 수 없는 일이지만, 당신이 손수 그걸 거드셔서 아버님은 아닐지라도 어머님은 동의하셨다는 말을 내게서 듣고 싶은 마음은 전혀 없다는 것이었다.

비록 어머님이 나를 대신하여 아버님을 설득하는 일은 거절하셨지만, 나중에 들은 바이지만, 내 얘기를 모두 아버님께 전하니, 아버님은 크게 심려하신 끝에 탄식하며 어머님께 말씀하시기를, 저 아이가 집에 남아 있으면 행복할 수 있겠지만 외국으로 떠나가면 이 세상에 그보다 더 비참한 처지가 되기는 어려울 터이니, 그러기에 도저히 허락할 수 없다고 하셨다고 한다.

이 일이 있은 지 거의 1년쯤 지나 결국에 난 도망하고 말았으니, 그 사이에도 내내, 안정된 일자리를 준다는 제안들을 일체 완강히 못 들은 척하며, 부모님께는 그분들이 아시는 내 기질대로 내가 하고 싶어하는 바를 그토록 완고하게 반대하시지 말라는 설득도 수시로 했었다. 하지만 어느 날 헐에 그냥 별 생각 없이 당시로서는 도주할 뜻은 없이 갔었는데, 같이 갔던 친구 하나가 자기 아버지 배를 타고 뱃길로 런던까지 간다며 뱃사람을 꼬이는 가장 쉬운 미끼, 즉 뱃삯은 안 받을 테니 몸만 가면 된다며 같이 가자고 부추기니, 그만 나는 부모님 의견은 한 마디도 더 물을 생각을 하지 않았을뿐더러 심지어 떠난다는 전갈 한 마디도 안 보내고, 되는 대로 소식을 알아서 들으시도록 내버려둔 채, 하나님이나 아버님의 축복을 빌거나, 형편이 어떠하며 결과가 어떠할지 고려하지 않은 채, 하늘이 아시는 그 불운한 날, 1651년 9월 1일에 런던행 배에 올라탔으니, 젊은 투기꾼의 불행이 이보다 더 일찍 또한 이보다 더 오래 지속된 경우가 어찌 또 있겠나. 배가 험버 강*을 빠져나오자마자 바람이 불기 시작하고, 파도가 몹시도 무시무시하게 치솟으니, 바다로 나가 본 적이 한 번도 없던 나로서는 말할 수 없이 몸이 불편하고 마음은 공포에 사로잡혔으니, 그때야 나는 내가 한 짓에 대해 심각하게 반성하기 시작했고, 아버님의 집을 등지고 자식 된 도리를 저버린 나의 사악함을 이렇게 하늘이 심판하시는 것은 참으로 마땅하다는 생각이 들면서, 부모님의 온갖 선한 충고와 아버님의 눈물과 어머님의 간청이 새삼 마음속에 떠오르니, 내 양심이 아직은 그 후에 변해 버린 것처럼 그렇게 무뎌진 지경이 아니었기에, 충고를 무시하고 하나님과 아버님에 대한 도리를 저버린 책임을 절감했다.

이 와중에 폭풍은 더욱 심해지고 난생 처음 보는 풍랑이 아주 높다랗게 치솟는데, 그 이후, 아니 불과 며칠 뒤에 그보다 훨씬 더 심한 풍랑을 여러 차례 보았지만, 그때는 아직 내가 선원으로서는 초보자였고 이런 상황에 대해 아는 바가 전혀 없었으니 그 정도로도 충분히 충격을 받을 만했다. 나는 매번 파도가 몰려올 때마다 곧 배를 집어삼킬 것을 각오했고, 배가 파도 밑쪽 골로 뚝 떨어질 때는 다시는 올라오지 못하리라고 생각했으니, 이런 심적 고뇌에서 나는 하나님이 혹시 이번 여행에서 한번만 나를 살려주실 뜻이 있으시다면, 내가 다시 뭍에 발을 디디게 될 수만 있다면, 곧장 아버님께로 돌아갈 것이고 살아 있는 동안 두 번 다시 배에 발을 들여놓는 일이 없을 것이며, 아버님의 충고를 받아들여 이런 비참한 처지에 나를 내던지는 일이 다시는 없을 거라고 숱하게 맹세하고 또 결심했다. 이제야 나는 중산층 생활에 대한 아버님의 말씀이 얼마나 옳은지, 또한 아버님께서 바다에 떠서 폭풍우를 만나고 육지에 내려서 고생을 하신 적 없이 얼마나 한평생을 안락하고 편안하게 사셨는지 명백하게 깨달았고, 진심으로 뉘우치는 탕자처럼 아버님의 집으로 돌아가리라고 다짐했다.

이렇듯 현명하고도 건전한 생각이 폭풍이 계속되는 동안 이어졌고, 그 후로도 얼마간은 그러했었는데, 다음날 바람이 잦아들고 바다가 차츰 잠잠해지자 조금 덤덤해지기 시작했으나, 그래도 다음날 하루 종일 배 멀미에 좀 시달리기도 했기에 매우 엄숙한 기분이었는데, 하지만 밤이 되면서 날씨가 좋아지고 폭풍이 완전히 그치자 매혹적으로 상쾌한 저녁 하늘이 이어져서 맑은 하늘로 해가 졌다가 또 다음날 아침에도 맑은 하늘에 떠오르며, 바람이 약하거나 거의 부는 듯 마는 듯 부드러운 바다에 태양이 내리쬐니, 이제껏 그처럼 멋들어진 광경을 본 적이 없다는 생각이 들었다.

그날 밤은 잠도 잘 잤고 이제 배 멀미도 더 이상 하지 않아 상당히 유쾌한 기분으로, 그 전날 그토록 험하고 끔찍했던 바다가 어쩌면 얼마 지나지 않아 이토록 잔잔하고 상쾌해질 수 있는지 의아해하며 바다를 바라보고 있었다. 그런데, 행여나 나의 선한 다짐이 흔들리지 않고 유지될까 봐, 나를 유혹해 낸 바로 그 동료가 내게 와서는 어깨를 툭 치며 말하기를, "어때, 봐, 지나고 나니 좀 견딜 만해? 간밤에 보나마나 너 진짜 무지 겁먹었을 거야, 그냥 한바탕 난리치고 가버리는 바람이었지만"이라고 하니, 나는 "뭐? 그게 한바탕 난리치고 가버리는 바람이라고? 무시무시한 폭풍이었잖아"라고 되묻자, 이 친구의 대답은 이러했다. "폭풍이라니, 원, 이런 바보, 그걸 폭풍이라고 부르다니, 그건 아무것도 아니야, 괜찮은 배랑 항로만 넉넉히 열려봐라, 그 따위 돌풍을 우리야 대수롭지 않게 여기거든, 하긴 봐, 넌 아직 신출내기 선원이니 그럴 만하겠지만. 하여간 가서 술판이나 벌이자고, 그러면 다 잊어버릴 테니. 야, 지금 바다가 진짜 매력적이지 않냐?" 내 자서전의 이 슬픈 대목을 간략히 넘어가자면, 우리는 뱃놈들이 늘 하던 대로 술판을 벌였고, 나는 술에 취해서 그날 하룻밤 치의 사악함 속에 나의 뉘우침이며 내 과거 행적에 대한 온갖 반성이며 미래에 대한 다짐이며를 모조리 다 술통에 빠뜨려버렸다. 한 마디로, 폭풍이 물러가서 바다의 수면이 다시 순탄해지고 평온함을 되찾자, 서둘러 뉘우칠 거리도 사라지고 바다가 나를 삼킬 거라는 두려움과 걱정도 잊게 되자, 이전의 내 욕망의 물살이 다시 흘러드니, 내가 비통한 상태에서 다짐했던 맹세와 약속은 까맣게 잊어버리고 말았다. 물론 때때로 반성하지 않은 것은 아니고, 진지한 생각들이 말하자면 다시 돌아오려고 애를 쓴 셈이지만, 나는 이를 모두 떨쳐버렸으니 마치 무슨 병을 앓다가 회복되는 듯 그런 생각에서 깨어났던 것이며, 술에 빠지고 동료들과 어울리며, 내가 그때 쓴 표현을 쓰자면 이런 '발작'이 돌아오지 못하게 억누르자, 한 대엿새도 되지 않아 양심을 완벽히 누르고 승리하였고 이에 양심에 시달리지 않기로 작정한 젊은 축들이라면 누구나 바랄 만한 상태에 이르렀는데, 하지만 나는 또 다른 시련을 겪게 되어 있는 몸이라 이런 경우에 대개 그렇듯이 하나님은 내게 변명의 여지를 일체 남겨 두지 않는 쪽으로 섭리하시기로 결정하셨던 것이다. 이는, 내가 이번 일을 구원의 계제로 삼지 않을 때엔 그 다음번 상황은 워낙 극심해서, 양심이 있는 대로 무뎌지고 지극히 못돼 먹은 자라도 그것이 얼마나 위험했으며 거기서 건져주신 은혜가 얼마나 큰지 고백하고 말 정도가 될 것이기 때문이다.

바다에 나간 지 6일째 되는 날에 우리는 야머스* 정박지에 도착했는데, 바람이 역풍인데다 날씨도 잔잔해서, 폭풍 이후엔 별로 항해에 진전이 없었던 것이다. 여기서 우리는 한 7, 8일 동안 바람이 역풍, 즉 남서풍이 불어서 닻을 내리고 정박해 있을 수밖에 없었는데, 강을 타고 내륙으로 들어갈 바람을 기다리는 항(港)이 이곳이라서 뉴카슬에서 온 배들*이 여러 척 함께 정박해 있었다.

여기서 우리는 그렇게 오래 머무르지 말고 물때를 맞춰 강을 따라 올라갔어야 했지만, 바람이 몹시 세차게 불어 오다가 그친 지 4, 5일이 지난 뒤부터는 더욱 거세게 불어 대니 별 도리가 없었다. 그렇지만 이 정박지가 항구나 마찬가지라고 생각했고, 닻줄이 아주 단단해서 닻을 확실히 내려놓았으니 위험하다는 생각은 전혀 하지 않고 뱃사람들이 으레 그러듯 느긋하게 즐기며 소일했는데, 그러나 8일째 되는 날 아침이 되니 바람이 더 거세져서 우리는 모두 힘을 합쳐 중간 돛을 내리고 배의 곳곳을 샅샅이 점검하여 배가 안전하고 튼튼하게 정박해 있도록 했다. 정오가 되자 파도가 제법 높아져서 갑판이 물속에 잠겼다가 바닷물에 몇 차례나 쓸렸으며, 게다가 한두 번은 닻이 끊어진 줄 알았을 정도로 심해서 선장이 커다란 비상용 닻을 내리라고 명령했고, 그래서 우리 배는 앞쪽으로 닻 두 개를 다 내려놓고 닻줄은 맨 끝까지 풀어 놓은 채 겨우 정박해 있었다.

이때쯤 되자 아주 무섭도록 끔찍한 폭풍이 불어 대니, 나는 노련한 뱃사람들 얼굴에서조차 겁에 질리고 놀란 기색을 역력히 볼 수 있었다. 선장은 비록 배를 보존하는 일에 여념이 없었지만 내 곁을 스쳐 지나며 선실을 들락날락거릴 때마다 여러 차례, "주여 우리에게 긍휼을 베푸소서, 우린 이제 모두 끝장날 지경입니다, 다 망할 지경입니다!" 등의 혼자 소리를 가만히 되뇌는 것을 들을 수 있었다. 처음 비상 조치가 취해지는 동안 나는 멍하게 배 뒤쪽의 내 선실에 가만히 누워 있기만 했었고 말로 형언하기 어려운 어중간한 심정이었으니, 처음의 참회하던 태도로 다시 돌아가자니 쉽지 않은 것이 그런 심정을 완전히 짓뭉개 버리고 마음을 꽉 닫아 놓았던 까닭인데, 아무튼 비통하게 죽음을 각오할 지경에서는 벗어나 있고 첫 번째 폭풍 때보다는 나을 것이라고 생각했다. 하지만 선장이 방금 말한 대로 내 곁을 지나치며 우린 모두 끝장날 판이라고 하니 심한 공포에 사로잡혔고, 선실에서 나와 밖을 보니 그렇게 암울한 풍경은 일찍이 본 적이 없었으니, 파도가 산더미처럼 솟아올라 3, 4분마다 우리를 내리덮치는데 주위를 둘러보니 사방엔 온통 곤경에 처한 모습뿐이고, 우리 배 가까이에 정박해 있던 배 두 척은 화물을 가득 싣고 있던 터라 돛대를 완전히 뱃전에 내린 상태인데, 우리보다 1마일 정도 앞에 정박해 있던 한 척이 침수되어 기울었다고 선원들이 외치고 있었다. 다른 배 두 척은 닻이 풀어져 정박지를 벗어나서는 돛대가 하나도 서 있지 않은 상태로 큰 바다로 떠내려가 목숨을 걸고 표류하는 중이었다. 가벼운 배들은 무게로 인한 고초가 덜 하므로 제일 처지가 나은 편이었지만, 그래도 한두 척은 보조 돛만 편 채 바람에 밀려 우리 배 가까이 스쳐 지나갔다.

저녁이 가까워 오자 항해사와 갑판장이 앞 돛대를 눕히게 해 달라고 선장에게 간청했으나, 선장은 영 내키지 않아하는 기색이었지만 갑판장이 만약 그렇게 하지 않으면 배가 기울어 가라앉을 거라고 항의하자 동의를 했고, 이에 앞 돛대를 눕히자 중심 돛대가 너무 불안하게 서 있는 상태라 배가 심하게 흔들려 그것마저 눕힐 수밖에 없었으니, 이제 갑판은 완전히 평평해져 버렸다.

이런 와중에 아직 배를 타본 경험이 없고 또 불과 며칠 전에 그토록 겁에 질렸었던 내가 어떤 상태였을지는 누구든 쉽게 짐작할 수 있을 것이다. 그러나 오랜 세월이 지난 지금 그 당시 내 생각이 어떠했는지 표현할 수 있을지 모르지만, 그때 나는 내가 처음에 가졌던 죄책감, 그리고 처음에 했던 결심을 사악하게 버리고 돌아선 데 대한 마음의 공포가 죽음 그 자체에 대한 공포보다도 열 배는 더 심했던 바, 여기에 폭풍우에 대한 두려움이 겹치니 내 상태는 무슨 말로 형언하기 어려운 지경이었다. 하지만 최악의 사태가 지나간 것이 아니었고, 폭풍이 계속해서 사납게 몰아치니 선원들도 이렇게 심한 폭풍은 겪어 본 적이 없다고 할 정도였다. 우리 배는 든든했으나 짐을 가득 실어서 파도에 허우적대고 있었기에 선원들이 이따금 배가 기울려고 한다고 외치곤 했다. '배가 기울다'라는 게 정확히 어떤 상황을 말하는 것인지 물어봐서 대답을 듣기 전에는, 잘 몰랐다는 게 내게는 유리한 면도 있었다. 그러나 폭풍이 어찌나 지독했던지 흔히는 보기 어려운 광경을 보았으니, 선장, 항해사, 갑판장, 그리고 나머지 선원 중 좀 지각 있는 축인 사람들은 모두 기도를 드리고 있었는데, 곧 배가 가라앉을 것이라고 각오한 모양이었다. 한밤중에는 우리의 온갖 고난에다 덧붙여서, 선원 한 사람이 배 밑을 점검하러 내려가 보더니 구멍이 나서 물이 새기 시작했다고 소리를 치는데, 또 다른 선원은 배 밑에 물이 4피트까지 찼다고 했다. 그러자 모두에게 배수 작업 동원령이 떨어졌다. 바로 이 말을 듣고 나는 마치 심장이 멈춰 버리는 것 같다는 느낌이 들면서 침상에 앉아 있다가 바닥에 자빠지고 말았다. 하지만 사람들이 나를 깨워 놓으며 하는 말이, 지금까지는 아무 도움도 안 됐지만 배수 작업은 남들처럼 하지 못할 게 뭐가 있냐고 하니, 이 말에 나도 몸을 일으켜서 배수 작업에 꽤 열심히 동참했다. 작업 도중에 가벼운 석탄 운반선 한 척이 폭풍을 견디지 못하고 바다로 떠내려가야 할 형편에 처해 우리 배 가까이에 밀려오자, 선장은 조난 신호용 대포를 쏘도록 명령했다. 나는 이게 어떤 의미인지 전혀 몰랐기에 배가 두 동강이 났든지 아니면 무슨 끔찍한 일이 벌어진 줄 알고 몹시 놀랐다. 말하자면, 나는 너무 놀라서 기절해 쓰러지고 말았던 것이다. 이때 정황이 각자가 자기 목숨만 걱정하기에도 벅찬 터라, 아무도 내가 어떻게 됐는지 염려해 줄 형편이 아니었고, 대신 다른 사람이 아마 내가 죽은 것으로 생각했는지 나를 발로 한쪽에다 밀어 놓고 그냥 누워 있게 놔둔 채 내 자리로 와서 배수 작업을 계속했는데, 시간이 제법 흐른 뒤에야 다시 정신이 돌아왔다.

다들 계속 작업에 나섰지만 배 밑으로 점점 물이 차올랐고 배가 기울 것이 분명해 보였는데, 이제 폭풍은 좀 잠잠해지긴 했으나 우리 배가 떠다니다 항구에까지 이르기는 불가능한 형편이라, 선장이 구조 요청 신호로 대포를 계속 쏘자, 바로 앞쪽에 닻을 내리고 있던 소형선박이 우리를 구조하기 위해 구명 보트를 보내려고 했다. 보트가 우리 쪽으로 가까이 오는 것도 몹시 위험천만한 일이어서, 우리가 그 보트에 타거나 우리 배 옆에 나란히 보트를 대는 것도 여의찮았고, 그러다가, 마침내 그 보트 선원들이 힘차게 노를 저어 자기 목숨들을 걸고 우리 목숨을 구해 주려 하니, 우리 배의 선원들도 배 뒤쪽 너머로 로프에 부표를 달아 던진 다음 최대한의 길이로 늘어뜨렸고, 그 보트 선원들이 막대한 노력과 위험을 감수한 끝에 로프를 붙잡자 우리 배 쪽으로 가까이 끌어다 놓고서는 모두 구명 보트로 내려갔다. 보트에 탄 뒤에 보니까 다시 그네들의 배에 근접한다는 것은 피차간에 생각해도 별 소용이 없는 노릇이라, 그냥 보트를 타고 떠다니다가 가능한 한 해안에 가까이 다가가 보기로 모두 뜻을 모았고, 우리 배의 선장은 이들에게 약속하기를, 만약 보트가 상륙하면서 구멍이 나 망가지면 그쪽 선장에게 보상을 해주겠다고 하니, 그냥 떠 있기도 하고 또 노를 젓기도 하면서 해안을 향해 북쪽으로 떠밀려 윈터튼 곶*까지 흘러 내려갔다.

우리가 배를 떠난 지 15분도 채 되지 않아 배가 가라앉는 게 보였는데, 그때 나는 배가 바다에서 기운다는 말이 무엇을 뜻하는지 처음으로 알게 되었지만, 그래도 솔직히 말한다면, 배가 가라앉는다고 선원들이 말할 때 차마 눈을 뜨고 그걸 바라볼 용기는 나지 않았으니, 나를 보트에 집어 넣은 (내가 알아서 들어갔다고 하긴 어려우니) 순간부터, 한편으론 겁에 질려 있고 또 한편으론 아직도 나한테 닥칠 일들을 생각하며 공포감에 사로잡혀, 말하자면 심장이 얼어붙은 듯한 상태였던 것이다.

우리가 이런 지경에 빠져 선원들이 배를 해안 가까이에 대려고 애를 쓰고 있었는데, 보트가 파도를 타고 치솟을 때 보니, 해안을 따라 많은 사람들이 뛰어다니면서 우리가 근접하면 도울 차비를 하고 있었다. 하지만 우리는 아주 느릿느릿 뭍으로 다가갔고, 이내 기슭에 닿질 못하다가, 윈터튼 곶의 등대를 지나 해안이 서쪽 방향의 크로머로 굽어드는 데 이르러 육지가 격한 바람의 기세를 좀 꺾어주니 그때야 그쪽으로 접어 들어갔고, 여전히 난관이 만만치 않았으나 모두 육지에 무사히 내린 다음, 도보로 야머스까지 갔다. 야머스에 가니 우리를 조난당한 사람들로 여겨 인정이 넘치는 대접을 받았으니, 도시의 유지들이 우리가 머물 좋은 처소를 마련해 주었고 몇몇 상인과 선주들은 돈까지 충분히 줘서 런던이건 헐이건 각자 원하는 대로 돌아갈 수 있게 해주었다.

그때 내가 정신을 차려서 헐로 돌아가 그 길로 집으로 갔다면 행복했을 터인데, 아버님은 예수님의 예화대로 귀감이 될 만한 분이시기에 나를 위해 살진 송아지를 잡아 잔치를 여셨을 것이나,* 아버님은 한참 후에야 나를 싣고 떠난 배가 야머스 정박지에 버려져 있고 내가 익사하지 않았다는 확실한 소식을 들으셨다.

그러나 내게 닥친 액운은 이제 아무것도 막을 수 없이 완악하게 나를 밀어붙였으니, 몇 차례 나의 이성과 보다 차분한 판단력이 내 안에서 집으로 돌아가야 한다는 강력한 목소리를 냈으나, 그걸

24

실행할 힘이 없었다. 이것을 뭐라고 설명해야 할지 잘 모르겠고, 이렇게 설명하는 게 자신은 없지만, 어떤 거역할 수 없는 명령이 비밀리에 우리를 스스로 패망의 도구가 되도록 부추겨서 재난을 눈앞에 뻔히 보면서도 그리로 달려가게 하는 것이 아닌가 싶다. 필경 이렇듯 미리 예정된 불행이 나를 기다리고 있어서 피할 길이 없게 되어 있지 않고서야 어찌 나의 가장 깊은 데서 냉정한 이성이 설득하는 목소리와 나의 첫 항해 시도에서 이렇듯 생생하게 마주친 두 번의 교훈을 모두 무시했겠는가.

처음에 나를 부추겨서 내 마음을 돌려놨던 동료는 선장의 아들이었는데, 이제는 나보다 덜 뻔뻔했으니, 야머스에 와서 내게 처음으로 말을 거는데, 시내의 다른 거처에 서로 흩어져 있었기 때문에 한 2, 3일은 지난 후였지만, 매우 울적해하는 표정으로 고개를 설레설레 저으면서 좀 어떠냐고 안부를 묻고 나서, 자기 아버지에게 데려가 내가 누군지 말씀드리고, 또 내가 그냥 더 먼 항해를 해보려 시험삼아 이번에 같이 배를 탄 것일 뿐이라는 설명을 하니, 그 친구의 아버님은 매우 준엄하고 걱정스런 투로 나를 바라보며 말씀하시기를, "이보게 젊은이, 자네는 이제 바다로 나가는 일은 절대로 있어선 안 되겠네. 이번 일을 자네가 뱃사람이 될 팔자가 아니라는 아주 명백한 증표로 받아들여야 할 거야"라고 하셨다. 그래서 내가, 왜요, 선장님은 이제 더는 바다로 나가지 않으실 참인가요? 라고 하니까, 말씀하시길, "그건 또 별개의 문제일세. 바닷일은 내 천직이고, 따라서 내 의무니까. 하지만 자네는 이 항해를 시험삼아 해본 것인데, 계속 이 길을 고집하면 어떤 결과를 예상할 수 있을지 이번에 하늘이 맛 뵈기로 보여주신 것 아닌가, 우리가 당한 고생도 다 자네 때문인지도 모르겠군, 다시스로 가는 배의 요나 이야기처럼* 말일세"라고 하셨다. 또 이어서, "이보게, 자네 정체가 도대체 무엇인가? 어떤 연유에서 배를 타게 된 거지?"라고 물으시니, 내 이야기를 좀 해드렸는데, 말을 마치자 뜻밖의 흥분에 사로잡혀 하시는 말씀인즉, 나 같은 못된 인간을 자기 배에 들여놓다니, 도대체 자기가 무슨 짓을 한 것인가? 천 파운드를 준다고 해도 절대로 자네랑 다시는 한 배를 타지 않겠다는 것이었다. 이게, 내가 말했듯이, 배를 잃은 충격에 울화가 터져 나온 것이지만, 그 사람이 내게 그런 말을 할 자격은 분명히 없었다. 그렇지만 조금 뒤, 선장은 다시 진지하게 얘기를 건네며 신의 섭리를 시험하여 패망에 이르지 말고 아버님께 돌아가도록 독려하며, 하나님의 손길이 나를 막고 있다는 것을 보지 못하겠냐면서, 이렇게 말을 이었다. "그리고 이보게 젊은이, 내가 분명히 말하건대, 자네가 집으로 돌아가지 않는다면, 어디를 가건 간에, 자네는 재난과 좌절에 부닥치기만 하다가 자네 부친의 말씀 그대로 되고 말 걸세."

이후로 우리는 곧 헤어졌고, 그분의 충고에 대해 나는 대답을 하는 둥 마는 둥했고, 또한 그 뒤로 더는 그분을 만나지 못했으니 어디로 떠나갔는지 알지 못한다. 한편 나는 주머니에 돈을 좀 갖고 있었기에 런던까지 육로 여행을 했고, 가는 도중에도 내내 그랬지만 런던에 가서도 어떤 쪽 인생길로 들어설지, 즉 집으로 돌아갈지 아니면 바다로 나아갈지, 내 속에서 벌어지는 갈등에 시달

26

렸다.

집으로 돌아가는 문제에 관해서는, 지극히 훌륭한 생각들이 이쪽으로 나를 이끌기는 했지만 수치심이 제동을 걸었으니, 이웃들이 나를 얼마나 비웃을까 하는 생각이 즉각 떠올라서 부모님뿐 아니라 다른 사람들도 하나같이 다시 얼굴을 마주 보기가 못내 창피할 것 같았는데, 내 경우도 그렇고 이후에도 늘 주위를 보면, 사람들, 특히 젊은이들의 마음이란 이런 문제를 이성이 이끄는 대로 결정하는 방향과는 다르게 참으로 불합리하고 합당치 않게 흘러가는 법이어서, 다시 말해, 죄를 짓는 것은 창피해하지 않지만 뉘우치는 것은 창피해하고, 의당 어리석은 자들이라고 손가락질당해도 싼 행동은 수치로 여기지 않고 올바른 방향으로 되돌아가는 것은 현명한 사람이란 평가를 받을 뿐인데도 수치로 여기는 것이다.

하지만 나는 한동안 이같이 어중간한 상태로 있었고, 어떤 조치를 취할 것이며 어떤 쪽으로 인생의 방향을 잡을 것인지 확정하지 못하고 있었다. 아무튼 집에 가는 것만은 억누를 수 없을 만큼 꺼려졌던 터였고, 육지에 좀 머물다 보니 내가 겪은 고초에 대한 기억도 점차 사라져 버리니, 그럴수록 돌아가려는 마음을 지지하는 뜻도 아울러 사라져 버렸고, 마침내 그쪽으론 아예 생각을 접어두고 다시 항해할 기회를 살피게 되었다.

나를 처음에 아버님의 집에서 끌어내온 그 액운이, 팔자를 고쳐보겠다는 황당하고 경박한 생각으로 내 등을 떠밀고, 그런 망상을 워낙 강력하게 내 안에 심어 놓아서 옳은 충고나 아버님의 간곡한 부탁과 명령마저도 전혀 귀담아듣지 않게 만든, 바로 그 액운인지 뭔지가 이제 사업 중에서도 가장 불길한 사업을 내 눈 앞에 제시했고, 나는 그만 아프리카 해안을 향해 떠나는 배에 올라탔으니, 뱃사람들의 속된 표현대로 기니(Guinea)행 여행길을 떠났던 것이다.*

매우 불행하게도 나는 이런 모험과 같은 여행을 하면서도 선원으로 배를 타지 않았는데, 만약 그랬다면 보통 때보다 약간 더 힘든 노동은 했겠지만 범선 항해의 규범과 직무를 배울 수 있었을 것이고, 그러다 때가 되면 선장은 못 돼도 항해사나 부선장이 될 만한 자격은 갖출 수 있었을 테지만, 늘 최악의 선택을 하도록 정해진 팔자라서 이 경우에도 마찬가지였다. 주머니에 돈이 좀 있고 근사한 옷을 걸친 몸이라며, 나는 항해에는 전혀 관여하지 않았고 항해술을 배우지도 않았던 것이다.

일단은 운이 좋아서 나는 런던에서 제법 괜찮은 사람들을 만나게 되었는데, 당시에 나같이 빈둥거리면서 할 바를 못 찾던 젊은이들에게는 악마가 대개 일찍이 이런 축들을 잡으려 덫을 놓아 두게 마련이었지만, 다소 드문 일이긴 했으나, 아무튼 내 경우는 그렇지 않아서 런던에서 먼저 알게 된 사람이 기니 연안에 갔다 온 적이 있는 배의 선장이었고, 이 양반이 그쪽에서 제법 재미를 봐서 다시 항해를 떠날 참이던 터라, 내가 당시엔 상냥한 편이었기에 나를 말벗으로 삼기를 좋아해서, 바깥세상 구경을 좀 하고 싶다는 내 말을 듣더니 자기와 같이 항해를 떠나면 내 돈은 전혀 들지 않도록 해주겠다고 했다. 즉, 나더러 자기랑 식사를 함께하는 동반자로 배를 타자는 것이었고, 내가 뭘 좀 투자할 것을 가져간다면 그곳에서 허용되는 장사에 관한 한 최대한의 이윤을 남길 수 있도록 해줄 거라며, 내게 좋은 일이 있을지 누가 아느냐고 했다.

나는 이 제안을 흔쾌히 받아들여 이 선장하고 매우 가까운 친분 관계를 맺었는데, 이분이 정직하고 일처리가 깨끗한 사람이었기에 그를 따라 항해에 나서면서 약간의 밑천을 가져갔었고, 이 선장 양반이 공평하고 성직하게 일을 처리해 준 덕분에 가져간 돈을 제법 많이 불릴 수 있었으니, 나는 선장이 사라고 지시한 대로 쇠붙이나 잡동사니를 한 40파운드 어치 사서 가져갔었다.* 이 40파운드는 나랑 연락이 닿은 몇몇 친척 분들에게서 끌어 모은 돈이었는데, 아마 내 생각에 이분들이 아버님이나 아니면 적어도 어머님한테 대신 얘기를 해서 내 첫 사업의 밑천으로 그만한 돈을 기부해 주도록 하셨을 것이다.

이 항해가 내가 한 모든 모험 중에서 유일하게 성공적이었다고 말할 수 있는 경우인데, 게다가 이것도 내 편이 되어 준 그 선장의 진실되고 정직한 성품 덕분이었고, 이분한테서 나는 항해에 필요한 계산법이나 규칙들에 관한 지식을 제법 써먹을 수 있을 만큼 배울 수 있었으니, 배의 위치를 관측하고 항로를 기록하는 법 등의 배 타는 사람으로서 알아둬야 할 사항들을 이해하게 되었던 것이라, 이는 그분이 내게 이런 것들을 가르치는 것을 기뻐했고 나도 배우기를 기뻐했던 까닭이었고, 그래서 말하자면 이 항해는 나를 항해사이자 상인으로 변신시켜 주었으니, 귀항했을 때 나는 투자한 금액을 사금 5파운드 9온스로 늘렸고 귀국해서 이것을 런던에서 환전하니 거의 300파운드가 되었던 터, 이로 인해 이후 나를 완전히 패망하게 만든 온갖 야심들이 내 머리에 가득 차게 되었다.

그런 한편 이 항해에서조차도 내게 불행이 닥치지 않았던 것은 아니니, 가령 우리가 무역을 한 곳이 주로 북위 15도 위쪽의 해안이나 심지어 적도까지 내려간 지점이었는데, 나는 그쪽 지방의 극심한 더위로 인해 지독한 열사병에 걸려 계속 앓아 누웠던 것이다.

나는 이제 기니 무역상으로 자리를 잡았는데, 나를 도와 주었던 그분이 나로서는 매우 불행하게도 귀항 후 얼마 뒤에 돌아가셨으나, 나는 같은 항로로 다시 항해를 할 결심을 했고, 이전 항해 때 그분의 항해사였다가 이제 선장이 된 사람과 함께 같은 배에 승선했다. 그러나 인간으로서 이보다 더 운이 없는 항해를 할 수는 없었을 것이니, 나는 내가 새로 획득한 부(富)에서 100파운드도 채 갖지 않고 출발했고, 나머지 200파운드를 선장의 미망인이 나로서는 믿을 만한 분이었기에 그 집에 맡겨 두었으나, 그럼에도 이 여행 중에 끔찍한 불행이 잇따라 나를 엄습했으니, 첫 번째 불행은, 우리 배가 카나리아 제도(諸島)를 향해, 아니 보다 정확히 말해서 카나리아 섬들과 아프리카 해안선 사이를 지나던 중에 동틀 무렵 살레 항에서 온 터키 해적선한테 습격을 당한 일로, 해적선은 돛을 모두 올리고 전속력으로 우리를 맹추격해 왔다. 우리도 추격을 따돌리려 활대 길이만큼 또는 돛대가 부러지지 않을 만큼 있는 대로 돛을 폈지만 해적선이 우리보다 빨라서 몇 시간 안에 따라잡힐 것이 분명해 보였으므로 전투 준비를 했는데, 우리 측은 대포 12문이었고 악당들은 18문이었다. 오후 3시경 해적선이 우리 배를 따라잡았고, 그쪽에서 원래 의도했던 대로 우리 배 뒤쪽이 아니라 실수로 우리 배 옆에 비스듬히 배를 대는 틈을 타서, 우리 배의 대포 8문으로 적을 겨냥해 일제히 사격을 하자, 놈들은 대포로 반격을 하며 약 200명 가량의 해적들이 소총 사격을 퍼부은 뒤 후퇴하였다. 그러나 우리 쪽은 모두 안전한 위치에서 대열을 갖추고 있어 부상자가 단 1명도 없었다. 이제 적선은 다시 공격 준비를 하고 이에 맞서 우리는 방어 태세를 갖췄지만, 놈들이 우리 배의 반대쪽 옆면에 배를 대고서 해적 60명이 우리 쪽 갑판으로 넘어오더니 즉각 칼로 돛대 줄을 난도질해 끊어 버렸다. 우리는 총을 쏘고, 창으로 찌르고, 화약통을 굴리는 등, 맹렬히 저항해서 이들을 갑판에서 두 번씩이나 격퇴했다. 그렇지만, 이 자서전의 이 우울한 장면을 한마디로 요약하자면, 우리 배는 못쓰게 되었으며 우리 선원 셋이 사망했고 8명이 부상을 당하니 항복할 수밖에 없었고, 모두 포로로 붙잡혀 모로코 인들의 영토인 살레 항으로 끌려가고 말았다.

거기서 내 처지는 처음에 걱정했던 대로 그렇게 끔찍하지는 않았고, 나머지 동료들과는 달리 나는 황제의 궁전으로 끌려가는 대신에, 해적선 선장이 자기 몫으로 나를 챙겨놓고 개인 노예로 삼았으니, 내가 젊고 민첩한 게 부려먹기에 좋겠다고 생각했던 모양이었다. 이렇듯 내 처지가 사업가에서 졸지에 비참한 노예로 전락한 이 깜짝 놀랄 변화 앞에 나는 완전히 고개를 숙일 수밖에 없었으며, 이제 아버님이 내게 들려주셨던 예언적인 훈계, 즉 내게 불운이 닥칠 것이며, 아무도 나를 구해 줄 자 없을 거라는 말씀을 떠올리자, 드디어 그 말씀대로 이루어졌고 하나님의 손이 나를 치셔서 이제 나는 망하였고 더는 구원받을 길이 없다는 생각이 들었던 것이다. 아, 그러나 곧 이 이야기의 속편에서 볼 수 있듯이, 이는 내가 앞으로 겪어야 할 고초를 약간 맛만 본 것에 불과했다. ·

나는 나의 새 보호자 내지는 주인이 자기 집으로 나를 데려갔듯이 언제이건 그가 다시 바다로 나아갈 때 나를 데려갈 것이고, 그러면 언제이건 필경 그가 스페인이나 포르투갈 전함에 나포될 운명일 터이니, 그때는 내가 자유의 몸이 될 것이라는 희망을 품어보았다. 그러나 이 희망마저 즉시 빼앗기고 말았으니, 그것은 그가 배를 타러 갈 때는 나를 육지에 남겨둬서 자기 정원을 돌보게 하는 등 보통 노예들이 하는 집안일을 하도록 했고, 항해에서 돌아온 후에는 정박한 배의 선실에서 배를 지키는 일을 시켰기 때문이다.

그곳에서 나는 오로지 탈출할 생각과, 어떤 방도로 이를 실행에 옮길 것인가만 생각하며 지냈으나, 매우 희박한 가능성이라도 있는 그 어떤 길도 보이지 않았으며, 탈출을 가정하는 것 자체가 합리적일 수 있을 그 어떤 여지도 찾아볼 수 없었으니, 동료 노예라고는 영국인이건 아일랜드 인이건 스코틀랜드 인이건 단 한 사람도 없이 나 혼자뿐이라, 나는 함께 도주할 동료로서 뜻을 나눌 대상이 하나도 없었으며, 그래서 2년간 탈출을 상상 속에서는 즐길 수 있었으나, 이를 감행할 용기를 낼 만한 일은 전혀 생기지 않았다.

한 2년 뒤에 좀 묘한 상황이 벌어져서 나는 자유를 찾으려는 시도를 하겠다는 처음 생각을 되살리게 되었으니, 내 보호자가 평소보다 더 오래 집에 머물면서도 출항 준비를 하지 않았는데, 그게 내가 듣기로는 자금이 부족해서였다지만, 어쨌건 계속 1주일에 두 번 아니면 날씨가 맑을 때는 더 자주 배에 달린 중형 보트를 타고 앞바다로 낚시를 나갔고, 이때마다 늘 나와 젊은 마레스코*에게 노를 젓게 하였으며, 우리는 주인의 비위를 잘 맞추었고 내가 물고기를 곧잘 잡아 올리니, 이걸 보고는 주인은 자기 친척 한 사람과 '마레스코'라고 부르는 그 젊은 친구하고 나를 보내어 물고기를 한판 요리할 만큼 낚아 오도록 시키곤 했다.

그러다가 한번은 아침에 낚시를 나갈 때는 무척 바다가 잠잠했었는데 갑자기 안개가 어찌나 짙게 끼기 시작했는지 연안에서 1.5마일도 나가지 못했는데도 이내 육지를 볼 수 없었고, 도대체 어디로 가는지도 모르면서 무작정 하루 종일 그리고 밤새 노를 저으며 고생했는데, 다음날 동이 튼 후에 보니까 뭍으로 다가가는 대신 바다로 더 멀리 가버려서 육지에서 한 6마일은 떨어져 있었다. 하지만 우리는 비록 말도 못하게 진땀을 뺐고 위험한 순간도 좀 있었지만 바람이 아침에 새로 불기 시작했기에 무사히 귀환하기는 했는데, 무엇보다도 극심한 허기에 시달렸다.

하지만 주인은 이 재난을 경고삼아 앞으로는 좀더 주의를 기울이기로 마음을 먹고, 나포한 우리 영국 배의 대형 보트를 갖다 놓고서, 나침반과 식량을 갖춰 놓지 않고는 낚시를 나가지 않기로 결심했던 터라, 자기 배의 목수에게(이 사람도 영국인 노예였다) 이 대형 보트 가운데다 작은 거실 내지는 선실을 짓도록 시켰으니, 마치 바지선의 선실처럼 뒤에 서서 배 방향을 잡고 중심 돛을 거둬 둘 공간을 남겨두고, 앞쪽으로는 한두 사람이 서서 돛을 움직일 수 있도록 해놓았다. 이 배는 소위 '양고기 어깨살 돛'*이라고 부르는 것을 달고 항해를 했는데, 이 돛대 받침대는 선실 옥상에 쇠고리로 고정돼 있었으며, 선실은 나지막하면서도 매우 아늑해서 그 안에 주인이랑 노예 한둘이 누울 수 있는 자리와 식사용 탁자, 그리고 자기가 마시고 싶은 술병들과 건빵, 쌀, 커피 등을 넣어 둘 수납장이 있었다.

우리는 이 배를 타고 낚시하러 자주 나갔고, 나는 주인한테 고기를 아주 부지런히 잘 잡아줬기 때문에 나를 데리고 가지 않는 법이 없었는데, 어느 날 그는 바로 이 배를 타고 그 동네의 동료 무어 인 유지들 한 두세 사람을 초대해서 같이 뱃놀이를 가려는지 낚시를 가려는지 아무튼 보통 때보다도 더 유별나게 먹을 걸 준비하도록 지시하였고, 전날 밤에 배에다 미리 평소보다 많은 양의 음식물을 갖다 놓도록 했고, 또한 배에 두는 사냥총 세 자루에 쓸 화약과 탄환을 준비해 놓으라고 한 걸 보니, 낚시뿐 아니라 물새 사냥도 즐길 요량이었던 것이다.

나는 그가 지시한 대로 모든 것을 갖추어 놓고, 다음날 아침에 배에 가서 깨끗이 청소를 해놓은 다음, 보트의 신호 깃발들을 높이 올려놓고 손님 맞을 차비를 철저히 하고서 기다렸다. 그런데 얼마 안 있다가 주인이 혼자 배에 올라와서 하는 말이, 손님들이 갑자기 급한 일이 생겨서 뱃놀이를 연기하게 되었으니, 평소 하던 대로 종자와 또 다른 노예를 데리고 배를 타고 나가서 물고기를 낚아 오라고 하면서, 손님들이 자기 집에 와서 저녁을 먹기로 했으니 거기에 쓸 수 있도록 물고기를 잡는 대로 곧장 집으로 가져오라고 명했고, 나는 시키는 대로 할 준비를 했다.

이 순간 이전에 탈출을 꾸미던 생각이 머릿속을 스쳐 지나갔으니, 이제 작은 배 한 척을 내가 지휘하게 될 참이었기 때문에 주인이 가고 난 뒤 나는 낚시나 할 정도가 아니라 긴 여행에 걸맞은 차비를 하였는데, 물론 나는 어디로 항해를 해야 할지 몰랐고 그런 것은 아예 생각도 하지 않았지만 어떻게든 거기서 벗어나는 쪽으로 갈 작정이었다.

내가 가장 먼저 생각해 낸 꾀는 무어 인 노예에게 말을 걸어서, 우리가 주인 먹으라고 갖다 놓은 식량에 감히 손댈 수는 없으니 뭔가 먹을 걸 가져오자고 얘기를 한 것인데, 이 말을 듣고 그는 그 말이 옳다며 건빵을 큼직한 광주리 통째로 가져왔고 마실 물도 세 단지를 들고 왔으며, 나는 생긴 모양으로 보아 주인이 필경 영국배를 덮쳐서 뺏어 온 모양인 술병 박스가 어디 있는지 알고 있었기에, 무어 인 노예가 뭍에 나간 사이에 그걸 배로 옮겨 놓아서, 마치 주인을 위해서 거기에 미리 갖다 놓은 것처럼 보이게 했으며, 또한 무게가 한 50파운드는 되고도 남을 큼직한 밀랍 한 덩어리를 배로 옮겨 놓았고, 실을 둘둘 말아 놓은 것 한 개, 자귀, 톱과 망치를 한 자루씩 갖다 놓았는데, 이 모든 것들이 나중에 매우 쓸모 있었으니, 특히 밀랍으로는 양초를 만들어서 썼다. 무어 인에게 부린 꾀가 또 하나 있었는데 여기에도 그 친구가 순진하게 그대로 넘어갔으니, 그의 이름이 '이스마엘'이지만 다들 '뮬리'나 '몰리'라고 불렀기에, 나도 그자에게 말하기를, 몰리야, 우리 주인님 총이 배 안에 있으니 가서 화약하고 탄알 좀 갖고 올래, 우리끼리 알카미 새(영국의 마도요와 비슷한 새임)나 좀 잡아먹을 수 있게 말이야, 주인이 큰 배 안에 탄약고를 만들어놓은 걸 내가 알고 있으니까, 라고 했던 것이다. 그자는 내 말이 맞다며, 그걸 자기가 좀 가져오겠다고 했고, 그러고는 화약 한 1파운드 반 정도나 그 이상은 들어가 있음 직한 큼직한 가죽 주머니와 탄알이 들어 있는 5, 6파운드 정도는 될 또 다른 주머니를 가져와서는 이 모든 것을 보트에 실었고, 나는 동시에 큰 선실에서 주인이 쓰던 화약을 발견하고는, 이것을 병 박스에서 빈 거나 마찬가지인 큰 병 하나에 담긴 술을 다른 병에 따라 놓고 거기에다 꽉 채워 넣었으니, 이제 필요한 것들은 모두 갖추게 되자 우리는 항구를 벗어나 낚시를 나갔다. 항구 입구에 있는 성곽 초소에서는 우리가 누구인지 알고 있기에 별다른 신경을 쓰지 않았으며, 우리는 항구에서 한 1마일도 채 떨어지지 않은 곳에서 돛을 내리고 낚시를 시작했는데, 바람이 북북동에서 불어오니, 이것은 내가 바란 것과는 정반대 방향인 것이, 남풍이 불면 스페인 해안이나 아니면 카디스 만*까지는 확실히 갈 수 있을 것이기 때문이지만, 바람이 어떻게 불든 간에 내가 묶여 있던 그 끔찍한 장소에서 벗어나는 게 내 결심이었으니 나머지는 운에 맡길 참이었다.

한참 낚시를 했으나 나는 물고기가 바늘에 걸려도 끌어올리지 않아 잡은 것을 눈치채지 못하게 했으므로 아무것도 잡지 못한 게되어, 내가 무어 인에게 이래서는 안 되겠다, 우리 주인을 이렇게 모셔서야 되겠느냐, 좀더 멀리 나가 자리 잡자, 라고 하니, 그도 별

36

문제가 없으리라는 생각인지 동의하여 뱃머리에 서 있던 중이라
돛을 올렸고, 나는 키를 잡고 있었기에 배를 한 3마일은 더 멀리
가게 놔뒀다가 거기서 마치 낚시를 할 듯 배를 정박시켰는데, 나는
아이에게 키를 맡기고는 무어 인이 있는 쪽으로 접근하여 그의 등
뒤에 있는 물건을 집는 척 몸을 구부렸다가 갑자기 달려들어 팔을
비틀어서 바다로 밀어 던져버리자, 그자는 코르크 마개처럼 수영
을 잘했던 터라 즉시 물위로 솟아 올라와서는 배 위로 건져 달라고
애원하며 세상 어디건 나와 함께 갈 테니 살려 달라고 하면서, 배
를 향해 어찌나 힘차게 헤엄쳐 오는지, 더욱이 바람이 별로 불지
않아 배에 곧 닿을 뻔했으나, 나는 그때 선실로 내려가 사냥총 한
자루를 들고 나와 그자에게 겨누며 말하기를, 네가 그냥 가만히 있
으면 해를 입히지 않겠다. 네 수영 실력으로는 육지까지 충분히 갈
수 있고 파도도 잔잔하니 부지런히 해안으로 돌아가면 내버려두
겠지만, 배에 가까이 다가오면 머리에 총알을 박아버릴 것인즉, 나
는 자유의 몸이 되기로 결심한 까닭이라고 했다. 그러자 그는 몸을
돌려 육지를 향해 헤엄을 치기 시작했고, 워낙 수영을 잘했으니 분
명 별 어려움 없이 뭍에 닿았을 것이라 믿는다.

　내가 아이를 물에 빠트리고 무어 인을 데려가는 쪽으로 결정할
수도 있었겠으나 무어 인을 믿는 데에는 위험이 따랐던 것이고,
이제 그자가 사라진 뒤, '쥬리' 라고 부르는 아이 쪽으로 돌아서
서, 쥬리야, 네가 나한테 충성하면 내가 널 훌륭한 사람으로 만들
어 줄 것이지만 네가 나를 배반하지 않겠다고 얼굴을 쓸며 맹세하
지 않겠다면, 즉 "마호메트와 네 아버지의 수염을 걸고 맹세하지

않는다면", 너도 바다에 던져버릴 수밖에 없다, 라고 하자, 아이는 미소를 띠고 나를 쳐다보며 자기는 믿어도 좋다고 지극히 순진하게 얘기하면서 내게 충성할 것과, 나를 따라 세상 어디건 같이 가겠음을 맹세했다.

무어 인이 헤엄쳐 가는 것을 보며 배를 몰아 바다 쪽으로 나아가니, 그것은 바람이 불어오는 쪽을 향해 가는 셈이라 남들이 보면 내가 지브롤터 쪽으로 항해하는 것으로 생각했을 터인데, 누구든 제정신이 있는 사람은 당연히 그랬을 것이니, 남쪽으로 항해하면 완전히 야만인들이 사는 해안으로 향하는 것이라서, 그쪽에서 흑인 종족들이 카누를 몰고 와서 우리를 포위한 후 없애버리거나, 아니면 배를 대고 땅에 올라갔다가는 사나운 짐승들이나 잔인무도한 인간 짐승들에게 잡아먹히기 십상이었던 것이다.

그러나 저녁에 해가 져서 어둑어둑해지자마자 나는 남쪽으로 배를 돌린 다음, 동쪽을 향해 약간 방향을 틀어 해안에서 크게 벗어나지 않고 항해하려 했고, 새로 강한 바람이 불어오는데다 물결은 잔잔해서 순조롭게 항해를 하였는데, 다음날 오후 3시쯤 육지에 가까이 닿았을 때는 살레 남쪽에서 150마일도 채 떨어지지 않은 지점이었을 것으로, 사람 모습은 전혀 보이지 않았으니 이곳이 모로코 황제뿐 아니라 그 어떤 임금의 영역도 벗어나 있는 곳 같았다.

그럼에도 나는 무어 인들에게 붙잡혀서 다시 그자들의 손아귀에 들어가는 게 워낙 두려웠던 터라 배를 멈추거나 뭍으로 올라가거나 닻을 내리지 않았고, 바람이 계속 잘 불어주니 그런 식으로 다섯 날을 더 항해했는데, 이제 바람의 방향이 남쪽으로 바뀌고 나자, 혹시 어떤 선박이건 우리를 추적했다고 쳐도 이제는 포기했으리라는 결론을 내렸고, 그래서 나는 연안에 근접해 보기로 하고 어떤 작은 강 입구에 닻을 내렸으나 거기가 어떤 땅이요 어디인지, 위도가 어떻게 되고 어떤 나라이며 어떤 민족이 살며 그게 무슨 강인지 전혀 몰랐는데, 우리는 마실 물을 얻는 것이 주된 목적이었기에 사람은 전혀 보지 못했고 또한 보고 싶지도 않았다. 우리는 저녁에 강 입구에 다다라서 해가 지자마자 해변으로 헤엄쳐 가서 그 땅을 탐색해 볼 작정이었으나, 어두워지자마자 무슨 종류인지 알 수 없으나 사나운 짐승들이 컹컹 짖고 으르렁거리고 울부짖는 몹시 끔찍한 소리가 들리니, 이 가엾은 아이는 공포에 질려 죽을 지경이 되어서는 다음날 동이 틀 때까지 뭍에 가지 말자고 간청을 했고, 나는 쥬리에게, 좋다, 그럼 안 가겠지만 낮에는 인간들을 볼 수도 있고 그자들은 저 사자들만큼이나 우리한테 위험할 수 있다, 라고 하니, 쥬리는 웃으면서 나한테 노예끼리 서로 쓰던 엉터리 영어로 말하기를, "그러면 총 쏴요, 도망가게 해요"라고 했고, 나는 아이가 기분이 좋아진 것을 보니 반가워서 (주인의 술병 박스에서 한 병을 꺼내) 술 한 모금을 줬는데, 사실 쥬리가 옳은 충고를 했기에 그걸 받아들여, 그날 밤 작은 닻을 내려놓고서는 간밤 내내 가만히 있었는데, '가만히'라는 말이 딱 맞는 것이, 우리는 밤새 한 잠도 자지 못했으니, 한 두세 시간 지나서 그쪽을 보니까(도대체 그걸 뭐라고 불러야 할지 몰랐지만) 어마어마하게 큰 짐승들 여러 가지가 해변으로 내려와 바다로 들어가서는 뒹굴며 시원하게 해수욕을 즐기면서 울음소리와 비명을 질러대는데, 그렇게 끔찍한 소리는 난생 처음이었다.

쥬리는 극심한 두려움에 떨었고 나도 마찬가지였는데, 이 거대한 짐승 한 마리가 배를 향해 헤엄쳐 오는 소리를 듣고는 우리 둘다 더욱더 겁에 질렸으니, 짐승을 볼 수는 없었으나 숨을 내쉬는 소리로 봐서는 무시무시하고 사납고 큼직한 야수임을 짐작할 수 있었는데, 쥬리가 이게 사자일 것이라고 했고 실제 그랬을 수도 있었겠지만, 아무튼 겁에 질린 쥬리가 닻을 올리고 노를 저어 도망가자고 외쳤으나 나는 쥬리에게, 아니다, 그냥 밧줄만 늘려서 부표로 표시해 놓고 배를 떠가게 하면 그렇게 멀리까지 우리를 쫓아오지는 못할 것이다, 라고 말을 하자마자, (뭔지는 모르지만) 이 짐승이 노를 두 번 저으면 닿을 정도의 거리까지 가까이 와 있는 것을 보고 나는 깜짝 놀라 곧장 선실로 내려가 소총을 들고 와서 놈에게 사격을 가하자, 놈은 이내 방향을 바꿔 다시 뭍쪽으로 헤엄쳐 돌아갔다.

하지만 총성이 울려 퍼지자, 해안 끝에서 내륙 안까지 사방에서 짖어대고 울어대는 그 무시무시하고 끔찍한 소리는 말로 형언할 수 없을 정도였으니, 아마도 이걸 보면 이 짐승들은 총소리란 것을 전혀 들어보지 못했다고 추정할 수 있었는데, 아무튼 이 사건으로 인해 이제 밤에 해안으로 올라가는 것은 말이 안 된다고 확신하게 되었으나, 그렇다고 낮에 가보는 것도 문제였던 것이 만약에 야만인들한테 붙잡히게 된다면 그것은 사자나 호랑이한테 잡힌 것만큼이나 나쁜 일일 것이기에, 이들도 짐승들 못지않게 위험하리라는 것을 우려하고는 있었다.

그렇다고 해도 배 안에는 식수가 1파인트밖에 안 남았으니 해안 어디 건 가서 물을 구해 와야만 했는데, 문제는 언제 어디로 가느냐는 거였으니, 쥬리는, 자기한테 단지를 하나 들려 보내주면 물이 있는지 살펴본 후에 떠 오겠다고 했다. 내가 쥬리에게 왜 네가 가느냐, 왜 내가 가고 너는 배에 남아 있으면 안 되느냐고 묻자, 이에 대해 아이가 어쩌나 정에 넘치게 대답을 했는지 이후로 나는 이 아이를 사랑하게 되었다. 쥬리가, "만약 야만 사람 오면, 날 먹어요. 그러면 당신은 가요"라고 하자, 나는, "우리 둘 다 가자, 그래서 만약에 야만 사람이 오면 쏴 죽이면 되고, 그러면 우리 둘 다 잡아먹지 못할 것이다"라고 대답한 후, 쥬리에게 건빵 한 개와 주인의 술병 박스에서 술 한 병을 꺼내 한 모금 마시게 했고, 배를 해변에서 적당한 거리라고 생각한 지점까지 가능한 한 가까이 댄 후에 우리는 물 속으로 걸어가서 해변에 이르렀는데, 총과 물을 담을 단지 두 개만 들고 갔다.

나는 강을 따라 야만인들이 카누를 타고 내려올까 걱정됐기 때문에 보트가 안 보이는 곳까지 멀리 갈 마음은 없었으나, 아이는 내륙 쪽 한 1마일 정도에 있는 저지대를 보더니 그쪽으로 슬슬 걸어가는데, 이내 쥬리가 나를 향해 달려오는 게 보이자, 나는 무슨 야만인들한테 쫓기거나 아니면 무슨 야수 때문에 겁에 질려서 도망쳐 오는가 보다 생각하고 아이를 도우려 달려나갔으나, 가까이 다가가면서 보니 어깨에 자기가 총으로 잡은 짐승을 한 마리 떠메고 오던 중인데, 그게 토끼 같아 보였지만 색깔이 달랐고 다리가 더 길었지만 아무튼 우리는 몹시 반기며 이 짐승을 잡아먹으니 고기 맛도 제법 좋았지만 쥬리가 그렇게 크게 기뻐하면서 뛰어온 이유는 쓸 만한 물을 찾았고 '야만 사람'은 전혀 보지 못했다는 소식을 전하려고 그랬던 것이다.

그러나 나중에 우리는 그렇게 물을 찾느라 고생할 필요가 없다는 것을 알아냈으니, 썰물 때 조금만 개천을 따라 올라가면, 얼마 안 떨어진 곳에서부터 맑은 민물이 흘러온다는 것을 발견했던 것이며, 그래서 우리는 단지에 물을 가득 채우고 잡아온 그 토끼 같은 고기로 한 끼를 잘 먹고 나서 떠날 준비를 하였는데, 그쪽 땅에서 사람 발자국이란 전혀 보지 못했다.

나는 이쪽 해안에 한번 여행했던 적이 있었기에, 카나리아 제도*및 카보베르데 군도*가 이 해안에서 그리 멀지 않으리라는 것을 잘 알고 있었다. 그러나 우리 배가 어떤 위도에 있는지 관측할 도구를 갖고 있지 않으니 알 수가 없었고 여기가 어느 정도였는지 기억도 나지 않았으며, 그쪽으로 가려면 어느 방향을 향해야 하는지, 또한 언제 닻을 올리고 바다 쪽으로 나아가야 할지 알 수 없었으니, 안 그랬다면 이 섬들을 쉽게 발견했을 것이다. 그러나 내가 희망한 바는, 이 해안을 따라가다 보면 영국인들이 무역하는 지역까지 다다를 것이며, 그쪽에서 통상 해오던 거래를 하기 위해 오는 배를 만날 수 있을 것이므로, 그 배들이 우리를 구출해 내서 데리고 가게 되리라는 것이었다.

우리 배의 위치를 곰곰이 추정해 보니, 그곳은 모로코 황제의 영역과 흑인들 영역 사이에 펼쳐져 있는 광활한 땅으로 사람은 살지 않고 야수들만 사는 곳인 것 같았는데, 흑인들은 무어 인이 두려워 이 지역을 버리고 남쪽으로 더 내려갔고 무어 인들은 이 황량한 땅에서 살고 싶은 마음이 없었기에 내버려뒀던 터여서, 양쪽 모두 이곳 사방에 넘쳐나는 온갖 호랑이, 사자, 표범과 여타 사나운 짐승들 때문에 여기를 포기하였고, 무어 인들은 사냥이나 하러 여기에 올 뿐인데, 그때도 군대처럼 한 번에 2, 3천 명씩 떼를 지어서만 다녔고, 실제로 우리가 해안을 따라 한 100마일을 지나는 동안 낮에는 인적이 없는 황무지로만 보였으며 밤에는 야수들이 으르렁거리며 울어대는 소리만 들렸다.

낮 동안에 한 두어 번은 테네리페의 피카, 즉 카나리아 제도 테네리페의 가장 높은 산봉우리로 추정되는 산의 모습을 보고서, 거기에 닿으려는 희망을 품고 한번 그쪽으로 가보려는 시도를 할 생각이 강하게 들어 두어 번 그렇게 해보았으나, 역풍이 불어대고 우리의 작은 배로 가기에는 파도가 너무 높아, 그냥 처음 계획대로 해안을 따라 항해하기로 했다.

그 지점을 떠난 후에 나는 몇 번씩 마실 물 때문에 배를 대야 했는데, 한 번은 아침 일찍 제법 높은 작은 곶 아래에 닻을 내리자 물이 들어오기 시작했기에 우리는 더 들어가지 않고 거기에 머물러 있었는데, 쥬리는 나보다 더 면밀히 주변을 살피고 있었던지 조용히 나를 부르더니, 해안에서 더 멀리 떨어져 있는 게 좋을 것 같다고 하며, 저기를 좀 봐라, 언덕 위 한쪽에 무서운 괴물이 누워서 잠들어 있다고 해서, 쥬리가 가리키는 쪽을 보니 그야말로 무서운 괴물이 있었으니, 겁나게 큰 사자 한 마리가 해안 쪽 기슭에 바로 자기 위쪽으로 솟아 있는 바위 밑 그늘에서 낮잠을 자고 있었다. 나는 쥬리에게, 해안으로 올라가서 사자를 쏴죽이라고 했더니, 쥬리는 겁에 질린 표정으로 말하기를, "나 죽어요! 한 입에 나를 먹어요!"라고 하면서, 자기를 사자가 한 입에 삼킬 거라며 떨고 있었는데, 하지만 난 아이에게 더 이상 아무 얘기를 않고는 가만히 잠잠히 있으라고만 한 후에, 거의 머스켓 총* 급의 우리가 갖고 있던 제일 큰 소총을 꺼내서 화약을 듬뿍 넣고 산탄 총알 두 개를 장전한다음 내려놓고, 또 다른 총에도 총알 두 개를 장전해 놓고, 우리가소총을 세 개 갖고 있었으므로 세 번째 총에 작은 총알 다섯 개를장전해 놓았다. 나는 첫 번째 총으로 머리를 맞히려 조준을 정확히한다고 했으나, 놈이 발 하나를 코 위쪽으로 약간 올리고 누워 있었기 때문에 총알이 무릎 근처 다리에 맞아서 뼈만 부러뜨렸다. 놈은 처음에는 으르렁거리면서 일어나다가 자기 다리가 부러진 걸보더니 그냥 푹 주저앉았다가 세 다리로 다시 일어서서 울부짖는데, 그렇게 흉측한 울음소리는 들어본 적이 없었으며, 나는 머리를맞추지 못한 것에 다소 놀라긴 했으나 곧 두 번째 총을 집고서 이미 놈이 도망가려고 움직이는 중이었지만 머리를 향해 쏘자, 이번에는 반갑게도 그대로 쓰러졌고 별 소리도 내지 못하면서 숨이 목에 걸려 부르르 떨고 있었다. 이에 쥬리는 용기를 내어 나보고 해안에 상륙하게 해달라고 하니, 나는 좋다, 가라고 했고, 아이는 바닷물로 첨벙 뛰어들더니 한 손에 작은 총을 들고서 다른 손으로 헤엄을 쳐서 해안으로 간 후, 짐승에게 가까이 접근한 후, 귀에다 총구를 겨누고 머리를 쏴서 숨을 완전히 끊어 놓았다.

44

이것이 사냥으로서는 괜찮았으나 음식은 되지 못했고, 나는 별소용도 없는 짐승을 잡느라 화약과 총알 세 뭉치를 써버린 게 못내 맘에 걸렸다. 하지만 쥬리는 몸의 일부를 좀 잘라서 갖겠다고 하더니, 배 위로 올라와서 도끼를 줄 수 있겠냐고 묻기에, 쥬리야, 그걸 뭐에 쓰려고 그러느냐, 물었더니, "나 이놈 머리 잘라요"라고 하는 게 아닌가. 하지만 쥬리는 짐승의 머리를 자르질 못했고, 대신 발 하나를 잘라서 가져왔는데, 그걸 보니 흉물스럽게도 큼직했다.

그러나 나는 이 짐승의 가죽은 어떤 식으로건 가치가 있을지 모른다는 생각이 들어서, 할 수 있다면 가죽을 벗기기로 작정했고, 이에 쥬리와 나는 같이 작업에 들어갔는데, 쥬리가 나보다 훨씬 더 능숙하게 일을 해냈으니, 나는 막상 어떻게 그걸 하는지 잘 몰랐던 것이다. 진짜로 둘이 이 일을 하는 데 꼬박 하루가 다 갔고, 마침내 가죽을 다 벗겨서 선실 위에다 널어놓고 한 이틀 햇볕을 쬐니 완전히 다 말라서 나중에 잘 때 이걸 펴놓고 눕는 매트로 썼다.

그곳에 정박한 이후로 우리는 남쪽을 향해 한 10일 내지 12일 계속 항해하니, 이제 상당히 줄어들기 시작한 식량을 아주 아껴 먹으면서 물이 떨어져서 할 수 없을 때를 빼고는 해안으로 올라가지를 않는데, 내 계획은 이렇게 해서 감비아나 세네갈 강, 즉 카보베르데(케이프 베르데, 베르데 곶) 근처 아무데건 다다라서 그곳을 지나는 유럽 배를 만나자는 것이었는데, 이 방법이 아니라면 달리 내가 어떻게 해야 할지를 알지 못했으니, 그렇지 않으면 그 근처 섬을 찾아 나서거나 흑인들 나라에서 죽어갈 수밖에 없었다. 유럽에서 기니 해안이나 브라질이나 동인도로 가는 배들은 모두 이 카보베르데나 근처 섬들을 지나간다는 것을 알고 있었기에, 나는 거기서 배를 만나거나 아니면 죽을 각오를 하고 내 운명을 통째로 이 일에 걸었다.

이런 작정을 하고서 이미 말한 대로 한 열흘 더 항해하자 사람 사는 땅이 보이기 시작했고, 우리가 지나쳐 간 해안 한 두어 곳에 서는 사람들이 바닷가에 서서 우리를 구경하는 걸 볼 수 있었는데, 다들 시커멓고 완전히 나체였다. 한번은 해안에 가서 이 사람들을 만나볼 마음이 생긴 적도 있으나 쥬리가 현명한 충고를 해 줬으니, 나한테, "가기 안 돼요, 가기 안 돼요"라고 하는데, 그래도 이들에게 말을 걸어보려고 내가 배를 해안 가까이 몰자, 이들은 해안 쪽에서 우리 배를 따라 한참 달려오는데, 자세히 보니 손에는 가늘고 기다란 작대기를 들고 있는 사람 하나 말고는 무기를 들고 있지는 않았지만, 쥬리 말이 그것이 창이라며 아주 먼 거리까지 정확히 맞출 수 있다고 하니, 나는 거리를 충분히 떼고서 이들에게 손짓 발짓으로 말을 건넸고, 특히 뭔가 먹을 것을 달라는 표시를 하자, 그들은 배를 세우라고 손짓하며 먹을거리를 가져다 주겠다고 했다. 그래서 우리가 돛을 낮추고 정박하자, 이들 중 둘이 내륙으로 뛰어가더니 한 30분도 채 안 되어 말린 고기 두 조각과 곡식을 좀 가지고 돌아왔는데, 이게 이 지역 토산품인 모양이나 정확히 뭔지 우리는 알 수가 없었고, 그래도 우리는 그걸 받아두고 싶은 마음이었으나, 그걸 어떻게 가져올지를 두고 피차 간에 의견이 갈렸던 것이라, 나는 그걸 받으러 뭍으로 올라가는 것은 위험하다는 입장이었고, 원주민들은 우리를 무척 두려워했기에 가까이 오지 않으려는 것이었는데, 하지만 그쪽에서 양쪽 다 안전한 방법을 택했으니, 이들은 음식물을 바닷가에 놓고는 멀리 떨어져 있다가 우리가 배 위로 그걸 옮겨 놓은 다음에야 다시 가까이 다가왔다.

우리에겐 그들에게 뭔가 보답으로 줄 물건이 전혀 없었기에 손짓으로 고맙다는 표시를 했지만, 그때 곧 이들에게 신세를 갚을 절호의 기회가 생겼으니, 우리가 해안 곁에 배를 대고 있을 동안 두 마리 사나운 짐승이 산 쪽에서 바다로 달려오는데, (우리 생각에는) 몹시 성이 나서 한 놈이 다른 놈을 추격하는 모양이었으니, 그게 수컷이 암컷을 쫓는 것인지 아니면 장난치는 것인지 성이 난 것인지 알 수는 없었고, 이게 늘 볼 수 있는 광경인지 아니면 별난 경우인지도 알 수 없었으나, 나는 후자 쪽이라고 생각을 했는데, 첫째로, 이 굶주린 야수들은 밤에만 나타나는 법이고, 둘째로, 그곳 주민들 특히 여성들이 몹시 겁에 질리는 것을 보니 그런 것 같았다. 창인지 뭔지를 들고 있는 사내는 남아 있었으나 나머지는 모두 줄행랑을 쳤는데, 두 짐승이 곧장 물로 들어가는 것을 보니 흑인들한테는 누구에게건 달려들 생각은 없는 모양이었고, 바다로 풍덩 들어가 마치 그냥 장난처럼 온 것처럼 헤엄치며 놀고 있었는데, 급기야 그 중 한 마리가 내가 처음에 예상했던 것보다 더 가까이 접근하자 나는 할 수 있는 한 가장 신속하게 총을 장전해서 겨누고 쥬리에게도 다른 총을 장전하도록 시킨 후, 확실한 사정거리 안으로 들어오자마자 곧장 놈의 머리를 향해 사격하니, 물속으로 쑥 꺼져 들어갔다가 목숨이 턱에 걸렸는지 다시 물 위로 한순간 솟아올랐다가 가라앉곤 하는데, 사실 놈이 죽어가는 중이라 즉각 해변 쪽을 향해 달려갔으나 치명적인 상처를 입은데다 바닷물이 허파에 가득 차서 해변에 닿기도 전에 죽어버렸다.

이 한심한 인간들이 내 총소리와 섬광을 보고 깜짝 놀란 모습은 말로 다 설명할 수가 없을 정도였으니, 어떤 자들은 하도 무서워 숨넘어가기 직전이라, 순전히 겁에 질린 것만으로도 반쯤은 죽은 듯한 상태였다. 그러나 이들은 짐승이 죽어서 물에 잠겨 있는 것을 보고는, 또 내가 해안 쪽으로 나오라고 손짓하는 것을 보고는, 용기를 내서 해안으로 나왔고 짐승을 수색했는데, 나는 바다에 떠오르는 피를 추적해서 놈을 찾아냈고 몸에 로프를 던져서 묶은 후에 흑인들에게 밧줄을 잡아서 끌도록 하니, 이들이 해안으로 끌어낸 다음에 보니까 매우 진기하게 생긴 표범으로 아주 고급스럽고 멋진 반점들이 온몸에 퍼져 있었으니, 흑인들은 내가 무엇으로 그놈을 죽였는지 두 손을 쳐든 채 놀라워했다.

두 번째 짐승은 총구의 섬광과 총소리에 깜짝 놀라 뭍으로 헤엄친 후 처음에 내려왔던 산으로 곧장 도망쳐 돌아갔고, 먼 거리에서 봐서는 어떤 짐승인지 알 수 없었다. 나는 흑인들이 이 짐승의 고기를 먹고 싶어한다는 것을 재빨리 알아채고서, 이들이 내 호의의 표시로 고기를 갖다먹기를 원했기에 허락한다는 손짓을 하니, 이들은 매우 고마워하며 즉시 달려들어 칼들은 갖고 있지 않았지만 날카롭게 갈아놓은 나뭇조각으로 곧바로 가죽을 벗겨내는데, 우리가 칼로 벗기는 것보다 더 빨랐고, 내게도 고기를 좀 잘라서 권했지만 나는 사양하며 다 가져가라는 뜻을 밝히며 가죽을 원한

48

다는 표시를 하자, 이들은 흔쾌히 그걸 나한테 넘겨줬고 자기들이 먹는 음식물을 훨씬 더 많이 갖다 주니, 비록 그게 뭔지는 알 수 없었으나 받아두었고, 물을 나타내는 손짓을 하고서 빈 단지 하나를 꺼내들고 그것을 거꾸로 뒤집어 들고 물이 없다는 표시를 하며 이걸 채워달라는 뜻을 전했다. 이들은 즉시 자기 동료들 몇 사람에게 말해 아마도 햇볕에 구운 것으로 보이는 큼직한 토기를 두 여자가 들고 와서 아까처럼 해안가에 놓아두고는 뒤로 물러났고, 나는 쥬리에게 단지를 들려 해안가로 보내 세 통을 모두 채우도록 시켰는데, 참, 이 여자들도 남자들과 마찬가지로 실오라기 하나 걸치지 않고 있었다.

이제 아쉬운 대로 곡식과 뿌리채소류와 물을 얻게 되어 이들 친절한 흑인들에게서 떠나 약 11일 동안은 해안에 가까이 접근할 일 없이 계속 전진했고, 한 12마일에서 15마일 정도 되는 거리에서 바다 쪽으로 아주 길게 뻗어 나온 육지가 눈에 들어오자, 바다가 매우 잠잠했으므로 뭍에서 멀찍이 떨어져 이 곳을 돌아갔고, 마침내 땅에서 한 6마일 정도 떨어진 지점으로부터 거리를 두 배로 늘리자, 바다 반대쪽으로 육지가 펼쳐져 있는 것을 분명히 볼 수 있었으며, 그래서 나는 이곳이 카보베르데이고, 이 지형 때문에 카보베르데 군도로 불리는 섬들이라고 단정지었는데,* 사실이 또 분명히 그러했다. 그러나 아직도 이 섬들과 한참 떨어진 거리에 있어서, 만약에 바람이 다시 바뀌면 그쪽 섬 어디로건 간에 닿을 수 없을 것이므로 어떻게 하는 게 가장 나을지 판단할 수가 없었다.

이런 고민으로 수심이 깊어가는 중에 나는 쥬리에게 키를 맡기고 선실로 내려가 앉아 있었는데, 갑자기 쥬리가, "주인님, 주인님! 돛이 달린 배요!" 하고 소리치니, 이 어리석은 아이는 원래 주인의 배 한 척이 우리를 추격해 온 것이라고 생각하며 완전히 겁에 질려 제정신이 아니었으나, 나는 우리가 그들이 따라잡을 수 없는 데까지 충분히 멀리 와 있다는 것을 알고 있었다. 내가 선실에서 뛰어올라 왔을 때 즉각 눈에 띄는 것은 그냥 선박만 보이는 정도가 아니라 어떤 배인지도 알아볼 수 있었으니, 다름 아닌 포르투갈 배로서 기니 해안으로 흑인 노예를 사러 가는 배이겠구나 짐작했다. 그러나 배를 조타하는 방향을 가만히 보니까 다른 쪽으로 가는 배라는 확신이 들었고 해안 쪽으로 더 가까이 올 계획은 없는 사람들 같아서, 낼 수 있는 최대한의 속도로 이동하여 그 배에 접근해서 말을 걸어보기로 했다.

나는 돛을 모두 올리고 속도를 냈으나 그 배를 따라잡을 수는 없으리라는 것과, 무슨 신호를 보내기도 전에 내 시야에서 사라져 버릴 것을 깨달았지만, 그럼에도 돛을 최대한 펴고 속도를 내보고 나서 곧 낙담에 빠졌으나 아마도 그 배에서 망원경 덕분에 나를 본 것 같았고, 유럽 인의 보트가 난파한 배에서 떨어져 나온 것이라고 추정했는지 내가 따라붙을 수 있도록 돛을 줄여서 속도를 늦추니, 나는 여기에 고무되어서 배에 갖고 있던 주인의 기를 올려 조난 신호를 표시하고 총을 쏘아 알리자, 이를 모두 그 배의 선원들이 보게 되었는데, 이들 말로는 총소리는 듣지 못했고 화약 연기를 봤다고 했으나 아무튼 이렇게 신호를 보내자 이들은 매우 고맙게도 배를 돌려서 내가 올 때까지 멈춰 서 줬으니, 한 3시간 가량 걸려 이 배 가까이에 다다를 수 있었다.

이들은 나를 보고 누구냐고, 포르투갈 어로, 그 다음엔 스페인 어로, 그리고는 프랑스 어로 물었으나, 이 말들을 모두 알아듣지 못하고 있다가, 마침내 그 배에서 일하는 스코틀랜드 인 선원이 나한테 말을 걸자, 내가 영국인이며 살레에서 무어 인에게 노예로 잡혀 있다가 탈출했다고 하니, 나를 매우 친절하게 맞이했고 내가 갖고 있는 물건도 옮겨 놓게 해주었다.

내가 보기에, 내 자신 말할 수 없이 기뻤던 것은, 그토록 비참하고 거의 절망적인 처지에 빠져 있다가 구출되었다는 내 말을 그들이 그대로 믿어 주었다는 사실인데, 나는 곧바로 갖고 있는 것을 모두 선장에게 구출해 준 보답으로 헌납하겠다고 제안했으나, 그분은 관대하게도 나한테서는 아무것도 가져가지 않겠으며, 내가 갖고 있는 소유물은 브라질에 도착하면 모두 그대로 돌려주겠다면서 이렇게 말했다. "내가 당신을 구출한 것은 나 역시 누군가 내 목숨을 건져주면 반가웠을 것이라는 그 조건으로 한 것일 뿐이며, 나도 언제이건 똑같은 형편에 놓일 가능성이 늘 있는 것이고, 게다가 내가 댁의 나라에서 매우 먼 곳인 브라질까지 댁을 데려가면서 소유물까지 뺏는다면 거기서 굶어죽기 십상이니, 그리 되면 내가 내내 목숨을 다시 뺏으려고 댁의 목숨을 구해 준 셈이 될 것이오. 안 될 말이오, 영국인 양반, 이보시오, 영국인 양반, 나는 댁을 브라질에 공짜로 데려다 줄 테니 갖고 있는 물품들을 거기 가서 팔아 생계에 충당하고 조국으로 돌아갈 뱃삯이나 마련하시오."

그분은 이렇듯 자비로운 제안을 했을 뿐만 아니라 그것을 실행하는 데도 아주 철저하고 엄격했으니, 선원들에게도 누구든 내 물건을 만질 생각을 하지 못하도록 명령했고, 모든 물품을 다 자기가 챙기면서 도자기 물단지 세 개까지도 하나 빠짐없이 정확한 목록을 만들어서 내게 건네주었다.

선장은 내 보트가 아주 괜찮은 배였기에 그걸 보고서는 자기 배에서 사용할 테니 팔라고 하면서 얼마를 받겠냐고 물었다. 그분은 모든 면에서 나한테 후히 대했으니, 차마 어떻게 보트 값을 부르겠냐며 알아서 적당히 달라고 하자, 그분은 브라질에 가면 80스페인 달러*를 지불하겠다는 어음을 써 주면서, 거기 가서 만일 다른 사람이 더 높은 가격에 배를 사겠다고 하면 그 차액만큼 더 주겠다고 했다. 또한 그분이 내 수종인 쥬리의 값으로 60스페인 달러를 주겠다는 제안을 하니 이 돈을 받기가 꺼려졌는데, 이 아이를 선장의 소유물로 넘겨주고 싶지 않아서가 아니라, 내가 자유를 되찾는 데 그리도 충직하게 도움을 준 아이의 자유를 팔아넘긴다는 것이 꺼림칙해서였다. 내가 꺼리는 이유를 말하자, 선장은 그 타당성을 수긍하여 중재안을 제시했는데, 그것은 이 아이가 기독교로 개종한다면 10년 뒤에는 자유의 몸이 되게 해준다는 각서를 써 준다는 것이어서 이 조건을 받아들였고, 쥬리 또한 선장을 따라 가겠다는 의사를 표시했기에, 나는 선장에게 아이를 넘겼다.

브라질까지 우리는 아주 순조롭게 항해했고, '제성인만(諸聖人灣)'이란 뜻의 '바이 데 토두스 로스 산투스'*에 약 22일 후에 도착했다. 이로써 나는 인간으로서는 가장 비참한 형편에서 한 번 더 구출되었으니, 무엇을 하며 살 것인가가 그 다음으로 고려할 사항이었다.

선장이 내게 베푼 관대한 대접은 두고두고 기억해도 모자랄 정도였으니, 그분은 나를 태워준 뱃삯은 전혀 받지 않겠다고 하며, 내 배 안에 두었던 표범 가죽은 금화 20개, 사자 가죽은 금화 40개에 사 갔고, 배 안에 있던 모든 내 물건들을 정확히 돌려준 후, 내가 팔고자 하는 물품, 가령 병 박스와 내 총 가운데 두 자루, 그리고 밀랍 한 덩어리는 자기가 샀는데, 밀랍의 나머지 분량은 내가 양초를 만드느라 다 써버렸었다. 아무튼 이렇게 하여 내 화물을 처분해서 220스페인 달러가 생겼고, 이 목돈을 갖고 나는 브라질에 상륙했던 것이다.

브라질에 가서 얼마 되지 않아, 선장이 자기처럼 정직하고 믿을 만한 사람의 집을 추천했는데, 그는 그쪽 말로 '인제니우', 즉 사탕수수 농장과 설탕 공장을 갖고 있었다. 나는 그 사람과 한동안 같이 지내면서 사탕수수를 재배하고 설탕 만드는 방법을 배우고 익혔는데, 이들이 금세 부자가 되는 것을 보고는 나도 거기에 정착할 허가를 받을 수만 있다면 이들 사이에서 농장 사업을 하기로 결정했고, 그 사이에 런던에 남겨둔 내 돈을 송금받을 방도가 좀 없는지 찾아보기로 작정했다. 이런 목적에서 귀화인으로 인정받는 공식문서를 얻은 후, 나는 아직 경작지 않은 땅을 내 돈이 되는 한 최대한으로 샀고 거기에 농장과 거처를 마련할 계획을 내가 영국에서 돌려받을 밑천에 맞춰 세웠다.

마침 내 이웃이 포르투갈 리스본 출신이나 부모는 영국인이고 이름은 '웰스'이며 나하고 대체로 형편이 비슷한 사람이었다. 내가 그를 이웃이라고 부른 이유는 이 사람의 농장이 내 농장과 맞닿아 있었고 우리는 매우 친하게 지냈기 때문이다. 내 자본은 그쪽과 마찬가지로 작은 규모였는데, 그는 한 2년간 주로 농장에 곡물 재배만 했었다. 그러나 우리의 자산은 둘 다 증가하기 시작하여, 셋째 해에 우리는 담배를 좀 재배했고, 오는 해에는 사탕수수를 심을 수 있게 각자 땅을 널찍하게 확보해 놓았는데, 하지만 일손이 부족한 게 문제였으니, 나는 내 종 쥬리를 넘겨준 게 잘못한 일임을 그 어느 때보다 더욱 절감해야 했다.

아, 하지만 나는 늘 그른 일만 하지, 옳은 일은 하지 않게 생겨먹은 터여서 그게 놀랄 것도 없는 일인즉, 나는 별 수 없이 그냥 그대로 진행할 수밖에 없었는데, 내 기질과는 사뭇 맞지 않고 내가 즐기는 생활과는 정반대인 이런 생업에 몸담으려고 결국은 아버님의 집을 저버리고 아버님의 훌륭한 충고를 모두 어겼던 셈이 된 것이며, 아니, 그야말로 아버님이 예전에 권하셨던 중간층 내지는 평범한 서민의 상류 계층에 안착한 셈이라, 그냥 그대로 살아가기로 했으니, 그러려면 그냥 고향에 머물러 있어도 됐을 것이고, 공연히 내가 이미 겪은바 여기저기 해외로 떠돌며 세파에 시달린 것이 아니던가! 그냥 영국에서 친지들 사이에서 살면서도 할 수 있는 일을 굳이 5천 마일이나 떨어진 낯선 황무지로 떠나와 외국인과 야만인들 사이에서, 나를 조금이라도 아는 사람들 소식은 세계 어디를 통해서건 들을 수 없는 이런 먼 나라까지 올 게 뭐였나! 나는 내 자신에게 이런 말을 자주 했다.

이렇듯 나는 내 처지를 못내 후회하는 심정으로 바라보았다. 나는 그 이웃한 사람하고 이따금 만나는 것 외에는 대화할 상대가 아무도 없었고, 내 손으로 직접 하지 않는 한 아무 일도 수행할 수 없었으니, 나 말고는 아무도 살지 않는 적막한 섬에 버려진 사람이나 마찬가지라고 혼잣말을 하곤 했다. 그러나 모든 인간들이, 자신들의 현재 처지를 더 안 좋은 형편과 비교하면서 불평하는 생각을 품으면, 하늘은 다시 현재보다 더 좋지 않은 처지와 맞바꿔 주셔서 불평했던 예전의 삶이 얼마나 축복이었는지 뼈저리게 깨닫게 해주시니, 참으로 마땅한 처사이지 않은가? 참으로 마땅한 처사라는 말이 그야말로 내 경우에 딱 들어맞는 것이, 내가 머릿속에 그려 본 그대로 완전히 적막한 외딴 섬에서 보낸 참으로 고독한 삶이 내 운명이 되었기 때문이며, 당시 그대로만 계속 지냈으면 아마도 십중팔구 상당히 부유하고 풍요롭게 되었을 터, 그럼에도 그 당시 내 생활을 툭하면 무인도 생활에 비교했던 것은 지극히 적당하지 못한 것이었다.

나는 농업을 계속하기로 한 내 계획을 어느 정도 진행시키고 있던 중에, 나를 바다에서 구해 준 배의 선장, 그 친절한 분이 다시 돌아와서, 한 석 달 동안 머물며 화물을 싣고 항해 준비를 하고 있었기에, 그분에게 내가 런던에 남겨 둔 자산이 약간 있다고 얘기하자, 그분은 이렇게 호의적이고 진지한 충고를 내게 해주었다. "이보시오, 영국인 양반 선생"(그는 나를 늘 이렇게 불렀다), 나한테 댁이 런던에서 당신 돈을 보관하고 있는 사람에게 편지랑 내 앞으로 위임장을 써 주어서, 댁의 자산을 리스본으로 내가 지시하는 사람들한테 보내도록 하고, 그것을 여기 이 나라에 적합한 물품으로 바꾸도록 얘기해 놓으면, 하느님이 허락하셔서 내가 이리로 무사히 돌아왔을 때, 그것들을 댁에게 전해 주겠소. 하지만 인간의 일은 하나같이 온갖 변화와 재난에서 자유로운 법이 없으니, 당신 말대로 100파운드 어치가 전체 재산의 반이라고 하니, 그 액수만큼만 지불 위임을 하는 게 어때요? 그래서 리스크를 반으로 줄입시다. 물품이 무사히 배달되면 나머지도 똑같은 방법으로 주문하면 될 것이고, 만약에 사고가 나면, 여전히 반은 그대로 남아 있을 테니 나중에 갖다 쓰면 될 것이오."

이것은 참으로 타당한 충고요, 내 입장을 깊이 고려한 것으로 보였기에 나는 이것이 내가 택할 수 있는 최선의 방법이라는 점을 확신하지 않을 수 없었고, 그래서 그분의 충고대로 돈을 맡겨 두었던 그 아주머니에게 전할 편지와 포르투갈 선장에게 본인이 바란 대로 위임장을 써 주었다.

나는 영국 선장의 미망인 앞으로, 나의 모험과 노예생활, 탈출, 그리고 포르투갈 선장을 바다에서 만난 것과 그의 자비로운 행동, 또한 내가 지금 처한 형편이 어떠하며 내게 필요한 물품들이 무엇인지에 대한 기타 사항들을 모두 포함하여, 상세히 설명하는 편지를 썼으며, 이 정직한 선장이 리스본에 도착했을 때 거기서 그는 영국인 상인을 통해서 이 문건들뿐 아니라 런던에 있는 다른 상인에게 내 이야기를 자세히 써 놓은 편지를 전해 주어서, 이 상인이 미망인을 잘 설득하였고, 그분은 내 돈은 물론이요, 이 포르투갈 선장이 내게 베푼 자비와 구제에 대한 감사의 표시로 그럴듯한 액수의 돈을 선물로 자기 주머니에서 꺼내 주었다.

앞서 말한 런던 상인은 이 100파운드를 선장이 지시한 영국 물품으로 바꾸어 리스본으로 곧장 보냈고, 선장은 그것을 모두 무사히 브라질로 가져왔는데, 이 중에는 내가 지시한 바와 상관없이 (내가 아직 사업에 너무 미숙해서 미처 생각하지 못했기에) 내 농장에 필요한 온갖 종류의 도구들이며 철제 물품과 장비들이 포함되어 있었는데, 이것은 내게 매우 요긴한 물건들이었다.

이 화물이 도착하자, 나는 기쁨에 사로잡혀 이제 팔자를 고칠 수 있겠다는 생각을 하게 됐으며, 나의 훌륭한 청지기인 선장은 런던에서 미망인이 자기 앞으로 보내준 5파운드를 투자해서 6년간 밑에서 일할 노동자를 사서 넘겨줬는데, 나는 그에 대한 감사의 표시로 뭔가를 드리겠다고 아무리 제안해도 막무가내로 사양하는지라, 겨우 담배나 조금, 그것도 내가 키운 것이라서 성의로 받아 주었다.

하지만 이것이 전부가 아니었으니, 내 물품들은 모두 영국에서 제조한 것들로, 가령 옷감, 포목, 책상보 등 이 나라에서 특히 가치 있고 갖고 싶어할 만한 것들로, 나는 이것들을 매우 유리한 값에 팔 수 있는 방법을 찾았고, 그리하여 나는 내가 처음 갖고 왔던 화물보다 네 배의 자산 가치를 소유하게 되었으며, 내 불쌍한 이웃보다는 잴 수 없을 정도로, 그러니까 내 농장 사업 발전에 있어서 월등하게 앞서갔으니, 내가 첫 번째로 한 일이 흑인 노예 하나와 유럽 인 하인을 산 것인데, 유럽 인은 그러니까 포르투갈 선장이 리스본에서 데려와서 내게 준 사람 말고 또 하나 더 산 하인이다.

그러나 번성함을 지나치게 남용하면 가장 극심한 역경에 빠지게 마련이란 말이 내 경우에 딱 맞았다. 나는 그 다음해 농장이 크게 성공해서 내 이웃들한테서 필수품을 구입하러 처분한 것 빼고 내 땅에서 담배를 큼직하게 다섯 말이나 더 남게 생산했고, 이것들은 각기 10파운드 이상 나갔고 모두 다 잘 말려서 리스본에서 오는 선단에다 팔 요량으로 보관했는데, 이제 비즈니스와 부(富)가 늘어남에 따라 내 머리는 내 역량을 넘어서는 사업 계획과 일거리 구상으로 꽉 차기 시작했으니, 대개 이런 식으로 가장 사업에 능한 두뇌를 가진 사람들도 망하는 경우가 비일비재하다.

내가 그 당시 시점의 처지에 머물러 있었다면 우리 아버님이 그토록 심각하게 권하신 세상 한구석에서 조용히 지내는 생활이 주는, 또한 중간층 인생에서 풍족하게 누릴 수 있으리라고 그토록 현명하게도 설명해 주신 모든 행복한 일들이 장차 더 다가올 여지가 있었을 것이지만, 다른 일들이 나를 기다리고 있었던 터, 나는 여전히 내 자신의 불행을 의도적으로 자초한 주범이었고, 특히 내 잘못은 점점 더 키워놔서, 이후에 슬픔을 겪으면서 한가하게 내 자신에 대한 후회할 거리는 두 배로 늘려놓는 꼴이었으니, 이 모든 실패는 외국으로 떠돌아다니고 싶어하는 나의 어리석은 성향에 옹고집으로 보일 정도로 집착하며 그런 성향을 따라 행동한 덕에 자초한 것들이라. 이것은 내 자신에게 유익한 방향과는 정면으로 상충되는 것으로, 자연의 이치와 하늘의 섭리가 모두 나의 갈길로 제시하는 그런 전망과 삶의 방식을 올바르고 투명하게 따르지 않은 것이다.

부모님을 저버리고 나올 때도 그랬듯이, 이번에도 자족할 줄 모르고 나는 새로운 농장에서 부유하고 잘 나가는 사업가로 살 행복한 전망을 버려두고, 모름지기 무모하게 과도한 욕망을 좇아서 자연의 이치가 허용하는 것보다 더 빨리 성공해 보려 떠나고 말았고, 이리하여 다시 인간적 불행의 가장 깊은 심연에 내 자신을 던졌으니, 그것은 그 어떤 인간도 지금까지 빠져 본 적이 없고 아마 이 세상에서 건강한 삶을 유지하는 일과는 합치할 수 없는 그런 류의 불행이었다.

그래서, 내 이야기를 구체적인 내용에 따라 바른 순서대로 얘기를 하자면, 내가 브라질에서 거의 한 4년째 살고 있었고 내 농장 사업은 순조롭게 잘 풀렸다고 할 만했는데, 나는 그 나라 언어를 배웠을 뿐 아니라 동료 농장주들과 또한 그 지역 항구인 산살바도르 상인들도 알게 되어 친구로 사귀었으며, 이들과 대화를 나눌 때 기니 해안에 내가 두 번 항해했던 이야기를 자주 해주었고, 거기서 어떤 식으로 흑인들과 거래를 할 수 있는지 설명하며, 그쪽 해안에서는 구슬, 쇠붙이, 칼, 가위, 도끼, 유리 조각 따위 하찮은 물건들을 주고 금가루, 기니 곡물, 상아 등을 살 수 있을 뿐더러 흑인들을 한 묶음씩 살 수 있으니, 브라질로 데려와서 써먹으면 될 것이라고 했다.

이들은 내가 이런 화제를 꺼내서 얘기를 할 때마다 매우 열심히 들었는데 특히 흑인을 사는 문제와 관련된 부분에 관심을 보였으니, 이것은 당시에는 별로 많은 사람이 손을 댄 장사가 아니었을 뿐 아니라 오직 스페인과 포르투갈 국왕의 계약서 내지는 허가가 있어야만 할 수 있었고, 공적인 독점 거래 대상이어서 그 결과, 살 수 있는 흑인이 많지가 않았고 값도 매우 비쌌다.

그러던 어느 날, 내가 아는 상인과 농장주들과 같이 앉아서 이런 문제에 대해 매우 진지하게 얘기들을 나눈 후, 그 다음날 아침에 이 가운데 세 사람이 내게 와서는 간밤에 내가 자기들에게 한 얘기에 대해서 여러모로 심사숙고를 해봤고, 그래서 내게 비밀 제안을 할까 한다며, 먼저 비밀을 지키겠냐는 다짐을 받은 후에 말을 꺼내기를, 이들은 기니로 가는 배를 하나 마련할 생각이 있고, 자기들도 나처럼 모두 농장들을 갖고 있는데 일손을 마음대로 살 수 없으니 인력이 모자라는 게 제일 힘든 문제일 터, 하지만 대놓고 흑인들을 구매할 수 없으니, 사적으로 은밀히 흑인들을 데려온 후 각자 농장에서 쓸 수 있게 나눠 갖자며, 단도직입적으로 나보고 기니 해안에서 거래를 담당할 배의 화물 관리인 역을 맡아 줄 용의가 있느냐고 물었다. 그 조건으로, 내 돈은 전혀 투자하지 않아도 내 몫의 흑인을 똑같이 나누어 주겠다고 제안했다.

이게 말은 바른 말이지, 상당히 괜찮은 조건이었는데, 그러니까 이제 자기 사업이 곧 상당한 규모로 커질 테고, 든든한 자산 가치가 있는 자기 농장을 안정되게 운영하고 있지 않은 사람에게 한 제안이라면 그랬을 것이다. 그러나 난 이렇듯 자리를 잡아 사업을 하고 있던 몸이라서 한 3, 4년을 이런 식으로 더 끌고나가고 더불어 영국에서 나머지 100파운드를 마저 송금받으면, 그때쯤엔 거기에 약간만 더 재산이 붙어도, 영국 화폐로 한 3, 4천 파운드 규모의 자산가가 되지 않을 수 없을 터이며 더욱이 소유 자산은 계속 불어날 것인데, 바로 이런 좋은 형편에 있는 내가 그런 항해를 고려하다니, 이런 좋은 환경을 가진 사람으로서는 그보다 더 황당한 짓을 범할 수 없었을 것이다.

하지만 나는 스스로를 망가뜨릴 팔자를 타고 난 인간이라, 아버님의 바른 훈계를 저버리면서 내 뜬금없는 계획을 억제하지 못하고 첫 발을 내디뎠을 때와 마찬가지로, 이 제안에 끌리는 마음을 억누르지 못했다. 한 마디로, 나는 기꺼이 따라나설 것이라고 대답했는데, 단, 내가 없을 동안 내 농장을 돌보는 일을 이들이 떠맡아 주고 만약에 일이 잘못됐을 경우 내 자산을 내가 지시하는 대로 처리해 주겠냐고 했다. 그러자 모두들 그러겠다고 동의하고 이에 대한 약정서를 작성해서 서명한 다음, 나는 유서를 작성하여, 내 부동산과 동산을 내가 사망했을 때 예전에 생명을 구해 준 선장이 처분에 관한 전권을 행사하도록 했는데, 단, 재산의 반은 내 유서에서 지시한 대로 자신이 소유하고 나머지 반은 영국으로 선적해 보내도록 했다.

말하자면 나는 내 소유권을 보전하고 내 농장을 유지하기 위한 모든 조처를 취했는데, 내가 나에게 유익한 바를 따져보는 데도 이와 같이 신중했고, 내가 해야 할 일과 하지 말아야 할 것을 현명하게 판단했다면, 이렇듯 번성하고 있는 사업을 버려두고 더욱 더 번창할 게 분명한 형편을 모두 버려두고, 온갖 우발 사태가 수반되는 배에 몸을 싣고 항해를 떠나지는 않았을 것인데, 물론 내 자신의 신상에도 불행이 닥칠 수 있다는 이성의 목소리는 듣지 않았다.

하지만 나는 내 이성보다는 환상의 명령을 맹목적으로 좇아 성급하게 길을 나서서, 배에다 모든 장비를 갖추고 화물을 싣고 나서 내 여행의 동업자들과 합의한 대로 모든 일을 마무리지은 후, 그 불길한 날인 1659년 9월 1일에 배에 올라탔으니, 이날은 내가 헐에서 아버님과 어머님을 버려두고 부모님의 권위에 반항하며, 내 이익에 반하는 바보짓을 시작했던 8년 전의 그날과 바로 똑같은 날이었던 것이다.

우리 배는 약 120톤의 화물을 적재할 수 있었고, 대포 6문을 장착한 규모의 배로, 선장, 선장의 수종, 나, 그 외 14명이 탔으며, 우리는 흑인들과 거래할 때 쓰기에 적당한 하찮은 물건들, 가령 구슬, 유리 조각, 조개껍질, 조그만 안경 같은 허접한 물건들, 칼, 가위, 도끼 등 말고는 별로 큼직한 화물이라곤 싣지 않았다.

내가 배에 타자 바로 그날 돛을 올려 출항했는데, 우리 쪽 해안으로부터 북쪽으로 나아가 약 북위 10도에서 12도쯤 도달한 다음, 아프리카 해안으로 건너갈 셈이었으니, 그게 당시 이들의 항로였던 모양이었다. 날씨는 단지 좀 몹시 더운 것 빼고는 우리 쪽 해안을 거슬러 올라가는 동안 내내 아주 좋았는데, 산아우구스티누 곶*에 이르러서 바다 쪽으로 더 나아가니 육지는 시야에서 사라졌고 마치 페르난두데누로냐 군도* 쪽을 향하는 듯 북북동 쪽으로 가다가 우리 배의 동편에 있는 이 섬들을 두고 항해해 갔으며, 이 항로를 거쳐 약 12일이 흐른 후에 적도를 지났고, 마지막으로 관측한 위치는 북위 7도 22분이었는데, 이때 맹렬한 기세로 토네이도인지 허리케인인지 폭풍이 우리가 예상치 못하게 몰려오니, 처음에는 남동쪽에서 불기 시작하여 북서쪽으로 움직이다가 북동쪽에 머물면서 어찌나 끔찍하게 불어대는지 12일간 내내 아무것도 못하고 그저 바람에 떠밀려 앞으로 나아갔고, 아무 쪽이건 성난 바람이 밀어대는 대로 운명을 내맡기고 있었으니, 말 안 해도 짐작하겠지만, 나는 이 12일 내내 이제나저제나 바다가 우리 배를 삼킬 때만 기다리고 있었고, 배에 타고 있던 사람 그 누구도 목숨을 구하리라는 기대는 버리고 있었다.

이런 열악한 지경에서 우리는 폭풍의 공포에 떠는 것 말고도 일행 중 한 사람이 열사병으로 죽었고, 또 다른 사람 하나와 수종은 갑판에 있다 파도에 휩쓸려 바다에 빠져 죽었는데, 대략 12일째쯤 되는 날 바람이 약간 가라앉는 것처럼 보이자, 선장이 할 수 있는 한 정확히 위치를 측량해 보니 북위 약 11도 어디쯤인가는 알아냈으나 경도는 약 11도 정도 산아우구스티누 곶 서쪽으로 떨어져 있었으니 그는 기니 해안 내지는 브라질 북부 해안, 흔히 '큰 강'이라고 부르는 아마존 강 하구 위쪽에서 오리노코 강* 쪽으로 가고 있음을 깨닫고서, 어떤 방향으로 가야 할지 나와 상의를 하기 시작했는데, 배에 물이 새기 시작했고 매우 손상이 심한 상태라 그는 곧장 브라질 해안으로 다시 가고자 했다.

나는 이 안에는 절대 반대였기에 선장과 아메리카 대륙 해안 지도를 훑어봤으나, 카리브 군도의 안쪽 해역으로 들어갈 때까지는 사람 사는 데로 어디 도피할 만한 데가 없다는 결론을 우리는 내렸고, 그래서 바베이도스 섬을 향해 바다로 더 나아가기로 결정하고, 먼 바다에 계속 머물면서 멕시코 만으로 밀려 들어가는 것만 피하면 우리 희망으로는 약 15일간의 항해로 거기에 닿을 수 있을 것이라고 생각했는데, 이제 아프리카 해안으로 가는 항해는 배도 그렇고 우리 자신도 그렇고 계획을 좀 보완하지 않으면 가능할 것 같지 않았다.

우리는 이런 계획에 따라 방향을 바꾸어 약간 서쪽으로 기운 북서쪽으로 키를 틀고는 영국령 섬들 어디에건 닿도록 나아갔고, 그곳에 가면 도움을 받으리라 나는 기대했는데, 그렇지만 우리의 항해는 그렇게 되지 못할 운명이었으니, 배가 위도 12도 18분에 도달했을 때 두 번째 폭풍이 엄습했고, 이것도 처음과 마찬가지로 거센 강풍이라, 우리를 서편으로 끌고 가서는 인간들이 왕래하는 교통로에서 완전히 우리를 몰아 내었으니, 그리하여 이젠 바다에서 목숨을 건진다 해도 우리나라로 돌아가기는커녕 야만인들의 밥이 될 위험에 처했던 것이다.

이런 지경에서 여전히 바람은 몰아치는데 우리 일행 중 한 사람이 저기 육지다! 라고 소리를 지르자, 모두 선실에서 우르르 뛰어 올라와 도대체 우리가 이 세상 어디에 와 있는지 확인해 보려는 참에, 배가 모래 언덕에 딱 걸려 버리니, 배가 움직임을 멈추는 순간 파도가 어찌나 거세게 우리 위로 몰아 덮치는지, 우리는 즉시 모두 휩쓸려 사라져 버리는 줄만 알았을 정도였고, 이에 따라 곧장 다시 안전한 선실로 물러나 바다의 거품과 뿜어대는 물세례를 피했다.

이와 같은 처지를 겪어보지 않은 사람은 이런 형편에 처한 사람들이 얼마나 겁에 질려 있는지 말로 설명하기가 쉽지 않은 법이니, 도대체 우리가 어디에 와 있으며 어떤 땅으로 밀려 온 것인지, 이곳이 섬인지 육지인지, 사람이 사는지 안 사는지 전혀 알 수 없었으며, 바람이 비록 처음보다 약간 잦아진 편이었다 해도 여전히 격하게 불어대니, 무슨 기적이라도 일어나서 바람이 즉시 누그러들지 않는 한, 배가 산산조각 나지 않고 몇 분이나 더 버텨줄까 별로 기대할 수도 없는 형편이었다. 한마디로, 우리는 서로를 물끄러미 바라보며 매 순간 죽음을 기다리고 있었고, 각자는 이에 따라 저 세상으로 갈 준비를 하고 있었으니, 이제 이 세상에서 우리가 할 수 있는 바는 없는 거나 거의 마찬가지였던 터, 당장 유일하게 위안이 되는 것은 우리의 예상과는 정반대로 아직 배가 부서지지 않았고 선장 얘기가 바람이 잦아지기 시작했다는 것뿐이었다.

그런데 비록 바람이 좀 잦아졌다고 생각하긴 했지만, 배가 모래 언덕에 그렇게 걸렸고 배를 움직여 벗어나기에는 너무 깊숙이 박혀 있었으니, 우리는 정말 끔찍한 곤경에 빠져 있었던 터라, 어찌하건 방도를 찾아서 목숨을 구해 보려 최선의 노력을 할 수밖에 없었는데, 우리 배에는 폭풍이 몰아대기 직전까지는 배 후미에 구명 보트가 하나 달려 있었으나, 이것이 바람이 불어닥치자 먼저 배의 방향타에 냅다 부딪혀서 구멍이 나더니 그 다음엔 떨어져 나가서 바닷속으로 가라앉았는지 떠내려갔는지 알 수가 없었기에, 그걸 타고 탈출할 희망은 버려야 했고, 갑판 위에 또 다른 보트가 있었지만 이것을 어떻게 바다에 띄울 수나 있을지 의심스러웠는데, 하지만 이런 문제로 논쟁을 할 겨를이 없었으니, 이제나저제나 배가 산산조각 날 것만 같았고, 혹자는 벌써 배가 부서지기 시작한다고 말을 했다.

이런 난관 속에서 선장은 나머지 사람들과 보트를 들어서 배 옆으로 던져놓은 다음, 모두 거기에 타고서는 묶었던 줄을 풀어 버린 후, 우리 11명은 이제 목숨을 하나님의 긍휼과 바다의 분노에 내맡기고 말았으니, 비록 폭풍이 상당히 약해졌기는 하나, 파도가 무시무시하게 높이 해안으로 몰아쳤기에, 그야말로 네덜란드 사람들이 바다에 폭풍이 몰아칠 때 "야만스런 바다"라고 부르는 것과 딱 맞는 형국이었다.

이제 그야말로 우리 처지는 참으로 암담했으니, 파도가 그토록 높게 치니 보트가 오래 버티지 못하고 우리 모두 물에 빠지는 운명을 피할 수 없으리라는 것이 분명해 보였다. 돛을 펴 본다는 것은 생각할 수 없었던 것이 일단 그 배에 돛이 없었을 뿐 아니라 설사 있었다고 해도 그걸로 무엇을 어떻게 해볼 상황이 아니었기에, 육지를 향해서 힘껏 노를 저어 보는 수밖에 없었으나, 우리의 마음은 마치 사형장으로 나아가는 사람들처럼 무겁기만 했으니, 보트가 뭍에 근접하면 부서지는 파도 때문에 산산조각 나리라는 것을 모두 알고 있었다. 하지만 우리는 우리의 영혼을 지극히 진지한 태도로 하나님께 내맡기고는 바람이 우리를 해안 쪽으로 밀어대는 대로, 우리가 할 수 있는 한 최선을 다해 뭍을 향해 나아가며 우리의 파멸을 우리 손으로 재촉하였다.

그 해안이 어떤 곳인지, 바위인지 모래인지, 절벽인지 모래톱인지 우리는 알지 못했으며, 약간의 합리적인 기대라도 걸 만한 여지가 있는 희망이라고는, 만에 하나 혹시 운이 좋아서 우리 배가 무슨 만이나 후미 아니면 무슨 강 하구에 닿아서, 그 안으로 배가 들어가서 물살을 타고 내륙의 안쪽으로 들어가면 혹시라도 잔잔한 물길을 만날지 모른다는 것이었다. 그러나 이런 강 하구처럼 보이는 것은 전혀 없었기에, 우리가 해안으로 가까이 가면 갈수록, 뭍이 바다보다 더 무시무시해 보일 따름이었다.

우리가 한 4마일 반 정도 노를 저었을 때, 아니 정확히 말해서 파도에 떠밀려왔을 때, 산더미처럼 솟아오른 성난 파도가 뒤쪽에서 우리한테 몰려오니, 필경 이것은 우리에게 죽을 차비를 하라고 명령을 하는 거나 마찬가지였다. 한마디로, 파도가 우리 위로 얼마나 사납게 덮쳤던지, 즉시 보트를 뒤집으며 우리를 보트로부터 떼어 놓고 더욱이 각자 서로 멀찍이 흩어 놓았으니, 미처 "아이고 하나님!" 소리도 지를 겨를이 없이 우리 모두를 한순간에 바다가 덥석 삼켜버렸다.

내가 물속으로 빠져들 때 생각이 뒤죽박죽 섞이던 느낌은 말로 다 할 수 없을 정도라, 비록 내가 수영을 제법 잘하기는 했으나 숨을 내쉴 만큼 파도를 떨쳐버릴 수 없었으므로, 파도가 나를 몰아 갔다고 할까 아니면 싣고 갔다고 할까, 해안 쪽으로 한참 끌고 간 후에 진이 빠졌는지 나를 거의 마른 땅 같은 곳에 남겨두고 돌아 갔는데, 나는 바닷물을 하도 마셔서 반쯤 죽은 상태였다. 나는 목숨과 정신이 그래도 조금은 남아 있었던 터라, 내가 예상했던 것보다 더 가까이 뭍에 던져진 것을 깨닫고는 두 발로 일어서서, 있는 힘을 다해 또 다른 파도가 돌아와서 나를 다시 데려갈까 봐 빠른 속도로 뭍을 향해 달려갔다. 그러나 그걸 피하는 게 불가능하다는 것을 금세 깨달았으니, 거대한 산봉우리처럼 높은 파도가 내가 전혀 싸워볼 무기나 힘도 없는 사나운 적처럼 나를 뒤쫓고 있음을 보았던 것이라, 그저 숨을 크게 들이 마시고 물 위로 가능한 한 떠오르도록 애쓰고 헤엄을 쳐서 목숨을 유지하며 할 수 있다면 해안 쪽을 향해 방향을 잡는 것 외에는 달리 할 일이 없으리라고 생각했으니, 파도가 나를 이렇게 해안 쪽으로 한참 밀어 놓을 정도의 힘이라면 다시 바다 쪽으로 한참 멀리 끌고 갈 수도 있다는 것이 못내 두려웠다.

다시 나를 휩쓴 파도는 곧장 파도 한가운데로 깊이 한 20피트에서 30피트 가량 나를 파묻었다가, 엄청난 힘과 속도로 해안 쪽을 향해 상당한 거리를 끌고 가고 있음을 느꼈는데, 나는 숨을 멈추고 있는 힘을 다해서 앞으로 헤엄을 쳐볼 준비를 했다. 내가 더 이상 숨을 참지 못할 지경에 이르렀을 때 몸이 위로 솟아오르는 느낌을 받았고, 그래서 나는 머리와 손을 수면 위로 들 수가 있음을 알아차리고는 즉시 안도의 숨을 내쉬었는데, 그렇게 숨을 쉴 수 있는 게 비록 한 2초도 안 되는 짧은 시간이었지만 나한테는 크게 힘이 되었으니, 나는 숨을 내쉬며 새로이 용기도 낼 수 있었다. 나는 한동안 다시 물속에 잠겨 있었으나, 숨을 참아 내지 못할 정도는 아니었고, 이제 파도가 힘을 다 쓰고 다시 새롭게 몰려오려는 것을 감지하고는 몰려오는 파도를 앞지르느라 헤엄을 부지런히 치자, 드디어 발 밑에 땅을 밟았다는 느낌을 받았다. 나는 잠시 바닷물이 다시 밀어닥치기 전까지 숨을 몰아쉬느라 거기에 멈춰 쉰 다음, 파도가 몰려오자 남은 힘을 다 끌어 모아서 힘껏 해안을 향해 줄행랑을 쳤다. 그러나 이번에도 바다의 분노에서 탈출할 수는 없었으니, 다시 파도는 내 위로 쏟아졌고, 이렇게 두 번이나 더 나는 파도에 번쩍 들려서 뒤로 끌려가고 말았는데, 해안이 매우 평평하다 보니 더욱 쉽게 쓸려갔던 것이다.

이 중 두 번째 파도에 거의 죽을 뻔했으니, 바다가 나를 이전처럼 앞으로 황급히 끌고 가서 바위덩어리에다가 나를 내려놓는데, 아니, 냅다 던져놓는데 얼마나 충격이 셌던지 완전히 정신도 나가 버리고, 구출이 되리라는 희망도 가셔 버린 상태라, 내 옆구리와 가슴이 바위와 충돌하며 내 몸에서 숨이 말하자면 훅! 하고 다 빠져 버린 꼴이었던 것인데, 게다가 파도가 즉시 다시 돌아왔다면 나는 물살에 목이 졸려 죽고 말았을 것이지만, 파도가 다시 밀려오기 바로 직전에 조금 정신이 돌아와 내가 다시 물에 휩싸일 형국임을 파악하고는, 바위덩어리를 꽉 붙잡고 매달려 파도가 물러갈 때까지 숨을 멈추고 버텨보기로 결심했는데, 마침 이번 파도는 아마 뭍에 더 가까이 온 위치라서 그런지 처음처럼 그렇게 높지는 않아서, 숨을 멈추고 파도가 수그러들기를 기다리고 있다가 또다시 달음질을 치자 해안에 제법 다가갔는지, 그 다음 파도가 머리 위로 밀려오긴 했으나 나를 다시 뒤로 싣고 가 버릴 정도로 꿀꺽 삼키지는 못했고, 한 번 더 또 달리자 뭍에 이르렀는데, 거기에서 큰 안도의 숨을 내쉬며 해안 바위벽을 더듬더듬 올라가서는 풀밭에 주저앉았으니, 이제 위험에서 벗어나서, 바다의 손아귀가 전혀 미치지 못하는 곳까지 온 것이었다.

나는 이제 안전한 해안에 상륙한 것이니, 불과 몇 분 전까지만 해도 전혀 희망을 가질 구석이 없던 처지에 있던 내 목숨이 이렇게 구원받은 데 대해 하늘을 올려다보며 하나님께 감사했다. 아마도 무덤에 들어가기 직전에 영혼이 육체로부터 건져올려질 때의 그 회열과 환희는 아직 죽어보지 않은 사람들에게는 설명해 줄 수 없을 것일 터, 또한 죄인이 꽁꽁 묶이고 밧줄이 목에 걸린 채 막 처형되려던 참에 집행유예 결정서를 들고 사형수한테 갈 때는 의사를 대동하고 가서, 그 소식을 전하는 순간 죄인이 놀란 통에 심장에서 정기가 다 빠져나가서 기절할까 봐 피를 몇 방울 흘려보내는 것도 놀랄 일이 아닌 바,

"갑작스런 기쁨은 슬픔과 마찬가지로 처음에는 정신을 빼놓는 법"

이라는 말 그대로이다.

나는 두 손을 쳐들고 몸과 혼이 온통 내가 구원받은 이 사실에 감동하여, 말로 다 형언할 수 없는 수천 가지 몸짓과 동작을 하며 해안 여기저기를 돌아다녔는데, 동료들은 모두 다 익사했고 나 말고는 살아남은 목숨이 단 하나도 없다는 생각을 하게 되었으니, 이들이나 이들의 흔적을 그 후로 전혀 보지를 못했고, 다만 그들이 쓰고 있던 모자 세 개와 베레모 하나, 서로 짝이 안 맞는 신발 두 개만 나중에 떠내려왔다.

그리고서 좌초된 배로 눈을 돌렸는데, 파도가 엄청 세게 부서지며 거품을 일으키는 통에 거의 보일락말락했지만, 참으로 멀리 떨어져 있는 게 보이니, 아이고 하나님! 내가 도대체 이 해안까지 오는 게 어떻게 가능했나? 하는 생각이 들었다.

내 처지에서 위안이 되는 쪽으로 생각을 함으로써 내 마음을 달

랜 후에, 이곳이 도대체 어떤 곳이며 또한 그 다음으로 할 일이 무엇인가 살펴보려고 사방을 둘러보자, 안도하던 내 감정이 조금씩 사그라들기 시작했으니, 한마디로 구원치고는 끔찍한 구원임을 깨닫게 된 것이라, 온 몸이 바닷물에 푹 젖었지만 갈아입을 옷이 없었고, 무엇이건 먹고 마시며 나를 달랠 게 하나도 없었으며, 앞으로 굶주림에 슬슬 죽어가거나 짐승한테 한 입에 먹힐 일 말고는 장담할 수 있는 일이 없었던 것인데, 특히 내 심기를 괴롭힌 것은 내가 생계를 유지하기 위해 짐승을 사냥해서 잡아먹거나 나를 먹잇감으로 잡아먹고 싶어할 다른 짐승들로부터 나 자신을 방어할 무기를 전혀 갖고 있지 않다는 사실이었으니, 요컨대 내가 갖고 있는 것이라고는 작은 칼 하나, 담배 파이프, 담뱃갑에 들어 있는 담배 약간이라, 이게 내가 갖고 있던 물품의 전부였으니, 나는 극도로 마음이 심란해져서 한참을 미친 사람처럼 뛰어 돌아다니다가, 이제 밤이 되자 그곳에 사는 굶주린 짐승들이, 놈들은 밤에 사냥감을 찾아다니는 법이니 혹시라도 나타난다면 내 처지가 어떻게 될 것인가 생각해 보니, 그저 갑갑한 심정에 짓눌릴 따름이었다.

당시 내가 생각해 낼 수 있는 방책이라고는, 전나무같이 생겼지만 가시가 돋치고 빽빽하게 잔가지가 무성한 나무가 근처에 있으니 그 나무로 올라가서 밤을 보내고 그 다음날 어떻게 죽을지나 결정하기로 했으니 아직 어떻게 살아남을 전망은 보이지 않았던 것이라, 나는 해안에서 한 200미터 정도 안쪽으로 걸어가서 혹시 마실 민물이 있는지 찾아보았는데, 매우 다행하게도 물을 찾았고 물을 마신 후에 허기를 참아 보려 담배를 좀 입 안에 넣고 씹으며,

그 나무로 가서 위로 올라가 내가 잠이 들어도 떨어지지 않을 자세를 잡아 보려 애를 쓰며, 호신용으로 나뭇가지를 짧게 잘라내서 곤봉 비슷하게 만든 다음 자리를 잡자, 극도로 피곤했던 터라 깊이 잠에 빠졌고, 아마 남들이 그런 자세로 잤을 때보다도, 또 나도 그런 임시 상황에서 자던 그 어느 때보다도, 매우 편안하게 잘 잤고, 다음날 일어나자 원기가 많이 회복되었다.

잠에서 깨니 대낮이었고, 날씨는 맑았고 폭풍은 잦아져서 바다가 전날처럼 요동치지 않았는데, 하지만 몹시 놀랍게도 우리 배가 원래 걸려 있던 모래 언덕에서 간밤에 떠내려와 밀물을 타고 내가 처음에 말했던 그 바위, 그러니까 내가 부딪쳐서 심하게 부상당했던 그 바위까지 와 있는 것이었으니, 이 바위가 해안에서 한 1마일 정도 되는 거리이고 배가 여전히 제대로 서 있는 것처럼 보였기에, 나는 최소한 배 위로 올라만 갈 수 있기를 바랐고 그렇다면 내게 필요한 물건들을 갖다 쓸 수 있으리라고 생각했다.

나무 위에 마련한 내 거처에서 내려와서 다시 주변을 살펴보니, 내가 첫 번째로 발견한 것이 구명 보트로, 그것이 바람과 파도에 마구 끌려 다니다가 육지에까지 내 오른쪽으로 약 2마일 정도 떨어진 거리에 와 있었다. 나는 보트를 향해 해안선으로 가능한 한 빨리 발걸음을 옮겨갔지만, 가보니 나와 보트 사이에 약 반 마일 정도 넓게 파인 곳에 물이 들어와 막고 있었고, 그래서 일단은 돌아왔지만, 배로 가서 내가 당장 목숨을 부지할 것을 뭔가 좀 찾아볼 뜻은 더욱 간절해졌다.

정오를 약간 지나자 바다가 매우 잠잠해졌고, 썰물이 상당히 빠졌기에 나는 배에서 한 4분의 1마일 정도까지 접근할 수가 있었는데, 거기에서 나는 다시 새삼 비통한 마음에 잠겼으니, 우리가 모두 배 안에 남아 있었다면 안전했을 것이고, 달리 말해 모두 무사히 육지에 상륙했을 것이고, 내가 이렇듯 위안이 될 사람이 전혀 하나도 없이 홀로 남아 있는 처지가 되지는 않았을 터, 이런 생각에 다시 내 눈에서 눈물이 흘렀지만, 그래봤자 별 도움이 될 일이 없었기에, 나는 가능한 한 배에까지 가보기로 결심을 하고서, 또 날씨도 찌는 듯이 더웠기에 웃통을 벗고 수영하여 배에 도착했는데, 막상 이제는 배 위로 올라갈 방법을 알 수 없는 게 더 큰 난관이었으니, 배가 물에서 한참 솟아 올라와서 바위에 걸려 있는 상태라 내가 붙잡고 올라갈 만한 것이 하나도 없었던 것이다. 나는 두 차례 배 주위를 헤엄쳐 돌아보았고, 두 번째 돌 때는 작은 밧줄 하나가 보이니, 이것이 돛대 체인에서 내려져 있었는데, 그걸 처음에는 왜 보지 못했는지 의아해하며 자세히 보니 밧줄이 충분히 밑에까지 내려와 있는지라, 그 밧줄을 힘겹게 겨우 붙잡고는 그 덕택에 배의 앞 갑판으로 올라갔고, 가서 보니 배 밑에 구멍이 나서 상당량의 물이 들어와 있었으나 단단한 모래랄까, 아니면 흙 언덕 옆쪽으로 배가 걸려 있어서, 배의 뒤쪽은 모래둑에 툭 올라가 있고 앞쪽은 거의 물에 잠겨 있었는데, 이런 상태였기에 뒤쪽 선체는 모두 멀쩡할 수 있었고 그 안에 있는 것들은 모두 물에 젖지 않았으니, 내가 당연히 당장 먼저 한 일이 물에 젖어 못 쓰게 된 게 무엇이고 멀쩡한 게 무엇인지 수색해서 살펴보는 것이었던 바, 맨 먼저 발견한 것은 배의 식량은 모두 물에 젖지 않은 멀쩡한 상태라는 것이어서, 뭔가 먹고 싶은 마음이 굴뚝 같았기에 건빵실로 가서 내 주머니에 건빵을 가득 채운 후, 시간을 아껴야 했기에 다른 일을 하면서 그걸 먹었고, 또한 제일 큰 선실에서 럼주를 발견하고 한 잔을 쭉 들이켰는데, 내가 이제 할 일을 마저 하려면 술기운이 좀 필요하긴 했던 터, 이제 나한테 앞으로 지극히 요긴할 것으로 보이는 여러 물건들을 골고루 챙겨 갈 보트만 있으면 딱 좋을 것 같았다.

우두커니 앉아서 바란다고 없던 물건이 생길 것도 아니며, 또한 이런 극단적 상황에 처하니 변통할 방법을 더 열심히 찾게 되어, 몇 개의 보조 돛대와 큼직한 돛대용 목재 두세 개, 여분의 중간 돛대 한두 개가 우리 배에 있었던 게 생각났고, 나는 이것들을 갖고 작업하기로 결정하고는 갑판 위에 내가 무게를 감당할 수 있는 만큼 최대한 이것들을 펼쳐놓은 후, 하나씩 밧줄로 묶어서 떨어져 나가지 않게 해놓았고, 이 작업이 끝나자, 배의 옆쪽으로 내려가서 이 나무통들을 내 쪽으로 끌어낸 다음, 이 중 네 곳의 양쪽 끝을 할 수 있는 한 단단히 묶어서 뗏목 모양을 만들어 놓은 후, 그 위에다 짧은 나무판들을 가로로 얹어놓으니, 그 뗏목 위를 내가 걸어 다녀도 될 만큼 충분히 단단하다는 것을 확인했지만, 너무 가벼운 나무판들이라 아주 큰 무게는 견디지 못할 것 같았고, 따라서 나는 목수가 쓰는 톱으로 보조 중간 돛대 하나를 세 토막으로 똑같은 길이로 잘라서 내 뗏목을 보강하니, 여기에 들어간 노동과 수고가 상당했으나 내게 필요한 물품들을 챙겨가겠다는 희망에, 온 힘을 내어 다른 상황에서였더라면 하지 못했을 만큼의 작업을 했다.

이제 내 뗏목을 웬만한 무게는 견딜 수 있을 만큼 든든하게 보강해 놓자, 그 다음으로 걱정할 일은 거기에 무엇을 실을 것이며 또한 어떻게 그 위에 놓은 것들을 출렁이는 파도에 젖지 않게 무사히 가져가는 것이었으나, 이 문제는 쉽게 해결되었으니, 나는 내가 가져갈 수 있는 판자 내지는 널빤지를 그 위에 모조리 얹어 놓고서 내게 가장 필요한 게 무엇인지를 따져본 후, 내가 뜯어서 비워 놓았던 개인 관물함 중 세 개를 가져와 이것들을 뗏목에 내려놓고는, 이 중 첫 번째 궤짝에는 식량, 즉 건빵, 쌀, 네덜란드 치즈 세 덩어리, 우리가 배에서 즐겨 먹었던 염소고기 육포 다섯 점, 배에 탈 때 데리고 왔었으나 다 죽어버린 애완용 새들 모이로 남겨뒀던 유럽 곡식 약간 등이었는데, 보리와 밀도 좀 있었던 것으로 알았으나 나중에 보니까 쥐들이 그걸 모두 먹어버렸거나 아니면 망쳐놨으니 실망이 클 수밖에 없었고, 술 종류로는 선장의 소유물이던 술 박스 몇 개를 발견했는데 이것들은 브랜디로 다 합쳐서 독주 약 5, 6갤런쯤 되는 것이나 그냥 한 군데로 치워놓았으니 이것들까지 싣고 갈 필요도 없었고 또한 그럴 자리도 없었다. 내가 이렇게 한참 작업을 하고 있는데 보니까 썰물이 빠지면서 내가 모래사장에 남겨뒀던 재킷, 셔츠, 조끼 등이 휩쓸려 떠내려가는 것을 굴욕스럽게 바라만 볼 수밖에 없었으니, 그냥 아마포로 만든 무릎까지 오는 바지랑 양말만은 내가 그대로 신고 수영을 했었던 것인데, 하지만 일이 이렇게 되니 나는 허겁지겁 옷가지를 뒤져보니 옷은 충분히 있었으나 당장 내가 쓸 정도만을 챙겼고, 내가 눈독을 들일 만한 다른 물건들로는 가령 뭍으로 돌아가서 당장 작업을 할 공구가 필요할 것이었기에, 한참을 뒤지자 드디어 목공 연장통을 찾아내었으니 이것이 참으로 나한테는 당시로는 금을 가득 실은 배 한 척보다도 더 값진 횡재라. 나는 연장통을 통째로 그 안의 내용물을 살펴보는 데 시간을 낭비하지 않고, 또 대개 거기 뭐가 있는지 알고 있었기에, 그대로 내 뗏목에 옮겨놓았다.

그 다음으로 신경을 쓸 일은 탄약과 무기류라, 살펴보니까 아주 쓸 만한 사냥총 두 자루가 큰 선실에 있었고, 이것들과 권총 두 자루, 화약 주머니 몇 개, 조그마한 탄환 주머니, 녹이 좀 쓴 칼 두 자루를 같이 일단 챙겨놓고, 또한 배 안에 화약통이 세 통 있었던 것으로 알고 있었기에 포수가 이것들을 어디에 치워놨는지 알 수가 없었지만 여기저기 뒤진 끝에 찾아냈는데, 이 가운데 두 통은 화약이 물에 젖지 않아 쓸 만했으나 세 번째 통은 물에 젖어 못 쓸 상태라서 두 통만 총기류와 함께 뗏목에 옮겨놓고 나니, 이제 제법 묵직하게 화물을 실어간다는 생각에 뿌듯하긴 했지만, 돛대도 노도 키도 없고 바람이 조금만 세게 불어대면 항해는 완전히 망칠 판이라서 어떻게 무사히 육지까지 갈 것인지가 걱정이었다.

이런 나에게 세 가지 점이 용기를 내도록 해주었으니, 첫째, 파도가 잔잔했고, 둘째, 조수가 바뀌어 해안으로 밀려가고 있었고, 셋째, 바람이 미미하게 불긴 했으나 해안 쪽으로 불고 있었기에, 구명 보트에 달려 있던 노 두세 개를 찾았고, 연장통에 있던 공구들 외에도 톱 두 개와 도끼 한 자루, 망치 한 개를 발견하여 이 화물을 다 싣고서 뗏목을 바다에 띄웠더니, 한 1마일 정도 되는 거리까지는 뗏목이 잘 나아갔으나 내가 처음에 상륙했던 지점보다는 좀 멀리 떨어진 쪽으로 가고 있었는데, 이것을 보니 물로 흘러들어가는 물살이 있다는 것을 알 수 있었고, 그래서 거기에 무슨 개천이나 강이 있다면 내 화물을 하역할 항구처럼 쓸 장소가 있지 않을까 하는 기대를 하게 되었다

역시 내가 상상한 것 그대로였으니, 내 앞으로 뭍이 약간 갈라져 있는 게 보였고 그 안쪽으로 무슨 강한 물살이 빨려들어가고 있는 걸 발견했기에, 나는 뗏목을 가능한 한 물살 가운데에 머물도록 조정해 보려 애썼는데, 하지만 여기서 나는 두 번째로 배가 난파되는 꼴을 당할 뻔했으니 만일 그렇게 됐다면 참으로 낙담에 빠지고 말았을 터, 해안이 어떻게 생겼는지 전혀 알지도 못하는 터라 뗏목의 한쪽 끝이 모래 위에 걸렸고 다른 쪽은 걸리지 않았는데, 그래서 물에 떠 있는 쪽으로 쉽사리 내 물건이 모조리 미끄러져 내려서 물에 빠질 지경이 되었고, 그러기에 나는 있는 힘을 다해 등으로 상자들을 막았으나 힘을 다 써도 뗏목을 밀어서 다시 띄울 수가 없는데다 내가 취한 자세를 바꾸는 것도 위험했기에, 그런 자세로 근 30분을 버티고 있자니 마침내 물살이 밀려와서 뗏목을 다시 평평하게 만들었고 계속 물이 밀려오자 뗏목이 다시 물에 뜨게 되었으니, 그제서야 나는 내가 갖고 있던 노로 뗏목을 몰아서 수로로 진입했고 마침내 작은 강 입구에 이르렀는데, 거기는 양쪽이 육지였고 강한 물살이 흘러들어가는 중이라서 어디에 배를 대어 상륙하는 게 좋을지 양쪽을 번갈아 살펴보는데 물살에 실려 너무 깊숙이 들어갈 뜻은 없었으니, 나는 바다 멀리 떠가는 배를 볼 수 있게 되길 바랐고 그래서 가능한 한 해안 가까이 자리를 잡기로 작정했다.

드디어 나는 강 오른편의 작은 후미를 발견하고는 그쪽으로 무

척 힘겨울 만큼 어렵사리 뗏목을 끌고 들어가서 결국에는 내 노로 물을 짚을 수 있을 정도까지 접근한 후 뗏목을 곧장 거기에 댈 수 있을 것 같았으나, 여기서도 다시금 내 화물을 온통 다 물에 쏟아 버릴 뻔했으니, 해안이 제법 가파르게 일종의 경사가 져 있어서 배를 댈 만하지 않았기에 한쪽을 뭍에 댄다고 해도 그쪽은 너무 높아서 다른 쪽은 기울어질 것이고 그러면 내 화물이 다시 위험에 처할 것이라, 그래서 내가 할 수 있는 일이라고는 그저 물이 가장 많이 밀려올 때까지 노를 닻처럼 뭍에다 대고 뗏목을 평평한 땅 옆에다 세워놓고, 그 위까지 물이 올라와서 땅을 덮을 것을 기대하며 기다리는 것뿐이었는데, 실제로 그대로 그렇게 되었고, 나는 물이 충분히 덮인 것을 확인하는 즉시 뗏목이 물에서 한 1피트 정도 떠 있었기에 뗏목을 평평한 뭍으로 쑥 밀어넣었고, 거기에다 부러진 노 두 개를 하나는 뗏목 한쪽 끄트머리에, 다른 하나는 반대쪽 끄트머리에 대어 땅에 박아놓아 뗏목을 고정 내지는 정박시켜 놓은 다음, 이 상태로 나는 물이 다시 빠질 때까지 기다렸다가 내 뗏목과 화물을 모두 무사히 뭍에 내려놓았다.

그 다음으로 내가 할 일은 이 땅을 살펴보며 내 거처를 정하고 내 물건들을 안전하게 보관해 두기에 적당한 터를 찾아보는 것이었는데, 무슨 일이 벌어질지 전혀 알 수 없는 형편이라, 내가 어디에 와 있는지, 여기가 대륙인지 섬인지, 사람이 사는지 안 사는지, 맹수들의 위협이 있는지 없는지, 아무것도 알 수가 없었던 것인데, 내가 서 있는 데서 한 1마일도 채 안 되는 지점에 언덕이 하나 있었고 우뚝 솟아 있는 그 봉우리에서 능선처럼 북쪽으로 산이 뻗어 있는 것처럼 보였기에, 나는 사냥총 한 자루와 권총 한 자루, 화약 주머니 하나를 꺼내어 이것들로 무장을 한 후 지세를 살피러 언덕 위로 향했는데, 무척 힘겹게 땀흘리며 올라가서 막상 둘러보니, 내 숙명에 대해 참담한 심정을 금할 수 없었으니— 이곳은 섬이라서, 사방이 온통 바다로 에워싸여 있었고 한참 멀리 떨어진 데 있는 바위섬 말고는 땅이라고는 볼 수가 없었으며, 그 섬보다 작은 크기의 섬 두 개가 서쪽으로 한 9마일 정도에 떨어져 있을 뿐이었다.

그리고 나는 내가 지금 있는 이 섬이 황량한 곳임을 알 수 있었고 사람은 살지 않고 야생 짐승만 살 거라고 믿어도 좋겠다는 생각을 했는데, 짐승 또한 넘쳐나는 새들 외에는 보지를 못했고, 또 무슨 종류의 새들인지는 알 수가 없었으니, 잡아서 고기를 먹어도 될지, 뭐 도무지 알 수가 없던 터에, 돌아오는 길에 웬 큼직한 새가 커다란 숲 곁의 나무에 앉아 있는 것을 보고 총으로 쏘니, 이게 아마 천지창조 이후로 이곳에서 총소리가 난 것은 처음이었으리라 싶은데, 내가 총을 쏘자마자 숲 속 여기저기서 헤아릴 수 없이 많은 새들이 날아오르며 어지럽게 각기 제 울음소리대로 꺅꺅 짖어대는데, 하지만 이 중 내가 알 만한 새는 어느 것도 없었고, 내가 죽인 날짐승도 색깔과 부리 모양이 매하고 비슷해서 매의 일종인 줄 알았으나, 발톱이랄까 갈퀴가 그렇게 날카롭지는 않았고, 고기는 도무지 썩은 듯한 맛이라 아무 짝에도 쓸 데가 없었다.

나는 주변 정황을 이 정도 파악한 데 만족하며 뗏목으로 돌아와 내 화물을 뭍에다 내려놓는 작업에 착수했는데, 이 일을 하느라 낮 시간을 다 보내고 나니, 이제 밤에는 어디에 가 있을 것이며 어디서 쉴지를 알 수가 없었으니, 어떤 사나운 짐승에게 잡아먹힐지도 모르는지라 땅에 누워 있기가 두려웠던 것인데 나중에 알게 된 일이지만 사실 그걸 두려워할 필요는 없었다.

하지만 나는 뭍으로 가져 온 궤짝과 판자를 내 주위에 둘러놓은 다음, 최대한 안전하게 방벽을 쳐 놓고서 그날 밤을 지낼 수 있도록 일종의 오두막을 만들어 놓았으나, 음식 문제는 어떻게 해결해야 할지 대책이 없었고, 다만 내가 새를 쏠 때 숲에서 무슨 토끼 같은 것들이 한 두세 마리 달려 나오는 것을 본 게 전부였다.

나는 아직도 배에 내게 쓸모 있는 물건들이, 특히 배의 장비들과 돛과 기타 육지로 갖고 올 수 있는 물건들이 상당히 많다는 생각이 들기 시작하자, 한 번 더 항해를 해서 배에 올라가 보기로 작정하였으니, 폭풍이 한 번만 더 불면 내가 보기에 배는 산산조각 날 것임이 분명했기에 내가 배에서 갖고 올 수 있는 것들을 모조리 가져오기 전까지는 다른 일은 다 미뤄두기로 한 터라, 내 머릿속으로 말하자면 회의를 소집해서 내가 다시 뗏목을 타고 갈 것인지 여부를 따져 봤으나, 이것은 별로 실현가능성이 없어 보였기 때문에 처음에 했던 대로 헤엄쳐 가기로 결정했고, 조류가 썰물일 때 그대로 했는데, 단 이번에는 오두막에서 나오기 전에 미리 옷을 다 벗고 바둑판무늬 셔츠와 속옷 바지 차림에 실내화를 신고 떠났다.

나는 처음 갔을 때와 똑같은 방식으로 배에 올라갔고, 그때의 경험을 살려서 두 번째 뗏목을 마련했는데, 이 뗏목을 거추장스럽게 크게 만들거나 지나치게 많은 짐을 싣지 않았음에도 나한테 매우 쓸모 있는 물건들 몇 가지를 가져왔으니, 처음 갔을 때처럼 목수의 짐에서 짧은 못과 긴 못이 가득 들어 있는 주머니 두세 개와 큼직한 기중기 하나, 손도끼 한 열두세 개, 그리고 무엇보다도 회전 숫돌이라고 부르는 매우 쓸모 있는 물건 등이 그것들인데, 이 모든 것들을 한데 챙겨놓았고, 포수의 몫이었던 다른 물건 몇 가지, 특히 쇠지레 두세 개, 머스켓 총 탄환 두 통, 머스켓 총 일곱 자루, 또 다른 사냥총 한 자루, 약간의 화약, 소형 탄환을 꽉 채워놓은 커다란 주머니, 큼직하게 말아놓은 납판 등을 챙겼는데, 이 마지막 물건은 너무 무거워서 그걸 들어서 배 옆으로 넘길 수가 없었다.

이것들 외에도 나는 승선했던 사람 모두의 의복을 찾을 수 있는 대로, 또한 예비용 앞돛대의 중간 돛과 해먹과 침구류를 가져와 두 번째 뗏목에 싣고서 모두 무사히 뭍으로 옮겨왔으니, 이것이 내게 큰 위안이 되었다.

나는 섬에서 벗어나 있는 동안 내 식량을 짐승이 와서 먹어버리지나 않을까 다소 염려를 하고 있었지만 돌아와 보니 아무도 근처에 왔다 간 흔적이 없었고, 다만 궤짝 위에 무슨 야생 고양이 같은 놈 하나가 앉아 있을 뿐이었는데, 이놈이 내가 접근하자 조금 뒤로 달아나더니 가만히 앉아서 사뭇 차분하고 별로 개의치 않는 듯이 내 얼굴을 빤히 바라보는데, 마치 나와 사귈 마음이라도 있는 기색이었고, 내가 총을 놈한테 겨누니까 그게 뭔지 이해를 못하는 터라 전혀 상관하지 않았고 움직여서 가버릴 기색도 안 하니, 그래서 내가 건빵을 한 조각 던져주니까, 물론 나도 갖고 있는 양이 얼마 안 돼서 그걸 막 없앨 수가 없는 처지였지만, 그래도 건빵을 좀 챙겨 주니까 그쪽으로 다가가서 냄새를 맡아보더니 먹고 나서는 맛이 맘에 들었는지 좀 더 달라는 눈치를 보였지만, 나는 정중히 사양하고 더는 주질 않았고, 그러자 그놈은 슬슬 걸어서 가버렸다.

두 번째 화물을 육지에 옮겨놓자, 나는 화약상자들을 빨리 뜯어보고 싶었으나 워낙 큼직해서 그대로 들고 올 수가 없기에 이것들을 뜯어서 한 묶음씩 꺼내 쓰기로 하고, 돛과 잘라왔던 몇 개의 장대들을 가지고 의도했던 대로 조그마한 텐트를 만드는 작업을 했고, 이 텐트 안에다 비에 젖거나 햇빛에 노출되면 상할 것 같은 물건들은 모두 옮겨놓았고, 빈 상자와 통들을 텐트 둘레로 둥글게 싸놓아서 사람이건 짐승이건 나를 습격할 것에 대비해 방벽을 만들었다.

이렇게 해놓은 다음 나는 텐트 입구 안쪽을 판자로 막고 바깥쪽에는 빈 궤짝을 세워놓은 후 침구 하나를 바닥에 깔고서 머리맡에 권총 두 자루, 내 옆에 총을 나란히 눕혀 놓고 처음으로 제대로 잠을 청하여 밤새 아주 조용히 잘 잤는데, 그 전날 밤에는 거의 잠을 못 잤는데도 하루 종일 심한 노동을 했고, 게다가 배에서 그 물건들을 다 뭍으로 가져오느라 심한 피로가 무겁게 몰려왔던 것이다.

나로서는 이제 이 세상에서 한 사람이 혼자 이렇게 온갖 종류의 물건을 다 갖다 쌓아둔 적이 아마 없을 정도였겠지만, 여전히 나는 만족하지 못했으니, 배가 똑바로 서 있을 동안에 가져올 수 있는 물건은 있는 대로 다 가져와야 한다는 생각이어서, 매일 물이 빠질 때마다 배로 올라가서 이런 저런 물건들을 가져왔는데, 특히 세 번째로 갔을 때 나는 있는 대로 최대한 많은 삭구를 들고 왔고, 내가 찾을 수 있는 한 모든 짧은 밧줄과 밧줄 실, 필요하면 돛을 깁는 데 쓰려고 비치해 뒀던 예비용 범포 한 개, 물에 젖은 화약 한 통 등도 가져오는 등, 한마디로 큰 것에서 작은 것까지 돛을 죄다 가져왔으니, 이것들은 돛으로서는 쓸모가 없었고 그냥 범포 천 조각들이나 마찬가지였기에 한 조각씩 잘라서 쓰고자 했을 뿐이다.

그러나 거기에 덧붙여 내게 위안이 됐던 물건들이 더 있었으니, 내가 이와 같이 배에 한 대여섯 번 갔다 온 터라 더 이상 뭐 신경 쓸 만한 물건을 가져올 기대를 할 게 없으리라고 생각하던 중, 대용량 통에 가득 들어 있는 건빵, 럼주 등 독주가 들어 있는 대용량 통 세 개, 설탕 한 박스, 정제된 밀가루 한 통 등을 발견한 것이었으니, 식량이라고는 바닷물에 젖은 것들밖에 안 보여서 더 이상 찾기를 포기했었기에 놀랄 일이었는데, 나는 통을 비워서 건빵을 쏟아낸 뒤, 돛 조각들을 잘라서 한 묶음씩 싸서, 한마디로 무사히 이것들을 다 뭍으로 운반했다.

다음날 나는 한 번 더 배로 가서 이미 들고 나오기 적당한 것들은 모조리 훑어왔던 터라 밧줄들부터 자르기로 하고, 중심 밧줄을 떼어낼 수 있는 만큼 조각조각 끊어서 밧줄 두 개와 굵은 밧줄, 그리고 가져올 수 있는 철제 부품들을 있는 대로 챙겨서, 중간과 뒤쪽 돛대 여기저기를 뜯어내고 그 밖에 다른 것들을 되는 대로 모아서 커다란 뗏목을 만든 후, 거기에다 이 묵직한 물품들을 모두 싣고 배에서 떠났는데, 하지만 이제 내 운이 다했는지, 이 뗏목은 인체 다루기 거추장스럽고 워낙 과중하게 물건을 적재했던 터라 그 전에 내 물건들을 내려놓았던 그 작은 만으로 들어가자마자 예전처럼 뗏목을 쉽게 몰고 갈 수 없었고, 결국은 뗏목이 뒤집혀 나와 내 화물 모두 물에 빠지고 말았으니, 나야 해안이 멀지 않아 별 걱정할 것은 없었으나 내 물건들은 상당 부분 잃고 말았는데, 특히 쇠붙이들은 내게 꽤 쓸모가 있으리라고 기대했었다가 그만 없어졌지만, 그래도 물이 빠지고 난 후에는 대부분의 밧줄 조각들과 철제 부품을 일부 건져냈는데, 이걸 찾느라 물에 잠수하지 않을 수 없었고 그게 몹시 피로한 작업이었기에 고생이 이만저만 아니었다. 아무튼 이 후에도 매일 배 위로 올라가서 내가 가져올 수 있는 것들을 챙겨왔다.

나는 이제 상륙한 지 13일째 되었는데 그 사이에 배에 열한 번을 갔다 왔으니, 그때쯤엔 한 사람이 대략 두 손으로 가져올 수 있다고 할 만큼은 모두 있는 대로 물건을 다 가져온 셈이었고, 아마 날씨가 계속 잠잠했다면 배 전체를 한 조각씩 뜯어서 다 옮겨올 수 있었을지도 모를 일인데, 하지만 열두 번째로 배에 가보려 차비를 하다가 보니까 바람이 세게 불기 시작했지만, 그래도 나는 물이 빠질 때 배로 올라갔고, 그간 선실을 워낙 샅샅이 뒤져서 이제는 더 이상 찾아낼 만한 물건이 없으리라고 생각했지만 거기서 나는 서랍이 달린 사물함을 발견했고, 서랍 하나에 면도칼 두세 개와 큼직한 가위 하나, 쓸 만한 나이프와 포크 열 개에서 열두 개쯤을 발견했으며, 다른 서랍에는 유럽 동전 약간, 브라질 동전 약간, 스페인 달러 약간, 금화, 은화 약간을 합쳐서 약 36파운드 어치의 돈을 발견했다.

나는 이 돈을 보고서 혼자 미소를 지으며 큰 소리로 이런 말을 했다. 아, 이 마약 같은 놈아, 너를 어디에 써 먹겠냐, 나한테는 아무 가치가 없으니, 땅에 떨어져 있는 것도 집어 올 필요도 없지 않느냐, 이렇게 한 다발 쌓여 있은들 저기 칼 한 자루보다도 값어치가 없는 터, 도대체 널 써먹을 방도를 모르겠으니 그냥 그대로 거기 놔둘 것이고, 건져 줄 만한 물건들이 아니니 바닷속으로 가라앉아라. 그러나 생각을 다시 해보고서는 이 돈들을 가져가기로 하고 범포 한 조각에 모두 둘둘 말아 챙겼고, 이제 뗏목을 하나 더 만들 궁리를 시작하고 그걸 만들 준비를 하고 있던 차, 보니까 하늘에 구름이 덮이고 바람이 세게 불기 시작하더니 한 15분 후에는 해안 쪽에서 새롭게 돌풍이 불어오는 것이라, 그래서 곧장 드는 생각인즉 바람이 해안 쪽에서 불어오는데 뗏목을 만드는 시늉을 해봐야 별 소용이 없을 것이고 지금 내가 할 일이란 썰물로 바뀌기 전에 배를 떠나는 것이지 안 그러다가는 뭍으로 갈 수 없겠기에, 나는 바다로 내려가서 바다와 모래사장 사이의 해협을 헤엄쳐서 건너가는데, 한편으론 몸에 지니고 가는 물건들의 무게 때문에, 또 한편으론 물살이 험해졌기 때문에 힘겹게 겨우 돌아왔으니, 바람의 강도가 매우 급하게 세어지고 있었고 만조로 바뀌기 전인데도 이미 폭풍이 불어대기 시작했던 것이다.

하지만 나는 나의 아늑한 텐트로 무사히 귀환했고, 그 안에서 내 모든 재물들을 아주 안전하게 곁에 두고 다리를 뻗고 쉬었다. 밤새 바람은 심하게 불어댔고 아침이 되어 밖을 쳐다보니, 세상에, 배는 흔적도 보이지 않았다. 그래서 나는 약간 질리기는 했으나 이런 만족스런 생각을 하며 곧 기분을 돌렸으니, 즉 나는 내게 필요한 모든 것들을 배에서 가져오는 데 있어 전혀 지체하지 않아서 시간을 놓치지 않았고, 조금도 게으름을 피우지 않았는데, 사실 내게 시간이 더 주어졌다고 해도 이제는 챙겨올 만한 물건이 거의 남아 있지도 않았다고 생각했다.

나는 배에 대한 생각이나 거기서 뭘 가져온다는 생각은, 혹시 난파된 배에서 해안으로 밀려오는 것들이라면 몰라도, 이제 일체 버리기로 하였는데, 사실 또 이런저런 배의 파편들이 그 후에 해안으로 떠내려오긴 했어도 그런 것들은 나한테는 별로 쓸 데가 없었다.

나는 이제 오로지 야만인들이 혹시 나타날 경우, 또는 야수들이 혹시 이 섬에 산다고 할 때 어떻게 내 자신을 안전하게 지킬 것인지에 모든 생각을 집중했는데, 나는 이 일을 수행할 방법이 무엇일지, 또 어떤 종류의 거처를 만들 것인지, 땅 속에 굴을 팔 것인지, 땅 위에 텐트를 칠 것인지를 이모저모 생각해 보던 차, 마침내, 간단히 말해, 이 둘을 모두 해결할 방도를 찾았으니 그 자세한 내용을 묘사하는 것이 이 대목에서 못할 얘기는 아닐 듯하다.

나는 곧 지금 내가 있는 곳이 정착할 만한 데가 아니라는 것을 발견했는데, 그곳은 바다에 가깝고 지대가 낮은 황무지 같은 곳이라 몸에 좋지 않을 뿐더러 특히 근처에 마실 샘물이 없었기에, 좀 더 건강에 좋고 편안한 터를 찾아보기로 작정했다.

나는 자리를 잡는 데 있어 내가 유념할 사항들을 몇 가지 꼽아 보았는데, 첫째, 건강과 방금 언급한 마실 샘물, 둘째, 태양의 열기를 차단하는 것, 셋째, 인간이건 짐승이건 굶주린 야생 족속들로부터의 안전, 넷째, 바다가 보이는 위치, 그리하여 하나님이 배의 모습을 내게 보여주신다면 내가 구출될 기회는 절대로 놓치지 않도록 하자는 것이었으니, 나는 아직 희망을 내 맘 속에서 모조리 추방해 버리고 싶지는 않았던 것이다.

여기에 맞는 터를 찾던 중에 언덕 오르막길 옆에 조그만 평지를 발견했는데, 언덕 앞쪽이 이 평지를 향하고 있었으나 집의 외벽처럼 가파르게 잘라져 있었기에 언덕 위에서 내 쪽으로 누가 내려올 수는 없었고, 이 암벽 한쪽에는 약간 안쪽으로 바위가 쑥 파여 있어서 마치 동굴의 입구 내지는 출입구같이 되어 있었으나, 거기에 무슨 동굴이 있거나 바위 속으로 들어가는 통로가 있었던 것은 아니었다.

바위가 쑥 들어가 있는 쪽 바로 앞의 평평한 녹지에다 나는 텐트를 치기로 결정하였는데, 이 평지는 가로로 불과 한 100야드 정도에 세로는 그보다 두 배 길이 정도밖에 안 됐지만, 바로 내 집 앞에 잔디 정원처럼 펼쳐져 있었고 평원 끝자락에서부터 울퉁불퉁한 모양으로 바닷가 저지대까지 아래쪽으로 쭉 이어져 있었다. 그 터는 언덕의 북북서 방향에 있었기에 하루 종일 태양이 정북서 쪽으로 내려갈 때까지 매일 뜨거운 열기를 막아주었는데, 대략 그쪽 지역에서 해가 지는 지점이 그 정도였다.

텐트를 치기 전에 나는 바위가 파인 쪽 앞으로 반원을, 바위에서부터 반지름으로 약 10야드, 시작점에서 끝나는 점까지 지름 20야드 길이로 그려놓았다.

이 반원에다 단단한 나무를 길게 두 줄로 세워 놓고 땅에다 단단히 박아서 말뚝처럼 매우 견고하게 버티고 있도록 해놓았는데, 이 중에서 가장 큰 기둥은 땅에서 한 5피트 반 정도 솟아올라와 있었고 끝을 날카롭게 다듬어 놓았으며, 두 줄 사이의 거리는 한 6인치도 채 되지 않도록 해놓았다.

그 다음에는, 배에서 잘라온 밧줄 조각들을 가져와서 이것들을 위아래로 두 줄 말뚝 사이에다 나란히 집어넣어 끝까지 막고, 다른 말뚝들을 말뚝 방벽에다 안쪽에서부터 한 2피트 반 정도 높이로 비스듬히 박아놓아서 기둥 버팀벽처럼 해놓자 담장이 아주 탄탄해졌고, 사람이건 짐승이건 이 안으로 밀고 들어오거나 넘어오기 어렵게 만들었는데, 이걸 설치하는 데 상당한 시간과 노동을 소비했으며, 특히 나무를 잘라 말뚝을 만들어서 그 곳으로 가져오고 또 그걸 땅에다 박는 게 보통 힘들지 않았다.

이곳으로 드나드는 출입문은 만들지 않았고 위쪽으로 짧은 사다리를 놓아서 내가 들어간 다음에는 그걸 머리 위로 들어서 내려놓고 담장 안으로 쏙 들어오니, 이 세상 모두와 맞설 만한 요새에 들어와 있는 셈이라고 생각했고, 그래서 밤에는 안전하게 잠을 잤던 것이며 그렇지 않았다면 잠도 잘 자지 못했을 것인데, 나중에 보니까 어떤 적의 위험을 경계할 필요가 없는 것 같기는 했다.

이 담장이랄까 요새 안으로 나는 고생을 한없이 하면서 앞서 나열한바 나의 값진 소유물과 모든 식량, 화약과 예비 비품들을 모두 가져왔고, 1년 중 한 계절에는 매우 격심하게 쏟아지는 비를 막기 위해 큼직한 텐트를 쳤는데 이것을 이중으로, 즉 안에다 좀 작게 텐트를 치고 그 위로는 그보다 크게 텐트를 쳤고, 맨 위쪽은 배의 돛 사이에서 챙겨온 커다란 방수포를 덮었다.

이제는 더 이상 배에서 가져왔던 침구에 눕지 않았고 해먹에서 잤는데, 이게 아주 좋은 제품이었고 우리 배 항해사의 소유물이었다.

이 텐트 속으로 나의 식량을 전부 가져왔고 그 밖에 물에 젖으면 망가질 만한 것들도 모조리 가져왔으며, 이렇게 내 물품들을 한 곳에 모아놓은 후 나는 그때까지 열어놓았던 출입구를 봉한 다음, 이미 말한 대로 짧은 사다리로 넘어갔다 넘어왔다 했다.

이 일을 완수한 후 나는 다시 암벽 밑으로 들어가 텐트 자리를 만드느라 퍼낸 흙과 자갈을 모두 가져가서 울타리 안에 일종의 낮은 축대처럼 쌓아 땅에서 한 1피트 반 정도 올라가게 다져놓았고, 이렇게 해서 텐트 바로 뒤에다 동굴을 하나 만들어놓자, 이게 내 집에 달린 창고 같은 구실을 했다.

이 모든 일을 완벽하게 마무리하는 데 상당한 양의 노동을 소모했고 여러 날이 걸렸기에 다시 앞으로 돌아가서 내 생각을 사로잡았던 문제들이 어떤 것이었는지 얘기를 좀 해야겠다. 내가 텐트를 세우고 동굴을 만들려는 계획을 세운 후에 곧바로 벌어진 일이 뭔가 하면, 폭우가 두껍게 낀 구름에서 쏟아지더니 순간 번쩍 번개가 쳤고 그 다음에는 그것의 자연스런 결과가 늘 그렇듯이 엄청나게 큰 소리로 천둥이 꽝 쳤는데, 나는 번개 그 자체에 대해서 놀란 것이 아니라 번개처럼 순식간에 내 마음을 휙 스쳐 지나간 생각에 기겁을 했으니, 그것은, 아이고, 내 화약! 하는 걱정이었다. 화약에 나 자신을 방어하는 것은 물론이요 음식을 구하는 일을 전적으로 의존하고 있는 터에 한번 번개를 맞으면 내 화약이 모두 파괴

될 것이라는 생각에 가슴이 철렁 내려앉았으니, 내가 그토록 내 자신의 위험 때문에 불안해했던 적은 아마 없었을 터인데, 물론 만약 화약에 불이 붙어 터졌다면 누가 나를 해치는지 알 겨를도 없이 날아가 버렸을 것이긴 하다.

이 일에 워낙 놀란 터라 나는 폭우가 지나간 뒤에 집 짓고 담장을 보강하는 작업은 일체 중지하고서 화약을 주머니와 상자에 나누는 데 몰두했고 그것들을 조그맣게 한 묶음씩 보관해 놓았는데, 무슨 일이 벌어지건 한꺼번에 모두 불붙어 터지는 일이 없도록, 또한 가능한 한 서로 멀리 떼어놓아서 하나가 터져도 다른 게 연달아 터지는 일이 없도록 하겠다는 희망에서 그렇게 한 것이며, 나는 이 작업을 한 보름은 걸려서 다 마쳤는데, 내 화약이 모두 합쳐서 한 240파운드 무게는 나갈 정도인 것을 한 100개 묶음으로 나눠 놓았고, 이미 젖어 있던 화약통은 별로 위험을 걱정할 일이 없었기에 그것을 내 새로운 동굴, 혼자 상상하기를 내 부엌이라고 불렀던 그곳에다 갖다 놓았고 나머지는 습기에 젖지 않도록 바위 여기 저기 구멍과 틈새에다 숨기고서 세밀하게 그 자리를 표시해 놓았다.

이 일을 하는 사이에 나는 적어도 하루에 한 번은 기분도 전환하고 혹시 먹을 만한 사냥감이 없나 찾아보려 총을 들고 밖으로 나가서 이 섬에서 나는 게 뭔지 알아보려고 안전하게 갈 수 있는 거리까지 나가 보곤 했다. 첫 번째로 나갔을 때는 이 섬에 염소들이 있다는 것을 발견했는데, 이것은 나한테는 매우 만족할 일이었으나, 여기에 나로서는 불행한 문제가 하나 따라붙었으니, 그것은 이놈들이 몹시 낯을 가리고 매우 민첩하고 지극히 발이 빨라서 이놈들을 잡는 것보다 이 세상에서 더 어려운 일은 없을 정도였다는 것인데, 하지만 나는 그렇다고 그냥 포기하지는 않았고 이제나저제나 한 놈을 총을 쏴서 잡을 것임을 의심하지 않았으며, 곧 그렇게 되었으니, 내가 녀석들이 다니는 길을 발견해 낸 후 다음과 같이 매복하고 기다렸던 것이다. 녀석들은 내가 계곡 쪽에 있는 것을 보면 자기들은 위쪽 바위 위에 있다가도 겁에 질려서 화들짝 달아나지만, 그 녀석들이 계곡 쪽에서 풀을 뜯어먹고 있을 때는 내가 바위 위에 올라가 있으면 전혀 나를 개의치 않음을 관찰해서 알아냈고, 따라서 이 녀석들은 시각 구조상 시선이 늘 아래쪽으로만 향하도록 되어 있어서 자기들 위쪽에 있는 물체는 바로 알아보지 못한다는 결론을 내렸고, 그러므로 이후에는 이런 방식으로 내가 늘 먼저 바위 위로 올라가서 녀석들보다 높은 위치를 잡았고 거기에서 아주 정확히 사격하여 맞추는 일이 비일비재했다. 이 짐승들을 쏘아서 제일 처음으로 잡은 것은 암염소로 조그만 새끼염소한테 젖을 먹이고 있던 중에 죽였으니 마음이 못내 아프긴 했으나, 어미가 쓰러지자 새끼는 내가 그 옆으로 가서 어미를 집어들 때까지도 꼼짝 않고 서 있었고, 뿐만 아니라 내가 그걸 어깨에 얹고 돌아가자 내 거처까지 나를 따라오는 것이었으니, 그래서 나는 어미를 내려놓고 새끼를 팔에 안은 후 담장 안으로 갖고 들어가서 이걸 가축으로 키워볼까 생각했지만, 주는 음식을 먹지 않으니 할 수 없이 그것도 죽여서 잡아먹을 수밖에 없었는데, 아무튼 내가 워낙 먹는 양이 적으니 이 염소 두 마리로 한동안을 먹을 만큼 고기가 나왔고, 내 식량(특히 건빵)

은 가능한 한 아껴됐다.

이제 내 거처가 안정되었으니 나는 불을 지필 장소와 땔감을 마련하는 게 절대적으로 필요해졌고, 이를 위해 내가 어떤 조치를 취했고 어떻게 내 동굴을 늘렸으며 어떤 편리한 방편들을 마련했는지는 적절한 대목에 상세히 얘기하겠는데, 하지만 여기서는 내 자신의 심리 상태, 나의 생활에 대한 내 생각들이 아마 여러 가지로 복잡했을 것이라고 추측할 법하니, 그 얘기를 좀 먼저 하는 게 마땅할 듯하다.

나는 내 처지에 대해서는 암울한 전망을 하고 있었으니, 그것은 내가 극심한 폭풍에 밀려서 우리가 예정한 항로에서 한참, 그러니까 인간들이 거래하러 다니는 보통 항로에서 한 300여 마일은 족히 벗어나고 나서야 이 섬에 버려졌고, 그러니 이 적막한 곳에서 이런 적막한 방식으로 살다가 내 생애를 마감하도록 하늘이 결정하신 것으로 받아들일 만한 상당한 이유가 있었기 때문이라, 이런 사념에 젖을 때면 눈물이 한없이 두 뺨으로 흘러내렸고 때로는 내 자신을 상대로 논변을 펴며, 도대체 왜 하나님이 이토록 완벽하게 피조물 인간을 망가뜨리고 완전히 처절한 처지에 빠뜨리도록 섭리하시는지, 이렇듯 일체의 도움을 기대할 수 없게 내버려두시고, 이렇듯 철저히 낙담하게 하시는지 모르겠으며, 도무지 이런 삶에 대해서는 감사한다는 것이 전혀 합리적으로 보이지 않는다고 생각하곤 했다.

그러나 이런 생각이 들 때마다 즉각 나타나서 그것을 막고 나를 탓하는 또 다른 뭔가가 있었으니, 특히 어느 날 총을 손에 들고 해변을 거닐다가 내 현재 처지에 대해서 우울한 생각에 빠졌을 때 내 이성이 말하자면 나에게 이런 식의 반론을 피는 것이었다. 자, 네가 적막한 처지에 있다는 게 사실이지만, 제발 잊지 좀 말거라, 나머지는 다 어디 갔느냐? 보트에 너희들 11명이 타고 나왔으나 나머지 10명은 어디에 있는지? 왜 그들이 구출되고 네가 버려지지 않았더냐? 왜 하필이면 너만 살아남았더냐? 여기에 있는 거랑 저기 빠져 죽는 거랑 무엇이 더 좋으냐? 그리고는 나는 바다를 손가락으로 가리켰다. 모든 해악은 그 안에 있는 선과 함께, 또한 거기에 딸려 있는 더 심한 악과 같이 고려해야 하는 법이다.

그때 다시 새삼 떠오르는 생각이, 내가 참으로 생존하기 좋게 물자를 골고루 잘 구비하고 있었다는 것이었으니, 만약 배가 처음에 걸려 있던 지점에서 떠내려와서 해안에 그토록 가까이까지 밀려왔고 거기에서 이 모든 물품들을 가져올 여유가 없었다면 내 처지가 어떠했을 것인가, 또 그렇게 될 확률이 10만분의 1이나 마찬가지였으니, 그렇지 않았다면 내 처지가 어떠했겠는가, 내가 처음에 뭍에 올라와 있을 때 그 상태대로 살아야만 했다면 생존에 필요한 물품도 없고 그걸 공급하고 확보하는 데 필요한 도구도 없었다면? 특히 (비록 내 혼자한테 한 말이긴 해도) 나는 큰 소리로 말하기를, 총도 없고 탄약도 없고 뭘 만들거나 작업을 할 장비도 없고 옷도 침구도 텐트도 아니 뭘 덮을 것이 전혀 없었다면 어쩔 뻔했나, 하지만 이제는 충분하리만큼 이것들을 갖고 있어서 탄약을 다 써버리고 난다고 해도 음식을 조달할 형편은 충분히 될 정도이며, 내가 살아 있는 한 아쉬울 것 없이 먹고살 전망을 바라볼 수 있지 않느냐고 했는데, 나는 다가올 미래에 혹시나 벌어질 수 있는 돌발 상황, 즉 탄약을 다 써버렸을 경우뿐만 아니라 내 건강이나 체력이 약해질 경우에 어떻게 대비할 것인지 감안하고 있었다.

나는 솔직히 말해서 사실 내 화약고가 한번에, 그러니까 번개에 화약이 폭파되어 모두 파괴될 수 있다는 가능성은 생각해 본 적이 없었고, 그래서 내가 방금 지적한 대로 천둥 번개가 칠 때 이런 생각을 하며 소스라치게 놀랐던 것이다.

이제 이 세상에서 아마도 지금까지 그런 유례가 없는 내 적막한 삶의 한 암울한 풍경 묘사에 들어갈 차례가 되었으니, 그 시작 지점에서부터 출발해서 차례대로 이어가도록 하자. 내가 이 끔찍한 섬에 앞서 말한 식으로 발을 디디게 된 것은 내 날짜 계산대로는 9월 30일이었을 텐데, 추분의 해가 거의 바로 내 머리 위에 직각으로 떠 있었고, 내 위치는 내 관찰대로는 적도에서 북위 9도 22분 지점이었다.

내가 이 섬에 온 지 한 10일이나 12일쯤 뒤가 됐을 때인데, 내게는 수첩과 펜과 잉크가 떨어지면 시간 계산을 놓칠 수 있을 것이라는 생각이 들면서 심지어 일하는 날들과 안식일 구분도 못 하게 되지 않을까 걱정이 되었고, 그래서 이를 예방하려고 큼직한 기둥에다 대문자로 표시를 하기로 하고, 커다란 십자가 모양으로 만들어서 내가 처음으로 상륙했던 해안에 세워놓았으니, 즉 "나는 이곳 해안에 1659년 9월 30일에 왔다"는 말을 새겨놓았다. 이 네모난 기둥 옆쪽으로는 매일 칼로 눈금을 하나씩 그어서 표시했는데 일곱 번째 눈금은 나머지보다 두 배 더 길게, 또한 매달 첫 번째 눈금은 그것보다 두 배 더 길게 새겼고, 이렇게 해서 나는 달력을 만들어서 매주, 매달, 매해 시간을 계산했다.

그 다음으로 지적할 것은 앞서 말했듯이 내가 여러 번 원정을 가서 배에서 가져왔던 숱한 물건 중에서 나는 값어치는 덜 나가지만 그래도 나한테는 쓸모 있는 물건들 중 앞에서는 밝히지 않은 것들이 있었다는 것인데, 가령 펜, 잉크, 종이와, 또한 선장, 항해사, 포수, 목수의 짐에서 가져온 나침반 서너 개, 기타 측량 도구, 해시계, 망원경, 항해지도, 항해 지침서 등으로 이것들을 모두 한데 둘둘 말아서 나중에 필요할지 어떨지 상관없이 일단 가져왔고, 또한 멀쩡한 성경책 세 권이 영국에서 온 내 화물에 들어 있었기에 그걸 내 짐에 같이 쌌던 것과, 구교도들의 기도서 한두 권을 포함한 포르투갈 어 책 몇 권, 기타 다른 책들을 모두 조심스럽게 챙겼었다. 참, 그리고 우리 배에는 개 한 마리와 고양이 두 마리도 타고 있었다는 얘기도 잊으면 안 될 텐데, 이 녀석들에 대한 유명한 얘기는 아마 따로 하게 될 계제가 나중에 나올 것이지만, 아무튼 고양이들은 둘 다 내가 안고 나왔지만 개는 저 혼자 배에서 뛰어내리더니 내가 첫 번째 화물을 해안으로 옮긴 바로 그 다음날 해안으로 헤엄쳐 올라왔고, 여러 해 동안 나의 아주 충직한 종노릇을 해주었는데, 그렇다고 개가 집어다 주지 않으면 안 되는 물건이 있었다든지, 이 개가 같이 있어주지 않으면 크게 아쉬웠던 것은 아니고, 다만 나한테 말이라도 걸어준다면 좋겠다는 생각을 했었으나 그게 가능한 일이 아닌지라, 나는 앞서 밝힌 대로 펜과 잉크와 종이를 찾아내어 이것을 최대한 아껴 쓰면서, 내가 곧 보여주겠지만, 잉크가 남아 있는 동안 나는 아주 정확하게 모든 것을 기록했었는데, 하지만 잉크가 떨어진 뒤에는 그럴 수가 없었고 내가 무슨 수를 써 봐도 잉크를 만들어낼 방도는 없었다.

이 일을 겪으면서 내가 갖다 쌓아놓은 온갖 물건들에도 불구하고 얼마나 필요한 게 많은지를 절감했으니, 가령 잉크도 그 중 한 가지였지만 땅을 파고 흙을 퍼낼 삽, 곡괭이, 부삽 등과 바늘, 핀, 실 등이 아쉬웠는데, 반면에 셔츠 내의류 없이 사는 것은 금세 별로 불편을 느끼지 않게 되었다.

이렇듯 도구가 없는 처지라 내가 하는 일은 하나같이 힘겨울 수밖에 없었고, 그래서 내가 나의 거처 주위로 빙 둘러서 조그맣게 담장을 만드는 데도 거의 1년이 다 걸렸는데, 말뚝 내지는 기둥들이 내가 겨우 들 수 있을 정도로 무거웠고 이걸 잘라서 다듬는 데도 한참씩 걸렸을 뿐더러 그것들을 집까지 가져오는 데는 더 오래 걸렸으니, 기둥 하나 잘라내서 집까지 가져오는 데만 이틀씩을 보냈고 그걸 땅에 박는 데 셋째 날을 다 썼으며, 땅에 박을 때 처음에는 무거운 나무 조각을 갖다 썼지만 마침내 쇠지레 중 하나를 쓰면 좋겠다는 생각을 해냈으나, 그 물건을 찾아내긴 했어도 기둥 내지는 말뚝을 박는 것은 몹시 고되고 따분한 작업이었다.

그러나 내가 하는 일이 무엇이건 지겹다고 불평할 게 없는 것이, 달리 시간을 쓸 데도 없었고 적어도 내가 예상하건대 먹을 것을 찾아서 섬을 수색하는, 내가 대체로 매일 하는 이 일 외에는 딱히 할 일도 없었다.

이제 나는 내 처지와 내가 전락해 있는 형편에 대해 심사숙고를 하기 시작했고 내 정황을 글로써 정리해 놓았는데, 어차피 이 땅을 물려받을 사람이 거의 없을 게 뻔한 터, 뭐 꼭 내 뒤에 여기 올 사람한테 그걸 남겨주기 위한 것은 아니었고, 매일 내 처지를 고민하며 마음만 심란하게 만드는 생각들을 분출시키기 위한 것이었다. 그래서 이제 내 이성이 절망감을 누르기 시작하자 나는 내 자신을 가능한 한 위로하기 시작했고, 나쁜 점에 좋은 점을 대비시켜 놓아서 내 처지를 최악의 처지와 구별할 수 있는 점을 뭔가 밝혀보기로 하고서, 내가 누리고 있는 안락이 내가 겪는 비참함에 나란히 맞서도록 장부의 차변과 대변처럼 매우 공정하게 다음과 같이 적어 보았다.

| 나쁜 점 | 좋은 점 |
|---|---|
| 나는 끔찍한 무인도에 내버려진 처지로 구출될 가망이 없다. | 하지만 나는 살아 있고, 우리 배의 나머지 모든 동료들처럼 물에 빠져 죽지 않았다. |
| 하필이면 나만 떨어져 나와서 이 세상을 등지고 홀로 이 처참한 지경에 빠져 있다. | 하지만 하필이면 같이 배를 탔던 동료 가운데 나만 죽음을 면제받았고 나를 기적적으로 죽음에서 구해 주신 그분이 이 형편에서도 나를 구원해 주실 수 있다. |
| 나는 인간들 세계에서 차단되었고 인간 사회에서 추방된 외톨이다. | 하지만 나는 먹을 것이 없는 황량한 곳에서 굶어서 죽어 가고 있지는 않다. |
| 나는 내 몸을 가릴 옷이 없다. | 하지만 나는 더운 지역에 있으니 옷이 있다고 한들 입을 수도 없었을 것이다. |

| 나쁜 점 | 좋은 점 |
|---|---|
| 나는 인간이나 야수의 폭력적 공격에 맞설 아무런 방어책이나 수단을 갖고 있지 않다. | 하지만 내가 버려진 곳은 섬이고 여기에는 내가 아프리카 해안에서 본 것처럼 나를 해칠 야수가 없다. 만약에 그런 데서 좌초되었다면 어쩔 뻔했나? |
| 내가 말을 걸거나 내 맘을 털어 놓을 상대가 아무도 없다. | 하지만 하나님은 놀랍게도 우리 배를 해안으로 내가 능히 다가갈 수 있을 만큼 가깝게 보내 주셨기에, 거기에서 내가 필요한 바들을 해결하거나 내 목숨이 남아 있는 한 혼자 지낼 수 있게 해줄 그 많은 필수품들을 다 가져올 수 있었다. |

모든 것을 감안하면, 이 세상에서 그 아무리 처참한 지경이라고 해도 그 속에 부정적인 측면만큼 뭔가 감사하게 생각할 긍정적인 측면도 있다는 의심의 여지없는 증거가 여기 있었으니, 이 세상에서 가장 비참한 처지를 겪은 이 사람이 보여주는 바를 귀감으로 삼아, 여러분도 언제나 자신을 위로할 수 있는 면들을 찾아서, 좋은 점과 나쁜 점을 나란히 풀어서 써 놓되 장부의 차변 쪽으로 기울기를 바란다.

조금이나마 내 처지를 긍정하는 쪽으로 내 생각을 돌려놓고, 혹시 지나가는 배를 발견해 볼까 하며 바다를 바라보는 버릇도 말끔히 버리고서, 나는 내 생활 방식에 익숙해졌고 또한 내가 할 수 있는 한 최대한 편리한 환경을 만드는 데 진력했다.

내 거처는 이미 묘사했듯이 바위 옆에 텐트를 치고 그 주위에 말뚝과 밧줄로 든든한 울타리를 둘렀는데, 밖에서 약 2피트 정도 두께로 풀과 흙으로 일종의 담벼락을 쌓아올렸으니 그걸 그냥 벽이라고 해도 좋겠고, 그로부터 얼마 후, 내 생각에 한 1년 반 정도 후였던 것 같은데, 담장에서 위쪽 바위로 비스듬하게 서까래를 얹고서 거기에 나뭇가지나 그 밖에 비를 막을 수 있는 것들은 뭐든지 얼기설기 엮어 초가집 지붕처럼 만들었는데, 그 섬에는 1년 중 특정 시기마다 매우 극심한 폭우가 쏟아졌다.

내가 내 물품을 모두 어떻게 이 울타리 안으로 가져와서 내 거처 뒤쪽에 만들어 놓은 동굴에다 넣어놨는지는 이미 설명했지만, 이 물건들을 처음에는 그냥 되는 대로 쌓아놓았지 무슨 정돈을 해 놓은 게 아니었기에 공간을 다 차지해 버렸고 내 몸도 그 안에서 움직일 틈이 없었다는 점도 얘기해야 할 것인데, 그래서 나는 동굴을 안쪽으로 더 파서 확대하는 작업에 착수했는데 바위가 느슨한 모래 성분으로 되어 있었기에 내가 힘을 가하면 쉽게 바위를 깰 수 있었고, 이에 나는 맹수들 걱정은 하지 않아도 된다는 것을 확인한 후에 바위 오른편을 파고들어가다 다시 오른쪽으로 돌아 돌을 깨서 밖으로 완전히 구멍을 낸 후 내 울타리 내지는 요새 바깥쪽으로 나올 수 있는 문을 만들었다.

이곳을 통해 나는 내 텐트와 창고까지 드나들 뿐 아니라 내 짐을 쌓아둘 공간도 확보했던 것이다.

이제 나는 내가 생활하는 데 가장 절실하게 아쉬운 물건들을 만드는 작업에 착수하였는데 특히 의자와 탁자 없이는 이 세상에서 내게 남은 몇 가지 안 되는 낙을 즐길 수 없었으니, 가령 글을 쓰거나 식사하는 등 몇 가지 일을 탁자가 없으면 즐겁게 수행할 수가 없었다.

그래서 일을 시작하였는데, 여기서 한 가지 지적하고 넘어갈 것은 이성이 수학의 실체이자 기원이기에 모든 것을 이성에 의거해 가늠하고 맞춰서 만사를 가장 이성적으로 판단한다면 누구건 온갖 물건의 제조법을 시간이 지나면 다 숙달할 수 있다는 사실이다. 나는 그때까지 살면서 한 번도 도구를 만져본 적이 없었으나 열심히 일하고, 응용을 하며 고안을 해본 끝에 마침내 내게 필요한 것은 무엇이듯, 특히 연장만 갖고 있다면 만들어 가질 수 있음을 깨달았던 것인데, 하지만 나는 심지어 아무 연장도 없이, 또한 어떤 때는 그냥 까뀌와 자귀만 갖고도 물건들을 넘쳐나게 만들었는데, 아마 그런 식으로 그 물건들을 만든 경우는 이전에는 없었을 것이고 한없이 수고스런 과정이긴 했으니, 가령, 나는 판자가 하나 필요하면 나무 한 그루를 베어서 쓰러뜨리는 방법밖에 없었고, 그것을 내 앞에 면이 얇은 쪽으로 눕혀 놓고 양편을 도끼로 찍어내어서 판자처럼 얇게 만든 다음 까뀌로 부드럽게 면을 다듬었다. 물론 이런 방식으로는 나무 한 그루에서 판자 하나밖에는 만들어내지 못했지만, 그저 침착하게 작업을 계속하는 것 외에는 다른 해결책이 없었고 판자나 널 한 개 만드는 데 엄청난 양의 시간과 노동을 소비해야 한다는 사실도 어쩔 도리가 없었는데, 하긴 내게 시간이며 노동이 달리 별 가치가 없는 터라 무슨 작업을 하며 시간을 보내건 상관없긴 했다.

그러나 나는 이미 앞서 언급한 대로 탁자와 의자를 만들어 썼는데, 이때는 내가 배에서 뗏목에 실어 가져왔던 짧은 판자들로 작업한 것인데, 하지만 내가 앞서 말한 식으로 판자들을 잘라내고서는 이것들로 내 동굴 한쪽 벽에다가 한 1피트 반 정도 넓이로 큼직하게 나란히 선반을 만든 다음, 거기에다가 내 공구들이며 못이며 철물 등을 놓아서, 한마디로 모든 것들이 다 거기에 제자리에 놓여 있게 해서 내가 쉽게 물건들을 집어올 수 있게 해놓았고, 또 한쪽 바위벽에다 못을 박아서 거기에 내 총이며 기타 걸 만한 물건들은 모두 걸어놓았다.

이리하여 내 동굴을 누가 보게 된다면 온갖 필수품들을 진열해놓은 종합 창고처럼 보였을 것이니, 나는 모든 걸 손쉽게 찾을 수 있게 해놓았고 내 물건들이 이렇게 가지런히 정리된 걸 보는 것이, 게다가 내게 필요한 물품들이 이렇게 많이 있음을 확인하는 게 큰 기쁨이었다.

또한 바로 그 무렵부터 나는 매일 일과를 기록하는 일지를 쓰기 시작했던 것인데, 사실 처음에는 너무나 급한 일이 많았고 일이 급한 것은 물론이요 마음도 너무 불안정한 상태라서 일기를 그때 썼다고 해도 온갖 한심한 내용들만 가득했을 것이니, 예컨대, 9월 30일 당일에 일기를 썼다면 아마도 다음과 같은 내용이었을 것이다. 내가 익사를 면해서 해안에 올라온 후에 하나님께 나를 구해주신 데 대한 감사하는 마음을 갖는 대신에, 일단 내 위 속으로 들어와 있던 엄청나게 많은 양의 물을 토해 내고 정신을 좀 차린 후에 해안 여기저기를 뛰어다니며 두 손을 비틀고 머리와 얼굴을 쥐어뜯으며 나의 비참한 처지를 한탄하는 소리를 질러대며, 나는 끝장이다, 이제 끝장이야, 하고 외치다가 지치고 어지러워서 바닥에 쓰러져 누워서 쉬었으나, 짐승에게 삼켜먹힐까 두려워 감히 잠을 잘 엄두도 내지 못했다.

그로부터 며칠이 지나 배에 올라가서 내게 필요한 걸 모두 가져온 후에도 나는 여전히 작은 산 한쪽 꼭대기에 올라가는 걸 자제하지 못했고, 거기에서 바다를 바라보며 지나가는 배가 눈에 들어올까 기대했던 것인데, 이때 아주 먼 거리에서 돛 같은 게 보이는 것 같았고 이에 희망에 부풀어 기뻐했으나, 한참 거의 눈이 빠질 정도로 지켜보고 있었지만 그 모습이 완전히 사라져 버리자, 나는 어린아이처럼 그 자리에 주저앉아서 엉엉 울었으니, 이렇듯 나의 어리석음 때문에 더욱 더 내 불행이 심해졌던 것이다.

하지만 이런 마음을 어느 정도 극복하고 내 거처의 살림이 안정되고 손수 탁자와 의자를 만들어 놓고 내가 할 수 있는 한 모든 걸 말끔히 정리해 놓자, 나는 일기를 쓰기 시작했는데, 나중에는 잉크가 떨어져서 일기를 그만둘 수밖에 없었으니 일기를 계속 쓴 것은 전부 아래에 그대로 옮겨놓았다(비록 이런 온갖 자세한 사항들을 다시 얘기하는 꼴이 되긴 하겠지만).

# 일 기

**1659년 9월 30일.** 나 가련한 로빈슨 크루소는 끔찍한 폭풍 속에 배가 난파되어 이 근처 바다에 떠 있던 중 이 우울하고 불행한 섬에 밀려왔고, 나는 이 섬을 '절망의 섬'이라고 이름하였으니,

우리 배의 동료들은 모두 익사하였고 나도 거의 죽을 뻔했기 때문이다.

그날 나머지 시간은 모조리 내게 닥쳐온 이 암울한 처지를 한탄하는 데 보냈으니, 나는 음식도, 집도, 옷도, 무기도, 피할 장소도 없었고 구출될 기대는 일체 버려야 했으며 야수들에게 잡아먹히든지 야만인들에게 죽임을 당하든지 음식을 먹지 못해 굶어죽든지 어떤 식으로건 내 앞에 닥칠 죽음 외에는 예상할 게 전혀 없었다. 밤이 되자 나는 사나운 짐승들이 두려워 나무 위에 올라가서 잤는데, 비록 밤새 비가 오긴 했어도 잠은 푹 잘 잤다.

**10월 1일.** 아침에 일어나서 보니까 무척 놀랍게도 조수가 만조가 되면서 배가 밀물과 같이 떠내려 와서 이 섬과 훨씬 더 가까운 지점 바닥에 걸려 있었으니, 이것이 한편으로는 약간의 위안이 되었던 것이, 배가 똑바로 서 있고 산산조각 나지 않은 것을 보고서 바람이 좀 잦아지면 내가 배 위로 올라가서 먹을 것과 필수품들을 좀 가져와서 나를 살려보리라는 희망을 갖게 되었던 까닭인데, 그런데 다른 한편, 동료들을 모두 잃었다는 슬픔이 다시 찾아왔으니, 우리가 모두 배에 머물러 있었다면 배를 살렸을지도 모르고 적어도 그렇게 다들 익사하지는 않았을 것이며, 모두 목숨을 건졌었다면 아마도 우리는 배의 잔해를 가지고 구명보트라도 만들었을 것이고 그걸로 사람 사는 세상 어디로건 갈 수 있었으리라는 상상을 해보았다. 나는 그날 대부분을 이런 생각에 젖어 번민하는 데 소모했으나 마침내 배가 거의 물 위로 다 올라오게 된 것을 보고서는 가능한 한 가까운 갯벌까지 걸어갔고 거기서부터는 헤엄을 쳐서 배에 올라갔다. 이날은 바람은 전혀 안 불었지만 밤부터 내린 비가 하루 종일 계속됐다.

**10월 1일에서 24일까지.** 이 기간은 다른 일은 안 하고 배에 여러 번 가서 가져올 수 있는 물건을 다 갖고 오기만 했는데, 물이 만조일 때마다 뗏목에다 물건들을 싣고 날랐다. 이 시기 내내 가끔 맑게 개긴 했어도 비가 많이 온 걸 보니, 아마도 이때가 우기인 모양이다.

**10월 20일.** 뗏목이 뒤집혀서 그 위에 싣고 오던 것들이 다 물에 빠졌으나, 얕은 물이었고 물건들이 주로 무거운 것들이라 나중에 물이 빠진 다음에 물건들을 다시 많이 찾았다.

**10월 25일.** 낮부터 밤까지 계속 비가 왔고 가끔 돌풍도 불어왔는데, 그때 바람이 평소보다 좀더 세게 부는 통에 배가 산산조각 나고 말았고, 배의 모습이란 망가진 잔해만 남았고, 그것도 물이 빠졌을 때나 볼 수 있을 뿐 흔적 없이 사라졌다. 낮 시간은 내가 챙겨온 물건들이 비에 젖어 망가지지 않도록 덮어서 안전하게 보관하는 일을 하며 보냈다.

**10월 26일.** 하루 종일 바닷가 여기저기를 돌아다니며 내 거처를 정할 곳을 찾아보았는데, 밤에 짐승이건 사람이건 나를 공격할 시에 안전하게 방어할 방법을 찾는 게 큰 걱정거리였다. 밤이 되자 바위 아래 적당한 곳을 골랐고 거기에 내가 진을 칠 터를 반달 모양으로 표시해 놓았는데, 여기에다 이중으로 말뚝을 박고 밧줄을 그 안에 넣은 뒤, 바깥은 흙벽으로 보강하는 공사를 해서 방벽 내지는 요새를 만들기로 작정했다.

**26일에서 30일까지.** 내 물품을 모두 새로운 거처로 옮기는 작업을 하느라 고생을 무척 했는데, 이따금 비가 몹시 심하게 쏟아지기도 했지만 아랑곳하지 않았다.

**31일.** 아침에 먹을거리를 찾아보고 지형도 알아보려고 총을 들고 섬 안으로 들어갔는데, 거기서 암염소 한 마리를 죽였고 어미에 딸려 있던 새끼가 나를 따라왔지만 먹이를 먹지 않으려 해서 그놈도 나중에 죽였다.

**11월 1일.** 바위 아래 텐트를 쳤고 그 안에서 첫 밤을 잘 잤는데, 안쪽에다 해먹을 걸어놓을 말뚝을 가능한 한 널찍하게 박았다.

**11월 2일.** 내가 갖고 있는 궤짝들이며 나무판자들, 또 내가 뗏목들을 만들 때 썼던 나무조각들을 모두 모아서 내 거처 주위로 담장을 세워놓았는데, 내가 요새를 만들려고 표시한 지점보다 약간 안쪽으로 둘러놓았다.

**11월 3일.** 총을 갖고 나가서 오리처럼 생긴 새 두 마리를 잡았는데 고기가 아주 맛있었다. 오후에는 탁자를 만드는 작업을 했다.

**11월 4일.** 이날 아침부터 내 하루 일과를 총 들고 외출하는 시간, 잠 자는 시간, 기분 전환하는 시간 등으로 구분하기 시작했으니, 다시 말해, 매일 아침 비가 안 오는 날에는 한 두세 시간 총을 갖고 외출을 했고, 그 다음에는 한 11시까지 작업을 했고, 그리고는 갖고 있는 먹을거리로 식사를 하고, 12시에서 2시까지는 날씨가 지독하게 더워서 누워 잠을 청했고, 저녁에는 다시 작업을 했다. 오늘과 그 다음날 작업 시간은 내가 아직 매우 서툰 일꾼인지라 모두 탁자 만드는 데 써버렸는데, 그래도 시간이 지날수록 또 당장 절박한 필요 때문에 얼마 안 있어 나는 아주 멀쩡한 기술자가 되었으니, 아마 남들도 그런 형편에서는 마찬가지였을 것이다.

**11월 5일.** 이날은 총을 들고 개를 데리고 외출해서 야생 고양이 한 마리를 죽이니, 가죽은 생각보다 제법 부드러웠으나 고기는 아무짝에 쓸모가 없었는데, 하여간 내가 잡은 동물은 가죽을 모두 벗겨 보관했고, 해변에서 돌아오면서 여러 종류의 물새들을 봤지만 무슨 새들인지 알 수 없었고, 게다가 물개 두세 마리를 보고는 몹시 놀라 거의 겁에 질릴 뻔했는데, 이 녀석들이 도대체 무슨 짐 승인지 구경하고 있으려니까 바다로 쑥 들어가 버려서 일단은 내 손아귀에서 벗어났다.

**11월 6일.** 아침 산책 후에 탁자를 만드는 작업을 다시 계속해서 마무리했는데, 내 맘에 들지는 않았지만, 그걸 더 낫게 만들 방법은 한참 뒤에야 터득했다.

**11월 7일.** 이때부터 맑은 날씨가 계속 이어지기 시작했기에, 7일, 8일, 9일, 10일, 그리고 (11일은 일요일이었으니) 12일의 일부는 모두 의자 하나를 만드느라 보냈고, 온갖 난리법석을 떤 후에야 겨우 그런대로 비슷하게 모양을 만들어놓았으나 전혀 맘에 들지 않았고, 또 만드는 과정에서도 몇 번씩 그걸 무너뜨리곤 했었다. 참, 나는 곧 일요일을 지키는 데 무심하게 되었으니, 내가 세운 기둥에다 표시하는 걸 한번 깜박 놓친 후에는 어느 날이 일요일인지 잊어버렸던 까닭이다.

**11월 13일.** 이날은 비가 내려서 아주 기분이 상쾌했고 더위를 식혀줬지만, 끔찍한 천둥과 번개도 동반했기에 내 화약이 어떻게 될까 봐 심한 두려움에 떨다가, 천둥이 지나가자마자 나는 비축해 온 화약을 최대한 작은 묶음으로 나눠놓아 한꺼번에 터져버릴 위험에 처하지 않도록 조치를 취하기로 했다.

**11월 14, 15, 16일.** 이렇게 사흘 간 내리 나는 1파운드 내지는 최대 한 2파운드 정도의 화약이 들어갈 만한 작은 네모 궤짝 내지는 상자를 만들며 시간을 보냈는데, 이 상자들 속에 화약을 넣어서 최대한 서로 멀리 떨어지게 하여 안전한 곳에 저장해 놓았다. 이날들 가운데 하루는 큼직한 새를 한 마리 잡았는데, 고기 맛이 좋았지만 새 이름을 뭐라고 해야 하는지는 잘 모른다.

**11월 17일.** 이날 내 거처에다 편리한 공간을 더 늘리기 위해 텐트 뒤쪽을 파는 작업에 착수했는데, 문제는 두 가지 도구가 몹시 아쉬웠다는 것이니, 뭐냐 하면, 곡괭이나 삽이랑 손수레나 광주리 같은 게 필요했기 때문에, 나는 작업을 멈추고 어떻게 하면 필요한 이 도구들과 비슷한 걸 만들 수 있을까 궁리했다. 곡괭이 문제는 무겁긴 해도 쇠지레를 대신 사용하므로 해결했지만, 삽이나 가래가 절대적으로 필요했고 이것 없이는 아무 일도 제대로 해낼 수가 없었으나, 이걸 어떻게 만들지는 알 도리가 없었다.

**11월 18일.** 다음날 나는 숲에 수색을 나갔다가 브라질에서 사람들이 재질이 워낙 단단해서 '철나무'라고 부르는 것이거나 아니면 그와 같은 종류의 나무를 발견하자, 많은 수고를 들이고 거의 내 도끼를 부러뜨릴 뻔한 끝에 이 나무 한 조각을 잘라냈고, 이걸 집으로 갖고 오는 일도 나무가 워낙 무거워서 보통 힘들지가 않았다.

이 나무가 극히 단단한 재질이라 이걸로 삽을 만드는 데 한참 걸렸으나 다른 수가 없는지라 조금씩 나무를 파내서 삽 내지는 가래 모양을 만들었고, 우리 영국에서 쓰는 것들과 정확히 똑같은 모양으로 손잡이 모양을 냈는데, 다만 넓적한 쪽에 철로 바닥을 대질 않았으니 별로 오래가지는 않았으나, 그래도 이게 내가 필요할 때 충분히 제 몫을 해주었으니, 아마 세상에 삽을 그런 식으로 만든 것도 그렇고 또한 만드는 데 그렇게도 오래 걸린 적은 없었을 것이다.

그래도 여전히 아쉬운 물건이 있었으니, 바구니나 손수레 같은 게 있어야 했지만, 무슨 고리버들 세공하듯 굽혀 쓸 나뭇가지가 없었거나 아니면 아직 내가 발견하지 못했던 터라, 바구니야 내가 도저히 만들 방도가 없었던 반면에, 손수레는 바퀴만 빼고는 만들 수 있으리라고 생각은 해봤지만 그게 어떤 모양일지 또한 작업은 어떻게 할지는 알 수가 없었으며, 게다가 바퀴를 돌리는 굴대 내지는 축이 걸리는 철제 핀을 만들어 볼 방법이 전혀 없었기에 그냥 포기하고 동굴에서 퍼낸 흙을 나르는 용도로 인부들이 작업시에 벽돌 쌓는 일손들에게 회반죽을 날라다 줄 때 쓰는 나무통 같을 걸 만들었다.

이것은 삽 만들기보다는 덜 힘들긴 했으나 이것이랑 삽이랑 손수레를 만들어 보겠다고 헛수고를 하는 데 무려 4일이나 걸렸고, 그러니까, 아침에 총 들고 사냥 나가는 시간을 제외한 나머지 시간으로 계산해서 그렇다는 것인데, 나는 거의 하루도 사냥을 안 가는 법이 없었고 거의 매번 뭔가 먹을 만한 걸 잡아왔다.

**11월 23일.** 이 도구들을 만드느라 또 다른 작업은 정지되어 있었기에, 이걸 다 만든 다음에는 계속 매일 내 기력과 시간이 허용하는 한 작업을 계속했고, 내 물품들을 넉넉하게 저장할 수 있도록 내 동굴 공간을 가로 세로로 넓히는 데 꼬박 18일이나 걸렸다.

위에 덧붙여서, 이 시기에 내가 이 동굴 내지는 방을 창고 내지는 무기고 겸 부엌 겸 식당 겸 다락으로 쓰기에 충분히 넓게 만들어 놓았고 잠은 텐트에서만 잤는데, 1년 중 우기는 예외였으니 어찌나 비가 세게 오는지 습기를 피할 수가 없을 정도였기에 나중에는 울타리 안에 내 집터 전체를 덮을 수 있게 긴 장대를 서까래처럼 바위에다 기대어 만들어 놓고 거기에 열대나무의 큼직한 잎사귀들을 엮어서 초가지붕 비슷하게 해놓았다.

**12월 10일.** 내가 이제 내 동굴 내지는 저장실이 완성됐다고 생각하기 시작할 참에, 아마 내가 너무 깊숙이 굴을 팠는지, 갑자기 한쪽 천장에서 상당한 양의 흙이 무너져 내려 덜컥 겁이 났으니, 그럴 이유가 있는 것이 만약 그때 내가 그 밑에 있었더라면 따로 무덤을 파줄 사람 없이도 그냥 생매장될 법했던 것이라, 이 사고 때문에 나는 한참 작업을 다시 하느라 진땀을 뺐는데, 쏟아진 흙을 들고 나가는 것도 큰일이었지만 그보다 더 중요한 게 기둥을 지탱해서 더 이상 무너져 내리지 않도록 해놓는 일이었다.

**12월 11일.** 이날은 기둥 작업을 했는데, 버팀대 내지는 기둥 두 개를 위로 곧바로 세워놓고 두 기둥 사이에 판자 두 개를 얹어놓았는데, 이것은 그 다음날 마무리했고, 그리고 기둥을 더 갖다 세우고 판자를 얹어서 한 1주일 후에는 천장을 안전하게 막아놓으니, 기둥들이 한 줄로 서 있었기에 내 집의 공간 한쪽에 대한 칸막이 구실도 했다.

**12월 16일.** 비가 멈췄고 땅이 전보다 더 시원해져서 한결 상쾌했다.

**12월 17일.** 이날부터 20일까지 나는 선반을 설치했고 걸 수 있는 물건은 모두 걸어 놓도록 못을 기둥들에다가 박아놓자 이제 실내 공간을 어느 정도 정리를 해놓고 쓸 수 있게 되었다.

**12월 20일.** 나는 모든 물건을 동굴 속으로 갖다놓았고 집 안에 가구도 좀 설치하는 일을 시작하여 음식물을 올려놓을 수 있도록 판자들을 얹어서 찬장처럼 만들어 놓았는데, 이제 차츰 판자들이 매우 모자라기 시작했으며, 그리고 탁자도 하나 더 만들었다.

**12월 24일.** 밤새, 또 하루 종일 비가 와서, 밖에 나갈 수 없었다.

**12월 25일.** 종일 비가 내림.

**12월 27일.** 어린 염소 한 마리를 죽였고 다른 놈은 다리에 총알을 맞췄는데, 이 녀석을 붙잡아서 줄에다 매어 집으로 끌고 왔고 집에 데리고 와서 부러진 다리에 붕대를 감아 묶어놓았다. 여기서 특히 강조할 점은, 내가 이 녀석을 잘 돌봐주니 죽지 않았고 다리도 다시 나아졌고 평소처럼 건강해졌고, 이렇게 내가 이 녀석을 간호해 주다 보니 녀석이 온순해져서 문 앞에 조그마한 풀밭에서 풀을 뜯어먹으면서 도망갈 생각을 안 했다는 것으로, 이때 처음 나는 온순한 짐승들을 사육해서 화약과 총알을 다 써버려도 뭔가 먹을 게 보급될 수 있도록 하겠다는 생각을 품게 됐다.

**12월 28일, 29일, 30일.** 푹푹 찌는 더위에 바람도 불지 않았고,

그러니 밖에 나갈 수가 없을 정도였고 다만 저녁때만 먹을 것 때문에 나갔는데, 이 시기에 나는 집 안에 있는 물건들을 모두 정리 정돈하며 시간을 보냈다.

**1월 1일.** 여전히 더운 날씨라 아침 일찍, 그리고 저녁 늦게 총을 들고 외출했고 한낮에는 가만히 집에 있었는데, 이날 저녁에는 섬 중간지대 쪽으로 이어지는 저지대를 따라 평소보다 멀리 갔고, 가서 보니 염소가 무척 많이 살고 있었는데 몹시 접근하길 꺼려하고 쉽게 도망들을 가니 잡기가 쉽지 않았으나 다음번에는 개를 데리고 와서 쫓아가 사냥을 시키기로 작정했다.

**1월 2일.** 이에 따라 다음날 나는 개를 데리고 가서 염소들을 잡아오게 했으나, 내가 잘못 생각했던 것이, 염소들이 다 일제히 개한테 덤비니까 개가 자기의 위험한 처지를 잘 알고 있는 터라 더 이상 접근을 하지 않으려 했다.

**1월 3일.** 내 울타리 내지는 담장 작업을 했으니, 여전히 나는 누군가 날 공격할지 모른다는 걱정을 했기에 벽을 매우 두껍고 단단하게 보강하기로 맘을 먹었다.

**| 메모 |** 이 벽은 앞서 묘사한 바 있으니 일기에서 이 벽에 대한 부분은 일부러 생략하였고, 다만 1월 3일에서 4월 14일까지 긴 시간 동안 벽 작업을 계속하여 마침내 완성할 수 있었다는 지적만 하면 될 것이다. 이 벽이 바위 한 끄트머리에서 한 8야드 떨어진 다른 쪽 끄트머리까지 둥그렇게 반원을 그린 형태로 가운데 쪽 뒤편으로 동굴 문이 나 있었는데 고작 전체 길이가 24야드밖에 안 되었지만 그렇게도 오래 걸린 것이다.

이 시기 내내 나는 매우 열심히 일을 했고 며칠 아니 몇 주씩 비가 내리는 통에 방해를 받았지만, 이 벽을 마무리해 놓지 않는 한 완벽한 안전은 절대로 누릴 수 없으리라고 생각했으니, 작업 하나하나마다 특히 숲에 가서 말뚝들을 만들어 오고 그걸 땅에 박아서 고정시키는데, 게다가 말뚝을 필요 이상으로 두껍게 만들어놓았으니, 얼마나 한없이 많은 노동이 소모됐는지 일일이 얘기해도 믿기 어려울 것이다.

이 벽 작업이 다 끝나서 외벽을 이중 방벽으로 만들고 거기에 밀착해서 흙 담벼락을 쌓아놓고 나자, 나는 이제 누구건 이 섬에 상륙한다 해도 사람 사는 거처임을 알아보지 못할 거라고 내 스스로 확신을 가졌고, 또한 나중에 아주 놀라운 일이 터졌을 때 지적하겠지만 이렇게 해두길 참으로 잘한 일이었다.

이 시기에 나는 비가 잦을 때마다 매일 숲으로 사냥감을 찾아나섰고 이렇게 산책할 때마다 내게 유익한 뭔가를 발견한 적이 적지 않았는데, 특히 산비둘기처럼 나무에다 둥지를 트는 게 아니라 집비둘기처럼 바위 구멍에다 둥지를 틀고 사는 야생 비둘기의 일종을 발견했고, 이 중 어린 녀석들을 붙잡아 와서 집에서 키워보려 했는데, 그렇게 잘 되는 것 같더니 다 크고 나니까 모두 날아가버리고 말았으니, 아마 모이를 제대로 주지 못해서 그랬던 것 같았지만, 아무튼 그래도 난 이 녀석들 둥지를 자주 발견할 수 있었고 어린놈들을 잡아왔는데, 그놈들 고기 맛이 아주 좋았다.

그런데, 내가 집안에서 살림을 하다 보니 필요한 물건이 적지 않았고, 처음에는 이것들을 내가 만들어내는 게 불가능하다고 생각했었고 사실이 또 어떤 물건들은 만들 수가 없었으니, 가령 쇠로 테를 두른 둥근 통은 절대로 만들 수가 없었고, 이미 말했듯이 작은 나무통 한두 개가 있긴 했으나, 몇 주씩 시도를 해봐도 이것들로 큰 통을 만드는 경지에까지는 이를 수가 없었는데, 나무판을 끌어 모으고 서로 정확한 길이로 대서 붙일 수도 없었고 물을 넣어서 새지 않게 할 수도 없는지라 그만 포기하고 말았다.

그 다음으로는 양초가 없는 게 크게 불편했으니, 대개 한 7시경에는 해가 졌는데 어두워지자마자 나는 잠자리에 누워야만 했기에, 내가 아프리카에서 탈출할 때처럼 양초로 만들어 썼던 밀랍 덩어리를 기억했지만 그걸 지금 갖고 있지 않았으니, 이제 유일한 대책은 염소를 잡을 때 염소 비계를 챙겨뒀다가 내가 햇볕에 구운 조그만 토기에다가 뱃밥 약간으로 심지를 만들어서 호롱불을 만드는 것으로, 이것으로 빛을 좀 얻을 수 있었으나 촛불처럼 맑고 차분한 빛은 아니었다. 그런데 이 작업을 하면서 내 물건들을 뒤지던 중에 어떤 일이 생겼냐 하면, 작은 주머니를 하나 찾았고 거기에는 내가 그 전에 잠시 언급했듯이 가금류 모이용 곡식이 가득 담겨 있었는데, 이게 이번 여행 때가 아니라 그 배가 리스본에서 올 때 담겨 있던 것으로 아마 생각이 되지만, 하여간 주머니에 남아 있던 곡식은 생쥐가 다 먹어버렸고 주머니 속에는 껍질과 먼지만 푸석했기에, 이 주머니를 다른 용도로 쓰려고, 아마 번개가 두려워서 화약을 나눌 때 화약 넣을 주머니로 쓰려는 생각이었던 것 같은데, 바위 밑 방벽 한쪽 바깥에다 주머니에 있는 곡식 껍질들을 털어버렸었다.

방금 언급한 그 찌꺼기들을 내다버린 게 큰 비가 내리기 직전이었는데, 나는 별 신경을 쓰지도 않았고 심지어 거기다 뭘 버렸는지도 잊어버릴 정도였지만, 한 달 남짓 된 후에 뭔가 파릇파릇한 줄기가 땅에서 솟아올라오는 것이 보였으니, 난 이게 아마도 내가 아직 보지 못했던 무슨 식물이 아닌가 생각했으나 조금 더 시간이 흐른 후에 거기에서 이삭이 한 10개 내지는 12개 정도 나오는 것을 보고서는 깜짝 놀라서 완전히 어리둥절해졌으니, 이게 유럽에서 나는 같은 종류의, 아니 우리 영국 보리랑 똑같은 녹색 보리 이삭이었던 것이다.

이 일을 겪을 때 내가 얼마나 깜짝 놀라고 생각이 혼잡해졌던지는 말로 다 표현하기 어려울 터, 나는 그때까지는 전혀 신앙적인 기반에서 무슨 행동을 한 적이 없었으며 사실 내 머리 속에 종교적 관념이란 게 거의 없었으니, 나한테 벌어진 일들도 그저 요행이랄까 아니면 흔히 가볍게 말하듯 하나님 기분대로 이루어진 것들로만 생각했었지, 이런 일들을 섭리하시는 목적이나 세상만사를 지배하시는 하나님의 질서가 무엇인지 곰곰이 생각해 보진 않았다. 하지만 전혀 곡식을 키우기에 적당치 않은 기후인데도 거기에서 보리가 자라는 것을 본 후로는, 특히 게다가 내가 그게 어떻게 그리로 씨가 옮겨지게 되었는지를 몰랐기에 나는 이상야릇하게 놀랐으며, 이에 나는 하나님이 전혀 씨도 뿌리지 않았는데도 이 낟알이 기적적으로 자라도록 하신 게 아닐까, 또한 순전히 내가 이 적막하고 처참한 곳에서 연명할 수 있도록 모든 일을 인도하신 것이 아닐까 하는 추측을 하기 시작했다.

이런 생각에 나는 감격해서 두 눈에 눈물이 흘러내렸고 이렇듯 놀라운 자연의 기적이 나를 위해서 일어난 데 대해서, 내 자신을 축하하기 시작했는데, 게다가 보리 가까이에 내가 바위 언덕 한쪽 옆으로 이상한 잡곡 줄기 같은 것이 쭉 퍼져서 여기저기 있는 것을 봤었기 때문에 이 일이 더욱 더 이상하게 생각됐던 것이며, 그것들은 보니까 벼 이삭이었는데, 내가 그걸 알아본 것은 아프리카 해안에 있을 때 거기에서 자라는 것을 봤었기 때문이다.

나는 이것들이 전적으로 하나님이 나를 도우시려고 섭리하신 결과라고만 생각했을뿐더러, 근처에 보리들이 더 많이 있을 것임을 전혀 의심하지 않고서는 내가 가봐서 알고 있던 섬의 그쪽 지역 사방을 찾아다니며 구석마다 바위 밑마다 보리 이삭이 더 있나 샅샅이 살펴봤지만 전혀 찾아볼 수가 없었으니, 이에 마침내 내가 닭 모이 한 주머니를 그쪽에다 털어버렸다는 기억이 떠올랐고 그래서 놀라워하는 마음은 사라지기 시작했고, 사실 솔직히 고백하면 하나님의 섭리에 대해 감사하는 마음도 이것이 그냥 자연스런 일에 불과하다는 것을 발견하자 줄어들기 시작했지만, 물론 내가 이토록 이상하고도 예측하지 못했던, 마치 기적과 같은 섭리에 대해 감사해야 마땅했으니, 애초에 (생쥐들이 나머지를 다 먹어버렸기에) 여남은 개 낱알이 마치 하늘에서 떨어진 격으로 내 수중에 남아 있도록 인도하시거나 결정해 주신 것이며, 또한 내가 하필이면 그것을 바위 밑 그늘이 진 쪽에다 털어버려서 즉시 싹이 돈아나게 된 것도, 만약 그 무렵에 다른 곳에다 내다버렸다면 열기에 다 말라버려서 못쓰게 됐을 것이기에, 사실상 나에게는 하나님이 섭리하신 바였다.

나는 이 보리 이삭들을 수확철인 6월 말경까지 아주 조심스럽게 보살피다가 낱알을 모두 거둬들여서 이것으로 다시 씨를 뿌려서 때가 되면 빵을 좀 만들어 먹을 수 있는 정도의 양을 거둬들이기로 작정했는데, 하지만 4년째 되는 해가 되어서야 겨우 이 곡식의 맛을 약간 볼 수 있었고, 나중에 기회가 되면 말하겠지만, 그것도 아주 아껴먹어야만 했던 것이, 내가 첫 번째로 뿌린 씨앗들은 때를 제대로 맞추지 못해서 다 죽었기 때문인데, 건조한 계절이 시작되기 직전에 파종을 해서 싹이 전혀 나오지 않거나, 아니면 제대로 올라오지 않았다. 이 얘기는 나중에 더 하게 될 것이다.

이 보리 외에도 나는 벼 이삭 스무 개 내지 서른 개 정도를 똑같은 정성을 들여 보존하여, 똑같은 성격의 목적, 즉 빵을 만드는 등 음식 재료로 쓸 요량으로 가졌으니, 이것들을 오븐에 굽지 않고도 요리하는 방법을 찾았던 것이고, 나중에는 제대로 오븐에 굽는 방법도 터득했다. 그러나 이제 다시 일기로 돌아갈 때가 되었다.

나는 벽을 완성하느라 한 서너 달을 대단히 열심히 일했고, 4월 14일에 벽을 끝까지 봉했는데, 문을 통해서가 아니라 사다리를 통해 벽을 넘어가도록 조치하여 누구건 이곳이 거처임을 밖에서 알아볼 수 없도록 했다.

**4월 16일.** 사다리를 다 만든 후에 나는 사다리로 담벼락 꼭대기까지 올라간 후 사다리를 끌어 올려서 안쪽으로 내려놓았는데, 이렇게 해서 이제 내 터는 완전히 밖에서 차단된 공간이 되었으니, 안쪽 공간은 넉넉했고, 밖에서 안쪽으로는 담을 먼저 넘지 않고서는 아무도 들어올 수 없게 해놓은 것이다.

이 담벼락을 다 만든 바로 다음날 그간 내 수고가 단번에 무색해지고 나도 죽임을 당할 뻔한 일이 있었는데, 사건의 정황은 이렇다. 나는 담 안쪽 내 텐트 뒤 바로 동굴 출입구에서 바삐 작업을 하던 중에 몹시 끔찍하게 놀랄 일 때문에 심하게 겁에 질렸으니, 순식간에 동굴의 지붕 쪽 언덕 모서리에서부터 흙이 내 머리 위로 우르르 무너져 내려서 동굴 안에 세워놓았던 기둥 두 개가 무시무시하게 뚝 소리를 내며 부러지니, 이에 나는 심한 두려움에 사로잡혔으나 진짜 원인이 무엇일까에 대해서는 전혀 알지 못하고 그냥 저번처럼 동굴 위쪽이 약간 무너진 것이라는 생각에, 흙에 파묻혀 죽을까 봐 겁에 질려서 사다리 쪽을 향해 앞으로 달려갔는데, 거기도 별로 안전하지 못하다는 생각에, 위쪽 언덕이 무너져 내려서 나한테 덮칠 것이라고 예상하고, 담 바깥쪽으로 넘어갔다. 내가 담을 내려와서 땅에 발을 디디자마자 이게 아주 무시무시한 지진 때문임을 분명히 알게 되었으니, 내가 서 있는 땅이 한 8분 간격으로 세 번씩 진동을 했고, 땅 위에 세워놓은 가장 튼튼한 건물도 능히 무너뜨렸을 법한 세 번의 충격을 수반했으며, 나한테서 한 반 마일 정도 떨어진 지점의 바닷가 근처 바위 위쪽이 진짜 난생 처음 들어보는 무시무시한 소리를 내며 무너져 내렸는데, 바다마저도 지진으로 격하게 움직이기 시작한 걸 보니 섬에서보다 바다 속에서 충격이 더 강하지 않았나 싶다.

나는 지진 같은 걸 겪어본 적이 없고 또 그걸 경험해 본 사람 얘기도 들은 적이 없는 터라 이 일에 내가 얼마나 놀랐던지, 마치 죽은 사람 아니면 넋이 나간 사람 같았고, 땅의 움직임에 내 속이 꼭 배 멀미하듯 울렁거렸는데, 그러나 바위가 굴러 떨어지는 소리가 말하자면 정신이 번쩍 들게 하고 넋이 나간 상태에 빠져 있던 나를 일깨워 공포에 사로잡히게 하니 나는 언덕이 내 텐트와 내 모든 살림 위로 무너져 내려서 단숨에 모두 다 파묻어버리리라는 생각만 하고 있었고, 이에 한 번 더 혼이 떠날 정도로 질겁했던 것이다.

이 세 번째 충격이 지나간 후에 더 이상 진동이 감지되지 않았기에 나는 용기를 내보려 했으나 그래도 생매장이 되리라는 두려움 때문에 담장을 다시 넘어 들어갈 배짱은 없는 터라, 그만 바닥에 주저앉아서 지극히 풀이 죽고 낙심한 상태로 아무 대책도 찾지 못하고 있었는데, 이 모든 와중에서도 나는 전혀 진지하게 신앙적인 생각은 하지 않고 있었고, 다만 "하나님이시여 저를 불쌍히 여기소서!" 같은 흔히 입에 붙은 말 정도만 뇌까리다가, 지진이 그치자 그런 기도마저도 그만두고 말았다.

이렇게 앉아 있다 보니 하늘이 흐려지며 구름이 덮이는 게 보이며 마치 비가 올 것 같았고 곧 얼마 안 있다가 바람도 조금씩 세게 불기 시작하여 급기야 한 30분도 채 안 되어서 몹시 지독한 허리케인이 불어대기 시작했으니, 바다는 한순간 온통 허연 거품으로 뒤덮이고 해변에 부서지는 파도가 사방에 몰아치며 나무들은 뿌리채 뽑혀버리니 참으로 끔찍하기 이를 데 없는 폭풍이었고, 이렇게 한 세 시간을 폭풍이 몰아치다가 수그러들기 시작해서 한 두 시간은 괴괴히 잠잠하더니 다시 또 비가 쏟아지기 시작했다.

이 동안 나는 계속 겁에 질리고 또한 절망에 빠져 바닥에 주저앉아 있었는데, 이때 문득 떠오르는 생각이 바람이랑 비가 지진의 여파로 생긴 것이고, 따라서 지진은 힘이 다 소진됐고 끝났을 테니 다시 내 동굴로 들어갈 수 있지 않겠냐는 것이었고, 이런 생각을 하니 기운이 슬슬 솟아올랐고 또 쏟아지는 비도 나를 부추기자, 나는 안으로 들어가서 내 텐트 안에 앉아 있었는데, 그래도 비가 여전히 심하게 쏟아지는 통에 텐트가 거의 무너지기 직전이 될 정도였던지라, 동굴이 내 머리 위로 꺼져 내릴 게 무척 두렵고 불안했으나 할 수 없이 굴 안으로 들어갔다.

이 격심한 비로 인해 나는 새로운 작업, 즉 내가 새로 만든 방벽 밑에 배수용으로 구멍을 뚫어서 그쪽으로 물이 빠져나가도록 하는 일을 할 수밖에 없었는데, 아니면 내 동굴이 침수될 것 같았다. 동굴에 한참 머물러 있어도 더 이상 지진의 충격이 없다는 것을 확인하고서는 점차 마음이 차분해지자, 맥이 몹시 풀려 있던 터여서 기운을 내볼 요량으로 내 조그마한 음료 창고로 가서 럼주 한 잔을 쭉 들이켰는데, 나는 술이 다 동이 나고 나면 더는 구할 수 없다는 것을 알았기에 그때도 그렇고 평소에도 늘 럼주를 매우 아껴서 아주 조금씩만 마셨다.

밤새, 또 낮 시간 동안 거의 계속해서 비가 내렸기에 밖으로 나갈 수가 없었으나, 좀더 마음의 안정을 되찾고 할 수 있는 최선의 조치가 무엇인지 생각해 보다가 내린 결론인즉, 이 섬이 이런 지진에 노출된 지역이라면 동굴에서 사는 것은 말이 되지 않았고, 평지에 작은 오두막을 지어놓고 여기서 했듯이 벽을 둘러서 야수나 야만인들로부터 침입을 안전하게 막으면 될 것이라고 생각했으니, 다시 말해서 지금 거기에 그대로 머물러 있다가는 이때건 저때건 확실히 생매장될 게 뻔하다고 결론 내린 것이다.

이런 생각에서 나는 내 텐트가 낭떠러지 바로 밑에 걸려 있는 지금 위치에서는 다시 땅이 흔들리다가는 위에서 바위가 굴러 떨어질 게 확실했으니 이것을 다른 데로 옮기기로 결정하고는, 그 다음날부터 한 이틀, 그러니까 4월 19일과 20일에는 어디로 또 어떻게 내 거처를 옮길까 궁리하며 보냈다.

나는 밤마다 산 채로 흙더미에 삼켜버릴 것 같은 두려움에 떨면서 편히 자지 못했으나 당장 집 밖 사방이 뚫린 데서 잔다는 것도 이에 못지않게 불안했던 탓에, 내 주위를 둘러보니 모든 게 정리 정돈이 잘 돼 있고 얼마나 흡족하게 거처가 은폐되어 있는지, 그래서 위험으로부터 얼마나 안전한지를 짚어보니, 이사를 가는 게 못내 꺼려졌다.

한편 거처를 옮기는 데 상당한 시간이 필요한 것이기에, 이사를 가기에 안전할 정도로 숙소를 만들어놓기 전까지는 위험을 감수하더라도 지금 이곳에 그대로 남아 있는 게 좋겠다는 생각이 들었고, 따라서 이렇게 결정한 대로 좀 차분히 내 자신을 안정시킨 후, 가능한 한 신속하게 작업을 해서 막대기와 밧줄 등등으로, 그러니까 이전처럼 둥글게 담벼락을 만들어 놓고 그게 다 완성되면 그 안에다 텐트를 치기로 하고, 그렇게 이사 가기에 적합하게 모든 걸 다 마무리해 놓기 전까지는 그대로 지금 이곳에 머물러 있어 보기로 했다. 이날이 21일이다.

**4월 22일.** 다음날 아침 나는 이 결정을 실행에 옮기는 방도를 궁리하기 시작했으나 도구들이 없는 게 매우 아쉬웠으니, 큼직한 도끼 세 개와 손도끼들은 (원주민들과 거래할 용도로 이것들을 가지고 다녔기에) 넘쳐나게 많았으나 단단하고 마디가 많은 나무들을 그간 숱하게 잘라대고 쳐대느라 금이 많이 가고 날이 무뎌져 있었던 터, 비록 숫돌을 갖고 있긴 했으나 그걸 돌려서 내 연장들의 날을 갈 수가 없었으니, 이 문제로 나는 마치 고위급 정객이 심각한 정치문제를 두고, 아니면 판사가 사형을 언도할지 여부를 두고 고민하듯 깊은 사념에 빠졌다. 그러다 마침내 나는 끈을 단 바퀴를 고안해 내서 두 손을 자유롭게 쓸 수 있게 이것을 발로 돌리기로 했는데, 여기서 강조할 점은, 난 이와 같은 물건을 영국에서는 전혀 본 적이 없었거나, 아니면 그것을 매우 흔히 여기저기서 봤다고 해도 그걸 어떻게 돌리는지는 주의 깊게 보지를 않았었고 게다가 숫돌이 몹시 크고 무거웠다는 것이다. 이 장치를 완전히 쓸 만하게 만드는 데 꼬박 한 주일 치 노동을 소비했다.

4월 28일, 29일. 이 두 날은 내 연장을 갈며 보냈는데 숫돌 돌리는 장치가 아주 잘 돌아갔다.

4월 30일. 내 건빵 여분이 상당히 줄어든 지 제법 된 것으로 보이기에 재고를 살펴보고 나서 하루에 건빵 한 조각으로 양을 줄였는데, 그래서 마음이 몹시 무거워졌다.

5월 1일. 아침에 물이 멀리 빠져 나갔기에 해변 쪽을 바라보니 예사롭지 않게 큼직해 보이는 물건이 보이는데 꼭 나무통 같았고, 가까이 가 보니 조그마한 둥근 통이랑 우리 배의 잔해 두세 조각이 최근에 불어댔던 허리케인에 의해 뭍으로 떠내려온 것이었는데, 난파된 우리 배 쪽을 바라보니 평소보다 더 물 위로 많이 올라와 있는 것 같았고, 해안으로 떠밀려온 통을 살펴보니까 이내 그것이 화약통임을 알아냈으나 물이 들어가서 화약이 완전히 돌처럼 딱딱하게 굳어져 있었는데, 그래도 나는 그걸 일단 해안으로 굴려서 옮겨놓고 갯벌로 내려가서 혹시 그런 통이 더 있는지 살펴보려고 무너진 배에 최대한 가까이 접근했다.

배에 당도해서 보니 배가 아주 이상야릇하게 망가져 있었으니, 모래에 먼저 걸려 있던 앞 갑판이 한 6피트는 위로 들어 올려져 있었고, 배의 뒤쪽은 내가 그쪽을 뒤졌던 직후에 산산조각 나서 배의 나머지 몸체로부터 떨어져 나와 있었으니, 이제는 말하자면 파도의 힘에 의해서 위로 툭 던져져서 한쪽 옆으로 쓰러졌고, 모래가 고물 바로 옆쪽으로 원체 높이 밀려 올라와서, 그 전에는 전방에 큼직한 물웅덩이가 있어 난파선에 4분의 1마일 정도까지 접근하려면 헤엄을 쳤어야 했지만 이제는 물이 빠지면 바로 배 앞에까지 걸어갈 수 있는 터라, 난 처음엔 이걸 보고 상당히 놀랐었지만, 지진이 그 원인이며 그때의 강력한 충격 때문에 우리 배가 그전보다 더 심하게 망가졌고 파도가 배를 여기저기 뜯어놓아서 바람과 조류를 타고 점차 뭍으로 밀려오게 된 것이며, 그래서 날마다 더 많은 물건들이 해안으로 올라오는 것이라고 곧 단정했다.

이 일 때문에 내 거처를 옮긴다는 계획은 완전히 접어두고 나는 특히 그날은 배 안으로 들어갈 방법을 찾느라 몹시도 부산을 떨었으나 그걸 기대할 수는 전혀 없었으니, 배 안에 온통 모래가 차서 꽉 막혀 있는 것을 발견한 것인데, 하지만 나는 어떤 일이건 완전히 포기하지는 않는 법을 터득했기에 배에서 뜯어낼 수 있는 것은 무엇이건 내게 어떻게든 유익할 것이라고 판단하고 모두 조각조각 나누어 가져오기로 했다.

**5월 3일.** 오늘 일과는 톱으로 대들보를 잘라내는 작업으로 시작했는데, 아마 그것이 우리 배의 후갑판 위쪽 부분 어디를 지탱했던 것으로 생각되었고, 이걸 다 자른 다음에는 가장 위쪽으로 놓여 있는 부분의 모래를 가능한 한 말끔히 치워버렸지만 밀물이 들어오기 시작하니 일단 그 작업은 뒤로 미룰 수밖에 없었다.

**5월 4일.** 낚시를 나갔지만 먹을 만한 놈은 하나도 잡지 못했기에, 재미가 없어져서 그만두고 돌아가려 할 참에 돌고래 새끼를 한 마리 잡았다. 나는 밧줄 실을 풀어서 낚싯줄을 길게 만들어 썼지만 낚싯바늘이 없었는데, 그래도 그걸로 내가 먹을 만큼 물고기는 곧잘 잡았고 이것들은 모두 햇볕에 말려 포를 만들어서 먹었다.

**5월 5일.** 갑판 위에서 작업을 하며 대들보를 하나 더 잘라냈고 갑판에서 큼직한 전나무 판자 몇 개를 가져와서 이것들을 모두 한데 묶은 다음, 밀물이 들어올 때 이것들을 밀고서 해안으로 헤엄쳐 들어갔다.

**5월 6일.** 무너진 배로 가서 작업을 했는데, 철제 빗장 몇 개와 그 밖의 다른 철제 물품들을 뜯어내느라 매우 열심히 일했는데, 몹시 지쳐서 집에 돌아오고 나니 이 일을 포기할까 하는 생각이 들었다.

**5월 7일.** 무너진 배로 작업을 하려는 의도로 간 것은 아니었지만, 다시 돌아가서 보니 대들보를 잘라내자 배가 무게를 못 이겨

아래로 무너져 내렸으며, 배의 부품 몇 가지가 덜렁거리고 있는 것처럼 보였고 선창 안쪽이 뚫려 있기에 그 속을 들여다보니, 온통 물과 모래만 가득했다.

**5월 8일.** 갑판을 뜯어낼 쇠지레를 챙겨 배의 잔해로 갔는데 이제는 갑판이 완전히 바다건 모래건 그 위쪽으로 올라와 있었기에, 판자 두 개를 잡아 뜯어내어 그것들을 밀물 때에 맞춰 뭍으로 가져왔고 쇠지레는 다음날 쓰도록 배에 두고 왔다.

**5월 9일.** 배의 잔해로 가서 쇠지레로 배의 몸체 쪽을 뚫고 들어가자, 궤짝 몇 개가 손에 잡히기에 이것들을 지레로 반쯤 뜯어봤으나 완전히 뜯을 수는 없었고, 영국제 납 뭉치가 손에 잡히니, 이것을 흔들어 볼 수는 있었으나 너무 무거워서 갖고 나올 수가 없었다.

**5월 10일, 11, 12, 13, 14일.** 매일 배의 잔해로 가서 상당량의 목재와 나무판 내지는 판자와 200에서 300파운드의 철제 물품을 가져왔다.

**5월 15일.** 납 뭉치에서 일부라도 좀 잘라내 보려고 손도끼 두 개를 들고 가서, 도끼날 하나를 납에다 대고 다른 도끼로 그걸 쳐봤으나, 그게 한 1피트 반 정도 물에 잠겨 있었기에 도끼날이 들어가도록 힘을 가할 수가 없었다.

**5월 16일.** 밤새 바람이 세게 불었기에 배가 파도의 힘에 밀려서 더욱더 무너져 내린 것으로 보였으나, 나는 식용으로 비둘기를 잡느라 숲에 너무 오래 머물러 있다 보니 조류 때문에 그날은 배의 잔해 쪽으로 갈 수가 없었다.

**5월 17일.** 배에서 뜯어진 조각들이 몇 개 갯벌 멀리 한 2마일 정도 거리까지 밀려온 것을 보고서는 그게 무엇인지 살펴보기로 하고 가봤더니 뱃머리 조각이었는데 너무 무거워서 가져올 수는 없었다.

**5월 24일.** 이날까지 매일 나는 배의 잔해로 가서 작업을 했고 힘겨운 노동을 통해 쇠지레로 뭔가를 뜯어내 올 수가 있었으니, 조류가 바뀔 때 상자 몇 개와 개인 관물함 두 개를 물에 띄워 보냈으나 바람이 섬 쪽에서 불어오는 통에 그날은 해안으로 올라온 것들이라고는 고작 나무 조각 약간하고 큰 원통뿐이었는데, 통 안에 브라질산 염장 돼지고기가 좀 들어 있었으나 고기는 바다의 소금물과 모래가 다 망쳐놓은 상태였다.

나는 6월 15일까지 매일, 먹을 것을 찾아 나서야만 하는 시간 외에는 배의 잔해에서 작업을 계속했으니, 이 작업을 하면서도 밀물이 들어올 때는 먹을 것을 찾아 나섰고, 물이 빠질 때는 배로 갈 차비를 하곤 했었는데, 이 무렵까지 나는 목재, 판자, 철제 물품 등을 워낙 많이 가져와서 내가 할 줄만 알았다면 보트 한 척은 잘 만들고도 남을 정도가 되었고, 또한 몇 번 갈 때마다 납판을 조금씩 들고 왔으니, 합치면 거의 100파운드에 가까운 양이었다.

**6월 16일.** 바닷가로 내려갔다가 큼직한 거북이랄까 아니면 자라라고 할 놈을 발견했는데, 이런 것을 본 것은 이때가 처음이었던 것이니, 이는 이 섬에 거북이나 없거나 부족해서가 아니라 단지 내가 운이 없었기 때문으로, 내가 섬의 반대편에 상륙하게 됐었다면 나중에 발견한 것이지만 매일 이놈들을 수백 마리씩 잡아

먹을 수도 있었을 것인 바, 대신 아마도 아까운 화약도 그만큼 낭비했을 것이다.

**6월 17일.** 거북을 잡아서 요리하며 하루를 보냈는데, 몸속을 보니까 알이 60개나 들어 있었고 고기는 당시로서는 내가 맛봤던 것 중에서 제일 맛있고 상쾌했으니, 이 끔찍한 장소에 상륙한 이후로 내가 먹은 살코기라고는 염소와 새고기가 전부였기에 더욱 그랬다.

**6월 18일.** 하루 종일 비가 왔기에 집 안에 있었다. 이때 나는 비가 차갑다고 느꼈고 뭔가 한기가 든다는 느낌을 받았는데, 내가 아는 한 이 위도상에서는 대개 그럴 리가 없었다.

**6월 19일.** 심하게 아팠고 마치 날씨가 추워서 그러한 것처럼 부들부들 떨었다.

**6월 20일.** 밤새 쉬지를 못했고 극심한 두통과 고열에 시달렸다.

**6월 21일.** 심하게 아팠고, 그러자 몸이 병들어도 아무런 도움도 얻지 못하리라는 걱정에 겁에 질려 죽을 지경이 되었고, 그래서 하나님께, 헐 앞바다에서 폭풍을 만났을 때 이후 처음으로 기도했지만, 무슨 말을 어떤 논리로 하고 있는지 나 자신도 거의 알지도 못할 정도로 내 머리는 온통 뒤죽박죽이었다.

**6월 22일.** 약간 차도가 있었으나, 병에 걸릴지 모른다는 끔찍한 두려움에 떨었다.

**6월 23일.** 다시 상태가 안 좋아져서, 오한에 부들부들 떨다가 지독한 두통에 시달림.

**6월 24일.** 많이 좋아졌음.

**6월 25일.** 아주 심한 학질에 걸려서, 몇 시간씩 오한과 고열이 번갈아 찾아와 경련에 시달리다가, 나중에는 식은땀에 젖었음.

**6월 26일.** 좀 나아졌는데, 먹을 게 하나도 없었기에 총을 들고 나갔으나 기운이 너무 없어서 쉽지가 않았는데, 그래도 암염소 한 마리를 죽였고 고생고생하며 집으로 가져와서 그놈을 좀 불에 구워 먹었는데, 이걸 푹 삶아서 국물을 좀 내고 싶은 마음이 간절했으나 솥이 없었다.

**6월 27일.** 학질이 다시 몹시 심해져서 하루 종일 자리에 누워 아무것도 먹지도 못하고 마시지 못했다. 목이 말라서 거의 죽을 지경이었으나 너무 쇠약해져서 차마 일어설 힘조차 없었으니 물을 갖다 마실 수가 없었고, 이에 다시 하나님께 기도를 했으나 정신이 오락가락했고, 아니면 머리가 멀쩡했을 때도 너무 무지해서 무슨 말을 해야 할지 알지 못했던 터라, 그저 "주님 저를 굽어보소서, 주님 저를 불쌍히 여기소서, 주님 제게 긍휼을 베푸소서"라고 목소리를 내어 빌면서 누워 있을 따름이었으니, 아마 한 두세 시간 동안 아무것도 안 하고 오직 이렇게 기도만 했던 것 같은데, 마침내 경련이 점차 없어지고 잠이 들어서 한밤중이 될 때까지 푹 잤고, 잠에서 깨니 훨씬 더 상태가 좋아진 느낌이었으나 힘이 없었고 극심한 갈증에 시달렸으나, 내 거처 어디에도 식수가 없었으니 아침까지 기다릴 수밖에 없었기에 다시 잠을 잤다. 그런데 이 두 번째 잠에서 나는 다음과 같은 무시무시한 꿈을 꿨다.

나는 내 담벼락 바깥 땅바닥에, 그러니까 지진이 난 후에 폭풍이 불 때 앉아 있었던 그 자리에 앉아 있었다고 생각했는데 웬 사람이 엄청나게 큰 검은 구름을 타고 훨훨 타는 불길 속에서 내려오는 게 보이더니 이윽고 땅에 내려앉는데, 이 사람의 몸은 온통 불길처럼 밝게 빛나니 눈이 부셔서 쳐다보기도 힘겨울 정도였고, 그의 표정은 말할 수 없이 무시무시했으니 차마 말로 형언할 수가 없을 정도였으며, 그가 바닥에 발이 닿을 때 땅이 방금 전 지진 때처럼 부르르 떠는 것 같은 느낌이었고 사방의 공기는 완전히 불길로 꽉 차 있는 듯 보이니 나는 그저 불안에 사로잡혀 있을 따름이었다.

그가 땅에 발을 디디자마자 내 앞으로 기다란 창 같은 무기를 들고 나를 죽이려고 다가오며, 약간 떨어진 곳에 좀 높은 지대까지 와서 내게 말을 건넸는데, 들리는 목소리가 어찌나 무시무시한지 그 두려운 느낌을 말로 표현하기가 불가능할 정도인지라, 내가 설명할 수 있는 정도는 말하는 내용을 알아들었다는 것뿐이니, "이 모든 것을 다 보고도 여전히 뉘우치지 않으니, 이제 너는 죽을 것이다"라고 하는 것이라, 이 말을 하면서 그는 창을 한 손에 높이 쳐들고 나를 죽이려는 자세를 취한다고 나는 생각하였다.

이 이야기를 읽는 그 누구도 이 끔찍한 광경을 볼 때 내 영혼에 엄습한 공포를 묘사할 수 있으리라고 기대하지 말 것이니, 내 말은 이것이 비록 꿈이긴 했으나 꿈속에서 그 공포심이 그 정도로 심했다는 것이며, 내가 깨어나서 이게 그냥 꿈이었음을 발견한 후에도 내 마음속에 남아 있던 그 생생한 느낌을 설명하는 것도 마찬가지로 가능치 않다.

나는 불행히도 신학 지식을 갖고 있지 못했으니, 우리 아버님의 훌륭하신 가르침을 통해 얻은 교훈들도 8년간 지속적으로 배를 타며 사악한 생활을 하는 가운데 오직 나와 동급으로 지극히 사악하고 불경스런 축들하고만 계속 사귀다 보니 모조리 닳아 없어져 버린 터라, 이 세월 동안 내내 내가 위로 하나님을 바라보거나 내 안을 들여다보며 내 행동을 반성하는 쪽으로 생각을 돌려본 적은 단 한 번도 없었고, 반대로 일종의 영혼의 마비 상태가 내 자신을 완전히 압도해서 선에 대한 욕구나 악을 가려내는 양심도 없었으니, 나는 보통 뱃사람들 가운데서 흔히 보게 되는 식으로, 가장 매정하고 무모하고 사악한 작자들처럼 위험에 처했을 때는 하나님을 두려워하지만 위험에서 구출되면 하나님께 감사하는 법이 없었다.

이미 내 이야기의 지난 부분을 다시 거론하면 내가 이와 같은 상태에 있었음을 더 쉽게 믿게 될 것이니 여기에 덧붙여서 얘기하자면, 이날 나에게 닥친 갖가지 여러 불행의 와중에서도, 이것이 하나님께서 하시는 일이며 내 죄에 대한 정당한 징벌이라고는, 그간 아버님께 반기를 든 내 행동이나 지금의 내 크나큰 죄, 아니면 이제까지 전반적으로 내가 살아온 사악한 삶을 벌하시는 것이라고는 단 한 번도 생각하지 않았다. 내가 아프리카 사막 연안에서 목숨을 걸고 항해를 할 때도 내가 어떻게 될지는 단 한 번도 생각해 본 적 없었고, 하나님이 나를 가야 할 곳으로 인도하시고 나를 사방에 위험으로 둘러싸인 게 분명한 처지와 탐욕스런 야수들과 잔인무도한 야만인들로부터 지켜주시기를 하나님께 간구해 본 적이 없었으니, 오히려 하나님의 존재나 하나님의 섭리는 완전히 무시하고 순전히 자연의 법칙에 따라 움직이는 짐승이나 마찬가지로, 또한 상식의 지시만을 따라 행동했던 것이며, 그나마 상식도 거의 무시한 것이나 다름없었다.

내가 포르투갈 선장의 손에 의해 바다에서 구출되어 이분이 내게 공평하게 대해 주며, 내게 합당하고 신의에 따라 더불어서 자비로운 조처를 취해 줬을 때도 나는 머릿속에 감사하는 생각을 일체 품은 적이 없었으며, 또한 우리 배가 난파되어 모든 게 망가지고 이 섬 앞바다에서 물에 빠져 죽을 뻔할 때도 나는 양심의 가책이나 이 일을 하늘의 심판으로 보기는커녕, 늘 혼잣말로 내 '팔자가 사나워서' 불행을 타고났다고만 뇌까렸던 것이다.

물론 내가 이 섬의 해안에 처음 와 닿았을 때 우리 배의 동료들은 모두 익사했는데, 나만 목숨을 건졌다는 걸 발견하고는 일종의 희열이랄까 영혼이 순간 도취에 빠진 적이 있었던 게 사실이고, 만약 하나님의 은총이 이때 날 도왔다면 이것이 진정한 감사의 마음으로까지 이어졌을 수 있을 것인데, 하지만 그 느낌은 애초의 시발점으로, 즉 그냥 스쳐 지나가는 기쁨으로 다시 돌아갔으니, 내가 살아 있는 걸 다행으로 여길 뿐이지, 나머지 사람들은 모두 패망했는데도 나만 보호해 주신 손길이 얼마나 선하신지 반추해 보거나, 왜 나한테만은 이렇듯 긍휼을 베푸시도록 섭리하시는지를 물어볼 생각을 전혀 하지 않았으니, 그것은 그저 뱃사람들이 배가 난파되었다가 무사히 뭍에 올라가면 대개 기쁨에 감격하다가, 이내 폭탄주 한 잔에 말끔히 다 씻어 넘기고 모든 걸 즉시 잊어버리는 경우와 마찬가지였으며, 그 밖에 내 인생도 다 그런 식이었다.

나중에 생각을 좀 차분히 해보면서 내가 이 처참한 곳에 버려졌고 동료 인간들의 손이 닿을 수 없어 구출될 희망이나 구원의 전망은 일체 버려야 할 처지임을 깨달은 후에도, 내가 허기져 굶어 죽지는 않으리라는 생존의 가능성을 겨우 내다보자마자, 고뇌하는 마음은 다 사라지고, 매우 속 편하게 내 생명을 보존하고 먹고 살기 위한 일에 몰두했으니, 내 처지를 고뇌하며 이것이 하늘이 내리신 심판이거나 나를 치시는 하나님의 손길이라는 생각과는 사뭇 거리가 멀었으니, 이런 생각은 거의 내 머릿속에 들어오는 법이 없었다.

곡식이 자라는 사건이, 내 일기에서 잠시 언급했듯이, 처음에는 나한테 약간의 감동을 줬었고, 내가 여기에는 뭔가 기적적인 면이 있다고 생각하는 한에서는 나한테 심각하게 영향을 주기 시작했었으나, 이런 생각이 사라지자마자 이 사건이 만들어낸 감동 또한 앞서 언급한 대로 슬슬 없어져 버렸다.

심지어 지진도 그 속성상 이보다 더 무시무시하거나 이런 일들을 홀로 주관하시는 그 보이지 않는 권능에 이보다 직접적으로 연관되는 경우가 없음에도 불구하고, 최초의 공포심이 사라지자마자 그것이 불러일으킨 효과도 덩달아 사라졌다. 나는 하나님이나 그분의 심판을 감지하거나, 지금의 나의 이 괴로운 처지가 하나님의 손길에 의한 것이라는 생각은 전혀 없었으니, 마치 아주 인생이 번성하는 처지에 있는 사람인 양 그저 태연했던 것이다.

그러나 이제 몸이 아프기 시작하여 죽음의 비참함이 내 눈 앞에 펼쳐진 것을 천천히 바라볼 여유가 생기고, 강력한 병마의 짐에 눌려서 내 정신이 수그러들기 시작하고 내 몸이 격한 열병에 기진맥진해지자, 그토록 오래 잠자고 있던 양심이 슬슬 깨어나니 나는 내가 지금까지 산 삶을 뉘우치기 시작했고, 나의 예사롭지 않은 사악함으로 인해 하나님의 공의가 나를 예사롭지 않은 회초리로 치시는 것이며, 이렇듯 통렬하게 죗값을 치르는 결과를 내가 자초했음이 지극히 자명하다는 것을 깨달았다.

내가 병에 시달리는 둘째 날인가 셋째 날에 이런 반성을 하며 암울한 처지에 빠졌는데, 열병의 과격함은 물론이요 내 양심의 무서운 질책의 격렬함으로 인해 내 입에서는 하나님께 기도드리는 것 비슷한 말들이 몇 마디 새어나오긴 했으나, 여기에 어떤 열망이나 희망이 깔려 있었다고 할 수는 없었고, 다만 완전히 겁에 질린 번민의 목소리였을 뿐이니, 내 생각은 혼미했고 내 마음속의 죄책감은 강렬했으며 이런 비참한 처지에서 죽으리라는 두려움은 극도의 심려 속에 내 정신을 몽롱하게 만들 정도라, 내 영혼이 이렇듯 절박해진 형편에서 내 혀가 무슨 말을 표현할 수 있었겠나, 그저 목놓아 탄식만 할 뿐이니, 가령, 주님이시여! 나는 참으로 비참한 처지에 있습니다! 내가 병에 걸리면 아무도 도울 손이 없어서, 그냥 죽을 게 분명하니, 나는 이제 어떻게 되는 것입니까? 이런 식의 소리나 했고, 그러면 눈물이 두 눈에서 주르르 흘러내려 한동안 아무 말도 이어갈 수 없었다.

이런 지경에서 우리 아버님의 훌륭한 충고, 즉 이 이야기를 시작할 때 내가 언급했던 그분의 예측이 마음속에 떠올랐으니, "내가 이 어리석은 발걸음을 내딛는다면, 하나님이 축복하시지 않을 것이며, 나를 도와서 건져줄 이가 아무도 없을 때 아버님의 훈계를 무시한 것에 대해서 실컷 후회하게 되리라"는 말씀이었다. 나는 큰 소리로 이렇게 말했다. 자, 이제 우리 아버님의 말씀이 참으로 그대로 이루어진 셈이구나, 하나님의 공의가 나를 붙잡아 벌하셔서 내가 도움을 청할 사람이나 내 얘기를 들어줄 이 아무도 없는 신세가 되었으니! 나는 나를 자비롭게도 행복하고 안락하게 살 수 있는 사회적 위치에 태어나게 섭리하셨다는 그 말씀을 거역했고, 오히려 그 사실을 스스로 깨닫지도 못했고, 그것이 축복임을 부모님의 가르침을 통해서 알려고 하지도 않았구나, 게다가 이제, 부모님은 내 어리석음을 탄식하시도록 내버려두고 나는 그 결과로 이렇듯 혼자 떨어져 탄식하고 있구나, 나를 이 세상에 자리 잡게 해주시고 나를 위해 모든 것을 편안하게 만들어주실 이분들의 도움과 배려를 거절했고, 자연의 이치만 따져도 도저히 버티기 어려운 역경과 홀로 씨름하니, 나를 거들거나 돕거나 위로하거나 충고해줄 사람은 아무도 없구나. 이에 나는 이렇게 외쳤다. "주여, 나의 도움이 되어 주소서, 내가 심한 곤경에 처해 있습니다."

이것을 기도라고 할 수 있을지 모르겠지만 아무튼 내가 여러 해만에 처음으로 올린 나의 첫 번째 기도가 이러했다. 하지만 이제 내 일기로 돌아가자.

**6월 28일.** 잠을 좀 잔 덕에 기운을 다소 회복하였고 경련 증세가 완전히 사라졌기에 자리에서 일어났는데, 내가 꾼 그 꿈 때문에 무척 겁에 질리고 두려움에 떨었지만, 내 생각에 학질이 다음날 또 다시 재발할 수 있기에 지금 뭔가 원기를 회복할 것을 가져와서 내가 아파서 누우면 뭔가 먹고 마실 수 있도록 해두기로 하고, 첫 번째로 내가 한 일은 큼직한 사각형 물병에 물을 가득 채워서 내 침상에서 손이 닿는 탁자 위에 얹어 놓은 것인데, 물의 냉기랄까 한기를 없애기 위해 럼주 4분의 1파인트 정도를 거기에 넣어서 한데 섞어두었으며, 그 다음으론 염소 고기를 한 점 집어다가 숯불에 구웠으나 거의 먹지를 못했고, 여기저기 걸어 다녀 봤지만 몹시 힘이 없었고 더욱이 나의 비참한 처지에 대한 생각과 그 다음날 한기가 돌아오리라는 두려움에 슬픔과 낙담에 젖어 있었지만, 그날 밤 거북이 알 세 개를 재 속에 넣어 구워서 흔히 하는 말대로 껍질채 먹는 것으로 저녁 식사를 했는데, 이것이 그때까지 내가 살아오면서 하나님의 축복을 간구하고 나서 먹은 첫 번째 음식물이었다.

뭘 좀 먹은 후에 걸어보려 했으나 기력이 너무 없어서 총 한 자루 들고 가기도 힘들 정도임을 (내가 총을 안 들고 나가는 법은 없었다) 깨닫고 얼마 가지 않아 바닥에 주저앉아서, 바로 거기가 바다 앞이었고 바다가 매우 고요하고 파도가 잔잔한 터라, 바다를 물끄러미 쳐다보며 있자니, 다음과 같은 사념들이 떠올랐다.

내가 지금까지 그토록 실컷 봤던 이 땅과 바다는 도대체 어떻게 생겨난 것이며 또한 나는 누구인가? 그리고 이 모든 생명체들, 야생 동물과 가축들, 인간과 짐승들은 모두 어디에서 왔는가?

필경 우리는 이 땅과 바다, 공기와 하늘에 형체를 준 그 어떤 비밀스런 권능에 의해 만들어진 것일 터, 과연 그가 누구인가?

그렇다면 의당 당연히 이 모든 것을 만드신 이는 하나님이라고 밖에는 할 수 없지 않은가. 또한 만약 하나님이 이 모든 것들을 만드셨다면 참으로 기묘하게도 하나님은 이 모든 만물과 이들이 겪는 일들을 인도하시고 지배하시지 않는가, 이 모든 것을 만드실 수 있는 권능자는 이 모든 것들을 인도하시고 이끄실 능력도 분명히 갖고 계실 터이니.

그렇다면, 그분이 만드신 이 세계의 크나큰 범위 안에서 일어나는 그 어떤 일도 그분이 알지 못하거나 예정하시지 않은 바는 없을 것이리라.

그리하여 그 어떤 일도 그분이 모르시는 게 없다면, 그분은 내가 여기에 있으며 게다가 이 처참한 처지에 있다는 것을 아실 것이며, 만약 그 어떤 일도 그분이 예정하시지 않고 일어나는 법이 없다면 이 모든 게 나한테 닥칠 것도 그분이 정해 놓으신 이치이리라.

나는 이러한 결론들을 반박할 논리를 전혀 생각해 낼 수가 없었기에 이 모든 것을 내가 겪도록 하나님이 정해 놓으신 것이 분명하리라는 이 생각이 더욱 더 굳건하게 내 안에 자리를 잡았고, 하나님만이 나에 대해서는 물론이요, 이 세상에서 벌어지는 모든 일을 주관하신 권능을 갖고 계시기에 나는 그분의 인도에 따라 이 비참한 형편에 처하게 된 것이라고 결론을 내렸다. 그러자 즉시 이런 물음이 뒤따랐다.

"하나님은 왜 나한테 이렇게 하시는 것인가? 내가 뭘 했다고 이런 대접을 받는 것인가?"

이런 의문을 품자 마치 내가 하나님을 모독이나 한 양 즉각 내 양심이 나를 제어하며 마치 무슨 목소리가 귀에 들리듯 이렇게 말했다. 이런 한심한 놈! "내가 뭘 했다고?"라고 감히 뻔뻔하게 묻다니! 끔찍하게 낭비해 버린 네 삶을 좀 돌아보고 나서 "내가 뭘 했다고?"라고 반문해라, 왜 벌써 한참 전에 네가 죽어버리지 않았던 것이냐? 야머스 정박지에서 왜 물에 빠져 죽지 않은 것이더냐? 왜 살레 전함에 배가 나포될 때 전투에서 너는 죽지 않은 것이더냐? 왜 아프리카 해안에서 야수들에게 잡아먹히지 않았더냐? 아니, 바로 이곳에서도 어찌하여 너희 배의 동료들 나머지는 모두 사라졌으나 너만 남은 것이더냐? 그래도 네가 "내가 뭘 했다고?"라고 감히 물을 수 있느냐?

이런 반성은 나를 완전히 벙어리로 만들어버렸으니, 화들짝 놀라 단 한마디도 할 말을 찾지 못해 내가 내 자신에게도 대답을 하지 못한 채 사색에 젖고 슬픔에 잠겨 내 은신처로 걸어 돌아가서 내 담벼락을 넘어가 침상에 누울 참이었으나, 내 사념이 너무나 서글픈 번민에 사로잡혀 있어 도무지 잠이 들 기분이 아니었던지라, 내 의자에 앉아서 날이 어두워지기 시작했기에 등불을 켰는데, 이제 학질이 다시 엄습해 올 것이 못내 두려웠기에, 마침 브라질 사람들은 거의 모든 병에 담배 외에는 다른 것을 약으로 쓰지 않던 기억이 나서 궤짝 중 하나로 가서 둘둘 말아 논 담뱃잎으로 제법 잘 말려놓은 것 한 덩어리와 아직 잘 마르지 않은 초록빛 도는 것들이랑 같이 가져왔다.

나는 필경 하늘의 인도하심으로 그쪽으로 간 것임, 이 궤짝에서 내 몸과 영혼 모두를 치료해 줄 약을 발견했기 때문이니, 궤짝을 열자마자 내가 찾던 것, 즉 담배를 찾았을뿐더러 내가 배에서 건져온 몇 권의 책이 거기에 같이 있었던 터라, 앞서 언급했던 성경책들 중 한 권을 집었는데, 아직 그때까지는 그걸 읽을 여유가 없었다고 할까, 아니 그러고 싶은 기분도 전혀 들지 않았으나, 이제는 성경책을 꺼내 들고 담배랑 같이 가지고 탁자로 돌아왔다.

이 담뱃잎을 어떻게 내 병에 맞는 약으로 쓸지, 아니 애초에 그게 효험이 있는지 여부도 나는 알지 못했으나 어떤 식으로건 써먹을 결심을 한 듯이 이런저런 실험을 몇 가지 해보았으니, 첫째로는, 잎사귀 한 조각을 뜯어서 입 속에 넣고 씹어 보니 담배가 아직 초록빛이 도는 강한 맛인데다 담배에 별로 익숙하지 않은 터여서 정신이 몽롱해질 정도로 어지러웠고, 그 다음으로는, 럼주를 좀 따라놓고 그걸 거기에 한 두어 시간 푹 담가놓고 잠자리에 누울 때 한 모금씩 마시기로 했고, 마지막으로는, 숯불을 좀 지펴서 코로 연기를 참을 수 있을 때까지 들이쉬었는데 열기와 김에 숨이 막힐 지경이었다.

이런 작업을 하다 사이사이 쉬는 틈에 나는 성경책을 집어 들고 읽기 시작했으나, 당시로서는 담배로 머리가 너무 혼미해져 계속 읽어갈 수가 없어서 그냥 성서를 아무데건 펼쳐 본 것인데, 내 눈에 들어온 첫 말씀이, "환난 날에 나를 부르라, 내가 너를 건지리니 네가 나를 영화롭게 하리로다"*였다.

이 말씀은 내 경우에 매우 잘 맞아 떨어졌기에 그것을 읽으니 그 후에는 더욱 더 그랬지만 그때도 사뭇 강한 인상을 받기는 했는데, 사실 "너를 건지리라"는 얘기는 말하자면 나한테 아무런 의미도 없는 소리로만 들렸으니, 그것은 너무나 아득해 보이고 나의 사리 판단으로는 너무나 불가능해 보였기에, 나는 이스라엘의 자손들이 그랬듯이 고기를 먹게 해주시겠다고 하나님이 약속하셨을 때, "하나님이 광야에서 식탁을 베푸실 수 있으랴"*라고 웅성거렸듯이, 나도 말하기를, 하나님이 나를 이곳에서 건져주실 수 있겠냐고 중얼거렸고, 그런 희망을 가질 일이 여러 해가 지나도록 전혀 없었으니 이런 의문이 내 생각 속에 자주 찾아들었지만, 그럼에도 이 말씀은 내게 강한 인상을 남겼고, 매우 빈번하게 이 말씀에 대해 명상을 했다. 이제 밤이 깊었고, 담배가 이미 말한 대로 나를 몹시 졸리게 만들었기에 잠을 자고 싶어졌고, 등불은 굴 안에 그냥 밝혀두어서 밤에 내가 혹시 뭐가 필요할 때 찾기 좋게 해놓고 잠자리에 들었는데, 눕기 전에 나는 내 평생 한 번도 해 보지 않은 것을 하였은즉, 나는 무릎을 꿇고 하나님께 기도하길, 내가 환난의 날에 부르면 나를 건지시리라고 내게 하신 약속을 이루어 주시라고 간구했고, 이렇게 두서 없고 미흡한 기도를 마친 후에 담뱃잎을 담가뒀던 럼주를 마시는데 담배 맛이 어찌나 지독했던지 사실 목구멍으로 겨우 넘겼으며, 곧바로 잠자리에 눕자 술기운이 내 머릿속으로 급격하게 올라가는 걸 느꼈으나 깊은 잠에 빠졌고, 다음날 해가 중천에 뜰 때까지 깨지를 않았는데, 해를 보니 거의 오후 3시쯤 된 것 같았다. 아니, 사실 한편으로는 내가 다음날 낮밤을 계속 잤고 그 다음 다음날 3시경에 깬 것일지도 모른다는 생각을 지금까지도 하고 있는데, 그 후 몇 년 뒤에 내가 1주일씩 날짜를 계산하는 데 하루가 빠진 게 보였고 그 이유를 달리 설명할 수가 없었으니, 내가 만약 해가 적도를 두 번 지나간 것으로 계산하다* 셈을 놓친 것이라면 하루 이상은 틀리지 않았을 것이나, 분명히 내 계산에서 하루가 빠졌고 그걸 설명할 방법을 알 수가 없었다.

그거야 어떤 쪽이 맞건 간에 하여간 잠에서 깨니 몸이 지극히 가벼워졌고 기운도 활기차고 쾌활해져 있었고, 자리에서 일어났을 때 전날보다 기력이 좋아졌고, 배가 고픈 걸 보아 뱃속도 더 편안해지는 등, 한마디로 그 다음날은 경련이 없었고 매우 호전된 상태가 유지되었다. 이날이 29일이었다.

30일에도 나는 계속 상태가 나아져서 총을 들고 외출했으나 너무 멀리 갈 마음은 없었기에 그냥 물새 한 두어 마리만 죽여서 집으로 가져왔지만 먹으려니 별로 내키질 않았고, 그래서 그냥 거북이 알을 몇 개 더 먹으니 맛이 제법 좋았고, 이날 저녁 나는 전날 효험이 있었던 모양인 그 약, 즉 담뱃잎을 담가둔 럼주를 다시 마셨는데 저번처럼 그렇게 많은 양은 마시지 않았고 담뱃잎을 씹거나 숯불 연기에 머리를 쏘이는 것은 하지 않았는데, 하지만 그 다음날 7월 1일에는 내 기대만큼 그렇게 상태가 좋지가 않았으니 잠시 오한이 들어 경련에 떨었으나, 그렇게 심하지는 않았다.

**7월 2일.** 나는 세 가지 처방을 다시 다 써보았고, 첫 번째처럼 몽롱해져서 잠이 들었는데, 마시는 약의 양을 두 배로 늘렸다.

**7월 3일.** 비록 이후 몇 주가 지날 때까지 완전한 기력은 회복하지 못했지만, 경련에서는 이제 완전히 벗어났는데, 이렇게 내가 힘을 모으는 동안 내 생각은 "내가 너를 건지리라"는 성경 말씀에 계속 맴돌았고 내가 건져질 가능성이 없으리라는 느낌에 짓눌리어 그런 기대는 저버리려 하였는데, 하지만 이런 상념으로 내 스스로를 실망시키는 와중에 언뜻 떠오르는 생각이 있었으니, 내가 이렇듯 현재의 고난에서 건져질 문제만 고심하다 보니 이미 내가 역경에서 건져졌다는 사실은 무시하는 게 아닌가 하는 것이었고, 그래서 나는 스스로에게 말하자면 이런 질문을 하지 않을 수가 없었다. 즉, 내가 질병에서 건져지지 않았더냐, 그것도 아주 놀랍게? 그보다 더 고통스런 형편이 없을 것이며 그보다 더 겁에 질릴 만한 일이 없을 처지에서 건져졌음에도 그걸 제대로 인정이나 했더냐? 내 도리를 했냐는 말이다? "하나님이 너를 건지셨으나 너는 그분을 영화롭게" 하였느냐? 어찌 나를 건져주신 것으로 인정하고 거기에 감사해하지 않으면서도 이보다 더 큰 구원을 기대할 수 있느냐?

이런 생각에 나는 가슴속 깊이 가책을 느꼈고 이에 즉시 무릎을 꿇고 하나님께 나를 질병에서 구해 주신 데 대해 큰 소리로 감사의 기도를 올렸다.

**7월 4일.** 아침에 성경책을 집어 들고 『신약』의 첫 부분에서부터 시작해서 진지하게 읽어가기 시작했고, 매일 아침과 매일 밤 얼마간은 꼭 성서를 읽도록 스스로 규칙을 정해 놓았으나 몇 장씩 읽는 식으로 얽매이지는 않고 내 생각이 끌리는 만큼 읽기로 했는데, 이 성경 읽는 일을 진지하게 시작한 지 얼마 안 되어서 내 과거의 삶이 얼마나 사악했는지를 나는 가슴속 보다 깊숙이, 그리고 보다 진정으로 느꼈으니, 내가 꿨던 그 꿈의 느낌도 생생하게 되살아났고, "이 모든 것을 다 보고도 여전히 뉘우치지 않으니"라는 그때의 말이 내 생각 속에 진정 어리게 메아리치니, 이에 나는 하나님께 내게 뉘우치는 마음을 주시라고 간절히 간구하던 중, 바로 다음날 섭리하신 대로 일이 진행되었으니, 성경을 읽는 중에 이 말씀, 즉 "그를 오른손으로 높이사 임금과 구주로 삼으셨느니라"*는 구절과 마주치니, 나는 책을 던져 내려놓고 일종의 기쁨의 환희에 젖어 두 손은 물론 내 가슴도 치켜 올리며 큰 소리로 이렇게 외쳤다. "예수여, 다윗의 자손 예수시여, 지극히 높으신 임금이자 구주시여, 제게 뉘우치는 마음을 주소서!"

진정한 의미에서 기도라고 할 수 있는 것을 한 것은 이게 난생 처음이었으니, 나는 내 처지를 통감하고 하나님 말씀에 담긴 격려에 기초한 성서적 희망의 전망을 갖고 기도했던 것이며, 이때부터 말하자면 나는 하나님이 내 기도를 들어주시리라는 희망을 갖기 시작했다.

이제 나는 위에 언급한 "나를 부르라, 내가 너를 건지리니"라는 말씀의 의미를 이전에 이해했던 것과는 다른 뜻으로 해석하기 시작하였으니, 그때까지는 다른 의미의 구원에는 생각이 미치지 못하고 오직 감금당한 내 처지에서 구출되는 것만 생각했던 터, 사실 내가 비록 이곳에서는 맘놓고 다닐 수는 있었어도 이 섬 자체가 내게는 사실상 감옥이나 마찬가지였고, 게다가 그것도 세상에서 가장 나쁜 의미로 그러했으나, 이제는 나는 이것을 다른 의미로 받아들이게 된 것이니, 나는 내 지난날의 삶을 돌아볼 때 어찌나 심한 공포에 사로잡히고 내 죄가 어쩌나 끔찍하게 보이는지, 내 영혼은 오로지 하나님께 일체의 평안을 다 짓눌러 버리는 이 죄의식의 무거운 짐에서 나를 건져주실 것만을 간구했고, 내가 고독하게 산다는 문제는 이에 비하면 아무것도 아니었기에 나는 이 처지에서 구출해 주시라는 기도는 하지도 않았고, 애초에 그런 생각도 안 했으니, 참으로 이것은 내 죄와 비교할 게 못 되었다. 이런 얘기를 여기에 덧붙이는 것은, 누가 이 글을 읽건 삶의 참뜻을 깨달아서 우리가 불행으로부터 구원받은 것보다 죄로부터 구원받은 것이 훨씬 더 큰 축복임을 체험하길 바라는 마음에서이다.

하지만 이제 이 얘기는 좀 접어두고 다시 내 일기로 돌아가자.

비록 사는 것은 여전히 비참했지만, 이제 이런 내 처지에 대한 내 마음은 보다 더 편안해졌고 나의 사념은 지속적으로 성경 말씀을 읽고 하나님께 기도하는 가운데 보다 고매한 것들을 바라보게 되었으니, 나는 그때까지는 전혀 알지 못했던 마음의 크나큰 평안을 얻었으며, 또한 내 건강과 기력이 돌아오자 나는 내게 필요한 모든 것들을 만들어 쓰기 위해 부지런히 움직이기 시작했고 나의 생활 방식이 가능한 한 규칙적이 되도록 하였다.

7월 4일에서 14일까지 나는 주로 손에 총을 들고 돌아다니며 보냈는데 병마로 쓰러졌다가 점차 힘을 회복하는 몸이라 한 번에 조금씩만 다니면서 무리하지 않았는데, 내가 얼마나 기력이 없었고 쇠약해졌는지는 상상하기 어려울 정도였다. 내가 사용한 그 처방은 완전히 새로운 발견으로, 그것으로 학질을 고친 적은 아마도 이전에는 한 번도 없었을 것이며, 내가 실험해 본 것에 근거해서 누구에게 이걸 써보라고 권해 볼 수도 없는 것이, 그게 비록 경련을 없애주기는 했으나 나를 쇠약하게 만드는 데도 한몫을 했던 까닭이라, 나는 한동안은 자주 신경이나 사지가 떨리는 증상을 겪었다.

나는 또한 이것을 통해 다음과 같은 구체적인 사실을 알게 되었는데, 비 오는 철에 특히 비가 폭풍과 허리케인을 수반할 때 밖에 나다니는 것은 내 건강에 가장 유해한 일이라는 것으로, 건기에 비가 내릴 때는 거의 늘 이런 폭풍을 수반했던 터, 이런 비는 9월이나 10월에 내리는 비보다 훨씬 더 위험함을 알게 되었다.

나는 이제 이 불행한 섬에서 10개월째 지내고 있었고 이런 처지에서 구출될 모든 가능성을 완전히 빼앗긴 것으로 보였으며, 나는 이곳에 사람의 형상을 한 그 어떤 자도 발을 디딘 적이 없다고 굳게 믿었기에 이제 내 거처를 내 생각에 충분히 만족할 만큼 안전하게 만들어놓았으니, 이 섬을 보다 완벽하게 파악하여 아직 그 어떤 산물들을 내가 더 찾아낼 게 있는지 알아내고 싶은 강한 욕구를 갖게 되었던 터, 아직 이것에 대해서는 아는 바가 전혀 없었다.

7월 15일에 나는 이 섬을 좀더 자세히 탐사하기 시작하여, 앞에서 언급했듯이 내 뗏목을 갖다 댔던 샛강을 따라 가서 한 2마일 정도 올라가자, 더 이상 물살이 흘러들어가지 않고 그냥 조그맣게 졸졸 흐르는 샘물 정도임을 발견했는데, 물맛이 아주 신선하고 좋았으나 이게 건기라서 일부는 물이 거의 다 말라버렸거나 아니면 적어도 물길을 만들어 흘러가는 게 보일 정도로 충분히 흐르지는 않았다.

이 시냇물의 양 옆으로 쾌적한 초원 내지는 풀밭을 발견했는데, 평평하고 부드럽게 풀로 덮여 있었고 고지대 옆에 위로 경사진 쪽으로는 아마 물이 넘칠 일이 없으리라고 생각할 만했는데 거기에 상당량의 아주 싱싱한 담배가 아주 큼직하고 두터운 줄기를 만들며 자라고 있었으며, 그 외에 내가 뭔지 모르거나 이해하지 못하는 여러 종류의 식물들이 있었으니, 아마 내가 파악하지 못하는 효험들을 다 갖고 있었을 법했다.

나는 이런 기후 지역 원주민들이 빵을 만들어먹는 카사바 뿌리*를 찾아봤지만 전혀 발견할 수 없었다. 큼직한 알로에나무들도 봤지만 당시로는 그게 뭔지 알아보질 못했다. 또한 사탕수수도 몇 개가 보였으나 야생이고 가꾸질 않아서 제대로 크지 않은 것들이었다. 나는 이번에는 그냥 이 정도 발견한 것으로 만족했고 돌아오는 길에 내가 발견하게 될 과일이나 식물의 효험이나 용도를 알아내려면 어떤 방도를 취해야 할지 곰곰이 생각해 보았는데, 아무런 결론도 내릴 수가 없었으니, 한마디로 나는 브라질에 있을 때 자연 관찰을 거의 안 했던 탓에 들판에 있는 식물들을 거의 알지 못했던 터라, 지금도 나의 곤궁한 처지에 도움이 될 만한 것들이 무엇일지 알지 못했다.

그 다음날 16일에도 다시 그 전날에 갔었던 똑같은 길로 가니, 개천은 찾았는데 이제 녹지는 더 이상 펼쳐 있지 않았고 그쪽 지역은 그 전 지역보다 더 나무가 우거져 있었으며, 이쪽에서는 온갖 과일류를 발견했는데 특히 멜론이 땅에서 엄청나게 많이 자라고 있었고 나무에는 포도가 달려 있는데, 넝쿨이 나무 사방에 걸

처 있었고 이제 막 영글어서 탱탱하게 액즙이 넘치는 포도 열매가 주렁주렁 널려 있었으니. 이것은 나로서는 뜻밖의 발견이었기에 지극히 반가운 일이었으나 경험에 비춰 볼 때 함부로 먹는 것은 자제했던바, 그것은 내가 북아프리카 해안에 상륙했을 당시 거기에 같이 노예로 잡혀 왔던 영국인 중 몇 명이 포도를 먹고 즉시 이질에 걸려 고열에 시달리다 죽는 것을 봤던 까닭이라. 하지만 나는 이 포도들을 아주 훌륭하게 사용할 방법을 발견했으니, 그것은 이것들을 햇빛에 말려서 마른 포도 내지는 건포도 상태로 보관하는 것으로, 이렇게 해서 포도가 더 이상 나지 않는 철에 먹으면 아주 좋으리라 생각했고, 사실이 또 그러했다.

나는 그날 저녁은 계속 그곳에서 보내면서 내 거처로 돌아가지 않았으니 이것이 말하자면 집 밖에서 잔 첫 밤이라고 할 수 있다. 밤에는 내가 처음에 했던 방식대로 나무로 올라가서 아주 잘 잤고 다음날 아침에는 탐사를 계속하여, 계곡의 길이로 가늠할 때 거의 4마일 정도 정북 방향을 향해 남쪽 능선과 북쪽 능선을 내 옆에 두고 여행했다.

이 행군 끝에 나는 넓은 평지에 당도했는데, 여기에서는 땅이 서쪽으로 경사를 이루며 내려가는 것처럼 보였고 내 곁에 있는 언덕 한쪽 벽에서 작은 샘물이 솟아나서 이것이 반대쪽 그러니까 정동 방향으로 흘러내려갔는데, 그 지역은 어찌나 신선하고 녹음이 무성하고 생명력이 넘치고 모든 게 늘 푸른 상태랄까 봄의 화사함을 유지하는지, 마치 누가 정원을 가꿔놓은 것 같았다.

나는 이 달콤한 골짜기의 한쪽 사면으로 조금 내려가서 이곳을 굽어보며, 이 모든 게 다 내 소유이고 내가 절대로 무효화할 수 없이 이 땅의 군주이자 영주이며 소유권을 갖고 있다고 생각하며(비록 나의 다른 고통스런 생각들과 뒤섞이긴 했으나) 일종의 은밀한 쾌감을 느꼈는데, 사실 내가 이곳에 대해 만약에 소유권을 인정받을 수 있다면 영국의 그 어떤 영지를 소유한 귀족 못지않게 이것이 완전히 내가 물려줄 수 있는 권리를 가진 재산이 될 수 있었다. 내가 보니 이곳에 코코아나무, 오렌지, 레몬, 사이트론나무들이 넘쳐났고, 모두 야생이고 열매를 맺은 것들은 적어도 그때로는 거의 없었지만, 그래도 내가 푸른빛 라임을 따서 먹어 보니 맛도 좋고 몸에도 매우 좋은 것 같았는데, 이 라임 과즙을 나중에 물에 타 먹으니 건강에도 아주 좋고 시원하고 기운을 돋워 주었다.

나는 이것들을 모으면 집까지 갖고 갈 만큼 상당한 양이 된다고 생각하고, 포도는 물론이요, 라임, 레몬 등도 다 저장해 놓아서, 우기가 이제 곧 닥쳐오리라는 것을 알고 있었으니 거기에 대비하기로 결정했다.

이렇게 하기 위해 나는 포도를 큼직하게 한 묶음 따서 한 곳에 갖다 놓고 좀더 작은 묶음은 다른 곳에 모아두고 라임과 레몬을 큼직하게 묶어서 또 다른 곳에 갖다 놓고서는 이것들을 골고루 조금씩 챙겨서 집을 향해 떠났는데, 나는 주머니나 자루나 뭔가 집으로 들고 갈 걸 챙겨서 다시 이곳으로 돌아올 작정이었다.

그리하여 이 여행을 하느라 사흘을 보낸 끝에, 내 텐트와 내 동굴을 내 집이라 불러야 할 형편이라 그렇게 부르자면, 내 집에 돌아왔는데, 하지만 여기까지 도착하기 전에 포도는 다 상했고 워낙

잘 익은 과일들이라 과즙의 무게에 망가지고 겉이 터졌으니 아무
짝에도 쓸모가 없는 지경이 되었는데, 라임은 상태는 좋았으나 별
로 많이 가져올 수가 없었다.

그 다음날이 19일이라 나는 집으로 내가 수확한 것들을 가져올
주머니 두 개를 만들고 돌아갔는데, 포도 더미로 돌아와 보니 깜
짝 놀란 것이 내가 딸 때는 그렇게도 윤기가 돌고 멀쩡하던 것들
이 사방에 흩어져 있고 산산조각 짓이겨져 있으며 여기 조금 저기
조금 끌려가 있고 상당량은 이미 먹어서 삼켜버린 모양이었으니,
이걸 보고 나는 이곳 근처 어딘가에 야생 동물이 살고 있어서 이
놈들이 한 짓일 거라고 결론을 내렸으나, 도대체 이게 어떤 짐승
들인지는 알지 못했다.

그러나 내가 이것들을 그냥 쌓아놓을 수도 없고 그렇다고 주머
니에 넣어서 가져갈 수도 없다는 것을 깨달았으니, 전자대로 하면
다 망가져 버릴 것이고 후자대로 하면 그것들 스스로의 무게에 눌
려서 다 터져 버릴 것이었다. 그래서 나는 다른 방법을 택했으니,
한 움큼씩 포도송이들을 집어다가 나뭇가지 위에 매달아 햇볕에
말리도록 했고, 라임과 레몬은 짊어지고 갈 수 있는 만큼 되도록
많이 가져갔다.

이 여행을 하고 집에 돌아와서 나는 그 분지가 참으로 과실이 넘
쳐나고 터가 좋아서 그쪽 바다에서 불어오는 폭풍에서도 안전하
며, 숲도 좋다는 등의 생각에 아주 흡족해했는데, 따라서 내린 결
론은 내가 필경 이 섬에서 가장 안 좋은 터에다 거처를 잡았다는 것
이었다. 그래서 대략 지금 내가 있는 이곳만큼 안전한 곳을 찾아보

고 내 생활 터전을 그쪽으로 옮기는 안을 고려하기 시작했고 가능하다면 쾌적하고 과실 넘치는 그곳으로 갈까 생각해 보았다.

이런 생각이 머릿속에 쫙 퍼져서 나는 한동안 여기로 마음이 많이 기울어져 있었으니 그쪽 터가 주는 쾌적함이 구미를 당겼던 것이나, 하지만 이 문제를 좀더 곰곰이 따져보니 내가 지금 바닷가에 있기에 나한테 뭔가 이로운 일이 벌어질 수 있고 나를 이곳에다 끌어다 놓은 그런 악연이 똑같은 곳으로 다른 가련한 존재들을 끌고 올 가능성이 아주 없지는 않은 반면, 비록 그런 일이 거의 일어날 법하지 않다고 해도, 섬 한가운데 완전히 언덕과 숲에 에워싸인 곳에 들어앉아 있는 것은 완전히 갇혀 있는 신세가 될 작정을 하는 것이며, 그럴 가능성이 의심스러운 정도가 아니라 완전히 불가능하게 만들어버리는 꼴이 될 터라, 따라서 나는 절대 이사를 가서는 안 될 것이라고 판단했다.

하지만 나는 이곳에 맘을 뺏겨 7월 한 달 남은 기간 내내 거기서 많은 시간을 보냈고, 비록 앞에서 말한 대로 생각을 다시 해보고서 이사 가지 않기로 작정하기는 했어도, 그곳에 정자 같은 것을 짓고, 울타리를 사이에 약간 거리를 둬서 이중으로 만들어 든든하게 서 있도록 내 손이 닿는 데까지 가능한 한 높다랗고 촘촘하게 둘러놓은 다음 그 사이에다 잔가지를 집어넣었고, 이렇게 하고서 이곳에서 나는 매우 안전하게 2, 3일씩 잠을 잤고 예전처럼 늘 사다리를 통해 바깥 출입을 했으니, 그래서 나는 나의 해변 저택에 덧붙여 전원 저택도 갖고 있는 셈이라는 생각을 했다. 이 작업은 8월 초까지 계속해야 했다.

이제 막 울타리 작업을 끝내고 내가 한 일의 대가를 좀 즐겨 보려는 참에 우기가 닥쳐와서 비가 쏟아지니, 할 수 없이 집 안에만 머물러 있었는데, 이것도 첫 번째 경우처럼 범포 조각으로 충분히 넓게 천막을 쳤지만 폭풍을 피할 바람막이 언덕도 없었고 비가 만만치 않을 때는 물러가 있을 동굴도 없었다.

8월 초 무렵, 내가 말한 대로 이 정자를 마무리했고 그곳 생활을 즐기기 시작했다. 8월 3일, 매달아 놓았던 포도들을 보니까 완벽하게 건조되었고 진짜 매우 훌륭한 건포도가 되어 있었기에 이것들을 나무에서 거둬 내렸는데, 그렇게 한 게 무척 다행이었던 것이 곧 이어 내린 장맛비에 다 망가져 버릴 뻔했고 내 겨울 양식의 가장 값진 부분을 잃어버릴 뻔했으니, 내가 만든 건포도들은 다 큼직한 송이들로 무려 200개도 넘었던 것이다. 이것들을 거두자마자 우리집 내 동굴로 가져갔는데, 이때 비가 오기 시작해서 그때부터 그러니까 8월 14일부터 10월 중순까지 거의 매일 비가 내렸고, 어떤 때는 워낙 세게 쏟아지는지라 며칠씩 동굴 밖으로 나가지 못할 정도였다.

이 우기에 나는 내 식구가 늘어난 것에 못내 놀랐으니, 내 고양이 중 한 마리가 도망가서 없어졌는지 아니면 어디선가 죽었을 것이라는 생각에 걱정을 했었고, 완전히 감감무소식이었던 터였으나, 놀랍게도 이놈이 8월 말경에 집으로 돌아왔는데 새끼 세 마리도 같이 데려온 것이라, 이게 더 놀라운 것은 비록 내가 편의상 야생 고양이라고 생각한 놈 하나를 총으로 쏴 죽인 적은 있으나 이것은 우리 유럽산 고양이들과는 사뭇 다른 종류라고 생각했지만, 어린 새끼들은 어미처럼 같은 종류의 집고양이들이란 점이니, 내 고양이는 둘 다 암컷이기에 매우 진기한 일이라고 생각했던 것인데, 하지만 나중에는 이 고양이 새끼 세 마리들이 새끼를 낳아서 온 집 안에 고양이들이 북적거리며 성가시게 구니, 이것들을 생쥐나 야생의 짐승처럼 잡아 죽이고 가능한 한 집에서 내쫓아버릴 수밖에 없었다.

8월 14일부터 26일까지 비가 그치지 않았기에 외출을 할 수가 없었으니, 이제는 비를 맞지 않도록 매우 조심하게 되었다. 이렇게 갇혀 있는 동안 먹을 것이 부족해서 딱 두 번은 나가서, 하루는 염소 한 마리를 죽였고 마지막 날인 26일에는 매우 큼직한 거북이를 발견했는데, 이 거북이가 아주 별미였고, 나는 식단을 다음과 같이 짜서 먹었으니, 아침식사로는 건포도를 한 줌, 낮에는 염소 고기 한 조각 아니면 거북이 고기, 그러나 아주 안타깝게도 뭘 삶거나 끓여먹을 그릇이 없어서 저녁은 거북이 알 두세 개로 때웠다.

비 때문에 이렇게 숙소 안에 갇혀 있는 동안 나는 매일 두세 시간씩 내 동굴을 넓히는 작업을 해서, 한쪽 방향으로 점차 작업을 해 들어가서 언덕 바깥쪽까지 닿았고 거기에다 문이나 출구를 만들었고, 그게 내 울타리 내지는 담장 바깥이었기에 나는 이 출구를 통해 오갔는데, 하지만 이것을 늘 이렇게 열려 있게 놔두는 것이 썩 맘이 편치는 않았으니, 이전에는 내가 머물러 있는 곳을 완벽하게 차단해 놓았었으나 이제는 노출되어 있고 무엇이든 침입해 들어올 수 있다고 생각되었던바, 그렇다고 내가 딱히 두려워해야 할 짐승이 뭐가 있는지는 파악할 수가 없었으니, 이제껏 내가 고작 이 섬에서 본 제일 큰 짐승이란 염소뿐이었다.

**9월 30일.** 내가 여기에 상륙한 것을 기념하는 불행한 1주년이 되었다. 내가 세운 기둥에다 그어놓은 금을 세어보니 내가 이 섬에 온 지 365일이 되었음을 발견했다. 나는 이날을 기념하며 경건하게 금식하고 매우 진지한 순종의 자세로 땅에 엎드려 내 죄를 하나님께 아뢰고, 이것이 하나님이 내게 내리신 공의로운 심판임을 인정하며, 나를 긍휼히 여기시도록 예수 그리스도의 이름으로 기도했으니, 열두 시간 내리 아무 음식도 입에 대지 않았고 완전히 해가 져서 어두워지고 나서야 건빵 한 조각과 포도 한 줌을 먹고서 잠자리에 들어 하루를 시작할 때처럼 경건하게 마쳤다.

이 기간 동안 나는 안식일을 전혀 지키지 않았으니, 처음에는 내 맘 속에 신앙심이 전혀 없었고 나중에는 안식일에는 평소보다 더 길게 금을 그어서 1주일을 구별하는 것을 잊어버렸기에 어떤 날이 무슨 요일인지 사실 알지 못했던 것인데, 이제 앞서 말한 대로 날짜를 합산해 보아 내가 1년을 지낸 것을 알았고, 그래서 나는 1주일씩을 나눠서 표시하며 제7일을 안식일로 구별해 놓았다. 비록 날짜 계산을 끝까지 해보니 하루나 이틀 정도는 빼먹은 것으로 드러나긴 했지만.

이때가 조금 지난 뒤부터는 잉크가 모자라기 시작했으니 나는 잉크를 전보다 더 아껴서 사용하며 매일 일상을 계속 메모해 두는 대신 내 삶에서 가장 주목할 만한 사건들만 기록해 두는 수밖에 없었다.

우기와 건기가 이제는 규칙적인 것으로 보였기에 이것을 구별하여 이에 적절히 대비하는 법을 터득하게 되었다. 그러나 나는 내 모든 것을 깨닫기까지 값비싼 경험의 대가를 지불했으니, 이제 내가 얘기해 줄 이 사건은 내가 한 것 중에 가장 맥이 빠지는 시행착오였는데, 이미 언급한 대로 스스로 생겨난 것으로 생각했던 보리 이삭과 쌀 몇 알을 챙겨뒀었는데 이게 벼 이삭 약 30알과 보리 이삭 약 20알이었고, 이제 우기가 지난 다음 태양이 남쪽 위치에서 내 앞으로 나아가고 있는지라 나는 씨를 뿌리기 적당할 때라고 생각하였다.

이에 따라 나는 내 나무 삽으로 할 수 있는 한 최선을 다해서 땅한 뼘을 갈아서 그것을 두 부분으로 나눠놓은 후 씨를 뿌렸는데, 이렇게 씨를 뿌리는 중에 언뜻 스치는 생각이 언제가 파종에 좋은 때인 줄 모르기에 이걸 첫 파종 때 모두 뿌려버리지 않는 게 좋으리라는 것이었고, 그래서 나는 씨를 3분의 2 정도만 뿌렸고, 두 가지 모두 한 줌씩은 남겨뒀다.

이렇게 했다는 게 나한테는 나중에 큰 위로가 되었던 것이, 그때 내가 뿌린 씨에서는 아무것도 자라지 않았기 때문인데, 왜냐하면 건조한 달이 이어지면서 씨를 뿌린 뒤로 비를 전혀 머금지 못해서 씨가 자라는 걸 도와줄 물기가 없었던 터라 전혀 아무것도 나오질 않았고, 다시 우기가 돌아왔을 때야 싹이 돋기 시작했는데 그때는 마치 방금 씨를 뿌려놓은 듯 자라났다.

내가 처음에 파종한 씨들이 자라지 않는 것을 보고 나는 그냥 쉽사리 이게 땅이 건조하기 때문이라고 생각하고, 좀더 촉촉한 텃밭을 찾아서 다시 시도해 볼 작정으로 내가 새로 만든 정자 근처 땅을 조금 갈아서 2월 춘분 약간 전에 나머지 종자를 뿌리니, 이 제 우기인 3월과 4월을 거치면서 물기를 맘껏 먹어서 아주 보기 좋게 싹이 돋은 뒤 자라서 아주 수확이 좋았는데, 하지만 남은 종 자가 얼마 안 되는 터에 내가 갖고 있는 걸 감히 다 뿌려 버릴 엄 두가 나지 않아서 결국엔 쓸 곡식이 많지 않았으니, 보리와 쌀이 각기 한 반 리터밖에는 안 되었다.

하지만 이런 시행착오를 통해 나는 이 일에 숙달해져 언제가 파 종하기에 적절한 때인가를 정확히 알게 되었고, 따라서 나는 매년 두 번 파종하여 두 번 수확할 수 있다는 기대를 할 수 있었다.

이 곡식이 자라는 동안 나는 내게 나중에 쓸모가 있었던 조그마 한 사실을 하나 발견했으니, 우기가 지나고 나서 날씨가 좋아지기 시작할 때가 대략 11월경인데 이때 내 정자를 향해 섬 안쪽으로 가보니, 몇 달 간 가보지 못했으나 모든 게 다 내가 떠날 때 그대 로였다. 내가 만든 원형의 이중 울타리도 단단하고 멀쩡할 뿐 아 니라 내가 그 근방에서 자라던 나무에서 잘라내서 쓴 말뚝들에서 는 모두 긴 가지가 솟아나서 마치 버드나무가 윗가지를 치고 난 첫 해에 대개 잔가지가 나오는 것과 비슷했다. 나는 이 말뚝들을 잘라낸 나무들 이름을 뭐라고 불러야 할지는 몰랐으나 어린 나뭇 가지가 거기서 자라나는 걸 보니 매우 흡족했고 이것들을 다듬어 서 내가 할 수 있는 한 서로 비슷한 모양으로 자라도록 했는데, 3 년 후에 얼마나 아름다운 자태로 어우러졌는지는 믿기 어려울 정 도였고, 그래서 비록 이 나무 울타리가 한 직경 25야드 정도의 원 밖에는 되지 않았지만, 이제는 나무라고 부를 만하게 되었고, 그 나무들이 곧 이걸 다 덮어버려서 완벽한 그늘을 만들어내어 건기 동안 거기에 계속 머물러 있기에 충분할 정도였다.

이걸 보면서 나는 말뚝을 좀더 잘라내어 내 벽 주위로 이런 나무 울타리를 반원 모양으로, 그러니까 내 첫 번째 거처에다 만들기로 작정하였고 또한 그대로 실행했으니, 내가 먼저 만들어놓은 울타리에서부터 약 8야드 정도 거리에다 이 나무 내지는 말뚝들을 이중으로 박아놓자, 즉시 자라기 시작해서 처음에는 내 거처를 썩 잘 덮어주었고 나중에는, 뒤에 가서 얘기하겠지만, 방어용 은폐 역할도 되어주었다.

이제 나는 이곳에서는 한 해의 계절을 유럽에서처럼 크게 여름과 겨울로 나눌 수 있는 게 아니라, 우기와 건기로 대개 다음과 같이 구분된다는 것을 알았다.

| | |
|---|---|
| 2월 하순<br>3월<br>4월 상순 | 우기. 태양이 이 시기에는 적도나 그 근방에 위치함. |
| 4월 하순<br>5월<br>6월<br>7월<br>8월 상순 | 건기. 태양이 이때는 적도 북쪽에 위치함. |
| 8월 하순<br>9월 | 우기. 태양이 이때 다시 적도로 돌아옴. |

| | |
|---|---|
| 10월 상순 | |
| 10월 하순 | |
| 11월 | |
| 12월 | 건기. 태양이 이때는 적도의 남쪽에 위치함. |
| 1월 | |
| 2월 상순 | |

우기는 바람이 어떻게 부는지에 따라 좀더 길거나 짧을 수 있었지만 이것이 내가 관찰한 일반적인 경향이었고, 내가 뼈아픈 경험을 통해 우기에 외출할 때의 유해한 결과를 깨달았기에 미리 식량을 비축해 놓아서 밖으로 나다니지 않아도 되도록 했으니, 비 오는 달에는 가능한 한 집 안에만 있었다.

이때도 나는 일거리가 많았으니(그래서 시간 보내기에도 딱 좋았다), 내가 열심히 노동하고 지속적으로 몰두하지 않으면 만들어 쓸 수 없는 것들이 적지 않았던 것인데, 가령 광주리를 좀 만들어보려고 온갖 방법을 다 써봤으나 이 목적으로 모아온 가지들은 너무 약해서 아무짝에도 쓸 수가 없었다. 그런데 내가 어릴 적에 우리 아버지 사시던 동네에서 광주리 만드는 사람이 버들세공 작업을 하는 것을 구경하는 게 큰 즐거움이었던 것이 이제 매우 훌륭한 이점이 되었으니, 아이들이 대개 그렇듯이 뭔가 돕고 싶어하고 이것들을 어떻게 만드는지 아주 열심히 관찰하면서 때로는 직접 거들어주기도 했기에, 이러다 보니 작업 방식을 완전히 알게되었던 터라, 이제 재료만 있으면 되었는데, 이때 생각이 떠오르는 것이 내가 말뚝으로 쓰려고 가지를 잘라낸 그 나무의 잔가지들이 아마도 영국의 이런저런 버드나무 종류들만큼이나 단단할지도 모른다는 것이어서, 그걸 가지고 한번 시도해 보기로 했다.

그래서 다음날 나는 내가 명명한 대로 내 전원 저택으로 가서 좀 짧은 가지들을 잘라냈는데, 이것들을 내 맘껏 소기의 목적에 알맞게 쓸 수 있음을 확인하자, 다음에 갈 때는 도끼를 가져가서 한 묶음을 잘라내기로 했는데 거기에 워낙 이 나무가 많았기에 별 어려움 없이 그렇게 했고, 이것들을 내 울타리 내지는 담장 안에다 쌓아놓고 말린 후 쓰기 좋은 상태가 되자 내 동굴로 갖고 들어갔으며, 여기서 다음 우기에 이것들로 작업을 하며 지냈으니, 나는 할 수 있는 한 최선을 다해 광주리를 꽤 많이 만들어서 흙을 나르거나 기타 필요한 물건들을 넣어둘 수 있게 했는데, 물론 이것들을 뭐 그렇게 깔끔한 모양으로 만들어내지는 못했지만 내 목적에는 충분히 쓸 만하게는 만들었고 나중에는 늘 이 광주리들이 떨어지지 않도록 주의하여, 하나가 닳아서 못 쓰게 되면 더 만들어서 보충했고, 특히, 나는 내 곡식들이 어느 정도 분량이 될 만큼 수확하면 이것들을 넣어둘 수 있는 튼튼하고 깊숙한 광주리를 몇 개 만들어 놓았다.

이 어려움을 극복하느라 무한한 시간을 거기에 쏟아 부은 후에 나는 다른 아쉬운 물건 두 개도 만들어볼까 해서 시도했는데, 내게 있는 액체 상태 물체를 저장해 둘 용기라고는 술통 두 개로, 둘 다 거의 럼주가 가득 들어 있는 것과 유리병 몇 개로, 몇 개는 보통 크기이고 다른 것들은 물이나 술 등을 저장하는 상자에 담는 사각형 병이 전부였던 터라, 뭘 끓일 만한 그릇이라고는 내가 배에서 건져온 커다란 물주전자밖에 없었으나 이것은 너무 커서 내가 원하는 용도, 즉 고기 국물을 내거나 그 자체로 고기 조각을 넣고 고아 먹는 데는 쓸 수가 없었다. 두 번째 물건은 진짜 꼭 있으면 좋겠다 싶었던 것으로 담배 파이프인데 이걸 만드는 게 불가능했던 터이나, 이것에 대해서도 마침내 묘안을 찾아냈다.

나는 여름 내지는 건기 동안 계속 두 번째 말뚝 내지는 기둥을 박는 작업과 광주리 짜는 일을 하며 지냈는데, 그러던 중 또 다른 일이 생겨서 그 일에 내가 할애할 수 있다고 상상했던 것보다 훨씬 더 많은 시간이 소모됐다.

앞서 언급했듯이 나는 이 섬 전체를 둘러보고 싶은 생각이 간절했고 개천을 거슬러 올라가서 내 정자를 지은 곳까지 갔는데, 그쪽에서는 이 섬의 반대편 바다로 시야가 뚫려 있었으니, 나는 이제 섬을 완전히 관통해서 그쪽 해안까지 가보기로 결정하고, 내 총과 손도끼, 개, 평소보다 많은 양의 화약과 총알과 건빵 덩어리 두 개와 예비용으로 상당히 많은 양의 건포도를 주머니에 넣어 허리에 찬 다음 여행에 나섰고, 이리하여 내 정자가 있는 아래쪽 계곡을 지나자 서쪽으로 바다를 볼 수가 있었는데, 날씨가 그날 아주 맑았기에 멀리 보이는 그게 섬인지 육지인지는 알 수 없지만 땅이 보였는데, 그게 서쪽에서 서남서 방향으로 상당히 먼 거리에 걸쳐 길고 높다랗게 뻗어 있었으니, 내 추측으로는 그곳까지 거리가 최소한 45마일 내지는 60마일은 족히 될 것 같았다.

나는 그곳이 이 세상 어디쯤 되는지를 파악할 수가 없었고 그저 나의 모든 관찰을 종합해서 내린 결론에 의하면 아메리카 어디일 것이고 스페인의 영토 근방이라는 것밖에는 추측할 수 없었으나, 아마 거기는 온통 야만인들만 득실거리는 곳일지 모르니 혹시 내가 그쪽에 상륙하게 되었었다면 지금 내 처지보다 더 나쁜 지경에 떨어졌을 것이라, 그래서 나는 이제 내가 인정하기 시작한 대로 하나님이 섭리대로 하신 일임을 받아들이고 이 모든 것을 최상의 방향으로 인도하신다고 믿으며, 말하자면 내 마음을 이런 생각으로 달래서, 그리로 가봤으면 하는 헛된 바람으로 내 자신을 괴롭히는 일은 그만두었다.

다른 한편 이 문제로 잠시 번민하다 떠오른 생각이, 그곳 땅이 스페인령 해안이라면 언젠가는 이쪽 저쪽으로 왔다갔다하는 무슨 배를 분명히 보게 될 것이고, 만약에 그런 게 보이지 않는다면 스페인령과 브라질 사이의 야만인들의 해안이리라는 것인데, 그렇다면 그곳은 참으로 가장 흉악한 야만인들이 사는 지역으로 이들은 사람을 먹는 식인종들이라, 필경 자기들 손아귀에 들어오는 인간들을 틀림없이 죽여서 그 몸을 삼켜먹는 족속들이었다.

이런 생각을 하면서 나는 앞쪽으로 한가히 걸어 나가다 보니 지금 내가 와 있는 섬의 이쪽 지역이 내가 사는 곳보다 더 쾌적했고, 뚫려 있는 초지는 온갖 꽃과 풀이 장식돼 있어서 아름다웠고 아주 좋은 나무들로 가득했다. 또한 앵무새가 여기에 넘쳐나니, 한 마리를 잡아 가능하다면 집에서 키워서 나한테 말을 하도록 가르치고 싶은 마음이 간절했다. 결국 고생을 좀 한 끝에 나는 앵무새 새끼 하나를 잡았는데, 작대기로 쳐서 떨어뜨려 기절시킨 다음 정신을 차리자 집으로 가져왔고, 나한테 말을 하도록 만드는 데는 몇 년이 걸리긴 했지만, 그래도 마침내 내 이름을 아주 친근하게 부르도록 가르쳤다. 하지만 그 일로 인해 벌어진 사건으로 대수롭지는 않아도 재미있는 얘기가 있는데, 나중에 그 대목에 가면 하도록 하자.

이 여행이 내게는 매우 즐거운 것이었으니, 저지대에서는 내 생각에 토끼로 보이는 것들과 여우들을 발견했는데, 물론 지금까지 내가 봤던 종류들과는 상당히 다르게 생기긴 했으나, 이것들을 몇 마리 죽이기는 했어도 별로 먹고 싶은 맘은 들지 않았는데, 하지만 굳이 먹어보는 위험을 감수할 필요가 없었던 것이, 내 식량이 부족하지 않았고 그것도 아주 썩 좋은 먹을거리들이었으니, 특히 세 가지, 즉 염소, 비둘기, 거북이 내지는 자라, 거기에 덧붙여 내 포도들까지 친다면 런던의 농축산물 도매시장이라고 해도, 식구 수로 따진다면, 이보다 더 멋들어진 식단을 만들어주지 못했을 정도였으므로, 비록 내 처지가 한심하기는 했어도 내가 먹을 것이 없어서 별별 것을 다 먹어야 될 처지는 아니었고 오히려 풍족하게 별미까지 즐길 수 있으니, 감사해야 할 이유가 매우 컸다.

이 여행을 하면서 나는 하루에 2마일 이상은 곧장 가는 법은 없었고 이곳저곳 갔다 돌아오고 하면서 뭘 좀 발견할 게 없나 둘러보았기에 녹초가 되어서 그날 밤 야영지로 정한 곳으로 오곤 했는데, 밤에는 나무 위에 올라가서 쉬거나, 아니면 한 나무에서 다른 나무까지 바닥에다 막대기를 박아놓는다든지 해서 여하튼 야생 짐승들이 접근해서 나를 깨우지 못하게 해두었다.

바닷가에 당도하자마자 나는 놀랍게도 이 섬에서 가장 안 좋은 쪽에 터를 잡았다는 것을 깨달았으니, 이쪽에는 해변에 셀 수 없이 많은 거북이들이 우글거렸지만 반대쪽에서는 1년 반이 지나도록 겨우 세 마리밖에는 마주치지 못했던 것이다. 여기는 또한 여러 종류의 새가 무한히 많았으니 이 중 어떤 것들은 내가 전에 본 적이 없었고 많은 새들이 먹기에도 딱 좋았는데, '펭귄'이라고 부르는 녀석들 말고는 이름을 알지는 못했다.

나는 내 기분 내키는 대로 쏴서 죽일 수 있었으나 화약과 총알을 무척 아껴야 했기에 먹을 게 많은 암염소를 한 마리 잡을 생각이 더 많았는데, 섬의 내가 사는 쪽보다도 이곳에 염소가 훨씬 더 많기는 했어도 지대가 평평하고 고르기 때문에 가까이 접근하기가 훨씬 더 어려웠으니, 염소들이 내가 언덕 위에 있을 때보다 훨씬 더 쉽게 나를 알아보고 도망갔다.

솔직히 이쪽 지역이 훨씬 내가 사는 쪽보다 더 쾌적하다는 것을 인정하기는 했으나 그렇다 해서 이쪽으로 이사를 오고 싶은 마음은 전혀 없었는데, 이제 내가 거처를 정해 놓은 이상 그것이 내 고향 같았고 여기에 있는 기간 내내 나는 집을 떠나 여행을 하고 있다는 느낌만을 받았을 뿐이다. 그렇지만 나는 이쪽 바닷가를 따라 동쪽으로 내 생각에 약 12마일 정도 여행을 했고 해변에다 큼직한 장대를 세워서 표를 해놓은 후 다시 집으로 돌아가기로 결정했으니, 다음 여행은 내 숙소에서 동쪽으로 가서 섬의 반대편으로 여행을 해서 쭉 돌아오다가 이 장대에까지 당도하기로 계획한 것으로, 이 이야기도 순서가 되면 하기로 하자.

나는 출발할 때와는 다른 길로 돌아왔는데, 섬 전체 지형을 파악할 수 있을 것 같았기에 눈짐작으로 내 첫 번째 거처를 틀림없이 찾을 것이라고 생각했던 것이라, 하지만 내가 잘못 생각했음을 깨달았으니, 내가 한 2, 3마일 정도 온 다음에 보니 나는 상당히 큰 규모의 계곡으로 내려가고 있음을 발견했지만 사방이 산으로 에워싸여 있고 산마다 숲이 우거져 있어서 오직 해 떠 있는 것을 보고 겨우 방향을 잡을 수 있었고, 그나마 그것도 그 시간에 해의 위치가 어디쯤일지를 매우 잘 알지 못하면 어려운 노릇이었다.

게다가 더욱 더 불행하게도 내가 이 계곡에 있는 동안 날씨가 한 사나흘 안개가 끼고 흐렸기에 해를 잘 볼 수가 없어서 몹시 불편하게 길을 헤매었고, 마침내 바닷가로 다시 가서 내가 박아놓은 장대 표시를 찾아본 후 처음에 왔던 길로 되돌아가는 수밖에 없었고, 그렇게 해서 쉽사리 집으로 가긴 했는데, 날씨는 지독하게 덥고 내 총과 총탄, 도끼 및 그 밖에 다른 물건들이 몹시도 무거웠다.

이 여행 도중에 내 개가 염소 새끼를 습격해서 덮치자 나도 뛰어가서 염소를 붙잡은 다음 개가 죽이지 못하게 산 채로 잡았는데, 이것을 할 수만 있다면 집으로 데려오고 싶은 생각이 간절했으니, 염소 새끼를 한두 마리 잡아다 집에서 가축으로 키워서 내 화약과 총알이 다 떨어질 경우에 고기를 제공하도록 해보려는 생각을 속으로 한두 번 한 게 아니었다.

나는 밧줄 실을 풀어서 만든 끈을 늘 갖고 다녔기에 이것으로 이 어린 짐승에게 씌울 목 끈을 만들어 끌고 왔는데, 어려움이 없지는 않았으나 내 정자에까지 데려와서는 거기에다 가둬놓고 왔으니, 나는 거의 한 달 간 집을 비웠기 때문에 빨리 집에 돌아가지 못해 안달이 나 있었던 것이다.

내 아늑한 오두막으로 돌아와 내 해먹에 누우니 어찌나 맘이 흡족한지 말로 다할 수 없을 정도라, 이 잠깐 동안의 방랑 여행을 하는 동안 정해진 거처가 없는 것이 나로서는 전혀 기분 좋은 일이 아니었기에 내가 내 혼잣말로는 늘 우리집이라고 부르던 이곳이 그런 생활에 비교한다면 내게는 완벽한 거처였으니, 내 주위로 모든 것을 아주 편리하게 만들어놓은 터라, 내가 이 섬에서 벗어나지 못하는 게 내 운명인 한 이곳에서 다시는 그렇게 멀리 떠나가지 않기로 결심했다.

나는 집에서 한 1주일 간 머물면서 긴 여행을 한 후이기에 휴식을 취하고 몸보신을 했는데, 이 기간 동안 나의 앵무새 폴이 살 새장을 만드는 중대한 업무에 대부분의 시간을 할애했으니, 이 녀석이 이제는 완전히 집안 생활에 익숙해져서 나와 매우 친해진 것이었다. 그때 내가 조그만 울타리 속에 넣고 온 가없은 새끼염소 생각이 나기 시작했고, 그래서 가서 그놈도 집에 데려와서 뭔가 먹을 것을 좀 주기로 하고 그리로 가니 내가 둔 곳에 그대로 있었는데, 사실 절대로 거기서 탈출할 수는 없었을 것이지만 통 뭘 먹지 못해서 거의 굶어죽기 직전이었다. 그래서 나는 큰 나뭇가지도 뚝뚝 끊고 눈에 띄는 낮은 관목들에서도 잔가지를 꺾어 와서 그것들을 던져주어 먹게 한 다음, 전에 했던 대로 목에 끈을 묶어서 끌고 오려는데, 이놈이 배가 고팠던 탓에 아주 온순해지니 굳이 끈으로 묶을 필요도 없었고 그냥 개처럼 나를 졸졸 쫓아왔고, 먹이를 계속 주니까 매우 충성스럽게 따르며 매우 온순하고 매우 붙임성 있게 변했기에 그때부터 이 녀석도 내 식구가 되었으며, 이후로는 절대로 내 곁을 떠나려 하지 않았다.

이제 추분 우기가 다가왔으며, 나는 9월 30일이 내가 이 섬에 상륙한 기념일이라 전번처럼 엄숙하게 보냈으나, 이제 이곳에 온 지가 2년째이지만 여기 온 첫날이나 마찬가지로 여전히 전혀 구출될 전망은 없었다. 나는 이날 하루 종일 나의 고독한 처지 속에서도 내게 베푸신 온갖 놀라운 긍휼들에 대해, 만약 그렇지 않았다면 내 삶이 한없이 더 비참해졌을 것이기에, 겸손하게 감사하며 인정하는 마음으로 보냈다. 나는 하나님께, 나의 이러한 적막한 처지에서도 내가 사람들 세상에서 자유롭게 지내며 이 세상의 온갖 쾌락을 누릴 때보다 더 행복할 수 있다는 가능성을 내게 보여 주신 은혜에 겸손하고 진실한 감사의 기도를 드렸으며, 나의 고독한 처지가 결핍한 바, 동료 인간과의 교류가 없음을 하나님의 임재하심과 내 영혼 속에 전해 주시는 은총을 통해 충분히 채워 주실 수 있으며, 나를 지탱하고 위로하고 이 세상에서 그의 섭리에 의존하고 내세에는 그의 면전에서 영생을 누릴 희망을 갖도록 권면하시도록 기도하였다.

이제 나는 내가 지금까지 살아온 내 모든 과거의 사악하고 저주받은 역겨운 삶보다도 지금의 삶이 그 초라한 형편에도 불구하고 훨씬 더 행복하다는 것을 아주 제대로 지각하기 시작했으니, 이제 내 슬픔과 기쁨이 모두 바뀌었고 나의 욕망 그 자체가 변하였으며 나의 기질도 그 성향이 바뀌어서 내가 즐거움을 느끼는 것들은 내가 이곳에 처음 왔을 때와 비교할 때나 지난 2년 전체를 통틀어서 볼 때도 이제 전적으로 새롭게 변했다.

그전에는 내가 사냥을 다닐 때나 그냥 주변을 둘러볼 때나 걸어 다니다가도 내 처지를 생각하면 갑자기 내 영혼이 고뇌에 사로잡혔고 나를 둘러싼 이 적막한 숲과 산을 생각하며 가슴이 철렁 내려앉았으니, 내가 망망대해의 영원한 창살과 자물쇠에 갇힌 채 사람이 살지 않는 이 광야에서 구출될 수 없는 옥살이를 한다고 생각했던 것이라, 내 마음이 지극히 평온한 상태이다가도 이런 생각이 폭풍처럼 나를 엄습해 오면 나는 두 손을 쥐어뜯으며 어린 아이처럼 훌쩍거리고 말았으니, 어떤 때는 내가 한창 작업을 하던 도중에도 이런 생각에 사로잡히곤 했고, 이럴 때면 즉각 그냥 주저앉아서, 차라리 눈물을 터뜨릴 수 있거나 말로 토해 낼 수 있다면 슬픔이 소진되어서 맥이 빠져 사라져 버렸을 것이나, 그렇지도 못할 때는 한숨을 내쉬면서 한 시간이건 두 시간이건 마냥 바닥만 바라보고 있었다.

그러나 이제 나는 새로운 사고방식에 힘입어 기운을 내기 시작했으니, 나는 매일 하나님의 말씀을 읽으며 말씀이 주시는 온갖 위로를 나의 현재 처지에 적용하였는데, 가령 어느 날 아침 몹시 슬픈 느낌에 젖어 있을 때 성서를 펼치자 내 눈에 들어온 말씀이 "내가 너를 떠나지 아니하며 버리지 아니하리니"*이라, 즉시 내게 떠오른 생각이, 이 말씀이 나를 위한 것이 아니겠는가, 그렇지 않다면 왜 내가 하나님과 인간의 버림을 받은 자처럼 내 처지를 한탄하고 있는 바로 이 순간 이런 방식으로 내가 이 대목을 펼치게 됐겠는가? 라는 것이었다. 이에 나는, 만약 하나님께서 나를 버리시지 않는다면 비록 이 세상이 나를 버린다고 해도 그것이 어찌 불행한 일이요 또 그게 무슨 상관이겠는가, 반면에 내가 이 세상을 모두 가졌다 해도 하나님의 은총과 축복을 잃는다면 그보다 더한 상실이 없지 않겠나, 이렇게 혼잣말을 했다.

이때부터 나는 내 마음속에 결론을 내리기를, 내가 이렇게 고독하게 버려진 처지에서도 인간세상 가운데서 그 어떤 형편에 처했을 때보다도 오히려 더 행복할 수 있다는 것이니, 이런 생각을 하며 나는 하나님께서 나를 이곳에 데려다 놓으신 것에 감사 기도를 드리려고 했다.

그런데 이때 뭔지는 모르겠으나 다음과 같은 생각에 내 마음속 충격이 느껴져 이 말을 입 밖에 차마 낼 수가 없었다. 나는 크게 들릴 정도로 말하기를, 아무리 내가 만족하려고 노력을 한다고 해도 오히려 여기에서 구출되기만을 간절히 기원하고 싶을 것인데도 어떻게 그런 위선자가 될 수 있단 말인가? 라고 하고서는, 이 대목에서 나는 그만 멈추고 말았는데, 하지만 그래도 나는 말로는 못해도 마음속으로 하나님께 이곳에 나를 보내신 것에 감사하긴 했으니, 내 눈을 열게 해주신 것에 대해서는, 그것이 그 아무리 고통스런 섭리를 통해서라 하더라도 나의 지난 삶의 형편을 깨닫고 나의 사악함을 개탄하고 회개하게 해주신 점에 대해서만은 진실로 감사의 기도를 드렸다. 나는 내 성경책을 펼치거나 닫을 때마다 늘, 영국에 있는 내 지인이 내가 지시하지 않았는데도 그것을 나의 나른 물품과 함께 성경책을 싸놓도록 인도하시고 또한 배가 난파된 후에 그것을 건져올 수 있게 도우신 것에 대해 내 영혼 깊은 곳에서 하나님께 영광을 돌렸다.

그리하여, 나는 이러한 마음가짐에서 나의 3년차 생활을 시작했고 이 해의 나의 작업에 대해서 자세한 얘기를 해서 독자를 귀찮게 하지는 않겠으나 뭉뚱그려 말하자면, 나는 게으르게 아무 일도 하지 않은 적은 거의 없었고, 내 앞에 펼쳐진 여러 매일의 업무에 따라 나의 시간을 규칙적으로 구분하였다. 예를 들면, 첫째로, 하나님께 기도하고 성경 읽는 시간을 매일 한결같이 하루 세 번 떼어 놓았고, 둘째로, 비가 안 올 때는 총을 들고 먹을거리를 찾아 나서는 것으로, 매일 아침에 한 세 시간 정도씩 걸렸고, 셋째로는, 내가 쏴 죽인 것이나 낚아온 것을 다듬고 말리고 저장하고 요리하는 것으로, 이것이 하루 시간의 상당 부분을 차지했는데, 게다가 해가 중천에 떴을 때 극심한 열기 때문에 밖에 나갈 수 없었기에 저녁 한 네 시간 정도가 내가 작업을 할 수 있는 시간의 전부였다는 점도 감안해야 할 것이다. 어떤 때는 내가 사냥하고 작업하는 시간을 뒤바꿔서, 어떤 때는 아침에 작업을 하고 오후에 총을 들고 외출했다.

이렇게 노동을 할 수 있는 시간이 얼마 안 되었다는 점에 덧붙여 내 작업이 지극히 품이 많이 들어갔다는 점도 강조하고 싶은데, 내게 도구가 없고 돕는 일손이 없고 기술이 없는지라 내가 하는 일마다 모두 상당히 많은 시간을 허비했으니, 두 사람이 톱질 구덩이 위에서 톱을 갖고 작업을 했다면 반나절에 똑같은 나무에서 판자 여섯 개는 족히 잘라냈을 것이다.

내 경우는 어떠했냐 하면, 일단 내 판자가 넓어야 하니 큼직한 나무를 쓰러뜨려야 했다. 이 나무를 쓰러뜨리는 데 3일이 걸리고 이틀이 더 걸려서 가지들을 쳐내어 통나무랄까 목재 상태로 만들었다. 말할 수 없이 무수하게 도끼질을 해서 나무 양쪽을 조각조각 깎아내어 움직일 수 있을 만큼 가볍게 만든 다음, 이것을 뒤집어서 한쪽을 끝에서 끝까지 부드럽고 평평하게 다듬은 후, 반대편으로 뒤집어서 그쪽도 깎아내어서 이것이 양쪽 모두 부드러운 한 3인치 정도 두께 판자가 되게 했다. 이런 작업에 있어서 내가 손으로 직접 하는 노동이 어느 정도인지 누구건 가늠할 수 있겠지만 열심히 참고 일해서 이 작업 및 그 밖에 많은 작업들을 수행했는데, 굳이 이 얘기를 하는 것은 왜 이렇게 얼마 안 되는 일에 그렇게도 많은 시간을 써버려야 했는지를 예시하려는 것일 뿐으로, 달리 말해서, 사람이 돕는 일손과 연장만 있으면 대수롭지 않은 일도 혼자 손으로 할 때는 엄청난 시간이 필요하단 말이다.

그러나 이런 조건에도 불구하고 나는 열심히 참고 일해서 여러 작업을 해냈고 내 처지에서 내가 해야만 했던 모든 일을 다 그렇게 수행했는데, 이어지는 얘기가 그것을 보여줄 것이다.

나는 이제 11월과 12월이 되었기에 보리와 쌀 수확을 기대하고 있었다. 내가 거름을 주고 갈았던 텃밭이 얼마 되지 않으니, 앞서 말한 대로 각 곡식의 씨앗이 반 리터도 채 안 됐기 때문이고, 이는 내가 건기에 파종을 했다가 한 차례 수확을 완전히 망쳐버렸던 까닭인데, 하지만 이제는 수확이 썩 잘 될 것이라고 기대를 하고 있던 중, 이제 또 다른 종류의 적들 때문에 모든 걸 상실할 위험에 처해 있었으니, 첫째로는 염소와 내가 토끼라고 부르는 야생 동물들이 이삭의 달콤한 풀 맛을 본 뒤로는 밤낮으로 덤벼들어서 싹이 돋는 즉시 말끔히 먹어버리니 도무지 싹이 줄기로 자라날 수가 없었다.

여기에 달리 대처할 방안이 없는 터라 그냥 울타리를 둘러서 밭을 에워싸는 수밖에 없었으니, 이 일도 몹시도 수고스러운 것이었고, 게다가 이것을 빨리 만들어야만 했기에 더 힘들었다. 그러나 내가 경작한 땅이 내 농사에 딱 맞게 자그마했기에 나는 이것을 한 3주 정도 걸려서 완전히 울타리로 둘렀고 낮에는 이 짐승들 몇 마리는 총으로 쏘고 밤에는 내 개를 입구 쪽 기둥에다가 묶어놓고 이곳을 지키게 했으니, 여기에 서서 이 녀석이 밤새 짖어대자, 이에 얼마 안 있어서 적들이 이곳에서 물러났고 곡식이 매우 튼튼하게 쑥쑥 자라나서 신속하게 무르익었다.

그러나 그전에 내 곡식들이 아직 잎만 나왔을 때는 짐승들이 내 농사를 망쳐놓더니, 이제 이삭에 알곡이 배자 새들이 망쳐놓게 생긴 것이, 잘들 자라고 있나 그곳을 둘러보러 가서 보니 도무지 몇 가지 종류들인지도 알 수 없을 정도로 온갖 새들이 내 얼마 안 되는 곡식들을 둘러싸고 앉아서 말하자면 내가 갈 때까지 기다리고 있는 모양이라, 즉각 몇 놈은 쫓아서 날려 보내니 (나는 늘 총을 갖고 다녔으므로) 총을 쏘자 밭에서 곡식 사이에서 내가 미처 다 보지 못했던 새들이 구름 떼처럼 푸다닥 날아올라 도망갔다.

이걸 보니 정신이 번쩍 들어서, 며칠 안에 내 희망을 말끔히 이놈들이 삼켜먹어 없앨 것임을 예견했는데, 그렇게 되면 나는 굶어야 할뿐더러 다시는 곡식을 심을 수도 없을 터이니 그 경우 어쩔 것인지는 생각할 수조차 없을 정도였는데, 하지만 나는 밤낮으로 지키고 서 있는 한이 있다 쳐도 내 곡식들을 잃지 않기로 결심하였다. 그래서 당장 나는 이미 피해 본 게 어느 정도인가를 파악하기로 하고 가보니, 상당량을 망쳐놓기는 했으나 말하자면 아직 충분히 알곡이 익지 않아서 입맛에 안 맞았던지 손실이 그렇게 크지는 않았는데, 하지만 나머지를 모두 무사히 건진다고 해도 수확이 썩 좋을 것 같지는 않았다.

　나는 내 밭 옆에서 총알을 장전하느라 가만히 있으며, 살펴보니까 이 도둑놈들이 다시 내 주위에 있는 나무에 내려앉아서는 마치내가 갈 때만을 기다리는 듯한데, 사실이 또 그러했으니 내가 가버리는 것처럼 하며 걸어가서 놈들의 시야에서 벗어나자마자 즉시 놈들은 하나씩 이삭마다 내려앉는 것이었다. 나는 너무나 분노가 치밀어서 이놈들이 더 이상 내려앉는 것은 참을 수가 없었으니, 말하자면 이놈들이 먹는 낟알 하나하나가 나한테는 큼직한 빵한 덩어리는 될 만큼 소중했던 터라, 나는 울타리로 돌아와서 다시 사격을 했고 세 마리를 죽였다. 이것이 내가 바랐던 결과이었으니 나는 이놈들을 잡아다가는 영국에서 흉악한 도둑들을 처리하듯, 다른 작자들에 겁을 주도록 사슬에 매달아 놓았는데, 이것이 그런 효과를 낼 줄은 거의 상상도 못했을 정도로 즉각 효험이 있어서, 이 새들은 더 이상 곡식 근처에 가까이 오지 않을뿐더러 섬의 이쪽 지역을 아예 포기하고 가버렸으니, 내 허수아비들을 그렇게 걸어놓은 동안은 이 근처에서 새 한 마리도 얼씬거리는 것을 보지 못했다.

이것이 나로서는 단언하건대 무척 다행한 일이었고, 그때가 12월 말 무렵이었으니 그 해의 두 번째 추수였고 나는 내 곡식을 좀 거둬들였다.

나는 불행히도 큰 낫이건 작은 낫이건 이걸 베어낼 도구가 없는 것이 영 난처했으나, 내가 할 수 있는 일이라곤 배에서 건져온 무기 중에서 긴 칼 내지는 넓적한 단검 하나로 낫 비슷한 걸 만드는 수밖에 없었다. 그러나 내 첫 수확의 양이 얼마 되지 않았기에 그걸 베어내는 데 큰 어려움은 없었으니, 한마디로 나는 내 방식대로 이걸 추수했는데 나는 이삭만 베어내어 그것을 내가 만든 큼직한 광주리에 담아 가져온 후에 두 손으로 비벼서 알곡을 털어냈고, 추수를 모두 마친 후에 보니 내가 갖고 있던 반 리터 정도 씨앗에서 거의 쌀 70리터와 보리 100리터 이상을 추수했다. 그러니까 내 짐작으로 그렇다는 것이지, 당시 저울을 갖고 있지는 않았다.

하지만 이것이 내게는 큰 격려가 되었으니 나는 하나님이 허락하신다면 이윽고 내가 빵을 만들어 먹을 수 있을 것이라는 기대를 할 수 있었기 때문인데, 하지만 이 생각을 하며 다시금 난처해졌으니 나는 어떻게 곡식을 갈거나 어떻게 해서 가루를 만드는지를 알지 못했고, 이걸 어떻게 다듬어서 털어내는지 그것조차 몰랐으며, 설사 가루로 만들었다고 해도 빵은 또 어떻게 만들지 알지 못하는데다 만약에 그걸 안다고 해도 또 어떻게 빵을 화덕에 구울지도 몰랐기에, 이런 걱정들이 내가 상당량의 곡식을 모아두어 지속적으로 식량으로 쓸 수 있게 되기를 바라는 마음에 더해지니, 이번 추수한 것들은 전혀 먹지 않고 보존해서 모두 다음 파종 때 쓸 종자로만 사용하기로 하고, 그 사이에 곡식을 먹고 살며 빵을 만들어 본다는 이 엄청난 일을 성취하는 데만 온 머리를 쓰고 모든 작업 시간을 거기에 할애하기로 했다.

이제는 진짜로 말 그대로 나는 빵을 먹기 위해 일한다고 할 수 있게 되었는데, 사뭇 놀랍게도 이 빵이라는 것 하나를 준비하고 만들고 말리고 다듬고 모양을 내어 완성하기까지 들어가는 숱한 자질구레한 것들이 얼마나 많은지, 그런 걸 자세히 생각해 본 사람들은 아마 거의 없을 것이다.

나는 완전한 자연 상태로 떨어져 있던 터라, 이런 생각에 매일 좌절하였으니, 사실 내가 처음 종자용 곡식 한 줌을 이미 말한 대로 우연히 그리고 참으로 매우 놀랍게 곡식이 자라서 얻게 된 그때부터, 매 시간 더욱 더 낙담이 심해져만 갔던 것이다.

첫째로, 나는 땅을 갈 쟁기도 없었고 땅을 팔 삽이나 부삽도 없었다. 물론 이 문제는 이미 말한 대로 내가 나무 삽을 만들어서, 그걸 만드는 데 숱한 나날을 보낸 덕분이긴 했지만, 극복하기는 했는데, 그걸 쇠로 만든 게 아니라서 더욱 더 쉽게 닳아버렸기에 작업은 더욱 더 어려웠고 일의 성과도 훨씬 나쁠 수밖에 없었다.

그렇지만 나는 이런 상황을 받아들여서 참고 인내심을 갖고 일을 해나가며 작업이 수월치 않은 것을 감내하기로 맘을 먹었다. 파종을 한 후에 써레가 없어서 내가 그냥 직접 큼직한 나뭇가지를 끌고 다녔으니 그걸로 밭을 고른다거나 써레질을 한다기보다는 바닥을 긁는 셈이었다.

이제 싹이 돋아 자라나고 있을 때 또한 다 자란 후에도, 이미 지적한 대로 울타리를 둘러서 안전하게 보존하고 그걸 베고 거두고 말려서 집으로 가져와서 타작을 하고 겨를 걸러내고 낟알을 챙기는 등의 작업을 할 때마다 아쉬운 게 참으로 많았다. 그 다음에는 이것을 가는 데 쓸 맷돌이 없었고 체가 없어서 그걸 슬아낼 수도 없었으며 누룩과 소금이 없으니 부풀려 빵이 되게 할 수 없었고 이걸 구워낼 오븐도 없었지만, 이 모든 것 없이도 곧 설명하겠지만 다 일을 해내었으니, 그래도 곡식이 있다는 게 나한테는 헤아릴 수 없이 크나큰 위로이자 큰 혜택이었다. 이렇게 아쉬운 게 많으니 내가 말한 대로 작업이 힘겹고 지겨웠으나 그렇다고 달리 어쩔 방도가 없었고, 내가 시간상 큰 손해를 봤다고 할 수 없는 것이 내가 시간을 구분해 놓았기에 매일 일정한 시간만 이 작업에 할당했기 때문이고, 또한 내가 보다 많은 양이 모일 때까지는 곡식을 써버리지 않기로 결정했던 터라 이어지는 6개월 간은 전적으로 창의적인 노력을 계속하므로, 곡식을 얻게 됐을 때 그것을 적절히 내가 활용하기에 필요한 모든 공정들을 수행하는 데 알맞은 도구들을 손수 만들기로 했던 것이다.

그러나 나는 이제 한 1에이커 정도는 파종할 만큼의 종자를 갖게 되었기에, 먼저 좀더 많은 땅을 개간해야 했다. 이 일을 하기 전에 나는 삽 하나를 만드는 데 적어도 한 1주일 치 작업을 했는데, 다 만들고 나서 보니 아주 못난 도구라 무척 무거워서 그걸로 일하려니 노동이 두 배나 더 들어갔지만, 그래도 나는 그걸 극복하고 내 집에 가급적 가까운 곳이라고 생각되는 쪽에다 큼직하고 평평한 터 두 군데를 골라서 거기에 씨를 뿌린 후 막대기를 쭉 둘러 박아 든든하게 울타리를 만들었는데, 이 말뚝들도 전에 내가 썼던 그 나무에서 잘라낸 것이라 심어두면 자라날 것을 알았기에 1년이 지나면 살아 있는 관목 울타리를 얻게 될 것이라, 거의 수리를 할 일이 없을 것임을 알고 있었다. 이 일이 3개월도 채 안 걸릴 정도로 그리 간단하지는 않았으니, 이 시간 중 상당 부분이 우기라서 집 밖으로 외출할 수가 없었다.

비가 와서 밖에 나갈 수 없을 때 실내에서 나는 다음과 같은 형편의 작업을 하게 됐는데, 내가 작업을 하는 동안 내내 나는 내 앵무새와 얘기를 함으로써 기분을 전환하였고 이 녀석에게 말하는 법을 가르쳐서 금세 자기 이름을 말하도록 가르치니, 마침내 제법 큰 소리로 "폴"이란 소리를 내었고, 이것이 이 섬에서 내 입에서 나온 말이 아닌 남의 말을 들은 것으로는 최초였다. 그러니까 이것은 앞서 말한 대로 내 주된 작업이 아니라 그냥 작업을 즐겁게 하려는 곁다리 정도였고, 당장 중요한 과제가 내 앞에 닥쳐 있었으니, 즉, 나는 어떤 식으로건 흙으로 빚은 그릇을 만들어 쓸 방법을 찾아보고 있었는데, 사실 이것이 몹시도 아쉬웠지만 어떻게 만들어볼 것인지 알지 못했던 것이나, 그래도 이 지역의 열기를 감안할 때 거기에 맞는 찰흙을 찾아낼 수만 있다면 대충 솥의 형태로 빚어서 햇볕에 말리면 제법 딱딱해지고 제법 튼튼해져서 들고 다니며 쓸 수 있고, 무엇이든 젖지 않은 물체는 집어넣고 보관해 둘 수 있으리라는 점은 의심하지 않았고, 또한 그것이 내가 골몰하는 문제였던 바, 곡식과 가루 등을 준비하는 데 있어 이런 용기가 필요했기에 나는 가능한 한 제일 큰 질그릇을 만들어서 들고 다니는 게 아니라 항아리처럼 세워두고 거기에 넣어두는 용도로 쓰기로 했다.

내가 흙을 빚어 이 반죽 모양을 만드는 솜씨가 얼마나 서툴렀던지 독자들에게 얘기해 준다면 아마 나를 가엾게 여겼거나 아니면 오히려 웃었을지 모르지만, 하여간 만들다 보니 흉측하게 잘못 만들어서 버린 것도 부지기수요, 진흙이 무게를 감당할 만큼 충분히 견고하지 못해서 만들다가 우르르 무너지거나 뚝 부러져 버린 경우도 부지기수요, 너무 성급하게 빚어놨다가 극심한 햇볕의 열기를 견디지 못하고 그냥 금이 가버리고 만 것도 부지기수요, 말리기 전이나 말린 다음에도 만들고 나서 옮기려는데 곧바로 우르르 무너져 버린 것들도 부지기수라, 한마디로 점토를 찾아내어 그것을 파내고 부드럽게 다지고 집으로 가져와서 작업한 끝에 항아리라고 할 수도 없이 못난 질그릇 큰 것을 두 개밖에는 만들지 못했는데, 여기에 한 두 달 치 노동이 들어갔다.

그러나 햇볕이 이 그릇 두 개를 화로 굽듯 바싹 말려서 단단하게 만들어줬고 이것을 살짝 집어서 다시 내가 이 목적으로 만들어뒀던 큼직한 광주리에 집어넣어서 부서지지 않도록 했으며, 이 도기 단지랑 광주리 사이에 공간이 약간 틈새가 나 있기에 나는 거기를 쌀과 보리 짚으로 가득 채웠는데, 이 두 단지는 늘 마른 상태로 서 있도록 만든 것이니 나는 거기에 내 곡식이랑 곡식을 간 다음 가루 상태가 된다면 그것도 거기에 보관하기로 했다.

비록 내가 큰 도기를 만들려는 계획은 수없이 수포로 돌아간 바

174

있으나 그래도 보다 작은 크기의 질그릇들을 만드는 것은 좀더 성공적이었으니, 가령 자그마한 둥근 단지나 납작한 접시나 물주전자나 뚝배기 등 뭐든지 내 손으로 빚어내어서, 햇볕의 열기로 의외로 단단하게 구워 낼 수 있는 것들은 다 만들었다.

그러나 이 모든 것도 내 궁극적인 목적에는 맞지 않았으니, 그릇이 액체 상태의 물체를 담을 수 있고 불을 견딜 수 있는 것이어야 했으나 이 물건들 중에는 그럴 수 있는 게 아무것도 없었다. 그런데 얼마 후에 고기를 요리하려고 제법 불을 크게 지펴놓고서 불을 다 쓴 후에 불을 끄려다가 내 질그릇 부서진 조각 하나가 불 속에 있는 걸 발견했는데, 그것이 아주 돌처럼 단단하게 타 있었고 벽돌처럼 빨간색이었다. 나는 이것을 보면서 아주 흡족해하며 놀랐고, 이것들이 탈 때 부서지지만 않는다면 통째로 구워 낼 수 있겠구나, 이렇게 혼잣말을 했다.

그래서 나는 어떻게 하면 불을 지펴서 질그릇을 구워 내 볼까 궁리를 하게 되었다. 나는 옹기장이들이 그릇 굽는 데 쓰는 가마를 어떻게 만드는지 알지 못했고 내가 납을 약간 갖고는 있었으나 거기에 납으로 겉칠을 하는 법도 몰랐으나, 그래도 큼직한 뚝배기 세 개를 갖다 놓고 그릇 두세 개를 위아래로 쌓아둔 후, 빙 둘러서 땔나무를 갖다놓고 땔감 밑에는 아직 불씨가 남은 재를 듬뿍 깐 다음, 아직 안 탄 땔감으로 불을 둥그렇게 밖에서 또한 위쪽에다 지펴 놓고 보니, 안에 있는 그릇들도 속속들이 발갛게 익어갔고 이것들이 전혀 깨지지 않았음을 확인할 수 있었다. 그릇들이 이제 완전히 발갛게 변한 것을 보고서는 한 대여섯 시간 그대로 열기를 쬐도록 놓아뒀는데, 이 중 하나는 깨지지는 않았으나 녹아서 흘러 내린 걸 발견했으니, 점토와 섞은 모래가 격한 열기에 녹아버렸던 것이며 내가 계속 불을 가했으면 완전히 녹아서 유리가 되어 버렸을 정도라, 이에 불을 줄여서 그릇들에서 붉은 색이 점차 가시게 했고 너무 불이 빨리 식지 않도록 밤새 그것들을 지켜보니, 아침이 되자 모양이야 볼품없으나 아주 쓸 만한 뚝배기 세 개와 내 맘에 들만큼 단단하게 구워진 다른 질그릇 두 개를 얻었는데, 이 중 하나는 모래가 녹아내려서 겉이 완전히 반들반들해져 있었다.

두말할 나위 없이, 이 실험 후에는 내가 필요한 만큼 질그릇을 얼마든지 만들어 썼으나, 그 모양은 누구나 그러려니 짐작하겠지만 별로 내세울 게 없었고 또한 모양을 내볼 방법도 없었기에, 그냥 어린아이들이 흙장난을 치거나, 반죽하는 법을 배우지 못한 여자들이 파이를 빚은 꼴과 진배없었다.

이 질그릇 단지가 불에 견딘다는 것을 알고 났을 때 아마도 이렇듯 초라한 일로 나처럼 크게 기뻐한 사람은 없었을 터, 나는 그릇이 식을 때까지 기다릴 수가 없었기에 즉시 다시 불을 지펴서 거기에 물을 집어넣고 고기를 좀 삶아보니 아주 멋지게 끓고 있는 것이라, 새끼 염소 고기 약간으로 아주 그럴듯한 국물을 냈는데, 내 원대로 제대로 맛을 내려면 꼭 필요한 귀리니 다른 양념들이 없었긴 했다.

그 다음으로 내가 신경을 쓸 일은 곡식을 짓이겨 부술 수 있는 돌절구를 만드는 것으로, 맷돌을 만드는 문제는 오직 한 사람이 양손으로 그걸 만들 정도의 완벽한 기술에 도달한다는 생각은 할 수 없는 일이었다. 이 물건을 만들어보려니 뭘 어찌해야 할지를 몰라 극히 막막했으니, 이 세상의 모든 직종 중에서 다른 일도 마찬가지지만 특히 석공 일을 하기에는 나는 전혀 적임자가 아니었고 일을 시도해 볼 도구도 전혀 없었던 터였다. 나는 여러 날 동안 속을 움푹 파내면 절구를 만들기에 적합할 정도로 큰 돌을 찾아보았으나 전혀 발견하지 못했는데, 오로지 암벽의 일부를 이루고 있는 것뿐이라 내가 그것을 파내거나 잘라낼 방법이 없었고, 게다가 이 섬의 바위란 것들이 모두 모래처럼 부서지는 돌들이라 충분히 단단하지도 못하여 묵직한 절굿공이를 당해 내지 못할뿐더러 곡식을 갈 때 모래가 부서져 나와 온통 섞이게 마련이었고, 그래서 돌을 찾느라 상당한 시간을 허비한 끝에 이 계획은 포기하고 대신 단단하고 큼직한 나무 덩어리를 찾아보기로 했는데 역시 이것을 찾는 것은 훨씬 더 수월했으니, 내 힘으로 움직일 수 있는 만큼 큼직한 놈을 가져와서 그것을 둥글게 만들고 바깥쪽을 도끼와 자귀로 다듬은 후에 불의 도움을 받고 또한 한없는 노동을 한 끝에 안을 둥그렇게 비워냈는데, 이것이 브라질 원주민들이 카누를 만드는 방식이다. 이 일 다음으로 나는 '철나무'라고 부르는 목재로 큼직한 절구 내지는 짓이기는 도구를 만들었으니 이것은 다음 번 곡식 수확에 대비하여 미리 준비해 놓은 것인데, 수확을 하게 되면 그것을 갈아서, 아니 짓이겨 가루를 만들어 빵을 만들어 먹을 계획을 세워뒀던 것이다.

그 다음으로 어려운 일은 곡식을 걸러내서 겨나 껍질과 알곡을 분리할 체나 망을 만드는 것이었는데, 이것 없이 어떻게 무슨 빵을 만들 수 있을지 생각할 수 없는 일이었다. 이것은 그냥 생각만 하기에도 보통 어려운 작업이 아니었는데, 당장 이걸 만들어내는 데 필요한 물건, 그러니까 알곡을 걸러낼 얇고 가는 범포 같은 것은 아무것도 가진 게 없었다. 이에 여러 달을 그냥 포기하고 손을 놓고 있었는데, 참으로 뭘 어떻게 해야 할지 알 수가 없었으니, 속옷 천도 다 누더기가 되어 버려서 쓸 수가 없었고, 염소 털은 갖고 있었으나 이걸로 천을 짜거나 실을 만드는 법을 몰랐고 설사 알았다 해도 이 작업을 해낼 도구가 없었던 터라, 결국 내가 생각해 낸 해결책이라고는 배에서 건져내 온 선원들이 쓰는 천, 즉 캘리코나 모슬린 스카프가 있다는 것을 기억해 내어 이것들 몇 조각을 갖고 조그만 체 세 개를 만든 것인데, 그 정도면 작업에 충분할 것 같았고, 그래서 이 물건들로 나는 몇 년 간 그럭저럭 아쉬운 대로 이 문제를 해결했는데 그 이후에 어떻게 됐는지는 나중에 그 대목에 가서 얘기하도록 하자.

그 다음으로 고려할 사항은 빵 굽기와 곡식을 얻게 되면 어떻게 빵을 만들 것인지가 문제였으니, 나는 누룩은 갖고 있지 않았으니 이것을 해결하는 것은 불가능한 터라 빵 부풀리는 것은 아예 걱정조차 하지 않았으나, 화덕 문제로는 매우 고민을 많이 했는데, 마침내 이것도 이런 식으로 실험을 해보았다. 나는 깊지는 않고 매우 넓게 대략 직경 2피트 정도이고 깊이는 9인치 정도 이상은 되지 않는 질그릇을 몇 개 만들어서 이것을 다른 그릇들처럼 불에 구워 내서 보관하고 있다가, 내가 화덕에 빵을 굽고자 할 때는 화로에 큰 불을 지피고서 화로에다 내가 만든 사각형 타일, 뭐 완전한 사각형은 아니겠지만, 하여간 그것들로 바닥을 깔아놓았었다.

장작이 다 타서 거의 재 내지는 숯으로 변하면 그걸 화로에다 펼쳐서 완전히 바닥이 덮이게 한 후 화로 전체가 뜨겁게 데워지도록 그대로 놔뒀다가, 이제 재를 쓸어내고 거기에 빵 반죽 한 개 아니면 몇 개를 갖다 놓고 그 위에다 질그릇을 엎어서 덮고, 다시 그릇 위에 골고루 재를 펼쳐놓아서 열을 보존하고 가열하도록 했으니, 이렇게 해서 이 세상에서 가장 좋은 오븐 못지않게 내 보리빵을 구워 냈고 게다가 얼마 안 있어서는 완전히 제과점을 차릴 정도로 숙달되어 쌀 케이크와 푸딩도 몇 개 만들어 먹었다. 물론 파이는 만들지 않았는데 기껏해야 새나 염소 고기 말고는 파이에 넣을 것들도 없었다.[*]

그 섬에서의 나의 3년차 생활 대부분을 이런 일들로 채워졌다고 하면 별로 놀랄 게 없을 것인데, 이에 덧붙여 지적한다면 이 작업들 사이사이에 새로 추수하고 밭을 갈아야 했고 철에 맞게 곡식을 거둬들이고 집으로 무사히 가져오고 대용량 광주리들에다 이삭 채로 쌓아뒀다가, 이것을 타작할 바닥이나 타작할 도구가 없었기에 시간이 나는 대로 알곡을 비벼내는 일 등을 했다.

이제 비축할 곡식의 양이 늘어남에 따라 곡식 창고도 아울러 늘려야만 했다. 내게는 곡식을 쌓아둘 창고가 필요했으니, 수확량이 증가해서 이제 내가 갖고 있는 보리는 약 70리터, 쌀도 그 정도거나 아니면 더 많은 정도였고, 한동안은 빵이 동이 난 적도 있고 해서 한 해에 내가 충분히 먹을 양이 얼마인지도 재어볼 겸 나도 좀 맘 놓고 곡식을 먹기로 했고, 파종도 1년에 한 번만 하기로 했다.

대략 보리와 쌀 각기 70리터는 내가 1년에 소비할 수 있는 양보다 훨씬 더 많은 양임을 알았기에 매년 한 번씩만 그 전 해에 파종한 양만큼만 파종하는 정도면 충분히 빵이나 기타 음식을 만들어 먹을 수 있을 것으로 기대했다.

이런 일이 진행되는 동안에도 내가 섬 반대편에서 봤던 멀리 있는 뭍으로 여러 번 내 생각이 흘러갔을 법할 것이라고 독자들이 짐작했으리라 생각하는데, 역시 그러했으니 나는 그쪽이 육지거나 사람 사는 땅이라고 상상하며 그곳으로 가보고 싶은 은밀한 바람이 없지 않았고 거기에 가면 뭔가 더 멀리 이동할 무슨 방도를 찾아보거나 혹시 마침내 탈출할 방법도 찾을 수 있지 않을까 생각했다.

그러나 이런 공상을 하는 와중에 나는 그런 형편에 처했을 때 내가 야만인들의 수중에 들어갈 위험성은 전혀 감안하지 않았으니, 이자들이 아프리카의 사자나 호랑이보다 더 흉악한 놈들이라고 생각할 이유도 있을 법했다. 만약에 내가 이들에게 붙잡히면 죽임을 당하고 아마도 잡아먹히게 될 확률은 천 퍼센트는 되고도 남는 터, 나는 카리브 해 연안의 원주민들은 사람 잡아먹는 식인종들이라는 얘기를 들은 바가 있고, 또 위도를 따져보면 내가 그쪽 해안에서 멀지 않다는 것을 알 수 있었다. 설사 이들이 식인종이 아니라고 하더라도 여전히 나를 죽일 수는 있는 문제였고, 사실 많은 유럽 인들이 10명이나 20명씩 같이 뭉쳐 다닐 때도 이들에게 붙잡히면 다 그렇게 죽었던 것이라, 나는 홀몸일 뿐이니 무슨 방어를 제대로 할 수조차 없을 터인데, 이런 문제들은 미리 충분히 감안했어야 하지만 나중에야 생각이 거기까지 미친 것이고 처음에는 전혀 그런 우려를 하지 않았고 오직 온통 그쪽 뭍으로 가보고 싶은 생각만 머릿속에 가득했다.

이에 나는 내 수종 쥬리가 아쉬웠고 아프리카 해안에서 천 마일 이상을 항해했던 '양고기 어깨살 돛'이 달려 있던 대형보트 생각도 간절했으나, 그래 봤자 무슨 소용이 있으리. 그래서 우리 배의 구명보트에 가볼 생각을 했는데, 이게 내가 말한 대로 우리 배는 난파될 당시 폭풍으로 한참 밀려와서 모래사장에 걸려 있었다. 보트의 위치는 처음 위치 거의 그대로였지만 상태는 전혀 그렇지 않았으니, 파도와 바람의 힘에 의해 거의 바닥이 위로 가도록 뒤집혀 있었고 조약돌이 섞인 거친 모래 둔덕에 걸려 있었는데 이전처럼 주변이 물에 잠겨 있지는 않았다.

나를 도울 일손이 있어서 보트를 고칠 수 있다면, 그래서 다시 물에 띄울 수 있다면 그런대로 보트가 쓸 만 할 것 같아 보였고 이걸 타고 브라질까지 무사히 돌아갈 수도 있었을 것이라 여겼는데, 하지만 보트를 다시 뒤집어서 똑바로 세워놓는 것은 이 섬을 움직이는 것만큼이나 불가능함은 예견하고도 남을 일이었을 것이나, 그럼에도 나는 숲으로 가서 나무를 잘라내어 지렛대와 굴림대를 만들어 와서 내가 할 수 있는 일이 뭔지 시도해 보기로 하면서 생각한 논리인즉, 내가 이 보트를 바로 세워놓기만 한다면 망가진 부분들을 쉽게 고칠 수 있을 것이며, 그렇게 하면 보트가 제법 쓸 만하게 될 것이므로, 나는 매우 쉽사리 이걸 타고 바다로 나갈 수 있으리라는 것이었다.

나는 이런 쓸데없는 일을 하느라 한없이 수고하며 고생을 했으니 내 생각에 한 서너 주는 이 일에 할애했던 것 같은데, 마침내 나의 미미한 힘으로는 이것을 들어올릴 수 없음을 깨닫고 배를 쓰러트리려고 그 밑 모래를 퍼내어 기반을 약하게 한 다음, 나무판자를 밑으로 쑤셔 넣어서 배가 넘어질 때 방향을 잡아주도록 했다.

그러나 배를 쓰러트리고 나니 물을 향해 앞으로 끌고 가는 것은 고사하고 그것을 곧바로 세우거나 그 밑으로 들어가서 움직일 수도 없는지라 그만 포기하긴 했으나, 그럼에도 보트에 대한 희망을 완전히 버리지는 못했고 대륙 쪽으로 나가보고 싶은 욕구는 그럴 방법이 불가능해 보이자 줄어들기는커녕 더 커지기만 했다.

그래서 결국 내가 생각해 낸 것은, 이 지역 원주민들이 만들어 쓰는 카누 내지는 납작한 보트를 만들어 볼 수 있지 않을까 하는 것이었는데, 이것은 별 도구 없이, 아니면 말하자면 돕는 일손 없이도 큰 나무 몸체로 만들 수 있을 것 같았다. 나는 이 일이 가능할 뿐 아니라 손쉬울 것이라고 생각했고 그래서 이것을 만들 생각에, 또한 흑인들이나 원주민들보다 나는 훨씬 더 편리한 도구가 많다는 생각에 못내 흡족했으나, 원주민들보다 더 불리한 나의 특수한 불편함은 전혀 감안하지 않았으니, 나는 이것을 다 만든 후에 물에까지 끌고 갈 일손이 없었기에 이것은 장비가 없는 결과로 겪는 어려움보다도 훨씬 극복하기 어려운 난관이었던 바, 사실, 내가 설사 숲에서 큼직한 나무를 골라서 그것을 많은 수고 끝에 베어 쓰러뜨렸고, 그것을 내 연장으로 찍어내고 겉을 다져서 보트 모양을 제대로 갖춰놓았고, 또한 그 안쪽을 불로 지지거나 깎아내서 움푹 파내어 보트를 만들었다고 쳐도, 이렇게까지 다 한 후에도 그것을 물에다 띄울 수 없다면 그냥 나무가 서 있던 그 자리에 그대로 둘 수밖에 없을 것이었다.

물론 혹자는 생각하기를 내가 보트를 만들면서 내 형편에 대해서 전혀 생각을 안 했을 리 없고 즉시 어떻게 바다에 갖다 띄울 것인지 걱정을 안 했을 리 없으리라고 여기겠지만, 내 생각은 오로지 이걸 타고 바다로 여행 나갈 것에만 몰두해 있었기에 이것을 육지에서 가지고 오는 문제는 단 한 번도 고려하지 않았으니, 사안의 성격상 이것을 바다에서 45킬로 몰고 가는 것이 육지에서 원래 지점에서 45미터 끌고 가서 물에 띄우는 것보다 훨씬 더 쉬운 일이었다.

나는 이 보트 만드는 작업을 했으니, 아마도 정신이 멀쩡한 사람으로서 이보다 더 바보 같을 수는 없었을 것이다. 나는 내가 그것을 실행할 수 있을지도 확인하지 않고서 계획에만 만족했던 것이니, 배를 띄우는 게 어려우리라는 생각이 떠오르지 않은 것은 아니나, 거기에 대한 의구심이 생길 때마다, "일단 만들어보자, 만들어놓고 나면 어떻게든지 끌고 갈 방법을 필경 찾아낼 테니." 이렇게 어리석은 대답으로 내 자신을 속이며 생각을 막아버렸던 것이다.

이것은 아주 얼토당토하지 않은 방법이었으나 내키는 대로 허상을 쫓으려는 마음이 워낙 강했던 터라 작업에 착수하였다. 먼저 삼목을 하나 벌목했는데 솔로몬 왕도 예루살렘 성전을 지을 때 이렇게 좋은 목재를 사용했을지 궁금할 정도였다. 이 나무는 맨 아래 뿌리 바로 위 직경이 5피트 10인치이고 위로 22피트를 따라가면 반대쪽은 직경 4피트 11인치였으며 그 다음부터는 약간 얇아지며 가지로 이어졌는데, 이 나무를 쓰러뜨리느라 보통 진땀을 뺀 게 아니었으니, 꼬박 20일 동안 아래쪽을 도끼로 치고 베어서 넘어뜨린 다음, 엄청나게 뻗어나간 위쪽 줄기와 가지들을 잘라내는 데 14일이 더 걸렸고 그것도 도끼와 자귀로 일일이 쳐냈으니 말할 수 없이 수고스러웠으며, 그 다음에는 형체를 만들고 보트 바닥처럼 평평하게 만들어 꼿꼿하게 떠 가면서 배 구실을 할 수 있도록 마무르는 데 한 달이 소모되었다. 내부를 뜯어내서 정확한 보트 모양으로 만드는 데도 거의 석 달이 걸렸는데, 이 작업은 불도 없이 순전히 징과 망치만으로 깎아냈으니 이 중노동 끝에 상당히 그럴듯한 카누를 만들어냈고 거기에 한 26명은 족히 들어갈 만큼 크게 만들었기에 내 짐을 모두 싣고 탈 수 있을 정도로 컸다.

이 작업을 마치자 지극히 기뻤다. 보트는 내가 나무 하나에서 만든 카누나 납작한 보트로서는 이보다 더 큰 것을 이제껏 본 적이 없었다. 진짜로 말할 나위 없이 숱하게 반복된 힘겨운 팔 노동이 소모된 끝에, 이제는 그저 보트를 물에 띄우는 일만 남았는데, 이것을 만약에 물까지 가져갔었더라면 아마도 의심할 여지없이 나는 전혀 믿기 어려울 정도로 세상에서 가장 무모한 항해를 즉각 감행했을 것이다.

그러나 보트를 강까지 가져가려는 온갖 장치들은 비록 여기에 한없는 노동이 소모됐음에도 불구하고 모두 다 실패했다. 보트가 강에서 채 약 100야드 정도도 떨어져 있지 않았지만 첫 번째 불편한 점은 이게 물 위쪽 언덕 위에 있었다는 것이라, 이 난관을 떨쳐버리기 위해서 언덕 끝의 흙을 파내어 경사를 만들어보기로 하였고, 이에 이 일에 착수하여 막대한 양의 노고를 쏟아 부었으니, 구원의 전망을 바라보는 사람이 어찌 노고를 마다하겠나. 하지만 이 작업을 마무리하여 이 첫 번째 어려움을 해결한 후에도 여전히 별로 나아진 게 없었던 것이, 모래에 걸린 또 다른 보트나 마찬가지로 이 카누도 전혀 움직여 볼 수가 없었던 까닭이다.

그 다음에는 그 땅의 거리를 재어서, 카누를 강물로 가져갈 수 없으니 도크 내지는 운하를 뚫어서 강물을 카누까지 끌어올 작정을 했고, 이대로 이 작업에 착수했는데 막상 일을 시작하며 얼마나 깊이 또 얼마나 넓게 땅을 파야 하고 판 흙을 어떻게 치울 지 등을 계산해 보니, 현재 내가 갖고 있는 일손이 겨우 내 두 손밖에 없기에 한 10년이나 12년은 족히 걸려야 이 작업을 마칠 수 있으리라는 셈이 나왔다. 이는 그쪽 지대가 높아서 맨 위쪽 끝에서 적어도 20피트 깊이는 파야 했기 때문이고, 그래서 결국 정말 마지못해 할 수 없이 결정한 것이긴 하나, 이 시도도 역시 포기했다.

이에 나는 깊은 슬픔에 잠겼고, 이제 나는 비용을 계산해 보지도 않고, 또한 이것을 수행할 역량을 제대로 판단해 보기도 전에 작업에 착수하는 어리석음을 비록 너무 뒤늦게이긴 하나 깨달았다.

이 작업을 하는 와중에 나는 이곳에서의 나의 4년차 생활이 끝나자 전과 같은 경건한 태도로 이날을 기념했고 전보다도 마음은 더 평안했으니, 꾸준한 성경 연구와 하나님의 말씀대로 실천하려는 노력을 통해서 나는 이전의 내가 갖고 있던 수준과는 다른 성경 지식을 갖게 되었던 것이다. 나는 매사를 이제 달리 바라보았

다. 나는 이 세상을 이제는 아주 아득히 멀리 있고 나와는 별 상관
도 없으며 내가 별 기대도 할 것이 없고 사실 아무런 욕망도 가질
게 없는 곳으로 생각했으니, 요컨대 나는 이 세상과 내가 상관할
일이 전혀 없으며 그럴 가능성도 전혀 없다고 인식한 것이라, 마
치 아마도 우리가 내세에 이르러 현세를 바라보는 듯 생각했다고
하겠는데, 다시 말해서 내가 한때 살았던 곳이긴 하나 이제는 완
전히 떠나온 곳으로 생각했고, 말하자면 조상 아브라함이 부자에
게 말했듯, "나와 너 사이에 큰 구렁텅이가 놓여 있어 건너올 수
없다"*라고, 나도 그렇게 말하고 있는 셈이었다.

무엇보다도 이곳에서는 세상의 온갖 사악함으로부터 차단되어
있었기에, 내게는 "육신의 정욕과 안목의 정욕과 이생의 자랑"*이
없었다. 나는 내가 즐길 수 있는 것은 모두 갖고 있었기에 아무것
도 탐할 일이 없었고, 영지 전체를 소유한 영주였으며 내가 소유
한 이 땅 전체의 왕 내지는 황제라고도 할 수 있었다. 나는 라이벌
이 아무도 없었다. 나의 경쟁자가 있어서 나와 왕권이나 통수권을
두고 다툴 자가 없었던 것이다. 나는 곡식을 넘치게 재배하여 배
에 실을 정도가 되게 할 수 있었으나 그걸 쓸 데가 없었기에, 내
형편에 적당하다고 생각한 만큼만 약간의 농사를 지었다. 나는 거
북이 내지는 바다거북이를 충분히 많이 갖고 있었기에 이따금 한
마리를 잡으면 그걸로 충분히 먹고도 남았다. 나는 한 함대가 될
만큼 배를 여러 척 지을 목재를 갖고 있었다. 나는 그 배들을 다
지었다면, 거기에 싣고 갈 포도주나 건포도를 만들 만큼 충분히
많은 포도를 갖고 있었다.

그러나 내가 사용할 수 있는 것, 오직 그것만이 내게는 가치 있었다. 내가 먹을 것과 내가 필요한 것들이 내게 충분했으니 그 밖에 나머지는 내게 무슨 소용이 있었겠나? 내가 먹을 수 있는 것 이상으로 사냥을 한다면 내 개나 아니면 생쥐들이 그걸 먹을 것이다. 내가 먹을 수 있는 것보다 더 많은 곡식을 파종했다면 농사를 망치고 말 것이다. 내가 베어낸 나무들도 바닥에서 그냥 널브러져 썩고 말 것이다. 나는 내가 땔감으로 필요한 것 이상으로는 목재를 사용할 데가 없을 것이며 땔감도 내 고기를 익힐 때 말고는 쓸 일이 없었다.

요컨대 내 형편과 경험에 비춰서 내가 온당히 내린 결론인즉, 이 세상의 모든 유익한 것들은 오직 내가 사용할 수 있는 한도에서만 내게 유익한 것이며, 우리가 쌓아두는 것들은 사실 남들에게 주고 말 것이요, 우리는 우리가 사용할 수 있는 만큼만 즐기는 것이지 그 이상은 아니라는 것이다. 나는 내가 어떻게 처리해야 할지 모를 정도로 한없이 많은 것들을 소유하고 있었으니 이 세상에서 제일 탐욕스런 구두쇠라고 해도 내 형편에 처해 있다면 탐욕의 해악에서 말끔히 벗어났을 것이다. 내 욕망은 싹틀 여지가 없었으니, 기껏해야 내가 갖고 있지 않은 것들, 그 자체는 별것 아니지만 나한테는 매우 요긴할 물건들이 좀 아쉬운 정도였다. 나는 앞서 잠깐 언급했듯이 동전과 금화, 은화 등을 한 묶음 갖고 있었는데, 이것이 대략 영국 돈으로 36파운드 정도 되었으나, 그게 무슨 소용이리요! 아주 보기 민망한 애물단지처럼 구석에 처박혀 있을 뿐, 전혀 그것들과 무슨 상종을 할 일이 없었던 터, 그래서 자주 떠오른 생각인즉, 이것들을 한 줌 건네주고 담배 파이프 한 다스나 아니면 내 곡식을 갈 맷돌이나 샀으면 오죽 좋을까 하는 것이었으니, 아니 영국산 무나 당근 씨 6페니 어치라든지, 완두콩이나 검은 콩 한 줌이나, 잉크 한 병이라도 얻을 수 있다면, 이 돈을 몽땅 다 줬을 것이다. 지금 처지에서는 이것들이 전혀 도움이나 이득이 되지를 않았고 서랍 속에 쌓여 있으면서 우기에는 동굴의 습기에 녹만 쓸고 있었는데, 설사 내가 온통 서랍에 다이아몬드를 가득 넣어뒀다고 해도 마찬가지였을 것이니, 내가 사용할 수 없기에 나한테 가치가 있을 일이 전혀 없었다.

이제 나는 내 삶의 형편을 처음보다 그 자체로는 훨씬 더 편리하게 만들어놓았고 내 몸도 그랬지만 내 마음도 훨씬 더 편해졌다. 나는 음식을 앞에 두고 감사하는 마음을 갖는 경우가 잦아졌고 이 광야에서 이런 성찬을 즐기게 해주신 하나님의 섭리하시는 손길에 탄복을 하곤 했다. 나는 내 처지의 어두운 면보다는 밝은 면을 바라보며 내게 없는 것보다 내가 향유하는 것들이 뭔지 따져보게 되었고, 이것이 때로 내게 뭐라고 표현하기 어려운 은밀한 위안이 되었으니, 이런 얘기를 이 대목에서 하는 것은 하나님이 주신 바를 편안한 마음으로 즐기지 못하며 불평하는 사람들을 위한 것인데, 이들은 주시지 않은 것들을 보면서 그걸 탐하기 때문인 바, 이렇듯 우리가 가진 게 없다는 불만은 모두 내가 보기에는 우리가 가진 바에 대해 감사하는 마음이 결여된 데서 비롯된다는 게 내 생각이었다.

또한 나한테 매우 유익했고 나처럼 그런 곤경에 처하게 된 사람이라면 분명히 누구에게도 유익할 또 다른 사고방식이 뭐냐 하면, 나의 현재 처지를 내가 처음에 예상했던 바와 비교하는 것인데, 아니 만약에 하나님이 놀랍게도 우리의 난파된 배를 해안에 보다 가깝게 밀려오도록 선하게 섭리하시어 내가 그리로 갈 수 있을 뿐더러 배에서 물품들을 뭍으로 가져와서 고통을 덜고 위안을 삼을 수 있도록 해주지 않았다면 어떻게 됐을지가 명백하다는 생각으로, 만약 그렇다면 나는 작업할 연장도 없고 나를 방어할 무기도 없고 먹을 것을 확보할 화약도 없었을 것이다.

나는 여러 시간, 아니 몇날 며칠씩 내가 배에서 아무것도 가지고 나오지 못했다면 어떻게 됐을까 아주 생생하게 상상해 보곤 했다. 나는 물고기나 거북이 말고는 아무것도 먹지 못했을 것이며, 이것도 한참 있다가 찾아냈으니 필경 그 전에 굶어죽었을 것이다. 만약 내가 굶어 죽지 않았다고 해도 완전히 야만인처럼 살아야 했을 것이다. 가령 내가 염소나 새를 무슨 수를 써서건 죽였다고 해도 이것들 가죽을 뜯거나 고기를 가죽에서 저며 내고 창자를 분리하거나 고기를 잘라낼 방법이 없었으니, 이빨로 자근자근 씹어대야 할 것이고 짐승처럼 손으로 쥐어뜯어야 했을 것이다.

이런 생각을 하다 보면 선하게 섭리하신 은혜를 깊이 통감하게 되고 나의 현재 처지에 대해서도 그 모든 어려움과 불행에도 불구하고 깊이 감사하게 되었으니, 이 대목에서 역시 나는 역경에 처해서 "아, 이보다 더한 고통을 누가 당하겠나!" 하고 한탄하게 마련인 이들은 이 점을 명심하도록 권면하지 않을 수 없다. 이런 사람들이 있다면, 다른 이들의 경우는 더 나쁘고 이들도 만약에 하나님이 그렇게 되도록 섭리하셨다면 더 나빴을 수 있다는 점을 생각해 보기 바란다.

또한 나는 내 마음을 소망으로 위로하는 데 일조한 또 다른 사고방식이 있었으니, 그것은 나의 현재 처지를, 내가 받아서 마땅한 바이기에 충분히 섭리의 손길이 그러실 것이라 예상할 만한 바와 비교하는 것이다. 나는 하나님에 대한 지식과 경외심이 전적으로 결핍된 끔찍한 삶을 살아왔다. 나는 아버님과 어머님께 훈계는 잘 받으며 컸고, 부모님이 내 마음속에 하나님을 두려워하는 신앙심을 심어주시고 내게 꼭 필요한 도리에 대한 인식과 나의 존재의 속성과 목적이 무엇인지 알게 하려고 일찍이 노력하시지 않은 것도 아니었다. 그러나 어찌 하리요, 나는 일찌감치 배 타고 떠도는 생활에 빠져든 것을! 게다가 이것은 모든 생업 중에서도 하나님이 만드시는 두려운 상황을 늘 눈앞에 두면서도 하나님에 대한 두려움은 가장 결여되어 있는 축이라, 이런 배 타는 생활에 일찍이 빠져들어 뱃놈들과 지내면서 내 동료들의 비웃음과 위험을 무시하는 배짱을 부리느라, 죽음을 예상하는 것도 그냥 습관처럼 되었고 내 수준에 맞는 저급한 얘기나 주고받으며 선한 얘기를 듣거나 그런 쪽을 권장하는 말은 전혀 들을 기회가 없었기에, 그렇지 않아도 미미하던 신앙심은 완전히 사라져 버렸던 것이다.

워낙 선한 생각이 내 속에 없었고, 또한 내가 어떻게 살고 있으며 또한 어떻게 사는 게 옳을지에 대해서도 전혀 인식이 없었기에 내가 누린 엄청난 구원의 경험들, 즉 살례에서 탈출하고 포르투갈 선장에게 구출되어서 브라질에서 번듯한 농장을 차리게 된 것과 영국에서 내 화물을 무사히 전달받은 것 등을 겪으면서 단 한번도 "하나님 감사합니다"란 말을 입으로나 마음속으로나 해본 적이 없었으며, 이 엄청난 역경에 처해서도 하나님께 기도해야겠다는 생각이나 "주여 저를 긍휼히 여기소서"라는 말은 떠오르지도 않았을 뿐만 아니라 하나님의 이름으로 욕을 하며 그 이름을 욕되게 할 때 말고는 심지어 하나님의 이름을 거론조차 하지 않았다.

이미 앞서 언급한 대로 나는 지난날의 나의 사악하고 강퍅한 삶을 돌아보며 마음속으로 끔찍한 반성을 해온 지가 벌써 여러 달째였으나, 내가 내 주위를 둘러보고 내가 이곳에 온 이후로 섭리하신 구체적 사례들을 생각해 볼 때 하나님이 나에게 얼마나 넘치게 모든 것을 주셨으며, 나의 부정함을 감안할 때 받아 마땅한 만큼의 벌을 내리시지 않았을뿐더러 오히려 내게 넘치는 은혜를 베푸셨음을 깨달았고, 이에 나는 하나님이 나의 참회를 받아주셨으며 아직 나에게 긍휼을 베푸실 여지가 있다는 매우 고무적인 생각을 갖게 되었다.

이런 생각을 통해 이제 나의 현재 형편이 이렇게 되도록 하신 하나님의 뜻을 그대로 받아들일 뿐 아니라 오히려 나의 처지에 대해 진정으로 감사하도록 내 마음을 다스렸으니, 아직 내 목숨이 살아 있으니 내가 나의 죄에 대한 마땅한 징벌을 받지 않은 것이고 이를 볼 때 불평을 해서는 안 되며, 오히려 내가 전혀 기대할 수 없었던 숱한 은총을 받았기에 나의 처지에 대해서 이제는 더 이상 한탄할 것이 아니라 기뻐해야 하고 매일 일용할 양식을 주신 데 대해 매일 감사해야 할 것이었는데, 숱한 기적이 몰려오지 않았다면 이렇게 먹고 살 수조차 없었을 것이다. 생각해 보면 사실 내가 기적에 의해 연명하고 있는 게 엘리야에게 까마귀가 먹이를 갖다 준 것 못지않은 기적이오.* 아니, 기적에 기적이 꼬리를 물고 이어진 덕에 이렇게 살고 있는 것이라, 이렇듯 이 세상 모든 무인도 중에서도 이보다 더 나한테 유익한 곳에 던져지는 것은 거의 불가능한 노릇이니, 이곳에서는 사람이 아무도 없는 게 한편으로는 나의 고통이기도 했으나 탐욕스런 야수가 없었고 사나운 늑대나 호랑이가 내 생명을 위협하지 않았고 독을 품고 있는 짐승을 잘 못 잡아먹어 해를 입을 일도 없었고 나를 죽여서 삼켜먹을 야만인들도 없었다.

한마디로, 내 삶은 한편으로는 애통의 삶이었으나 다른 한편으로는 은총의 삶이기도 했으며, 이것을 평안의 삶으로 만들려면, 하나님이 얼마나 잘해 주셨으며 나의 이 처지 속에서도 나를 얼마나 잘 보살펴 주셨는지를 생각하는 것으로 매일 나의 위로를 삼기만 하면 되었기에, 이런 문제를 제대로 깨닫게 된 후로는 나는 슬픔을 떨쳐버리게 되었다.

이제 이곳 생활이 너무 오래되어서 구조용으로 배에서 가져왔던 많은 물품들이 완전히 없어졌거나 상당히 소모되었거나 거의 다 떨어져 갔다.

이미 언급한 대로 내 잉크도 거의 다 써버린 지가 이미 제법 되었기에 남은 것을 물에 타서 조금씩 또 조금씩 사용했으나 이제는 너무나 색이 옅어서 종이에 아무런 자국도 남기지 못할 지경이 되었고, 아무튼 잉크가 아직 남아 있을 때까지는 뭔가 중요한 일이 벌어지면 그 날짜를 계산해서 기록해 두는 데 사용했는데, 희한하게도 내게 이루어진 다양한 섭리들은 날짜가 일치했던 것으로 기억되니, 내가 날짜마다 길흉이 있다고 생각하는 미신 쪽에 경도되었었다면 이것을 아주 진기한 일로 생각했을 법할 정도였다.

첫 번째로 따져 보면, 우리 아버님과 친지들을 떨쳐버리고 나와서 배를 타려고 헐로 간 똑같은 날에 나중에 나는 살레 전함에 생포되어 노예가 되었다.

야머스 정박지에서 난파된 배에서 탈출한 바로 그 날짜에 나중에 보트를 타고 살레에서 탈출했다.

내가 태어난 날, 즉 9월 30일에 태어난 지 26년 후, 바로 그 같은 날에 나는 기적적으로 생명을 건져서 이 섬의 뭍에 던져지게 된 것이니, 나의 사악한 삶과 나의 고독한 삶은 둘 다 같은 날에 시작되었다.

잉크 다음으로 동이 난 것은 내 빵, 그러니까 내가 배에서 가져왔던 건빵으로, 이것을 극도로 아껴서 1년 이상 하루에 한 조각밖에는 먹지 않았음에도 불구하고 내가 농사지은 곡식을 얻기 전까지 거의 1년 남짓 완전히 빵은 못 먹고 지냈는데, 애초에 곡식을 갖게 된 것 자체가 이미 얘기한 대로 거의 기적에 가까운 일이니 감사하게 생각할 이유가 적지 않았다.

내 옷가지도 심하게 망가지기 시작했으니, 속옷은 다른 선원들의 사물함에서 발견한 바둑무늬 셔츠 외에는 전혀 없이 지낸 지가 한참 되었는데, 이것들을 아주 조심스럽게 보존한 것은 날씨가 하도 더워서 셔츠 차림밖에는 할 수 없을 정도였던 적이 숱하게 많왔던 까닭이지만, 내가 개인 사물함에서 거의 한 36벌 가까운 셔츠를 발견했다는 게 크나큰 도움이 되었다. 그 밖에 선원들이 경비를 설 때 입는 두꺼운 외투들도 가져왔었고 이것들은 물론 멀쩡하게 남아 있었으니 날씨가 극심하게 더운지라 이 옷들은 전혀 필요가 없었는데, 그렇다고 완전히 나체로 나다닐 수도 없는 노릇이었고, 그럴 의향도 없었으나 설사 있었다고 해도 비록 나밖에는 아무도 살지 않았음에도, 그건 도저히 생각할 수 없는 일이었다.

내가 완전히 나체로 다닐 수 없는 이유는 다 벗은 맨몸으로는 무슨 옷이건 걸칠 때와 달리 태양의 열기를 감내할 수가 없었기 때문인데, 햇빛 때문에 피부에 물집이 생긴 적이 빈번했던 반면에 셔츠를 입고 있으면 바람이 사이로 불어와 옷 안으로 통풍이 되기에 옷을 안 입었을 때보다 이중으로 더 시원했으며, 마찬가지로 뜨거운 햇빛 속으로 두건이나 모자를 쓰지 않고 나가는 것도 도저히 못할 일이었으니, 태양의 열기가 어찌나 극렬하게 내려쬐는지 두건이나 모자를 쓰지 않고 나가면 머리에 쏘아대는 태양열 때문에 즉각 두통을 느끼게 돼 있어서 햇살을 감내할 수가 없었기에, 모자를 써야 열기를 차단할 수 있었다.

이런 형편을 감안해서 나는 내가 옷이라고 부르긴 하나 사실은 누더기나 다름없었던 것들을 정리해 보니, 조끼는 모조리 다 닳아버렸으니 이제 내가 당장 할 일은 갖고 있던 선원용 두꺼운 외투나 그 밖에 갖고 있는 재료들로 겉옷을 만들어 입는 것이라, 그래서 나는 바느질이라고 할 수는 없지만, 천 조각을 대충 붙여서 새 조끼를 두세 개 만들었고 이것으로 한동안 버틸 수 있을 것으로 기대했는데, 바지나 하의는 한참 나중에 가서야 해결됐지 당시로서는 상태가 말이 아니었다.

내가 잡은 짐승들 가죽은 모두 보전했다는 얘기를 이미 한 바대로, 네 발 달린 짐승들 가죽은 작대기에다 쭉 널어서 햇볕에 말렸고 이렇게 하니까 어떤 것들은 너무 바짝 마르고 딱딱해져서 아무짝에도 쓸 데가 없었으나, 어떤 것들은 매우 쓸모 있어 보이기도 했다. 이 가죽으로 내가 만든 첫 번째 물건은 머리에 쓸 큼직한 모자로, 바깥쪽으로는 빗물이 흘러내리도록 털을 그대로 뒀는데, 이걸 만들다 보니 솜씨가 상당히 좋아져서 나중에는 순전히 이 짐승 가죽들로만 옷 한 벌을 만들어 입었으니, 조끼 하나랑 무릎까지 오는 바지로, 따뜻하게 입고 다니는 게 목적이 아니라 시원하게 입고자 했으므로 바지통은 헐렁하게 만들었다. 물론 이 옷들이 아주 초라한 모습이었다는 얘기도 빼면 안 될 터, 나는 목수 일에도 소질이 없었으나 바느질은 더욱 더 못 했다. 그럼에도 이것들이 내가 입고 다니기에는 매우 편리했고 내가 야외에 나가 있을 때 혹시 비가 온다고 해도 조끼와 모자 겉이 다 털이었기에 비에 별로 젖지 않았다.

이다음으로는 우산을 하나 만들어보려고 많은 시간과 온갖 공을 들였으니, 사실 우산이 매우 절실하게 아쉬웠던 터라 이걸 하나 만들고 싶은 마음이 간절했고, 내가 브라질에 있을 때 우산을 만드는 것을 한번 본 적이 있었는데, 그곳의 뜨거운 열기를 막는 데 우산이나 양산이 아주 쓸모 있었다. 이곳 열기도 브라질 못지않게 만만치 않을뿐더러 적도에 보다 가까우니 더 심했고, 게다가 나는 바깥 생활을 많이 할 수밖에 없는 처지였으니 열기나 비를 막는 데 우산이 매우 유용한 물건이었다. 이걸 만드느라 무지막지한 수고를 했고 우산 비슷하게 펼쳐지게 만들기까지 한참 걸렸으며, 사실 내가 뭔가 감을 잡았다고 생각했다가도 두세 번은 또 망친 끝에야 드디어 내 맘에 드는 물건을 만들었는데, 그런대로 쓸 만했지만, 주된 어려움이 이것을 접혀지게 하는 것으로, 이걸 펼치게 할 수는 있었으나 아래로 접지 못 하는 경우엔 갖고 다니려면 늘 머리 위로 펴든 채 들고 다녀야 할 것이고, 그것은 안 될 말이었다. 하지만 이미 말했듯이, 마침내 하나를 쓸 만한 상태로 만들었으니 이것은 가죽으로 덮고 바깥쪽은 털이라 처마처럼 비를 막아주며 햇빛도 매우 효과적으로 차단해 줘서 이제는 가장 뜨거운 날씨에도 예전에 시원한 날씨에 나다닐 때보다 더 편안하게 다닐 수 있었고, 우산이 필요치 않을 때는 접어서 옆에 끼고 다녔다.

이렇듯 나는 지극히 안락한 삶을 살았고 내 마음도 하나님의 뜻에 복종하고 하나님이 섭리하시는 바에 내 자신을 전적으로 맡기므로 완전히 평온했다. 이런 내 삶은 남들과 지내는 것보다 더 나았으니, 내가 말 상대가 없는 것을 후회하는 생각이 들려고 하면 속으로 내 자신의 생각과 대화하거나, 감히 말하건대, 바로 하나님과 직접 말소리를 내어 대화하는 것이 사람들과 함께 지극히 즐거운 대화를 나누는 것보다 더 좋지 않은가 반문하곤 했다.

이후로 5년간 내게 무슨 특이한 일이 벌어졌다고는 할 수 없고 그전과 같은 일상과 같은 방식으로 같은 곳에서 살았으니, 매년 보리와 쌀을 심고 건포도를 만들어 둘 다 미리 한 1년 치 먹을 양만큼만 비축해 뒀었는데, 이렇게 매년 하는 노동과 매일 총을 들고 외출하는 것 말고, 내가 주로 했던 일은 카누를 만드는 노동으로, 이것을 마침내 마쳤다. 그래서 나는 폭 6피트 깊이 4피트 운하를 파서 카누를 샛강까지 한 반 마일 거리쯤 끌어다 놨다. 첫 번째로 만들었던 카누는 너무나 컸고 그것을 당연히 그랬어야 함에도 불구하고 미리 충분히 생각도 해보지 않고 만들었던 것이라 강물까지 끌고 올 수도 없었고 강물을 거기까지 댈 수도 없었기에, 그냥 원래 있던 그곳에 그대로 놔두고 앞으로는 내가 좀더 현명히 처신하도록 경고하는 기념물로 삼았으며, 그래서 두 번째 시도할 때는 내가 강물을 끌어올 수 있는, 이미 말한 대로 약 반 마일 이내의 위치에서 배로 쓰기에 알맞은 나무를 찾지는 못했는데, 하지만 이 일을 마침내 해낼 수 있는 가능성을 파악하고서는 절대로 포기하지 않았으니, 비록 내가 한 2년은 꼬박 이 일에 몰두하긴 했으나 보트를 만들어서 마침내 바다로 나아가겠다는 희망에 그 수고스런 노동을 마다하지 않았다.

하지만 비록 나의 납작한 보트를 완성하기는 했으나 그 크기가 내가 첫 번째 카누를 만들 때 계획했던 목적, 즉 약 40마일 이상 떨어진 대양까지 가보자는 목적에는 맞지 않았기에, 보트의 작은 크기 때문에 나는 이 계획은 포기해야 했고 더 이상 그런 궁리는 하지 않았는데, 하지만 보트를 하나 만들기는 했으니 그 다음 계획은 배를 몰고 이 섬을 한 바퀴 둘러보는 것으로, 내륙을 관통해서 이 섬의 반대쪽 한 곳에는 이미 설명한 대로 가본 적이 있었고, 이 짧은 여행에서 여러 가지를 발견한 것을 감안하니 반대쪽 해안을 보고 싶은 생각이 매우 간절했던 것이어서, 이제 보트를 갖고 있다 보니 늘 이 섬을 한 바퀴 삥 둘러서 항해할 생각만 하고 있었다.

이를 위해서 나는 모든 일을 현명하고 신중하게 수행할 수 있도록 내 보트에다 작은 돛대를 설치했고 내가 갖고 있던 우리 배의 돛 조각을 갖고 돛을 하나 만들어 달았으니, 아직 범포들을 상당히 많이 갖고 있었던 것이다.

돛대와 돛을 설치한 후에 배를 띄워보니 아주 물에 잘 떠간다는 것을 확인한 후, 나는 작은 사물함 내지는 상자를 보트 양쪽 끝에 만들어놓고 거기에다 먹을 것, 생필품, 화약 등을 집어넣어서 빗물이나 바닷물이 튀어 오를 때 젖지 않도록 했고, 보트 안쪽에 길쭉한 홈을 파서 거기에 총을 놓고서 그 위로 덮개를 내려놓아 물에 젖지 않게 했다.

나는 내 우산도 배 뒤쪽 발판에다 돛대처럼 고정시켜 세워 놓아서 내 머리 위를 가리게 하여 파라솔처럼 태양의 열기를 차단하게 했으니, 이런 모습으로 이따금 조금씩 바다 쪽으로 배를 몰고 나가보았으나 너무 멀리 가지는 않았으며 샛강 근처를 멀리 떠나지는 않았는데, 그러나 마침내 나의 작은 왕국을 한 바퀴 둘러보고 싶은 마음이 간절해지니 나는 이 여행을 떠나보기로 작정했고, 따라서 배에 필요한 양식을 실었으니, 식빵 덩어리(그냥 딱딱한 건빵이라고 해야 하겠지만) 한 12개, 내가 매우 즐겨 먹던 음식인 볶은 쌀을 가득 채운 질그릇 단지 하나, 럼주 작은 병 하나, 염소 반 마리, 또 염소를 사냥할 화약과 총탄, 선원들 관물에서 건져왔던 야전 외투 두 벌을 실었는데, 이 중 하나는 바닥에 깔고 앉고 다른 하나는 잘 때 이불로 덮을 목적이었다.

내가 왕위에 오른 지, 아니면 감금 생활이라고 해도 좋고, 하여간 6년째 해에 나는 이 여행을 떠났고 내가 예상했던 것보다 훨씬 더 여행은 오래 걸렸으니, 비록 섬 자체가 그렇게 크지는 않았으나 섬의 동편으로 와서 보니까 바다에서 한 6마일 정도 떨어진 지점에 거대한 암초 바위가 있었는데 일부는 물 위로 올라와 있었고 일부는 물 밑에 잠겨 있었는데, 그 너머로는 마른 모래사장이 한 1.5마일 정도 펼쳐져 있어서 이곳을 돌아가기 위해서는 바다 쪽으로 두 배나 멀리 한참 더 나아가야 했다.

내가 처음에 이것을 발견했을 때는 얼마나 바다 쪽으로 멀리 돌아가야 할지 알지 못했고 또 무엇보다도 다시 돌아올 수나 있을지가 의심스러웠기에 그냥 원래 계획을 포기하고 다시 돌아가려 했고 그래서 닻을 내렸는데, 나는 원래 배에서 갖고 나왔던 망가진 쇠갈고리 하나로 닻 비슷한 것을 만들어놨다.

보트를 안전하게 정박시켜 놓은 후 나는 총을 들고 해안에 상륙하여, 그 암초 바위들 위로 나 있는 것처럼 보이는 언덕 하나를 올라가니까, 거기에서 암초 지역이 훤히 다 보였기에 이에 계속 항해해 보기로 결정했다.

내가 서 있던 그 언덕 위에서 바다를 바라보니 아주 강력하고 격렬하기까지 한 해류가 동쪽으로 흘러가며 암초 가까이 지나가는 것을 관찰할 수 있었는데, 이것을 특히 주의해서 기억해 둔 것은 뭔가 위험의 소지가 될 수 있었기 때문이니, 그 해류 안으로 들어가면 그 힘에 휩쓸려 바다로 멀리 밀려 나갈 것이고 그러면 다시는 섬으로 돌아올 수 없을 것 같았고, 말이 바른 말인지 내가 만약에 이 언덕에 미리 올라가 보지 않았었다면 아마도 그렇게 됐을 공산이 컸으니, 섬의 반대쪽에서도 같은 해류가 흐르고 있었으나 단지 좀더 먼 거리에서 흘러갔을 뿐이며, 거기에서 섬 밑으로 강력한 소용돌이가 말려들어가는 것을 봤던 터라, 만약에 해류에서 벗어난다 해도 곧장 소용돌이에 걸리고 말았을 것이다.

그러나 나는 이곳에서 이틀 간 머물렀는데, 이는 바람이 새롭게 동남동 방향에서 불어왔고 그것이 위에서 말한 해류와 정반대 방향이라 암초에 파도가 심하게 부딪히고 있었으니, 부서지는 파도 때문에 해안과 가까운 거리를 유지할 수도 없었고 해류 때문에 너무 거리를 멀리 유지하는 것도 둘 다 안전하지 않았던 까닭이다.

3일째 되는 날 아침에 바람이 밤새 좀 잦아지고 바다가 잠잠해졌기에 나는 출항을 감행했으나, 모든 무모하고 무지한 뱃사공들은 나를 보고 타산지석으로 삼아야 할 것인즉, 그 이유는, 내가 이 암초 지점에까지 근접하자마자 바위에서 내 보트 길이 정도밖에는 떨어져 있지 않았음에도 엄청나게 깊은 물살에 말려든 것을 발견했는데 마치 물방앗간의 수문처럼 해류가 빨려들어가고 있었고, 이것이 내 보트를 어찌나 격하게 끌고 들어가는지 내가 기껏 할 수 있는 일이라고는 그 가장자리에서나 겨우 배를 버티게 하는 것뿐이었으나, 그것도 얼마 버티지 못할 지경이었으니, 해류가 내 왼편에 있던 소용돌이에서 점점 더 멀리 내 배를 끌고 나오는 걸 발견했다. 그때는 나를 돕는 바람도 전혀 불어오는 게 없었고 내가 아무리 노를 저어댄다 해도 별 소용이 없었기에, 자포자기하는 심정이 깃들기 시작했으니, 이제 섬의 양편으로 해류가 흘러가는 것을 알고 있는 형편에서는 곧 몇 마일만 더 멀리 가면 두 해류가 만날 것일 터, 그렇게 되면 나는 구제받을 길 없이 끝장날 것이었으나, 그렇다고 이걸 피할 수 있는 가능성도 전혀 엿보이지 않았기에, 이제 바다는 잠잠했으므로 파도 때문에 망하는 게 아니라 굶어서 슬슬 죽어갈 전망밖에는 바라볼 수 없었다. 해안에 올라갔을 때 내가 너무 무거워서 들어 올릴 수도 없을 정도로 큰 바다거북 한 마리를 잡았고 이것을 내 보트에다 던져놓았었고 마실 물 한 단지, 그러니까 내가 만든 질그릇에 담은 물이 있었으나, 망망대해로 밀려 나가면 이걸로 어찌 버티겠는가, 거기에는 보나마나 수천 마일씩 가봐도 해안도 없고 육지건 섬이건 안 나타날 것이 뻔하니.

이제 나는 하나님이 섭리하신다면 가장 처참한 처지에 있는 인간들의 처지를 더 심하게 만드시는 게 얼마나 쉬운 일인가를 깨달았다. 이제 나는 나의 적막한 섬을 이 세상에서 가장 쾌적한 곳으로 회상하며 오직 그 섬으로 다시 돌아가기만을 맘속에서부터 간절히 바라마지 않았다. 나는 섬을 향한 애타는 갈망에 두 손을 뻗치고서, 아 행복한 유배지여, 이제는 너도 다시는 못 보게 되었구나, 아, 이 가련한 놈아, 너는 도대체 어디로 떠가고 있는 것이냐, 이렇게 한탄을 했다. 그런데 나는 이렇게 감사할 줄 모르는 기분에 젖어, 내가 나의 적막한 처지에 대해 그토록 불평을 하다가 이제는 그리로 다시 가지 못해서 안달인 내 변덕을 스스로 책망했다. 이렇듯 우리는 자신의 처지의 참모습은 그 정반대 처지에 떨어져 보기 전에는 절대로 파악하지 못하는 법이며, 우리가 누리고 있는 바의 가치는 그것이 없어지지 않으면 알지 못하는 법이다. 당시 내 느낌에 다가온 대로 말하자면, 나의 사랑스런 섬에서 망망대해로 거의 6마일이나 떠밀려 와서 다시 섬으로 되돌아갈 것을 완전히 단념해야 할 상태가 되었으니, 그때 내가 얼마나 경악했던지는 상상하기 어려울 정도이다. 그렇지만 나는 보트를 할 수 있는 한 가급적 북쪽, 즉 소용돌이를 품고 있던 해류 옆으로 나아가게 하려고 진력을 하다가 힘이 거의 다 소진될 지경이 되었는데, 정오 무렵에 해가 자오선을 지나가자 내 얼굴에 남남동쪽에서 솟아오는 바람이 약간 불어오는 게 느껴졌다. 그래서 나는 활기를 좀 되찾았고 특히 한 30분쯤 더 있으니 작은 규모이긴 하나 제법 강한 바람이 불어오자 더욱 더 기분이 좋아졌다. 이때쯤엔 나는 섬에서 무시무시하게 먼 거리까지 떨어져 와 있었던 터라, 만에 하나 구름이나 안개가 약간이라도 끼는 날씨였다면 나는 그 때문에도 망하고 말았을 것이니, 나는 배에 나침반을 갖고 타지 않았기에 만약 섬의 모습을 보지 못하게 되면 섬 쪽으로 어떻게 배를 몰고 가야 할지 전혀 알지 못했을 터, 하지만 날씨가 계속 맑았기에 나는 다시 돛대를 올리고 돛을 펼치는 일에 진력해서 북쪽으로 가능한 한 비켜남으로써 해류에서 벗어나고자 했다.

막 돛과 돛대를 펼치고 나서 보트가 뻗어나가기 시작했을 때, 나는 바다 빛깔이 맑아진 것만 보고서도 해류가 곧 변할 것임을 알 수 있었으니, 해류가 강한 지점에서는 물 빛깔이 흐리지만 이제 물이 맑아진 것을 보니 해류가 약해졌다고 생각했고, 이때 동쪽으로 한 반 마일 정도 거리에서 파도가 바위에 부서지는 게 보였는데, 이 바위들이 해류를 다시 갈라놓았고, 이에 중심 물살이 바위를 북동쪽에 등지고 좀더 남쪽 방향으로 흘러갔고, 그러자 다른 해류는 바위에 부딪히는 힘에 되돌아와서 강한 소용돌이를 만들었으며, 그것이 다시 북서쪽으로 매우 날렵한 물살을 만들며 흘러나갔던 것이다.

교수대에 올라섰다가 사면을 받은 자들이나 막 강도들 손에 죽기 직전에 구출된 사람들이라든지 기타 이런 극단에 처한 적이 있던 사람들이라면 그때 내가 얼마나 화들짝 기뻐서 놀랐는지 알 것인데, 나는 즉각 기꺼이 내 보트를 이 소용돌이 물살로 끌고 들어갔고, 바람이 또 아주 시원시원하게 잘 불어줬기에 돛을 펼쳤는데, 돛에 바람을 받는 데다 배 밑으로는 강한 조류 내지는 물살을 깔고 있으니 신이 나서 나아갔다.

이 물살이 나를 섬 쪽으로 한 3마일 정도 곧장 끌고 가는데 내가 애초에 해류에 끌려 나왔던 지점보다는 한 6마일 정도 더 북쪽으로 가고 있었고, 그래서 내가 섬 근처에 왔을 때 앞을 보니까 섬의 북쪽 해안, 그러니까 내가 처음 출발한 곳과 정반대 지점이 내 앞에 훤히 펼쳐져 있었다.

이 해류 내지는 물살의 도움을 받아 한 3마일 이상 전진하고 나니 물살이 다 없어져서 더 이상은 흘러가지 않는다는 것을 깨달았다. 그러나 나는 이 두 강렬한 해류 사이, 즉 나를 황망히 끌고 나온 남쪽 물살과 한 3마일 정도 위쪽으로 흐르는 북쪽 물살 사이, 그 두 물살 사이 해역, 바로 이 해역에서 섬이 보이는 인근에서는 물길이 잠잠해져서 아무데로건 흘러가지 않는다는 것을 발견했고 여전히 순풍이 불어오고 있었기에 나는 처음처럼 그렇게 순항을 하지는 못했으나 섬을 향해 곧장 배를 몰았다.

오후 4시경에 섬까지 한 3마일 정도 거리에서 나는 이런 재난을 초래한 암초 바위의 모습을 알아볼 수 있었는데, 앞서 설명한 대로 바위들이 남쪽으로 쭉 뻗어 있기에 해류를 보다 남쪽 방향으로 치우치게 만들면서 해류가 거기를 돌면서 북쪽으로 또 다른 소용돌이를 만들고 있었고, 이게 보니까 매우 강했지만 내가 가는 방향은 곧장 서쪽이었기에, 거의 정북쪽으로 흐르는 물살이 직접 영향을 미치지는 않았다. 그러나 강한 바람이 새롭게 불어왔기에 나는 이 물살을 약간 북서쪽으로 비스듬히 가로질러서 한 30분 후에는 해안에서 약 1마일 정도 지점까지 왔고, 거기는 물이 더 잔잔했기에 이내 배를 댔다.

해안으로 올라온 후 나는 무릎을 꿇고 구출된 데 대한 감사의 기도를 하나님께 했으며, 보트를 타고 이곳을 탈출하겠다는 생각은 일체 접어두기로 결심했고, 내가 갖고 있는 음식물로 요기를 한 후에 해안 한쪽으로 쏙 파여 있는 지대에 나무가 울창하게 덮여 있는 곳을 봐뒀기에, 그리로 보트를 몰고 가서 이번 여행의 노고와 피로에 완전히 녹초가 되어 버렸던 터라 누워서 잠을 청했다.

그런데 이제 어떻게 다시 보트를 타고 집으로 돌아갈지가 몹시 난감했으니, 이미 떠나온 길로 다시 돌아가려 시도하기에는 이미 너무나 많은 위험을 감수했었고 상황이 어떤지를 잘 알고 있었으나, 반면에 반대편은 (그러니까 서쪽은) 형편이 어떤지 알지 못했고, 게다가 더 이상 무슨 모험을 감행할 생각도 없었으며, 그래서 다음날 아침에는 해안을 따라서 좀더 가본 후 혹시 샛강이 있으면 거기에다 내 선박을 안전하게 정박시켜놨다가 나중에 다시 필요할 때 찾기로 했는데, 약 3마일 남짓 해안을 따라 가니까 한 1마일 정도 넓이의 아주 쓸 만한 강 입구 내지는 만을 찾았고 이것이 좁아지면서 가느다란 시내랄까 개천으로 이어졌기에, 나로서는 아주 편리하게 내 보트를 묶어둘 정박지를 발견한 셈이며 마치 일부러 거기에 배를 세워두려고 그런 도크를 누가 만들어놓은 듯 안성맞춤이었다. 이쪽으로 배를 몰고 가서 아주 안전하게 정박시켜 놓은 후 나는 뭍으로 올라가서 내가 있는 위치를 확인하려 주위를 둘러보았다.

나는 곧 내가 전에 이쪽 해안으로 걸어서 여행했을 때에 왔던 곳을 약간 더 지나쳤음을 확인했고, 그래서 날씨가 무척 더웠던 터라, 보트에서는 그냥 총과 우산만 꺼내 와서 들고 행군을 시작하자, 배 타고 고생하던 데에 비하면 이렇게 걸어가는 것은 제법 편한 셈이었으며, 그날 저녁에 나는 나의 아담한 정자에 도착했고, 가서 보니 모든 게 다 그대로였으니, 나는 이곳을 내 시골 저택으로 생각했기에 모든 것을 말끔히 정리해 두었던 것이다.

나는 담장을 넘어가서 그늘에 누워 지친 다리를 펴고 쉬었으며 매우 지쳐 있었던 터라 곧 잠이 들었는데, 하지만 자고 있던 중에 내 이름을 몇 번씩이나 불러대며, "로빈, 로빈, 로빈 크루소, 불쌍한 로빈 크루소, 너 지금 어디에 와 있는 거니? 여기가 어디야? 어디 갔다 왔어?" 하는 목소리를 듣고 깜짝 놀랐는데, 얼마나 놀랐을지는 이 이야기를 읽는 독자들이 알아서 판단해 보시라.

나는 그날 아침에는 노를 저어 배를 모느라, 또 오후에는 걸어다니느라 지쳐 있었던 터여서 애초에 완전히 잠에 곯아떨어져 있었는데, 잠이 완전히 깨지 않은 상태로 비몽사몽간에 꿈속에서 누군가 나한테 말을 하는 것이라고 생각했었으나, "로빈 크루소, 로빈 크루소" 하는 목소리가 계속 이어지니 마침내 나는 잠에서 완전히 깼는데, 처음에는 몹시 겁에 질려 화들짝 놀라 벌떡 일어났으나, 눈을 뜨자마자 울타리 맨 위에 내 앵무새 폴이 앉아 있는 게 보였고 나한테 말을 건 게 그 녀석인 것을 즉시 알았으니, 바로 그렇게 처량한 어조로 내가 앵무새한테 말을 걸면서 말을 가르쳤던 것인데, 그것을 아주 완벽하게 배워서 녀석이 내 손가락 위에 올라앉아 부리를 내 얼굴에 바짝 대고서는, "가엾은 로빈 크루소, 너 지금 어디에 와 있는 거니? 어디 갔다 왔어? 어쩌다 이리로 온 거니?" 등의 내가 가르쳐 준 이런 말들을 지저귀곤 했던 것이다.

하지만 비록 이게 앵무새 소리인 걸 알았고 절대로 그 녀석 말고는 아무도 없었다는 것을 알았지만, 내 마음의 안정을 되찾는 데는 한참 걸렸으니, 첫째로, 나는 이 녀석이 어떻게 여기까지 왔는지가 의아했고, 그 다음으론 이곳 근처에만 머물고 다른 데로 가버리지 않은 것도 이상했던 것이나, 아무튼 이런 소리를 한 것이 정직한 폴 말고는 아무도 없다는 것을 확인했기에 그냥 넘어갔고, 내 손을 펼쳐서 '폴!' 하고 이름을 부르자 이 붙임성 좋은 녀석이 냉큼 날아와서 내 엄지 위에 내려앉아서 늘 하던 대로 계속 나한테, "가엾은 로빈 크루소, 어쩌다 이리로 온 거니? 어디 갔다 왔어?" 소리를 계속 재잘거리며 마치 나를 다시 만난 것을 무척 기뻐하는 듯했고, 그래서 나는 녀석을 데리고 집으로 돌아갔다.

나는 이제 바닷가를 배회하는 것에는 질릴 만큼 질려서 며칠 간 집에서 근신하며 내가 그간 겪었던 위험을 돌이켜 봤는데, 내 보트를 다시 섬 이쪽 해안으로 가져오고 싶은 마음도 매우 강했으나 내가 돌아가 본 동쪽 해안으로 배를 몰고 올 방법이 떠오르지 않았으니, 그쪽 방향으로 가는 것은 지극히 위험하다는 점을 잘 알았기에 그 생각만 해도 간이 콩알만해지고 핏기가 싸늘하게 사라질 정도였고, 반면에 섬의 또 다른 쪽은 도대체 어떤 형세인지 알지 못했으니, 만약 해류가 동쪽 해안으로도 반대편을 지날 때와 똑같은 강도로 지나간다면 저번에는 물살에 휩쓸려 섬에서 멀리 끌려나왔지만 이번에는 섬 쪽으로 곧장 말려들어갈 위험을 감수해야 할지 몰랐던 터라, 이런 생각을 하며 나는 비록 내 보트가 여러 달 치 노동의 산물이며 그걸 또 바다까지 끌고 가는 데도 여러 달이 더 걸렸으나, 보트가 없는 편이 더 낫다고 생각했다.

이런 기분이 주조를 이루는 가운데 나는 근 1년 가까이 매우 정적이고 조용한 삶을 살았으니, 누구건 충분히 그럴 법한 상황이었고, 내 처지에 대한 생각이 매우 차분히 정리되어 있었고, 내 자신을 하나님의 섭리에 따라 처분하시도록 내맡기는 것으로 충분히 마음의 위로를 삼았기에 나는 이 모든 점에서, 동료 인간이 없는 것만 빼면, 매우 행복하게 지낸다고 생각했다.

나는 이 시기에 내가 절실히 필요하므로 열심히 만들려고 노력해야 하는 온갖 물건들을 만드는 기술을 연마했는데, 내가 그토록 연장이 부족했었음을 감안하면 만약에 형편이 그랬다면 아주 썩 괜찮은 목수가 되었을 수도 있었으리라 생각한다.

그 밖에 나는 질그릇 빚는 데 있어서 의외로 완숙한 단계에까지 이르렀고 물레바퀴를 돌리며 작업을 할 정도로 능숙해졌고 이렇게 작업하니까 그릇을 매우 쉽게 또 더 잘 만들 수 있었는데, 내가 그전에는 차마 보기에 끔찍한 그릇들이었으나 이제는 그런대로 동그랗게 형태를 갖추게 만들 수 있었다. 그러나 내가 내 솜씨에 대해 가장 뽐을 내고 싶고, 내가 터득한 일 중에 가장 기쁜 것은 바로 내가 담배 파이프를 만들 수 있었다는 것이다. 그리고 비록 이게 매우 볼품없고 굼뜬 물건이긴 했으나 이걸 빚어 내서 다른 질그릇처럼 발갛게 구워놓기만 했는데도 단단하고 견고해서 연기를 잘 빨아들였고 이것이 내게 큰 낙이었으니, 나는 줄곧 담배를 피웠었는데 우리 배에 파이프들이 있었지만 처음에는 이 섬에 담배가 자란다는 것을 몰랐으니 그걸 잊어버리고 말았고, 나중에 다시 배에서 찾아봤으나 전혀 파이프를 볼 수가 없었다.

버들 세공도 많이 늘어서, 필요한 광주리들을 내가 고안해 낼 수 있는 한 넘쳐나게 많이 만들었는데, 모양은 번듯하지 않아도 내가 물건들을 쌓아두거나 집으로 운반해 올 때 아주 간편하고 편리했다. 예를 들어, 밖에 나가서 염소를 죽이게 되면 이놈을 나무 위에 걸어놓고 가죽을 벗기고 속을 손질한 다음 토막을 내어 광주리에 담아 집으로 가져왔고, 거북이도 마찬가지로 토막을 내어 알을 꺼낸 다음 고기 한두 점이면 충분히 먹을 수 있었기에 광주리에 담아 집으로 가져왔고, 나머지는 그 자리에 그대로 뒀다. 또한 속이 깊숙이 들어간 큰 광주리에 곡식을 담았는데, 곡식이 물기가 빠지고 건조되는 대로 곧장 낱알을 비벼서 털어낸 후 그것을 큰 광주리에다 보관했다.

이제 나는 화약이 상당히 줄어들어 간다는 것을 알게 되었고 이 것을 내가 다시 보충하는 게 불가능했기에, 더 이상 화약이 안 남았을 때 어떻게 할 것인지를 심각히 고민하기 시작했으니, 즉 염소를 어떻게 죽일 것이냐가 문제였다. 내가 이곳에 온 지 3년째 되는 해에 이미 언급했듯이 어린 새끼염소를 한 마리 데려다 키웠고 이놈을 가축으로 온순하게 키웠던 터라 어디서 수컷만 좀 잡아오면 좋겠다고 생각했으나, 이 염소가 다 늙을 때까지 그게 성사되지 않았는데, 그렇다고 이 암염소를 차마 내 손으로 죽일 수가 없어서 그냥 늙어서 죽을 때까지 내버려두었다.

그러나 이제 내가 자리 잡은 지 11년째가 되니 탄약 재고가 매우 줄어들었고, 따라서 나는 염소를 유인해서 잡는 법을 연구하기 시작하여, 산 채로 염소를 잡을 수 없을까 살펴봤는데, 특히 새끼를 밴 암염소가 필요했다.

이런 목적에 맞게 나는 움직이지 못하게 하는 덫을 만들었는데, 필경 여기에 놈들이 한두 번 이상 걸린 적들이 있다고 믿지만 내게 철사가 없는 터라 걸리는 힘이 약해서 늘 부러져 있었고 미끼만 먹어버렸다.

결국 나는 함정을 파 보기로 작정하고 염소들이 먹이를 먹고 있는 것을 본 쪽에다 몇 군데 큼직한 구덩이들을 판 다음, 그 위에다 내가 만든 장애물들을 얹고 거기에 묵직한 것들을 올려놓았고, 몇 차례는 덫은 설치하지 않고 보리 이삭이나 말린 쌀들을 그냥 갖다 놓으니 염소들이 그 안에 들어가서 곡식을 먹었음을 발자국을 보고 알 수 있었다. 마침내 나는 어느 날 밤, 세 군데에 덫을 설치해 놓았는데 다음날 아침에 가보니 모두 그대로 멀쩡히 있었고 미끼만 다 먹어버려 없어진 상태라서 크게 실망했다. 그러나 덫의 모양을 바꾸니, 어떻게 했는지 자세한 것은 그냥 생략하기로 하고, 아무튼 함정 한 곳에 늙은 숫염소 큰 놈 하나랑 다른 함정에는 새끼 세 마리와 수컷 한 마리, 암컷 두 마리가 갇혀 있었다.

늙은 염소는 어찌해야 좋을지 알 수가 없을 정도로 원체 사나워서 함정 안으로 들어가 접근할 수가 없었는데, 말하자면 산 채로 잡아서 끌어 내오는 것이 내가 원했던 것이기 때문이다. 그냥 죽여 버릴 수도 있었으나 그게 내가 원했던 일이 아니고 내 목적에 맞지도 않았다. 그래서 그냥 그놈은 탈출하게 놔두니까 완전히 정신이 나갈 정도로 겁에 질렸던 놈처럼 쏜살같이 도망가 버렸는데, 하지만 그러나 나중에 내가 깨달은바, 허기는 사자도 온순하게 만든다는 것을 그때는 깜박 잊었다. 내가 그놈을 만약 한 3, 4일간 거기에 두고 굶긴 다음 물을 약간 주고, 그 후에 곡식도 조금 줘 보면, 염소새끼들처럼 매우 길이 잘 들었을 것이니, 이 염소들은 잘만 다루면 아주 현명하고 키우기 쉬운 짐승들이었다.

그렇지만 당시로서는 그냥 그대로 보내버렸고 뭘 어떻게 해야 할지 알지 못했는데, 나는 새끼염소 세 마리한테 가서 하나씩 끌어내어 끈으로 다 묶은 후, 다소 곤란을 겪긴 했으나 집까지 끌고 왔다.

이놈들이 먹이를 먹기까지는 한참 시간이 걸렸는데, 옥수수를 조금 던져주자 여기에 혹했는지 점차 길이 들기 시작하니, 그래서 나는 내가 화약이나 탄환이 다 떨어진 후에도 염소 고기를 먹고 살기를 기대하려면 이 녀석들을 길들여서 키우는 것이 유일한 방법임을 확인했고 아마도 이 염소들을 양 떼처럼 집 근처에서 키울 수도 있으리라 생각했다.

그러나 이내 든 생각이, 길들인 염소랑 야생 염소를 격리시켜 놔야지 아니면 자라난 다음에는 늘 다시 도망가 버린다는 것이라, 이렇게 할 수 있는 유일한 방법은 어디에 가둬둘 터를 잡아 관목이나 말뚝으로 울타리를 둘러서, 그 안에 있는 놈들이 밖으로 나가지 못하고, 밖에서 안으로 들어오지 못하게 아주 효과적으로 격리시키는 것이었다.

이것은 혼자 맨손으로 하기에는 엄청나게 큰 공사였으나 이 일을 꼭 해야만 할 필요성을 절박하게 느꼈으니, 내가 첫째로 할 일은 적당한 터를 찾는 것이라, 일단 뜯어먹을 풀과 마실 물, 해를 막는 그늘도 있는 곳이어야 했다.

이런 가축 울타리에 대해서 좀 아는 사람들이라면 내가 이 모든 조건을 갖춘 곳으로 평평하고 사방이 뚫린 목초지 내지는 (이쪽 아메리카 쪽 식민지에서 부르는 대로) 평원에 맑은 물이 한 두세 군데 솟아나고 한쪽 끝에는 상당히 나무가 우거진 곳에 터를 잡았다고 하면, 뭘 모르는 숙맥이라고 나를 놀릴지 모르겠다. 또 이들은 내 터의 형태대로 관목 내지는 말뚝 울타리가 족히 2마일은 될 것이라고 내가 예상했다고 한다면 나를 비웃을지 모른다. 그러나 그렇게 큰 울타리를 두르겠다는 내 계산이 그냥 정신 나간 짓만은 아닌 것이 설사 10마일 길이였다고 해도 딱히 달리 할 일이 없으니 그걸 만들 시간은 충분할 것 같았다. 그러나 나는 내 염소들이 그 정도 넓은 터 안에서 마치 섬 전체를 갖고 있는 듯 야생으로 클 것이며, 이것들을 쫓아다니느라 한참 뛰어다녀야 하고 전혀 잡지를 못할 지경이 되리라는 점은 감안하지 않았다.

울타리를 만들기 시작해서 대략 한 50야드 정도 작업을 했을 때 같은데, 이쯤에서 이 생각이 떠올랐고 그래서 나는 작업을 멈추고 일단은 약 150야드 정도 길이에 100야드 넓이 정도만 울타리로 막기로 하고, 이 정도면 내가 주어진 시간에 키울 수 있을 만한 공간이 될 것이고, 염소 떼가 늘어나면 터도 더 늘리기로 했다.

이것은 비교적 신중하게 행동하는 셈이었고, 나는 용기를 내어 작업에 들어갔다. 첫 번째 터에 울타리를 두르는 데 석 달이 걸렸는데, 그때까지는 새끼염소 세 마리를 거기서 제일 좋은 자리에 줄로 묶어두고 가능한 한 나랑 가까이에서 먹이를 먹도록 하여 낯이 설지 않게 했고, 보리 이삭이나 쌀을 한 줌 들고 염소들한테 가서 내 손바닥에서 먹도록 할 때도 적지 않았으니, 이렇게 해서 내가 울타리를 다 완성한 뒤에 이놈들을 풀어놓았을 때 곡식 한 줌 얻어먹으려고 매애매애 울어대면서 나를 졸졸 쫓아다니도록 했다.

이러한 내 계획이 그대로 이루어져서 대략 1년 반 정도 뒤에는 다 큰 염소와 새끼 등을 모두 합쳐서 12마리가 되었고, 2년이 더 지난 후에는 43마리였는데, 그간 내가 먹으려고 죽인 것만도 몇 마리 되었다. 이런 식으로 염소 키우는 울타리를 다섯 개 따로 만들어서 염소를 몰고 들어가거나 내가 원할 때 끌고 올 수 있도록 축사를 만들고, 한 곳에서 다른 곳으로 연결되는 출입구도 만들었다.

하지만 이것이 전부가 아니었으니, 나는 이제 내가 원할 때 맘껏 염소 고기를 먹을 수 있었을 뿐 아니라 우유도 마실 수 있었는데, 이것은 처음에는 별로 생각하지 않았던 것이라, 이 생각이 떠오르자 사뭇 기분 좋게 놀랐다. 이제 나는 낙농도 겸하게 되었고 어떤 때는 하루에 1, 2갤런씩 우유를 짰다. 자연의 법칙은 모든 생물이 먹을 것을 찾을 수 있고 그것을 어떻게 사용할 수 있는지도 터득하게 해주는 것이라, 나는 염소젖은 두말할 것 없고 젖소에서도 젖을 짜본 적이 한 번도 없었으며 버터나 치즈를 만드는 것을 본 적이 없는 사람이지만 아주 즉각 손쉽게, 물론 여러 시행착오를 겪은 뒤이긴 하지만, 치즈와 버터를 마침내 만들어냈고 그 이후로는 부족하지 않게 먹었다.

참으로 창조주께서 완전히 파멸에 짓눌려 있는 것 같은 형편 속에서도 이렇듯 우리 피조물들을 얼마나 자애롭게 보살펴 주시지 않는가. 참으로 그는 가장 쓰디쓴 섭리조차도 달게 만들어주시므로, 우리가 지하 감옥이나 형무소에 갇혀서도 그를 찬미할 이유를 우리에게 주시지 않는가. 처음에는 그저 굶어죽을 전망밖에는 보이지 않았던 이 광야에서 이렇게 내 앞에 풍성한 잔칫상을 펼쳐주신 것 아닌가.

아무리 냉정한 철학자라도 나와 내 단출한 식솔들이 식탁에 둘러앉은 것을 보면 미소를 머금고 말 것인데, 나는 이 섬 전체를 다스리는 임금이자 영주로 나의 백성들의 목숨은 절대적으로 내 손안에 있었다. 내가 교수형 시키고 능지처참하고 사면해 주거나 구속시켜도 내 백성 중 그 누구도 봉기를 일으킬 자 없었다.

나 홀로 임금처럼 식사를 하는 모습도 또한 볼 만했을 터, 내 하인들이 수중을 들고 있고 오직 폴만 내가 총애하는 신하 격으로 나에게 말을 걸 수 있었으니! 내 개는 이제 매우 늙고 정신이 이상해져서 후사를 남길 동족을 찾지 못한 채 늘 내 오른편에 앉아 있었고, 고양이 두 마리는 각자 식탁 한쪽씩에 앉아서, 이제나저제나 뭔가 먹을 것을 주기를 신하가 왕의 특별한 은총을 기대하듯 바라고 있었다.

하지만 이 고양이들은 내가 처음에 섬으로 데려왔던 것들은 아니니, 그놈들은 다 죽었고 내 손으로 내 거처 근처에 묻어줬는데, 그 중 하나가 무슨 종류의 짐승하고 교미한 것인지 모르지만 새끼를 많이 낳았고, 이 중에서 이 둘은 길을 들여 키웠지만 나머지는 모두 숲으로 도망가서 결국엔 골칫거리가 되고 말았던 것이, 이놈들이 자주 우리집으로 들어와서는 내 음식물을 먹어버리곤 했던 터라, 나는 할 수 없이 총을 쏠 수밖에 없었으며 또 여러 마리를 죽였고, 그래서 결국 이 동물들이 내 시중을 들었고 나는 아주 풍족하게 살았으니, 내가 동료 인간과 교류가 없는 것 말고는 전혀 부족한 게 없었으나, 이것도 얼마 후에는 너무 과도한 게 걱정될 정도가 되었다.

앞서 지적했듯이 나는 내 보트를 사용하고 싶어서 안달이 난 편이긴 했으나 더 이상 위험을 감수하고 싶은 마음은 전혀 없었기에, 이따금 가만히 보트를 어떻게 섬 이편으로 가져올까 그 방법을 곰곰이 궁리해 보다가도, 또 다른 때는 그냥 보트 없이 지내는 것도 만족스럽다는 생각을 했다. 그러나 이상하게도, 나는 이 섬의 그쪽 암초 절벽 쪽으로, 그러니까 내가 마지막 여행할 때 언덕을 올라가서 해류가 어떻게 흘러가는지를 파악한 후 대책을 세우려 했던 그곳으로 가보지 않으면 안 되겠다는 생각이 솔솔 들기 시작했는데, 이런 마음이 매일 더 강해지니 마침내 도보로 해안 끄트머리를 따라 걸어서 그쪽을 향해 여행을 떠나기로 결정했다. 그래서 나는 길을 떠났는데, 혹시라도 영국에서 누가 나 같은 사람과 마주친다면 겁에 질리거나 웃음보를 터뜨릴 것이 분명했을 터, 나는 내 모습을 살펴보려 가끔 발을 멈출 때마다 내가 이런 장비를 들고 이런 옷차림으로 요크셔 안에서 여행을 다닌다면 어떨까 하는 생각에 미소를 머금을 수밖에 없었으니, 내 차림새를 그려본다면 뭐 이런 식이 될 것이다.

내 머리에는 염소 가죽으로 만든 큼직하지만 별 형체랄 것은 없는 모자를 썼는데, 뒤쪽으로 햇빛을 막을뿐더러 빗물이 목으로 흘러내리는 것을 막도록 덮개를 내려놓았으니, 이곳 기후에서는 비가 옷 속을 타고 맨살로 스며들어오는 것처럼 해로운 일이 없었다.

나는 염소 가죽으로 만든 짧은 외투를 입고 있었는데 끝이 대략 내 허벅지 중간쯤까지 내려왔고 같은 재료로 만든 무릎까지 오는 반바지를 입었으니, 이것은 늙은 숫염소 가죽으로 만들었는데 그 녀석의 털이 양쪽으로 쭉 늘어져서 마치 판탈롱 바지처럼 종아리 중간까지 내려왔으며, 양말과 신발이라고 할 만한 것은 없었고, 그걸 뭐라고 불러야 할지 모르겠으나 내 다리 위를 덮는 반장화를 한 켤레 만들어서 신었고 끈으로 다리에 묶어놓았으나, 내 옷차림이 대체로 다 그렇듯이 아주 모양은 야만적이었다.

그리고 널찍한 허리띠를 염소 가죽을 말려 만들어서 차고 있었는데, 버클 대신에 같은 재질로 만든 끈 두 개로 고정시켜서 양편에 일종의 칼집 꽂는 홈처럼 만들었다. 이것처럼 그렇게 넓지는 않으나 똑같은 식으로 고정시키는 벨트를 하나 더 가져와서 어깨에다 둘렀고 그 끄트머리를 내 왼쪽 팔 옆으로 내려오게 해서 거기에도 역시 염소 가죽으로 만든 주머니 두 개를 달고 다녔으니, 그 중 한 주머니에는 화약, 다른 주머니에는 탄환을 집어넣었으며, 등에는 바구니를 메고 어깨에는 총을 걸치고 머리 위로는 큼직하고 거추장스럽고 못생긴 염소가죽 우산을 펴들고 다녔는데, 하지만 이것이 내 총 다음으로는 내가 갖고 다니는 것 중에서 제일 필요한 물건이었다. 내 얼굴은 어떠했는고 하니 추분점에서 9도나 10도 정도밖에 떨어지지 않은 지역에 살면서 별로 그런 데에 신경 쓰지 않는 사람치고는 예상 외로 피부색이 그렇게 흑백 혼혈처럼 검지는 않았고, 수염은 한때는 그대로 자라게 놔뒀더니 한 4분의 1야드 정도까지 길었으나 나는 가위와 면도칼은 충분히 갖고 있었기에 짧게 바싹 잘랐지만, 윗입술에 자라는 수염은 그냥 놔두고 그것을 내가 살레에 있을 때 터키 인들이 기르는 것을 본 것대로 이슬람 교도풍으로 콧수염 끝만 모양을 다듬었는데, 터키 인들은 이렇게 수염을 길렀지만 무어 인들은 그렇지 않았고, 아무튼 이 수염 내지는 콧수염이 내 모자를 걸어놓을 정도로 길다고는 할 수 없어도 영국에서 그러고 다니면 다들 끔찍하게 여길 만큼 길기도 하고 모양도 흉측했다.

그러나 이런 거야 별로 중요할 게 없었으니, 내 모습을 관찰할 인간이 거의 없는 터에 아무 상관없는 일이라, 이 얘기는 이 정도만 해두자. 하여간 이런 차림으로 나는 새로 여행을 떠났고, 한 5일 내지는 6일 정도가 지났다. 나는 처음에는 해안을 따라서 곧장 내가 원래 보트를 정박시켜 놓은 쪽으로 가서는, 바위 위로 올라가는 길을 잡고 갔는데, 이번에는 보트를 신경 쓸 일이 없기에 좀 더 짧은 거리로 저번에 서 있던 같은 고지에 당도했고, 거기에서 앞서 말했듯이 내가 보트로 두 배나 멀리 돌아가야 했던 암초 절벽이 앞쪽에 펼쳐진 것을 바라보니, 놀랍게도 바다가 다른 쪽 바다나 마찬가지로 완전히 고요하고 잔잔하여 전혀 파도도 치지 않고 심한 물살의 움직임도 볼 수가 없었다.

나는 이것을 어떻게 이해해야 할지 이상야릇한 기분이 들고 어안이벙벙해져서 한참 관찰을 해보기로 작정하고 혹시 무슨 조류가 바뀌어서 그렇게 된 것이 아닐까 하며 살펴보니, 이내 확신하게 된 것은, 서쪽에서 흘러오는 썰물이 해안 어느 쪽에선가 흘러나오는 무슨 큰 강에서 나오는 물살과 섞이기 때문에 해류가 이렇게 흐르는 것이며, 바람이 서쪽 혹은 북쪽에서 보다 강하게 불어

옴에 따라 이 해류가 해안에서 보다 더 가까이 흐르거나 좀더 멀리 떨어져 흘러간다는 생각이었고, 저녁때까지 근처에서 머물며 기다렸다가 다시 바위로 올라가서 썰물이 빠지는 것을 보니까 전에 봤던 해류를 다시 볼 수 있었는데, 다만 이번에는 좀더 멀리, 해안에서 한 1마일 반 정도까지 떨어진 거리에서 흘러가는 것이었으니, 그때 내가 당한 것은 해안에 너무 가까이 해류가 흘러가며 나와 내 카누를 급하게 끌고 가버렸던 것이나, 물때가 달랐다면 그렇지 않았을 것이다.

이 관찰 끝에 얻게 된 확신은 내가 조수 간만을 잘 관찰하기만 하면 쉽사리 보트를 몰고 다시 섬을 우회해서 갈 수 있으리라는 것이었는데, 막상 이것을 실행할 생각을 하니 저번에 내가 얼마나 위험에 처했던지, 그 기억에 두려움이 엄습해 오는지라, 이 문제를 차분하게 생각할 수가 없었는데, 하지만 오히려 나는 보다 힘겹기는 하지만 보다 안전한 방안을 택하기로 하였으니, 내가 또 다른 납작한 보트 내지는 카누를 만들어서 하나는 섬 이쪽에서 사용하고 다른 하나는 섬 반대쪽에서 사용하기로 했다.

내 형편이 이제 어떠했냐 하면, 그런 표현을 쓸 수 있는지 모르겠으나 농장을 이 섬에 2개 갖고 있었으니, 한 곳에는 나의 작은 요새이자 텐트를 쳐놓고 바위 밑으로 벽을 둘러놓고 뒤로는 동굴이 있었는데 이제는 이 안에 방 내지는 굴을 여럿 더 파서 서로 연결되도록 해놓았으니 제법 확장되어 있었다. 이 중 가장 습기가 덜 차는 방에다 내 담장 내지는 방벽, 그러니까 바위에다 붙여놓은 벽 너머로 문이 나 있었는데, 이곳에 가득히 내가 이미 그

용도를 설명했던 큼직한 질그릇 단지들과 각기 곡식이 한 10말에서 12말 정도씩은 들어갈 큼직한 광주리 14개에서 15개 정도를 채워놓고, 거기에 내 식량, 특히 곡식들을 보관했으니, 어떤 것들은 짧게 잘라놓은 이삭 채로, 어떤 것들은 알곡을 손으로 비벼낸 상태였다.

내 벽은 그전처럼 긴 기둥 내지는 말뚝들로 만든 것인데 시간이 지나며 이 말뚝들이 나무처럼 크게 자라나서 워낙 넓게 우거져 있었기에, 누가 보더라도 그 뒤에 사람 사는 거처가 있다는 흔적이 전혀 나타나지 않았다.

내가 사는 이 집 근방에 내륙 쪽으로 약간 더 들어가면 낮은 지대에 농사를 짓는 밭이 두 군데 있었고, 나는 때를 맞춰 밭을 갈고 씨를 뿌리고 철에 맞춰 착착 추수했으며, 곡식이 좀더 필요할 일이 생기면 그 옆 땅에다 농사를 지으면 되었으니, 그곳도 이와 못지않게 좋은 터였다.

이곳 말고도 나는 전원 저택을 갖고 있었고 거기에도 그런대로 괜찮은 농장을 갖고 있었으니, 첫째로는 거기에 내가 자칭 작은 정자라고 부르는 집이 있었는데, 이곳도 간수를 잘 해놓아서 그 주위를 둘러 심어놓은 관목 울타리를 항상 일정한 높이로 유지하고 사다리는 늘 안쪽에다 넣어두었으며, 처음에는 그냥 막대기 정도밖에 안 되었던 나무들이었으나 이제는 자라나서 아주 단단하고 길쭉해졌고, 늘 가지를 다듬어서 아주 두툼하고 자연스럽게 커서 햇빛을 피하기에 보다 더 쾌적한 그늘을 만들도록 했으니, 내 생각에는 아주 효과적으로 그 역할을 해줬다. 이 한가운데다 나는 늘 내 텐트를 세워뒀는데, 바로 이 목적으로 기둥을 세워둔 다음 그 위에 범포를 펼쳐놓으니, 이것은 전혀 수리를 하거나 교체할 필요가 없었던 것이며, 이 밑에다는 내가 죽인 짐승 가죽이나 그 밖에 다른 부드러운 물건들로 안락의자 내지는 소파를 만들어서, 거기에다 우리 배에서 가지고 나왔던 배의 침구 가운데 하나였던 담요를 깔고 큼직한 방수복을 덮고 잤으니, 이렇듯 아무때건 내 중심 거처에서 떠나 있을 일이 생기면 이곳에서 전원생활을 했다.

이곳에 붙어 있는 것이 내 가축, 그러니까 내 염소들을 키우는 우리였고, 이 터를 둥그렇게 막느라 말할 수 없는 수고를 했던 것인데, 이곳을 완벽하게 막아야지 아니면 염소들이 뚫고 나오리라는 걱정에 울타리 밖을 촘촘하게 작은 말뚝들로 다 둘러놓을 때까지 끝없이 노동을 멈추지 않았고, 이렇게 해서 마치 울타리가 아니라 담장처럼 만들어놓으니 그 사이로 손 하나도 넣을 수 없을 정도였으며, 나중에 이 말뚝들이 자라기 시작해서 그 다음 우기에 모두 다 자라니 방벽이 담벼락처럼 튼실해졌는데, 사실 그 어떤 담벼락보다 더 든든했다.

이 일이 내가 게으르게 살지 않았고 무슨 일이건 내 자신의 생활을 편안하게 해주는 데 필요한 것을 이뤄내기 위해서는 전혀 수고를 아끼지 않았음을 입증해 주는 것인바, 나는 이렇듯 길들여 키우는 가축이 곁에 있다면 내가 이곳에서 사는 기간이 설사 40년까지 된다고 해도, 그 동안 나에게 계속 살코기와 젖과 버터와 치즈를 제공해 주는 살아 있는 창고가 될 것이라 생각했던 것인데, 이것들을 내 손 안에 두는 것이 전적으로 울타리를 얼마나 공고히 만드느냐에 달려 있었고, 그래야만 염소들을 한 군데 모아둘 수 있었던터, 이런 방식으로 어찌나 꼼꼼하게 울타리를 보강했던지, 이 짧은 말뚝들이 자라기 시작하니 촘촘히 심어놓은 그것들 가운데 몇 개는 할 수 없이 다시 빼버릴 수밖에 없었다.

또한 이곳에서 내 포도가 자라나고 있었으니 겨울에 먹을 건포도는 주로 여기에 의존했던 것이며, 포도를 늘 어김없이 조심스럽게 보존했으니 이것이 내 음식물 중에서 가장 좋고 맛있는 별미였는데, 사실 맛있을 뿐 아니라 보약도 되고 건강에도 좋고 영양분 많고 기운을 북돋는 지극히 값진 진미였다.

이곳이 나의 또 다른 거처와 내가 보트를 묶어 둔 곳 사이의 중간쯤 되는 위치였기에 나는 대개 그쪽으로 갈 때는 여기에서 잤는데, 이는 내가 보트로 매우 자주 갔으며 거기에 있는 물건들을 매우 가지런하게 잘 정비해 두었던 까닭이니, 때로는 그냥 기분 풀이 삼아 보트를 타고 바다로 나갔던 것이나 다시 내가 모르는 쪽으로 해류에 휩쓸려 간다든지 바람이나 기타 다른 사고를 당할까봐 몹시 두려워 더 이상 위험한 항해는 시도하지 않았다. 그러나 이제 내 삶의 새로운 국면을 다룰 차례다.

어느 날 정오 무렵에 내 보트를 향해 가던 중 나는 웬 사람의 맨발 자국을 해안에서 발견하고서 몹시 심하게 놀랐으니, 모래사장에 난 자국으로 보아 그것이 사람 발임은 분명했다. 이에 나는 마치 번개를 맞은 사람처럼, 아니면 마치 유령을 본 사람처럼 그 자리에서 발을 떼지 못한 채 서 있었는데, 주위에 귀를 기울이고 주변을 둘러보았으나 아무것도 들리지 않았고 또한 아무것도 보이지 않았으며, 그래서 나는 좀더 높은 지대로 올라가서 더 멀리 주변을 둘러보았고, 해안을 이쪽저쪽으로 왔다갔다하며 살펴봤으나 결과는 마찬가지였으니, 이 발자국 하나 말고는 전혀 흔적이 없는 것인데, 이에 따라 혹시 발자국이 더 있는지 또한 내가 뭘 잘못 본 것이 아닌지 확인하려 다시 그리로 가보니, 발바닥, 발가락, 발뒤꿈치 등 영락없는 사람 발 모습으로 환영일 가능성은 전혀 없으니, 도무지 어떻게 사람이 이곳에 온 것인지 알 수 없었고 상상조차도 하기 힘들었다. 그러나 정신이 나가서 완전히 어리둥절해하는 사람처럼 헤아릴 수 없이 숱한 생각이 머릿속을 스쳐 지나간 끝에 내 요새에 도착했는데, 흔히 말하듯 내가 어디로 걸어가는지도 모를 정도로 극도로 겁에 질려서 매번 두세 발자국 떼고 나면 뒤를 돌아보고, 관목이나 숲을 만날 때마다 멀리 떨어져 있는 그루터기를 사람으로 착각하는 등, 공포에 찌든 내 상상력이 어찌나 별별 물체를 다 잘못 보게 했는지, 또한 어찌나 온갖 험한 생각이 매순간 내 공상 속에 떠올랐는지, 참으로 뭐라고 형언하기 어려운 기괴한 것들이 어찌나 내 생각 속으로 불쑥불쑥 끼어들었는지, 이루 말로 다 묘사할 수 없을 정도였다.

내 성으로 돌아왔을 때, 이제부터는 그곳을 그렇게 불러야만 할 형편이라고 생각했던 것이라, 나는 내 성 안으로 마치 추적을 당한 사람처럼 도피한 것인데, 내가 처음에 고안했던 대로 사다리를 타고 넘어갔는지 아니면 바위 뒤쪽, 내가 문이라고 부르는 구멍으로 들어갔는지는 기억할 수 없고, 그 다음날 아침도 뭘 했는지 전혀, 일체 기억이 없으니, 그야말로 겁에 질린 토끼가 덤불로 도망갈 때나 쫓기는 여우가 땅굴로 도망갈 때도, 내가 내 은신처로 숨을 때보다 마음의 공포가 더 심하지는 않았을 것이다.

그날 밤 나는 한 잠도 자지 못했으니, 나를 겁에 질리게 한 원인으로부터 멀리 떨어져 있을수록 내 걱정은 더 커져만 간 셈이라, 이것은 사물의 이치에 어딘가 역행하는 것으로, 특히 두려움에 사로잡힌 모든 존재들의 보통 행태와는 달랐는데, 하지만 나는 비록 이제는 그 지점에서부터 한참 떨어져 있기는 했으나, 이 문제에 대해 내 스스로 지어낸 끔찍한 생각들에 당혹하였으니, 나는 내 자신에게 오로지 암울한 그림만 상상해서 보여줄 뿐이었다. 어떤 때는 이것이 사탄의 발자국이라고 공상했던바, 이런 가정에는 이성도 한몫 거들어서, 이렇게 물었다. 그게 아니라면 어떻게 인간의 형태를 한 그 어떤 존재가 이곳에 올 수 있었겠나? 그런 자들을 데려왔을 배는 또 어디 있었던가? 또 다른 발자국이 어디에서 발견되었던가? 어떻게 사람 하나만이 이리로 오는 게 가능했겠는가? 그러나 사탄이 인간의 모습을 하고 별로 할 일도 없는 이런 곳으로까지 와서 자기 발자국을, 그것도 별 목적도 없이 남기고 간다는 것도 역시 당혹스런 생각이었으니, 악마가 나를 두려움에 사로잡히게 하려면 이렇게 발자국 하나 남기는 것 말고도 다른 방법이 얼마든지 많았으리라는 점도 감안했다. 내가 섬의 반대편에 살고 있는데도 이렇듯 내가 발자국을 발견할 확률이란 1만분의 1인 지점에다, 그것도 파도가 거센 바람에 밀려 깊이 들어오자마자 완전히 지워질 모래 위에 표시를 남길 정도로 사탄이 그렇게 순진하리라고 생각하는 것은, 이번 사태의 정황이나 사탄이 교묘한 존재라고 대개 생각하는 바와 모두 맞지 않았다.

이와 같이 한없이 많은 점들을 고려하는 것이, 이것이 사탄의 자취라는 우려를 완전히 반박해 없애버리는 데 일조하였고, 이제 나는 그렇다면 어떤 위험한 존재, 즉 바다에 카누를 타고 떠돌아다니다가 내 쪽으로 건너온 반대편 대륙에 사는 야만인들 중 누구라고 생각했으며, 이들이 해류에 밀렸든가 아니면 역풍이 불어서 그렇게 됐든 간에 이 섬으로 밀려오게 된 것이며, 해안에 올라왔다가 아마 이 적막한 섬에 머물기가 꺼려져서 다시 바다로 나아간 것일 터, 나도 물론 이들과 같은 섬에 사는 게 꺼려졌다.

이런 생각들이 머릿속을 맴돌고 있는 동안 나는 내가 그 시점에 그 장소에 있지 않았으며, 내 보트도 이들이 보지 못했다는 것이 얼마나 다행스런지를 생각하면서, 매우 감사한 일이라고 여기게 되었으니, 만약 내 보트를 봤다면 이들은 여기에 사람이 산다고 단정했을 것이며 나를 찾아서 더 깊숙이 들어왔을지 모를 일이었는데, 그러다가도 이들이 벌써 내 보트를 찾아냈고 이 섬에 사람이 살고 있다는 것을 알아냈을지 모른다는 끔찍한 생각이 또 솔솔 내 상상 속으로 스며들어와 나를 괴롭혔으니, 만약 그렇다면 이들이 다시 많은 무리를 이리로 데려와 나를 삼켜먹도록 내가 유도한 셈이었으며, 만약 그들이 나를 찾지 못한다고 해도 내 염소 우리는 찾아내서 내 농사를 다 망쳐놓고 내가 키우는 염소 떼를 모두 몰고 갈 것이니, 나는 결국 순전히 먹을 게 없어서 굶어죽고 말 것이었다.

이렇듯 나의 공포는 나의 모든 신앙적 소망을 쫓아냈고, 내가 하나님의 선하심을 그렇게도 놀랍게 체험한 데 근거해 있던 하나님에 대한 이전의 믿음도 이제는 사라졌으니, 마치 나를 기적적으로 먹여살려 주신 하나님이 당신의 선하심으로 내게 필요한 것을 예비해 주시는 능력으로 내 목숨을 유지시키지 못하실 것이라고 생각하는 셈이었는데, 나는 마치 밭에서 자라는 곡식을 사고가 나서 즐기게 되지 못할 일이 전혀 일어나지 않을 것처럼, 그저 다음 해에 먹을 만큼만 매해 파종을 해온 내 안이함을 자책했고, 이제부터는 미리 2, 3년 치씩 곡식을 심어서 무슨 일이 벌어지건 빵이 떨어져 굶어죽지 않도록 대비하기로 작정했다.

인생이란 참으로 하나님이 섭리대로 빚어내신 울퉁불퉁한 작품이 아닌가! 형편이 달라지는 상황이 될 때마다 우리의 감정이 무슨 비밀스런 힘에 의해 급하게 이리저리 끌려 다니니! 오늘은 사랑하던 대상을 내일은 증오하고, 오늘은 원하던 것을 내일은 꺼리며, 오늘은 욕망하는 바를 내일은 두려워하거나, 심지어 그걸 걱정해서 겁에 질려 부르르 떠는 법이라, 당시 내 경우보다 더 지극히 생생하게 이것을 예시하기도 어려웠을 것이니, 나의 유일한 고통은, 인간사회에서 추방당한 것으로, 혼자 외톨이로 망망대해에 에워싸여 있어 인간세계로부터 단절된 것으로 보이는, 내가 이름한 대로 이러한 고요한 삶을 살도록 저주받은 것이며, 나는 마치 하나님이 산 자들의 일원으로 분류하거나 나머지 피조물 속에 끼어 있을 만한 가치도 없다고 생각하신 것 같은 처지를 고통으로 여기던 바로 내가, 이제는 나와 같은 사람을 본다면 마치 죽음에서 다시 삶으로 돌아오는 것과 같이, 하늘이 주신 가장 큰 축복인 구원의 축복 다음가는 축복으로 생각해야 할 터임에도 불구하고, 바로 이런 내가 사람을 만날 두려움에 파르르 떨며 이 섬에 사람 하나가 발을 디뎠다는 그림자 내지는 말없는 표시만 보고도 즉시 땅으로 꺼져 들어갈 지경이 되었으니 말이다.

인생이란 이렇듯 들쑥날쑥한 것이라, 나중에 처음에 놀랐던 상태에서 다소 회복된 후에는 이 일로 인해 여러 기묘한 생각을 하게 되었는데, 나는 지금의 내 삶의 형편을 하나님이 한없이 지혜로우시고 선하시게 섭리하셔서 나를 위해 정해 놓으셨음을 감안할 때, 하나님의 지혜가 이 모든 일을 통해 어떤 뜻을 갖고 계신지 미리 알 수 없는 터라, 하나님의 주권에 반론을 제기할 수 없는 노릇이며, 나는 그의 피조물이니 창조주의 의심할 데 없는 권리에 의해 하나님이 원하시는 대로 나를 다스리시고 처분하실 수 있는 것이며, 게다가 나는 하나님께 죄지은 피조물이니 하나님께는 그가 적절하다고 생각하시는 그 어떤 벌도 받게 할 수 있는 합법적 권리가 있으며, 나는 하나님께 죄지은 자로서 그저 복종하여 그의 분노를 감내하는 것만이 내 몫이라고 생각했다.

그런데 나는, 하나님께서는 공의로우실 뿐 아니라 무소불위하시니 나를 이렇듯 벌하고 고통을 주실 만하다고 생각하셨듯이 나를 또한 구원해 내실 수도 있다고 생각했으니, 만약 그럴 만하지 않다고 생각하신 것이라면, 내 자신을 그의 뜻에 절대적이며 전적으로 내맡기는 것만이 의문의 여지없는 나의 의무이며, 다른 한편, 하나님께 희망을 걸고 기도하며 묵묵히 그가 매일 인도하시고 섭리하시는 대로 명령과 지시를 따르는 것 또한 나의 의무라고 생각했다.

이런 생각에 골몰하며 여러 시간, 여러 날, 아니 여러 주와 여러 달을 보냈는데, 이 일로 나의 사색에 특별히 영향을 준 것 하나를 말하지 않을 수 없으니, 어느 날 아침 일찍 침상에 누워서 야만인들이 출몰하여 내가 위험에 처해 있다는 생각이 머릿속에 가득하여 몹시 심란해져 있었으나, 내 생각 속에, "환난 날에 나를 부르라, 내가 너를 건지리니, 네가 나를 영화롭게 하리로다"라는 이 성경 말씀이 떠올랐다.

이에 나는 쾌활한 마음으로 자리에서 일어났고, 가슴속으로 위로가 찾아왔을뿐더러 하나님께 나를 건져주시라고 진지하게 기도드리게 되었는데, 기도를 마친 후에 나는 성서를 들고 읽으려고 펼치자, 첫 번째로 내 눈에 들어온 말씀이, "너는 여호와를 기다릴지어다, 강하고 담대하며 여호와를 기다릴지어다"*였는데, 이때 이 말씀이 내게 준 위로는 말로 표현하기 불가능할 정도이다. 이에 응하여 나는 감사한 마음으로 성경을 내려놓고 더 이상 이 문제로 인해 서글퍼하지는 않았다.

이러한 사념과 걱정과 반성의 한가운데서 어느 날 불현듯, 이 모든 게 순전히 내가 잘못 본 환영일지 모르며 이것이 내가 보트에서 내려서 해안으로 올라올 때 남긴 내 자신의 발자국일 수도 있다는 생각이 들었고, 그러자 나는 기분이 좀 좋아져서 이 모든 것이 착각이었다고 스스로를 설득하기 시작했으니, 이것은 다름 아닌 나 스스로 남긴 발자국일 뿐이며, 내가 보트에서 그쪽 방향으로 오지 말라는 법이 없었고 그쪽을 통해서 보트로 가지 말라는 법도 없었으며, 내가 어떤 쪽으로 걸어갔고 어떤 쪽으로는 안 갔는지 확실히 구분할 방법이 없음을 감안할 때, 만약 이것이 결국엔 그저 내가 남긴 발자국일 뿐이었다면, 나는 귀신과 헛것 얘기를 지어낸 다음 다른 사람보다 자기가 더 겁에 질리는 그런 바보 같은 짓을 한 셈이었다.

이제 나는 용기를 내기 시작했고 다시 살그머니 외출을 했는데, 나는 사흘 동안 밤낮으로 내 성 안에서 꼼짝도 하지 않았던 터라 먹을 게 없어서 굶을 지경이 되었고, 집 안에는 보리 빵 몇 개와 물밖에는 없었다. 게다가 내 염소들 젖을 짜 줘야 한다는 것도 알고 있었으니, 그것이 대개 저녁때 내가 재미 삼아 하는 일이었던 터, 가서 보니 이 가엾은 녀석들이 젖이 불어서 아주 고통스러워하며 불편해하고 있었고, 실제로 어떤 녀석들 젖은 다 못쓰게 됐거나 벌써 다 말라버렸다.

그것이 오직 내 발자국일 뿐이라는 확신으로 내 스스로를 격려하며, 그야말로 내 자신의 그림자에 깜짝 놀란 격이라고 생각하면서, 나는 다시 외출을 하기 시작했고 내 전원 저택으로 가서 가축 젖을 짜준 것인데, 하지만 내가 어찌나 두려워하며 앞으로 전진했고 어찌나 자주 뒤를 돌아보며, 이따금 광주리를 내려놓고 어찌나 줄행랑을 치곤 했는지, 이걸 보면 누구건 내가 악령에 시달리거나 방금 무시무시한 공포에 사로잡혔던 사람인 줄 알았을 것이니, 사실이 또 그렇기도 했다.

그러나 이렇게 내가 2, 3일 나갔지만 아무런 사람도 보이지 않자 좀더 과감해졌고, 진짜 그것은 순전히 내 공상이었을 뿐 아무것도 아니었다고 생각했으나, 그래도 다시 해안으로 내려가서 발자국을 본 후에 내 발에 맞춰 모양이나 크기 등이 딱 맞는지 대본후 그게 내 발임을 확인하지 않는 한, 완전히 이렇게 단정지을 수는 없는 일이었는데, 하지만 내가 그곳에 당도해 보니 내가 보트를 정박했을 때, 해안 그 근방으로 올라왔을 가능성은 없다는 것이 즉시 분명해 보였다. 그 다음으로는 내 발을 그 발자국에다 대보니, 내 발보다 자국이 한참 더 큰 것이라, 따라서 내 머리는 다시 새롭게 공상으로 가득 찼고 다시 지극히 암담한 심정이 되어마치 한기에 걸린 사람처럼 부르르 떨었으며, 집으로 다시 돌아와서는 어떤 인간 하나, 또는 몇몇이 이 섬에 올라왔었다는 확신에사로잡혔으니, 요컨대 나는 이 섬에 사람이 살고 있고 내가 불의의 습격을 당할 수도 있다고 생각했던 것이나, 내 안전을 위해 어떤 방도를 택해야 할지는 알지 못했다.

인간들이란 공포에 사로잡혔을 때 어찌나 황당한 결정들을 하는지! 우리는 공포에 질려 이성이 제시하는 해결책은 사용하지못하고 만다. 내가 스스로 제안한 첫 번째 방책은 울타리를 헐어버리고 내가 길들인 가축들을 다 풀어놓아 숲으로 흩어지게 해서내 적들이 찾지 못하게 만들겠다는 것으로, 이들이 염소를 발견하면 늘 이것을 노략하려 다시 오곤 할 것이 두려웠던 것이며, 또한내가 농사짓는 밭 두 곳은 다 갈아엎어서 전혀 거기서 곡식을 발견하지 못하게 하자는 것으로, 이들이 곡식까지 발견하면 더 섬에자주 출몰하리라 생각했던 것이며, 그런 후에는 내 정자와 천막도

해체하여 사람이 산 흔적을 전혀 찾아보지 못하게 함으로써, 여기 사는 사람을 찾아내려 더 안쪽으로 들어오도록 자극할 일이 없게 하겠다는 것이었다.

이것이 내가 집으로 다시 돌아온 후 그날 밤에 고심한 문제들이 었는데, 내 심중을 그토록 가득 메운 우려들이 여전히 생생한 터라 내 머리는 이와 같은 온갖 망상들로 가득했던 것이니, 이렇듯 위험에 대한 공포가 눈앞에 보이는 위험 그 자체보다도 만 배나 더 겁나는 법이요, 불안해하며 걱정하는 문제보다도 우리의 불안 그 자체의 부담이 더 큰 문제인 법이라, 내가 그 동안 걱정이 있을 때마다 실천해 왔고 갖추길 희망했던 순종의 태도가 이 번민을 덜어주지도 못했기에 더욱 더 괴로웠다. 내 생각에도 마치 나는, 블레셋 사람들이 자신을 향해 군대를 일으켰을뿐더러 하나님이 자신을 떠나셨다고 불평하는 사울 왕*과 마찬가지로, 곤경 속에서 하나님께 외쳐 간구하고, 전에 그랬듯이 그의 섭리에 의지하여 나를 지켜주시고 구해 주실 것으로 믿음으로써 내 마음을 안정시키는 정당한 방도를 택하지 않았으니, 만약 내가 그렇게 했었다면 이 새롭게 경악을 금치 못할 사태에 기가 덜 꺾였고 좀더 단호하게 대처했을 것이다.

이렇게 혼미한 생각에 붙들려 나는 밤새 잠을 이루지 못하였고 아침이 되어서야 머리를 쓸데없이 굴리느라 지치고 기운이 소진해서 잠이 들었는데, 잠을 아주 푹 자고 나니 전보다 훨씬 더 안정된 상태가 되었기에 이제 차분히 생각을 해보며, 내 자신과 한참 토론을 벌인 끝에 내린 결론인즉, 이 섬은 지극히 쾌적하고 비옥하고 내가 본 대로 육지에서도 그렇게 멀리 떨어진 곳이 아니기에 내가 상상한 만큼 그렇게 완전히 단절된 곳은 아니며, 비록 이곳에 거주하는 사람은 없다고 해도 이곳에 오려는 계획이 있었거나, 아니면 전혀 그렇지 않더라도 바람이 잘못 불어서 이리로 오게 되어 배를 대고 해안으로 올라온 자들이 있을 수 있다는 것이었다.

내가 이제 여기서 15년을 살았고 그 동안 사람의 모습이건 그림자건 전혀 마주친 적이 없었는데, 이걸 보면 혹시 누가 이리로 밀려왔었다 해도 오자마자 다시 가버렸을 공산이 큰 것임을, 이들이 이제껏 여기서 무슨 연유에서건 머물려 하지 않았음을 보면 알 수 있었다.

생각해 보면 육지에서 이따금 흘러들어오는 이런 인간들이 섬에 상륙한다고 해도, 이들이 이쪽으로 밀려오게 되었다 해도, 자신들의 의지에 반한 것일 터, 이들은 썰물의 도움을 받지 못하거나 해가 있을 때 돌아가야 하기에 여기에 머물지 않고 곧장 전속력으로 다시 가버릴 것이니, 내가 무슨 위험을 두려워할 것이라곤 없었고, 다만 이 야만인들이 바로 이 지점에 상륙하는 것을 보게 될 때에는 어디 안전한 데로 피할 곳만 찾아볼 일이었다.

이제는 내가 동굴을 그렇게 크게 파서 출입문까지 뚫어 놓은 것을 깊이 후회했고, 이 문은 바위까지 이어진 방벽 바깥쪽으로 나 있었기에 이 문제를 신중하게 고심한 끝에, 나는 두 번째 방벽을 똑같이 반원 모양으로 원래 벽에서 떨어진 위치에, 내가 앞에서 언급했듯이 나무를 한 전방 12야드 정도에다 심어놓은 그 지점에다 만들기로 했는데, 이 나무들은 그전에 원체 촘촘하게 심어놨던 것이라 말뚝을 몇 개만 좀더 사이에 박으면 더 촘촘해지고 두터워 질 것이어서, 내 벽은 곧 완성될 수 있었다.

이렇게 하여 나는 벽을 이중으로 만들었고, 바깥쪽 벽은 나무 조각이며 낡은 밧줄이며 그 밖에 내가 생각할 수 있는 온갖 물건 들을 집어넣어서 두껍게 만들었는데, 벽에는 내 팔뚝을 밖으로 내 놓을 정도의 크기쯤 되는 작은 구멍이 일곱 군데 나 있었고, 이 안 쪽으로는 동굴 안에서 흙을 가져와서 바닥에서부터 쌓아 발로 다 지고 보강하여 10피트 정도까지 방벽을 두껍게 만들었으며, 내가 우리 배에서 섬으로 가져온 소총이 7정임을 기억했기에 구멍 일 곱 군데에다 머스켓 총을 대포처럼 설치해 놓는 방법을 고안해 냈 으니, 마치 운반대처럼 틀을 만들어서 거기에 집어넣고 2분 간격 으로 7정을 모두 발사할 수 있도록 하였다. 이 벽을 만드느라 한 달 간 힘겨운 시간을 보냈으나 이것이 마무리되기 전에는 안전하 다는 생각을 할 수 없었다.

이 작업이 끝나자 나는 내 방벽 바깥 땅 사방에다가 말뚝 내지 는 작대기처럼 솟아나는 버들가지 같은 나무들을 심었는데 이것 들은 워낙 잘 자라고 부러지지 않는 것들이라, 아마 내 생각에 한 2만 개 정도는 심을 수 있을 것 같았고, 내 방벽과 이 나무들 사이 에 제법 넓은 공터를 남겨두어서, 적들을 관찰할 수 있고 놈들이 내 외벽에 접근하려 할 때 이 어린 나무들 뒤로 몸을 숨기지 못하 도록 했다.

이렇듯 2년의 시간 동안에 나무들은 촘촘하게 작은 숲으로 자 랐고 5, 6년이 되자 내 거처 앞에 제대로 된 숲이 자라났으니, 워낙 기묘하고 견고하게 뒤엉켜서 전혀 이 사이로 사람이 지나갈 수 없을 정도였고 그 어떤 인간도 그 너머에 사람의 거처가 있는지는 고사하고 애초에 무슨 물체가 있는지도 상상할 수 없었을 것이며, 이 안으로 들어가고 나가는 방법으로서 내가 생각해 낸 것은 길을 뚫어놓지를 않았던 터라 사다리 두 개를 연결해서 하나는 바위의 낮은 지점 한 군데까지 놓고 그리로 들어가서 거기서 다른 사다리를 놓는 식이었으니, 이렇듯 사다리 두 개를 내려놓으면 산 사람 그 누구도 내 쪽으로 넘어오면 다치지 않을 수 없게 했고, 만약에 넘어온다고 해도 여전히 내 외벽 바깥쪽에만 머물러 있게 했다.

이렇게 하여 나는 인간이 스스로를 보호하려는 신중함에서 제안할 수 있는 모든 조처를 취했는데, 비록 당시에는 그저 순전히 내 두려움이 떠올리는 것들 외에는 아무것도 예견하지 못했지만, 마침내 이럴 만한 이유가 없지 않았음이 이후에 판명되었다.

이 작업 도중에도 나는 나의 다른 일들도 소홀히 하지 않았는데, 그것은 또 하나의 큰 걱정거리인 얼마 되지 않는 내 염소 떼들이라, 이 염소들로 내가 먹고 지내는 데 필요한 모든 것을 채울 수 있었고, 총알과 화약 없이도 충분히 지낼 만해졌고, 또한 야생 염소를 사냥하는 수고를 안 해도 되었던 터라, 이런 이득을 다 버리고 처음부터 염소 키우는 것을 다시 시작하기는 못내 싫었다.

오랜 궁리 끝에 이 목적으로 내가 염소들을 지키는 방법은 두 가지밖에 생각해 낼 수 없었는데, 하나는 땅 속으로 동굴을 파기에 편리한 다른 곳을 찾아서 이 안으로 매일 밤 녀석들을 몰아넣어 두는 것과, 다른 하나는 두세 군데 서로 멀리 떨어진 지점에 터를 잡아 울을 만든 후 할 수 있는 한 철저히 우리를 은폐하여 각기 어린 염소를 한 여섯 마리씩 키우는 것으로, 이렇게 해서 염소 떼 전체에 무슨 재난이 닥친다 해도 별로 큰 수고와 시간 낭비 없이 다시 염소 떼를 늘릴 수 있도록 하자는 것이었으니, 이것이 비록 많은 시간과 노동의 소비를 요구하는 일이긴 해도 가장 합리적인 계획이라고 생각했다.

따라서 나는 시간을 좀 들여, 이 섬의 가장 구석진 곳들을 찾은 다음, 내 마음에 더 이상 바랄 것이 없을 만큼 꼭 맞는 아늑한 터를 하나 잡았는데, 이곳은 아래로 푹 꺼져 있고 우거진 숲 한가운데에 위치한 자그맣고 축축한 땅이었으니, 여기는 앞서 얘기했듯 이 섬의 동쪽에서 집으로 이 길을 통해 돌아오려다가 거의 길을 잃을 뻔했던 바로 그곳이라, 여기에서 3에이커 가까이 되는 공터를 찾은 것인데, 그곳은 사방이 숲으로 둘러싸여 있어서 마치 자연에 의해 울타리가 만들어진 것 같았고, 아무튼 내가 그토록 힘든 작업을 해야 했던 다른 터에 비해서 별로 노동력이 많이 들어갈 것 같지 않았다.

나는 즉각 이 터에서 작업을 시작하여 한 달도 채 못 되어 둥글게 울타리를 둘러놓았고, 내 가축 떼 내지는 무리, 하여간 뭐라고 부르건 간에 이 염소들을 처음에는 길들여질지 잘 몰랐으나 이제는 제법 길들여져 있는 녀석들이라, 이 정도면 충분히 이 울타리 안에다 안전하게 가둬둘 수 있을 것 같았다. 그리하여 더 이상 지체하지 않고 나는 암염소 열 마리와 숫염소 두 마리를 이곳으로 옮겼는데, 여기에 옮겨놓은 후에도 울타리를 다른 곳만큼 튼실하게 보완하는 작업을 계속했고, 이 작업은 좀더 느긋하게 했기에 시간이 한참 더 걸리긴 했다.

이 모든 노동은 순전히 사람 발자국 하나를 본 연유로 소모된 것으로 아직껏 이 섬 근처로 무슨 인간 족속이 근접한 것을 보지 못했지만 이러한 불안감에 사로잡혀 2년간을 지내고 있었고 사실 전보다 내 삶이 훨씬 더 불편해진 형국이었으니, 이렇듯 지속적으로 사람에 대한 공포의 덫에 걸려든 채 사는 게 어떤 것인지 아는 사람이라면 내 상태가 상상이 갈 것인데, 덧붙여 지적할 안타까운 사실은 내 마음의 불안한 상태가 내 사유의 신앙적인 부분에 워낙 심한 영향을 끼쳤다는 것이니, 야만인과 식인종들의 손아귀에 사로잡힐 두려움과 공포가 내 정신을 워낙 강하게 사로잡아서 나는 나의 창조주에게 의지하는 올바른 마음 자세에서 적어도 예전처럼 차분히 영혼을 내맡기고 마음의 안정을 되찾는 법이 아주 드물었고, 나는 오히려 위험에 에워싸여 있고 매일 새날이 밝기 전에 죽임을 당해서 잡아먹힐 것을 예상하는 자의 극심한 고통과 심적 부담을 갖고 하나님께 기도했던 것인즉, 그래서 내 경험에 비춰 증언하건대 평안과 감사와 사랑과 애정이 깃든 기분이, 겁에 질려서 불안한 상태보다 기도하기에는 훨씬 더 적합한 태도이며, 불길한 사태가 닥칠 것을 겁내고 있다 보면, 사람이 매일 하나님께 기도해야 하는 도리를 수행함으로써 마음의 위로를 받기에는 마치 아파서 병석에 누운 자가 참회하는 것만큼이나 적합하지 않다는 것이니, 그것은 이러한 불안정이 육체 못지않게 정신에도 영향을 미치기 때문이며, 정신이 편치 않으면 육체가 편치 않은 것만큼, 아니, 하나님께 기도하는 것이 육체의 행위가 아니라 정신의 고유한 행위이기에 이보다 더 큰 장애가 되는 일은 없기 때문이다.

그러나 얘기를 계속하자면, 나의 얼마 안 되는 가축의 일부를 이렇게 안전하게 보호한 후에도 나는 이런 식으로 염소들을 옮겨 놓을 만한 또 다른 은밀한 장소를 찾아 나섰고, 그래서 섬의 서쪽 끝 지점으로 지금까지 간 것보다 더 먼 거리를 두루두루 다니며 바다를 굽어보던 중에 멀리 바다에서 보트 한 척이 보이는 것 같았는데, 나는 우리 배에서 가져온 선원 사물함 하나에서 망원경 한두 개를 발견하여 소지하고 있었으나 이것을 지금은 갖고 오지 않아서 맨 눈으로, 워낙 멀리 떨어져 있어서 내 눈이 시려서 더 이상 바라볼 수 없을 때까지 뚫어지게 봤건만 그 물체가 무엇인지 제대로 분간할 수 없었으니, 이것이 보트인지 아닌지 알지 못했는데, 그래서 내가 언덕에서 내려오니 더 이상 아무것도 보이지 않기에 그만 포기했으나, 다음부터는 주머니에 망원경을 꼭 지니기 전에는 외출하지 않겠다고 다짐은 해두었다.

내가 언덕 아래로 내려와서 지금까지는 와본 적 없던 섬 끝에 당도했을 때 사람 발자국을 보는 게 내가 상상했듯이 이 섬에서 뭐 그리 괴상한 일은 아닐 것이라는 확신이 들었고, 내가 야만인 들이 전혀 오지 않는 섬의 반대편으로 떠내려오게 된 것은 특별한 섭리임을 깨달았으니, 대륙에서 카누를 타고 바다에 너무 멀리 나와 있는 경우 섬의 이쪽으로 넘어와서 정박하는 것이 지극히 빈번할 것임을 쉽게 알아차렸어야 할 것이며, 마찬가지로 이들이 서로 충돌이 잦았고 카누에서 싸움을 하다가 승리자들이 죄수들을 이쪽 해안으로 끌고 와서는 이자들이 모조리 식인종들이니 그들의 끔찍한 풍습에 따라 죽여서 잡아먹었을 법한 일인데, 아무튼 이것은 나중에 다루기로 하자.

내가 이미 말한 대로 언덕에서 내려와서 섬의 서남쪽 지점인 그곳 해안으로 갔을 때 나는 완전히 놀라움에 질려버렸으며, 그때 내 마음을 사로잡은 두려움을 말로 표현하는 게 가능하지 않을 정도이니, 해안 사방에 두개골, 손, 발 및 사람 몸의 기타 다른 뼈들이 흩어져 있었고, 특히 내가 한 곳을 자세히 보니 거기에서 불을 지핀 흔적이 있었는데 땅에다 둥그런 구덩이를 보트 좌석처럼 파놓은 걸 보니, 거기에 둘러앉아 이 처참한 야만족들이 인류를 저버린 잔칫상을 벌이고 앉아 동료 인간을 먹었던 모양이었다.

이 광경을 보며 내가 어찌나 깜짝 놀랐던지 이것이 내 신변에도 위협이 된다는 생각은 한동안 하지 못하다가 한참이 지나서야 하게 되었고, 나의 모든 우려는 이렇듯 인간의 도리를 저버린 악마 같은 야수성과 인간성의 타락에 대한 전율에 함몰되었으니, 이런 가능성은 자주 떠올리긴 했던 터이나 막상 내 눈 앞에 그토록 가까이에서 목도한 적이 없었던 바이기에, 한마디로 나는 이 참혹한 광경에서 고개를 돌렸고 속이 뒤집혀서 막 기절하기 일보 직전이었으며, 자연의 이치대로 속에 있는 것을 토해 내었고 그것도 예사롭지 않게 심한 구토를 하고 나니 다소 회복이 되었는데, 그렇지만 단 한순간도 그 자리에 더는 머물러 있을 수 없었기에 다시 언덕으로 올라가서 있는 속력을 다 내어서 내 거처를 향해 걸어갔다.

 섬의 그쪽 지역에서 약간 벗어나자 나는 잠시 어안이벙벙해져서 그 자리에 서 있었고, 잠시 뒤 다시 정신을 차린 다음, 내 영혼이 크나큰 감동을 받아 두 눈에서 눈물이 콸콸 쏟아지는 가운데 나는 하나님께 기도를 올리기를, 나를 이와 같은 끔찍한 인간들과 구분되는 문명세상에 태어나 살게 해주셨으며 비록 내가 지금 형편을 매우 비참한 것으로 간주하기는 하지만, 그럼에도 많은 편리함을 허락해 주셔서 불평할 것보다는 감사할 일이 더 많고, 무엇보다도 이러한 비참한 처지에서도 하나님을 알게 됨을 위안으로 삼고 하나님의 축복을 희망하게 된 것에 감사했으니, 이것은 내가 그간 겪었고 또 겪을 수 있는 그 모든 고초와 충분히 대등한 정도가 되고도 남을 복락이었다.

 이렇듯 감사로 가득한 마음가짐을 갖고서 내 성으로 귀환하는데, 나는 이제 내 처지가 안전한가에 대해 그 어느 때보다 훨씬 더 마음이 가벼워졌으니, 그것은 이 막된 야만스런 작자들이 이 섬에 뭔가를 찾으러 오는 법은 없다는 것, 여기에서 뭐가 필요해서 찾거나 그걸 기대하는 법이 없다는 것, 그래서 이들이 필경 숲이 우거진 쪽까지 자주 왔다갔긴 했으나 자기들에게 필요한 것을 아무것도 찾지 못했던 모양임을 알 수 있었기 때문이다. 나는 이제 이곳에서 거의 18년째 살고 있었으나 그전까지는 인간 형상은 발자국조차도 본 적이 없음을 알고 있었고, 이제 앞으로 한 18년을 더 산다고 해도 지금처럼 완벽하게 은폐된 채 지내며 내 모습을 이들에게 드러내지 않는다면 별 탈없을 것이며 또 그럴 일도 없을 터,

이제 내가 할 일이란 그저 지금 내가 있는 곳에서 완벽하게 은폐된 채 지내면 될 것이며, 혹시 이들 식인종들보다 좀더 나은 인간들을 발견한다면 모를까 내 존재를 알리지 않으면 되었다.

그러나 나는 위에서 언급했던 이 비열한 야만인들과 이들이 서로를 삼켜먹어 버리는 이 비인간적이고도 비열한 풍습에 대한 극도의 혐오감을 느끼고 있었기에 이후로 거의 한 2년간 세상에 염증을 느끼고 내 집 주변에서만 은둔하며 지냈는데, 내 집 주변이라는 말은 내가 개척한 세 곳, 즉 내 성과 내가 나의 정자라고 부르는 전원 저택과 숲 속에 지어놓은 염소 우리를 지칭하는 것이며, 이후로는 염소 키우는 우리로 쓸 곳이나 둘러보았을 뿐 다른데를 가지 않았으니, 워낙 이 악마 같은 작자들에 대해서는 자연의 이치가 내게 심어준 혐오감이 강했기에 이자들을 만나는 것이 사탄과 마주치는 것만큼이나 두려웠던 것이라, 이 기간 내내 내보트를 관리하러 가보지도 않았고 오히려 보트를 하나 더 만들어볼 생각을 하기 시작했으니, 원래 보트를 섬 이쪽으로 몰고 온다는 것은, 바다에서 이 족속들과 마주칠 수도 있고 만약 이들에게붙잡히게 된다면 그 다음에 어떻게 될 것인지는 뻔했기 때문에, 생각할 수가 없었다.

하지만 시간이 흐르고 내가 이 인간들에게 발견될 위험은 없다는 확신이 들자 점차 이들에 대한 불안감은 사라졌고, 나는 이전처럼 차분한 생활을 시작했는데, 단지 달라진 게 있다면 전보다더 조심해 다니고 이전보다 사방을 좀더 잘 살펴보면서 혹시나 이자들 중 누가 나를 보게 되는 일이 없도록 주의했다는 것으로, 특히 이들 중 누가 섬에 와 있다가 총소리를 들을까 봐 총을 쏘는 것은 보다 더 조심했으니, 내가 길들여 키운 염소들이 계속 자라도록 하였기에 더 이상 숲으로 사냥을 다니거나 총으로 쏠 필요가 없었다는 것이 지극히 선하신 하나님의 섭리가 내게 마련해 주신 조처였던 것이라, 만약 짐승을 잡는 경우에도 이후부터는 예전에 했던 것처럼 덫이나 함정을 놓아서 잡았기에, 이 일 뒤로 한 2년간은 총을 두고 나간 적은 절대로 없었으나 단 한 번도 총을 쏜 적이 없었던 것으로 생각되는데, 더욱이 내가 우리 배에서 권총 세 자루도 챙겨왔었기에 이것들도 적어도 한 두 자루는 내 염소가죽 허리띠에 찔러넣어 지니고 다녔고, 또한 나는 배에서 가져왔던 큼직한 검 중 하나도 집어넣을 띠를 만들어서 거기에 넣어서 차고 다녔으니, 이렇듯 앞서 말한 내 옷차림새에다 소총에 덧붙여서 권총 두 자루, 큰 검을 칼집도 없이 허리에 차고 나다니는 것을 누가 본다면 제법 만만치 않은 상대로 보였을 것이다.

내가 얘기한 대로, 일이 이렇게 흘러가다 보니 나는 이러한 경계를 한 것 외에는 이전에 나의 차분하고 조용한 생활방식으로 돌아간 듯 보였고, 모든 점을 감안할 때 내 처지는 다른 삶의 방식, 아니 하나님이 내 몫으로 주셨을 수 있는 삶의 다른 여러 가지 방식들과 비교할 때 전혀 비참할 것이 없다는 쪽으로 생각이 흘러갔다. 그래서 나는 인간들이 늘 보다 나은 처지와 비교함으로써 불평하는 볼멘소리를 하도록 자신을 부추기는 대신에, 그 어떤 삶의 조건에서건 그보다 더 열악한 처지와 비교하며 감사할 수 있다면, 얼마나 신세 한탄이 줄어들 것인가 하는 생각을 해보았다.

이제 나는 현재의 내 삶의 조건에서 아쉬운 것이 그리 많지 않았으나, 이 야만스런 작자들한테 겁을 먹고 내 목숨을 보존하는 데 걱정하다 보니 생활의 편리를 도모할 방안을 고안해 내는 일을 소홀히 한 것 같았으니, 나는 한때 지나칠 정도로 몰두했던 아주 번듯한 계획 하나를 미뤄두고 있었던 바, 이것이 뭔고 하니, 보리로 맥아를 만들어서 이것으로 맥주를 좀 만들어 마셔보려던 것으로, 사실 이것이 뜬금없는 생각이었기에 나는 그런 황당함에 대해 스스로를 질책하곤 했었는데, 당장 맥주를 만드는 데 필요한 물건 몇 가지가 없었고 이것을 어디서 가져오는 것도 불가능했던 터라, 가령 첫째로, 맥주를 보관할 통이 없었는데, 이것은 이미 지적한 대로 내가 절대로 도달할 수 없는 경지여서, 며칠씩 아니 몇 달씩 시도를 해봤건만 아무 소득이 없었다. 그 다음으로는, 홉 열매가 있어야 맥주 맛이 유지되고 누룩이 있어야 발효가 될 것이며 그것을 끓일 솥이나 주전자도 없었는데, 그래도 이 모든 난관에도 불구하고 만약에 다른 문제, 그러니까 야만인들한테 겁을 먹어 질려버린 사태로 인해 방해받지 않았다면 나는 이 작업을 시도했을 것이며 아마도 이뤄냈을 것임을 참으로 믿어 의심치 않으니, 이는 내가 무엇이건 한번 시도해 볼 만하다는 생각이 머릿속을 꽉 채우고 나면 그것을 완수할 때까지 포기하는 법이 거의 없었기 때문이다.

그러나 나는 전혀 다른 방향으로 좋은 방안을 짜내느라 골몰하였으니, 나는 오로지 이 괴물들이 자신들의 잔혹하고 피비린내 나는 유희를 즐기려 할 때 이들을 어떻게 다 제거하고 가능하다면 이들이 제거하려고 이리로 데려온 제물을 살려낼 것인지, 이 생각만 밤이건 낮이건 늘 하게 되었다. 내가 이자들을 제거하거나 아니면 최소한 겁에 질리게 만들어서 이들이 더 이상 이리로 오지 못하게 하려고 마음속에 품고 있었던, 아니 머릿속에서 곰곰이 구상했던 온갖 장치들을 다 설명하려면 이 책의 원래 의도한 분량보다 더 지면이 많아야 할 정도이겠으나, 하지만 이 모든 계획은 다 결실을 맺지 못했으니 내가 직접 거기에 가서 행동에 옮기지 않는 한 전혀 그 어떤 장치건 작동시키는 게 불가능했던 터, 이자들이 합쳐서 20명 아니 30명일지도 모르고 이들이 창을 던지거나 활로 화살을 쏘면 내가 내 총으로 쏘듯 정확히 목표를 맞출 줄 알 테니, 한 사람이 할 수 있는 게 뭐가 있겠나?

간혹 나는 이들이 불을 핀 곳 밑에 구멍을 파서 거기에다 화약 5, 6파운드를 넣어뒀다가 이들이 불을 지피자마자 즉시 화약이 터져서 가까이에 있는 것들을 모조리 날려버리도록 할까 하는 생각도 해봤으나, 무엇보다도 내 화약 재고가 이제 한 통 정도밖에 안 남은 마당에 그 많은 화약을 거기에다 모두 써버리기가 꺼려졌고, 화약이 제대로 제때 터져서 이들을 습격할 수 있으리라는 것도 확신할 수 없었던 바, 기껏해야 이자들의 귀 끝이나 좀 태우고 겁에 질리게 하여 이곳에 다시는 오지 않도록 할 수 있을 정도밖에 안 터질 수도 있는 노릇이라, 그래서 이 계획은 접어두고, 그 다음으론 내가 어디 편리한 장소에 내 소총 세 자루를 모두 이중으로 장전해서 매복을 하고 있다가, 이자들이 유혈이 낭자한 의식을 벌이는 도중에 덮치면 확실히 한 발마다 두셋 정도는 죽이거나 아니면 적어도 부상시킬 수 있을 것이며, 그 다음에는 내 권총 세 자루와 내 칼을 들고 돌격하면 다 합쳐서 적어도 한 20명은 죽일 수 있을 것임을 의심치 않았으니, 이런 공상을 하며 몇 주씩 나는 흡족해했고 아주 이 생각이 머릿속에 꽉 차 있어서 심지어 꿈에서 이대로 재현한 적도 빈번했는데, 어떤 땐 꿈에서 그냥 불시에 사격만 하는 것으로 끝나기도 했다.

나의 이런 구상이 워낙 진전이 된 터라 나는 매복에 들어가서 이들을 관찰하기 좋은 곳을 며칠씩 찾아다니기도 했으며, 그곳에 자주 가보았기에 이제는 아주 그쪽 지형이 익숙해졌던 터라, 특히 이렇듯 내 머릿속에 복수를 하려는 생각이 가득 차 있는 채, 말하자면 이자들 20명이나 30명을 칼로 사정없이 베어 죽일 생각을 했는데, 이 장소 및 이곳에서 이 천박한 야만인들이 서로를 잡아먹었다는 표시들을 보니 소름이 끼치고, 내 적개심을 더욱 부추겼다.

그래서 마침내 나는 이들의 보트가 접근하는 것을 볼 경우에 내가 안전하게 기다릴 수 있을 것이라고 생각되는 장소를 언덕 한편에서 발견했고, 여기에 있다가 이들이 해안으로 올라오려 할 때 나는 몰래 숲이 우거진 쪽으로 이동하여, 그곳에는 내 몸을 완전히 숨길 수 있을 만큼 움푹 들어간 곳이 있었으니, 거기서 대기하며 이들의 처참한 행각을 생생하게 관찰하다가 이들이 한 곳에 모였을 때 머리를 정조준하여 발사하면 목표를 맞추지 못할 가능성은 거의 없었고, 첫 번째 사격만으로도 서넛 정도에게 부상을 입히는 데 실패할 리가 없을 것 같았다.

그래서 이곳에서 나는 내 작전을 수행키로 결정하고 이에 따라 머스켓 총 두 자루와 내가 평소에 갖고 다니던 사냥총을 준비했다. 머스켓 총 두 자루는 각기 산탄 총알 한 쌍씩과 권총 총탄 정도 크기의 작은 총탄 너댓 개씩 장전했고, 사냥총은 제일 큰 크기의 백조 사냥용 산탄 총알을 거의 한 움큼 장전했고, 내 권총들도 각기 총탄 네 개씩을 장전했으니, 이렇게 군장을 갖추고 두 번째와 세 번째 사격을 위한 총알까지 준비하고서 원정길에 오를 준비를 했다.

이렇듯 나는 작전 계획을 세웠으며 내 상상 속에서는 이미 그대로 실행을 한 셈이었으니, 나는 매일 아침 그곳 언덕까지 순찰을 갔는데, 내가 내 성이라고 부르는 이곳에서 거기까지는 3마일이 좀 넘는 거리였으나, 거기까지 가서 혹시 바다에 보트가 떠 있거나 섬 쪽으로 접근하거나 아니면 섬 방향으로 정박해 있는지를 살펴보았는데, 하지만 이 힘든 복무를 수행하느라 두세 달 계속 정찰하다 보니 좀 지치기 시작했고, 늘 아무런 발견도 못한 채 돌아왔으니 이 기간 내내 해안에서나 그 근방에서 전혀 아무도 출몰하지 않았으며 바다 멀리까지 내 눈이나 망원경으로 닿는 데까지 사방을 둘러봐도 마찬가지였다.

내가 매일 정찰을 위해 언덕까지 갔다 오는 일을 계속하는 동안 나는 내 계획이 생생하게 힘을 받아서 나의 정신도 전적으로 여기에 적합한 형태를 취하고 있는 것 같았지만, 이렇듯 무장도 제대로 하지 않은 야만인들을 20명이나 30명 죽이는 이 극단적인 형벌이, 내 생각 속에서도 전혀 시시비비를 가려보지 않은 죄목에 대한 것이었고, 이 지역 인간들의 이렇듯 자연의 순리에 맞지 않는 관습에 경악을 금치 못하고 불끈 흥분한 기분 외에는 다른 근거가 없었던 터, 이 세상을 지혜롭게 이끄시도록 섭리하시는 이가 이들은 오로지 자신들의 역겹고 사악한 열정에만 이끌려 행동하도록 만들어놓으신 것이라면, 오랜 세월 이런 끔찍한 짓을 하며 이런 경악스런 풍습을 이어받도록 하신 것일진대, 완전히 하늘의 버림을 받고 악마적인 타락에 빠진 자만이 할 수 있는 이런 짓을 하도록 허용하신 것일 수 있는 노릇이고, 게다가 이미 말했듯이 나는 이 무익한 나들이가 피곤해지기 시작했으니, 이렇듯 너무 오랜 기간 동안 너무 멀리 갔다 오는 헛수고를 매일 아침 하다 보니 이 행위에 대한 내 의견 그 자체가 바뀌기 시작했고, 이에 나는 좀더 냉정하고 차분하게 내가 과연 지금 연루되려 하는 일이 어떤 사안인지 따져보았다. 도대체 내가 어떤 권위랄까 사명을 받았기에, 하나님도 오랜 세월 동안 벌하지 않으시면서 이들이 말하자면 하나님의 심판을 서로에게 집행하도록 내버려두셔도 좋다고 생각하신 터에, 내가 재판관이자 사형집행관이 되어 이들을 죄수로 단정하겠는가. 이들이 나에게 무슨 위법을 저지른 것이 있으며, 이들이 피차간에 그토록 난잡하게 피를 흘리는 이 유혈 분쟁에 내가 끼어들 권리가 무엇인가. 나는 이 문제를 내 자신과 토론해 본 적이 자주 있었는데, 대개 이런 식이었다. 이 특정 사건에 대해 하나님 스스로 어떻게 심판하실지 내가 어떻게 알 수 있겠나, 이 사람들은 이것을 하나의 범죄로서 저지른 것이 아니거나, 자신들을 탓하는 양심이나 이성의 질타를 거스르는 것이 아님이 분명한 터에? 이들은 이 일이 하나의 불법임을 모르고 있고, 우리가 저지르는 다른 죄들의 거의 모든 경우처럼 하나님의 공의에 도전하려고 이것을 자행하는 것은 아니다. 이들은 전쟁을 통해 잡은 포로를 죽이는 것을 우리가 횡소를 죽이는 것만큼이나 범죄로 생각하지 않으며, 사람 고기를 먹는 것을 우리가 양고기 먹듯 생각하지 않는가.

내가 이런 면을 좀 따져보고 나니 불가피하게 내가 오류를 범했고, 이들이 내가 처음에 내 생각 속에서 판결 내린 그런 의미에서의 살인자들은 아니었다는 것이 확실해졌으니, 기독교도들도 전쟁 포로들을 죽이는 경우가 잦고, 아니 더 흔히 볼 수 있듯이 무기를 내려놓고 항복을 했는데도 병사들 한 부대를 몽땅 칼로 베어 죽이는 경우에 이들이 살인자가 아닌 것과 같은 이치였다.

그 다음으로 내게 떠오른 생각은 비록 이들이 자기들끼리는 인간이 아니라 짐승처럼 구는 게 사실이지만 그게 나와는 아무런 상관은 없었으니, 이 사람들이 내 권리를 침해한 것은 없었다는 것이다. 이들이 만약 나를 건드리려 시도했거나 내가 즉시 이들을 습격하는 것이 나의 즉각적인 자기보전에 필요함을 확인했다면 뭔가 나를 정당화할 근거가 생겼겠지만, 아직까지는 내가 이들의 영향권 밖에 있고 이들이 나에 대해서 사실 알지 못하기에 나를 어쩌겠다는 계획을 품지 않은 형편이고, 따라서 내가 이들을 습격하는 것은 정당하지 않았다. 이런 논리를 적용하자면 스페인 사람들이 아메리카에서 자행한 야만적인 행각들, 즉 원주민을 수백만 명씩 죽인 것도 정당화될 것이니, 비록 이들이 우상 숭배자이자

야만인이며 산 사람을 자기들 우상에게 바치는 등의 야만적인 의식이 그들 풍습의 일부였다고 해도, 스페인 사람들에게는 아무런 해를 끼친 게 없는 무고한 사람들이었는데도, 이들을 그 땅에서 몰살해 없애버린 것이 심지어 스페인 사람들 사이에서도 당시에 극히 혐오스럽고 경멸할 일이란 식으로 얘기가 돌았으며, 유럽의 다른 기독교 국가들에서는 순전히 생사람 잡는 학살이요 피비린내 나고 자연의 순리를 거스르는 잔혹함으로서 하나님이나 사람 앞에서 정당화될 수 없다고들 말했던 바, 그래서 이로 인해 '스페인 사람'이란 말 자체가 인간성을 존중하는 모든 사람들, 아니면 기독교적 연민을 갖고 있는 사람들에게는 소름 끼치고 끔찍한 말로 받아들여져서, 마치 스페인 왕국이 특별히 내세울 자랑거리가, 이렇듯 일체의 자비의 원리도 모르며, 불쌍한 자들에게 누구나 속으로는 느끼는 동정을 다들 너그러운 심성의 표시로서 인정하건만 이것을 일체 결여한 인종을 배출했다는 사실인 양 생각했다.

이런 점들을 고려하는 통에 나는 머뭇거리다가 그만 멈춰 선 셈이 되었고 이에 조금씩 내 계획에서 마음이 멀어져 내가 이 야만족들을 공격하려고 작정한 것이 잘못되었다고 결론 내렸고, 이자들이 나를 먼저 공격하지 않는 한, 그들 일에 참견하는 게 내 소관사항은 아니며, 그냥 이들의 공격을 예방하는 게 내가 할 일이고, 만약에 이들이 나를 발견하고 공격한다면 그때 내가 단호히 대처 하면 될 일이라고 생각했다.

다른 한편으로 다음과 같은 논리도 스스로에게 제시했으니, 이 계획은 막상 내 자신을 구하는 게 아니라 완전히 내 자신을 파괴하고 파멸시키는 방법인 것이, 만약 당시에 육지로 올라와 있던 사람뿐만 아니라 나중에 도착하는 인간들도 모조리 죽일 수 있으리라는 게 확실하지 않다면, 그 중에 누구 하나라도 탈출해서 자기 동족들에게 여기서 무슨 일이 벌어졌는지 얘기해 준다면 그 자들이 수천 명씩 다시 몰려와서 동족들의 죽음을 복수하려 들 터이기에, 현재로서는 그럴 위험이 없는데 공연히 스스로 확실한 파멸만을 자초한 꼴이 될 것이었다.

종합적으로 내린 결론은 원칙적으로도 그렇고 실질적으로도 따져 봐도 이 문제에 내가 어떤 식으로건 관여하면 안 되며, 또한 내가 할 일은 가능한 모든 방법을 동원해서 이들로부터 나를 숨기고 이들이 이 섬에 무슨 동물이, 그러니까 인간의 형상을 한 동물이 살고 있다는 추측을 할 만한 조그마한 단서도 남기지 않는 것이었다.

이러한 실리 계산에 종교도 합세하자 나는 여러 모로 확신이 서게 되었으니, 내가 죄 없는 사람들, 그러니까 나한테는 해를 끼친 적 없는 사람들을 살해하려는 흉악한 계획을 세우고 앉아 있는 게 내 도리에 완전히 어긋나는 일이요, 이들이 서로에 대해 범한 범죄와 나는 아무런 상관이 없었고, 그것은 이들 종족의 고유한 문제이니 하나님이 심판하시도록 맡기는 것이 옳은 것이라, 하나님은 모든 종족을 다스리시기에 종족들에게 벌을 내리셔서 종족들이 저지르는 죄에 대한 합당한 대가를 받도록 하실 터, 집단 차원에서 범죄를 저지르는 자들에게는 하나님이 알아서 정하신 방식으로 적당히 심판하시도록 하면 될 것이었다.

이제 내게 분명히 드는 생각은 내가 의도적인 살인을 저지른 경우 못지않게 죄가 된다고 믿을 만한 근거가 상당한 이 일을 그대로 실행하도록 내 자신을 방치하지 않았다는 것이 무엇보다도 다행으로 여길 일이라는 것이니, 나는 하나님 앞에 무릎 꿇고 나를 이렇듯 사람 죽이는 죄에서 건져주신 데 대해 지극히 겸허한 감사의 기도를 올렸고, 내가 야만인들의 수중에 떨어지지 않게 섭리하시고 보호해 주실 것을 간구하였고, 또한 하늘의 소명을 보다 분명히 받은 경우가 아니라면, 내가 내 생명을 방어하기 위해 이들을 공격할 일이 없도록 간구했다.

이러한 심정으로 나는 이후로 거의 1년 가까이 지냈고, 이자들을 습격할 계제가 나타나기를 별로 원치 않았기에 이 기간 내내 나는 이들이 혹시 눈에 띄는가 보기 위해 언덕 위로 올라가는 일을 단 한 번도 하지 않았으니, 이들이 그쪽 해안에 어디 올라와 있는지 알아내어 이들을 공략할 작전을 새로 짜려는 유혹에 빠지거나 내게 유리한 상황을 이용하려 들려는 충동에 사로잡히는 일이 없도록 했고, 다만 나는 반대편에 있던 내 보트로 가서 보트를 섬 전체의 동쪽 끝 지점까지 몰고 가서 그것을 높은 바위 한 곳 밑에 파여 있는 틈새에다 갖다 놓았는데, 이쪽으로는 해류의 흐름 때문에 야만인들이 어떤 일이 있어도 감히 접근하거나 적어도 일부러 그리로 오지는 못할 것임을 알고 있었다.

내 보트에 가서는 거기에 있던 모든 물건들을 다 가져왔는데, 보트를 움직이는 데 필요한 것들, 그러니까 내가 만들어놓은 돛대와 돛이랑 닻으로 쓰려고 만든 것들은 그대로 뒀는데, 이것을 닻이라고 해도 좋고 갈고리라고 해도 좋겠지만 나로서는 최선을 다해 만든 것으로, 아무튼 나머지 물건은 모두 치워버려서 그것이 보트라는 사실이나 이 섬에 사람이 살고 있다는 사실을 알아차리게 할 만한 표시가 조금이라도 될 만한 것들은 일체 없도록 했다.

이 외에도 나는 이미 말한 대로 전보다 더 집 안에서만 주로 지냈고 거의 집 밖으로 나가지 않았으며, 내가 늘 하는 업무란 암염소 젖을 짜고 숲 속에 옮겨놓은 염소 몇 마리를 돌보러 밖에 나가는 게 전부였는데, 이 녀석들은 섬의 반대쪽에 상당히 떨어져 있었으니 위험할 것은 별로 없었으나, 분명한 것은 이 섬에 이따금 출몰하는 이 야만족들이 여기에서 뭘 찾아보려는 의도로 오는 게 아니기에 해변에서 안쪽으로 깊이 배회하는 법은 없는 것 같았는데, 내가 이자들에 대한 경계심을 갖게 된 이후에도 그전 못지않게 수차례 섬에 상륙했으리라는 점은 의심할 여지가 없었으니, 실제로 만약에 내가 이들에게 습격을 감행했거나 아니면 총 한 자루에 탄약도 별로 많이 장전하지 않은 상태로 이 섬 여기저기를 기웃거리면서 뭐 챙길 것 없나 둘러볼 때, 만약에 이렇게 무장도 제대로 안 한 무방비 상태에서 이들에게 들켰다면 내 처지가 어떻게 될 뻔했나 생각하며 모골이 송연했으며, 또한 내가 사람 발자국 하나를 발견한 정도가 아니라, 이 야만인들 15명이나 20명쯤이 내 쪽으로 돌격하고 있는 걸 발견했다면, 이들의 재빠른 달리기 때문에 내가 탈출할 가능성이 없었을 터, 만약 그랬다면 내가 얼마나 기겁을 했을 것인가.

이런 생각을 하면 때때로 내 영혼이 안으로 움츠러들었고, 내가 제대로 대처하지 못했으리라는 생각에 심적 고통이 어찌나 심해지는지 즉시 마음을 다스리지 못할 정도였으니, 나는 이들에게 저항할 능력이 없었을뿐더러 아무런 조치도 취하지 못할 정도로 정신을 잃어버렸을 것이며, 내가 그렇게 여러 가지를 고려하고 대비해 놓은 대응책도 마찬가지였을 것이라, 이 점들을 심각히 생각해 본 후에 나는 심히 우울해져서 한동안 그런 기분에 빠져 있었으나, 나는 결국엔 이 모든 것을 나를 예측하지 못한 위험에서 건져 주시고 나 스스로의 힘으로는 나를 구해 낼 방법이 없는 해악으로부터 보호해 주시도록 섭리하신 하나님께 감사하는 마음으로 극복했으니, 나는 이런 사태가 벌어질 수 있다는 생각이 전혀 없었고 이런 가능성을 가정하지 않았던 것이다.

이 일은 내가 이전에 처음으로 하나님의 긍휼이 우리가 인생을 살며 봉착하는 위험을 피하도록 인도하신다는 것을 깨달았을 때 내 생각에 자주 떠올랐던 명상을 새롭게 다시 하게 만들었다. 참으로 우리가 전혀 모르고 있을 때도 놀라운 구원을 받고 있는 것이 아닌가. 우리가 이쪽으로 갈까 저쪽으로 갈까 확신이 서지 않아 주저하는, 소위 진퇴양난에 빠져 있을 때도 우리가 원래 가려는 방향과 정반대 쪽을 택하도록 내밀히 암시를 주시니, 아니 우리의 지각이나 기분이나 아마도 업무 자체 때문에라도 한쪽으로 가야 하건만, 미묘한 느낌이 어디에서 솟아나며 어떤 힘에 의한 것인지 모르게 마음속에 찾아와서 우리의 결정을 번복하게 하여 반대쪽으로 가도록 하니, 나중에 보면 우리가 만약에 원래 가야겠다고 생각했고 상상 속에서는 이미 갔었던 쪽으로 갔다면 망했고 길을 잃고 말았으리라는 것을 깨닫게 된다는, 이런 생각과 그 밖에 비슷한 명상에 의거해서 내가 이후에 하나의 분명한 신조로 삼은 것이, 어떤 주어진 일을 하거나 안 하는 문제에서 내 맘속에서 은밀한 암시나 기분 같은 게 느껴지면, 비록 이런 기분이나 암시가 느껴진다는 것 외에는 달리 아무런 이유가 없다고 해도 나는 이 은밀한 명령을 절대로 따른다는 것으로, 내 인생 여정에 있어서 이대로 실행하여 성공한 예들을 여럿 들 수 있겠으나, 특히 이 불행한 섬에서 살던 인생의 하반부에서는 더욱 더 그러하니, 내가 당시에도 지금과 똑같은 시각으로 간파했다면 알아차렸을 법한 여러 경우들 말고도 예들이 더 많을 터인데, 하지만 우리는 늦게라도 철이 들어야만 하는 법이라, 내 인생처럼 유별난 사건들로 점철된 인생을 살아온, 아니 그 정도까지 험난하지 않은 인생을 살았다 하더라도 지각 있는 사람들이라면 누구에게나 충고하지 않을 수 없는 바는, 이렇게 섭리가 은밀히 귀띔해 주시는 암시들을 무시하지 말라는 것이니, 이런 암시의 출처가 어떤 보이지 않는 영과의 초자연적 교감인지는 내가 논하지 않겠고 아마 설명할 수도 없을 것이지만, 분명한 바는 이것들이 영적인 교감의 증거라는 것이며 영적인 존재와 육체 간의 비밀스런 소통이며 전혀 거역할 수 없는 증거들이라는 것이니, 이 적막한 곳에서의 내 고독한 거주 기간의 나머지 부분에서 매우 놀라운 사례들로 이를 입증할 계제가 향후에 또 나올 것이다.

아마도 이런 불안감과 내가 살면서 부담으로 안고 지내는 지속적인 위험과 이제 내가 고민해야 하는 걱정거리들 때문에 앞으로의 생활상의 편리를 위해 계획한 온갖 고안들을 만들어보려는 시도에 종지부를 찍었다고 시인해도, 이 글을 읽는 독자는 별로 이상하게 생각하지 않으리라. 나는 먹는 문제보다도 신변의 안전에 신경 쓸 일이 더 많았다. 나는 소리를 누가 들을까 봐 못 하나 박거나 나무 막대기 하나 자르는 것도 주저했고 같은 이유로 총 쏘는 것은 더욱 더 조심했으며, 무엇보다도 불을 지피는 것에 대해서 말할 수 없이 불안해했으니, 만약에 낮 시간에 연기를 피우면 멀리서도 보이니 내 존재가 탄로날 수 있었기 때문이며, 이런 연유로 나는 불을 지펴야만 하는 내 일들, 가령 그릇이나 파이프를 굽는 일은 숲 속에 내가 새로 마련한 거처로 옮겼는데, 이 근처를 얼마간 둘러보던 중에 내게는 말할 수 없이 다행스럽게도 완전한 천연 동굴을 발견했으니 동굴이 매우 깊이 안으로 이어졌기에 단언컨대 그 어떤 야만인이건 입구에 서 있었다 해도 그 안으로 들어올 만큼 무모하지는 않을 것이며, 꼭 야만인이 아니라도 나처럼 무엇보다도 완전하게 숨어 있을 곳이 절실한 사람이 아니라면 누구나 마찬가지로 주저했을 것이다.

이 뚫려 있는 동굴 입구는 거대한 바위 바닥에 나 있었는데 이것을 순전히 우연에 의해 (아니, 이 모든 것을 섭리로 돌려야만 할 이유가 충분함을 깨닫지 못했다면 그렇게 말했겠지만) 내가 숯을 만들려고 두터운 나뭇가지를 잘라내던 중에 발견한 것인데, 얘기를 더 진행하기 전에 내가 왜 숯을 만들려 했는지 그 이유를 밝혀야 할 것이니, 사정이 다음과 같았다.

이미 말했듯이 나는 집에서 연기를 내기가 두려웠으나 빵을 굽지 않고 고기를 요리하지 않고서는 살 수가 없는지라, 내가 생각해 낸 방안이 영국에서 본 것처럼 이곳 축축한 잔디 밑으로 나무를 태워서 숯 내지는 목탄이 되도록 했고 불을 끈 다음에 숯을 집으로 가져와서 집에서 연기를 피울 위험 없이도 불이 필요한 다른 일들을 수행하려고 했던 것이다.

그러나 이것은 조금 있다 할 얘기이고, 그래서 내가 거기에서 나무를 좀 자르고 있던 중에 나는 아주 빽빽한 관목 내지는 덤불 뒤로 일종의 텅 빈 구멍 같은 게 있는 것을 봤고, 이 안을 들여다보고 싶은 충동에 힘겹게 입구까지 가니 제법 동굴 입구가 컸는데, 내가 허리를 펴고 서도 키가 안 닿을 정도였고 아마 사람이 하나 더 서 있기에도 충분했을 정도라, 하지만 솔직히 밝힌다면, 나는 그리로 들어가자마자 금세 황급히 다시 도망 나오느라 바빴으니, 그것은 내가 안쪽 깊숙이 들여다보니 뭔가가 뚜렷하게 두 눈으로 이쪽을 쳐다봤기 때문인데, 이게 악마인지 인간인지 알 수가 없었으나 동굴 입구의 희미한 불빛이 그 안으로 곧장 스며들어가서 빛을 반사해 내서 별처럼 두 눈이 반짝반짝 빛나고 있었다.

그러나 잠시 주춤한 후에 나는 정신을 차렸고 내 자신을 바보 천치라고 수없이 꾸짖으며 혼잣말로, 악마 만나는 걸 두려워하는 놈이 어떻게 혼자서 이 섬에서 20년을 살았느냐, 저 동굴 속에 나보다 더 무서운 존재가 뭐가 있겠느냐, 이렇게 말하면서 용기를 내어 큼직한 횃불을 만들어서 훨훨 타오르는 나무를 손에 들고 안으로 달려들어가자, 한 세 걸음도 채 떼지 않았을 때 나는 처음만큼이나 겁에 질리고 말았으니, 이번에는 마치 통증에 시달리는 남자 소리 같은 커다란 신음소리가 들리며 이내 마치 몇 마디 말을 하다 마는 듯이 뚝뚝 끊어진 소음들이 이어졌다가 다시 큼직한 신음소리가 나는데, 이에 나는 뒤로 물러섰고 그야말로 깜짝 놀라 기겁을 해서 식은땀을 흘렸으니, 만약 모자를 쓰고 있었다면 머리카락이 곧추 서서 모자가 날아가 버려도 어찌할 수 없을 정도로 겁에 질려 있었다. 그러나 할 수 있는 한 최선을 다해 기운을 내어서, 하나님의 능력과 임재는 어디에나 미치고 나를 보호해 주실 것이라 생각하며 내 자신을 좀 토닥거리면서 다시 횃불을 머리 위로 약간 치켜들어 앞을 비추며 나아가니, 웬걸, 아주 흉물스럽고 끔찍하게 생긴 늙은 숫염소가 말하자면 마지막 유언을 막 하는 것이라, 마지막 숨을 몰아쉬며 장수를 누린 삶을 이제 마감하는 중이었다.

나는 염소를 끌고 나갈 수 있을까 해서 약간 흔들어보니 일어서려 노력은 했으나 자기 몸을 일으켜 세우지 못했고, 그래서 나는 그냥 여기에 놔 둬도 좋겠다고 혼자 생각했는데, 아직 목숨이 남아 있는 한, 그 녀석이 나를 그렇게도 겁에 질리게 했다면 야만인들 중에서 여기까지 들어올 만큼 간이 큰 자가 있다고 치면, 그 자들도 놀라게 할 것이 분명했다.

나는 이제 처음에 기겁했던 상태에서 벗어나서 주변을 둘러보니 동굴이 매우 작다는 것을 발견했는데, 그러니까 약 12피트 정도 크기이고 원형도 아니고 사각형도 아니고 별 모양이 아닌 것을 보니 이것은 사람 손으로 파 놓은 것이 아니라 순전한 천연 동굴이었고, 또한 맨 끝 쪽에 보니 더 깊이 들어가는 공간이 있는데 이쪽은 더 낮았으며 내가 두 손과 무릎으로 기어들어가야 할 정도 였으나 어디로 이어지는지는 알 수 없었으며, 내가 양초를 갖고 있지 않았기에 그냥 포기했고, 다음날 양초와 머스켓 총 방아쇠로 만든 부싯돌이랑 접시에다 불 지피는 재료를 준비해서 다시 오기 로 했다.

따라서 다음날 계획한 대로, 나는 염소 기름으로 아주 상당히 쓸 만한 양초들을 만들어 썼던 터라, 내가 만든 큼직한 양초 여섯 개를 준비해서 동굴의 이 낮은 쪽으로 들어가서는, 이미 말한 대 로 네 발로 엉금엉금 기어가야만 했고 그렇게 한 10야드 정도 앞 으로 갔고, 얼마나 굴이 깊이 들어가는지 또 그 안에 뭐가 있는지 모르는 형편에서는 이 정도면 충분히 모험을 한 셈이었다고 생각 했다. 이 좁은 틈새를 통과하고 나니 천장이 높아져서 거의 20피 트 정도 되었다고 생각되었는데, 이 저장소랄까 동굴의 위쪽 천장 과 사방 벽을 둘러보니까 내 양초 두 개가 만들어내는 불빛을 수 십만 가지로 반사해 내고 있었으니, 그렇게 장대한 광경은 이 섬 에서 본 적이 없을 정도였고, 이것이 다이아몬드인지 아니면 다른 값진 보석인지 금광석인지 알지 못했으나 아마 후자라는 짐작이 가긴 했다.

내가 들어간 곳은 비록 완전한 어둠 속이라 잘 보이진 않았지 만, 이곳이 돌구멍이랄까 석굴로서는 아주 그만일 정도로 안성맞 춤으로, 바닥은 평평하고 건조하며, 거기에 자그마한 자갈 같은 게 대충 깔려 있기에 역겨운 독사 같은 동물은 볼 수 없었고 천장 이나 벽 쪽에 아무런 습기나 물기가 없었으며, 유일한 난점은 입구였는데 이것은 안전하게 대비할 곳이었으니 오히려 그게 더 이점일 수 있다고 생각했고, 그래서 나는 이곳을 발견한 것에 진심으로 기뻐하며 즉시 내가 가장 신경을 쓰는 물건들을 이곳에 갖다 놓기로 작정했으니, 가령 내 화약 비축한 것과 여분의 총포, 즉 사냥총 3정을 갖고 있었기에 그 중에서 2정, 또한 머스켓 총은 8정이 있었기에 그 중 3정을 갖다 놓기로 했는데, 내 성에는 5정만 마치 대포처럼 가장 바깥쪽 담장에다 설치해 놓았고, 내가 원정 나갈 때는 그 중에서 한 자루를 빼서 갖고 가면 되었다.

내 총기류를 옮겨놓는 김에 이참에 바닷물에서 젖어 있는 상태로 건져왔던 화약통을 열어봤더니, 사방으로 물이 한 3, 4인치 정도씩 화약에 스며들어서 그쪽은 딱딱하게 굳어 있으면서 그 덕에 안쪽을 조개껍질처럼 감싸줬고, 거의 한 60파운드 정도 아주 괜찮은 화약이 화약통 중심부에 남아 있었으니, 이걸 발견한 것이 당시로서는 아주 기분 좋은 일이었고 그래서 모두 가져왔는데, 내 성에다는 혹시라도 무슨 예상치 못한 사고가 날까 두려워 늘 한 2, 3파운드 정도 분량만 남겨두었으며, 또한 내가 총탄으로 쓸 남아 있는 납도 모두 옮겨놨다.

나는 내가 마치 동굴이나 바위 구멍에서 아무도 근처에 못 오게 하고 살았다던 고대의 거인들이나 마찬가지인 셈이라는 느낌이 들었는데, 만약 야만인들이 500명씩 나를 수색한다고 해도 내가 여기 있는 한 절대로 찾아내지 못할 것이며, 만약 찾아낸다고 해도 여기로는 감히 공격하려 들지 못할 것이라고 내 자신을 설득했다.

내가 발견했을 당시 죽어가고 있던 늙은 염소는 동굴을 발견한 그 다음날 동굴 입구에서 죽었는데, 죽은 염소를 밖으로 끌고 나오는 것보다는 거기에 큼직한 구덩이를 파서 던져놓고 흙으로 덮어버리는 게 훨씬 용이할 것 같아서, 그곳에 묻었고, 악취가 내 코를 괴롭히지 않도록 했다.

내가 이제 이 섬에서 산 지가 23년이 되었고, 이곳과 이런 생활에 워낙 익숙하게 적응한 터라 야만인들이 이곳으로 와서 나를 귀찮게 굴지 않을 것이라는 점만 확실했다면 남은 인생을, 심지어 동굴에 있던 늙은 염소처럼 마지막 순간 쓰러져서 죽을 때까지 이곳에서 보내라고 해도 별 이의가 없었을 법할 정도였다. 나는 또한 이전보다 더 시간이 기분 좋게 잘 흘러가게 해주는 자질구레한 취미와 오락생활도 하게 되었으니, 첫째로는 내 앵무새 폴에게 이미 지적했던 바대로 말을 가르쳐 줬는데, 그래서 이 녀석이 아주 친근하게 나한테 말을 걸었고 그것도 아주 뚜렷하고 분명하게 말을 했기에 나로서는 아주 즐거운 일이었으며, 이 녀석은 나랑 무려 26년이나 같이 살았고, 앞으로도 더 살 수 있을지도 모를 일, 브라질에서는 앵무새들이 백 살을 산다고 믿는 사람들도 있었으니, 그래서 혹시 가엾은 폴이 여전히 그 섬에 살아 있어서 "가엾은 로빈 크루소"를 이 순간까지 불러대고 있는지도 모를 일이다. 그 어떤 영국인도 운이 나빠서 그곳으로 가서 이 녀석 목소리를 듣게 되길 내가 바라는 것은 아니지만, 만약 그럴 때에는 필경 이것이 악마의 소리라고 믿을 것이다. 내 개도 무려 16년의 세월 동안 아주 즐겁고 다정한 동반자 노릇을 하다가 그냥 늙어서 죽었으며, 내 고양이들은 이미 지적한 대로 아주 빠르게 늘어나서 처음에는 이놈들이 나랑 내 식량을 모조리 삼켜먹어 버리는 것을 방지하기 위해서 몇 마리를 쏴 죽이지 않을 수 없었으나, 마침내 내가 처음에 데리고 왔던 늙은 고양이 두 마리가 사라졌고 이놈들을 끝없이 쫓아버리고 전혀 나한테서는 아무것도 먹을 것을 가져가지 못하게 하자 모조리 다 숲으로 도망가 버렸고, 내가 길을 잘 들여서 이뻐했던 두세 마리만 남았는데 이놈들의 새끼들은 생기면 늘 물에 빠뜨려 죽여 버렸는데, 아무튼 이런 녀석들이 내 식솔들이었고, 여기에 덧붙여서 집에서 염소 새끼 두세 마리도 늘 키웠었으니, 이 녀석들은 내 손에서 모이를 먹도록 가르쳐 놓은 것들이며, 또한 앵무새가 두 마리 더 있었는데 이 녀석들도 제법 말을 잘해서 다들 "로빈 크루소" 소리를 할 줄 알았지만 첫 번째 앵무새처럼 잘하지는 못했고 그 녀석 가르칠 때처럼 열심히 가르치느라 수고를 하지는 않았다. 나는 또한 물새들을 몇 마리 길들여서 데리고 있었는데 무슨 종류인지 이름은 몰랐으나, 해안에 올라와 있는 놈들을 잡아서 날개를 잘라내서 데리고 있었으며, 내 성벽 밖에다 심어놓았던 작은 말뚝들은 이제 아주 촘촘한 관목 숲으로 성장해 있었기에 이 새들이 모두 이 나지막한 나무들에서 살게 하여 거기에서 키우니 나로서는 매우 즐거운 일이었으며, 이렇듯 위에서 말한 대로 나는 나의 생활을 아주 흡족하게 여기며 잘 살고 있었고, 다만 야만인들에 대한 걱정을 안전하게 떨쳐버리는 문제가 걸려 있었을 뿐이었다.

그러나 일은 다른 방향으로 흘러가도록 돼 있었던 모양이었으니, 내 이야기와 마주치는 모든 사람들이라면 내 경우를 통해 다음과 같은 점에 유의하는 것도 나쁘지 않을 것인 바, 우리 인생의 길에서 우리가 열심히 피하고자 하며 거기에 빠지면 끔찍하기 이를 데 없는 나쁜 상황 그 자체가 흔히 우리를 구원해 내는 수단이자 통로가 되며, 오로지 그 길로만이 우리가 빠져든 고난에서부터 건져질 수 있는 경우가 참으로 비일비재하다는 것이다. 나의 이기묘한 삶의 여정에서 이러한 예는 여럿 들 수 있겠지만 이 섬에서의 나의 적막한 생활의 말년의 정황에서처럼 더 분명한 예는 찾기 어려울 것이다.

이제 앞에서 말했듯이 이곳에서의 생활 23년째의 12월달이 되었는데, 이때가, 이걸 겨울이라고 할 수야 없었지만 동지인지라, 내가 추수를 하는 시기로 정해 놨기에 야외에 나가 있는 시간이 많았고, 아침 일찍 심지어 날이 밝아지기 전에 들로 나가던 중이었는데, 나는 멀리 떨어진 해안 쪽에서 무슨 불을 지핀 것 같은 게 보이는 통에 깜짝 놀랐으니, 이전에는 섬의 끄트머리 쪽 약 2마일 지점 그쪽으로 야만인들이 왔다 간 흔적을 본 바 있었지만 그것은 반대편이었으나, 이번에는 내가 있는 쪽이라, 내게는 아주 불행한 사태가 벌어진 것이다.

나는 참으로 이 광경을 보고 놀라서 겁에 질렸고 내 숲 안쪽에 멈춰 서서는 습격을 당할까 두려워 더 멀리 나갈 엄두를 내지 못했는데, 그렇다고 이 안에 있다고 해서 마음이 편했던 것은 아니었으니, 이 야만인들이 섬을 돌아다니다가 내 곡식들이 자라고 있거나 추수한 것을 본다든지 그 밖의 내가 작업을 했거나 개척해 놓은 흔적들을 보면 즉각 이자들이 여기에 사람이 산다고 결론을 내릴 것이며 그러면 나를 찾을 때까지 절대로 포기하지 않을 것이라는 걱정에 불안했던 터라, 이러한 위급 상황에서 나는 다시 내 성으로 곧장 돌아가서 사다리를 내 머리 위로 넘겨놓고 모든 것이 바깥에서 볼 때는 할 수 있는 한 야생 그대로 자연스럽게 보이게 했다.

그러고 나서는 안에서 방어 태세를 갖추며 대비를 했으니, 내 표현대로 하자면 내 대포들, 그러니까 새로 만든 방벽에 장치해둔 내 머스켓 총들을 모두 장전했고 권총들도 모두 장전하고서 최후의 순간까지 맞서서 싸우기로 결심했고, 하나님의 보호에 내 자신을 진지하게 맡기는 것도 빼먹지 않았으니 나는 하나님께 이 야만인들의 손에서 나를 구원해 주시라고 간곡히 기도했으며, 이러한 태세로 나는 한 두 시간 계속 대기했는데, 조금씩 바깥쪽 상황이 몹시 궁금해지기 시작하는데 밖으로 누굴 정탐을 보낼 수 없었으니 더 궁금했다.

조금 더 그냥 그대로 앉아서 내가 이제 어떻게 행동할지를 궁리하고 있자니, 이제는 더는 궁금증을 참을 수가 없는지라, 나는 언덕 한 편 내가 이미 말한 대로 평평한 쪽으로 사다리를 놓고 올라가서 사다리를 다시 끌어올려 놓은 후에, 언덕 뒤까지 올라가서는 이런 목적으로 가져온 망원경을 꺼내서 바짝 땅에 배를 깔고 엎드려서 관찰을 하기 시작하는데, 이내 눈에 들어온 것이 벌거벗은 야만인들로 무려 숫자가 아홉이나 되고 이들이 자그맣게 불을 지펴놓고 둘러앉아 있는 모습이 그냥 불을 쬐려는 기색은 아닌 것이, 날씨가 그토록 더운 이곳에서 그럴 일이 없었던 것이라, 내 추측에는 무슨 사람 고기 구워먹는 이들의 야만적인 잔치를 준비하는 것 같았는데, 이들이 사람을 산 채로 아니면 죽여서 데리고 왔는지는 알 수 없었다.

이들은 카누 두 대를 타고 왔었고 배를 해변에다 끌어올려 놓고서는 이때가 썰물이 들었기에 물길이 바뀌면 다시 떠나려고 기다리는 모양이었는데, 그 모습을 보고, 게다가 섬 이 편으로 와서 이렇게까지 나한테 근접한 것을 보니 내가 얼마나 당황했을지는 남들은 아마 상상이 잘 안 갈 것이겠지만, 아무튼 나는 이들이 늘 썰물에 맞춰서 이쪽으로 오는 것임을 간파하고 나서는 좀 마음의 안정을 되찾았으니, 내가 민물 때는 충분히 밖으로 나갈 시간 여유가 있으리라는 것을 확인했기 때문이고, 이러한 상황을 파악한 후에는 나는 좀더 차분한 자세로 추수 작업을 하러 나다녔다.

이러한 나의 예측이 들어맞았으니, 해류가 서쪽으로 바뀌자마자 이들이 모두 보트에 올라타서 조그마한 노를 파득파득 저어가며 떠나갔는데, 이자들이 떠나기 전 대략 한 시간이 넘게 무슨 춤을 추는 것 같은 자세를 망원경으로 관찰할 수가 있었고, 내가 세밀한 구석까지는 볼 수 없었으나 이들은 실오라기 하나 걸치지 않았는데, 남자인지 여자인지는 분간할 수 없었다.

이들이 배에 올라타서 떠난 것을 보자마자 나는 어깨에 총 두 자루를 메고 허리에 권총 2정을 차고 내 긴 칼을 칼집 없이 옆에 차고서, 있는 속도를 다 내서 내가 이들의 흔적을 처음 발견했던 그쪽 언덕을 향해 갔고, 거기에 한 두 시간 이상 후에 (워낙 중무장을 했던 터라 더는 빨리 갈 수 없었다) 도착하니 이곳에 야만인들 카누가 세 대나 더 왔었다는 것을 바로 알 수 있었으니, 먼 바다 쪽을 바라보자 이들이 모두 바다 위에 같이 둥둥 떠서 대양 쪽으로 향해 가고 있었다.

이것은 내게는 끔찍한 광경이었고 더욱이 바닷가로 내려갔을 때 이들의 암울한 짓거리가 남기고 간 경악할 흔적들, 즉 이놈들이 신나게 놀이삼아 삼켜먹고 뜯어먹은 사람 핏자국과 뼈, 살점 조각 등이 눈에 보이니, 이에 나는 이를 목도하자 극도의 분노에 사로잡혀서 이들과 다시 마주칠 때면 이자들이 누구이며 몇 놈이나 되건 간에 모조리 죽여 없애버릴 궁리를 하기 시작했다.

이들이 이렇듯 이 섬을 방문하는 경우는 잦지는 않다는 게 분명해 보였으니, 거의 열다섯 달이 넘도록 이들은 다시 해안에 상륙하지 않았던 것이라, 정확히 말하자면 나는 이 기간 내내 이들의 모습이나 발자국이나 아무런 표시도 전혀 보지 못했고, 우기에는 먼 여행을 하지 않고 적어도 멀리 여기까지 오지는 않을 게 확실했는데, 그럼에도 이 기간 내내 나는 이들이 갑자기 나를 기습할 걱정에 늘 불안 속에 지냈으니, 이를 보면 해악에 시달리는 것보다 해악을 예상하고 있는 게 더 괴로운 법이며, 특히 이런 예상이나 걱정을 떨쳐버릴 여지가 없을 때는 더욱 그러하다.

이 시기 내내 나는 살기가 등등하여, 하루 일과 대부분을 어떻게 하면 이들과 다음번에 마주칠 때 이들 몰래 접근하여 습격할 것인가를 궁리하는 데 다 보냈으니 시간을 쓸데없이 보낸 셈인데, 게다가 이들이 만약에 저번 때처럼 두 패로 갈려 있을 경우, 한 패가 열 명이건 열둘이건 이들을 다 죽였다고 치면 그 다음 날이건 다음 주건 다음 달이건 다른 패를 또 죽일 것이고, 계속 무한정 이렇게 죽여대다 보면 나도 이들 사람 잡아먹는 놈들 못지않게, 아니면 어쩌면 더 심한 살인자가 되는 셈일 것이라는 점도 전혀 생각해 보지 않았다.

나는 이제 몹시 당혹해하고 불안해하는 심정으로 하루하루를 보내면서 이제나저제나 이들 무자비한 작자들의 손아귀에 사로잡힐 것만 예상하고 있었고, 이 시기에 내가 간혹 외출을 할 경우에도 나는 극도로 조심하고 최대한의 경계 태세로 사방을 둘러보며 다녔으며, 염소 떼 내지는 한 무리 염소를 길들여 키우기로 한 게 얼마나 다행한지를 생각하면서 큰 위안을 삼았는데, 이는 그 어떤 형편에서도, 특히 이들이 출몰하는 섬 그쪽에서는 감히 총을 쏴서 이들을 최소한 놀라게 할 수는 없었던 까닭이라, 이들이 설사 당장에는 나한테서 도주한다고 해도 다시 돌아올 게 분명했고 혹시라도 며칠 후에 카누 200~300척이 몰려온다면 그때 내가 어떻게 될지는 뻔한 노릇이었다.

그렇지만 나는 1년 하고도 석 달이 다 가도록 이들 야만인들은 전혀 더 보지를 못하다가 그때 돼서야 다시 발견했는데, 그 정황은 곧 다룰 것이다. 사실인즉 이들이 이 섬에 한 번이나 아니면 두 번 왔다 갔을 수도 있었겠으나 이들이 머물지 않았거나 아니면 내가 전혀 오고 가는 소리를 못 들었던 것일 수도 있겠는데, 하지만 내가 최대한 정확히 날짜를 계산했다고 치면, 내가 그곳에 온 지 24년째 되는 해 5월 달에 매우 이상야릇하게 이들과 마주쳤으니, 이것도 또한 그 자리에서 다루기로 하자.

이 열다섯 내지는 열여섯 달 동안 나의 심적 동요는 매우 컸으니, 내 잠자리도 불안했고 늘 무시무시한 악몽을 꿨으며 한밤중에 자다가 깜짝 놀라 깬 적도 빈번했고, 낮에는 엄청난 번민에 마음이 짓눌리다가 밤에는 이 야만인들을 죽이는 꿈을 자주 꾸면서 내가 그렇게 하는 행위를 정당화하곤 했는데, 이런 얘기를 잠시 제쳐두고 이야기를 잇자면, 때는 5월 중순이었으며 아마 나는 여전히 기둥에다 표시하는 것으로 날짜를 세웠기에 나의 이 엉성한 달력으로 헤아릴 수 있는 한도에서 말한다면 그 달 16일째 되는 날이었을 것인데, 하여간 5월 16일에 하루 종일 엄청난 폭풍이 불어대고 심한 천둥과 번개가 치더니 밤에도 아주 날씨가 고약했는데, 무슨 특별한 연유인지 알 수 없으나 나는 밤에 성경을 읽고 있다가 나의 현재 처지에 대해 아주 심각한 사색에 잠겨 있던 중에 어디선가 바다 쪽에서 대포 소리가 나는 것 같아서 화들짝 놀랐다.

이것은 이제껏 내가 놀랐던 것과는 사뭇 성격이 다른 경악이었으니, 그것이 내게 사뭇 다른 생각들을 불러일으켰던 까닭이다. 나는 상상을 초월하게 순식간에 벌떡 일어서서 단숨에 사다리를 바위 중간 지점까지 쾅 던져놓고 올라가서 또 다시 사다리를 타고 언덕 정상까지 올라갔는데, 바로 그 순간 번쩍거리는 불빛이 두 번째 총성 소리를 예고하더니 약 30초 후에 쾅 하는 소리가 이어졌고 들어보니 내가 보트를 타고 나갔다가 해류에 끌려갔던 그쪽 바다에서 소리가 들리는 것임을 알 수 있었다.

나는 즉각 이것이 조난을 당한 어떤 배에서 나는 소리일 것이며, 이들이 다른 동료나 다른 배랑 함께 오던 중이기에 이들에게 조난 신호로 구호를 요청하는 대포를 쏜 것이라고 생각했는데, 그 순간 나는 비록 내가 이들을 도울 수는 없겠지만 이들이 나를 도울 수는 있을지 모른다는 생각을 할 정도로는 정신이 멀쩡했던 터라, 내가 당장 구할 수 있는 마른 나무는 모조리 모아 제법 큼직한 더미를 만들어놓고서는 언덕 위에서 불을 지폈는데, 나무가 바싹 말라 있었기에 활활 잘 탔고 비록 바람이 아주 심하게 불기는 했으나 아주 잘 타올랐던 터라, 따라서 나는 만약에 배 같은 게 거기에 있었다면 분명히 불빛을 봤을 것임을 확신했고 또한 분명히 이들이 그걸 봤던 모양인 것이, 불길이 솟자마자 대포 소리가 또 한번 더 들렸고 이후에 몇 번 더 소리가 났는데 모두 같은 방향에서 나는 소리였으며, 나는 밤새 날이 새도록 불을 더 지폈고, 그래서 동이 훤히 터서 하늘이 맑게 개자 나는 한참 떨어진 바다 저 멀리 섬의 정동쪽에서 돛인지 아니면 선체인지 분간할 수는 없었으나 뭔가가 보였지만, 거리가 원체 멀고 여전히 안개가 좀 낀 날씨였고 아무튼 워낙 바다 저 멀리 떨어진 지점이라, 내 망원경으로는 제대로 파악할 수가 없었다.

나는 온종일 그쪽을 자주 바라보았으나 물체가 더 이상 움직이지 않는다는 것을 이내 알 수 있었고, 그래서 나는 배가 닻을 내리고 있다고 곧 단정을 하고서 이것을 확인하고 싶은 마음이 당연히 독자가 추측할 법한 대로 간절했기에 내 총을 손에 들고 섬의 남쪽 해안으로 달려가 내가 이전에 해류에 실려 갔던 바위로 가서 그쪽으로 올라서서 보니, 이제 날씨가 그때쯤에는 다 말끔히 개었기에 훤히 보이는 광경이 참으로 서글프게도 내가 보트를 타고 갔을 때 발견한 그 암초 위에 배가 밤중에 좌초되어 걸려 있는 모습이었으니, 내 경우는 이 암초들이 격한 물살을 제어하면서 일종의 역류 내지는 소용돌이를 만들어내면서 내 평생 가장 처절하고 절망적인 처지에 빠졌던 지경에서 벗어날 수 있었던 것이다.

이렇듯 한 사람은 무사하게 벗어난 곳에서 다른 사람은 패망하고 마는 것이 인생이라, 이 사람들이 누구이건 간에 전혀 알지 못하는 곳에 물 밑으로 완전히 잠겨 있는 암초로, 간밤에 바람이 거세게 동쪽과 동북동 방향에서 불어오는 통에 휩쓸려간 모양이니, 만에 하나 이들이 이 섬을 봤다면 구명보트에 힘입어 섬에 상륙해서 목숨을 구해 보려 애를 썼을 터이나, 그러지 못했다고 가정할 수밖에 없었는데, 그래도 이들이 내가 피운 불을 상상컨대 보고 도움을 요청하는 대포를 쐈다는 사실은 나를 많은 생각에 젖게 했으니, 첫째로, 나는 이들이 내가 피운 불빛을 보고서는 보트에 올라타고 해안까지 오려고 노력했을 수도 있었으나, 파도가 워낙 높이 쳤기에 이들은 난파를 당한 것이라고 상상했고, 어떤 때는 이들이 이미 보트를 잃어버렸을 수도 있었다고 가정했으니 이런 경우가 많았고, 특히 파도가 뱃전을 몰아치며 옆에 달린 보트를 찌그러뜨리거나 부숴버리는 경우가 많고, 또한 때로는 그냥 선원들이 직접 보트를 던져버리는 경우도 있었던 것이며, 또 다른 때는 어디 지나가는 다른 배나 같이 동행하던 배들이 조난 신호를 듣고서 이들을 구조해서 데려갔다고 상상해 보기도 했으며, 어떤 때는 이들이 모두 보트를 타고 바다에 둥둥 떠 있다가 내가 실려가 봤던 그 해류에 밀려서 망망대해로 떠내려갔으며, 거기서는 오로지 비참한 고통 속에 사라져 버릴 처지에 빠져서, 아마 지금쯤엔 이들이 굶어죽을지도 모른다는 생각을 하며 이제 서로를 잡아먹을 지경에까지 떨어졌을 수 있다는 상상을 하기도 했다.

이 모든 것은 기껏해야 그저 내가 꾸며낸 공상이었고, 내가 처해 있는 그 상황에서 할 수 있는 일이란 고작 이들 가련한 사람들의 불행을 물끄러미 구경하며 동정이나 하는 것뿐이었는데, 그래도 이것이 내게는 유익한 효과가 없지 않았으니, 이 일로 인해 더더욱 하나님이 나를 이 적막한 처지에서도 다행스럽고 편안하게 지낼 수 있게 예비해 주신 데 대해 감사하게 되었고, 이 세상의 이쪽 구석으로 떠밀려온 배 두 척의 탑승자 중에서 오직 나만이 목숨을 구했다는 것도 감사할 일이었으니, 내가 여기서 다시 깨달은 바는 하나님이 우리를 아무리 미천한 처지에 던져놓으시고 아무리 엄청난 불행에 빠지게 섭리하셨다 해도 우리가 뭔가 감사할 면을 보게 해주시기 마련이고, 다른 사람들은 우리보다 더 열악한 처지에 있음을 보게 하시는 법이라는 것이다.

이들의 경우는 아주 명백하게 그 누구도 구출되었으리라고 가정할 여지가 전혀 없었으니, 이들이 거기에서 다 죽어버리지 않았으리라고 희망하거나 기대하는 것은 전혀 합리적이지 않았고, 다만 이들과 동행하던 다른 배가 구출해 줬을 가능성은 있었으나 이것은 순전히 가능성에 불과했으니, 일체 그럴 법한 징표나 그런 모습을 보지 못했던 것이다.

이 광경을 봤을 때 내 영혼 깊숙이 얼마나 이상야릇한 그리움

내지는 열망이 느껴졌는지는 아무리 열심히 말로 설명하려고 해도 불가능할 터, 아, 그저 단 둘이라도, 아니 단 한 사람이라도 저 배에서 구출되었다면, 그래서 내게로 탈출해 와서 내게 말을 걸고 교류하며 지낼 동료 인간 단 한 사람이라도 있어서 내 동반자라도 될 수만 있었다면 오죽 좋을까! 이런 말이 이따금 입 밖으로 새나오곤 했다. 나의 적막한 삶 그 모든 기간 동안 이보다 더 진지하고 강렬하게 동료 인간과 같이 있고 싶은 욕구에 사로잡혀 본 적이 없었고, 이보다 더 아쉬움을 통렬히 느낀 적이 없었다.

우리 인간에게는 뭔가 알 수 없는 근원지에서 샘솟아 오르는 감성이 있어서, 이것이 눈에 보이는 어떤 대상이나 아니면 비록 보이지는 않지만 상상력의 힘에 의해 우리의 생각 속에서는 마치 있는 듯 느껴지는 그런 대상으로 인해, 이 감성이 표면으로 드러나 작동하기 시작하면, 이 그리움은 우리의 영혼을 그 바라는 대상을 품에 안고 싶은 격렬한 욕망에 사로잡히게 만드니 그 대상의 부재는 감당하기 어려운 고통이 되는 경우들이 있다.

오로지 한 사람이라도 살아남았다면! 아, 단 한 사람이라도 살아 있다면! 이러한 나의 간절한 바람이 바로 이와 같았으니, 나는 아, 단 한 사람이라도 살아 있다면! 이 소리를 반복해서 수천 번은 뇌까렸을 것이며, 이런 말을 하며 내 욕망은 더욱 더 강렬해져서 나는 두 손을 모아 쥐고 손가락으로 손바닥을 짓눌렀는데, 만에 하나 손에 무슨 부드러운 물건을 갖고 있었다면 뜻하지 않게 그걸 우지직 부숴버렸을 정도였으며, 어찌나 이를 세게 꽉 물고 기원했던지 한동안 다시 입을 벌리지 못할 정도였다.

과학을 안다는 사람들한테 이런 현상과 그 원인이자 작용방식을 알아서들 설명하라고 할 일이고, 나는 이들에게 그저 이 사실에 대해서는 겪은 바를 그대로 묘사해 주는 것뿐이니 이것을 발견했을 때 나도 깜짝 놀랄 정도였고, 비록 내가 어디서 이런 감정이 솟아올라온지는 모르지만 필경 이는 내 맘속의 뜨거운 열망과 동료 기독교도 중 한 사람이 내 곁에 있다면 크나큰 위안이 되리라는 강한 관념이 맘속에 자리 잡은 데서 연유한 것이리라.

그러나 이들의 운명이나 내 운명, 아니면 양측의 운명이 이를 금했는지, 이것은 성사되지 못할 일이었던 모양이라, 내가 이 섬에 살던 마지막 해까지도 이 배에서 그 누가 살아남았는지는 전혀 알지 못했고, 다만 며칠 후에 익사한 소년의 시체 하나가 배가 난파된 그쪽 방향의 섬 끝 바닷가로 떠내려 온 것을 보는 불행만이 나의 몫이었으니, 아이는 선원용 조끼와 아마포 속옷 바지와 파란 아마포 셔츠만 입은 차림이었기에 도대체 어디 나라 사람인지를 추측할 수 없었으며 주머니에서 스페인 달러 두 개와 담배 파이프 한 개만 들어 있었는데, 이 후자가 전자보다 수십 배 더 내게는 가치 있는 물건이었다.

이제 바다가 잠잠해졌기에 나는 다시 보트를 타고 이 난파된 배로 가보고 싶은 마음이 강력해졌으니, 배 위에서 뭔가 내게 유익한 물건들을 찾으리라는 것을 의심치 않았던 터였으나, 그래도 이보다도 더 강한 동기는 누군가 배 위에 아직 살아 있을지 모르고 내가 그 목숨을 살려주면 그 사람이 내게 한없이 위안이 될 것이라는 가능성이었다. 그래서 이 생각이 내 가슴 깊이 딱 자리를 잡고 나니 도무지 밤이며 낮이며 어서 보트를 타고 난파선까지 가야겠다는 생각에 좌불안석인지라, 사람이 살아 있으리라는 느낌이 너무나 생생하여 마치 어떤 보이지 않는 손이 나를 인도하는 것이라는 생각을 할 정도였으니, 이에 모든 것을 하나님의 섭리에 맡기고서 내가 가보지 않는다면 크게 후회할 것 같았다.

이런 느낌에 젖은 상태에서 나는 서둘러 내 성으로 돌아가서 항해에 필요한 모든 장비를 갖춘 후에 건빵 상당량과 마실 물을 큰 단지로 하나, 항해용 나침반과, 아직도 럼주는 많이 남아 있었던 터라, 럼주 한 병과 건포도를 한 광주리 가득 채우고서, 이 모든 필요한 물품을 짊어지고 보트로 내려가서 물을 퍼낸 다음 물에 배를 띄워놓고 가져온 짐을 모두 실은 후, 다시 집으로 가서 더 물건을 가져왔으니, 두 번째 짐은 쌀을 담은 큼직한 부대와 머리 위로 햇빛을 가릴 우산과 또 한 동이의 마실 물, 작은 빵 덩어리 내지는 보리떡을 평소보다 더 많이 넣어 한 24개 정도하고 염소젖 한 병과 치즈 한 덩어리인데, 이 모든 것을 몹시 힘겹게 진땀을 흘리며 내 보트까지 가져왔고, 하나님께 이 항해를 인도해 주시길 기원하며 카누의 짧은 노를 저으며 출발하여 해안을 따라 가다가 마침내 섬의 가장 끝 지점, 즉 북동 지점에까지 도착했다. 그런데 여기서 대양을 향해 나아가야 했으나, 모험을 감행할지 말지 주저했다. 거기서 보니 좀 떨어진 곳에서 섬 양쪽으로 흘러가는 빠른 해류가 눈에 들어왔는데, 내가 거기에 걸려들어서 위험에 처했던 기억이 나서 몹시도 무시무시해 보이자 슬슬 겁이 나기 시작하여 선뜻 나서지 못했으니, 이는 내가 이 해류 둘 중 어떤 쪽에 말려들건 간에 바다 한가운데로 한참 떠내려갈 것이며 완전히 항로를 벗어나서 섬도 보이지 않는 데까지 갈 것임을 예측했던 터, 내 보트가 자그마해서 약간 바람이라도 심하게 불면 그만 끝장날 게 뻔했다.

이런 생각들이 내 마음을 얼마나 무겁게 짓누르는지 이 계획을 그만 포기하는 쪽으로 생각이 기울었고, 그래서 보트를 해안 쪽 작은 샛강으로 끌고 들어가서 배에서 내린 다음 약간 솟아 있는 언덕 위에 앉아서, 항해하고 싶은 마음과 항해에 대한 두려움 사이를 오가며 매우 울적하고 불안한 생각에 잠겨 있었는데, 내가 이렇게 사색을 하고 있던 중에 물길이 바뀌면서 밀물이 들어오는 게 보이니, 그에 따라 몇 시간 동안은 바다로 나가는 게 불가능하게 되었고, 이에 언뜻 든 생각이 내가 찾을 수 있는 가장 높은 고지에 올라가서 민물 때 조류가 바뀔 때 물살의 방향 내지는 해류가 어떻게 변하는지를 관찰할 수 있다면, 내가 한쪽 해류에 실려 나갔다가 다른 해류에 실려 마찬가지로 빠른 물살을 타고 다시 돌아올 수 있지 않을까 기대해 봄직한 일이었는지라, 이 생각이 머릿속에 들어오자마자 나는 바다 양쪽 방향을 충분히 볼 수 있는 작은 언덕으로 눈길이 갔고, 거기서 나는 물살과 조류의 흐름과 어떤 방향으로 내가 귀환할 수 있는지를 분명하게 파악했는데, 내가 발견한 바는 썰물이 섬 남쪽 끝 지점에 근접하여 빠져나가고 반대로 밀물은 북쪽 해안 쪽으로 들어온다는 것이라, 나는 그냥 돌아올 때 섬 북쪽과 가까운 거리만 유지하면 별 탈 없을 것 같았다.

이런 관찰을 한 데 용기를 얻어서 나는 물길이 바뀌자마자 출발하기로 작정했고, 그 밤은 카누에서 내가 언급한 대로 큼직한 방수복을 덮고 잔 다음 그 다음날 바다로 나갔고, 처음에는 정북쪽으로 약간 올라가다가 해류의 덕을 볼 정도까지 가서는 동쪽으로 가니 해류가 아주 빠른 속도로 나를 끌고 갔으나 지난번의 남쪽 해류가 그랬던 것보다는 속도가 덜 급했기에 보트를 내가 조정할 수 있었으니, 노를 이용해 단단히 키를 잡고 배를 몰아 빠른 속도로 난파선을 향해 갔고 한 두 시간도 채 못 되어 거기에 당도했다.

나는 참으로 암울한 광경을 목도하였다. 배는 만든 모양을 보니 스페인 배인데 두 암초 사이에 걸쳐 있었고, 후갑판과 고물은 파도에 산산조각 나 있었으며, 앞 갑판이 암초에 걸리면서 큰 충격을 받아서 중심 돛대와 앞 돛대가 뱃전 방향으로 뚝 부러져 있었는데, 하지만 배의 앞쪽 기움 돛대는 발견했는데 뱃머리 쪽은 멀쩡해 보였다. 배로 가까이 다가가자 웬 개가 나타나더니 컹컹 짖어대어 내가 오라고 부르자마자 바다로 뛰어들어 내 쪽으로 왔기에 보트에 태웠는데, 하지만 보니까 거의 허기와 갈증에 다 죽어가고 있어서 보리떡을 하나 주니까, 눈 내린 산에서 한 보름은 굶어서 몹시 허기진 늑대마냥 먹어치웠고, 마실 물도 좀 주니 하도 벌컥벌컥 마셔대어 그냥 놔뒀으면 몸이 펑 터질 지경이었다.

그러고 나서 배 위로 올라가니 가장 먼저 눈에 띄는 것이 배 앞 갑판 취사실에 두 사람이 서로 부둥켜안고 익사해 죽어 있는 모습이었으니, 배가 암초에 부딪혔을 때가 폭풍이 불 때 인데, 파도가 워낙 높게 치고 올라와서 배가 계속 그 밑에 잠겨 있는 통에, 이 사람들이 그걸 견디지 못하고 물속에 빠진 것처럼 끝없이 밀려오는 바닷물에 숨이 막혀 죽은 것이라고 추정했고, 또한 충분히 그랬을 가능성이 있었다. 배에는 아까 그 개 말고는 살아 있는 생명은 하나도 없었고, 물건도 이미 물이 망쳐놓은 것 말고는 볼 수 없었다. 술통 몇 개가 포도주인지 독주인지 모르지만 아래쪽 선창에 물이 빠진 후에 보니 있는 게 보였으나, 너무 커서 괜히 그걸 꺼내느라 고생할 일은 없었고, 그 밖에 상자 몇 개가 보였는데 아마도 선원들의 사물함으로 생각되었고, 이 중 2개를 보트로 가져와서 안에 뭐가 있는지 살펴봤다.

만약 배의 끝이 암초에 걸렸고 앞쪽이 무너져 나갔었다면 내가 아주 쓸 만한 항해를 한 셈이었을 게 분명했으니, 이 두 상자의 내용물을 보니 배에 상당량의 값진 재물이 들어 있다고 생각할 여지가 많았는데, 배가 항해하던 방향으로 추측하건대 아마도 아메리카 대륙 남쪽의 브라질에서 더 아래쪽으로 부에노스아이레스나 라플라타 강 쪽에서 멕시코 만의 아바나를 통해서 아마 스페인까지 가는 배였던 모양이고,* 분명히 그 안에 상당한 보물이 들어 있었을 터이나 그 시점에는 그 누구에게도 쓸 데가 없었고, 나머지 사람들은 다들 어떻게 됐는지도 당시로서는 알지 못했다.

나는 이 상자들 말고도 한 20갤런들이 작은 술통을 발견해서 좀 고생은 했지만 내 보트에 실었고, 선실에는 머스켓 총 몇 정과 큼직한 휴대용 화약통에 약 4파운드 정도 화약이 들어 있는 걸 찾았는데, 머스켓 총은 내가 별로 필요할 일이 없었으니 그대로 놔뒀으나 화약통은 들고 왔고, 부삽과 부젓가락도 가져왔으니 이게 내게 아주 꼭 필요했던 터였고, 아울러 작은 놋주전자 2개와 코코아를 끓여 먹는 구리 냄비와 석쇠를 가져왔는데, 이런 화물하고 개를 데리고 배를 떠나왔고, 해류가 돌아가는 쪽으로 다시 흘러가기 시작했기에 이날 저녁 해 지기 약 한 시간 전쯤에 다시 섬에 도착했는데, 극도로 지치고 피곤했다.

그날 밤 나는 배에서 쉬었고, 아침에는 내가 챙긴 것들을 집으로 내 성에 갖다 놓는 대신 내가 새로 발견한 동굴에다 보관하기로 결정했다. 뭘 좀 먹고 기운을 차린 후에 모든 짐을 하역했고 내용물을 살펴보기 시작했는데, 내가 발견한 술통에는 일종의 럼주가 들어 있었고, 브라질에서 마시던 종류는 아니고 한마디로 별로 품질이 좋지는 않았으나, 궤짝들을 뜯으니 거기서 내게 매우 쓸모있는 물건들을 몇 가지 발견했으니, 예를 들어서 아주 예사롭지 않은 유리병이 들어 있는 상자 하나에는 아주 고급스럽고 상당히 좋은 브랜디가 가득 차 있었는데, 이 병들은 각기 용량이 3파인트씩이며 끝에 은을 씌워놓았으며, 아주 괜찮은 설탕에 절인 과일 내지는 사탕 두 단지를 발견했는데 위쪽 구멍을 워낙 단단히 봉해놨었기에 소금물이 전혀 안의 내용물을 해치지 못했고, 물이 들어가서 망쳐 놓은 사탕 단지 2개가 더 있었으며, 아주 괜찮은 셔츠몇 벌도 찾았으니 이게 나한테는 매우 반가운 것이었고, 하얀 아마포 손수건과 색깔을 입힌 목수건 한 18개 정도가 있었는데 전자는 매우 반가운 물건이었던 것이 더운 날에 얼굴 땀을 닦으면 아주 기분이 상쾌할 것이기 때문이었고, 이것들 말고도 관물 상자의 돈궤를 살펴볼 차례가 되어서 보니까, 여기에는 묵직한 스페인 달러 세 주머니를 모두 합쳐서 약 1,100개 정도 금화가 들어 있었고, 이중 한 주머니에는 스페인 금화 6개가 종이에 싸여 있었으며 작은 금괴 내지는 잉곳(ingot)이 들어 있었는데, 아마 모두 합치면 1파운드 무게는 나갈 정도라고 생각되었다.

또 다른 상자에서는 옷을 좀 발견했으나 별 가치는 없었는데, 정황을 보면 아마도 포수 조수의 옷이었던 것으로 보였고, 주머니에 화약이 들어 있지는 않았으나 약 2파운드 정도의 곱게 간 화약을 작은 유리병 세 개에 넣어 놓았던 것을 보니 아마 사냥총을 장전할 때 쓸 요량이었던 모양이었는데, 아무튼 종합적으로 보면 이번 항해에서 내게 필요한 물건을 얻은 것은 별로 없는 셈이었고, 돈을 가져왔으나 그걸 사용할 일이 없었으니, 그야말로 돈은 내가 밟고 있는 먼지와 다름없는지라, 어디서 영국제 신발과 양말 네 켤레 씩이라도 살 수 있다면 이 돈을 다 줘도 좋았을 정도였는데, 이 물건들이 내가 아주 아쉬웠던 것이, 신발을 신어 본 지가 여러 해 되었던 형편이었기 때문인데, 그래서 마침 난파선에서 봤던 익사한 두 남자의 발에서 신발을 두 켤레 벗겨서 가져왔고, 사물함 상자들에서도 두 켤레를 더 찾았으니, 아주 반가운 물건들이 아닐 수 없었으나, 물론 편리함이나 쓸모로 따지면 영국제 신발들과 비교할 게 못 되었으니 구두라기보다는 실내화에 가까웠고, 이 선원용 사물함에서 약 50스페인 달러 어치 은화를 찾았지만 금괴는 없었는데, 그걸 보니 아마도 이것은 가난한 선원의 사물함이었고 다른 상자는 간부의 것이었던 모양이었다.

하지만 그래도 나는 이 돈을 내 동굴까지 질질 끌고 와서 이전에 우리 배에서 가져왔던 돈처럼 쌓아뒀는데, 그 배의 다른 쪽은 내 몫이 되지 못한 게 참 안 된 일이었으니, 아마도 내 카누에 몇 번씩 돈을 가득 싣고서 왔을 정도였을 것임을 확신하였던 바, 내가 만에 하나 영국으로 탈출할 수만 있다면 돈을 이곳에 안전하게 됐으니 내가 다시 와서 가져갔으면 되었을 것이다.

이제 나의 모든 물건을 섬으로 가지고 올라와서 안전한 곳에 옮겨놨으니, 나는 다시 내 보트로 가서 노를 저어 해안을 따라 몰고 가 원래 정박지에 갖다 놓고는 거기에 배를 묶어두고 나서 최단 거리로 내 거처로 돌아왔는데, 와서 보니 모든 게 안전하고 평온한 것을 확인했으며, 그래서 나는 다시 좀 긴장을 풀고 예전에 하던 대로 살면서 집안 살림을 했고 한동안은 맘 편히 잘 지냈는데, 다만 평소보다는 좀더 경계심을 갖고서 바깥쪽을 전보다 자주 내다보았고 예전보다 외출은 덜 했으며, 아무 때건 내가 맘놓고 나다닐 때는 늘 섬의 동쪽으로만 갔으니, 그쪽으로는 야만인들이 절대로 오지 않는다는 게 제법 확실했기에 별로 경계 태세를 갖추지 않고 다닐 수 있었던 것이나, 반대쪽으로 갈 때는 늘 내가 갖고 다니는 온갖 무기와 총탄으로 무장을 했다.

나는 이런 형편에서 근 2년 이상을 지냈는데, 늘 자기는 내 몸을 고생시킬 궁리를 하도록 생겨먹었음을 통보하는 내 머리는, 이 두 해 동안 만약 가능하다면 어떻게 좀 이 섬을 떠날 방법이 없을까 하는 궁리와 계획으로 가득 차 있었으니, 어떤 때는 비록 나의 이성은 그 난파선에 더 이상 내가 항해를 할 만큼 가치 있는 물건이 아무것도 남아 있지 않다고 말해 줬지만, 그리로 한 번 더 항해를 해볼까 하는 생각으로 기울었다가, 또 어떤 때는 이쪽으로, 다른 때는 저쪽으로 가볼까 하는 궁리를 했으니, 내가 살레에서 떠나왔던 그 보트를 갖고 있었다면 바다로 나아가는 모험을 감행했을 것이며 나는 아무 데로건 무작정 어디론가 떠나고 말았으리라고 믿어 의심치 않는다.

내 삶의 정황을 모두 종합할 때 나는 인간들이 흔히 앓는 역병, 또한 사람들의 불행이 한 반쯤은 모두 여기서 비롯되는 이 질병에 걸려 있는 사람에게 귀감이 될 터, 이 질병이란 다름 아니라 하나님과 자연법칙이 이들에게 부여한 위치에 불만을 갖는 것으로, 나의 원래 처지와 우리 아버님의 훌륭한 충고를 아랑곳하지 않고 이를 거스른 것이 말하자면 나의 원죄라고 한다면, 이후 비슷한 실수를 연이어 저지른 것이 내가 이 처참한 지경에까지 빠지게 된 계기이니, 만약 나를 브라질에서 농장주로 그토록 다행스럽게도 정착하게 섭리해 주셨듯이, 하나님이 내게 욕망을 자제하는 축복도 주셨다면 천천히 내 재산을 늘리는 데 만족했을 것이고, 지금쯤이면 (그러니까 이 섬에 와 있는 기간이면) 아마도 브라질에서 가장 잘 나가는 농장주가 되었을 것이며, 아니 확실히 단언컨대 내가 거기에 살던 얼마 안 되는 기간에 사업을 확장한 속도를 감안하여 추정해 볼때 만약 거기서 계속 살았다면 아마도 한 10만 모이도르* 정도 가는 재산가가 되었을 수도 있었을 것이니, 도무지 내가 뭘 얻겠다고 안정된 재산과 계속 사업이 성장하고 있던 멀쩡한 농장을 버려두고 기니에 흑인들을 사러 가는 배의 화물 관리인으로 올라탔던지 참으로 후회스럽기 짝이 없는 일이라, 흑인들을 구해 오는 게 업인 자들에게 바로 우리집 문 앞에서 흑인을 사면 될 것이고, 이 경우 값은 좀더 쳐줘야 했겠으나 그걸 아끼느라 이렇듯 크나큰 위험을 감수할 이유는 없었을 것이다.

그러나 이것이 철없는 젊은이들의 일반적인 운명이며 그 어리석음을 깨닫는 것은 나이를 더 먹고 세월이 흘러 값비싼 경험의 대가를 치르고 나야 가능한 법, 지금 내 경우도 이와 같았는데, 하지만 첫 실수가 내 기질에 워낙 깊이 뿌리를 내렸던 터라, 나는 지금 처지에 만족할 수 없었기에 끝없이 이곳에서 벗어날 수단과 가능성에 대해 골몰히 생각하고 있었던 바, 내 이 이야기의 나머지 부분으로 넘어가기 전에 독자들이 좀더 재미를 즐길 수 있도록 이 어리석은 탈출 계획을 처음에 어떤 식으로 생각했었고 어떤 근거에서 어떻게 내가 행동했었는지를 얘기해 주는 것도 좋을 것이다.

나는 이제 난파선에 마지막으로 항해한 이후로는, 나의 군함은 늘 하던 대로 떠다니지 못하게 안전하게 정박시켜 놓았고, 내 이전 형편으로 다시 돌아가 내 성에서 조용히 지내는 셈이었는데, 나는 전보다 더 많은 부를 소유하고 있었으나 그렇다고 더 부유해진 것은 아니었으니, 스페인 사람들이 오기 전에 페루 원주민들한테 금이 아무 쓸 데 없는 물건이었던 것이나 마찬가지였다.

때는, 내가 이 적막한 섬에 처음으로 발을 디딘 지 24년째 되는 해 3월 우기 어느 날 밤이었는데, 나는 내 침상 내지는 해먹에 누워서 잠이 깨어 있었으니, 몸은 아주 건강했고 통증이나 병이나 신체의 불편함은 없었고, 마음에도 그저 평상시 정도 이상으로 걱정할 거리는 없었음에도, 아무리 노력해도 도무지 두 눈을 감을 수가 없어 잠을 전혀 청할 수 없었고 밤새 내내 눈을 붙일 수 없었으니, 다음과 같은 형국 때문이었다.

밤새 내 뇌의 중심을 가로지르는 기억을 통과해 간 사념의 군중을 일일이 기록하는 것은 불가능하고 또한 불필요할 것인즉, 나는 말하자면, 내가 이 섬에 오기까지와, 또한 내가 이 섬에 온 이후의 삶의 일부까지 포함한 내 인생의 축약본 내지는 축소판 이력을 한 번에 다 훑어보았다. 내가 이 섬에 상륙하게 된 이후의 내 처지를 돌이켜보니 나의 이곳 생활 첫 몇 해 동안이 모래사장에 사람 발자국을 본 이후로 겪어온 불안과 공포와 걱정의 삶에 비하면 한결 행복한 편이었다고 생각할 수밖에 없었는데, 그렇다고 그때까지 야만인들이 이 섬에 자주 출몰하지 않았으리라고 믿었던 것은 아니고 이따금 수백 명씩 이자들이 섬에 올라왔을 수도 있는 노릇이지만, 단지 내가 전혀 이를 알지 못했고 그런 걱정까지 할 일이 없었던 것뿐이지만, 내가 처한 위험은 똑같았다 해도 나는 완전히 속 편하게 지냈던 것이며 마치 전혀 위험에 노출되지 않은 듯 다행히도 이런 위험에 무지했었던 것이니, 이런 사실을 두고 나는 여러 유익한 명상을 하게 되었던 바, 특히 이 점, 인간들은 수천 가지 위험의 한복판을 걸어 다니고 있으며 그것들이 눈에 드러나서 목도하게 된다면 정신이 혼미해지고 낙담하게 될 것들인데, 인간의 안목과 사리분별을 이렇듯 제한해 놓으신 것이 한없이 선하신 하나님의 섭리라는 것으로, 그래서 우리는 이런 일들이 숨겨져 눈에 보이지 않게 해주신 덕에 우리를 에워싼 위험에 대해 전혀 알지 못한 채 차분하고 조용하게 지낼 수 있는 것이다.

이런 생각에 한참 동안 잠겨 있다 보니, 나는 내가 이렇듯 여러 해 동안 바로 이 섬에서 처해 있던 위험이 얼마나 심각했으며, 또한 내가 얼마나 완전히 만사태평하게 편안한 마음으로 그간 돌아다녔던 것인가 깨닫게 되었으니, 가장 끔찍한 파멸을 불과 비탈진 언덕 하나나 큼직한 나무 하나를 사이에 두거나 마침 날이 저무는 통에 겨우 피했을 수도 있었을 터, 내가 이들 식인종 야만인들에게 들켜서 제압당했다면 이들은 마치 내가 염소나 거북이를 잡는 것과 똑같은 목적으로 나를 잡았을 것이며, 내가 비둘기나 마도요를 잡아먹는 거나 마찬가지로 나를 죽여서 삼켜먹는 것을 전혀 범죄로 생각하지 않았을 것이라, 내가 나의 위대하신 보호자에게 진심으로 감사하지 않았다고 한다면 부당하게 내 자신을 음해하는 일이 될 것이니, 나는 이렇듯 내가 알아차리지 못한 구원은 모두 이토록 진기하게 나를 지켜주신 은혜임을, 그리고 그렇지 않았으면 나는 불가피하게 이들 무자비한 자들의 손아귀에 붙잡혔을 것임을 지극히 겸손한 마음으로 인정했다.

이런 생각이 지나가고 나자, 내 머릿속에는 다시 한동안 이 흉측한 작자들, 즉 야만인들을 어떻게 이해할 것인지 하는 문제가 들어앉았으니, 나는 어떻게 이 세상의 지혜로우신 만물의 지배자가 당신의 피조물들 중 그 누구건 간에 이렇듯 비인간적인 짓을, 아니 같은 인간을 삼켜먹는 이런 인간보다도 못한 야수적인 짓을 허용하셨는지 의아스럽게 생각했는데, 그러나 이런 생각을 해봤자 (당시로서는 공허한) 추측만 난무할 뿐이라, 나는 이들이 지구상 어디에 살고 있으며 이들이 떠나온 해안은 여기서 얼마나 멀고 이들이 왜 이렇게 멀리까지 여행을 떠나오는지, 이들이 갖고 있는 보트는 무엇이며, 왜 이들이 이리로 왔듯이 나도 그들에게 가보도록 모든 준비 태세를 갖추지 말라는 법이 없겠는지, 등을 따져보는 쪽으로 생각을 돌렸다.

내가 그쪽 땅으로 갔을 때 어떻게 행동할 것인지, 내가 이들과 마주치면 어떤 일이 벌어질 수 있으며, 또는 이들이 나를 공격하면 어떻게 탈출할 것인지, 아니면 애초에 어떻게 이자들 중 누구에게 전혀 구출될 가능성이 없는 형편에서 공격을 받지 않고도 그쪽 해안까지 도달해 볼 것인지, 또한 이들에게 붙잡히지 않는다고 해도 어떻게 식량을 조달할 것이며 어떤 쪽으로 방향을 잡아갈 건인지 등을 궁리하는 수고를 나는 전혀 하지 않으려 들었으니, 이런 생각들은 일체 내 머릿속으로 들어오지 않았고 오로지 내 정신은 내 보트를 타고 본토 쪽으로 건너가려는 생각에만 완전히 몰두해 있었다. 내가 나의 현재 형편을 둘러보며 한 생각은 다음과 같았으니, 이보다 더 처참한 처지가 어디 있겠는가, 설사 내가 죽음을 향해 내 자신을 던진다고 해도 이보다 더 못할 것은 없지 않은가, 만약 내가 본토 쪽 해안까지 간다면 아마도 구조될 수 있을지 모르고, 아니면 내가 아프리카 해안에서 그랬던 것처럼 사람 사는 고장에까지 해안을 따라 항해해 갈 수 있을 것이며, 거기서 구조를 기대할 수도 있을 것이며, 또한 아마도 기독교도들의 배를 만나면 나를 데려갈 수도 있을 터, 최악의 사태가 닥친다 해도 기껏해야 죽기밖에 더하겠나, 그러면 지금의 모든 고생은 단번에 종지부를 찍는 게 아닌가. 단, 여기서 기억할 것은 이 모든 것이 혼미한 정신 상태와 조바심에 사로잡힌 상태가 낳은 사념들이라는 점이니, 오랫동안 고생을 해왔고 내가 올라갔었던 난파선에 실망만한 연고로 절박해진 상태였고, 여기서 나는 내가 그토록 염원하던바, 즉 누군가 말상대가 될 사람과 내가 지금 있는 곳의 위치나 내가 구출될 가능한 방법에 대한 지식 등을 거의 얻을 뻔했으니 더그랬던 것이며, 아무튼 이런 생각들로 전적으로 마음이 요동치던터라, 섭리에 모든 것을 내맡기고 하나님의 처분대로 이루어지기를 기다리며 유지했던 마음의 평정도 깨진 듯 보였고, 나는 오로지 본토 쪽으로 항해해 나가겠다는 계획 외에 다른 데로는 생각을돌릴 능력을, 말하자면 상실해 버렸던 터라, 이 생각이 어찌나 강력하게 나를 사로잡았고 어찌나 격렬한 욕망이었던지 도무지 이를 억제할 방도가 없었다.

이런 생각이 한 두 시간 지속되며 나를 흔들어 놓는데, 어찌나심하게 흥분시키는지 내 피가 부글부글 끓는 느낌이었고 순전히이런 생각의 예사롭지 않은 열정 때문에 마치 열병에 걸린 듯 맥박이 급박하게 뛰니, 자연의 이치상 나는 이제 이 생각 자체만으로도 기진맥진하고 녹초가 되어 깊은 잠에 빠졌는데, 아마 자면서도 탈출하는 꿈을 꿨으리라고 생각할 법하지만 그렇지 않았고 꿈은 전혀 이 생각과는 상관없었으니, 꿈을 꿨는데, 꿈에서 나는 어느 날 아침에 늘 하던 대로 내 성에서 나와서 산책을 하는 중 해안쪽을 보니 카누가 두 대 와 있었고 야만족 11명이 땅으로 올라오는데, 이들이 곧 죽여서 먹어 버리려는 용도로 또 다른 야만족 한사람을 끌고 오다가, 갑자기 이들이 죽이려 하는 야만인이 펄쩍 뛰어 달아나며 목숨을 걸고 줄행랑을 치니, 비록 자는 중에 생각이긴 하지만 내 성벽 앞 빽빽한 관목 숲으로 달려들어와서 거기에 숨는 것이었고, 보니까 이자가 혼자였고 그래서 다른 자들이 이쪽으로 추적해 오지 않는다는 것을 확인한 다음에 이자에게 내 모습을 드러낸 후 미소 짓는 얼굴로 가까이 오라고 권하는 표정을 짓자, 그는 내 앞에 무릎을 꿇고 자기를 도와 달라고 애원하니, 나는 사다리를 내준 후 그리로 올라오도록 했고 내 동굴로 이자를 데리고 와서 내 하인을 삼았는데, 그런데 내가 이 하인을 얻자마자 나는, 자, 이제는 내가 본토로 가볼 위험을 감수할 만하다, 그것은 이 친구가 내 키잡이 노릇을 해주면 될 것이고 내가 무엇을 해야 하며 어디서 양식을 구할 수 있는지, 어디로 가면 잡아먹힐 위험이 있으니 안 되고 어디로는 가봐도 좋고 어디로 해서 탈출할 수 있는지 등을 알려줄 것이기 때문이다, 라고 혼잣말을 하던 중에 이런 생각을 하며 잠에서 깨어났고, 꿈속에서 탈출할 전망을 바라본 것에 말할 수 없이 기쁜 느낌에 감싸였던 터라, 그러나 정신을 차리자 이것이 그저 꿈에 불과하다는 것을 발견하고서, 이것 역시 다른 면에서 황당하긴 마찬가지라는 느낌을 받고서는 극도로 낙담에 빠진 채 풀이 죽고 말았다.

이것을 계기로 나는 내가 탈출을 시도할 유일한 방법은 가능하다면 이 야만인들 하나를 내 수중에 두는 것밖에는 없으며, 가능하다면 이들이 잡아먹히는 형에 처해서 죽이려고 데려오는 죄수 중 하나여야겠다고 결론을 내렸는데, 하지만 이런 생각들도 여전히 이들 한 부대를 모두 공격해서 모조리 죽이지 않는 한 이 일을 실행하기가 불가능하다는 큰 난점을 갖고 있었으니, 이것은 아주 위험천만한 시도일뿐더러 실패할 공산도 컸고, 다른 한편 이런 행위의 정당성에 대해서도 상당한 의구심이 스스로에게 들었으며 비록 그게 내 자신의 구출을 위한 것이라 해도 그렇게 큰 유혈사태를 초래하려는 생각에는 가슴이 콩콩 뛰었다.

여기에 반대하는 논리들은 이미 언급했으니 다시 반복할 필요는 없겠는데, 하지만 이제 또 다른 논리로는 이들이 내 생명을 위협하는 원수들이며 가능하면 나를 잡아먹으려는 자들이며, 내가이 한 목숨을 죽음에서 건져내는 것은 이들이 나를 공격한 것이나 마찬가지로 나 스스로의 자기 보전이자 정당 방어라는 등의 생각이 가능했다. 그렇긴 해도 비록 이런 생각들이 근거를 제공했으나내 자신의 구원을 위해 남을 피 흘려 죽게 한다는 생각은 아주 참혹해 보였기에 한참 동안 내 자신이 이것을 받아들이게 할 방법을찾지 못했다.

그렇긴 해도, 아주 오랫동안 한쪽으로 논리가 흘러가면 다른 쪽에서 거기에 저항하는 법이라, 나는 내 자신과의 은밀한 논쟁을 숱하게 하며 이 문제에 대해 아주 곤혹스러워하던 끝에 마침내 이모든 것을 내가 구출받고 싶은 간절한 욕망이 눌러버리자, 나는가능하다면 이들 야만인 중 하나를 내 손에 넣기로 작정하고 그대가는 아랑곳하지 않기로 했다. 그 다음 문제는 이것을 실행할작전을 세우는 것인데, 이것도 아주 난해한 문제였으니, 여기에맞는 적절한 방안을 생각해 낼 수가 없는 형편이라 그냥 이들이해안으로 올라오는지 경계를 하며 살펴보고 있다가 나머지는 모두 그때 상황에 맞게 되는 대로 이루어지도록 하기로 작정했다.

이런 다짐을 생각에 담고서 나는 가급적 자주 정찰을 나갔고 아주 이것 때문에 완전히 지쳐버린 적도 잦았으며, 내가 이들을 기다린 게 거의 1년 반 이상이었고 이 시간의 대부분 동안 서쪽 끝, 섬의 남서쪽 지점으로 거의 매일 가서 카누가 오나 살펴봤으나 전혀 보이지를 않았다. 그래서 내 실망은 적지 않았고 심기가 몹시 불편해졌으나 그전과 같은 효과는 없었으니, 다시 말해 이 일에 대한 열망을 누그러뜨리지는 않았다. 그러나 이 일이 지연되면 될수록 나는 더 간절히 그것을 바라게 되었고, 한마디로 나는 예전처럼 이들 야만인들의 모습을 피하거나 이들에게 들키지 않으려 조심하는 대신에 오히려 이들과 마주치기만을 열렬히 바랄 뿐이었다.

뿐만 아니라 나는 야만인들을 하나, 아니 둘이나 셋 정도는 완전히 내 노예로 만들어서 내가 시키는 대로 무엇이든 하고 어떤 때건 나에게는 해를 입히지 못하게 예방할 수 있으리라고 제멋대로 생각했다. 이런 궁리에 만족하며 지낸 지가 한참 되었으나 야만인들이 한동안은 전혀 내 근처에 얼씬거리지를 않았으니 별 기회도 생기질 않았다.

내가 이런 계획을 품은 지 한 1년 반이 지났고 그간 끝없이 머릿속에서 그림을 그려보며 대비를 했으나 결국에는 이것을 실행할 적절한 계제가 나타나질 않아서 모든 게 수포로 돌아가고 말 참에, 어느 날 아침 일찍 내가 있는 쪽 섬 해안에 무려 카누 다섯 대를 한꺼번에 대어 놓은 광경을 보고 깜짝 놀랐는데, 내가 못 볼 때 이미 다 탑승자들은 내려서 올라와 있는 듯 배는 비어 있었고, 따라서 사람 숫자는 내 예측을 완전히 벗어났던 것이라, 내가 보트 한 척에 다섯이나 여섯 정도, 혹은 그 이상 타고 온다는 것을 알고 있었기에 이렇게 많은 배를 보니 어떻게 대응해야 할지, 혼자서 20명 아니면 30명을 공격해야 할지 대책이 서지 않았고, 그래서 나는 당혹스럽고 불안한 마음에 내 성에 가만히 머물러 있었는데, 하지만 내가 전부터 준비했던 공격 태세를 갖추고서 무슨 사태건 벌어지면 행동에 들어갈 대비를 했고, 이들에게서 무슨 소리가 들리는지 한참 기다려 봤지만 소리가 없으니 점점 더 궁금해져서 나는 내 총들을 사다리 밑에 놓고서 언덕 꼭대기까지 늘 하던 대로 두 번 사다리를 놓으면서 기어 올라갔고 내 머리가 언덕 위로 올라오지 않도록 요령껏 서서 이들이 어떤 방식으로도 내 존재를 파악하지 못하게 하고서는, 내 망원경에 힘입어 살펴보니 이들은 무려 총 숫자가 서른이며 불을 지펴놓고서 고기를 구워먹을 준비를 해놓았음을 알 수 있었다. 이들이 어떻게 요리를 할 것이며 무슨 음식을 먹을지는 알지 못했으나 이들은 모두 불 가에 서서 자기들 방식대로 춤을 추는데, 별의별 야만스런 몸짓과 모양으로 추어댔다.

내가 망원경으로 이렇게 관찰하고 있노라니 보트에서 두 가엾은 인간들을 끌고 오는 게 보였는데, 이들을 배에 눕혀놨다가 이제 도살을 하러 끌어내는 것 같았다. 또 보니까 이들 중 하나는 이 자들이 사람을 잡는 방식대로 큼직한 몽둥이인지 나무칼인지로 머리를 쳐서 쓰러뜨렸고, 그리고는 두셋이 달려들더니 즉시 배를

쭉 갈라서 요리 준비에 들어가는데, 다른 죄수는 이들이 준비가
될 때까지 그냥 서 있게 놔뒀다. 바로 이 순간 이 가엾은 인간은
약간 몸이 자유로운 상태임을 깨닫고는 본능적으로 생명에 대한
희망에 사로잡혀서는 이들로부터 줄행랑을 치는데, 곧장 나를 향
해, 그러니까 내 숙소가 있는 쪽 바닷가로 모래사장을 따라 믿을
수 없이 빠른 속도로 달려왔다.

　이자가 내 쪽으로 달려오는 것을 보고서 나는 극도로 겁에 질렸
다는 것을 인정 안 할 수 없었는데, 특히 패거리 전원이 그를 추격
하는 것 같았으니 내 꿈의 일부가 그대로 실현될 것을 예상해야
했고 이제 그가 내 숲에 숨어서 피신할 것임이 분명해 보였으니
더 겁이 났던 터, 그러나 나는 내 꿈의 나머지 부분, 그러니까 다
른 야만인들이 거기까지 그를 쫓아와서 찾아내지 못할 것이라고
는 자신할 수 없는 형국이었다. 하지만 나는 내 위치에서 물러서
지 않았고 이 사람을 쫓는 자들이 불과 셋에 불과하다는 것을 발
견하고서는 기백이 다시 샘솟기 시작했으며, 그가 이들을 한참 앞
질러서 거리를 넓히고 있음을 발견하고서는 더욱 더 용기를 얻었
으니, 이대로 한 30분만 더 도망하면 이들을 완전히 따돌릴 수 있
을 것 같았다.

　이자들과 내 성 사이에는 내 이야기 첫 부분에서 자주 언급했던
샛강, 그러니까 내가 우리 배에서 싣고 온 짐을 내려놓았던 그곳
이 있었으니 필경 거기를 헤엄쳐 건너오지 않으면 강 앞에서 이
가련한 친구는 그만 붙잡히고 말 것임이 분명해 보였는데, 도주하
던 야만인이 거기까지 당도하자 그는 물이 제법 깊어진 상태였으

나 그걸 전혀 개의치 않고 첨벙 몸을 던지더니 한 서른 번 정도 손발을 휘저어서 이쪽으로 상륙해서는 몹시도 빠르고도 신속하게 달려오는데, 추적하던 3명이 샛강까지 도착했을 때 보아하니, 이 중에서 둘은 수영을 할 줄 알지만 하나는 못하는 모양이라 그냥 강 그쪽에 서 있으면서 더 이상 앞으로 나가질 않았고 조금 후에는 가만히 다시 뒤돌아갔으니, 그게 이어진 사건을 감안하면 그자에게는 대체로 잘 된 일이었다.

또 내가 관찰을 하니 수영을 할 줄 아는 두 사람도 이들에게서 도망치는 그 친구보다는 샛강을 헤엄쳐 건너는 속도가 두 배 이상 느린 것을 알 수 있었고, 그래서 내게 떠오르는 아주 후끈 달아올라 억누를 수 없는 생각이, 지금이야말로 종이건 동료건 조수건 누구를 하나 챙길 적기이고, 이 가엾은 자의 생명을 내가 살리도록 섭리하신 게 분명하다는 것이었으니, 이에 따라 즉시 나는 가능한 한 최대한 서둘러서 사다리를 갖다 놓고 이미 얘기한 대로 사다리 밑에 눕혀 놨었던 내 머스켓 총 2정을 집어 들고 역시 신속하게 언덕 꼭대기로 올라갔고, 거기서 바닷가 쪽으로 넘어가서는 그쪽이 지름길이었기에 금세 언덕 아래로 달려가 쫓는 자와 쫓기는 자 사이로 진격한 후, 쫓기는 자를 큰 소리로 부르자 나를 돌아보는데, 처음에는 아마 뒤따르는 자들에 못지않게 내 모습에도 못내 놀란 것 같아 보였지만 나한테 오라고 그 친구에게 손짓을 했고, 한편으로는 쫓는 자 둘을 향해 천천히 앞으로 나가다가 맨 앞에 있는 자를 향해 일제 돌격하여 총의 개머리판으로 일격을 가해 갈겨서 쓰러뜨렸으니, 나머지 패거리들이 총소리를 들을까 봐,

물론 들었다 해도 연기가 보이지 않는 거리에 있었으니 뭔지 알아채지 못했겠지만, 아무튼 그래서 총을 쏘기를 꺼렸던 것이었고, 그래서 이자를 쓰러뜨리자 추격하던 또 다른 작자도 겁에 질렸는지 멈춰 섰고, 내가 신속히 이자에게 다가가자 놈이 화살을 활에 대고 나를 쏘려는 터라, 나는 먼저 이자를 쏠 수밖에 없었고 단발에 죽이니, 이에 도주하던 가엾은 야만인 친구는 멈춰 섰는데 비록 자기의 적 둘 다 하나는 죽고 다른 하나도 자기 생각에는 쓰러져 죽는 것을 보기는 했으나, 번쩍 하는 총의 불빛과 꽝하는 총소리에 어찌나 깜짝 놀랐던지 그는 비록 내게 다가오는 쪽보다는 계속 달려갈 마음이 더 많은 것 같아 보이긴 했지만 그냥 완전히 뻣뻣하게 굳어서 나를 향해 오거나 뒤로 물러가지도 않은 채 멈춰서 있는데, 내가 이리 오라고 부르며 다시 손짓을 하자 이걸 그는 이내 알아듣고서 약간 다가오려다가 다시 멈춰 섰다가 또 다시 조금 더 오다가는 또 멈춰 서니, 보니까 마치 자기가 포로로 잡혀서 자기의 적들 둘이 그렇게 됐듯이 자기도 죽임을 당할 차례인 것으로 아는지 부들부들 떨고 있는 것이라, 그래서 나는 나한테 오라고 권하느라 내가 생각할 수 있는 모든 방법을 동원해서 온갖 손짓 발짓을 하니 조금씩 더 가까이 오는데, 한 열 번이나 열두 번 발자국을 뗄 때마다 무릎을 꿇고서 자기 목숨을 건져준 데 대한 감사의 표를 했고 내 쪽에서는 미소를 머금고 상냥한 표정을 지으며 내게 더 가까이 오라고 손짓을 했으며, 마침내 내 앞에 와서는 다시 무릎을 꿇고서 땅바닥에 입을 맞추며 머리를 바닥에 대고 내 발을 잡더니 자기 머리 위에 내 발을 갖다 얹는 것이라, 이게 아마

자기가 영원히 내 노예가 되겠다는 맹세의 표시인 것으로 보였기에 나는 그를 일으켜 세우고서 내가 할 수 있는 한 최대한으로 이 친구를 격려하고 토닥여 줬다. 그러나 아직도 할 일은 많이 남아 있었던 터, 보니까 내가 쓰러뜨린 야만인이 죽은 게 아니라 그냥 얻어맞은 충격에 기절만 한 것이었고 이제 정신을 차리는 중이라, 나는 내가 이 친구에게 야만인을 가리키며 이자가 죽은 게 아닌 것을 보여주자, 그는 뭐라고 나한테 말을 하는데 비록 내가 알아듣지는 못했으나 듣기에 상쾌했으니, 이것이 무려 25년 넘게 내가 내 목소리 말고는 다른 사람 목소리를 처음으로 들은 것이었던 까닭이었다. 그러나 지금 뭐 그런 감상에 젖을 겨를이 없었으니 쓰러뜨렸던 야만인이 정신을 상당히 되찾아서 바닥에 주저앉을 정도가 되자 내 야만인이 다시 두려워하기 시작한다는 것을 볼 수 있었는데, 하지만 내가 또 다른 총을 이자에게 쏘려는 듯 겨누자, 이제는 내가 그렇게 불러도 좋을 만했으니, 내 야만인은 내 허리띠에 칼집 없이 차고 있던 내 칼을 빌려달라는 몸짓을 하자 그렇게 했고, 그는 칼을 받자마자 자기 원수에게 달려가서는 단숨에 목을 싹둑 쳐버리는데 어찌나 정확한지 독일 사형집행인도 그 정도로 말끔히, 또한 신속히 해치우지는 못했을 정도라, 나는 평생 자기들이 쓰는 나무 검밖에는 본 적이 없을 것이라고만 가정해야 할 이 친구로서는 매우 별일이라고 생각했는데, 나중에 알게 된 것이지만 이들의 나무 검이 워낙 날카롭고 워낙 무겁고 목재가 워낙 단단한 재질이라 이것으로 목도 베고 팔도 자를 수 있을 정도이고 그것도 단번에 벤다는 것이라, 아무튼 이렇게 한 다음에는 승리의 표시로 웃음을 머금고 내게 돌아와서 칼을 도로 가져와서 내가 이해하지 못한 별의별 몸짓을 해 가며 내 칼과 함께 자기가 죽인 야만인의 머리를 내 바로 앞에 갖다 놓았다.

그러나 이 친구가 가장 크게 깜짝 놀란 것은 내가 또 다른 원주민을 그렇게도 멀리 떨어진 거리에서 죽였다는 것인데, 죽은 자를 손가락으로 가리키며 가서 보고 싶다는 표시를 하니, 나는 가능한 한 분명하게 그렇게 하라는 표시를 해주자, 가서 보더니 어안이벙벙한 표정으로 서 있더니 시체를 바라보다 이쪽 저쪽으로 뒤집어 보면서 총알 자국이 아마 가슴팍 부근이었으니 거기에 구멍이 나 있는 것을 봤는데, 피가 별로 많이 흐르지 않고 출혈이 몸 안에서 있었는데도 완전히 죽은 상태였으니 더 놀랐던 모양이었다. 그는 죽은 자의 활과 화살을 집어 들고 돌아왔고 나는 돌아가려 발길을 떼며 나를 따라오라고 신호를 하며 잘못하다가는 적들이 더 몰려올 것임을 이 친구에게 손짓으로 경고했다.

이에 그는 이자들을 모래에 묻어서 나머지가 쫓아오더라도 이들을 발견하지 못하게 하겠다는 뜻을 손짓으로 전했고 내가 그렇게 하라고 신호를 보내자 그는 이내 작업에 들어가서 모래를 자기 손으로 퍼내어 첫 번째 시체를 묻을 만큼 정도 크기의 구멍을 만든 다음, 거기로 끌고 가서 모래로 덮었고 다른 시체도 똑같이 했는데, 둘을 묻는 데 한 15분밖에는 안 걸렸던 것으로 생각된다. 그 다음에는 그만 가자고 명령해서 이 친구를 데리고 가는데 내 성까지는 아니고 멀리 섬 다른 쪽에 있는 내 동굴로 갔으니, 내 꿈에서 내 관목 숲으로 피신했던 그 부분은 실현되지 않게 한 셈이었다.

거기서 나는 이 친구에게 빵과 건포도 한 줌을 줘서 먹게 하고 물도 한 모금 주니 뛰어다니다 몹시 갈증에 시달리던 중이었던 터라 아주 반갑게 마셨고, 이렇게 요기를 하게 한 후 자리에 누워서 한 잠 자라고 손짓을 하며 내가 볏짚을 큼직하게 모아놓고 그 위에 담요를 깔아놓아서 이따금 내가 자곤 하는 그쪽을 가리키자, 이 가련한 친구는 거기에 눕더니 잠에 빠졌다.

이 친구는 곱상하게 잘생긴 얼굴에 체구도 건장했고, 팔과 다리가 튼튼하면서도 너무 크지도 않게 적당하고 든든해 보였으며, 키가 훤칠하게 몸매도 좋았으며 내 짐작으로는 대략 20세 정도 되어 보였다. 또한 인상이 아주 좋았으니 험상궂거나 뾰루퉁한 구석이 없으면서도 뭔가 사내답게 씩씩한 점이 분명하며 그러면서도 유럽 인처럼 부드럽고 섬세한 면까지 있었으니 특히 미소 지을 때가 그랬다. 머리카락은 검은색 직모로 양털처럼 꼬불꼬불하지 않았고, 앞이마가 훤하고 반듯했으며 눈이 반짝반짝 빛나는 게 생기가 물씬 넘쳐났다. 피부색은 그렇게 검은 편은 아니며, 진한 황갈색이나 브라질 인이나 버지니아나 인이나 기타 북미 원주민들처럼 보기 싫게 누릿한 황갈색이 아니라 아주 맑은 갈색 올리브빛이었으며 어딘지 매우 기분 좋은 느낌을 주었는데, 딱히 뭐라고 묘사하기는 그리 쉽지 않다. 얼굴은 둥글었으나 통통하지는 않았고 코는 작은 편이나 흑인들처럼 납작하지 않았으며, 입이 아주 반듯했고 입술은 얇았으며 이빨도 촘촘히 잘 나 있었고 상아처럼 흰색이었다. 이 친구가 잠을 한 30분 정도, 푹 잤다기보다는 잠시 잠이 들었다고 해야 하겠지만, 자고 다시 일어나서는 동굴에서 나와 내게로 왔는데, 바로 옆에 염소 우리가 있었기에 내가 내 염소들 젖을 짜는 것을 보더니, 내 모습을 보자마자 내게 달려와서는 다시 바닥에 넙죽 엎드려서는 겸허하게 감사하는 뜻을 표시하느라 온갖 몸짓을 다하며 별의별 꼴을 다 지어보이다가, 마침내 자기 머리를 땅바닥에 내 발 가까이에 대고서 내 다른 발은 전에 했던 것처럼 자기 머리 위에 올려놓고서, 그 다음에는 자기가 살아 있는 동안은 평생 나를 섬기며 따르고 순종하겠다는 뜻을 내게 전달하려고 상상할 수 있는 모든 손짓 발짓을 다하니, 그래서 나는 두루두루 알았다는 표를 했고, 아주 그 친구가 맘에 든다는 뜻을 전했으며, 얼마 후에는 개한테 말을 걸기 시작해서 말을 가르치고자 했으니, 첫째로 자기 이름이 '금요일'임을 알게 하였는데 그것은 내가 자기 생명을 구해 준 게 금요일이었기 때문이라서 나는 그 순간을 기념하기 위해 이름을 이렇게 부르게 된 것이며, 또한 나를 '주인님'으로 부르도록 했고 그것이 내 이름이 될 것임을 가르쳤고, 아울러 개한테 '네'와 '아니오'를 말하는 법과 그 뜻을 가르쳤다. 그리고는 염소젖을 질그릇에 담아서 좀 주고서는 내가 개 앞에서 염소젖을 마시고 거기에 빵을 적셔 먹는 모습을 보여준 다음, 개한테도 똑같이 따라하도록 빵떡 한 개를 주니 이내 그대로 따라하더니 아주 맛이 좋다는 표시를 했다.

　나는 개를 그날 밤은 거기에 데리고 있었으나 날이 새자마자 나를 따라오라고 하며 뭔가 입을 옷을 주겠다는 뜻을 전하니, 개가 완전히 알몸이었던 터라 매우 반기는 기색이었는데, 가는 길에 자기가 원수 둘을 묻은 곳에 도달하자 그 장소를 정확히 손으로 가리키더니 그곳을 알아볼 수 있게 자기가 남겨둔 표시를 보여주면서 나한테 손짓으로 전하는 뜻인즉, 이들을 다시 파내서 먹자는 것이라, 이에 나는 못내 화가 나서 그걸 내가 혐오한다는 표현을 하면서, 마치 생각만 하고도 토하는 시늉을 하고 어서 가자고 손으로 신호를 하자 개도 매우 공손하게 즉시 따라왔다. 그리고는 이 친구의 적들이 가버렸는지를 살펴보려고 언덕 꼭대기에 얘를 데려와서 내 망원경을 꺼내 보니까, 이들이 있었던 곳은 분명하게 보이는데 전혀 사람이나 카누의 모습을 찾아볼 수 없었는지라, 자기들 동료 둘은 내버려둔 채 더 이상 찾아다닐 생각을 않고 가버린 게 분명했다.

그러나 나는 이 사실을 안 것에 만족하지 않았고 이제 용기를 더 낼 수 있게 되었기에 호기심도 더 커진 터라, 내 수종 금요일이를 대동하고 얘한테 내 칼을 쥐어줬고, 활과 화살을 보니까 아주 능숙하게 다루기에 그걸 등에 메도록 했고, 총도 한 자루 들리고 나는 총 두 개를 들고서는 이자들이 머물렀던 그곳으로 행군을 했으니, 이는 이들에 대해 보다 완전한 정보를 얻고 싶었기 때문이었다. 이곳에 당도하자 그 참혹한 광경에 그만 등골이 오싹하며 내 피가 몸속에서 그대로 굳어질 정도였고 가슴이 철렁 내려앉을 정도로 적어도 나한테는 참으로 몹시도 끔찍한 광경이었으니, 그곳 사방은 사람 뼈로 뒤덮여 있었고 땅바닥은 피로 물들어 있었으며 반쯤 먹다 버린 큼직한 살점이 뭉그러지고 불에 그슬린 채 여기저기 흩어져 있는 등, 한마디로 이자들이 적들에게 이긴 후 승리를 자축하는 잔칫상의 온갖 징표들이 있었으며, 해골 세 개, 손

다섯 개, 다리와 발뼈 서너 개 및 기타 신체의 다른 부위들이 넘쳐 나게 많이 있는 것이 보였는데, 금요일이가 손짓을 통해 알려준 정황은 이러했다. 이들이 네 명의 포로를 잡아먹고 즐기려고 끌고 왔었는데 이중 셋은 먹어 버렸고 손가락으로 자신을 가리키며 자기가 네 번째 차례였다며, 이들과 새로 왕이 된 사람 사이에 큰 전투가 벌어졌는데 개는 이 왕의 백성이었던 모양이고, 이때 상당수가 포로로 붙잡혀서 이들을 전장에서 붙잡은 자들이 각자 다른 데로 구워먹으러 끌고 갔으며, 이자들은 이곳 섬으로 포로를 끌고 왔다는 것이다.

나는 금요일이에게 모든 해골과 뼈와 살점과 그 밖의 잔해들을 모조리 한데 모아서 불을 크게 지핀 후에 완전히 태워서 재를 만들도록 시켰는데, 가만 보니 금요일이는 여전히 고기를 좀 먹고 싶어하는 기색이었는데 식인종 기질이 몸에 배어 있기에 그런 모양이었으나, 나는 그런 생각을 하거나 그런 내색을 조금이라도 하는 것에도 내가 얼마나 역겨워하는지를 분명히 밝혔기에 감히 개가 그걸 표현은 못했으니, 개가 만약 사람고기를 먹으려 든다면 내가 죽여 버리겠다는 뜻을 어떤 식으로건 전했던 터였다.

이 일을 마친 후에 우리는 우리 성으로 다시 돌아왔고 거기서 나는 내 수종 금요일이를 위한 작업에 들어갔는데, 무엇보다도 아마포 바지 한 벌을 내가 이미 언급한 바대로 난파선에서 가져온 불쌍한 포수의 사물함에서 꺼내서 줬는데 이걸 약간 손을 보니까 아주 개 몸에 잘 맞았고, 그리고는 나는 이제 제법 쓸 만한 재봉사가 되었던 터라 내 솜씨로서는 최대한 재주껏 염소 가죽으로 조끼를 만들어줬으며, 또한 토끼 가죽으로 만든 베레모를 줬는데 이게 아주 편리하고 그런대로 맵시도 있는 물건이라, 이렇게 이 친구한 테 옷을 입혀서 당장은 그런대로 지낼 만하게 해주었고 개도 자기 주인처럼 멋지게 옷차림을 한 것에 무척 흡족해했다. 물론 처음에 는 이걸 입고 좀 거북해했던 게 사실이긴 했으니, 바지를 입는 것 을 매우 어색하게 생각했고 조끼의 팔 구멍에 어깨랑 팔 안쪽이 닿아서 까졌으나, 닿아서 아프게 하는 부분을 좀 손을 보고 자기 도 거기에 익숙해지자 점차 옷 입는 것을 아주 좋아하게 됐다.

내가 오두막으로 돌아온 다음날 나는 개의 생활공간을 어디로 해야 그 녀석한테도 잘 해주면서도 나도 맘이 완전히 편할 수 있 을까를 따져보기 시작했고, 그래서 내 두 성벽 사이 처음에 만든 벽 바깥과 나중에 만든 벽 안쪽 빈 공간에 자그맣게 텐트를 하나 만들어줬고 또한 거기서 내 동굴 쪽으로 출입문이랄까 입구가 나 있었기에, 거기에다 입구 쪽보다 약간 안쪽 통로에다 문틀을 정식 으로 짜서 넣고서 판자로 문을 만들어 달아서 안쪽으로 문을 여닫 게 하고 밤에는 빗장으로 잠근 후 내 사다리들도 안으로 들어 올 려놨으니, 이렇게 하여 금요일이가 어떤 일로건 나의 가장 안쪽 벽 안으로 나를 향해 온다면 담장을 넘는 소리가 시끄럽게 날 수 밖에 없을 것이며 그래서 나는 잠에서 깰 수밖에 없도록 조치했으 니, 내가 처음에 만든 벽은 이제 긴 줄기들이 자라나서 완전히 내 텐트를 온통 지붕처럼 덮고 있었고 언덕 한쪽 벽으로 기어 올라갔 는데, 거기서 가늘어지기는커녕 다시 좀더 가는 줄기들과 가로 세 로로 엉키어 있었고 그 위에다 볏단을 엮어 지붕을 얹었으니 볏단

이 갈대처럼 단단했던 것이며, 사다리를 타고 드나드는 구멍이랄까 홈에는 일종의 함정문을 달아 놓아서 만약 밖에서 그걸 열려고 한다면 전혀 열고 들어오지 못하고 대신 곧장 바닥으로 굴러 떨어지면서 시끄럽게 쿵 하는 소리가 들리도록 되어 있었고, 무기들도 매일 밤 내가 있는 쪽으로 다 가지고 들어왔다.

그러나 이런 모든 경계 조치를 취할 필요가 전혀 없었으니, 그어떤 수종도 금요일이가 나한테 하는 것보다 더 충직하고 다정하고 진정하게 주인을 섬길 수가 없을 정도였는데, 애는 성질을 부리거나 뚱하게 음흉한 속셈을 품고 있지도 않았고 완전히 나를 열심히 따랐으니, 마치 자식이 아버지에게 하듯 정으로 맺어진 인연이라, 감히 말하건대 개는 내 목숨을 구하기 위해서라면 그 어떤 상황에서건 자기 목숨을 기꺼이 희생했을 것이니, 이런 점을 여러번 입증하자 나는 의심을 버렸고 곧 내가 더 이상 이렇게 개로부터 내 안전을 보호하려는 경계 조치를 취할 일이 전혀 없음을 확신하게 됐다.

이것을 계기로 내가 자주 생각해 보고 또한 놀랐던 것은, 하나님께서 당신이 만드신 이 세상을 주재하심에 있어서, 당신의 피조물들인 인간 세계의 그토록 넓은 지역에서 이들의 지적인 역량과 영혼의 힘을 거기에 가장 잘 맞는 쪽으로 쓰지 못하게 하신 게 하나님의 섭리에 부합되는 일이었다 해도, 이들에게도 우리에게와 마찬가지로 똑같은 능력과 똑같은 이성과 똑같은 감정과 똑같은 친절에 대한 감각과 책임감과 똑같은 감사와 성실과 신의에 대한 지각과 선을 행하고 선을 받아들일 수 있는 똑같은 역량을 부여하셨다는 것이며, 만약 이들에게도 이런 자질을 활용할 수 있는 기회를 주시는 게 하나님의 뜻이라면 이들은 우리 못지않게, 아니 우리보다 더 기꺼이 그 부여받은 목적에 맞게 이런 자질을 쓰려 한다는 것이었으니, 그래서 나는 때로 이런 사색을 할 계기가 될 때마다 매우 우울한 기분에 빠졌는데, 그것은 우리에게는 이성에 덧붙여서 가르침의 큰 등불인 성령과 하나님의 말씀을 아는 지식이 우리의 자질을 선용할 방향이 어디인지 비춰줌에도 불구하고 우리는 참으로 이런 자질을 저급한 데만 사용하지 않는가, 또 왜 하나님은 이렇듯 이 가련한 야만인 한 사람을 두고만 판단해 보더라도, 수백만 영혼들이 우리보다 훨씬 더 구원의 길을 아는 지식을 잘 선용할 것인데, 이들에게서 진리를 숨겨놓으실까, 이런 생각 때문이었다.

여기서 더 나아가 때로는 하나님의 섭리의 주권마저 침범하는 데까지 생각이 흘러갔으니, 어떤 자들에게서는 빛을 숨기시고 다른 자들에게는 드러내 보여주시면서도 양쪽 모두 똑같이 도리를 다하기를 기대하시니, 말하자면 세상이 이렇듯 자의적으로 흘러가게 하신 것이 부당하다는 고소를 하려는 지경에 이르기도 했는데, 하지만 나는 그런 의혹은 묵살하고 다음과 같은 결론으로 내 생각을 제어하기를, 첫째로, 이들이 어떤 지침과 법에 의해 정죄될지는 우리가 알지 못하고 하나님은 필연적으로 스스로의 속성으로 인해 무한히 거룩하시고 공의로우시기에, 이들이 만약 하나님을 전혀 알지 못하도록 판결받은 것이라면 성경이 말하듯 그들에게는 법이 되는 그 지침을 위반하는 죄, 즉 우리는 그 근거가 무엇인지 알지 못하지만 이들의 양심이 정의로 인정하는 그런 규범들 때문이며, 둘째로, 우리는 토기장이의 손에 잡힌 진흙의 처지인 주제라, 그릇이 왜 자기를 이렇게 만들었냐고 따져 물을 수는 없는 법이라고 생각했다.

그러나 내 새 동료 얘기로 돌아가자면 나는 이 친구가 아주 맘에 들었고, 걔한테 쓸모 있고 편리하고 도움이 되는 데 필요한 모든 것을 가르쳐 주는 것을 내 업무로 삼았는데, 특히 말을 시키고 내가 말하면 알아듣도록 가르치니 그렇게 열심히 잘 배울 수가 없을 정도였고 게다가 어쩌나 쾌활하고 어쩌나 한결같이 부지런하고, 또한 내 말을 알아듣거나 내가 자기 말을 알아듣게 될 때는 어쩌나 좋아하는지 걔랑 말을 하는 일이 무척 즐거웠으니, 이제 내 삶이 이렇듯 편안하게 되었기에 나는 야만인들이 더 몰려올 위험만 아니라면 지금 사는 이곳에서 절대로 떠나지 못하게 된다 해도 별로 개의치 않으리라고 혼잣말을 하기 시작했다.

내 성으로 돌아간 지 2, 3일 후에 나는 금요일이에게서 식인종의 입맛을 제거하고 그놈의 소름끼치는 식성을 없애버리려면 다른 고기 맛을 보게 해줘야겠다고 생각하고서 어느 날 아침 숲으로 개를 데리고 갔고, 내 염소 떼 중에서 새끼염소 한 마리를 죽여서 집으로 가져와 요리를 할 참이었다. 그런데 가는 중에 보니까 암염소가 그늘에 누워 있고 어린 새끼염소 두 마리가 옆에 같이 앉아 있어서, 금요일이를 붙잡고서 가만히 있으라고 하면서 움직이지 말라고 손짓을 한 후, 즉시 내 총을 겨눠서 새끼 중 하나를 쏴 죽였다. 이 가련한 친구는 멀리 떨어진 거리에서 자기 원수 야만인을 죽이는 것을 보기는 했으나 그게 어떻게 된 것인지 알지 못했고 또한 상상도 할 수 없었던 터라, 눈에 띄게 놀라고 겁에 질려 부르르 떨며 어찌나 어리둥절해하는지 그 자리에 주저앉는 줄만 알았다. 걔는 내가 염소 새끼를 쏘는 것도 보지 못했고 내가 죽였다는 것도 알아채지 못했는지, 대신 자기 조끼를 들어 올려서 다친 데는 없는지 만져보는데, 가만 보니 아마 내가 자기를 죽이려고 작정한 것으로 생각했던 모양인지 내 앞으로 와서 무릎을 꿇고 내 무릎을 두 팔로 부여안고서는 내가 알아듣지 못하는 온갖 소리를 해대는데, 그게 자기를 죽이지 말라는 뜻임을 쉽게 알 수 있었다.

나는 이내 개한테 전혀 자기를 해치지 않을 것임을 확신시킬 방법을 찾아서 손을 잡아 일으키며 웃으면서 내가 죽인 염소 새끼를 손으로 가리키고 그리로 뛰어가서 가져오라고 하니 그대로 했는데, 짐승이 어떻게 죽었는지를 보면서 궁금해하는 중에 나는 총을 다시 장전했는데 마침 사정거리 안에 있는 나무 위에 무슨 매 같은 큼직한 새가 내려앉는 것이 보이니, 이에 금요일이가 내가 뭘 할 것인지를 약간 이해할 수 있도록 다시 걔를 부른 다음 새를 손가락으로 가리키고서, 그게 매인 줄 알았는데 보니까 앵무새였지만, 아무튼 이 앵무새를 손가락을 가리킨 다음 내 총을 가리키고서 내가 그 새를 쏴서 죽일 것임을 이해시킨 다음, 잘 보라고 당부하고서 사격을 가하니 즉시 앵무새가 맞아 떨어지자, 이를 보더니 내가 자기한테 그렇게 여러 말을 했음에도 불구하고 다시 또 겁에 질린 사람처럼 서 있는데, 내가 총에 아무것도 집어넣는 것을 보지 못했기에 오히려 더 놀라서 어리둥절한 모습이었으니, 이 물건에 뭔가 놀라운 죽음과 파괴의 힘이 안에 축적돼 있어서 사람이건

들짐승이건 날짐승이건 뭐든지 가깝거나 멀리 떨어졌거나 죽일 수 있다고 생각하는 모양이었고, 이런 생각을 하며 경악을 금치 못하는데 그 상태가 어찌나 심했던지 한참이 지나서야 회복되었으니, 내 생각에는 내가 만약 그렇게 하기로 했다면 나와 내 총을 떠받들어 섬기게 할 수도 있었을 것이라, 내 총 얘기를 더 하자면, 아예 그 후 며칠 간은 총을 만지려고도 하지 않았고 혼자 있을 때는 총한테 말을 걸고 마치 자기한테 말대꾸를 하는 듯이 얘기를 하고 있었는데, 이게 나중에 개가 나한테 얘기를 해서 안 것이지만 자기를 죽이지 말라는 소망을 피력하는 말을 한 것이었다.

아무튼, 개가 총격에 깜짝 놀란 상태가 좀 나아진 후에 나는 내가 쏜 새를 손으로 가리키며 달려가서 잡아오라고 하니 그대로 했으나 잠시 좀 머뭇거렸으니, 그것은 앵무새가 완전히 죽은 게 아니어서 원래 떨어진 지점에서 한참 멀리 날아가 있었던 까닭인데, 하지만 새를 찾아서 집어 들고 나한테 가져왔고, 총에 대해서 잘 모르고 있는 것을 파악했던 터라, 나는 이 기회를 틈타 개가 보지 못하게 다시 총을 장전한 후 다른 표적이 나타나면 즉각 쏠 차비를 했으나, 당시로는 더 이상 쏠 게 없었기에 염소 새끼 잡은 것을 집으로 가져왔고, 그날 저녁에 가죽을 벗겨서 할 수 있는 한 최선을 다해 살점을 저미어 내고, 그걸 목적으로 준비해 놨던 질그릇 냄비에다 고기를 좀 끓이고 삶아서 아주 괜찮은 국물을 냈는데, 내가 먼저 좀 먹고 있다가 내 수종에게도 먹으라고 주니까 아주 반기는 것 같았고 맛있어 했다. 그런데 이 친구가 제일 이상하게 생각했던 것은 내가 고기에 소금을 쳐서 먹는 것이었으니,

나한테 손짓으로 소금은 먹기에 좋지 않다는 뜻을 전하느라 소금을 조금 자기 입 속에 넣더니 게우는 시늉을 하며 퇴하고 뱉고서는 그 후에는 맑은 물로 입을 씻어내었는데, 다른 한편 나는 소금에 찍지 않고 고기를 좀 입에 넣은 후 소금이 없는 탓에 그것을 개가 그랬던 것과 똑같이 곧장 퇴하고 뱉어버리는 척을 했지만, 소용이 없었으니 이 친구는 살코기긴 국물이건 소금을 쳐 먹으려 들지 않았는데, 적어도 한동안은 그랬고 나중에도 소금은 조금씩만 먹었다.

이 친구한테 이렇게 삶은 고기와 국물을 먹였으니 다음날은 이 새끼염소 고기를 불에 구워서 먹여보기로 작정했고, 이에 불을 지펴놓고 끈에 묶어서 구웠는데, 내가 영국에서 사람들이 그렇게 하는 것을 흔히 봤었기에 기둥을 두 군데 불 양쪽에 박아놓고 다른 기둥을 사이에 걸쳐 놓고서 여기에다 끈을 묶어서 고기가 계속 돌아가면서 구워지게 해놓았다. 우리 금요일이는 이것을 아주 신기해했고 이제 고기를 맛볼 차례가 되니까 개가 여러 방식으로 이게 아주 맛이 좋다는 표현을 하자 그 뜻을 분명히 알아들었고 마침내 다시는 사람 고기를 먹지 않겠다고 나한테 얘기를 하니, 아주 듣던 중 반가운 소리였다.

그 다음날은 낟알을 타작하고 앞서 말했던 방식대로 내가 하던 식으로 걸러내는 일을 시켰는데, 이내 내가 하는 것 못지않게 작업하는 법을 잘 이해했고, 특히 이 작업의 의미가 무엇이며 이것이 빵을 만들려는 것임을 알고 나서는 일을 더 잘 했으며, 나중에 곡식으로 빵 반죽을 만들고 화덕에 굽고 하는 것을 보여주니 금요일이도 얼마 안 되어 모든 공정을 내가 직접 하는 것 못지않게 나 대신 잘할 수 있을 정도가 되었다.

나는 이제 나 혼자가 아니라 먹여 살릴 식구가 하나 더 늘어났으므로 농사지을 땅을 더 늘려야 하겠고 전보다 파종을 더 많이 해야 되지 않을까 생각하기 시작했고, 그래서 널찍한 땅을 골라놓고 전처럼 그 주위로 울타리를 둘렀는데 이때 금요일이 아주 기꺼이 일을 할 뿐 아니라 매우 열심히 일을 했으며 뭣보다도 매우 즐겁게 일을 했으니, 내가 이것이 뭣 때문에 하는 작업인지 얘기를 해주면서, 이제 빵을 더 많이 만들기 위해 곡식을 더 거두기 위한 일이고, 그것은 자기가 나랑 같이 있으니 나뿐만 아니라 본인을 위해 더 많이 농사를 짓기 때문이라고 하니까, 이 점을 매우 민감하게 받아들이면서 나한테 전하는 뜻인즉, 자기 때문에 공연히 내가 수고를 더하게 하는 것이니 내가 지시를 하는 대로 더욱 더 일을 열심히 하겠다고 했다.

그 해는 이곳에서 내가 보낸 가장 즐거운 한 해였다. 금요일이 제법 말도 잘하게 되었고 내가 불러야 할 일이 있는 물건들 이름과 내가 자기를 보낼 일이 있는 장소 이름을 다 알아들었고 나한테도 말을 상당히 많이 했으니, 쉽게 말해서 나는 이제 다시 혀를 놀릴 일이 생기기 시작한 것인데 그전까지는 전혀 그럴 일이 없었으나, 이제 말을 하게 되니 이 친구랑 말을 하는 즐거움 외에도 사람 자체가 유달리 맘에 들었으니, 그 친구의 순박하고도 숨김없는 정직함이 매일매일 더욱 더 내 눈에 띄었기에 이 사람을 아주 사랑하게 되었으며, 개 쪽에서도 아마 그전에 사랑했을 수 있었던 그 어떤 사람보다도 나를 더 사랑했다고 나는 믿는다.

한번은 개가 자기 고향으로 다시 돌아가려는 마음을 내심 품고 있지나 않은지 시험해 볼 요량으로, 또한 거의 내가 하는 모든 질문에 대답할 정도로 영어를 곧잘 할 정도로 배웠기에, 개가 속한 종족이 전쟁에서 누구를 정복한 적은 없냐고 물어보니까, 네, 네, 우리 늘 더 잘 싸워요, 즉, 우리는 적을 늘 제압한다는 뜻이라, 그래서 우리는 다음과 같은 대화를 나누게 되었다. 먼저 내가, 너희가 늘 더 잘 싸운다면 어쩌다 포로로 붙잡힌 것이냐, 금요일이야? 라고 말을 꺼냈다.

**금요일이** : 내 동족 그래도 많이 이겨요.

**주인** : 어떻게 이겨? 너희 동족이 적들한테 이겼다면 왜 붙잡힌 거야?

**금요일이** : 나 있던 거기에 그들 내 동족보다 더 많아요. 그들 하나, 둘, 셋, 그리고 나 붙잡아요. 내 동족 나 없던 다른 쪽에서 그들한테 이겨요. 거기서 내 동족 1천 명, 2천 명, 많은 천 명 붙잡아요.

**주인** : 하지만 그렇다면 왜 너희 쪽에서는 너를 네 적들의 손에서 구해 내질 않은 거냐?

**금요일이** : 그들 하나, 둘, 셋, 그리고 나 달려가요, 그래서 카누로 가게 해요. 우리 동족 그때 카누 하나도 없어요.

**주인** : 그럼 금요일이야, 너희 동족은 붙잡은 포로들을 어떻게 하니? 그놈들처럼 너네도 데려가서 잡아먹어?

**금요일이** : 네, 내 동족 역시 사람 먹어요, 다 먹어버려요.

**주인** : 어디로 데리고 가는데?

**금요일이** : 다른 데로 가고 싶은 데 가요.

**주인** : 이리로도 오나?

**금요일이** : 네, 네, 이리로도 와요. 그들은 다른 쪽으로 가요.

**주인** : 너도 같이 따라 온 적 있니?

**금요일이** : 네, 나도 여기 와요(이때 이 섬의 북서쪽을 가리키니 아마 그쪽이 자기들이 오는 쪽인 모양이었다).

이를 통해 파악하건대 내 수종 금요일이는 전에는 이 섬의 가장 끝 지점 해안에 출몰하던 야만인들 중 한 사람이었고 자기가 끌려왔던 똑같은 그 목적, 즉 사람 잡아먹는 잔치를 벌이려 왔었다는 것이니, 며칠이 좀 지난 후에 나는 용기를 내서 이 친구를 내가 앞서 언급했던 바로 섬 반대쪽으로 데리고 가자 그는 이내 그곳을 알아봤고 나한테 하는 말이 이곳에서 자기네 패가 와서 20명의 남자와 여자 둘, 아이 하나를 먹어치울 때 자기도 같이 왔었다고 얘기를 하는데, 영어로 20이란 말을 할 줄을 몰라서 돌을 나란히 일렬로 세워놓고서 손가락으로 가리키며 나보고 세어보라고 했다.

이 이야기를 한 것은 이어지는 부분 때문인데, 개랑 이 대화를 나눈 후에 우리 섬에서 그쪽 해안까지 얼마나 먼지 또 카누들이 오고 가다 자주 침몰하지는 않느냐고 묻자, 걔 말이 위험할 게 하나도 없었고 침몰한 카누는 하나도 없지만 바다 쪽으로 조금 더 멀리 가면 물살이 세지고 바람도 부는데, 늘 오전에는 한쪽으로, 오후에는 반대쪽으로 흐른다고 대답했다.

이걸 나는 단지 밀물과 썰물이 바뀌는 것으로만 이해했었으나,

나중에 알고 보니 큰 강 오리노코에서 엄청난 양의 강물이 흘러나왔다 역류하는 게 원인이었으니, 이 강의 입구 또는 만 쪽에 우리 섬이 위치해 있었음을 나중에 발견했고, 섬에서 서쪽과 북서쪽에 있는 육지일 것으로 보였던 그 땅이 이 오리노코 강 입구 북쪽 끝에 있는 거대한 트리니다드 섬이었으니, 따라서 나는 금요일이에게 그쪽 지리와 사는 사람들과 바다와 해안과 근처에 어떤 종족들이 사는지에 대해 수천 가지 질문을 퍼부었고, 걔는 그보다 더 허심탄회할 수 없을 정도로 격의 없이 자기가 아는 모든 것을 얘기해 주었으나 '카리브'란 이름 외에는 다른 정보를 얻지 못한 터라, 그래서 나는 쉽사리 이해하기를 이들이 카리브족들이라는 것인데, 우리의 지도들을 보면 아메리카 대륙에서 오리노코 강 입구로부터 기아나(Guiana)까지, 거기서 다시 산타마르타*까지 펼쳐진 지역에 이들이 사는 것으로 그려져 있었다. 걔는 또 달 너머 한참 더 떨어진 곳, 그러니까 달이 지는 곳보다 더 멀리란 말이니 자기 고향의 서쪽에는, 내가 앞서 언급한 바 있는 내 긴 수염을 가리키며, 나처럼 수염이 난 하얀 사람들이 산다고 하며, 이들이 걔 표현대로 하자면 "크게 많이 사람"을 죽였다고 하니, 이 모든 것을 종합해 보건대 걔가 스페인 사람들을 뜻하는 말로, 이들이 아메리카에서 저지른 잔혹한 짓이 모든 지역으로 다 퍼져 나가서 아버지에게서 아들로 전해지며 기억되고 있음을 알 수 있었다.

　나는 걔한테 내가 이 섬에서 어떻게 하면 그 하얀 사람들한테로 갈 수 있겠냐고 물어보니 걔가 말하기를, 네, 네, 카누 두 척이면 갈 수 있다, 뭐 이러니 걔가 무슨 말을 하는지 이해할 수 없었고 카누 두 척이란 게 뭘 뜻하는지 설명하게 할 수가 없었으나, 마침내 한참 진땀을 뺀 끝에 이게 카누 두 척 정도 길이의 큰 배는 있어야 한다는 말임을 알아냈다.

금요일이 얘기의 이 대목은 아주 내 입맛에 딱 맞았고 그래서 그때부터 나는 때가 되면 이곳에서 탈출할 기회를 찾을 수 있을 것이며, 이 가련한 야만인 친구가 이 일을 실행하도록 돕는 방편이 되리라는 희망을 품기 시작했다.

금요일이 나랑 같이 있게 되어 나한테 말을 하기 시작하고 내 말을 알아듣게 된 지 이제 상당한 시간이 되었는데, 그 사이에 나는 개의 맘속에 신앙 지식의 토대를 잡아주는 일도 빼먹지 않았으니, 특히 한번은, 누가 너를 만들었냐, 하고 물으니, 이 한심한 친구가 도무지 내 말을 알아듣지 못하고 그냥 자기 아버지가 누구냐고 물은 말로만 생각하는지라, 그래서 다른 식으로 접근하기로 하고, 누가 이 바다와 우리가 걷는 땅이며 언덕과 숲을 만들었냐고 묻자, 개 대답은 무슨 '베나무키 할아버지'인지 뭔지가 세상 저쪽에 산다는 것인데, 이 위대한 양반이 누구인지에 관해서는 아주 나이가 많고 바다나 땅이나 달이나 별보다 훨씬 더 나이가 많다는 것 외에는 달리 설명하지를 못하니, 그래서 내가 다시 묻기를, 이 나이 많으신 양반이 만물을 다 만들었다면 왜 모든 만물이 이분을 섬기지 않느냐고 하니, 그는 사뭇 심각해져서 완전히 순박한 표정을 짓더니 하는 말이, "만물이 그분께 '오' 해요", 이러니, 내가 다시 묻기를 개네 고향에서 사람들이 죽으면 다른 세상으로 가냐고 하니, 개 말이, 그렇다, 다 베나무키한테 간다는 것이라, 그래서 그러면 너희들이 잡아먹은 친구들도 그리로 가는 거냐고 물으니, 그렇다고 했다.

　이런 이야기부터 시작해서 나는 참 하나님에 대해 알도록 가르치기 시작했고 만물의 위대한 창조자는 저기 위에 사신다며 하늘을 가리켰고, 그가 이 세상을 만드실 때부터 계속 똑같은 능력과 섭리로 이 세상을 다스리시며, 그가 우리를 위해 모든 것을 해주실 수 있고 모든 것을 우리에게 주실 수 있으며 또한 모든 것을 가져가실 수 있다고 하며 조금씩 이 친구가 눈을 뜨도록 했다. 금요일이는 이런 얘기를 아주 열심히 들었고, 예수 그리스도가 우리를 구원하러 보내심을 받았고 하늘에 계시지만 우리의 기도를 들으실 수 있다는 얘기를 아주 달가워하며 이해했는데, 어느 날 나한테 하는 말인즉, 만약 우리 백인들의 하나님이 태양 저 너머에서도 우리 얘기를 들으실 수 있다면 자기들의 베나무키보다 더 막강한 신임이 틀림없겠다고 하며, 베나무키는 별로 멀리 떨어져 있지 않으면서도 자기가 살던 곳에 큰 산으로 올라가서 불러내지 않으면 자기들 얘기를 듣지 못한다고 하니, 그래서 내가 묻기를 본인이 거기로 올라가서 불러낸 적이 있냐고 하니까, 없다고 하며 젊은이들은 절대로 거기로 가지 못하고 나이 든 남자들, 걔 표현으로는 그들의 "우오카키"인 자들, 즉 나한테 설명을 하도록 한 바에 의하면 사제들만 갈 수 있고, 이들이 거기에 가서 (이 친구가 기도한다는 말을 이렇게 했으니) "오" 하고 다시 돌아와서는 베나무키가 뭐라고 했는지 얘기를 전한다고 했다. 이것을 보니 세상에서 가장 무지몽매한 이교도들 사이에도 사제들이 있으며, 사제들을 보통 사람들이 계속 떠받들도록 하기 위해서 종교를 신비롭게 만들려는 계략은 로마 교회에서만 그런 게 아니라 가장 짐승 같고 야만스런 종족들에서도 발견된다는 것을 나는 알게 되었다.

나는 내 수종 금요일이에게 이것이 허상임을 깨우치려 진력하여, 그 영감들이 자기들의 베나무키 신에게 "오" 하러 올라간다는 핑계로 산에 올라가는 것은 하나의 사기이며, 이들이 거기서 신에게 들은 말이라며 전해 주는 말은 더욱 더 사기였으며, 만에 하나 이들이 거기서 무슨 응답을 받았거나 누구와 말을 하는 법이 있다면 그것은 필경 악령을 만난 것일 뿐이라고 했고, 이어서 나는 사탄에 대해 길게 얘기를 했는데 그의 기원, 하나님에 대한 반역, 인간에 대한 적개심과 그 이유, 또한 이 세상의 어두운 구석을 찾아 자리 잡고서 하나님 대신에 자신을 숭배하도록 하며, 인간들을 미혹하게 하여 파멸시키는 온갖 계책과 우리의 느낌과 감성에 은밀하게 접근하여 우리의 의향을 자기의 올가미에 맞도록 이끌어, 우리가 스스로를 유혹하여 우리 자신의 파멸을 우리의 선택에 의해 초래하도록 한다는 말을 쭉 해주었다.

그런데 개한테 하나님의 존재를 인식시키는 것은 쉬웠으나 악마에 대한 올바른 개념을 파악하게 하는 것은 쉽지 않음을 알게 되었다. 하나님의 존재에 대한 증거와 최초의 원인이 있어야 하고 모든 것을 지배하는 절대적인 힘에 대한 필요성과 은밀히 우리를 이끄시는 섭리와 하나님의 공평하심과 공의며 우리의 창조주에 대해 경의를 표해야 한다는 등을 설득할 때는 자연을 둘러보라고만 해도 논리를 세울 수 있었다. 그러나 악령이 있다는 개념이나 그의 기원이며 존재며 속성이며 무엇보다도 악을 행하려 하고 우리도 악을 행하게 만들려 하는 의향이 있다는 말을 예시할 자연법칙이 보이는 게 없는 터에, 이 가련한 친구가 한번은 다음과 같이 순전히 자연스럽고 천진난만한 질문을 던지는데 도무지 뭐라고 대답해야 할지 당황스러웠다. 내가 하나님의 능력과 그의 무소불위하심과 죄를 절대로 용납하지 않으시는 준엄함과 악을 행하는 자들을 태워버리시는 불 심판을 하신다는 얘기를 한창 하며, 그가 우리 모두를 창조하셨듯이 우리 모두와 세상 모든 것을 단번에 없애버리실 수 있다고 얘기를 하자, 계속 아주 진지하게 내 말을 듣고 있었다.

그 다음으로는 이 사탄이 사람들의 가슴속에 도사린 하나님의 원수요 자기의 온갖 악의와 잔꾀를 동원해서 섭리의 선하신 계획들을 좌절시키고 이 세상에서 그리스도의 나라를 파괴하려 든다는 등의 얘기를 해주었다. 그러자 금요일이가 하는 말이, "그렇다면 하나님이 그렇게 강하고 그렇게 위대하다고 주인님 말해요. 그러면 이 악마보다 더 강하고 더 힘세지 않아요?" 그래서 내가, 그래, 금요일이야, 맞다, 하나님은 악마보다 더 강하시고 악마 위에 계시고 그래서 우리는 하나님께, 악마를 우리 발 아래 엎어지게 짓누르셔서 우리가 악마의 유혹에 맞서고 악마의 불타는 화살의 불꽃을 꺼버릴 수 있도록 해달라고 기도하는 것이라고 했다. 그러자 다시 개가 묻기를, "하지만 하나님 악마보다 더 강하고 더 힘세면, 왜 하나님 악마 안 죽여요, 그래서 나쁜 짓 더 못하게요?"

나는 이 질문에 묘하게 깜짝 놀랐으니 내가 비록 나이야 많기는 했으나 신학교사로서는 초심자라 난점을 말로 풀어주는 도학자 노릇을 할 자격은 별로 없었던 터, 처음에는 무슨 말을 해야 할지 알 수가 없어 개 말을 못 들은 척하며, 뭐라고 했냐고 되물었다. 하지만 개가 자기가 물은 것을 그냥 잊어버리기에는 너무나 대답을 듣고 싶은 마음이 강했기에 위에 적어놓은 대로 그 엉성한 말투로 질문을 반복했다. 이때쯤에는 내가 정신을 다시 되찾았고, 그래서 나는, "하나님이 마침내 악마를 준엄하게 벌하실 것이고 악마는 결국엔 심판을 받도록 돼 있고 심판 때는 영원히 꺼지지 않는 불로 던져져서 거기에서 거할 것이다"라고 했다. 금요일이는 이게 별로 만족스러운 대답이 아니라고 여겼는지 다시 나한테 내 말을 되받아 물었다. "결국엔 심판을 받도록 돼 있다, 그거 이해 나 못해요. 왜 지금 악마 안 죽여요, 왜 한참 전에 안 죽여요." 여기에 대해 나는, 지금 당장 여기서 너나 내가 하나님을 거스르는 사악한 짓을 할 때 죽이시지 않느냐고는 왜 묻지 않느냐, 이는 우리가 죄를 뉘우치고 죄 사함을 받을 수 있도록 우리 생명을 보존해 주시는 것이라고 하니, 개는 한참 곰곰이 생각을 하고 있다가 무척도 다정하게 내게 하는 말이, "그래요, 그거 좋아요, 나, 당신, 악마, 다 사악해요, 다 뉘우쳐요, 그럼 하나님 다 용서해요." 여기서 나는 다시 이 친구 말에 궁지로 몰렸으니, 이 일을 통해서 나는 자연스런 상식으로 이성을 가진 인간이 하나님을 알고 자연 이치에서 유추한 결론으로서 그 최고의 존재에게 합당한 숭배와 존경을 표하는 데까지는 이를 수 있어도, 오직 하늘의 계시를 통해서만이 예수 그리스도와 그분이 우리를 위해 값을 주고 사주신 구원과 하나님의 보좌 앞에서 우리를 대신해 용서를 구하시는 새로운 언약의 중개자임을 알 수 있다는 것을 확증하게 되었다. 다시 말하건대 오로지 하늘에서 내려주신 계시가 아니면 우리 영혼 속에 이런 깨달음과 여기서 비롯되는 우리의 주님이시며 구원자이신 예수 그리스도의 복음이 자리 잡을 수 없는바, 내 말인즉 하나님이 자기 백성을 인도하고 거룩하게 하시는 하나님의 말씀과 성령은 사람의 영혼이 하나님을 바로 앎으로 구원에 이를 수 있도록 가르치는 데 절대적으로 필요한 교사란 것이다.

그래서 나는 내 수종과 나누고 있던 이런 대화를 그만 멈추고 마치 외출할 일이 갑자기 생긴 듯이 황급히 일어났고, 그리고 나서 걔를 좀 멀리 심부름을 보낸 다음에 하나님께 심각하게 기도하기를, 내가 이 가련한 야만인에게 구원의 가르침을 줄 수 있도록 해주시고 성령이 이 가련하고 무지한 자의 속마음을 돌보셔서 그리스도 안에 계신 하나님에 대한 진리를 깨닫고 스스로 이를 받아들이도록 해주시며, 나를 인도하셔서 하나님의 말씀으로 권면하여 이자의 속사람이 수긍하고 그의 눈이 열리어 그의 영혼이 구원받도록 해주시라고 간구했다. 금요일이가 다시 내게 돌아오자 나는 긴 논설을 시작하여, 이 세상의 구주로 오신 이가 인간을 구원하신 일과 하늘이 내려주신 복음의 교훈, 즉 하나님 앞에서 참회할 것과, 우리의 귀하신 주 그리스도를 믿어야 함을 말해 줬다. 그리고는 내가 할 수 있는 한 최선을 다해 풀어서 말해 주기를, 왜 우리의 귀하신 구주가 천사의 속성을 취하시는 대신 아브라함의 자손으로 오셨는지, 따라서 바로 그 이유로 타락한 천사들은 구원에 전혀 동참할 지분이 없는 것이고 오로지 그는 이스라엘 자손 중 길 잃은 양 떼들을 위해서만 오신 것이라고 했다.

하나님도 아시겠지만 내가 이 가련한 자를 가르친다고 택한 방법들이 제대로 공부를 한 데서 나온 것보다 내 열의가 앞선 소치며, 또한 분명히 내가 인정할 바는 다음과 같은 원칙에 의해 실행하는 사람들은 누구나 체험할 바라고 생각되는 것인데, 이 친구한테 모든 것을 설명해 주려 하는 게 사실은 내 자신에게도 이전에는 내가 알지 못했거나 충분히 따져 보지 않았던 많은 것을 깨닫게 하도록 가르치는 셈이었고, 이 불쌍한 야만인 친구에게 가르침을 주느라 내가 골똘히 궁리하다 보니 자연스럽게 내 마음속에 생각들이 떠올랐던 것이라, 나는 이전에 그 어떤 경우보다도 이걸 계기로 열심히 이런 문제들을 탐구하였고, 따라서 이 가련하고 야만적인 녀석이 내 덕에 깨달음을 얻었건 말건 간에 나는 개가 나한테 오게 된 것 자체를 감사해야 할 크나큰 이유가 있었던 터, 나의 슬픔은 보다 가벼워졌고 내 거처는 헤아릴 수 없이 편안해졌으며 나의 이 적막한 삶을 둘러볼 때 내가 이렇게 혼자 떨어져 있기에 하늘을 바라보고 나를 이곳으로 데려오신 하나님의 손길을 간구할뿐더러 이제는 가엾은 야만인 한 사람의 육신의 생명과 아무튼 나로서는 최선을 다해 그의 영혼까지 구원하도록, 이 인간에게 신앙의 진리를 전해 주고 기독교 교리를 가르쳐서 예수 그리스도를 알게 하고 그를 앎으로써 영생을 얻도록 하는 도구가 되도록 섭리하신 것이다. 다시 말해서 이 모든 것을 돌이켜 볼 때 내 영혼 속속들이 은밀한 기쁨이 퍼져 나갔으니, 이전에는 늘 툭하면 내 처지를 내게 닥칠 수 있는 것 중에서도 가장 처참한 불행으로만 생각했으나, 이제는 내가 이곳으로 오게 된 것 자체를 크나큰 기쁨으로 생각한 적이 비일비재했다.

나의 이렇게 감사하는 자세는 나머지 시기 내내 계속 이어졌으며 금요일이랑 대화를 하면서 보낸 시간 덕에 우리가 그곳에서 같이 살았던 3년 세월은 하늘 아래 이 세상에서 완전한 행복이란 걸 실천할 수 있다면 그보다 더 행복할 수 없을 정도로 흠잡을 데 없이 완벽했다. 이 야만인 친구가 이제는 훌륭한 기독교 신자가 되었고, 비록 우리가 진정으로 회개하고 회개를 통한 위안을 누리고 있기는 나도 그 친구 못지않았다고 생각하고 싶기는 하나, 걔가 나보다도 더 독실했으니, 우리는 그곳에서도 하나님의 말씀을 읽었기에 마치 영국에 있는 것이나 마찬가지로 성령의 가르침에서 멀리 떨어져 있지 않았다.

나는 늘 말씀을 읽을 때마다 내가 읽은 대목의 뜻을 걔한테 알려주는 데 최선을 다했고 걔는 또 진지하게 탐구하고 묻는 것을 통해 그냥 나 혼자 성경을 읽을 때보다 이미 말한 대로 성경 지식을 더 넓힐 수 있도록 해주었다. 내 인생에서 이와 같이 조용히 혼자 있던 시절의 경험에 비춰볼 때 한 가지 지적하지 않을 수 없는 바가 있으니, 하나님에 대한 지식과 예수 그리스도를 통한 구원의 도는 하나님 말씀에 그리도 명백히 적혀 있다는 것이라 받아들이고 이해하기 매우 쉽게 씌어져 있기에, 그저 성경 말씀을 읽기만 해도 자기 도리를 깨닫고 자기 죄를 진심으로 회개하고 생명과 구원을 주시는 구주에게 매달리는 중요한 경지로 곧장 인도받았으며 행실에 분명한 변화가 생기고 하나님의 모든 계명에 복종하게 되었다는 것으로, 이 모든 것이 아무런 교사나 선생이 없이 이루어졌던 터, 그러니까 인간 교사가 없었다는 말이니, 성경의 명료한 가르침은 이 야만족 친구를 충분히 계몽하여 기독교 신자로 변하게 하고도 남을 만했으니 그렇게 독실한 신도를 내 평생 별로 보지 못했을 정도였다.

이 세상에서 벌어지는 온갖 종교에 대한 논쟁과 다툼과 싸움과 분란은 그것이 교리의 미세한 차이 때문이건 교회 조직 형태에 대한 이견 때문이건, 내게는 일체 무익하였고 내가 보기에는 이 세상 다른 모든 사람들에게도 마찬가지로 쓸 데 없는 것이라, 우리에게는 하늘로 가는 확실한 안내자인 하나님의 말씀이 주어졌고 그 말씀으로 우리를 가르치시고 훈계하시는 성령이 편하게 길을 보여주시니 이는 참으로 하나님을 찬미해야 할 바요, 우리를 온갖 진리로 인도하시고 그의 말씀을 기꺼이 따를 맘을 주시고 또한 그대로 순종하게 해주시기에, 내게는 도무지 이 세상에 그토록 심한 혼란을 초래한 종교적 논쟁거리들에 대해 아무리 심오한 학식을 쌓았다고 해도 그것이 아무짝에도 쓸모가 없는 것으로 보였다. 하지만 이제 다시 사건들을 서술하는 일로 돌아가야 할 때가 됐고, 이제 순서대로 하나씩 얘기하자.

금요일이와 나의 관계가 보다 더 친밀해지고 개가 내가 자기한테 하는 말을 거의 다 알아들을 수 있고, 나한테 비록 엉터리 영어이기는 하나 유창하게 말도 할 수 있게 된 후부터는, 개한테 내가 살아온 얘기를, 적어도 내가 이곳에 오게 된 것과 연관된 만큼은

들려주었고, 내가 여기서 어떤 식으로 살았고 얼마 동안 여기서 살았었는지 얘기해 줬다. 또한 나는 개가 신비롭게만 여기는 화약과 총탄의 원리를 알려주고 총 쏘는 법을 가르쳐 줬으며, 칼을 한 자루 줬더니 무척이나 좋아했고 영국에서 단도를 차고 다니듯 칼 꽂이가 달린 가죽 띠를 만들어줬는데, 이 칼꽂이에 단도 대신에 손도끼를 차고 다니게 했으니, 이것이 경우에 따라서는 단도 못지 않게 쓸 만한 무기였을 뿐만 아니라 때로는 더 쓸 데가 많았다.

나는 개한테 유럽 나라들, 특히 내 고국 영국 얘기를 해주었고 사람들이 거기서 어떻게 살고 하나님을 어떻게 섬기며 사람들끼리 같이 지내는 방식은 어떤지, 또한 우리가 전세계 곳곳으로 배를 타고 다니며 무역을 한다는 것을 설명해 주었다. 또한 내가 가 봤던 난파선을 묘사해 주고 그것이 있던 곳과 가능한 한 가까운 지점을 보여줬으나 벌써 모두 산산조각이 난 터라 자취가 없었다.

우리가 배에서 탈출할 때 타고 나왔다가 잃어버렸던 구명보트의 잔해도 보여줬는데 당시에는 나의 모든 힘을 들여서도 움직일 수 없었으나 이제는 거의 조각조각 파편이 된 상태였는데, 보트를 보더니 금요일이가 한참 무슨 생각을 곰곰이 하면서 아무 말이 없는지라, 내가 뭘 그렇게 열심히 살펴보느냐고 물으니 마침내 하는 말이, "나 이런 보트 모양 내 동족 장소로 온 것 봐요."

개가 뭐라고 하는지 알아듣는 데 한참 걸리긴 했으나 좀더 캐묻고 하는 얘기를 더 들으니 마침내 이해한바, 이것처럼 생긴 보트가 자기가 살던 고향 해안으로 왔던 적이 있었다는 말인데, 개 설명으로는 날씨가 험한 탓에 거기까지 떠내려 왔다고 하니, 즉시 나는 상상하기를 어떤 유럽 배가 개가 사는 쪽 앞바다에서 난파됐고 보트가 떨어져 나와서 표류하다 거기까지 흘러온 모양이구나 했지만, 앞뒤가 잘 맞지 않고 도무지 난파선에서 사람들이 그쪽으로 탈출하리라고는 한번도 생각해 본 적이 없었던 터라 이들이 어디서 온 사람들일지는 더욱 더 상상이 안 갔는데, 그래서 그냥 개가 말한 보트나 자세히 묘사해 보라고 했다.

금요일이가 보트를 제법 자세히 묘사했지만 나를 더 잘 이해시키려고 아주 신이 나서 덧붙여 하는 말인즉, "빠져 죽는 하얀 사람 우리가 살려요"라고 하니, 이에 나는 개 표현대로, "하얀 사람"이 그 보트에 있었냐고 바로 물어보니까, 개 말이, 그렇다, 보트에 하얀 사람들이 가득 타고 있었다는 것이라, 다시 내가 몇 명이었냐고 물으니 자기 손가락으로 열일곱을 만들어 보이니, 그래서 그 사람들은 그 다음에 다 어떻게 되었냐고 하니, "그들은 살아요, 그들 우리 동족이랑 살아요" 이러는 것이었다.

이 얘기를 들으니 내 머릿속에 새로운 생각들이 떠올랐으니, 나는 이들이 말하자면 내 섬의 이쪽 방향에서 보이는 지점에서 난파 당했던 그 배에 속했던 사람들일 수 있겠다고 바로 상상을 하게 되었는데, 이들은 배가 암초에 걸리자 어쩔 수 없이 끝장이 났음을 깨닫고는 목숨을 구하려 보트에 탔고 야만인들이 사는 험악한 땅에 상륙하게 된 것이 아니겠나 생각했다.

그래서 나는 그들이 정확히 어떻게 된 거냐고 좀더 따져 물으니, 그들은 여전히 거기에 잘살고 있고, 거기서 산 지가 대략 한 4년 정도이며, 야만인들이 그들은 가만히 내버려두고 먹을 것을 줘서 살게 해준다는 것이었다. 그러니 내가 다시 묻기를, 죽여서 잡아먹지 않았다니 그게 어떻게 된 일이냐고 하니, 걔는, "아니오, 그들이 그들과 형제 만들어요"라고 하니, 내가 이해하기에는 피차간에 협정을 맺었던 모양인데, 여기에 덧붙여 하는 말인즉, "전쟁 만들어 싸울 때만 사람 먹어요"라고 하니, 자기들과 싸우러 온 자들을 전투에서 포로로 잡은 경우가 아니면 절대로 사람을 먹지 않는다는 뜻이었다.

이 일이 있고 나서 상당한 시간이 흐른 후, 이 섬의 동쪽 언덕 위에 올라가 있었는데, 거기에서는 이미 말한 대로 육지 쪽 내지는 아메리카 대륙이 훤히 보였던 바, 금요일이는 날씨가 매우 고요했기에 육지 쪽을 아주 열심히 쳐다보던 중에 갑자기 화들짝 놀라더니 그 자리에서 펄쩍펄쩍 뛰며 춤을 추면서, 걔한테서 약간 떨어져 있었던 나를 부르는 것이었다. 그래서 내가 왜 그러냐고 묻자, "아, 기뻐해요! 아, 반가워해요! 저기 내 고향 보여요, 저기 내 동족이요!"라고 하는 게 아닌가.

걔의 얼굴에 예사롭지 않은 기쁨이 나타난 것을 알 수 있었고, 걔 눈은 반짝거렸고 표정이 이상야릇하게 간절한 기색이 감돌았으니, 마치 다시 자기 고향으로 돌아가고 싶어하는 듯 보였고, 그러자 나는 여러 가지 생각이 들면서 전처럼 내 수종 금요일이에 대한 심기가 편하지만은 않았으니, 그것은 아마도 금요일이가 다시 자기 종족들에게 돌아갈 수만 있다면 걔의 신앙을 다 잊을 뿐만 아니라 나에 대한 도리도 망각하고 자기 동족들에게 내 이야기를 신나게 해댈 것이며, 한 200명을 데리고 다시 돌아와서 나를 잡아먹으며 잔치를 벌일 것이고 그들이 전쟁에서 적을 포로로 잡아왔을 때만큼이나 걔도 덩달아 신이 날 것임을 의심치 않았던 까닭이다.

그러나 이것은 내가 이 가련한 친구의 정직한 인격을 크게 곡해한 것이었고, 그 뒤 크게 미안해했다. 하지만 내 의심은 자꾸 커졌고 몇 주씩 그런 상태가 계속되었기에, 나는 걔를 대할 때 약간 더 신중을 기하며 전처럼 친근하거나 다정하게 대하질 않았으니, 확실히 이 점도 내가 잘못한 것이고 이 정직하고도 은혜를 아는 이 친구는 오로지 신앙심 깊은 기독교 신자이자 고마움을 아는 벗이 따르는 원칙에 의거한 생각만을 품고 있었음을 나는 이후에 완전하고 분명히 확신하게 되었다.

걔에 대한 내 의구심이 지속되는 동안은 당연히 예상대로 나는 매일 걔가 심정의 변화를 드러내는 무슨 조짐을 보이지 않나 면밀히 살펴보았고 걔 속에 그런 생각을 품고 있다고 의심을 했었으나, 모든 면으로 지극히 정직하고 순진하게만 보이는지라 전혀 내 의심을 키울 만한 구석을 찾지 못했고, 나의 온갖 불안감을 누르고 마침내 다시 내가 걔를 신뢰하게 만들었으며 게다가 내가 불편해 한다는 점을 전혀 눈치채지 못하는 것을 보고 나는 더 이상 걔가 나를 속이고 있다는 의심을 할 수 없었다.

어느 날 전에 올랐던 같은 언덕에 올라가니, 그날은 바다 쪽 날씨가 안개가 끼어 흐렸기에 우리는 대륙 쪽을 볼 수가 없었는데, 내가 걔한테 말하기를, 얘 금요일아, 네 고향에 가서 네 동포들을 만나고 싶지 않니, 하고 물으니, 그렇다고 대답을 하며, "나 다시 내 종족한테 가면 아, 매우 반가워요"라고 했다. 그럼 거기 가서 뭣을 할 참이냐고, 다시 야만스러워져서 사람 고기 다시 먹고 예전처럼 야만인으로 돌아가겠냐고 물었다. 그는 이에 정색을 하며 머리를 설레설레 흔들었다. "아니오, 아니오, 금요일이가 가서 좋게 살라고 말해요. 하나님 기도하라고 말해요, 곡식 빵, 가축, 염소젖 먹으라고 해요, 사람 다시는 먹지 말라고 해요." 나는 여기에 내해, "그럼 그들이 너도 잡아먹을 거야"라고 하자, 다시 심각한 표정을 짓더니 말을 했다. "아니오, 그들이 나 안 죽여요, 그들이 배우기 사랑해요." 이 말의 뜻인즉, 그들이 기꺼이 가르침을 받아들이리라는 것이었다. 금요일이는 여기에 덧붙여서, 그들이 보트 타고 온 수염 난 사람들한테 많이 배웠다고 했다. 그러자 나는, 그들에게 돌아가겠느냐? 하고 물었다. 걔는 처음에는 웃기만 하더니 나한테 자기가 그렇게 멀리까지는 수영을 못한다고 했다. 그래서 내가 카누를 하나 만들어주겠다고 했다. 이에 대해, "가겠어요, 만약 당신이 나랑 같이 가면요." 나는 다시, 내가 간다니! 내가 거기에 가면 그들이 나를 잡아먹을 거 아니야! 라고 하자, 걔는, "아니오, 아니오, 내가 그들이 당신 먹지 못하게 해요, 내가 그들 당신 많이 사랑하게 해요"라고 하니, 그 뜻은 그들한테 어떻게 내가 자기 원수들을 죽였고 자기 목숨을 구해 줬는지 얘기를 해줄 것이고, 그러면 다들 나를 사랑하게 되리라는 것이었고, 이어서 그는 자기 깐에는 최선을 다해서 나한테 자세히 말해 준바, 거기에 자기 말로 하얀 사람 내지는 수염 난 사람이 조난을 당해 그쪽으로 상륙해서 17명이 살고 있다고 했다.

이때부터 솔직히 나도 그쪽으로 한번 가는 모험을 감행해서 아

마도 스페인이나 포르투갈 사람들일 것으로 생각되는 이들 수염
난 사람들과 가능하면 합류해 볼까 하는 마음이 깃들기 시작했으
니, 그쪽은 대륙이고 우리가 합치면 숫자가 제법 되니까 거기서는
육지에서 40마일이나 떨어진 외딴 섬에 아무런 도움도 받지 못하
고 혼자 있을 때보다는 훨씬 더 쉽게 탈출해 볼 방법을 찾아볼 수
있으리라는 것을 의심치 않았다. 그래서 며칠 후에 나는 이 이야
기를 꺼낼 참으로 금요일이를 다시 데리고 나가면서 보트를 한 대
줘서 걔네 동족들에게 돌아가도록 해주겠다고 했고, 그 말대로 나
는 섬 반대쪽에 있는 내 전함으로 데리고 갔는데, 나는 늘 보트에
물이 찬 상태로 보관했었기에 물을 퍼낸 다음 끌고 나와서 배를
보여준 후 둘이 함께 배에 탔다.

  가만 보니까 이 친구가 보트를 모는 실력이 제법 수준급이었고
나만큼이나 배를 잽싸고 빠르게 몰 줄 아는지라, 그래서 나는 걔
가 배에 타고 난 다음에, 자, 금요일이야, 우리 이제 너희 동족들
한테 갈까? 라고 말했다. 상대방은 그냥 덤덤하게 별 반응을 보이
지 않았는데 아마도 이렇게 작은 보트로 그렇게 멀리 갈 수는 없
으리라고 생각했기 때문인 것 같았다. 그래서 나는 내가 더 큰 보
트가 있다는 얘기를 해주었으며, 다음날 내가 만들었지만 물에 띄
울 수가 없었던 첫 번째 보트가 있던 곳으로 데려갔는데, 그걸 보
더니 그만하면 충분하겠다고 걔가 그랬으나, 하지만 내가 그걸 제
대로 간수하지를 않아서 무려 22~23년을 그 상태로 있었던 터라
햇빛에 말라 갈라져 있었으니 어떤 면에서는 다 망가진 거나 마
찬가지였다. 금요일이는 그 정도 보트면 별문제 없을 것이라면

서, "음식, 음료, 빵, 충분히 많이 가져가요"라고 자기식 표현법을 써서 말했다.

대체로 나는 그때쯤에는 이미 금요일이를 데리고 대륙으로 건너가겠다는 계획을 완전히 굳혔던 터라, 개한테 같이 갈 것이며 그것처럼 큰 보트를 만들 것이요, 그걸 타고 개는 고향으로 돌아가게 될 것이라고 했다. 그런데 얘가 단 한마디도 대답을 않고서는 아주 심각하고 서글픈 표정을 짓고 있는 것이어서, 무슨 걱정이 있냐고 내가 물으니, 나한테 이렇게 오히려 반문을 하기를, "왜, 왜 당신 금요일이한테 화내요, 왜 성내요, 내가 뭐 했어요?"라고 하니, 내가 그게 무슨 말이냐고 물으면서 전혀 개한테 화가 안 났다고 말해 줬다. "화 안 나요! 화 안 나요!" 개가 내 말을 몇 번씩 되풀이하면서, "왜 금요일이 내 동족 고향으로 보내버려요?"라고 하니, 내가 말하기를, "아니, 금요일이야, 네가 거기로 가고 싶다고 나한테 말하지 않았었니?"라고 하자, 개 대답이 이러했다. "네, 네, 둘 다 거기 가고 싶어요, 주인님 거기 없으면 금요일이도 거기 가기 싫어요." 한마디로 나 없이는 자기가 거기에 갈 생각은 전혀 없다는 것이었다. 그래서 내가 말을 이었다. "내가 거기를 가! 얘 금요일이야, 거기서 나보고 뭘 하라고?" 이 말을 듣자 즉시 나를 쳐다보더니 하는 말인즉, "당신 좋은 일 많이 해요. 사나운 사람들 멀쩡하고 온순한 사람 되게 가르쳐요, 하나님 알게 얘기해 주고 하나님 기도하고 새 삶 살게 얘기해 줘요." 그러니 나는, "이봐라, 금요일이야, 너 무슨 소리를 하고 있는 거니, 나도 너나 마찬가지로 무식한 사람일 뿐이야"라고 했다. 그러나 계속 개는 말했다. "아니오, 아니오, 당신 나한테 좋은 것 가르쳐요, 그들에게도 좋은 것 가르쳐요." 다시 나는, "아니다, 아니야, 금요일이야, 너는 혼자 고향으로 가고 나는 예전처럼 여기서 혼자 살게 내버려다오"라고 하니, 이 말에 다시 개는 마음이 혼란스러운 표정을 짓다가, 달려가서 자기가 차고 다니던 손도끼 하나를 황급히 집어 들더니 돌아와서 내게 내미는 게 아닌가, 그래서 나는 "나보고 이걸로 뭘 하라는 거냐?"라고 말했다. 개 말은 "그걸 집고, 금요일이 죽여요"였다. 내가 다시 말하기를, "왜 내가 널 죽여야 하니?"라고 하자, 개가 즉시 말을 되받았다. "왜 금요일이 보내버리려 해요? 금요일이 죽여요, 금요일이 보내지 말고." 이 친구가 이야기를 어찌나 진심으로 하는지 두 눈에 눈물이 고여 있는 게 보였으니, 요컨대 나는 개가 나를 향해 지극히 깊은 정을 품고 있고 굳은 결심을 하고 있음을 분명히 발견하였기에, 그 자리에서 또한 이후에도 자주, 개가 나랑 같이 있기를 바라는 한 절대로 개를 떠나보내질 않을 것이라고 말해 줬다.

모든 점을 고려하고 금요일이가 하는 모든 말을 감안할 때 개 맘 속 깊이 나를 향한 정이 자리 잡고 있으며 무슨 일이 있어도 나와 헤어지지 않으려는 마음이 있음을 알 수 있었고, 따라서 자기 고향으로 가고 싶어하는 마음은 동족들을 향한 열렬한 애정과 그들에게 선을 행하고자 하는 희망에서 비롯된 것임을 알 수 있었는데, 하지만 나로서는 이런 생각은 해보지 않았고 또한 그러고 싶은 마음은 생각이건 뜻이건 실행하려는 의지가 전혀 없었다. 그렇지만 거기에 수염 난 사람이 17명 살고 있다는 그 이야기에서 추정한 바에 근거하여 앞서 말한 대로 나는 여전히 탈출을 감행하고 싶은 강한 충동을 느꼈고, 따라서 더 이상 지체하지 않고 큼직한 납작한 보트 내지는 카누를 만들어 항해를 해보기로 하고, 금요일이와 함께 큼직한 나무를 찾아 나섰다. 이 섬에는 납작한 보트나 카누가 아니라 제법 큼직한 배들을 족히 작은 규모 함대가 될 만큼 만들고 남을 정도로 나무가 많았다. 그러나 내가 주로 유념한 것은 다 만든 후에 물에 띄울 수 있도록 물길에서 가까운 나무를 찾아서 첫 번째 카누를 만들 적에 저지른 실수를 피하는 것이었다.

마침내 금요일이가 나무를 하나 골랐는데 가만 보니 어떤 나무가 더 좋을지는 개가 나보다 더 잘 알고 있었으며, 또한 이날까지도 우리가 벤 나무를 뭐라고 불러야 할지 잘 모르겠지만 다만 우리가 옻나무라고 부르는 것 아니면, 그것과 아메리카 삼나무 중간 정도 되는 나무라고밖에는 할 수가 없는데, 색깔과 냄새가 비슷했다. 금요일이는 나무통 안쪽을 태워서 홈을 만들려고 했다. 하지만 내가 연장으로 안을 파내는 법을 보여주며 연장을 쓰는 법을 보여주자 아주 능숙하게 작업을 했고, 한 달 정도 중노동을 한 끝에 우리는 이것을 마무리하여 특히 내가 사용법을 가르쳐 준 도끼를 각자 들고 진짜 멀쩡한 보트 모양을 번듯하게 만들어냈는데, 하지만 이후에 이걸 큼직한 굴림대에 얹어서 물길에까지 조금씩 끌어다 놓는데 꼬박 보름이 걸렸다. 그러나 물에 띄워놓으니 보트에 한 20명도 가뿐히 태울 정도로 늠름했다.

물에 배를 띄워놓자 그렇게 큰 보트를 내 수종 금요일이가 어찌나 민첩하고 솜씨 좋게 다루며 방향을 돌리고 노를 저어 끌고 가는지 참으로 놀랄 정도였는데, 그래서 내가 보트를 타고 한번 나아가 봐도 될 것 같으냐고 물으니, "네, 이거로 나가 봐도 좋아요, 비록 많은 바람 불어도요"라고 했다. 그렇지만 나는 걔가 전혀 알지 못하는 또 다른 계획이 있었는데, 그것은 거기에 돛대와 돛을 달고 닻과 닻줄을 만들어놓는 것으로, 돛대는 구하기가 쉬웠으니 곧게 잘 뻗은 어린 삼목이 이 섬 어디에나 넘쳐나는 나무 종류라서 그곳에서 가까운 데 한 그루가 보이자, 그걸로 정해서 금요일이에게 베는 일을 시켰고, 그걸 어떻게 모양을 만들어 손질을 할 것인지 지시했다. 그러나 돛은 내가 알아서 해결할 문제였으니 내게 낡은 범포랄까 아니 범포 조각이라고 할 것들이야 충분히 남아 있었으나, 이것들은 26년째 갖고 있던 물건이며, 무슨 이 물건들을 이런 목적으로 쓸 일이 있겠냐 싶어서 별로 조심스럽게 보관하려 하지 않았던 터라 다 썩어버린 게 분명하다고 생각했고, 실제로 보니까 대부분이 그러했는데, 그래도 한두 개 정도는 제법 쓸 만한 상태로 남아 있어서 이걸로 작업을 시작하여 한없는 수고를 들여, 바늘이 없으니 (당연히 그럴 수밖에 없듯이) 굼뜨고 따분하게 바느질을 해댄 끝에 볼품없는 삼각돛을 하나 만들긴 했으니, 이걸 우리 영국에서 '양고기 어깨살 돛'이라고 부르는 것과 비슷하게 바닥 활대에 맞물리게 해놓고, 위쪽으로는 기움 돛대를 약간 짧게 만들어서 우리나라 큰 배의 대형 보트들이 달고 항해하는 돛처럼 내가 아는 한 최선을 다해 만들어 봤는데, 그런 돛이 달린 보트를 타고, 내가 이야기 첫 부분에서 전해 줬듯이, 북부아프리카에서 탈출을 감행했기에 잘 알고 있었다.

바로 이 작업, 즉 돛대와 돛을 만들어 설치하는 작업을 하느라 거의 두 달이 걸렸는데 나는 조그맣게 돛대를 지탱하는 밧줄과 돛과 앞 돛도 만들어 달아서 우리가 바람을 전면에 받고 항해할 때 보조 돛 구실을 하도록 아주 완벽하게 마감을 했기 때문이고, 이보다도 가장 중요한 것은 배 뒷전에 키를 고정시켜 놓아 그걸로 방향을 잡을 수 있게 했으니, 비록 내가 어설픈 선박 제조자이긴 했으나 이런 물건이 얼마나 쓸모 있고 또한 없어서는 안 된다는 것을 알고 있었기에 이 작업에 그토록 수고를 아끼지 않았던 것이며, 그래서 마침내 완수를 한 것인데, 아마도 돛과 관련된 별의별 어줍지 않은 장치들을 만드는 데 들어간 노동이 보트를 만드는 노동과 거의 맞먹었을 것이다.

이 작업도 다 마친 후에 나는 내 수종 금요일이한테 내 보트를 항해하는 법을 가르쳐야 했으니, 애가 비록 카누의 노를 젓는 거야 곧잘 하지만 돛이며 키며 하는 것은 전혀 알지 못했던 터라, 내가 키를 움직여 보트를 바다로 몰고 가고 우리가 가는 쪽대로 돛 방향을 바꾸며 바람을 받는 것을 보고서 무척 놀랐고, 진짜로 이걸 보면서 완전히 놀라 어리둥절해진 모습이었는데, 하지만 약간 연습을 시키니 이 모든 걸 다 잘 배워서 애가 아주 능숙한 선원이 되었으나, 다만 나침반만은 도무지 이해시킬 수가 없었기에 쓸 줄을 몰랐다. 다른 한편, 별로 구름 낀 날씨가 많지 않았고, 그쪽으로는 안개가 별로 거의 끼지 않았기 때문에 나침반을 쓸 일도 없었으니, 우기 때가 아니면 밤에는 늘 별과 낮에는 해안이 눈에 들어왔기에 그걸로 방향을 잡으면 되었고 어차피 우기에는 땅으로 건 바다로건 굳이 나다니려 할 사람이 없었다.

나는 이제 이곳에서 스물일곱 해째에 들어갔는데 최근 3년간은 이 친구를 데리고 있었기에 그 나머지 시간과는 워낙 생활환경이 달라져 있었으니, 이 부분은 빼고 계산해야 되긴 하다. 내가 이곳에 상륙한 기념일은 늘 첫 해와 마찬가지로 하나님의 은총에 감사하는 마음으로 맞았을뿐더러, 첫 기념일 때도 받은 은혜를 인정할 이유가 있었다면 이제는 더욱 더 그러한 것이, 돌보시며 섭리하시는 은총에 대해 그간 더욱 더 증언할 거리가 많이 생긴데다 내가 이곳에서부터 확실히 구출될 수 있고 그것도 빠른 시일 내 그럴 수 있다는 희망까지 갖게 된바, 나는 내가 구출될 일이 임박하였고 이곳에서 1년 이상은 더 보내지 않을 것이라는 느낌이 내 생각 속에 억누를 수 없게 들어와 앉아 있었던 터였으나, 그래도 나는 농사짓고 밭 갈고 곡식 심고 담장 치는 등 늘 하는 일을 계속했고 포도도 따서 말려 건포도를 만드는 등 이전처럼 필요한 일은 모두 다 수행했다.

한편 이때 우기가 찾아왔기에 나는 다른 때보다 더 집 안에서 지내는 시간이 많았고, 그래서 우리의 새로운 배를 가능한 한 안전하게 정박시켜 두려고 샛강 상류까지, 내가 얘기한 대로 처음에 배에서 뗏목을 만들어 와서 댔던 곳으로 몰고 왔고, 수위가 제일 높을 때 뭍에다 끌어올려 놓고서는 내 수종 금요일이에게 배가 들어갈 만큼, 또한 물을 끌어들이면 배를 띄울 수 있을 만큼 자그마한 도크를 만들도록 시켰으며, 물이 빠진 다음에 그 끝에다 우리는 든든한 둑을 만들어 물을 막게 했고 그래서 배를 물이 높건 낮건 상관없이 마른 땅에 보관할 수 있게 해놓았으며, 또한 비를 막을 수 있도록 나뭇가지를 수북이, 여러 개를 겹쳐서 마치 지붕에 초가를 이은 듯 두껍게 덮어놓았고, 이렇게 우리는 11월과 12월까지 기다렸으니, 그때쯤에 항해를 해보려는 계획이었다.

날씨가 좋은 계절로 들어서자 맑은 기후와 함께 항해를 떠나고픈 마음도 돌아오니, 매일 나는 항해할 차비를 하고 있었는데, 첫째로, 우리의 항해용 식량을 일정량 비축해 두었고, 한 1주일이나 보름 정도 후에는 도크 문을 열어 배를 띄울 생각이었다. 나는 어느 날 아침 이런 쪽으로 분주하게 일을 하고 있던 중 금요일이를 불러서 바닷가로 가서 거북이나 바다거북이 있으면 한 마리 잡아오라고 시켰으니, 우리는 고기뿐 아니라 알을 먹으려고 대개 1주일에 한 번씩 이놈들을 잡았던 것인데, 금요일이가 간 지 얼마 되지 않아서 뛰어 돌아오더니, 바깥쪽 방벽 내지는 담장을 훌쩍 뛰어넘은 후 발이 땅에 닿지 않고 날아오는 듯 쏜살같이 달려와서는, 내가 뭐라고 묻기도 전에 나한테 큰 소리로 하는 말이, "아 주인님! 주인님! 아, 슬퍼해요! 아, 나빠요!" 이러는데, 내가 금요일이한테 뭣 때문에 그러냐고 하니, 하는 말이, "아, 저쪽 저기요, 하나, 둘, 세 개 카누요! 하나, 둘, 셋이요!" 했다. 개가 하는 말에서 나는 여섯 척일 것이라고 결론을 내렸으나 다시 물어보니 그냥 세 척이었기에, 나는, 금요일이야, 놀랄 것 없다, 라고 하며 개를 가능한 한 진정시키려 했으나, 이 가련한 친구가 완전히 공포에 질려 있는지라 머릿속에서는 오로지 이들이 자신을 찾으러 왔고 자기를 토막토막 내어서 잡아먹을 것이라는 생각만 가득 차 있었고, 그래서 어찌나 부들부들 떨면서 무서워하는지 도대체 개를 어떻게 다뤄야 할지 모를 지경이었는데, 그래도 나는 가급적 개를 달래보느라 나 또한 개랑 똑같이 위험에 처해 있고, 개를 잡아먹는다면 나도 잡아먹힐 것이라고 하면서 이렇게 덧붙였다. "하지만, 금요일이야, 우리는 싸우기로 결심해야지 않겠니? 금요일이야, 너도 싸울 수 있겠니?" 그러자 개의 대답은, "나 총 쏴요, 하지만 거기 숫자 매우 많아요"였다. 그래서 나는, 상관없다고 하며, 우리가 총으로 쏴 죽이지 못한 자들도 총소리에 놀라서 도망갈 것이라고 했고, 개한테 묻기를, 내가 개를 방어해 주기로 작정할 테니 개도 나를 방어해 주며, 내 옆에 서서 내가 시키는 대로 하겠냐고 물었다. 이에 개가, "나 죽어요, 당신이 죽으라고 시키면, 주인님"이라고 했고, 그래서 우리는 럼주 통으로 가서 술을 한 모금씩 벌컥 들이켜고서 (내가 워낙 럼주를 아껴 마셨기 때문에 아직도 상당히 많이 남아 있었다) 개도 한 모금 마신 뒤에는 우리가 늘 들고 다니던 사냥총 두 자루를 가져와서, 거기에다 거의 작은 권총 총알 정도 크기가 되는 큼직한 사냥 총알을 장전하도록 시켰고, 내 머스켓 총 네 자루를 가져와서 각기 산탄 총알 두 개와 작은 총알 다섯 개씩을 장전하였으며, 내 권총 두 자루에도 탄환을 한 줌 장전했으며, 늘 하던 대로 큰 검을 옆구리에 칼집 없이 찼고, 금요일 이게는 손도끼를 쥐어줬다.

이런 준비를 하고서는 망원경을 들고 상황을 살피려 언덕 한쪽으로 올라갔는데, 즉시 망원경을 통해 파악한바, 야만인은 21명,

포로는 3명, 그리고 카누가 세 척이었고 이들이 하려는 짓은 전적으로 이 세 사람 몸을 갖고 승리의 잔칫상을 벌이려는 것이었으니, 참으로 야만스런 잔치라 아니할 수 없었으나 늘 내가 보아온 대로 이들에게는 별로 대수롭지 않은 일이었다.

내가 또한 관찰할 수 있었던 바는 이들이 금요일이가 탈출을 감행했던 그쪽에 상륙한 게 아니라 내가 사용하는 샛강과 보다 가까운 쪽이라 그쪽은 지대가 낮았고 빽빽하게 나무가 우거져서 거의 바다 바로 앞까지 내려와 있었는데, 이자들이 여기에 온 그 비인간적 목적도 혐오스러운데다 이렇게 가까이 근접한 것에 어찌나 분노가 치밀어오르는지 다시 금요일이에게로 돌아와서는, 걔한테 당장 내려가서 그자들을 다 죽여버리기로 결심했다고 얘기를 하며, 너 내 옆에서 버틸 수 있겠냐고 묻자, 걔가 이제는 공포에서 벗어나 있었고 내가 준 술 덕분에 기가 좀 살아나 있었기에 매우 흔쾌히 나한테 이전처럼, "나 죽어요, 나보고 죽으라고 하면요"라고 했다.

이렇듯 분노에 사로잡힌 상태에서 내가 앞서 말한 대로 장전한 화기들을 둘이 각각 나누어 들었는데, 금요일이에게는 권총 한 정을 줘서 허리춤에 차고 어깨에 머스켓 총 세 정을 메도록 했으며, 나는 권총 한 정과 나머지 머스켓 총 세 정을 들었으니, 이런 모양새로 우리는 진군할 태세를 갖췄고, 럼주 작은 병 하나를 내 주머니에 넣고 금요일이게는 큼직한 주머니에 화약과 총알 여분을 넣어서 들게 했고, 내 뒤에서 바짝 쫓아오되 내가 지시하기 전에는 절대로 행동을 취하거나 사격을 하지 않도록 지시해 두었으며 더

욱이 한마디도 말을 하지 말라고 명령했으니, 이런 군장을 갖추고
서 오른손에는 나침반을 들고 숲을 관통하는 것은 물론이요 샛강
을 건너기 위해 1마일 정도 전진하여 이들과의 사정거리까지 근
접한 후 이들이 알아차리기 전에 공격하려 했으니, 내 망원경으로
볼 때 그것이 용이할 것임일 파악했던 터였다.

　이렇게 행군을 하는 중에 예전에 들었던 생각들이 다시 돌아와
서는 내 의지를 흔들기 시작했지만, 그것이 이들의 숫자가 많다는
두려움을 품게 되었다는 말은 아닌 것이, 이들이 벌거벗고 비무장
상태로 있는 만만한 축들이라 내가 그자들을 제압할 역량이 있다
는 것은 비록 나 혼자밖에 없었다고 해도 분명했던 까닭이었는데,
하지만 내게 떠오른 생각은, 무슨 명분이 있는가? 무슨 그럴 만한
상황인가? 아니 그 이전에, 나한테 아무런 해를 끼치거나 그런 의
도를 품지 않은 자들을 공격하여 내 손에 피를 굳이 묻히려고 갈
필요성이 있는가? 이런 것들이었으니, 이들은 내게는 죄가 없고
이들의 야만적인 풍습은 그들 스스로의 재난으로 하나님이 이들
및 기타 그쪽 지역의 다른 종족들이 그렇게 아둔한 상태를 벗어나
지 못하고 그런 비인간적 행위를 하며 지내게 버려두셨다는 증표
일 뿐인 반면, 하나님이 나를 이들의 행위를 심판하라는 사명을 주
신 것도 아니고 더욱이 하나님의 공의를 실행하는 집행관 노릇은
시키시지 않은 형편에, 아무 때건 하나님의 뜻대로 이 문제를 처분
하실 것이며 이들 종족이 저지른 죗값을 종족 차원에서 갚도록 하
실 것이요, 그전까지 내가 관여할 일이 없을 터, 물론 금요일이는
이들과 전쟁 상태라 공식적인 적들이니 보다 더 정당화될 수 있고

개가 이들을 공격하는 게 적법한 일이겠으나, 내게도 똑같은 논리를 적용할 수는 없지 않은가, 하는 등의 생각이 가는 길 내내 어찌나 강력하게 나를 짓누르는지 나는 그냥 이들 가까이 접근해서 이들의 야만적인 잔치를 관찰만 하기로 하고, 하나님이 지시하는 대로만 행동하지, 내가 수긍할 좀 더 분명한 명분이 생길 만한 상황이 벌어지지 않는 한 이들을 그냥 내버려두기로 작정했다.

이런 결심을 하고 통 기분이 내키지 않아 묵묵히 숲으로 들어갔고 금요일이가 내 뒤를 바짝 쫓아오는 가운데 숲의 가장자리로 이들 바로 옆에까지 걸어왔으니 나와 그자들 사이에는 오직 숲의 끝자락밖에는 가로놓여 있지 않았는데, 여기에서 내가 금요일이를 가만히 불러서 숲 끝자락을 가리키며 그리로 가 있다가 그 자들이 하는 짓이 명확히 보이면 나한테 와서 그렇다고 말을 하라고 하자, 그대로 따랐고 가자마자 즉시 내게 돌아오더니 거기에서 훤히 다 볼 수 있다고 하는데, 이들이 모두 불 가에 둘러앉아서 자기들 포로 중 하나를 잡아서 고기를 뜯어먹고 있는 중이고 또 다른 포로는 묶인 채 약간 떨어진 지점 모래사장에 눕혀 놓았는데 다음으로 그자도 잡을 것이라고 하니, 이에 내 영혼 속속들이 분노가 활활 타올랐고, 포로들이 자기 종족 사람이 아니라 자기 고향으로 보트를 타고 왔다고 내게 말해 줬던 수염 난 사람 중 하나라고 하자, 하얀 수염 난 사람이란 소리에 경악을 금치 못해 나무로 가서 망원경으로 보니 영락없이 백인 한 사람이 해변 백사장에 두 손과 두 발이 청포잎 내지는 골풀처럼 생긴 것에 묶여 있었고 유럽 사람이며 옷을 입고 있음을 볼 수 있었다.

내가 있는 지점에서 약 50야드 정도 더 가까운 쪽에 나무 한 그루와 그 너머로 조그만 덤불이 있었는데 약간만 우회하면 거기에까지 들통나지 않고 갈 수 있겠다고 생각했으니, 그러면 그 지점에서는 사정거리를 반 정도 줄일 수 있을 것이라. 그래서 나는 비록 극도로 화가 치밀어올랐었지만 흥분을 가라앉히고 약 20보정도 뒷걸음을 쳐서 관목숲 뒤로 숨었다가 그 덤불이 또 다른 나무까지 쭉 연결되어 있었기에 그 나무까지 갔고, 그리고는 약간 솟아오른 지대로 가니 거기에서는 약 80야드 전방에 이자들의 모습을 완전하게 볼 수 있었다.

이제 나는 단 한순간도 놓칠 수 없었으니, 그것은 이들 19명의 무지막지한 놈들이 땅에 모두 바짝 서로 붙어 앉아 있었고 두 놈을 보내서 그 가엾은 기독교도를 죽여서 살을 떠내어 사지를 하나씩 차례로 불로 가져오도록 시킨 형편이었던 까닭이요, 이미 이자들이 몸을 굽혀서 발에 묶어놓은 끈을 풀고 있었던 것이다. 나는 금요일이를 돌아보며, 자, 금요일아, 너는 내가 하는 것을 본 그대로 너도 따라해야 하고 틀림이 없어야 한다, 라고 말을 했고, 그리고서는 머스켓 총 중 하나와 사냥총을 바닥에 내려놓으니 금요일이도 자기가 갖고 있는 총들을 갖고 그대로 했고, 또 다른 머스켓 총을 야만족들에게 겨눈 후 금요일이한테도 똑같이 하도록 시키고서, 걔한테, 너 준비됐니? 하고 물으니, 그렇다고 하자, 그럼 저들을 향해 쏴라, 라고 말한 후, 그 순간에 나도 사격을 했다.

금요일이는 나보다 더 정확히 조준을 해서 걔가 쏜 쪽으로는 둘을 사살했고 셋을 더 부상시켰으며 내 쪽으로는 하나를 사살했고 둘을 부상시켰는데, 당연히 이들은 끔찍하게 겁에 질렸고 나머지 부상당하지 않은 자들도 모두 벌떡 일어나서는 당장 어디로 도망가야 할지, 또한 어디를 쳐다봐야 할지들을 몰라서 어리둥절해하고 있었으니, 이들이 도무지 어디서 자기들을 파멸시키는 힘이 오고 있는지 알 수가 없었던 터, 금요일이는 내가 지시한 대로 나를 유심히 바라보며 내가 하는 대로 따라할 준비를 하고 있었기에 나는 첫 번째 사격을 하자마자 총을 내려놓고서는 사냥총을 집어 들었고 금요일이도 똑같이 했으며 내가 방아쇠를 당길 준비를 하자 개도 즉시 똑같이 따라하니, 준비됐느냐 금요일이야, 하고 내가 말하자, 네, 라고 그러니, 이에 나는, 그럼 하나님의 이름으로 날려버리자, 라고 하며 그 말과 함께 어리둥절해 있는 그자들의 한가운데를 향해 쏘자 금요일이도 그렇게 했는데, 우리의 사냥총에 내가 백조용 총알이라고 부르는 일종의 작은 권총 총알을 장전했었기에 우리는 단지 둘만 푹 하고 쓰러졌음을 알았지만 여럿이 총상을 입었기에 이리저리 미친놈들처럼 꽥꽥 소리를 질러대며 뛰어다니니, 대부분은 피투성이로 꼴좋게 부상을 입었고 이 중에서 셋이 이내 땅바닥에 쓰러졌는데 완전히 죽지는 않은 상태였다.

나는 다 쏜 총을 내려놓고 아직 장전이 된 상태인 머스켓 총을 집어 들면서 금요일이한테 말하기를, 자, 이제 나를 따라와라, 그러니 개가 사기충천하여 뒤를 따라왔고, 나는 숲에서 달려나와서는 내 모습을 보여줬고 금요일이도 바로 뒤를 바짝 쫓아오니, 이들이 나를 봤음을 알아차리자마자 나는 있는 힘을 다해 소리를 버

력 질렀고 금요일이도 그렇게 하도록 시키고는 가능한 한 최대한
으로 빨리 달려서, 물론 그때 내가 워낙 중무장을 하고 있는 상태
라 별로 빨랐다고 할 수는 없지만, 아무튼 불쌍한 포로한테 곧장
가는데 이 사람은 이자들이 앉아 있던 곳과 바다 사이에 이미 말
한 대로 백사장 내지는 해변에 묶인 채 누워 있었던 터라, 그 사람
을 막 잡는 작업을 하려던 두 인간백정 놈은 우리의 첫 번째 사격
에 겁에 질려서 끔찍한 공포에 절어 바다 쪽으로 도망가서는 카누
안으로 뛰어들어갔고 다른 셋도 똑같이 그 안으로 피해 있었다.
나는 금요일이를 돌아보며 앞으로 전진하여 이들에게 사격을 하
라고 지시하자, 개는 즉시 내 말을 이해하고 약 40야드 정도 뛰어
가서 이들에게 근접한 다음 사격을 가하니, 보트에 사람이 산더미
처럼 쌓여 있는 게 보여서 이들을 다 사살했다고 생각했었는데,
이 중 둘이 다시 금세 일어나는 게 보였으나 이 둘도 개가 마저 죽
였고 세 번째는 부상을 입혔는데, 그자는 마치 죽은 것인 양 보트
바닥에 바짝 엎드려 있었던 것이다.

내 수종 금요일이가 이자들에게 사격을 가하는 동안 나는 내 검
을 꺼내 들고 가엾은 포로를 묶어뒀던 끈을 끊어버리고 손과 발을
풀어준 후 일으켜 세우고서는 포르투갈 말로, 댁은 누구시오? 하
고 물으니, 그는 기독교도요, 라고 라틴 어로 대답하는데, 워낙 기
력이 소진되어 쇠약해진 상태라 제대로 서 있거나 말하는 것도 힘
들어하는 터라, 나는 호주머니에서 술병을 꺼내서 건네주고는 좀
마시도록 하라고 손짓을 하자 그렇게 했고, 빵도 한 조각 주니 그
걸 먹었으며, 그러고 나서 어느 나라 사람이시오, 하고 묻자, 나는

스페인 사람이요, 라고 대답했는데, 이제 좀 기운을 되찾았는지 자기가 할 수 있는 모든 손짓 발짓을 다 해가며 자기를 구해 줘서 큰 은혜를 입었다는 뜻을 전하니, 이에 나는 내가 할 줄 아는 스페인 어를 최대한 떠올려, 이보시오, 선생, 우리 얘기는 나중에 하고 지금은 싸울 때니, 아직 힘이 조금 남아 있다면 이 권총과 칼을 집고서 공격하시오, 라고 하니, 그는 아주 고마워하며 무기들을 받더니 그걸 들자마자 마치 새로운 생기를 무기들에게서 전달받은 것처럼 자기를 죽이려 한 자들에게 분노에 사로잡힌 듯 달려가서는 사정없이 검으로 즉각 난도질을 하여 죽이니, 사실인즉 이 모든 게 깜짝 놀랄 기습이라서, 이 가련한 자들은 우리가 쏜 총소리에 워낙 겁에 질려 그만 순전히 놀람과 공포에 질식하여 쓰러져 있었던 터라, 우리의 총알을 자신들의 피부가 막아 낼 도리가 없는 것과 마찬가지로 자기들 목숨을 구하려 달려갈 힘도 남아 있지 않았고, 그것은 금요일이가 보트에 있는 자들 다섯을 죽인 경우도 마찬가지였으니, 이 중 셋은 총상을 입고 쓰러졌으나 다른 둘은 순전히 놀라서 쓰러졌던 것이다.

나는 내 총을 여전히 손에 들고서 아직 장전을 한 상태로 갖고 있고 싶었기에 사격을 하지 않았고, 내가 이 스페인 사람에게 내 권총과 검을 줬기 때문에 나는 금요일이를 불러서 우리가 첫 번째 사격을 했던 나무로 가서 거기에 두고 왔던 다 쏜 총들을 가져오도록 하니 매우 재빠르게 그대로 했고, 그 다음에는 내 머스킷 총을 걔한테 주고서는 앉아서 나머지 총에 장전을 하며 총이 필요하면 나한테 오라고 지시를 했는데, 내가 총들을 장전하는 중에 스페인 사람하고 야만인 중 하나 사이에 치열한 각개전투가 벌어지고 있는 것이라, 이자가 자기들의 큼직한 목검 하나를 집어 들고서 달려드는데, 내가 이들을 저지하지 않았다면 바로 그 목검으로 스페인 사람을 잡으려 했던 모양으로, 스페인 사람은 비록 쇠약해진 상태이긴 했으나 그럴 수 있을 만큼 최대한으로 용기가 넘치고 과감한 사람이라, 이 원주민과 한참 싸움을 하다가 머리에 큼직한 자상을 두 개 입혔는데, 그래도 이 야만인이 건장하고 힘이 넘치는 친구라 다시 바싹 달려들어서는 (이미 힘이 다 빠진 상태인) 스페인 사람을 쓰러뜨리고서는 내가 줬던 칼을 그의 손에서 빼앗아 가려는 중에, 스페인 사람은 비록 밑에 깔린 상태이나 현명하게도 칼을 내주는 대신 권총을 허리춤에서 꺼내들고 야만인의 몸에 대고 쏘아 바로 그 자리에서 즉사시켰는데, 내가 달려가서 도우려고 가까이 가기 전에 그렇게 죽였다.

금요일이가 이제 완전히 홀가분해지자 손에 자기 손도끼 외에는 다른 무기는 들지 않고서 도주하는 자들을 추격하더니 손도끼로 이 중 셋을 해치웠는데 이자들은 이미 말했듯이 처음에 부상을 입고 쓰러졌던 자들이고, 그 밖에 나머지 자기가 쫓아갈 수 있는 자들을 향해 달려갔으며, 스페인 사람이 내게 와서 총을 달라고 하니 내가 사냥총 중에서 한 정을 줬고 이것을 들고 그는 야만인 중 둘을 추격해서는 둘에게 총상을 입혔는데 그 사람은 뛸 힘이 없었기에 그자들은 숲으로 다 도망가 버리자, 그리로 금요일이가 추격해 가서는 이 중 하나를 죽였으며, 또 다른 자는 너무 발이 빨라서 비록 부상을 당하긴 했으나 바다에까지 가서 풍덩 들어가더니 온 힘을 다해 수영을 해서는 카누에 남아 있던 둘과 합류했고 이렇게 셋이 카누를 탔으니, 이들 중 하나는 부상을 입은 상태이고, 나머지 둘은 생사를 우리가 확인하지 못한 상태인, 이 셋만이 21명 중에서 우리의 손을 벗어났다. 나머지를 집계하면 다음과 같다.

　3명은 나무에서 쏜 첫 번째 사격으로 사살함.

　2명은 그 다음 사격으로 사살함.

　2명은 보트에서 금요일이가 사살함.

　3명은 먼저 부상을 당한 상태인 자들로, 위와 같음.

　1명은 숲에서, 위와 같음.

　3명은 스페인 사람이 죽임.

　4명은 부상을 당해 여기저기에 쓰러진 자들로 금요일이 이들을 추격하여 죽임.

　4명은 보트를 타고 탈출했는데, 이 중 하나는 죽지 않았다면 적어도 부상이 심한 상태임.

　도합 21명.

　카누를 탄 자들은 사정거리에서 벗어나려고 안간힘을 썼으며 비록 금요일이가 이들을 향해 두세 발 사격을 가하긴 했으나, 이들 중 누구건 맞춘 것 같아 보이지 않았는데, 금요일이는 내가 이들의 카누 중 하나를 타고 쫓아가길 바랐고, 나 역시 이들이 탈출해서 자기들 종족들에게 이 소식을 전하면 카누 200~300척을 타고 돌아와서 우리를 순전히 숫자로 압도해 버릴 까봐 무척 불안했기에, 나는 이들을 바다로 가서 추격하자는 데 동의하여, 카누 한 척으로 달려가서 그 안으로 풀쩍 뛰어들어가며 금요일이에게 나를 따르라고 하는데, 그러나 막상 카누 안에 들어가 보니 정말 놀랍게도 또 다른 가련한 인간이 스페인 사람처럼 산 채로 눕혀져 손발이 꽁꽁 묶인 상태로 도륙당하기만을 기다리고 있었으니, 도무지 뭐가 어떻게 됐는지 어안이벙벙한 상태로 거의 겁에 질려 죽은 거나 다름없었는데, 그는 보트 바깥으로 고개를 들어서 볼 수가 없을 정도로 목에서 발목까지 아주 단단히 묶여 있었고 사실상 목숨이 거의 남아 있지 않은 처지였다.

나는 그 사람을 묶고 있는 꼬아놓은 청포잎 내지는 골풀을 즉시 잘라 버리고 부축해서 일으켜 세우려 했으나, 그는 일어서지도 말을 하지도 못했고 오로지 몹시도 서글프게 신음소리만 내니 아마 자기를 죽이려고 결박을 푼 것으로만 생각한 모양이었다.

금요일이가 그 사람한테 오자 내가 걔한테 그 사람은 구출된 것이라고 말해 주라고 하며, 내 술병을 꺼내서 이 가엾은 인간에게 한 모금을 주니, 자기가 구함을 받은 것이라는 소식과 함께 이걸 마신 덕에 생기를 되찾고 일어나 보트에 똑바로 앉았는데, 금요일이는 이 사람한테 가까이 가서 말을 걸려고 하며 얼굴을 바라보다가 어찌나 기쁨에 젖어 그 사람에게 입을 맞추고 끌어안고 눈물을 흘리고 울고 소리치고 펄쩍 뛰고 춤을 추고 노래를 부르다가 다시 정신이 나간 친구처럼 펄쩍펄쩍 뛰어대는지, 그 광경을 보는 이라면 누구건 눈물을 흘리지 않을 수 없었을 정도라서, 한참 뒤에 가서야 나한테 말을 하게 만들 수 있었고, 도대체 왜 그러냐고 묻자, 좀 안정을 되찾은 후에 나한테 하는 말인즉, 그 사람이 자기 아버지라는 것이었다.

이 불쌍한 야만인이 자기 아버지를 만나고 또한 그가 죽음의 문턱에서 구출된 것을 보고 크나큰 희열에 잠겨 지극한 효심을 느끼는 것을 보면서 내가 얼마나 감동을 받았는지 말로 표현하기가 쉽지 않을 정도였고, 이후에 걔가 보여준 넘쳐나는 감정 표현은 그 절반 정도도 설명할 수 없을 정도였으니, 그가 보트로 들어갔다가 다시 나오기를 수없이 반복했고 아버지한테 가서는 옆에 앉아서 자기 가슴을 열고 아버지의 고개를 자기 품에 기대게 하고 한 30분씩 가만히 있으면서 토닥거려주다가, 아버지의 팔과 발목이 묶여 있는 통에 뻣뻣하게 마비되고 살갗이 벗겨져 있었기에 다시 자기 손으로 문질러주니, 나는 형편이 어떠한지를 파악하고는 내 병에서 럼주를 좀 따라주며 그것으로 상처에 발라주도록 하자 상당히 효과가 있었다.

이렇게 하다 보니 카누를 타고 야만인들을 마저 추격하는 얘기는 물 건너갔고 이들은 이제 완전히 시야에서 벗어났는데, 우리가 쫓아가지 않은 게 다행이었던 것이 두 시간이 채 못 돼서 어찌나 심한 바람이 불어대는지, 또한 이들이 돌아가는 길의 4분의 1도 채 가지 못했을 시점이었고 밤새 계속 심하게 불어대며 방향이 북서쪽이니 이들의 전면으로 불어오는 것이라, 이들의 보트가 살아남거나 이들의 해안까지 도착했으리라고는 가정할 수 없었다.

그러나 다시 금요일 얘기로 돌아가자면 걔는 자기 아버지를 돌보느라 원체 분주했기에 차마 한동안 내가 둘을 떼어놓고 다른 일을 시킬 수가 없었는데, 걔가 잠시는 자기 아버지를 놔둘 수 있으리라고 생각한 다음, 걔를 부르니 껑충껑충 뛰고 웃으면서 말할 수 없이 기뻐하며 오니, 내가 걔한테, 자기 아버지한테 빵을 좀 줬냐고 묻자, 머리를 설레설레 흔들면서 말하기를, "아니오. 흉한 개같이 내가 다 먹어요" 이러니 이 목적으로 내가 허리에 차고 왔던 작은 주머니에서 빵 한 조각을 꺼내 줬고 걔한테도 술 한 모금을 마시게 했으나, 자기는 맛을 보지 않겠다며 자기 아버지한테 가져갔고, 내 주머니 속에는 말린 건포도도 한 두세 줌 갖고 있었기에 한 줌을 꺼내서 개 아버지한테 갖다 주도록 했다. 걔가 자기 아버지한테 이 건포도들을 주자마자 보트에서 나와서는 곧장 마치 신들린 사람처럼 쏜살같이 달려가는데, 워낙 그 친구처럼 발 빠른 사람을 보기 어려울 정도라 말하자면 완전히 한순간에 눈앞에서 사라져 버릴 정도로 그렇게 빨리 달려가니, 내가 뒤에서 큰 소리로 부르긴 했으나 매 한가지로 그냥 달려가 버렸다가 한 15분 후에 다시 돌아오는 게 보이는데 아까처럼 빨리는 뛰지 못했고, 점차 가까이 오자 걔가 발걸음을 늦추는 게 보였으니, 그것은 손에 뭔가를 들고 있었기 때문이었다.

걔가 내 앞까지 왔을 때 보니까 자기 아버지한테 마실 물을 갖다 주려고 우리집에까지 가서 질그릇 단지 내지는 통을 들고 왔던 것이며 빵도 두 조각 내지는 덩이를 더 갖고 온 것이라, 빵은 나한테 줬지만 물은 자기 아버지한테 들고 갔는데, 그렇지만 나도 몹시 목이 말랐던 터라 한 모금을 마셨다. 물을 마신 것이 내가 줬던 럼주 내지는 독주보다 개 아버지에게는 더 원기를 북돋아줬으니, 그는 갈증으로 거의 기절하기 직전 상태였던 것이다.

개 아버지가 물을 마신 후에 나는 물이 남은 게 있냐고 큰 소리로 물어보니까 그렇다고 하기에 나는 그걸 불쌍한 스페인 사람한테 주라고 명령했으니, 그 사람도 개 아버지만큼이나 물이 아쉬운 상태였고, 금요일이가 가져온 빵도 하나 스페인 사람한테 줬는데 그 사람은 매우 허약해진 상태로 나무 밑 그늘 진 풀밭에서 쉬고 있었고, 그 사람의 팔다리도 몹시 뻣뻣했고, 이들은 꺼칠꺼칠한 재질로 결박당해 있었던 터라 살갗이 부어올라 있었다. 금요일이가 그 사람한테 물을 갖다 주자, 일어나 앉아서 그걸 마시고 빵도 받아서 먹기 시작하는 것을 보고는 나는 그 사람한테 다가가서 건포도를 한 줌 주니, 사람 얼굴에 나타낼 수 있는 온갖 고마움과 감사의 기색은 다 모아놓은 표정으로 나를 바라보는데, 하지만 비록 싸움할 때는 진력을 다하긴 했으나 너무 쇠약해진 상태라 일어서지를 못했고, 한 두세 번 일어서려는 시도를 했으나 그렇게 할 수가 없었으니 발목이 너무 부어올라서 무척 고통스러웠던 것이라, 그래서 나는 가만히 앉아 있으라고 당부한 후 금요일이를 시켜서 자기 아버지한테 한 그대로 럼주를 발라서 문질러 주도록 했다.

내가 보니까 이 가련하고도 다정한 친구는 이곳에 와 있으면서도 계속 2분마다, 아니 더 자주 고개를 돌려서는 자기가 앉혀놓은 대로 아버지가 같은 곳에 같은 자세로 있는지를 확인하는데, 마침내 아버지가 보이질 않자 벌떡 일어서더니 한마디 말도 없이 특유의 신속한 몸짓으로 날아갈 듯 달려가는데 가는 도중 거의 발이 땅에 닿는 것을 볼 수 없을 정도였으나, 하지만 거기에 가보니 그냥 아버지가 다리를 펴려고 누워 있는 것일 뿐임을 발견하고서는 바로 나한테 돌아왔고, 나는 스페인 사람에게 말하기를, 그가 일어날 수 있다면 금요일이를 시켜 부축을 할 테니 보트에까지 데려간 후, 보트를 타고 우리 거처로 가도록 한 다음 거기에서 내가 자기를 돌봐주겠다고 했다. 그러나 금요일이는 건장하고 힘이 넘치는 친구라, 스페인 사람을 그냥 번쩍 등에 업고서는 보트까지 곧장 데리고 가서는 카누의 옆쪽 내지는 뱃전에 가만히 얹어놓고는 그의 두 발을 먼저 안쪽으로 집어넣은 다음 완전히 안으로 들어가게 한 후 자기 아버지 옆 가까이에 앉혀 놓더니, 다시 배 밖으로 나와서 보트를 밀어서 물에 띄웠는데, 바람이 상당히 강하게 불기는 했으나 내 걸음걸이보다도 더 빠르게 해안을 따라 노를 저어갔고, 그렇게 해서 이들을 우리 쪽 샛강까지 안전하게 이동시킨 다음에는 보트에 이들을 남겨두고 또 다른 카누도 가져오기 위해 금요일이는 달려갔다. 걔가 내 앞을 지나갈 때 내가 말을 걸면서 너어디 가느냐고 물으니, 자기는 지금 보트를 더 가지러 간다고 하면서 휙 하고 바람이 스쳐 지나가듯 가버리니, 도대체 사람이건 말이건 개보다 더 잘 달릴 수 없을 정도였고, 걔가 내가 육지로 걸어가는 것과 거의 같은 시간에 또 다른 카누도 샛강에 갖다 놓으니 이렇게 나를 앞질러 도착한 후 보트에서 우리의 새로운 손님들을 내리도록 도우러 가서는 그대로 했는데, 둘 다 걸을 수가 없는 상태였으니 가엾은 금요일이는 둘을 부축한 채 어쩔 줄을 모르고 서 있었다.

나는 이 문제를 해결할 방책을 생각하느라 머리를 쓰기 시작하여 금요일이를 불러서 나한테 오는 동안 강둑에 앉아 있도록 하라고 한 후, 곧 이들이 누울 수 있는 들것 같은 것을 만들었고 여기에 둘을 태우고 금요일이와 내가 양끝을 들고 갔는데, 하지만 우리 거처의 담벼락 내지는 방벽까지 이들을 데리고 왔을 때는 전보다 더 난처해졌으니 이것을 넘을 도리가 없는데다 그렇다고 내가 벽을 망가뜨리지는 않기로 작정하고 있었던 터라, 그래서 나는 다시 작업에 들어가서 금요일이와 내가 한 두 시간 걸려서 아주 번듯한 텐트를 낡은 범포로 만들어 덮은 다음 나뭇가지를 그 위에 얹었으니, 이곳은 우리의 외벽 바깥쪽 공간으로, 벽하고 내가 심었던 어린 나무 숲이 있었는데, 그곳에다 내가 갖고 있던 물품들, 즉 쓸 만한 볏단으로 침상을 2개 만들었고, 거기에다 각자 담요를 하나씩 깔고 누운 후 다른 담요로 덮도록 해주었다.

내 섬은 이제 사람이 여럿 사는 곳이 되었으니 나는 아주 백성이 넘쳐난다고 생각했던바, 내가 일종의 군주처럼 보인다는 그런 생각을 하며 아주 즐거워했다. 무엇보다도 이 모든 땅이 순전히 나의 재산이었고 나는 의심의 여지없이 지배권을 갖고 있었다. 둘째로는, 내 백성들이 아주 완벽하게 내 밑에 종속되어 있었고, 나는 절대적인 군주이자 법을 부여하는 주군이었으니, 이들은 모두 내 덕에 목숨을 건졌고 그럴 경우가 생긴다면 모두 나를 위해 목숨을 던질 각오가 되어 있었다. 또한 놀라운 것은 불과 백성이 셋밖에 없었지만 각자 믿는 종교가 세 가지였다는 것이다. 내 수종 금요일이는 개신교도였고 걔의 부친은 이교도이자 식인종이었으며, 스페인 사람은 구교도였으나, 그럼에도 나는 내 영토 안에서는 모두 신앙의 자유를 누리도록 허용했다. 하지만 이것은 약간 벗어난 얘기긴 하다.

내가 구해 줬으나 허약한 상태인 두 포로들의 신병을 확보하고 이들이 몸을 두고 쉴 수 있는 곳을 마련해 주자마자 나는 이들에게 먹을 것을 줄 궁리에 착수했는데, 제일 먼저 한 일은 금요일이한테 염소 떼 중에서 1년생 염소로, 새끼와 다 큰 염소 사이 정도 되는 녀석을 하나 골라서 잡도록 시켰고, 염소의 엉덩이 쪽 살점을 떼어내 그것을 여러 토막으로 친 다음 금요일이한테 그걸 삶아서 국물을 내는 일을 시켰고, 내가 그 국물에다 보리랑 쌀을 약간 집어넣어 아주 괜찮은 고기 건더기랑 국물을 같이 먹는 요리를 만들어줬는데, 안쪽 벽 안에서는 불을 지피지 않았기에 야외에서 요리를 한 후, 이들 앞에다 식탁을 펴 놓고 나도 이들과 함께 식사를 하면서 내가 할 수 있는 한 최선을 다해 이들을 격려하며 기분을 풀어주었고, 금요일이는 주로 자기 아버지한테, 또한 스페인 사람한테까지 내 통역관 노릇을 했으니, 스페인 사람도 이 야만족들의 언어를 제법 잘했던 것이다.

식사랄까, 아니면 요기를 한 후에 나는 금요일이한테 카누 한 대를 갖고 가서 우리의 머스켓 총과 기타 총포들을 가져오도록 시켰으니, 우리는 겨를이 없어서 그냥 그걸 다 전장에 남겨두고 왔던 것이며, 그 다음날에는 걔한테 가서 죽은 야만인들 시체들이 그대로 태양에 노출돼 있으니 아주 역겨운 상태였을 것이라 땅에 묻도록 했으며, 이들이 야만적인 잔치를 벌이다 남은 잔해들도 제법 적지 않았음을 알고 있었기에 그것을 가서 묻도록 시켰는데 그걸 내가 한다는 것은 도저히 생각할 수 없었고, 아예 그쪽을 지나치다가 그것들이 눈에 띄는 것도 참을 수 없을 정도였는데, 이 모든 것을 개는 아주 신속히 처리하여 거기에 야만인들이 왔었던 흔적을 말끔히 없애 버렸고, 그래서 내가 다시 그쪽으로 갔을 때는 그쪽으로 뻗어 있는 숲 자락이 아니면 전혀 거기가 어딘지 알아보지 못했을 것이다.

그 다음에는 나의 새로운 두 백성과 대화를 좀 해보기로 하고 먼저 금요일이를 시켜서 개 아버지한테, 야만인들이 카누를 타고 도망을 갔다고 생각하는지, 또한 그들이 우리가 저항하기에는 너무 많은 무리를 데리고 다시 돌아오리라고 예상하는지 물어보도록 하니, 첫 번째 의견인즉, 보트에 타고 있던 야만인들은 그자들이 도망가던 날 밤에 불어댄 폭풍 때문에 절대로 살아남지 못했을 것이며 필경 익사하거나 아니면 남쪽의 다른 지역 해안으로 밀려 갔을 테고, 거기서는 확실히 잡아먹혔을 것이며, 이들이 바다로 떠내려가면 익사당할 게 확실한 일이나, 설사 이들이 자기들 땅으로 무사히 돌아갔다고 해도 무슨 조치를 취할 수 있다고 생각은 하지 않는 것이, 이들이 워낙 공격을 당한 방식이라든지 총소리며 번쩍거리는 불빛에 끔찍하게 놀랐을 터라 이들은 사람 손에 의해서가 아니라 천둥과 번개를 맞아 다 죽었다고 자기들 종족들에게 말할 것이며, 자기들 앞에 나타났던 두 사람, 즉 금요일이와 나는 무기를 든 인간들이 아니라 하늘이 보낸 분노의 정령들로, 자기들을 파괴하러 내려왔다고 말할 것이라며, 이것을 어떻게 아느냐 하면 이들이 서로 자기들 말로 소리치는 것을 들었기 때문이고, 이들로서는 우리가 한 대로 사람이 불을 쏘아대고 천둥소리로 말하고 손가락 하나 까딱하지 않고 먼 거리에서 누구를 죽일 수 있다고는 도저히 생각하지 못할 것이라고 하니, 이 늙은 야만족 말이 옳았던 것이, 나중에 다른 방식으로 알게 된 것이지만 이들은 그 후로는 다시는 이 섬으로 건너가려는 시도를 하지 않았고, 이들 넷이 (아마 바다에서 탈출해서 돌아갔던 모양인데) 해준 이야기에 어찌나 질렸던지 누구건 이 마법의 섬으로 가는 자는 신들이 보내는 불을 맞고 죽을 것이라고 믿었다고 한다.

그러나 그런 사실을 내가 알지 못했으니 나는 한동안 끝이 없는 걱정에 시달렸고 늘 나와 내 병력을 경계 상태로 유지했는데, 이제 우리는 도합 4명이었으므로 아무 때건 이들이 100명씩 오더라도 전면전으로 맞서볼 자신이 있었다.

시간이 좀더 흐르니 카누가 통 보이는 게 없자 이들이 올 것이라는 두려움도 점차 사라졌고 육지로 항해해 보려는 생각이 다시 떠오르기 시작했는데, 내가 그리로 간다면 금요일이의 부친이 자기 때문에라도 자기 동족들이 나를 후히 대해 줄 것임을 확신해도 좋다는 말을 듣고서는 더욱 그러했다.

그러나 내 생각에 제동이 좀 걸렸으니, 스페인 사람하고 심각한 대화를 나누는 가운데 그곳에 자기 동포와 포르투갈 사람이 합쳐서 16명이 더 있는데, 이들이 난파선에서 표류하다가 그쪽으로 탈출해서 야만인들과 사이좋게 지내고는 있지만 필수품이 매우 부족하며 목숨을 유지하기도 힘겨워한다는 말을 들었던 것이라, 이에 나는 이들의 항해에 대한 자세한 사항을 꼬치꼬치 캐물었고 이들이 라플라타 강발(發) 아바나행 스페인 배를 타고 있었으며, 아바나에서 주로 가죽과 은인 그 배의 화물을 하역하고 거기서 구할 수 있는 유럽 물품들을 싣고 다시 돌아가도록 되어 있었으며, 배에는 다른 난파선에서 표류하던 포르투갈 선원 다섯 명을 태웠었고, 자기네 원래 배의 탑승자 중에서는 다섯 명이 배가 망가졌을 때 실종되었으나, 이들은 한없는 위험과 역경을 헤치고 굶주린 상태로 이 식인종들의 나라 해안에 닿았었고, 그저 이제나저제나 잡아먹히기만을 기다리고 있었다는 것이다.

그 사람이 하는 말이, 이들이 무기를 좀 갖고는 있었으나 완전히 쓸모가 없게 되었다는 것이라, 탄환이나 화약을 전혀 갖고 있지 않았고 바닷물에 젖어서 갖고 있던 화약이 아주 조금 빼고는 다 못쓰게 되었는데 이것도 처음 상륙하면서 먹을 것을 구하느라 다 써버렸다는 것이다.

그러면 이들이 거기서 어떻게 될 것 같은지, 또한 전혀 탈출할 방도를 찾지 못했냐고 묻자, 이 사람이 하는 말이, 이들이 여러 번 이 문제를 두고 머리를 맞댔었지만 배도 없고 배를 만들 도구나 아무런 재료가 없었으니 늘 이런 상의를 하다가는 절망의 눈물이나 흘리고 말았다는 것이다.

그러면 이들이 유럽까지 갈 수 있는 방안을 내가 제안한다면 어떻겠냐? 이들이 모두 이곳에 와 있다면 그것이 가능치 않겠냐? 이렇게 내가 물으면서 아주 솔직하게 덧붙이기를, 이들이 나를 배반하거나 내게 해를 끼칠 것이 가장 크게 두려우며, 만약 내가 이들의 수중에 내 목숨을 맡긴다 해도, 감사하는 마음이 인간이 타고난 속성이 아니고, 사람들이란 자기들이 받은 은혜에 맞춰 행동하는 것을 도리로 생각하는 게 아니라 자기들이 기대하는 이익에 따라 행동하지 않겠냐고 했다. 이어서, 내가 이들을 구해 내는 방편이 되었으나 나중에 이들이 스페인령 식민지에 가서 나를 포로로 삼는다면 몹시 심한 처사가 아니겠냐고 했으니, 이곳에서 영국인을 어떤 불가피한 사정이나 우연에 의해 왔건 간에 희생양으로 만들어 버릴 수 있으리라는 것은 사뭇 확실했던 터라, 그래서 그냥 야만인들에게 넘겨져서 산 채로 먹히는 게 잔인무도한 사제들의 손아귀에 붙잡혀서 종교재판소로 끌려가는 것보다 낫지 않겠냐고 했다.* 또한 덧붙여 말하기를, 그런 걱정만 아니라면 이들이 모두 여기에 와 있다면 일손이 많아지니 함께 큼직한 배를 만들어 우리 모두 타고 남쪽 브라질로 가든지 북쪽 스페인령 섬들이나 육지로 가도록 할 마음이 있다, 하지만 이들의 손에 무기를 쥐어주어 그 대가로 나를 강제로 자기 동족들에게로 끌고 간다면 나의 호의를 악으로 되받는 셈이 되며 이전보다 내 처지는 더 나빠질 뿐이라고 했다.

그는 아주 솔직 담백하게 대답하기를, 그 사람들 처지가 워낙 처참하고 그것을 몹시 뼈저리게 느끼고 있는 터라, 자기들을 구출해 내는 데 기여한 사람에게 해를 입힌다는 생각조차 혐오하리라고 믿는다며, 만약 나만 괜찮다면 자기가 저 영감을 데리고 돌아가서 이들과 이 문제를 상의한 후 다시 돌아와 답변을 전해 주겠다며, 가서는 이들에게 엄숙히 맹세를 시켜서 나를 지휘관이자 대장으로 삼아 절대적으로 내 지시만을 따르겠다는 서약을 받아 오고, 또한 나를 배반하지 않고 내가 동의하는 기독교 국가로만 가지, 다른 데로는 가지 않을 것이며, 내가 원하는 나라에 안전히 상륙할 때까지 전적으로, 또한 절대적으로 내 명령에 의거해 행동할 것임을 영성체와 복음서 앞에 맹세하게 한 후, 이러한 취지를 담은 계약서에 이들의 서명을 받아서 가져오겠다고 했다.

그리고서는 하는 말이, 먼저 자기가 내 앞에서 맹세를 하겠다며, 자기는 살아 있는 한 절대로 내가 명령을 내리지 않는 한 맘대로 나를 떠나가지 않을 것이며, 만약 자기 동포들 중에 신의를 저버리는 자가 생긴다면 마지막 핏방울을 흘릴 때까지 내 편을 들어주겠다고 했다.

또 하는 얘기가 이들이 모두 예의바르고 정직한 사람들이며 무기도 옷도 음식도 없이 상상을 초월할 만큼 곤경에 처해 있고, 야만인들의 선의와 처분에만 의존해 있으며 자기들 조국으로 돌아갈 희망을 완전히 버린 형편이라, 내가 이들을 구해 주는 일을 떠맡게 되면 나를 위해 죽고 살리라는 것이다.

이러한 확언을 듣고는 나는 가능하다면 이들을 구해 주는 일을 시도해 보기로 결정하고서 야만인 영감과 스페인 사람을 보내 얘기를 해보도록 했는데, 하지만 이들을 떠나보낼 차비를 모두 다 해놓았을 때 스페인 사람이 반대 의견을 제기하니, 이것이 한편으로는 매우 현명한 점이 있고, 다른 한편으로는 아주 진지한 뜻이라 그것을 합당하게 생각지 않을 수 없었고, 따라서 이 사람의 충고대로 자기 동료들을 구해 내는 일은 적어도 한 6개월은 연기하기로 했으니, 다음과 같은 문제 때문이었다.

그 사람이 우리와 함께 산 게 약 한 달 정도 되었고, 그 동안 내가 어떤 식으로 식량을 조달하고 섭리의 도우심에 힘입어 생계를 잇는지를 보여줬으니, 그는 내가 비축한 곡식과 쌀의 양이 얼마인지도 분명히 보았고, 이것이 나 혼자로서는 충분히 남아도는 정도였으나 이제 사람이 넷으로 늘었던 까닭에 내 식솔들을 위해서는 절약하지 않으면 모자랄 수 있게 되었던 터, 하지만 이제 자기 동포들이 자기 말대로 아직 14명이나 살아 있다니 이들까지 합류한다면 훨씬 더 모자랄 수밖에 없을 것이었다. 그리고 게다가 우리가 배를 만들어서 아메리카 대륙의 기독교도 식민지 어디로건 항해할 때 배에 실을 식량은 더욱 더 충분치 않았다. 그래서 이 사람 말이 자기와 다른 두 사람이 땅을 좀더 파서 개간한 후 내가 여분으로 남겨둘 만큼 알곡을 씨앗으로 뿌려서 한 번 더 추수를 기다린 후 자기 동포들이 올 경우 이들을 먹일 수 있을 만큼 곡식을 확보하는 게 좋겠다며, 먹을 게 부족하면 분란을 일으킬 유혹이 생기거나, 아니면 자신들이 구출된 게 아니라 한 가지 곤경에서 또 다른 곤경으로 옮겨진 것일 뿐이라고 생각하게 될 것이라고 했다. 이 사람 말이, 당신도 아시다시피 이스라엘의 자손들이 처음에는 이집트에서 구출된 것을 기뻐했지만 광야에서 먹을 것이 부족해지자 자신들을 구해 주신 바로 그 하느님께 반항하지 않았었냐는 것이었다.

그의 경고는 지극히 적절하고 그의 충고는 지극히 옳게 들렸기에 나는 그의 신의에도 흡족해했을뿐더러 그의 제안을 흔쾌히 받아들이지 않을 수 없었다. 그래서 우리 넷은 우리가 갖고 있던 나무 쟁기가 허락하는 한 땅을 더 파기 시작했으니 약 한 달 정도 시간이 흘러 파종기가 되었을 때 어느 정도까지 밭을 갈고 준비해 놓았냐 하면, 보리 22자루 쌀 16단지 정도를 파종할 수 있는 정도라, 이것이 쉽게 말해서 우리가 종자로 쓸 수 있는 곡식의 전부였으며 우리가 다시 추수를 할 때까지 6개월 간 먹을 보리는, 그러니까 우리가 파종용으로 알곡을 챙겨둘 때부터 6개월이지 땅에 뿌린 상태에서 6개월이 걸리지는 않는 기후였는데, 아무튼 곡식을 딱 먹을 만큼만 남겨뒀다.

이제 사람이 충분하고 우리의 숫자가 야만인들이 엄청나게 많이 몰려오지 않는 한 두려워하지 않아도 될 정도였으니 우리는 일이 있을 때마다 마음놓고 섬 여기저기를 돌아다녔는데, 우리가 탈출 내지는 구출을 생각하기 시작한 마당에 적어도 나로서는 그를 위한 방편을 준비해 두지 않는다는 것은 생각할 수 없는 터라, 나는 이 목적으로 우리의 작업에 맞을 것으로 보이는 나무 몇 개에 표시를 해두었고 금요일이와 개 아버지를 시켜서 나무를 자르도록 시켰으며, 스페인 사람에게는 이 문제에 대한 내 생각을 전해주어서 이들의 작업을 감독하고 지휘하도록 시켰다. 나는 이들에게 어떻게 내가 말할 수 없이 수고를 들여서 큼직한 나무를 나무 판자들이 되도록 잘라냈는지 그 방법을 보여주고서 이들도 그대로 하도록 했으니, 그래서 단단한 참나무로 근 2피트 넓이에 35피트 길이 2인치에서 4인치 정도 두께 판자를 약 12개 정도 큼직한 판자로 만들어내도록 했는데, 얼마나 막대한 노동이 여기에 들어 갔을까를 상상하는 것은 어렵지 않을 것이다.

이와 동시에 나는 내가 길들여 키우는 염소 떼도 할 수 있는 만큼 많이 늘릴 방법을 찾아서 이를 위해 하루는 금요일이와 스페인 사람이 한 조로 나가고, 다른 날은 금요일이와 내가 한 조로 번갈아 교대로 나가서 어린 염소 새끼 20마리를 끌고 와서 나머지 염소들과 같이 키웠으니, 어미를 쏠 때마다 새끼를 살려뒀다가 우리의 염소 떼를 늘렸던 것이다. 그러나 무엇보다도 포도를 말릴 철이 되자 우리는 엄청나게 많은 양을 햇볕에 내걸어 놓았으니 우리가 만약에 건포도 원산지인 알리칸테*에 있었더라면 아마도 큰 통 60개나 80개 분량은 되었을 정도였는데, 빵과 함께 이것들이 우리 식량의 대부분을 차지했고 이게 아주 영양가 있는 음식이었으니 정말이지 상당히 잘 먹고 산 셈이었다.

이제 추수철이 되었고 수확도 제때 잘했는데, 이제껏 이 섬에 와서 내가 본 것 중 가장 넘쳐나게 늘어난 정도는 아니었으나 우리의 목적에 알맞을 정도의 수확은 되었으니, 보리 22자루를 뿌린 데서 거둬들여 타작을 하니 220자루 넘게 수확을 얻었고 쌀도 같은 비율이었으니, 다음 추수 때까지 설사 스페인 사람 16명이 모두 이리로 와서 함께 산다 해도 충분할 만큼 식량이 비축되었고, 우리가 항해를 떠날 준비를 해도 세상 어디로건, 그러니까 아메리카 대륙 어디로건 가기에도 충분한 식량을 배에 챙겨둘 수 있을 만큼 되었다.

우리가 이렇게 곡식 여분을 확보해서 비축해 놓은 후에 버들세공 작업, 즉 곡식을 보관할 큼직한 바구니를 만드는 작업에 착수했는데, 스페인 사람은 이 일을 아주 능숙하고 민첩하게 잘했으며, 나한테 왜 이런 방식으로 방어용으로 쓸 물건을 좀 만들지 않았냐고 탓하기까지 했으나, 내가 뭐 그럴 필요는 못 느꼈었다.

이제 내가 예상하는 모든 방문자에게 음식을 완전히 공급할 수 있게 준비해 놓은 후에 나는 스페인 사람에게 대륙으로 가서 거기에 남겨 두고 온 사람들을 어떻게 할 것인지를 알아보고 오도록 허락을 했다. 나는 그 사람에게 엄격히 명령서를 글로 써서 주면서, 그 누구도 자기들의 구원을 위해 그곳까지 사람을 파견한 이를 이 섬에서 만나게 되면 그를 해하거나 대적하거나 공격하지 않을 것이며, 이들은 이러한 일체의 시도에 맞서 그의 편에 서서 방어할 것이며 어디를 가건 전적으로 그의 명령을 따르고 복종할 것임을, 스페인 사람과 야만인 영감 앞에서 먼저 맹세를 하지 않는 자는 그 누구도 데려오면 안 된다고 하였고, 이런 내용을 글로 써서 자필 서명을 해야만 한다고 명했다. 막상 이들이 펜이나 잉크가 없는 터에 어떻게 이대로 할 수 있을지에 대해서는 사실 전혀 의문이 들지는 않았지만 말이다.

이런 지시 아래 스페인 사람과 금요일이의 아버지인 야만인 영감은 카누 하나를 타고 떠났으니, 이 배는 이들이 타고 왔다고 할 수는 있겠지만 사실은 포로로 잡혀와 야만인들한테 잡아먹힐 운명으로 끌려왔었던 카누였다.

나는 각자에게 화승이 달린 머스켓 총 한 정씩과 탄환과 화약 여덟 묶음씩을 줬는데, 둘 다 아주 아껴서 쓸 것이며 가장 위급한 상황에서만 사용하도록 명령했다.

이것은 참으로 신이 나는 일이었으니 이제 27년하고도 며칠이 더 지난 세월이 흐르도록 나의 구원을 예상하며 취한 첫 번째 조치였던 것이다. 나는 이들이 여러 날을 먹고도 남을 정도의, 이들의 동포들도 8일 동안 충분히 먹을 만큼의 식량을 빵과 마른 건포도로 줬으며, 무사히 여행하기를 빌면서 배웅을 하고, 이들이 돌아올 때 내가 멀리서도 해안에 닿기 전에 알아 볼 수 있도록 신호로 어떤 표시를 할 것인지 서로 약속을 했다.

이들은 내 계산으로는 10월에 보름달이 뜨는 날 순풍을 받고 출항했는데, 정확한 날짜 계산은 내가 한번 틀린 다음부터는 다시는 맞출 수가 없었고 보낸 햇수조차도 그렇게 정확히 계산은 하지 않고 지냈으나 대략 옳다고 생각은 했고, 나중에 내가 날짜 계산을 한 것을 검토해 보니 햇수는 정확하게 셌던 것이 입증되기는 했다.

무려 8일째 꼬박 이 사람들을 기다리던 중 이상하고도 예상치 않은 사건이 하나 벌어졌으니, 이런 일은 도무지 그 어떤 경험담에서도 들어보지 못한 것일 터, 어느 날 아침 내 오두막에서 곤히 잠이 들어 있던 중에 내 수중 금요일이가 내게 달려오며 큰 소리로 하는 말이 주인님, 주인님, 그들 와요, 그들 와요, 이러는 것이었다.

나는 위험도 아랑곳하지 않고 벌떡 일어서서 옷을 걸치는 대로 곧장 나아가서 내 작은 관목 수풀 사이를 통과해 가니, 이것이 이제는 제법 촘촘한 숲으로 자라나 있었던 것이며, 하여간 내가 위험을 아랑곳하지 않았다는 뜻은 무기도 들고 나서지 않았으니 평소에는 이러는 법이 없었던 터라, 하지만 내가 바다로 눈길을 돌리자마자 즉시 보이는 것이 약 4, 5마일 되는 지점에 보트가 한 척 보이고 해안으로 서서히 들어오는 중이었는데, 흔히 말하는 대로 '양고기 어깨살 돛', 즉 삼각형 돛을 달고 있었고 바람을 제법 잘 받아 이쪽으로 순탄하게 오는 중이었으며, 또한 이들이 섬의 해안이 있는 쪽에서 오는 게 아니라 섬의 남쪽 끄트머리 쪽에서 오고 있음을 바로 알아볼 수 있었다. 그래서 나는 금요일이를 불러서 경계 태세를 갖추라고 명령했으니, 이들이 우리가 기다리던 사람들이 아닌지라, 우리의 우군인지 적군인지 아직 알 수 없었던 것이다.

그런 다음, 집으로 가서 망원경을 가져다가 이들이 누구인지 파악하기로 했는데, 사다리를 꺼내서 우려할 만한 상황이 벌어지면 늘 그랬듯이 언덕 꼭대기로 올라가서 내 모습을 숨긴 상태에서 보다 사태를 명확히 파악하고자 했다.

내가 언덕 위에 발을 디디자마자 눈에 훤히 보이는 것은 배 한 척이 닻을 내리고 정박해 있는 것이었으니, 내 쪽에서 남남동 쪽으로 약 8마일 정도 거리이나 해안에서 약 5마일 이상은 아니었다. 내가 파악하기로는 분명히 그것은 영국 배로 보였고 보트는 영국식 대형 보트로 보였다.

이때 내가 어찌나 당황했던가는 설명하기 어려울 정도라, 비록 배가 보이는 게 기쁜 일이며 게다가 내 동포들이니 나의 우군이 타고 있다고 믿을 이유가 많았지만, 그래도 나는 내밀한 의구심을 숨길 수 없었으니, 그것이 어디에서 솟아나는지는 딱히 말할 수 없었지만 내게 경계 태세를 갖추도록 독려하는 것이었다. 가장 먼저 드는 생각이, 도대체 영국 배가 여기에 뭘 하러 왔을까 하는 의혹이었으니, 이쪽 지역은 영국인들이 거래를 하러 오거나 가는 항로가 아니었던 까닭이었고, 또한 무슨 폭풍우가 불어서 이들을 위기에 처하게 만들어 이쪽으로 몰아낸 것도 최근에 본 적이 없음을 알고 있었으므로, 만약 진짜로 저들이 영국인들이라고 해도 무슨 선한 의도를 갖고 오는 게 아닐 공산이 큰 것이니, 그렇다면 도둑과 살인자들의 손아귀에 들어가기보다는 나는 지금 이대로 지내는 게 나았다.

우리가 실제로 그런 위험이 있을 가능성이 없다고 생각할 때도 위험을 은밀히 감지하게 하는 느낌들을 얕잡아봐서는 아니 될 일이다. 이런 느낌과 예감들이 우리에게 주어진다는 점을 세상만사를 주의 깊게 살펴본 사람이라면 누구건 부인하지 않을 것인바, 이것이 눈에 보이지 않는 세계가 확연히 모습을 드러내주는 경우이며 정령(精靈)들이 전해 주는 전갈임을 우리는 의심할 수 없으니, 이런 느낌이 위험을 경고하는 쪽으로 흐르는 터에 이것이 어떤 호의적인 전령(傳令)이라고 가정하지 않을 이유가 어디 있으며, 그 전령이 우리보다 더 높은 존재이건 한 급 아래이거나 밑에 있는지가 문제가 될 리 없을 터이니, 여하튼 우리의 이익을 위해서 주어지는 예감이 아니겠는가?

이 경우는 이와 같은 논리가 타당함을 충분히 확증하고도 남을 것이니, 그것이 어디에서 오는 것이건 간에 나는 이 내밀한 훈계에 의해 신중하게 대처하게 되었으며, 곧 보게 되겠지만 안 그랬으면 나는 필경 망했을 것이고 전보다 더 열악한 처지로 전락했을 것이다.

내가 이런 태세를 갖춘 지 얼마 안 됐을 때, 해안으로 다가오는 보트가 보이니 마치 상륙하기 편리한 샛강을 찾아보는 모양 같았는데, 하지만 이들이 그만큼 충분히 멀리 오지 않았기에 내가 예전에 내 뗏목을 대고 하역했던 조그마한 강 입구는 보지 못했고, 그들의 보트를 내 쪽에서 한 반 마일 정도 되는 위치의 모래사장에 대었으니, 이게 나한테는 무척 다행한 일이었던 것이, 안 그랬다면 말하자면 바로 내 대문 앞으로 상륙할 뻔했고, 이내 나를 제압하여 내 요새에서 나를 쫓아버린 후 아마도 내가 갖고 있는 모든 물건을 털어갔을 것이기 때문이다.

이들이 해안에 올라오자 나는 이들이 영국인이라는 점을 완전히 확인할 수 있었는데, 거의 대부분이 영국인이고 한둘은 네덜란드 사람이라고 생각했는데 나중에 보니 내가 틀렸지만, 이들이 도합 11명으로 이 중 셋은 비무장 상태이고, 내 생각엔 결박된 상태로 보였으며, 이 중 첫 번째로 네댓 명이 뭍으로 풀쩍 뛰어내린 다음 나머지 셋을 포로로 붙들어 끌어내렸다. 이 셋 중 한 사람은, 보니까 지나칠 정도로까지 애원하며 낙담과 고뇌의 표정을 짓는데, 다른 둘은 그냥 가끔 두 손을 치켜들면서 분명히 우려하는 기색이긴 했으나 첫 번째 사람의 상태 정도는 아님을 알 수 있었다.

이 광경을 보면서 완전히 어안이벙벙해졌고 도무지 뭐가 뭔지 종잡을 수가 없었다. 금요일이가 자기가 할 수 있는 한도의 영어로 나한테 큰 소리로, "아, 주인님! 당신 보세요, 영국 사람들도 야만 사람들처럼 포로 먹어요"라고 하니, 그래서 "왜, 저 사람들을 잡아먹을 것 같니, 금요일이야?"라고 하자, 금요일이는, "네, 저들이 저 사람들 먹을 거예요"라고 답했다. 나는 다시, "아니다, 아니야, 저들을 죽일 게 분명해 보여서 걱정은 된다만, 잡아먹는 일은 절대로 없을 거야", 이렇게 말했다.

이러는 와중에도 뭐가 어떻게 돌아가는지 감이 잡히지 않으니 그저 이 광경을 보며 공포에 사로잡혀 있을 뿐이며 이제나저제나 포로 세 명이 죽임을 당할 것만을 예상하고 서 있는데, 아니나 다를까 악당 중 한 놈이 선원들 표현대로 '왕단도', 즉 검을 든 팔을 번쩍 들더니 불쌍한 포로 중 한 사람을 치려고 하는 것이라, 그 사람이 곧 쓰러질 것을 예상하고 있자니 내 몸 속 피가 차갑게 식어버리는 느낌을 받았다.

나는 이제 스페인 사람 및 그와 같이 떠나간 야만인이 못내 아쉬웠으며, 아니면 어떻게든 들키지 않고 사정거리까지 접근해서 이 세 사람을 구해 낼 수 있기를 바랐으니, 내가 보니 이들은 총기류는 소지하지 않고 있었던 것인데, 하지만 내 뜻과는 다른 방향으로 일이 흘러갔다.

이 방자한 선원들이 세 사람을 무지막지하게 다루는 것을 본 후에, 다시 보니 이들이 섬 여기저기로 흩어져 돌아다니면서 마치 주변을 둘러보려고 하는 것 같았고, 나머지 세 사람을 아무 데로건 갈 테면 가라는 듯 풀어주는 게 보였으나, 이들은 모두 그 자리에 주저앉아서 깊은 수심에 잠겨 있는데 그 모습이 절망에 빠진 사람들처럼 보였다.

그 모습을 보니, 내가 처음 이 섬 해안에 올라와 자포자기에 빠져 사방을 당황한 눈빛으로 둘러보면서 온갖 무시무시한 공포에 사로잡힌 채 사나운 짐승들에게 잡아먹힐까 봐, 밤새 나무 위에 올라가 있었던 때가 새삼 떠올랐다.

그 밤에는 우리 배가 폭풍우와 해류 때문에 섬에 더 가까이 밀려오도록 하나님이 섭리하심으로써 내가 얻게 될 보급품과 그 후로 그토록 오랜 세월 연명하고 버텨 나갈 수 있게 해주실 것을 전혀 알지 못했듯이, 낙담에 빠진 이 세 사람도 이들을 구원해 내고 생명을 유지하게 해줄 사람이 그토록 근접해 있고 그토록 확실하고도 효과적으로 안전한 처지에 있음을 알지 못했으니, 이들은 이제 모든 게 끝장이며 절망적이라고만 생각했다.

우리는 이 세상에서 우리 앞에 닥칠 일을 너무나 모르고 지내니 그만큼 더 우리는 이 세상을 만드신 위대한 조물주에게 즐거운 마음으로 의지해야 할 이유가 큰 것이라, 그는 그의 피조물들을 완전한 결핍 상태에 내버려두지 않으시기에 우리의 가장 열악한 형편 가운데서도 뭔가 감사할 거리는 늘 생기게 마련이요, 우리가 상상하는 것보다 더 가까운 거리에 구원이 와 있는 것이며, 아니, 우리의 패망을 초래한 바로 그 방편을 통해 우리는 구출되는 것이다.

이들이 해안에 상륙한 것은 밀물이 가장 높이 차오를 때라, 한편으로는 이들이 끌고 온 포로들과 담판을 하며, 한편으로는 이들이 와 닿은 곳이 어디인지 둘러보러 돌아다니는 동안 완전히 조류가 바뀔 때까지 무심하게 시간을 허비하니, 물이 한참 빠져 나가자 이들의 보트는 갯벌에 걸리고 말았다.

이들은 보트에 두 사람을 남겨뒀었는데, 나중에 내가 발견한 것이지만 브랜디를 너무 과하게 마시고는 곯아떨어져 있었고, 이 중 하나가 다른 사람보다 먼저 깨어나서 보트를 움직이기에는 너무 단단하게 바닥이 닿아 있다는 것을 발견하고서는, 여기저기 돌아다니던 나머지 패거리들을 큰 소리로 부르자 이에 곧 모두 보트로 돌아왔는데, 하지만 이들이 온 힘을 합쳐도 배를 띄울 수 없었으니, 보트가 워낙 무거운데다가 그쪽 해안 모래는 아주 촘촘하고 잘고 가는 갯벌이라 더 어려웠다.

아마도 뱃사람들은 모든 인간들 중에서 가장 앞날을 예견하는 능력이 없는 축들이라, 이런 형편에서 뱃놈들답게 그만 그걸 포기하고서는 다시 섬 이곳저곳을 서성거리는데, 이 중 하나가 다른 사람에게 큰 소리로 보트에서 떠나오라고 외치면서, "이봐, 잭, 그냥 내버려 두라고, 물이 다시 들어오면 뜰 것이니까"라고 영어로 말하는 소리가 들렸고, 이에 이들이 어느 나라 사람인지에 대한 주된 궁금증은 완전히 해소되었다.

이 와중에 나는 계속 아주 조심스럽게 내 요새 안에 가만히 머물면서 언덕 맨 꼭대기 근처 내 관측소보다 더 멀리는 나가지 않았고, 내가 이렇게 단단히 방벽을 치고 있다는 것을 무척 다행스럽게 생각했다. 나는 다시 보트가 물에 뜰 수 있으려면 적어도 한 열 시간은 족히 더 있어야 함을 알고 있었으니, 그때쯤에는 해가 져서 완전히 어두워졌을 것이기에 이들의 행동을 관찰하고 이들이 말을 나눈다면 그것을 듣기가 좀더 자유로울 것이었다.

그 동안 나는 전투를 위해 전처럼 무장을 했는데, 물론 저번 때와는 다른 종류의 적임을 잘 알았기에 좀더 신중을 기했으며, 또한 금요일이한테도 이제 총을 아주 잘 쏘는 사수로 내가 키워 놨기에 무장을 하도록 명령했으니, 나는 사냥총 두 자루를 들었고 개한테는 머스켓 총 세 정을 주었는데, 앞서 언급한 바 있는 겁나게 생긴 염소가죽 외투와 큼직한 모자를 쓰고 칼집도 없는 시퍼런 칼을 옆에 차고서 권총 2정을 허리띠에 차고서 양 어깨에 총 한 자루씩을 메었으니, 내 모습이 참으로 무시무시했다.

내 작전 계획은 이미 말한 대로 어두워지기 전까지는 아무런 시도도 하지 않는 것이었는데, 하지만 2시쯤 됐을 무렵, 이때가 하루 중 가장 햇살이 뜨거운 시간이라 이들이 모두 숲으로 뿔뿔이 흩어져 가니, 내 생각에는 낮잠을 자려는 모양이었다. 그러나 고통을 겪고 있는 이 세 사람만은 잠이 들기에는 너무도 자신들의 처지에 대한 근심이 많았던 터라 큼직한 나무 한 그루 밑에 앉아 있을 뿐이었는데, 내가 있는 곳으로부터 약 4분의 1마일 정도 위치였고 내가 생각하기에는 나머지 작자들의 시야는 벗어나 있는 듯했다.

그래서 나는 내 모습을 드러내 보이고 이들의 정황을 좀 파악해 보기로 맘을 먹었고, 즉시 위에서 묘사한 그런 모습으로 전진하니, 내 수종 금요일이는 제법 멀리 떨어져 뒤에서 따라오고 있었는데, 갖고 있는 무기로 치면 나 못지않게 만만치 않았으나 나처럼 그렇게 눈이 휘둥그래질 정도로 도깨비 같은 모습은 아니었다.

나는 이들에게 들키지 않고 근접할 수 있을 만큼 가까이 간 다음, 이들 중 누구도 나를 발견하기 전에 스페인 말로 크게 이들에게, "댁들은 누구시오?"라고 물었다.

이들은 이 소리에 깜짝 놀랐지만 나를 보고, 또한 나의 괴상야릇한 차림새를 보고는 열 배는 더 놀라고 어리둥절해하는 것 같았다. 이들은 전혀 대답을 안 하고 그냥 나한테서 도망칠 기세를 보이는 것 같았기에 나는 다시 영어로 이렇게 말하기를, 이보시오, 나 때문에 놀랄 것 없소, 댁들이 기대하지 않은 순간에도 댁들을 도울 사람이 가까이 있는 줄 누가 아오, 라고 했다. 그러자 이 중 한 사람이 모자를 벗고 인사를 하면서, "그런 도움은 하늘에서 곧장 보내주셔야 할 것이오, 우리 형편은 인간의 도움으로서는 해결될 수 없는 것이니" 하고 대답하니, 나는, 모든 도움은 하늘에서 오는 것이오, 라고 하면서, 이어서 말했다. 댁들이 지금 어떤 심한 곤경에 처해 있는 것 같은데 낯선 사람이지만 내게 사연을 말해 줄 수 없겠소? 나는 여러분이 상륙하는 것을 봤고 댁들과 같이 온 그 막된 작자들에게 탄원을 하는 듯하는 모습도 보았으며 그자 중 하나가 자기 칼을 쳐들어 댁을 죽이려 드는 것도 보았소.

이 가엾은 사람은 두 뺨에 주르륵 눈물을 흘리며 놀라움에 사로잡힌 사람처럼 부르르 떨면서 말했다. "내가 지금 하나님과 말하고 있는가, 아니면 인간인가! 진짜 사람인가 아니면 천사인가!" 그래서 내가 말하기를, 그 점은 두려워하지 마시오, 선생, 만약 하나님이 천사를 보내서 댁을 구해 주시려 했다면 이보다는 옷차림이 더 나았을 것이며 댁이 보시는 것과는 다른 식으로 무장을 하고 오지 않았겠소, 그러니 그런 두려움은 집어치우시길 바랍니다. 나는 인간이오, 그것도 영국인, 또한 당신들을 돕고 싶어하고 있지 않소, 보시다시피. 나는 하인이 한 사람밖에 없지만 화기와 탄약을 갖고 있소. 그러니 마음놓고 말해 주시오, 우리가 댁들을 어떻게 도울 수 있겠소? 어떻게 된 일이오?

그 사람이 대답하기를, 지금 우리를 죽이려는 자들이 이토록 가까이 있는 형편에서 우리가 어쩌다 이렇게 됐는지 그 얘기를 선생께 해주기에는 너무나 긴데, 하지만 짧게 말씀드리자면, 저는 저기 있는 배의 선장이오. 제 선원들이 저를 상대로 반란을 일으킨 것입니다. 겨우 이들한테 나를 죽이지 말라고 설득을 했고, 이들은 마침내 이 적막한 곳에 이 두 사람과 함께 나를 버려두게 된 것인데, 이 사람은 내 항해사이고 저분은 손님으로 탑승한 분입니다만, 우리는 이제 여기서 어떻게 할지 생각을 정리하지 못한 채 아마 이곳이 무인도이니 그냥 슬슬 죽어갈 것만을 예상하고 있던 중입니다.

댁의 적들, 그 막돼먹은 놈들은 어디로 갔소, 어디로 간지 아시오? 라고 내가 말하자, "저기 있소"라고 나무 덤불 쪽을 가리켰고, 계속 말을 잇기를, "저자들이 우리를 봤을까 봐, 또 댁이 하시는 말을 들었을까 봐 두려워서 가슴이 떨립니다. 만약 그랬다면 우리를 다 죽이려 할 게 확실합니다"라고 했다.

이들이 총기를 소지하고 있나요, 라고 내가 말하자, 대답하기를 그들은 총 두 자루밖에 안 갖고 있는데 하나는 보트에 남겨 뒀다고 했다. 그래서 나는, 좋소, 그럼 나머지는 나한테 맡기시오, 보아하니 이들이 잠들어 있던데, 모조리 죽여 버리는 것은 어렵지 않을 것이오, 하지만 그냥 생포하기를 바라시오? 라고 하니까, 그 사람이 나한테 하는 말인즉, 이 중에서 가장 극악무도한 자가 둘이 있으니 이자들에게는 일체의 인정을 베풀 여지가 없지만, 이 둘만 확실히 제압하면 나머지는 모두 순순히 원래 자기 자리로 돌아갈 것이라고 믿는다는 것이었다. 이들이 누구냐고 내가 물으니 그 사람은 이만큼 떨어진 거리에서는 누구라고 인상착의를 설명할 수 없지만 아무튼 내가 내리는 명령에 복종할 테니 지휘를 하라고 하니, 이에 나는, 이자들이 만에 하나 잠에서 깰지도 모르니 이들이 보거나 들을 수 없는 거리까지 물러가자고 하자, 모두 기꺼이 나와 함께 퇴각하여 수풀 속으로 들어가서 우리 모습을 완벽하게 은폐했다.

이거 보시오, 선생, 내가 당신을 구출해 보려고 할 경우, 두 가지 점을 나와 약조할 수 있겠소? 라고 내가 말하자 그는 벌써 내제안을 지레짐작하고서 하는 말이, 자신과 자기의 배를 만약 되찾게 된다면 전적으로 모든 점에서 나의 지휘와 통제를 받겠으며, 또한 만약 배를 되찾지 못한다면 나랑 이 세상 어디로 자기를 보내건 나와 함께 살다가 함께 죽겠다고 하니, 나머지 두 사람도 똑같은 말을 했다.

그래서 "아무튼 내 조건은 오직 두 가지 뿐이오"라고 내가 했으니,

첫째, 당신이 이 섬에서 나와 함께 머물러 있을 동안은 전혀 아무런 지배권을 행세하려 들면 안 될 것이며 내가 만약 총기를 당신 손에 쥐어준다면 어떤 경우에건 나한테 다시 그걸 반납할 용의

가 있어야 할 것이며, 이 섬에서 나나 내게 속한 자들에게 불리한 행위를 일체 하지 않을 것이며 여기 있는 동안은 내 명령에 의해 통제받을 것과,

둘째, 만약 배를 되찾았거나 되찾을 수 있다면 나와 내 수종을 영국까지 무료로 태우고 간다는 것이라고 했다.

그는 인간이 고안해 낼 수 있고 신의를 전할 수 있는 모든 방법을 동원해서 지극히 타당한 이 요구들을 따를 것임을 다짐했고, 뿐만 아니라 자기의 목숨을 내 덕에 건졌다는 것을 인정하며 자기가 살아 있는 동안 모든 경우에 그 사실을 시인하겠다고 했다.

좋소, 그러면 여기 머스켓 총 세 정과 화약과 총알을 받으시오, 그리고 이제 그 다음으로 어떤 조치를 취해야 좋다고 생각하는지 나한테 알려주시오, 라고 내가 말했다. 그는 할 수 있는 모든 감사의 표현들을 동원했지만 전적으로 나의 지시만을 따르겠다는 입장이었다. 내가 그 사람에게 한 말은, 무엇이든 위험을 감수하는 것은 어려운 일이나 내가 생각하기에 최선의 방법은 즉시 이들이 지금 누워 있을 때 일제히 사격을 가하는 것이며, 만약 첫 번째 사격에서 아무도 죽지 않고 남은 자가 있어 항복을 하겠다고 하면 살려주면 될 터, 모든 것을 전적으로 하나님의 섭리가 총탄을 인도하시도록 내맡기자는 것이었다.

그는 아주 조심스럽게 말하기를, 자신은 할 수만 있다면 아무도 죽이고 싶지는 않으나 이 구제 불가능한 두 악당들이 걱정인 것이, 이자들이 반란을 일으킨 주범이니 만약 이들이 탈출한다면 여전히 우리는 망하게 될 터라, 그것은 이자들이 배로 돌아가 남은 선

원들을 모조리 끌고 와서 우리 모두를 파괴할 것이기 때문이라고 했다. 그래서 나는, "그렇다면 그런 불가피한 사정으로 인해 내 충고가 정당화되는 셈이오"라고 하며 이것이 우리 자신의 목숨을 보존하는 유일한 방법이라고 했다. 그래도 여전히 그는 피를 흘리는 것을 꺼려하는 기색을 보이는지라, 나는 직접 본인들이 가서 편리한 쪽으로 일을 처리해도 좋다고 했다.

이런 대화를 나누는 도중에 그자들 몇몇이 잠에서 깨어 일어나는 소리가 들렸고, 곧 이어서 이자들 중 두 사람이 벌떡 일어서는 게 보이니, 나는 선장에게, 저 중에서 그가 말한 반란 주동자들이 있냐고 물으니, 아니다, 저자들은 그냥 도망가게 해도 좋다, 아마도 일부러 저자들을 살려주려고 잠에서 깨도록 섭리하신 모양이라고 했다. 그러자 나는, 이제 나머지 패거리들도 그의 손을 벗어난다면 "그것은 순전히 당신 탓이오"라고 말했다.

이 말에 자극을 받아서 그는 머스켓 총을 집어 들고 권총을 허리춤에 찼고 자기 동료 둘도 마찬가지로 각자 총을 한 정씩 집어 들었다. 같이 있던 두 사람이 앞서 가다가 부스럭 소리를 내자, 선원 중 한 사람이 잠에서 깨더니 고개를 돌렸고 이들이 오는 것을 보면서 나머지 패거리들한테 소리를 질러 깨웠지만 이미 한 발 늦은 것이, 이들이 소리치는 순간 총을 발사했던 터, 그러니까 다른 두 사람이 그랬다는 말이고 선장은 현명하게도 자기 총은 아직 발사하지 않고 남겨 뒀다. 이들이 어찌나 자기들이 점찍어 둔 자들을 향해 정확히 조준을 했던지, 그 중 하나는 바로 그 자리에서 즉사했고, 다른 자는 심한 부상을 입었으나 완전히 죽지는 않았기에 두 발로 벌떡 일어서서 다른 사람들에게 도움을 간절히 청하는 중이었는데, 하지만 이때 선장이 그자 앞으로 다가가서는, 이제 도움을 청하기에는 너무 늦었으니 하나님께 자신의 악행을 용서해 주실 것을 간청이나 하라고 하면서, 그 말을 하자마자 개머리판으로 쳐서 쓰러뜨리는데, 목숨이 끊겨서 더는 말을 하지 못할 처지가 되었다. 거기에는 그 밖에도 일당 중 셋이 더 있었고, 이 중 하나도 약간 부상을 입었는데 이때쯤에는 나도 거기에 도착했었기에 이들이 자신들이 처한 위험을 감지하고서는 저항을 해봤자 소용이 없음을 깨닫고 살려달라며 빌었다. 선장이 이들에게 하는 말인즉, 그들이 저지른 반역의 죄를 뉘우치고 혐오한다는 확증을 보여주고, 배를 되찾고 그 다음에 원래 출항했던 자메이카까지 다시 배를 몰고 돌아갈 때까지 자기 업무를 충실히 이행할 것을 맹세한다면 목숨을 살려주겠다고 하니, 이들이 흡족할 만큼 개전의 정을 충분히 보여줬기에, 선장은 이들의 진의를 믿고 목숨을 살려주고 싶어했고 나도 반대를 하지는 않았는데, 다만 나는 이들이 섬에 있을 동안에는 손과 발을 결박해 둬야 한다는 단서를 달았다.

이 일이 진행될 동안 나는 금요일이에게 선장의 항해사와 함께 보트로 가서 보트를 접수한 후, 노와 돛을 가져오라는 명령을 해서 보내니 이들이 그대로 했고, 조금 후에 (그들로서는 다행하게도) 나머지 일행과 떨어져서 따로 돌아다니던 세 사람도 총소리를 듣고는 돌아왔는데, 자기들 선장이 전에는 자기들의 포로였으나 이제는 자기들을 제압했음을 보고서는 자기들도 항복해서 결박당하겠다고 하니, 이제 우리는 완벽하게 전승을 거뒀다.

이제 남은 일은 선장과 내가 각자의 형편에 대한 얘기를 들려주는 것인데, 내가 먼저 시작하여 나의 살아온 이야기를 전부 해주니, 그는 어안이벙벙해질 정도로 놀라며 열심히 얘기를 들었고, 특히 내가 식량과 총탄을 갖게 된 놀라운 정황에 대해서 신기해했으니, 사실인즉 내 이야기 전체가 일련의 놀라운 사건의 집합인지라 그 사람에게 무척 강한 인상을 주었는데, 하지만 내가 결국 여기서 버티고 살아온 게 선장 자신의 목숨을 구하기 위한 목적인셈이 된 것이라는 생각을 스스로 하면서는 눈물이 얼굴로 흘러내렸고, 목이 메어 말을 잇지 못했다.

이 이야기를 마친 후에 나는 선장과 그의 동료 둘을 내 숙소로 데려왔고, 내가 나왔던 출구, 즉 집 꼭대기 쪽으로 들어와서는 내가 갖고 있던 음식물을 줘서 기운을 차리게 했으며, 내가 이곳에서 살아온 길고도 긴 세월 동안 만든 온갖 장치를 보여주었다.

내가 보여준 것과 들려준 얘기에 이들은 완전히 놀랐고, 무엇보다도 선장은 내가 방벽을 만들어놓은 것과, 나무 덤불 속에 완벽하게 내 거처를 은폐해 놓은 모습에 탄복했으니, 이것이 심어놓은지 거의 20년 가까이 되었고 영국에서보다 훨씬 더 빨리 자랐기에 이제는 작은 수풀을 이루었고 워낙 촘촘해서 그 사이 어디로건 뚫고 들어갈 수가 없었는데, 하지만 한쪽으로는 그 안으로 우회해서 들어가는 입구를 남겨 두었던 터라, 나는 선장에게 이곳이 내 성이요 내 관저라고 했고, 나는 모든 군주들이 그렇듯이 시골에도 별장이 있어서 그리로 이따금 쉬러 간다고 했으며, 나중에 그곳도 보여주겠지만 현재로서는 지금 어떻게 배를 되찾을 것인지를 고민하는 게 우리가 할 일이라고 하자, 여기에 자기도 동의한다며 하는 말이, 자기는 어떻게 해야 할지 도무지 방안이 떠오르지 않는 것이, 배 위에는 아직도 선원이 26명이나 있고 이들이 이 저주받을 음모에 동참함으로써 법에 의해 목숨을 잃게 된 자들이라서 죽기 살기로 저항할 것이기 때문이라며, 이들은 자신들이 제압당한다면 영국 땅이나 아니면 영국 식민지 중 아무 데로건 갈 경우, 즉시 교수대로 끌려갈 신세임을 알기에 계속 버틸 것이니, 이렇게 적은 숫자로는 이들을 공격하는 것은 말이 안 된다고 했다.

나는 선장이 하는 말을 듣고 잠시 곰곰이 생각해 보니 아주 합당한 결론임이 분명했고, 따라서 뭔가 즉시 결정을 내려야 했으니, 배 위에 있는 자들을 유인하여 허를 찌르며, 이들이 우리 쪽으로 상륙해 와서 우리를 파멸시키는 것을 막아야 될 형편이었는데, 내게 즉시 떠오른 생각이, 조금 있으면 배에 있는 선원들이 자기들 동료들과 보트가 어떻게 되었는지 궁금해서 다른 보트를 타고 해안으로 올라와 이들을 찾아볼 것이며, 아마도 무기를 갖고 온다면 우리가 맞서기에는 너무 강하리라는 것으로, 이런 말을 듣고는 선장도 타당한 생각이라고 인정했다.

그러자 나는 선장한테, 첫 번째로 할 일이 뭐냐 하면 갯벌에 걸려 있는 보트에 구멍을 뚫어서 그걸 끌고 가지 못하게 하며, 거기에서 모든 물건을 가져와서 전혀 물 위에서 쓸모가 없도록 만들어야 한다고 하니, 이에 따라 우리는 그리로 가서 거기에 남아 있던 총포류와 그 안에 있는 것은 무엇이든 다 가지고 왔는데, 브랜디 한 병, 럼주 한 병, 건빵 몇 개, 화약 주머니 한 개, 큼직한 설탕 덩어리 한 개가 범포 조각에 담겨 있었고 설탕은 한 5, 6파운드는 되었으니, 이 모든 것은 내게는 아주 반가운 물건들이었고 특히 럼주와 설탕은 동이 난 지 여러 해 되었던 터라 더욱 그랬다.

이 물건들을 모두 해안으로 옮겨놓은 후에 (노, 돛대, 돛, 보트의 방향타는 모두 이미 말한 대로 뜯어서 옮겨놓았었다) 우리는 보트 바닥에다 큼직한 구멍을 둔기로 쳐서 뚫어놓은 다음, 이들이 우리를 압도할 만큼 역량을 갖추고 온다고 해도 보트만은 가져갈 수 없게 해놓았다.

사실 나는 우리가 배를 되찾을 수 있으리라는 생각은 별로 하지 않고 있었던 터라, 이자들이 보트를 두고 간다면 내가 그걸 다시 고쳐 쓰는 것은 별 문제 없으리라고 생각했던바, 그러면 그걸 타고 바람 부는 쪽의 섬으로 떠나가면서 우리의 우군인 스페인 사람들도 가는 길에 들러서 데려가면 될 것이라고 생각했으니, 이들을 내가 잊어 버렸던 것은 아니었다.

우리는 이러한 계획대로 준비하여, 먼저 힘을 합쳐 보트를 좀더 해안 쪽으로 밀어놓아 밀물이 가장 깊이 들어올 때도 떠내려가지 않도록 해놓았는데, 막상 바닥에 구멍을 너무 크게 뚫어놓아서 곧장 그걸 막을 수가 없을 정도라, 다들 앉아서 어찌 해야 할지 상의를 하고 있던 중, 그 배에서 대포를 쏘는 소리가 들렸고 기를 올려서 본선으로 회항하라는 신호를 보냈는데, 보트가 전혀 움직이지 않자 이들은 몇 번 더 대포를 쏘았고 보트를 향해 그 밖의 다른 신호를 계속 보냈다.

이들은 신호를 보내고 대포를 쏘고 해도 전혀 소득이 없자, 마침내 보트가 전혀 움직이지 않음을 깨달았던 모양이라, 우리가 망원경으로 살펴보니까 다른 보트를 내려서 해안 쪽으로 노를 저어 오고 있었고, 이들이 가까이 올 때 보니 무려 그 안에 10명이나 타고 있었으며 총을 갖고 있었다.

배가 거의 6마일 정도 해안에서 떨어져 있었기에, 우리는 이들이 오는 모습을 선명히 볼 수 있었고 이들의 얼굴까지도 명확히 보일 정도였으니, 해류 때문에 이들은 첫 번째 보트보다 약간 더 동쪽으로 밀려났기에 다른 동료들이 상륙했던 그 첫 번째 보트가 놓여 있는 똑같은 장소로 오려고 해안을 따라 노를 저어 오고 있었던 것이다.

그래서 이런 정황 덕에 이들의 모습을 완전히 파악할 수 있었기에 선장은 보트에 타고 있는 선원들이 모두 누구이며 어떤 자들인지를 알 수 있었으니, 이 중에는 선장의 말인즉, 셋이 정직한 친구들이라 이들은 나머지 작자들한테 제압을 당해 겁에 질려서 음모에 할 수 없이 동참한 게 분명하다는 것이었다.

그러나 이 중 대장 격인 갑판장하고 나머지는 배의 다른 선원들 못지않게 아주 막돼먹은 작자들이니, 이들이 이제 이렇게 일을 벌여놓은 터라 더욱 더 무모하게 나올 것이라면서 이들이 우리보다 더 무력이 세지 않을까 몹시 걱정했다.

나는 선장한테 미소를 지으며 얘기하기를, 우리처럼 이런 처지에 있는 사람들은 무슨 두려움에 영향을 받는 경지는 이미 지난 것 아니겠나, 그 어떤 상황이 오더라도 우리가 지금 처해 있는 처지보다 더 나쁠 수는 없는 법이니 죽건 살건 간에 그 결말은 우리에게는 구원이지 않겠냐고 하고, 또한 선장에게 묻기를, 내가 살고 있는 형편에 대해서 어떻게 생각하느냐, 이런 처지에서는 탈출을 시도해 볼 만하지 않겠냐고 하며 계속 얘기하기를, 그런데, 이보시오, 선장 양반, 내가 댁의 목숨을 구해 주려는 목적으로 여기에서 살아남아 있었다는 믿음은 어디로 사라졌소? 내가 보기에는 댁의 예측에서 한 가지가 잘못된 게 있소, 라고 하니, 선장이 "그게 뭔가요?" 하고 묻길래, 내가 말하기를, 아니, 그거야 저 중에서 정직한 친구가 서너 명 있다며 이들은 살려줘야 한다고 댁이 그러지 않았소, 만약 이들이 모조리 사악한 선원 놈들과 한 패라고 해도 나라면 하나님의 섭리가 우리로 하여금 이들을 댁 맘대로 처분하도록 정해 놓으셨다고 생각했겠소, 내가 확실히 말하건대 해안으로 올라오는 자들은 하나같이 우리를 대하는 태도에 따라 죽거나 살거나 하게 될 것이니 말이오, 라고 했다.

내가 이런 얘기를 자신 있는 목소리와 의기양양한 얼굴로 얘기하자 선장도 상당히 힘을 얻는 기색을 보였고, 그래서 우리는 씩씩하게 우리의 임무에 임했으니, 우리는 보트가 배에서 섬 쪽으로 오는 모습을 처음 보았을 때부터 포로들을 갈라놓아야겠다는 생각을 했던 터라, 이들의 신병을 틀림없게 확보해 놓았다.

선장이 대체로 의심스럽게 생각하는 두 사람하고 구출된 사람 중 하나를 금요일이한테 내 동굴로 데리고 가도록 했으니, 거기는 한참 떨어진 곳이라서 이들의 말소리가 들리거나 눈에 띄거나 이들이 만에 하나 탈출한다고 해도 숲에서 빠져 나올 위험에서 벗어나 있었고, 그곳에 이들을 결박해 놓았으나 먹을 것은 줬고, 이들이 거기서 얌전하게 가만히 있으면 하루나 이틀 뒤에는 풀어 주겠다는 약속을 했지만, 만약 탈출을 시도하면 인정사정없이 죽이겠다고 하니, 이들은 구금 상태를 충실히 감내할 것임을 약속했고, 음식도 주고, 금요일이가 이들의 편의를 위해서 (우리가 손수 만든) 양초도 줬던 터인데다, 불도 밝히게 해주는 등 자기들을 그처럼 잘 대해 줘서 고맙다고 했는데, 그렇다고 이들이 동굴 입구에 누가 보초를 서 있는지 여부는 알 수 없도록 했다.

다른 포로들은 더 나은 대접을 받았는데, 이 중 둘은 선장이 썩 신뢰하지 못했기에 여전히 묶인 상태였으나 다른 둘은 선장의 천거를 받고 또한 우리와 생사를 같이하겠다는 엄숙한 맹세를 시킨 다음 내 수하에 두었으니, 이들 둘과, 정직한 이 세 사람까지 합쳐서 도합 우리는 일곱 명이었고 단단히 무장을 한 상태가 되었으니, 나는 다가오고 있는 열 명과 능히 맞설 수 있음을 의심치 않았고, 게다가 선장이 한 말대로 이 중에서 서너 명은 정직한 친구들이라는 점을 감안하면 더욱 그러했다.

그자들은 자기들의 다른 보트가 있는 곳에 도착하자마자 보트를 모래사장에 대고 모두 내려선 다음 보트를 끌어다 놓으니 그것이 보기에 다행한 일인 것이, 이들이 해안에서 좀 떨어진 곳에 닻을 내린 상태로 정박시켜 놓고 몇 명이 보트에 남아 지키도록 할까 봐 걱정을 했던 까닭인데, 그런 경우에는 우리가 보트를 접수할 수 없었을 것이다.

이들이 상륙하자마자 첫 번째로 한 일은 다른 보트로 전부 뛰어간 것인데, 앞서 말했듯이 보트에 있는 물건들을 모조리 가져가버렸고 바닥에 큼직한 구멍이 나 있는 것을 보고서는 깜짝 놀랐음을 알아차리기는 어렵지 않았다.

이에 따라 이들은 잠시 생각을 해본 끝에 두세 번 온 힘을 다해 큰 소리로 외치면서 자기들 동료들이 듣도록 하려고 시도해 봤으나 아무 소용이 없자, 그 다음에는 모두 둥그렇게 모여서는 휴대용 병기로 동시에 사격을 하니 그 소리는 우리가 분명히 들을 수 있었고 숲으로 메아리를 쳤지만, 그래 봤자 동굴에 있는 자들은 듣지 못했음을 확신했는데, 우리가 데리고 있는 자들은 분명히 그 소리를 듣기는 했으나 감히 거기에 응답을 할 엄두를 못 냈다.

이들이 어쩌나 여기에 놀랐던지, 나중에 우리한테 한 얘기지만, 모두 다시 본선으로 돌아가서, 동료들이 모두 죽임을 당하고 보트에는 누가 구멍을 내놓았음을 알리기로 작정하였고, 이에 따라 이들은 즉각 타고 온 보트를 다시 띄우고 모두 그 안에 올라탔다.

이걸 보고 선장은 몹시 놀랐고 심지어 당황하는 모습이었으니, 이들이 모두 다시 배로 돌아가 돛을 올리고 자기들 동료들을 실종된 것으로 포기하고서 가버리리라고 생각했던바, 이러면 우리가 배를 되찾을 것임을 기대하고 있던 터에, 배를 잃게 되고 말 것을 걱정했던 것인데, 하지만 이내 또 다른 방향에서 겁에 질릴 형편이 생기고 말았다.

이들이 배를 타고 이동한 지 얼마 되지 않아 우리가 보니 다시 모두 해안으로 돌아왔는데, 한데 이들의 행동에서 새로운 점이 엿보였으니 아마 자기들끼리 궁리한 까닭인 모양으로, 셋은 보트에 남겨 두고 나머지는 상륙해서 동료들을 찾아 내륙으로 들어가 볼 참인 듯 보였다.

이것은 우리로서는 크게 실망할 일이어서 우리도 어떻게 대응해야 할지 당혹스러웠는데, 이들 상륙한 7명을 모두 생포한다 해도 보트가 탈출하게 놔두면 아무런 이득이 될 게 없던 터라, 이들이 본선까지 노를 저어 가버린다면 나머지 패거리는 돛을 모두 올린 채 떠나 버릴 게 분명한 일이요, 그러면 우리가 배를 되찾는 것은 물 건너갈 것이었다.

그러나 우리로서는 그저 일이 어떻게 마무리될지 기다리며 지켜보는 것 외에는 달리 방법이 없었는데, 이들 7명이 배에서 내렸고 보트에 남은 셋은 해안에서 한참 먼 거리로 보트를 몰고 가서 거기에 닻을 내리고는 기다리고 있었기에, 우리가 이들 보트에 있는 자들에게 다가가는 것은 불가능했다.

상륙한 자들은 서로 밀착한 상태에서, 그 아래쪽으로 내 거처가 있는 작은 언덕 위를 따라 걸어 올라갔는데, 그들은 우리를 볼 수 없었으나 우리는 그자들의 모습을 훤히 볼 수 있었으며, 이들에게 사격을 가할 수 있도록 우리한테 좀더 가까이 접근하거나, 아니면 좀더 멀리 가버려서 우리가 밖으로 나올 수 있으면 무척 좋겠다고 생각하고 있었다.

그러나 이들이 동산의 언저리까지 오자 북동쪽이었던 그 지역으로는 섬의 지대가 제일 낮았고 그래서 숲과 분지가 한참 펼쳐져 있는 것을 볼 수 있었기에 이들은 지칠 때까지 소리를 치고 외쳐대는데, 해안에서 너무 멀리 들어가기는 꺼려지는 모양이었고 서로 멀리 흩어지는 것도 꺼리는지 모두 나무 한 그루 밑에 모여 앉아서 어떻게 할 것인지 궁리들을 하고 있었으니, 이들도 다른 패거리들처럼 거기서 잠이나 자면 되겠다고 생각했다면 우리 일을 쉽게 만들어줬을 것이나, 이들은 워낙 두려워하고 있는 터라 무슨 위험한 사태가 근처에 도사리고 있는지 모르는 형편에 잠을 자는 모험은 감수하려 들지 않았다.

선장은 이들이 상의를 하고 있는 모습을 보면서 아주 적절한 제안을 했으니, 그것은 이들이 아마도 모두 다시 일제 사격을 해서 자기들 동료들이 듣도록 할 것인데, 그때 이자들의 화기가 모두 총알을 쏴 버리고 비어 있는 틈에 공격을 하면 이들은 분명히 항복하고 말 터, 우리는 피 한 방울 안 흘리고 이들을 체포할 수 있겠다는 것이어서, 나는 이 제안이 좋다고 했으나, 단 우리가 이들이 다시 총에 장전을 하기 전에 다가갈 수 있을 만큼 가까운 거리에 있어야 하겠다고 했다.

하지만 일이 이렇게 진행되지 않자 우리는 한동안 그대로 있으면서 어떤 방도를 택할지 전혀 마음을 정하지 못하고 있었고, 마침내 나는 밤이 될 때까지 우리가 할 일은 없겠다는 게 내 의견이라고 말했고, 그때 가서 이들이 보트로 돌아가지 않는다면 아마도 이들과 해안 사이를 가로막고는 무슨 술수를 써서 보트에 있는 자들을 해안으로 올라오도록 유도할 수 있지 않겠냐고 했다.

우리는 이들이 어서 이동하기만을 간절히 바랐으나 그냥 한참을 더 기다리며 매우 불안해하고 있던 중에, 이들이 오랫동안 상의를 한 끝에 모두 일어서서 바다로 걸어가고 있는 게 보였으니, 아마도 이곳의 위험성에 대해 이들이 워낙 심하게 두려워하며 우려하고 있었기에 배로 돌아가서, 동료들은 실종된 것으로 간주하고 계획했던 항해를 계속하기로 한 것 같았다.

이들이 해안선 쪽으로 가는 것을 보자마자 나는 이들이 수색을 포기하고 다시 배로 돌아가려는 것이리라고 정확히 추정했고 선장한테 내 생각을 전해 주니, 그는 이내 걱정에 눌려 낙담해했으나, 나는 이들을 다시 끌고 올 묘책을 생각해 냈으니 이게 아주 한 치 오차도 없이 내 목적에 부합되는 안이었다.

나는 금요일이와 선장의 항해사한테 서쪽에 있는 작은 개천을 건너 돌아가서 이들이 상륙했던 곳이자 금요일이가 구출됐던 그쪽으로 가라고 했고, 거기서 약 반 마일 정도 거리에 있는 작은 둔덕에 도달하면 있는 힘을 다해 큰 소리로 "야호" 하고 외친 다음, 선원들이 그 소리를 들었는지 살펴보며 기다리다가, 다시 소리를 지르고는 이들의 시야 밖에서 움직이면서 계속 소리를 질러, 반대쪽에서도 따라서 "야호" 소리로 답을 하면 늘 똑같이 응답을 하며 점점 더 이들을 섬 안쪽 숲으로 유도해 들어와서, 다시 내 쪽으로, 내가 지시한 방향대로 방향을 바꿔서 오도록 하라고 지시했다.

이들이 막 보트에 올라탈 참에 금요일이와 항해사가 '야호' 소리를 외치자, 이들은 이내 그걸 듣고서 대답을 하며 소리가 들리는 쪽을 향해 서쪽으로 뛰어가는데, 그러다가 샛강 앞에 걸려서 멈춰 섰으니, 이때 물이 들어와 수위가 높아져 있었던지라 이들이 건너갈 수 없었던 것이며, 그래서 보트를 불러 그리로 와서 자기들을 태워 그쪽으로 데려다 달라고 하니, 그것이 바로 내가 예상했던 바였다.

이들이 물을 건넌 후에 내가 보니까 보트가 한참 샛강 상류로 올라가 있었고, 말하자면 내륙 쪽 항구에 정박한 셈이 되었는데, 이들은 보트에 있던 세 사람 중 하나를 데리고서 같이 가도록 했고, 보트에는 둘 만 남겨 놓은 후 강가에 있는 작은 나무 그루터기에다 보트를 묶어 놓았다.

이것이 내가 바랐던 것이었기에 나는 즉시 금요일이와 선장의 항해사에게 계속 임무를 수행하도록 해놓고서, 나머지 인원을 데리고 그자들이 보지 못하는 쪽에서 샛강을 건너가서는 이 둘이 눈치채지 못하게 기습을 하니, 하나는 강가에 올라가서 누워 있었고 다른 하나는 보트 안에 있었는데 올라와 있는 작자가 반쯤 잠이 들어 있다가 벌떡 일어나려던 찰라, 맨 앞에 있던 선장이 달려가서 일격을 가해 쓰러뜨린 후, 보트에 있는 자에게 항복을 하지 않으면 송장으로 만들어놓겠다고 소리쳤다.

5명이 자신을 에워싸고 있고 동료는 맞아서 쓰러지는 걸 보니, 혼자 남은 이 친구는 이내 설득이 되었으며, 게다가 이자는 나머지 선원들처럼 그렇게 흔쾌히 반역에 동참하지 않은 셋 중 하나로 보였던 터, 그래서 더 쉽게 설득이 되어서 항복을 했을 뿐 아니라 그 후에는 아주 성실하게 우리와 같이 행동했다.

그 사이에 금요일이와 선장의 항해사는 남은 자들을 상대로 자신의 임무를 워낙 잘 수행했던바, 이쪽 언덕 저쪽 언덕, 이 숲 저 숲을 번갈아 다니며 이들을 향해 소리를 치고 대답하고 하여, 이 자들을 완전히 기진맥진하게 만들어놓았을뿐더러 이들이 해가 지기 전에는 보트로 다시 돌아갈 수 없는 게 확실한 지점에다 끌어다 놓았고, 본인들 또한 우리한테 돌아올 때쯤에는 진짜 완전히 기진맥진해진 상태였다.

우리로서는 이제 이들이 오는지 지켜보고 있다가 야음을 틈타서 공격하기만 하면 됐는데, 날이 어두워야 더 확실히 이들을 처리할 수 있을 것이었다.

금요일이가 나한테 돌아온 지 여러 시간 후에야 이들은 자기들 보트로 돌아왔고, 뒤에 처진 자들이 따라오기 한참 전에 맨 앞에 온 자의 소리가 들리니, 어서 오라고 소리를 치고 있었고, 이들은 대답을 하면서 불평을 하는 소리도 들렸는데, 얼마나 다리가 아프고 진이 빠진 줄 아냐고 하면서 더 빨리는 가지 못하겠다고 하니, 그것도 우리에게는 매우 반가운 소식이었다.

마침내 이들은 보트까지 왔는데, 물이 다 빠져서 보트가 샛강 바닥에 단단히 걸려 있고 그들의 동료 둘은 사라져 버린 것을 보고서는 말할 수 없이 황당해했으며, 이들이 서로 극히 처량한 어조로 하는 말이 우리 귀에 들리는데, 자기들이 마법에 걸린 섬에 와 있으며, 자기들은 이제 다 죽을 운명이거나, 아니면 이 섬에 악마와 악령들이 살고 있으니 자기들은 모조리 잡혀가서 삼켜먹히리라는 소리들을 했다.

이들은 다시 소리쳐 두 동료들 이름을 숱하게 여러 번 불러댔으나 대답은 없었다. 조금 후에 희미한 달빛에 비춰보니 절망한 자들마냥 두 손을 비비 꼬며 여기저기 뛰어다니고, 이따금 보트 안으로 들어가 앉아서 휴식을 취하다가 다시 강가로 올라와서 서성거리기를 반복하고 있었다.

내 병력들은 어둠을 틈타 어서 이들을 공격하도록 명령을 내려주기를 바라는 눈치였으나, 나는 이들을 좀 봐주고 싶었고 가능한 한 목숨도 살려주고 가급적 사상자가 최소한이 되도록 하려는 마음이었으며, 더욱이 상대방도 제법 무장을 잘 하고 있음을 알고 있었던 터라 우리 쪽에서 사상자가 나오는 위험을 감수하고 싶지 않았다. 나는 이들이 흩어지지 않나 지켜보기로 하고서, 이들을 확실히 제압하기 위해서 매복망을 좀더 좁히며 금요일이와 선장한테 명령하기를, 들키지 않도록 손발로 가능한 한 낮게 포복을 하여 갈 수 있는 데까지 가까이 가서 사격 태세를 갖추라고 했다.

이 둘이 그런 위치를 잡은 지 얼마 안 되었는데, 갑판장이 원래는 반란의 주동자였으나 이제는 이 중에서 제일 절망 상태에 빠지고 사기를 잃은 자가 되어 있었는데, 이자가 다른 동료 둘을 더 데리고 이 둘을 향해 걸어오는 것이라, 이에 선장은 이 주동자 악당을 자기가 처치하고 싶은 맘이 굴뚝같으나 아직은 목소리만 들리므로, 이자의 신원을 확실히 파악할 수 있는 지점까지 접근해 오기만을 기다리고 있었는데, 이제 가까이 오자마자 선장과 금요일이는 두 발로 벌떡 일어서서 이들을 향해 일제히 사격을 가했다.

갑판장은 그 자리에서 즉사했고, 그 다음 선원도 몸에 관통상을 입고 그 옆에 쓰러졌다가 비록 한두 시간 후이긴 했으나 죽었으며, 셋째 사람은 줄행랑을 쳤다.

사격 소리가 들리자 나는 즉시 내 군대를 모두 이끌고 돌격하였으니, 내 쪽 병력은 총 8명, 즉 내 자신이 대원수이고 금요일이는 내 부관 장군이요, 선장과 그의 두 동료, 그리고 전쟁 포로 3명이었는데 이들에게도 믿고 무기를 맡길 만했다.

우리는 그야말로 야음을 틈타 기습을 했기에 이들은 우리가 몇 명인지 볼 수도 없었던 터, 나는 보트에 남아 있던 자가 이제 우리와 한 편이 되었기에 이들의 이름을 불러 말을 건 후 담판을 하도록 하면 항복을 받아낼 수도 있겠다고 생각했는데, 일이 내가 원하는 그대로 이루어졌으니, 사실 이들이 처한 처지를 감안하면 이들이 기꺼이 투항을 하려 들 것임을 짐작하기는 쉬웠던 터라, 따라서 동료가 있는 힘을 다해 이 중 한 사람의 이름을 불러, "톰 스미스야, 톰 스미스, 어이 톰 스미스!" 하고 외치자, 즉시, "누구야? 로빈슨이야?" 하고 대답을 하니 아마도 누구 목소리인지 아는 것 같았고, 반대쪽은 여기에 이렇게 대꾸했다. "그래 맞네, 이 사람아, 하나님을 봐서라도, 톰 스미스야, 무기를 버리고 항복해라, 아니면 자네들은 이 순간 다 죽은 목숨이라고."

"누구한테 항복을 하란 거야? 어디 있는데?" 스미스가 이렇게 다시 말하자, "바로 여기에들 와 있네"라고 대답하면서 이렇게 덧붙였다. "여기 우리 선장님이 50명이나 데리고 와 있어. 자네들을 두 시간 동안 계속 수색하던 중이었어. 갑판장은 죽었고 윌 프라이는 부상당했고 나는 포로야. 자네들이 항복하지 않으면, 모두 끝장이라고."

"그럼 우리가 항복하면 살려준대?", 이렇게 톰 스미스가 말하자, 로빈슨은 "내가 가서 부탁해 보지, 자네들이 항복한다고 약속하면"이라고 했고, 그리고서는 선장한테 부탁을 하니 선장은 이제 직접 큰 소리로 이렇게 말했다. "자네 스미스, 자네 내 목소리를 알겠지? 이제 너희들은 무기를 즉시 내려놓고 우리 밑으로 들어오면 다 목숨을 살려주겠다. 윌 앳킨스만 빼고."

이 말을 듣자 윌 앳킨스는 기겁을 하며 말하기를, "아이고, 선장님, 하나님을 봐서라도 저를 좀 봐주세요. 제가 뭘 했다고 그러세요? 다들 나만큼 죄질이 나쁩니다요"라고 하는데 이것은 전혀 사실이 아니었으니, 바로 이 윌 앳킨스가 처음으로 반역을 할 때 선장을 체포한 첫 번째 선원인 모양이라, 선장의 두 손을 묶으면서 무지막지하게 굴며 온갖 험한 소리를 다했다는 것이다. 하지만 선장은 그자에게 무기를 내려놓지 않으면 어떻게 되는지 알아서 하라고 하며 총독님의 선처나 기대해야 할 것이라고 하니, 이것은 나를 지칭한 말로, 다들 나를 총독이라고 부르고 있었다.

간단히 말해서 이들은 모두 무기를 내려놓았고 목숨을 살려달라고 비니, 나는 이들과 담판을 벌였던 친구와 둘을 더 딸려 보내서 이들을 모두 결박했고 나의 50명 대부대는 이 셋까지 합쳐도 불과 8명밖에 안 됐으나, 전원이 다 다가가서 이들과 이들의 보트를 모두 접수하였고 오직 나랑 나 외에 한 사람만은 정치적인 이유에서 모습을 나타내지 않기로 했다.

우리가 그 다음으로 할 일은 보트를 수리하고 배를 손에 넣을 궁리를 하는 것이었으니, 선장은 이제 이들과 협상을 할 여유가 생겼으므로 훈계하기를, 이들이 자신에게 저지른 행위가 못할 짓이며 이들의 음모는 더욱 더 사악한 것이라, 종국에는 이들이 불행과 난관에 처하게 마련이며 아마도 교수대 신세가 될 것이라고 했다.

이들은 모두 깊이 뉘우치는 기색을 보이며 목숨만 살려달라고 샅샅이 빌었으나 선장은 이들에게 그 문제는 이들이 자기의 포로가 아니므로 이 섬의 사령관이 결정할 것인바, 자기도 처음에는 이자들의 손에 황량한 무인도에다 내버려진 줄만 알았으나 하나님의 뜻대로 인도하신바, 이곳이 사람이 사는 곳이며 총독이 영국인이더라고 하면서, 이분이 원한다면 이들을 모두 여기에서 교수형에 처할 수 있는 권한이 있으나 아마도 집행을 유예한 것을 보면 이들을 영국으로 보내서 거기서 국법에 따라 처분하도록 하려는 뜻인 것 같은데, 단, 앳킨스 만은 예외로 총독의 명령이 그자는 죽을 준비를 시키라는 것이니, 내일 아침에 교수형을 집행할 것이라고 했다.

비록 이 모든 게 다 자신이 꾸며낸 얘기이긴 했어도 의도한 효과는 얻었으니, 앳킨스는 무릎을 꿇고 선장에게 제발 총독한테 사정을 해서 자기 목숨을 좀 살려주도록 해달라고 빌고, 나머지는 모두 하나님의 자비를 들먹이며 영국으로 자기들을 보내는 일이 없도록 해달라고 애원했다.

이에 따라 나는 드디어 내가 구출될 때가 왔고, 이들을 끌어들여서 배를 기꺼이 장악하도록 만드는 것은 매우 쉬운 일이리라고 생각했고, 그래서 나는 이들이 볼 수 없는 어두운 쪽으로 물러가서 총독이 어떻게 생긴 사람인지 보지 못하도록 한 후, 선장을 오라고 부르는데, 이때 마치 먼 거리에 떨어져 있는 듯 이 중 한 사람한테 명령을 해서, "선장님, 사령관님이 오라고 하십니다"라고 다시 전갈을 하게 하자, 곧 선장은 대답하기를 "각하께 내가 곧 간다고 전하게"라고 하니, 이들은 더욱 더 완벽하게 속아 넘어갔고 사령관이 50명 병력을 데리고 바로 옆에 와 있다고 다들 믿었다.

선장이 나한테 오니 나는 배를 장악할 작전계획을 일러줬고, 그는 아주 훌륭한 작전이라며 흡족해하니, 그대로 다음날 아침에 실행하기로 결정했다.

그렇지만 나는 선장에게, 작전을 좀더 솜씨 있게 실행하고 성공 여부를 보다 확실히 하기 위해서는 포로들을 나눠 놓아야 할 것이니, 가서 앳킨스하고 죄질이 나쁜 자들 중 둘을 더 데리고 가서 이들을 결박한 상태로 다른 포로들이 있는 동굴에 데려다 놓도록 하라고 통보했고, 이 일은 선장과 함께 섬에 왔던 다른 두 사람과 금요일이에게 임무로 부여했다.

그래서 이 사람들이 이자들을 마치 감옥에 가두듯 동굴로 데려 갔는데, 거기가 이들의 처지에서 본다면 참으로 음산한 곳이긴 했다.

다른 자들은 내가 앞서 자세히 묘사했고 내가 정자라고 부르는 곳으로 데려가도록 명령했는데, 거기는 울타리로 막혀 있고 이들은 결박당한 상태라, 또한 이들이 자숙하는 태도임을 감안할 때, 충분히 안심할 만한 곳이었다.

아침이 되자 선장을 이들에게 보내어 협상을 해보고서 요컨대 이들이 배로 돌아가서 일순간 배를 장악할 것이라고 믿을 만한지 여부를 내게 알려달라고 했다. 선장은 이들이 자신에게 해를 입힌 것과 이들이 지금 전락해 있는 처지를 상기시키며, 비록 총독이 이들의 목숨을 유지하도록 배려해 주긴 했으나 이들이 저지른 행위 자체는 만약 영국으로 이송된다면 교수대 쇠사슬에 매달리고 말 게 분명하다고 하며, 그렇지만 이들이 배를 되찾으려는 시도에 동참한다면 이들을 사면시킨다는 총독의 약속을 받아주겠다고 했다.

그자들이 이와 같은 제안을 그들의 처지를 감안할 때 누구건 쉽게 예측할 수 있는 대로 기꺼이 받아들였으니, 이들은 선장 앞에 무릎을 꿇고서 극단적인 말로 맹세하기를, 그들은 마지막 피 한 방울을 흘릴 때까지 선장에게 충성할 것이요, 자기들은 선장 덕에 목숨을 건졌음을 시인하며 세계 어디로건 선장과 동행할 것이며, 자기들이 살아 있는 동안은 선장을 아버지처럼 모시겠다고 했다.

선장은 이에 따라, 그러면 가서 자네들이 하는 말을 총독에게 전해야겠는데 그 양반의 동의를 어떻게 얻어낼지 방법을 좀 모색해 보겠다고 말했고, 그리고서 나한테 이들의 분위기를 전해 주면서 본인은 이들이 진심임을 믿어 의심치 않는다고 했다.

그러나 일을 확실하게 처리할 수 있도록 나는 선장한테 다시 돌아가서 이 중에서 다섯을 고르라고 했으니, 그렇게 함으로써 지금 사람이 부족한 게 아님을 보여줄 것이며, 또한 이들 다섯 명은 선장이 조수로 데리고 갈 것이며, 나머지 둘하고 성에(그러니까 내 동굴에) 죄수로 갇혀 있는 나머지 셋은 이 다섯 명이 충성을 다하도록 인질로 잡아둘 터, 그리하여 만약 이들이 작전을 수행함에 있어서 신의를 지키지 않을 때에는 나머지 다섯을 해안에 교수대를 세워 산 사람을 쇠사슬에 매달아 놓을 것이라는 말을 전하도록 했다.

이것이 아주 엄격한 결정으로 보였기에, 총독이 진짜로 법을 집행할 것임을 이들에게 확실히 인식시켰는데, 하지만 이들은 다른 방법이 없었으므로 그 제안을 받아들일 수밖에 없었으니, 이제는 선장만큼이나 남은 포로들도 다른 5명에게 성실히 의무를 수행하도록 독려해야만 될 처지가 되었다.

이에 따라 원정대를 구성할 우리 병력은 다음과 같이 구성되었다. (1)선장, 항해사, 탑승객. (2)첫 번째 패거리 중에서 포로 2명으로, 선장의 신원 보증을 받고 풀어 준 후 무기를 맡긴 자들. (3)지금까지 내 정자에 결박해 두었던 다른 두 사람으로 선장의 제안에 따라 이제 풀어 준 자들. (4)이렇게 다섯은 마침내 풀어 줬으므로 도합 12명이었고, 인질로 동굴에 잡아둔 자 다섯이 더 있었다.

나는 선장에게 이 인원을 데리고 배로 올라가 볼 의향이 있냐고 물으면서, 나랑 내 수종 금요일이는 섬 밖으로 가지 않는 게 좋겠다고 생각한다고 했고, 아직 7명이나 뒤에 남아 있고 이들을 분리시켜 놓은 형편에서 음식을 대주는 일도 만만치 않겠다고 했다.

동굴에 있는 5명에 관해서는 나는 이들의 신병을 그곳에다 확보해 두기로 결정한 터였으나 금요일이가 하루에 두 번씩 가서 먹을 것을 주었고, 다른 둘은 금요일이가 음식을 좀 떨어진 거리에 갖다 놓으면 거기서 먹도록 조치해 놓았다.

내가 이 두 인질에게 모습을 보였을 때는 선장과 함께 등장했었고, 선장은 이들에게 내가 총독의 명령을 받아 그들을 관리하도록 시킨 사람이라고 소개하면서 총독의 뜻이 내 지시에 의하지 않고서는 어디로건 가서는 안 되며, 만약 그럴 경우에는 붙잡혀서 성으로 끌려간 후 쇠고랑을 찰 것이라고 했는데, 그래서 결국에는 우리가 이들이 절대로 나를 총독으로 생각하지 않도록 조치를 취했으므로 나는 다른 사람 역을 맡았고 어떤 경우이건 딴 사람처럼 총독과 병영과 성 등에 대해 얘기했다.

선장은 이제 달리 앞을 가로막을 어려움이 없었기에 자기 배의 보트 두 척을 준비시키고, 그 중 하나의 구멍을 막게 한 후 선원을 배정하였다. 그는 탑승객을 보트 중 하나의 선장으로 임명하고 선원 넷을 배정했으며, 자기는 항해사와 나머지 다섯을 데리고 다른 보트를 탔는데, 이들은 아주 효과적으로 작전에 임했으니, 자정 경에 이들은 배에 접근하여 말소리가 들릴 정도까지 다가가서는 로빈슨을 시켜 큰 소리로, 보트와 선원들을 데려왔으며 이들을 찾기까지 한참 걸렸다는 등 얘기를 하도록 하면서 배 옆으로 접근할 때까지 말을 걸며 붙잡아 두다가, 배에 닿자마자 선장과 항해사가 먼저 총을 들고 배로 올라가 즉시 2등 항해사와 목수를 머스켓 총 개머리판으로 쳐서 쓰러뜨리자, 뒤이어 올라온 선원들이 아주 충실히 이들을 엄호하여 주갑판과 후갑판에 있는 모든 자들을 제압했고, 아래쪽 선실에 있는 자들을 잡아두려고 갑판 승강구를 단단히 잠가두고 있던 차에, 또 다른 보트와 거기 타고 있던 병력이 앞쪽 닻줄을 타고 올라와서 배의 앞갑판 선실을 접수했고, 거기서 조리실로 이어지는 구멍을 통해 내려가 3명을 포로로 생포했다.

일을 이렇게 처리하여 갑판 위를 완전히 평정한 후에 선장은 항해사에게 선원 셋을 붙여주어 반역 선장이 들어가 있던 후갑판 선실 문을 밀치고 들어가도록 시켰으니, 그자가 위급 상황임을 감지한 후 무기를 들고 그리로 피신했으며 다른 선원 2명과 아이 하나도 무기를 손에 넣고서 함께 들어가 있었는데, 항해사가 쇠지레로 문을 뜯어서 열어젖히자 반역 선장과 그 수하 선원이 과감히 사격을 해대니, 이에 항해사에게 총을 쏴서 부상을 입혀 팔을 못 쓰게 만들었고, 선원 중 다른 두 사람에게도 부상을 입혔으나 아무도 죽이지는 못했다.

항해사는 도움을 요청한다고 소리 치면서 비록 부상을 당한 몸이었음에도 선실로 달려 들어가서 권총으로 반역 선장의 머리를 쏘자 총탄이 입으로 들어가서 한쪽 귀 뒤를 관통했으니, 그자가 끽 소리도 하기 전에 끝장내 버린 것이라. 따라서 나머지도 모두 항복하자 더 이상의 인명 손실 없이 배를 말끔히 접수하였다.

이와 같이 배를 접수한 후에 선장은 대포 일곱 발을 쏘도록 명령했으니, 이것이 성공을 알리도록 나랑 약속해 놓은 신호였던 것으로, 나는 거의 새벽 2시가 될 때까지 바닷가에 앉아서 경계를 서고 있던 터라 내게는 당연히 아주 반가운 소리였음은 두말할 나위 없다.

이 신호를 이렇듯 명백히 듣고서는 나는 누워서 쉬었고 하루 종일 워낙 피곤한 일이 많았던 터라 아주 푹 잠이 들었는데, 대포 소리가 들려서 다소 놀라면서 벌떡 일어서는데, 누군가 나를 "총독님, 총독님" 하고 부르는 소리가 들렸고, 이내 이게 선장의 목소리임을 알 수 있었으며, 언덕 꼭대기로 올라가 보니 거기에 선장이 서 있는데 배를 가리키며 나를 두 팔로 포옹하면서, "나의 친애하는 벗이자 구원자여, 저기 선생의 배가 있소, 저 배는 선생의 것이며 우리 모두와 저 배에 속해 있는 모든 물건도 선생 것이오"라고 말했다. 나는 배를 향해 눈길을 돌려서 보니, 배가 해안에서 한 반 마일 정도 남짓한 거리에 정박해 있었으니, 이들은 배를 장악한 직후에 곧장 닻을 올렸고 날씨가 맑았던 터라, 그 작은 샛강 하구 바로 앞쪽에 배를 대고 닻을 내렸던 것이며, 밀물이 한창 들어올 때라 선장은 내가 처음으로 뗏목을 댔던 곳 가까이로 중형 보트를 몰고 와서, 바로 내 대문 앞으로 상륙했던 것이다.

나는 처음에는 하도 놀라서 주저앉을 뻔했다. 왜냐하면 이제 나는 나의 구원의 길이 분명히 내 손에 잡히고 있음을 볼 수 있었고, 모든 것이 순조롭게 진행되어서 저 큼직한 배가 어디로건 내가 원하는 곳으로 나를 데려가게 된 것이었기 때문이었다. 나는 처음에는 한참 동안 단 한마디도 대답을 하지 못했고, 선장이 나를 포옹하고 있었으니 그냥 나도 그를 꽉 끌어안고 있었을 뿐이었는데, 안 그랬다면 아마 땅바닥에 쓰러졌을 것이다.

그는 내가 놀람에 충격을 받은 것을 알아차리고서 주머니에서 병을 꺼내 강장제로 독주를 한 모금 주니 바로 이럴 목적으로 나한테 오면서 가져왔던 것이라, 내가 그걸 마시고 나서는 바닥에 주저앉았으니 비록 술 덕분에 정신은 되찾긴 했어도 한참 시간이 지날 때까지 선장한테 말을 한마디도 할 수가 없었다.

이러고 있는 동안 이 불쌍한 선장 양반도 다만 나처럼 놀람에 충격을 받지 않았을 뿐이지 내내 나 못지않게 희열에 들떠 있었으며, 나한테 수없이 온갖 친절한 말을 하며 나를 차분하게 안정시키려 했으나, 내 가슴속으로 분출하는 기쁨이 워낙 커서 내 정신은 온통 혼란에 빠졌고 이윽고 눈물을 터뜨리고 말았으며, 그러고 난 다음 조금 후에야 다시 말할 기력을 되찾았다.

그러고 나서는 선장을 나의 구원자로 인정하며 포옹했고, 우리는 함께 즐거워했다. 나는 선장에게 말하기를, 그를 하늘이 나를 구원해 내려고 보내주신 사람으로 간주한다고, 또한 이 모든 사건이 마치 일련의 기적과도 같으니, 이런 일은 세상을 다스리시는 은밀한 섭리의 손길이 있음을 증언하며 무한한 권능자의 눈이 이 세상의 가장 후미진 구석까지 굽어보시며 그분의 뜻에 맞는다면 그 어느 때건 도움의 손길을 펼쳐 주신다는 증거라고 했다.

나는 또한 하나님께 마음속 깊은 데서부터 감사하기를 잊지 않았으니, 이러한 광야에서 이렇듯 적막한 처지에 있는 자에게 기적적인 방법으로 모든 것을 베풀어 주셨을 뿐 아니라 모든 구원은 오로지 그에게서만 오는 것임을 늘 인정해야 될 처지가 되었으니, 이런 인간으로서 어찌 그에게 영광을 돌리지 않을 수 있으리.

우리가 한동안 얘기를 나눈 후에 선장은 배에서 그 작자들이 자기 배의 주인 노릇을 하면서도 다 해치워 버리지 못하고 남겨 뒀던 음식물을 약간 갖고 왔다며 먹고 기운을 내라고 하더니, 보트를 향해 큰 소리로 총독님을 위해 갖고 온 것들을 해안에 내려놓으라고 하는데, 그걸 보니 참으로 이들과 같이 떠나갈 게 아니라, 마치 자기들은 나를 두고 가버릴 참이며 여전히 나는 이 섬에 남아 있게 될 것인 양, 매우 풍족한 선물이었다.

첫째로, 선장은 고급 브랜디 한 병과, 한 병에 2리터 용량이 들어 있는 마데이라 와인* 큰 병 다섯 개, 고급 담배 2파운드, 선박용 육포 열두 덩어리, 돼지고기 여섯 덩어리, 완두콩 한 자루, 건빵 약 100파운드 가량을 갖다 줬다.

선장은 또한 설탕 한 박스, 밀가루 한 박스, 레몬을 꽉 채워서 한 주머니, 라임 주스 두 병과 그 밖에 다른 물건들을 넘쳐나게 많이 갖다 주었는데, 하지만 이것들 외에 그 무엇보다도 내게 유익한 것은 깨끗한 셔츠 여섯 벌과 모자와 스타킹 한 켤레와 자기가 입던 옷이지만 아주 약간만 닳아서 멀쩡한 양복 한 벌이었으니, 한마디로 그는 나를 머리에서 발끝까지 옷을 갈아입혔다.

이런 절차가 다 끝나고 그가 준 좋은 물건들을 모두 내 작은 숙소에다 갖다 놓은 후에 우리는 우리가 데리고 있는 포로들을 어떻게 처리해야 할지를 두고 상의를 하기 시작했는데, 우리가 이자들을 태우고 갈지 말지는 심사숙고해야 할 문제였고, 특히 둘은 극도로 구제불능이며 막돼먹은 놈들임을 알고 있었던 터라, 이자들에게 호의를 베푸는 것은 생각할 수 없고 만약 데리고 간다면 쇠고랑을 채워서 자기가 도착하게 되는 첫 번째 영국 식민지에서 재판에 회부하도록 넘겨줘야 할 것이라고 하니, 나는 선장이 이 문제를 매우 우려하고 있음을 알 수 있었다.

그래서 나는 선장에게 말하기를, 만약 그가 바란다면, 그가 언급한 이 두 사람에게 조치를 좀 취해서 본인들 스스로 자기들을 이 섬에 두고 가도록 해달라고 간청하도록 만들 수 있다고 하니, 선장은, "그럴 수만 있다면 두말할 것 없이 좋겠습니다" 라고 했다.

이에 나는, 그러면 좋다, 이자들을 오라고 해서 선장 대신 내가 말을 좀 해보겠다고 했고, 그래서 금요일이와 두 인질을 딸려 보냈으니, 이들은 자기들 동료들이 약속을 잘 이행했으므로 모두 풀어 준 상태였는데, 하여간 나는 이들에게 동굴로 가서 결박돼 있던 다섯 사람을 묶인 상태로 내 정자까지 데려와서, 내가 도착할 때까지 거기에다 잡아두라고 지시했다.

조금 시간이 지난 후에 나는 내 새 의복을 차려입고서, 이제 다시 총독 소리를 들으며 선장과 함께 모두 모인 자리에서 이자들을 내 앞에 대령하도록 하여 이들에게 말하기를, 선장에게 어떤 사악한 짓을 자행했는지 다 들었으며, 이들이 배를 뺏어 달아났고 더 많은 강도짓을 자행할 준비를 하고 있던 중이었으나, 하나님은 이들이 자충수를 두도록 섭리하셨으므로 이들이 남들을 해치려 파둔 함정에 스스로 빠지고 말았다고 했다.

나는 이자들에게, 나의 지시에 의해 배를 접수한 것임을 알아야 할 것이며, 지금 배가 정박해 있는데 반역 선장은 악행의 대가를 받았음을 이제 곧 보게 될 것이니, 그자가 가로 돛대 끝에 매달려 죽어 있음을 볼 것이라고 했다.

이자들에 관해서는 내가 이들을 해적 현행범으로 처형할 터, 이들이 나의 지위상 사형집행 권한이 있음을 의심할 수 없을진대, 내가 그러지 않을 이유가 있으면 말해 보라고 했다.

이 중 하나는 나머지들을 모두 대변한다며 하는 말이, 자신들이 변명할 여지는 단 하나, 선장이 자신들을 체포할 때 목숨은 살려주겠다고 약속을 한 것이라며, 내게 자비를 베풀어 달라고 비굴하게 빌어대는데, 하지만 나는 말하기를, 이들에게 무슨 자비를 베풀 수 있을지 모르겠으며, 나는 모든 병력과 함께 이 섬을 떠나기로 작정한바, 선장의 배를 타고 그 길로 영국으로 갈 것이니, 선장의 입장으로서는 이들을 영국으로 데려간다면, 오로지 쇠고랑을 채워서 선상 반란과 선박 강탈죄로 재판을 받도록 할 수밖에 없으며 그러한 행위의 대가는 교수대임을 이들이 모르지 않을 터, 만약 이들이 이 섬에 남을 것을 운명으로 택한다면 모를까, 어떤 쪽이 더 나을지 말할 수 없겠다고 하며, 이들이 만약 남기를 원하는 경우, 내가 그것을 눈감아 줄 재량권을 갖고 있으므로 그것은 개의치 않을 의향이 있고, 이들이 이 섬에서 살아갈 수 있다고 생각한다면 이들에게 목숨을 살려 줄 마음도 없지 않다고 했다.

이들은 이 제안에 매우 감지덕지하는 것 같았으며 여기에 그대로 있는 모험을 택하는 편이 영국으로 끌려가서 목매달려 죽는 쪽보다 훨씬 더 낫겠다고 말했고, 그래서 그 선에서 이 문제는 일단락을 지었다.

그렇지만 선장은 마치 이들을 이곳에 남겨 두기를 꺼리는 듯 난색을 좀 표하는 것 같았고, 그래서 선장한테 다소 화를 내는 기색을 하며 말하기를, 이들이 내 포로들이지 당신 포로는 아니며, 내가 이들에게 이만큼 호의를 제안하는 것을 보았을 터, 나는 내가 한 말대로 실행을 할 것인바, 만약 선장이 이 일에 동의할 마음이 없다면 나는 이들을 처음 발견한 상태 그대로 다시 풀어 줄 것이며, 그가 그 안을 좋아하지 않는다면 이들을 잡을 수 있으면 잡아서 다시 데려갈 수 있을 것이라고 했다.

이 말을 듣고 이들은 매우 고마워하는 기색이었기에 나는 이들을 풀어줘서 이들에게 원래 있던 숲으로 다시 돌아가라고 명령하였고, 이들에게 약간의 무기와 총탄을 남겨주고 자기들이 그럴 맘이 있다면 어떻게 하면 잘살 수 있을지 지침을 알려 주었다.

이렇게 하고서 나는 배에 승선할 준비를 했고 선장에게 말하기를, 그날 밤은 내가 짐을 좀 싸고 떠날 준비를 할 수 있도록 여기서 잘 테니 선장은 먼저 배로 가서 배에서 모든 차비를 해놓은 후, 다음날 나를 태울 보트를 보내기를 바란다고 했고, 한편으로 죽임을 당한 반란 선장을 가로 돛대에 매달아서 남겨둔 자들이 볼 수 있도록 하라고 명령했다.

선장이 떠나간 다음 나는 이자들을 내 숙소로 오도록 한 후, 이들의 처지에 대해 심각한 대화를 나누면서, 만약 선장이 이들을 데려간다면 필경 교수형을 당할 터이니 이들이 바른 선택을 했다고 생각한다고 말했다. 나는 반란 선장이 가로 돛대에 매달려 있는 모습을 보여주면서, 이들도 저런 신세 말고는 기대할 게 없다고 했다.

이들이 모두 남아 있고 싶다는 뜻을 표명한 후에 나는 이들에게 내가 이곳에서 살아 온 얘기를 해주어 이들이 이곳 생활에 대해 안심할 수 있도록 하겠다고 했고, 이에 따라 이곳 생활의 이야기를 처음에 올 때부터 시작해서 모두 들려주었는데, 이들에게 내 방벽을 보여주고 내가 어떻게 빵을 만들고 파종을 하고 건포도를 만들었는지를 알려주었으니, 한마디로 이들을 안심시킬 수 있는 모든 얘기를 다 해준 것이며, 또한 내가 기다리고 있는 스페인 사람 16명에 대한 이야기도 해주었고, 이들을 위해서 편지를 한 통

써서 남겨둔 후, 이들이 이 스페인 사람들과도 같은 동료처럼 잘 지내겠다는 약속을 받았다.

나는 이들에게 내 무기, 즉 머스켓 총 다섯 정과 사냥총 세 정과 검 세 개를 물려줬다. 나한테는 아직도 대략 한 통 반 정도 화약이 남아 있었으니, 첫 두 해 정도 이후에는 거의 쓰지를 않았고 전혀 낭비를 하지 않았기 때문이다. 나는 이들에게 내가 염소들을 다루는 방식을 설명해 주었고 염소젖을 짜서 응고시켜 버터와 치즈를 만드는 방법을 가르쳐 줬다.

결국 말하자면, 나는 내 이야기를 조목조목 다 해주었으며, 이들에게 말하기를, 내가 선장에게 압력을 넣어서 화약을 두 통을 더 남겨두고 가도록 하고, 내가 지내보니 채소가 무척 아쉬웠기에 채소 씨앗도 좀 주도록 하겠다고 했고, 또한 이들에게 선장이 나 먹으라고 가져다 준 콩 한 주머니를 주면서 꼭 이것을 파종해서 농사를 지어 늘리라고 당부했다.

이런 모든 조처를 취한 후에 다음날 나는 이들로부터 떠나서 배에 승선하니, 우리는 즉시 돛을 올리고 떠날 차비를 했으나 그날 밤에는 닻을 올리고 출항하지 않았는데, 다음날 일찍이 남겨 둔 다섯 중에서 둘이 배 옆까지 헤엄쳐 와서는, 극히 처량하게 다른 셋에 대해 불평을 해대며 자기들은 남아 있다가는 죽임을 당할 것이니 제발 하나님의 자비를 생각해서라도 배에 태워 달라고 하며, 즉시 교수형에 처해도 좋으니 그저 배만 탈 수 있게 해달라고 선장한테 애원을 했다.

이 말을 듣자 선장은 나 없이 자기 혼자서는 전혀 결정권이 없다고 시치미를 떼었는데, 하지만 약간의 난색을 표하고 이들이 개과천선하겠다는 약속을 엄숙히 하게 한 후에 이들을 배 위로 올라오게 했고, 얼마 후에 톡톡히 등짝에 매질을 가하고 소금을 상처에 뿌려 벌을 주고 나니, 그 후로는 아주 정직하고 다소곳이 일하는 선원들이 되었다.

이 일이 있은 지 얼마 후에 밀물이 들었기에 보트를 섬으로 보내서 남은 자들에게 약속한 물품들을 싣고 가도록 했는데, 선장이 나의 중재에 따라 이들의 개인 사물함과 옷도 더불어 갖다 주도록 했기에 이것들도 모두 가지고 갔으며, 이들이 이 물건들을 모두 잘 받았고 아주 감사하게 생각했으며, 나는 또한 이들에게 내가 혹시라도 이쪽으로 배를 타고 지나갈 일이 있으면 이들을 잊지 않고 데려가도록 배를 보내겠다고 말함으로써 이들을 격려했다.

내가 이 섬을 떠날 때 나는 기념품 격으로 내가 만들었던 큼직한 염소가죽 모자와 내 우산과 내 앵무새를 가지고 탔고, 앞서 언급한 바 있는 돈도 가져가는 것을 잊지 않았는데, 이것들이 하도 오랫동안 쓰지 않고 쌓아 두기만 해서 녹이 슬어 얼룩이 져 있어서 표면을 문질러 손질하지 않으면 전혀 은화 행세를 할 수 없을 정도였으며, 또한 스페인 난파선에서 발견한 돈도 가지고 왔다.

이리하여 나는 이 섬을 이 배의 달력에 의거해 확인한바, 1686년 12월 19일에 떠났으니, 내가 이곳에서 스물여덟 해와 두 달 열아홉 날을 살았던 것이며, 살레의 무어 인들에게서 대형 보트를 타고 탈출했던 바로 같은 달 같은 날에 이 두 번째 감금에서도 구출되었다.

이 배를 타고 긴 여행 끝에 영국에 도착하니 그때가 1687년 6월 11일이라, 서른다섯 해 동안 영국을 떠나 있었던 것이다.

영국으로 돌아오니 전혀 이곳에서 나를 아는 사람이 없었던 것이나 마찬가지로 나는 혈혈단신에 완전히 이방인이었다. 내 돈을 맡겨 두었던 내 은인이자 충직한 청지기는 아직 살아 있었으나 세상풍파를 심하게 겪고서 두 번째로 과부가 되어 있었고 아주 신세가 초라하게 전락해 있었는데, 그래서 그분에게는, 내게 진 빚은 내가 굳이 따질 마음이 없으니 걱정하지 말라고 하며 안심을 시켰고, 오히려 예전에 내 뒤를 봐주고 나에 대한 신의를 지켜준 데 대한 보답으로, 내가 갖고 있는 얼마 안 되는 돈이 허용하는 한 줘서 아쉬운 데 보태어 쓰도록 했으니, 그게 당시로서는 참으로 얼마 안 되는 돈이라 미미한 액수밖에는 줄 수 없는 사정이었긴 했는데, 하지만 예전에 나한테 베푼 호의를 내가 절대로 잊지 않을 것이라고 약속을 했고, 실제로 내가 그분을 도울 만큼 가진 게 충분해졌을 때 그분을 잊지 않았으니, 이 이야기는 차례가 되면 하도록 하자.

그 다음으로 요크셔로 내려가 보니 아버님은 돌아가셨고 어머님과 가족도 모두 다 세상을 떠났고, 내 두 여동생들과 내 형님 중 한 분의 자식들 둘을 찾았는데, 오랜 세월 동안 나를 죽은 사람으로 간주했던 터라 내 앞으로 남겨둔 유산은 없었으니, 쉽게 말해서 나는 스스로를 챙기거나 돌볼 만한 재원을 전혀 발견하지 못했고, 내가 갖고 있는 얼마 안 되는 돈은 사회에서 자리 잡고 사는 데는 별로 소용이 없을 액수였다.

그래도 나는 보답을 받은 일이 하나 있긴 했으니 이것은 기대하지 않았던 것으로, 다름 아니라 내가 그토록 다행스럽게도 구해 준 배의 선장이 내 덕에 배와 배의 화물을 모두 무사히 보존할 수 있었기에, 선주들에게 내가 어떻게 선원들의 목숨과 배를 구해 줬는지 내 이야기를 아주 잘 해줬고, 그래서 이들과 여기 관련된 다른 사업가들이 나를 초청하여 만나자고 해서 가보니, 이들이 이 문제에 대해서 아주 좋은 말로 나를 칭송했고 거의 200파운드에 육박하는 돈을 선물로 주었다.

그러나 내가 살아온 정황에 대해 여러 가지로 생각을 해보니 이것이 안정되게 사회생활을 하기에는 별로 도움이 안 될 돈인 게 분명했기에, 나는 리스본으로 가기로 작정했고, 가서 나의 브라질 농장이 어떤 형편에 있으며 내 동업자는 어찌 되었는지 소식을 좀 들어보기로 했는데, 그 사람은 당연히 내 생각에는, 아마도 여러 해 전에 내가 죽은 것으로 단정했을 것이라고 생각했다.

이런 목적으로 나는 리스본으로 가는 배를 타서 다음 달인 4월에 거기 도착했는데, 내 수종 금요일이가 이 모든 방랑길에 나를 매우 충성스럽게 수행하였으니, 그 어떤 상황에서도 지극히 믿음직한 하인임을 확신시켜 주었다.

내가 리스본에 와서 수소문을 해보니 나한테는 아주 만족스럽게도, 나의 옛 친구, 즉 나를 아프리카 근해 바다에서 나를 첫 번째로 구출해서 태워줬던 배의 선장을 찾았는데, 이 사람이 이제는 나이가 많이 들어서 바다를 떠났고, 나이가 중년에 접어든 자기 아들을 대신 자기 배 선장을 시켜서 여전히 브라질 무역을 계속

하고 있었다. 노인은 나를 알아보지 못했고 나도 그쪽을 거의 알아보기 어려웠으나, 곧 옛 기억을 떠올리며 내가 누군지 얘기를 하자 나를 기억하고 알아봤다.

옛 우의를 회상하는 감정적인 말들을 주고받은 후에 당연히 나는 내 농장과 동업자가 어떻게 되었는지 질문을 하니, 노인의 말인즉 자기가 브라질에 한 9년째 안 가봤지만 마지막으로 그곳을 떠날 때 내 동업자는 살아 있었으나, 내 몫을 보장하도록 지정한 피신탁자 둘은 모두 다 죽었는데, 그렇긴 해도 농장의 소득은 썩 괜찮은 결산이 나올 것으로 믿는다고 하니, 이는 내가 조난을 당해 익사했다고 대개 믿었기에 내 피신탁자들이 농장에 대한 내 지분에서 나오는 수익을 결산해서 세무서에 등기해 놓았고, 세무서는 혹시나 내가 권리를 주장하러 돌아오지 못할 경우에 대비하여 이를 수취하여, 3분의 1은 국가의 몫으로 하고 나머지 3분의 2는 성 아우구스투스 수도회에 기부하여 가난한 자들을 구제하고 원주민들을 가톨릭 신앙으로 개종시키는 데 사용하도록 했는데, 하지만 내가 직접 나타나거나 다른 대리인이 상속권을 주장한다면 자선의 용도로 분배해 놓은 수익 내지는 매년 소득 말고 나머지는 되찾을 수 있을 것이요, 또한 국세를 대신 걷는 세무관과 수도회의 재정관이 아주 철저히 재산 관리를 계속했기에 재산의 관리자, 즉 내 동업자는 매년 수익을 충실하게 보고하였고, 여기서 이들이 내 몫의 수익을 정확히 취해 갔다는 것이다.

나는 노인에게 농장의 수익이 어떤 수준이 되도록 그 사람이 경영을 했는지 아느냐, 또한 그것을 챙길 만한 가치가 있다고 생각하느냐, 아니면 내가 그리로 갔을 경우 내 몫에 대한 정당한 권리를 실현시키는 데 방해에 부닥치지는 않겠냐고 물었다.

그가 한 말은, 자신은 정확히 어떤 정도로까지 수익이 증가했는지는 말할 수 없으나 내 동업자가 단지 전체의 반만 가져가면서도 상당히 부자가 되었음을 알고 있었으며 자기가 기억을 최대한 되살려 본다면, 국가가 가져가는 3분의 1이 무슨 수도회나 뭐 그런 종교시설에 모두 기부해 버리는 것으로 알지만 그게 매년 2천 모이도르 이상이었고, 내가 순탄하게 소유권을 되찾을 수 있느냐의 여부는, 내 동업자가 살아 있으니 내 지분에 대한 증인이 될 것이며 내 이름이 그 나라에 등기되어 있으니 전혀 문제가 될 게 없고, 내 피신탁인들의 후손들이 아주 정직하고 부유한 사람들로 이들이 내 몫을 찾는 데 도움을 줄 뿐 아니라 내 앞으로 상당한 액수의 현찰도 보관하고 있으리라 믿는다고 했으니, 그 돈은 이들의 부친들이 피신탁인이었을 당시에 농장에서 나온 소출로, 위에서 말한 식으로 소유권을 이양하기 전 자기 기억으론 약 12년 치 몫이었다는 것이다.

나는 이 이야기를 듣고 다소 우려가 되어 불편해하는 기색을 보이며 노 선장에게 묻기를, 내가 유언장을 작성해서 당신, 즉 포르투갈 선장을 내 재산 전체의 피상속자로 만들어놓은 터에 어떻게 내 피신탁인이 내 재산을 그렇게 맘대로 갖게 된 연유가 무엇이냐고 했다.

그가 나한테 한 말은, 그게 사실이지만 내가 죽었다는 증거가 없었기에 그는 뭔가 확실하게 내가 죽었다는 소식이 오기 전에는 내 유산 집행인으로 행동할 수가 없었고, 뿐만 아니라 그는 그렇게 아득하게 멀리 떨어진 문제에 참견하고 싶지가 않았으나, 자기가 내 유언장과 자신의 권리를 등기에 올린 것이 사실이니 내 생사를 분명히 밝힐 수 있다면 위임장에 의거해 (이들 설탕 공장을 지칭하는 말인) '인제니우'에 대한 소유권을 행사할 수 있었을 것이고, 지금 브라질에 있는 자기 아들한테 그런 명령을 내렸을 수 있었으리라는 것이다.

노인이 말하기를, 하지만 당신한테 한 가지 전할 소식이 있는데 다른 소식처럼 그렇게 달갑지 않을지도 모르겠지만, 아무튼 그게 뭐냐 하면, 댁의 동업자랑 피신탁자들이 세상 사람들이 다들 그렇게 생각하니 당신이 실종된 것으로 믿고 나한테 댁 앞으로 첫 사업 당시 6년 내지는 8년 치 수익을 정산해 주어서 그걸 내가 받아 뒀으나, 시설을 늘리고 설탕 공장을 짓고 노예들을 사느라 지출이 많아서 나중에 들어온 액수만큼 그렇게 많지가 않았다고 했다. 노인이 계속 말하기를, 그렇지만 내가 받은 총액이 얼마이고 그것을 어떻게 처분했는지를 댁에게 정확히 정산해 주겠다고 했다.

이 연로한 벗과 며칠을 더 대화를 주고받은 후에, 그는 내 농장에서 첫 6년간 나온 수입 정산서를 찾아서 갖다 줬는데, 내 동료와 피신탁자 상인들의 서명이 되어 있었고 모든 것은 현물, 즉, 담뱃잎 말이, 설탕 상자, 럼주, 설탕 공장에서 나오는 부산물 당밀 등으로 배달되었으며, 이 결산서에 의거해 보니 매년 수입이 상당히 증가했는데, 하지만 앞서 말했듯이 처음에는 지출이 많아서 총액이 얼마 안 되었지만, 그래도 노인이 나한테 확인시켜 준바, 나는 470모이도르와 그 외에도 설탕 60상자, 담뱃잎을 두 겹 말이로 15개 빚지고 있었으니, 이것은 모두 자기 배와 함께 잃어버린 것이라, 내가 그곳을 떠난 약 11년 후에 리스본으로 귀환하면서 배가 난파되었다는 것이다.

이 양반이 그 다음에는 자기 신세 한탄을 시작하며 자기의 손실을 메우려고 내 돈을 쓸 수밖에 없었고 새로 다른 배의 지분을 샀다고 하면서, 나한테 말하기를, 하지만, 이보시오, 옛 친구, 댁이 필요한 바를 채워주지 못하지는 않을 테니 염려 마시오, 내 아들이 돌아오는 대로 모든 것을 깨끗이 해결하리라고 했다.

이 말을 하며 그는 낡은 호주머니를 허리춤에서 꺼내더니 거기서 포르투갈 금화 160모이도르를 줬고 나머지에 대한 보증으로 자기 아들이 브라질로 타고 간 배의 지분 권리증을 건네줬는데, 그 배의 4분의 1 지분을 갖고 있었으며, 자기 아들도 또 다른 4분의 1을 갖고 있었으니 이 두 문서를 모두 담보로 준 것이다.

나는 이 착한 사람의 정직함과 친절에 너무나 감동을 받아서 그의 호의를 도저히 감당할 수가 없는지라, 그가 나한테 베풀어 준 은혜와 나를 바다에서 건져서 태워줬으며 어떤 경우에건 얼마나 나를 대함에 있어서 늘 관대했는지를 기억했으며, 특히 지금 얼마나 진실하게 내 입장을 생각해 주는 동지인가를 생각할 때, 나는 그가 나한테 하는 말을 듣고 차마 울음을 억누를 수가 없었다. 그래서 나는 먼저 묻기를, 만약 그의 형편이 지금 당장 그만한 돈을 줘버려도 좋은 처지냐, 그러면 너무 빠듯해지지 않겠냐고 하니, 나한테 하는 말이, 다소 형편이 빠듯해지긴 할 것이라고 말할 수

밖에 없지만, 그래도 그것은 내 돈이며 자기보다 내가 더 돈이 급하리라는 것이다.

이 선한 사람이 하는 말은 한결같이 정이 넘치는 것이라, 나는 그가 말하는 동안 눈물을 참을 수가 없었으며, 아무튼 그래서 나는 그가 준 돈 중에 100모이도르만 가졌고, 펜과 잉크를 가져오라고 해서 이 액수에 대한 영수증을 써 줬고, 나머지는 돌려주면서 내가 농장 소유권을 혹시라도 되찾게 되면 나머지 돈도 마저 돌려주겠다고 말했으며, 이는 나중에 내가 말한 그대로 실행을 했던 것인데, 그리고 자기 아들이 모는 배의 지분 권리증에 관한 한 어떤 경우에도 그걸 가져갈 수는 없고, 내가 만약 그 돈이 필요할 일이 생기면 나한테 그걸 지불할 정직한 분임을 알고 있고, 만약 그런 일이 안 생겨도 나한테 주리라고 기대할 만한 바를 내가 받으러 올 경우에도 그 액수보다 10원 한 장도 더는 받지 않겠다고 했다.

이 이야기를 마친 후에 노인은 나한테, 내 농장에 대한 권리를 찾도록 자신이 손을 좀 써 볼까? 라고 말을 꺼내자, 나는 내가 직접 가볼 생각이라고 하니, 노인은 나 좋을 대로 해야겠지만 그렇게 안 할 것이면 내 권리를 확보하여 즉시 수익금을 내가 소유하여 사용할 수 있는 방법들이 있다고 했고, 그때 리스본 강에 브라질로 막 떠날 차비를 다한 배들이 정박해 있었기에, 그분은 본인이 자신의 신원 보증서를 써 줘서 내 이름을 주민등록에 올리게 했고, 보증서에다 내가 살아 있으며 해당 농장을 개척하기 위해 처음에 땅을 샀던 바로 같은 사람이라는 서약을 해주었다.

이 문서를 공증인에게 정식으로 확인받은 후 위임장을 첨부하여 노인이 쓴 편지와 함께 브라질에 자신이 아는 상인 앞으로 보내도록 했는데, 수익에 대한 정산서가 올 때까지 자기 집에서 머물라고 제안했다.

이 위탁 절차처럼 투명하게 모든 것이 진행되기도 어려웠을 것이니, 불과 일곱 달도 채 안 돼서 나의 피신탁자 상인들, 바로 이들의 투자에 의해 내가 배를 타고 바다로 나갔었던 것인데, 이들의 후손들이 보낸 큼직한 소포를 받았고, 그 안에는 다음과 같은 편지와 문서들이 들어 있었다.

첫째는, 이들의 부친들이 옛적 포르투갈 선장하고 6년차에 정산했던 시점부터 지금까지 내 농원 내지는 농장의 결산서로, 회계 결과, 나한테 1,174모이도르 수익이 남은 것으로 보였다.

둘째는, 이들이 국가가 실종된 사람, 즉 법적인 사망자의 재산으로 분류해서 접수하기 전까지 내 재산을 관리해 온 4년간의 정산서였는데, 회계 결과, 내 농장의 가치가 증가하여 38,892크뤼사두*로 3,241모이도르로 환산되었다.

셋째는, 14년간 농장 수익금을 수취해 왔던 아우구스투스 수도원 원장의 정산서로, 구제 사업에 쓴 액수는 기록되지 않았으나 아주 정직하게 872모이도르를 아직 나눠주지 않았다고 밝히면서, 이것은 내 몫임을 인정했는데, 국가가 가져간 몫에서는 전혀 돌아올 게 없었다.

내 동업자가 쓴 편지도 있었으니, 그는 내가 살아 있는 것을 마음속으로 깊이 축하한다며 사업이 어떻게 성장해 왔는지 상세히 기술하여, 매년 생산액과 농장의 정확한 총 면적이며 작물 재배

현황과 농장에서 일하는 노예의 숫자를 기록해 놓았는데, 거기에다 십자가를 22개를 그려 놓고서 내가 살아 있는 사실을 거룩한 성모 마리아에게 감사하는 표시라고 했고, 아주 간곡하게 그리로 와서 농장 주인으로 행세하라고 초청을 했으며, 한편으로는 만약 내가 오지 않을 경우 누구에게 내 재산을 전달해 줘야 할지에 대한 지시를 하라고 했고, 마무리를 하면서 나에 대한 자기와 자기 가족 모두의 충정과 호의를 진심으로 전했고 선물로 아주 고급스런 표범 가죽 7개를 보내줬는데, 아마도 아프리카에서 가져온 것 같았으니 그 사람은 나보다 더 순탄한 여행을 했던 모양이었다. 또한 동업자는 내게 아주 훌륭한 사탕 다섯 상자와 금 100개를 보내줬는데, 금은 아직 동전으로 찍지 않은 것들이며 모이도르 금화만큼 크지는 않았다.

같은 선단에 나의 두 피신탁인 상인들은 설탕 1,200상자, 담뱃잎 800말이, 그리고 정산한 내 몫의 나머지를 모두 금으로 환산해서 선적해 보냈다.

내 경우는 그야말로 욥의 말미가 그 시작보다 더 좋았던 것이나 마찬가지였다고 하겠다.* 이 편지들과, 게다가 나의 재산이 내 옆에 와 있는 것을 보고 가슴이 얼마나 설레는지를 말로 형언키는 불가능했으니, 브라질 배들이 선단을 이루어 같이 들어오기 때문에 내게 편지들을 가져다 준 같은 배들이 내 물건들도 가져왔던 터, 내 물건들은 편지가 내 손에 들어오기 전에 먼저 강에 안전하게 도착해 있었다. 한마디로, 나는 창백해져서 기절을 할 지경이 되었으니, 그 선장 노인이 달려가서 독주 한 잔을 가져다 주지 않았다면 갑작스런 희열에 압도당해서 그만 그 자리에서 쓰러져 즉사했을지도 모를 일이다.

사실 그 후에도 한동안 상태가 좋지 않아서 몇 시간 동안 그 지경이었는데 의사를 보내서 내 병의 진짜 원인이 뭔지 대략 알게 된 다음에는 손가락을 따서 피를 흘려 혈액을 순환시키니 안정을 되찾고 상태가 좋아졌는데, 하지만 진짜로 이렇게 의사가 분출구를 만들어서 내 긴장을 풀어주지 않았다면 아마 충격으로 죽었을 것임을 믿어 의심치 않는다.

나는 이제 졸지에 약 5천 파운드 현찰에다 브라질에 약 연간 수익 천 파운드 이상을 내는 부동산을 갖고 있었으니, 마치 영국 땅에 부동산을 갖고 있는 만큼이나 확실히 내 소유였으며, 한마디로 나는 이 돈을 쓸 궁리를 하려니까 어떻게 감을 잡고 어떻게 차분히 마음을 가라앉혀야 할지 모를 정도였다.

내가 첫 번째로 한 일은 나를 최초로 도와 줬던 선한 노 선장에게 보상을 해주는 것이었으니, 그가 내가 곤경에 처해 있을 때 제일 먼저 나에게 자선을 베풀었고 내가 시작할 때 호의를 베풀었듯이 내가 끝에 도달했을 때도 정직하게 대해 줬던 사람이라, 나는 내 앞으로 보낸 것을 모두 보여주며 그에게 말하기를, 만사를 처리하시는 하늘의 섭리 다음으로는 이 모든 게 당신 덕이니 댁에게 갚을 수 있도록 내 앞에 재물이 널려 있는 만큼 백 배로 갚겠다고 했다. 그리하여 먼저 내가 그분에게서 받았던 100모이도르를 먼저 돌려줬고 공증인을 오라고 해서 나한테 빚진 액수라고 지극히 충실하고도 단호하게 인정한바, 470모이도르를 모두 탕감 내지는 말소시키는 문서를 작성하도록 했으며, 그 다음으로는 위임장을 작성하도록 하여 내 농장의 매년 수익금을 수취하는 대리인으로 그를 임명하여, 내 동업자가 그분에게 정산서를 보낼 것이며, 내 앞으로 올 수익을 정규 선단 편에 그분 앞으로 보내도록 했으며, 마지막으로 조항을 하나 더 첨부해서 내 수익금 중에서 매년 100모이도르를 그분 생전에 그에게 기부하도록 하고, 사후에는 그분 아들에게 50모이도르씩을 주도록 하니, 이렇게 해서 이 노인의 은혜를 갚았다.

나는 이제 어떤 쪽으로 삶의 방향을 잡아야 할지, 또한 내 손에 넣도록 하나님이 섭리하신 재산으로 무엇을 할 것인지 고려해야 했으며, 사실이 또한, 섬에서 고요한 생활을 할 때보다 훨씬 더 신경 써야 할 일이 많아져서 분주했으니, 거기서는 내가 갖고 있는 것 말고는 더 필요한 게 없었고 내게 필요한 것만 갖고 있었던 것이나, 이제는 내가 관리해야 할 재산이 적지 않았으니 그것을 안전하게 보전하는 게 내가 할 일이었다. 나는 내 돈을 숨겨 둘 동굴이나 빗장이나 자물쇠 없이 그대로 놔 둬서 누가 그걸 갖고 싶어 하지도 않을 정도로 녹이 슬고 얼룩이 지게 될 만한 장소를 갖고 있지 않았으니, 오히려 정반대로 돈을 어디에 둬야 할지, 또 누구에게 맡겨야 할지 알지 못했다. 예전의 내 후견인인 선장이 참으로 정직한 분이니 믿을 데는 거기밖에 없었다.

그 다음으로는 브라질의 내 이권 때문에 그쪽으로 가야 될 형편인 것 같았으나, 새 일을 좀 정리해 놓고 내 재산을 좀 안전하게 누구한테 맡겨놓기 전에는 그리로 간다는 것은 생각할 수 없었다.

처음에는 나의 옛 친구인 미망인을 생각했고 그분도 정직한 사람이라 내 일을 올바르게 처리해 주리라 믿었지만, 일단 나이도 많고 가난한데다 아마도 빚을 지고 있는지도 모르는 형편이라, 내가 직접 내 재산을 가지고 영국으로 돌아가는 방법밖에는 없었다.

그러나 내가 이런 결정을 내리기까지 몇 달이 걸렸는데, 그래서 나는 옛날 선장은 나의 예전 은인으로서 본인이 흡족해할 만큼 충분히 보답을 해줬던 터라 이제는 그 불쌍한 미망인 생각을 하게 됐으니, 그분이 자기 능력이 닿는 한 나의 충직한 청지기이자 조언자 역을 했던 것이다. 그래서 첫 번째로 내가 한 것은 리스본에 있는 상인에게 런던에 있는 자기 거래처에 편지를 쓰도록 해서 그분에게 돈을 지불할 뿐 아니라, 물색해서 본인을 찾아 만난 후에 직접, 내가 보내는 100파운드를 갖다 주고 얘기를 나누며, 내가 살아 있는 한 더 자금을 보태주겠다는 말을 전하여 그분의 곤궁한 처지를 위로하도록 했고, 이와 동시에 나는 고향에 있는 내 누이 둘에게 각각 100파운드씩을 보내줬으니, 이들이 비록 궁핍하지는 않았으나 그렇게 넉넉한 형편은 아니었던 터, 한 사람은 결혼했다가 과부가 돼 있었고, 다른 하나는 남편이 자기 도리를 제대로 하지 않고 못되게 굴었던 것이다.

그러나 나의 모든 친척이나 지인들 가운데 아무리 찾아봐도 브라질로 내 재산 문제에 대해서 안심하고 갈 수 있도록 내 자산 전부를 위탁할 사람을 찾을 수 없었으니, 이것이 몹시 나를 곤혹스럽게 했다.

나는 한때는 브라질에는 말하자면 내가 귀화한 사람이나 마찬가지였기에 그리로 가서 거기서 정착해 살려는 마음도 가졌던 적이 있었으나, 내 마음속 한편에서는 종교 문제가 좀 걸렸고 그게 나도 모르게 나를 주저하게 했었으니, 이 얘기는 조금 있다 더 하기로 하자. 그러나 당장 나를 말린 게 꼭 종교만은 아니었는데, 내가 거기에 살던 시기 내내 그 나라의 종교에 대해서 맘이 열려 있다는 점을 전혀 숨기지 않았던 터였고 지금도 마찬가지였으나, 다만 이따금씩 이전보다는 근래에 와서는 이들과 함께 살다가 죽을 생각을 하다 보니 좀더 이 생각을 많이 하게 되었던 것뿐이니, 내가 가톨릭 교도 행세를 했던 것을 후회하게 되었으며 그런 상태로 죽는 것은 최선은 아닐 것 같다고 생각한 것이었다.

그렇지만 이미 말한 대로 그것이 내가 브라질로 가는 것을 저해한 주된 요인은 아니고 내가 사실 누구한테 내 재산을 맡겨놓아도 될지 알지 못했던 게 원인이었는데, 그래서 나는 결국 영국으로 가기로 결정했고 거기에 도착하면 내가 누구건 지인이나 친척 중에서 내가 믿을 만한 사람을 만나리라고 결론을 내렸으며, 이에 따라 나는 나의 재화를 모두 가지고 영국으로 갈 준비를 했다.

고국으로 가는 준비를 하기 위해서는 먼저 브라질 선단이 막 떠날 참이었기에 내가 이들에게서 받은 충실하고도 정확한 정산서에 대한 답변을 해주기로 작정했고, 그래서 첫째로 성 아우구스투스 수도회 수도원장에게는 이들이 적절하게 취한 조치에 대해 감사하는 뜻을 충분히 담은 편지를 써 주면서 아직 쓰지 않은 872모이도르를 이들에게 기부한다는 제안을 했는데, 이 중에서 500은 수도원에 기부하고 372는 가난한 사람들을 위해서 수도원장의 판단에 따라서 쓰기를 바란다고 했고, 훌륭하신 사제님이 나를 위해 기도해 주기만을 바란다는 등의 내용을 썼다.

그 다음으로는, 내 두 피신탁인들에게 대한 감사 편지를 쓰면서 이들이 그토록 지극히 정당하고도 정직하게 일을 처리한 데 의당 합당한 인정을 해주었는데, 이들에게 무슨 선물을 보내준다는 것은, 그런 게 필요 없는 여유 있는 사람들이었기에 생략했다.

마지막으로, 내 동업자에게 편지를 써서 그가 농장을 발전시키느라 수고한 노력과 기업의 자산 가치를 늘려놓은 성실함을 인정하고 내 지분을 앞으로 어떻게 관리할 것인지에 대한 지시를 하여, 내 옛 후견인에게 위탁한 권리에 의거해서 내가 구체적인 지시를 하기 전까지는 내 몫으로 오는 소득은 무엇이건 그분에게 보내기를 바란다고 했고, 내 의중은 그 사람에게 가고 싶을 뿐 아니라 여생을 거기서 보내고 싶어하는 것임을 믿어달라고 하면서, 여기에 덧붙여서 그 사람의 부인과 두 딸을 위해 이탈리아제 비단으로 아주 그럴듯한 선물을 했으니, 선장 노인의 아들이 그 사람의 가족 관계에 대한 정보를 줬던 것이며, 리스본에서 구할 수 있는 제일 좋은 영국제 고급 모직 옷감 두 벌과 검은 테이블보 다섯 장과 값이 많이 나가는 플랑드르 지방 레이스를 몇 개 보냈다.

내 일을 이렇게 정리하고 내 짐을 모두 처분하고 내 재산을 모두 안전한 외환 증서로 바꾸고 나니, 그 다음 어려움은 영국까지 안전하게 가는 것이었는데, 나는 배 여행은 충분히 익숙하고도 남을 사람이었지만 뭐라고 이유를 댈 수는 없었으나 왠지 이상하게 영국으로 배를 타고 가는 게 꺼려졌고, 그래서 내가 떠나려고 내 짐을 모두 배에 싣고 난 후에도 맘이 바뀌어서 두세 번씩 취소했다.

사실 나는 바다 여행 운은 정말 없었기에 이게 뭔가 이유가 됐을 법하나, 누구건 이런 경우 자기 생각에 엄습하는 느낌을 만만하게 여기면 안 될 것이니, 내가 타고 가려 했던 배 둘, 그러니까 내가 여러 배 중에서 골라서 하나는 내 물건들을 싣고 가려고 했고, 다른 하나는 선장과 합의까지 했던 이 배 두 척이 모두 잘못되었는데, 하나는 해적들에게 나포되었고, 다른 배 하나는 영국해협 토비 근방에서 좌초되어 세 명 빼고는 모두 익사하고 말았으니, 이 배들 중 어느 것을 탔어도 내게는 불행이었을 것이며, 어떤 쪽이 더 심한 것인지 말하기 어려웠을 정도였다.

이렇듯 혼자 번민을 하다가 내 옛 선장에게 모든 심정을 다 털어놓으니 그분도 배편으로는 가지 말라고 진지하게 충고하며, 육로로 해서 코루냐*로 가거나 비스케 만*을 건너서 로셸로 간 후에, 거기서부터는 파리까지 육로로 순조롭고 안전한 여행을 할 수 있을 것이니, 칼레로 해서 도버*로 가면 될 것이라고 했고, 아니면 마드리드까지 가서 계속 육로로 프랑스를 통과해 가라고 했다.

요컨대 나는 도무지 바다를 통해 가는 것은 칼레에서 도버까지 가는 것 말고는 전혀 하고 싶은 마음이 들지 않아서 계속 육로로 여행하기로 결정했는데, 게다가 나는 뭐 급할 게 없었고 내 화물을 별로 대수롭게 생각하지 않던 터라 이쪽이 훨씬 더 쾌적한 여정이 될 것으로 생각했고, 또한 더 즐거운 여행이 되도록 옛 선장은 나와 기꺼이 동행하겠다는 리스본에 있는 상인 아들인 영국 신사를 한 사람 소개해 줬으며, 이후에도 우리한테 영국 상인 두 사람하고 포르투갈 젊은 신사 둘이 더 합류했는데, 후자는 파리까지만 가는 사람들이었다. 이렇게 해서 우리 일행은 모두 여섯 명과 하인 다섯이었으니, 포르투갈 사람 둘은 비용을 절약하기 위해 둘이 하인 하나만 쓰는 데 만족했던 것이며, 나는 내 수종 금요일이 말고도 영국 선원 한 사람을 하인으로 데리고 함께 여행하기로 했으니, 금요일이는 육로 여행에서 하인 노릇을 하기에는 너무나 이방인이었던 까닭이다.

이와 같은 방식으로 우리는 리스본에서 출발했고 우리 일행은 든든한 말에 무장도 확실히 했던 터라 하나의 소규모 부대나 마찬가지라, 내가 나이가 제일 연장자였고 하인을 둘 데리고 있었으며 사실 애초에 나 때문에 이 여정을 잡게 되었기에, 이들은 나를 대장으로 불러주는 영광을 베풀었다.

나의 해상 여행 일지로 독자들을 번거롭게 하지 않았던 것처럼 육상 여행 일지로도 번거롭게 하지 않겠는데, 그러나 이 지리하고도 힘겨운 여행길에서 우발적 사건이 좀 있었으니 그것은 빼놓을 수 없다.

우리가 마드리드에 오니, 모두가 스페인이 생소한 이방인들이라 이곳에 좀 머물면서 스페인 궁정과 그 밖에 볼 만한 것들을 구경하고 싶었는데, 이때가 여름의 끝 무렵이었기에 우리는 서둘러 떠났고 마드리드에서 10월 중순경에 출발했다. 그러나 우리가 나바르* 경계선에 도착하자, 지나는 길에 여러 읍내에서 하는 얘기들이, 놀랍게도 산맥의 프랑스 쪽으로는 눈이 워낙 많이 와서 몇몇 여행객들은 지극히 위험한 조건에서 산을 넘으려고 시도하다가 포기하고 팜플로나*로 돌아오지 않을 수 없었다는 것이었다.

우리가 바로 팜플로나에 와 보니 역시 사정이 그러함을 볼 수 있었는데, 나는 계속 더운 기후 속에 살다 보니 무슨 옷이건 입고 있기도 괴로울 정도로 더운 날씨에 익숙해졌던 터라 추위를 견디기 힘들었는데, 더욱이 고통도 고통이지만 깜짝 놀라지 않을 수 없는 것이, 날씨가 따뜻한 정도가 아니라 매우 더웠던 옛 카스티야 지방을 떠나온 지가 불과 열흘도 안 돼서 즉시 피레네 산맥에서 불어오는 바람을 맞았던 것인데, 바람이 어찌나 차갑고 어찌나 매서운지 참아내기가 힘들고, 손가락과 발가락이 동상에 걸려 잘려나갈 위험에까지 노출될 정도였다.

가련한 금요일이는 눈 덮인 산들을 보고 차가운 날씨를 몸에 느끼며, 이런 것을 이제껏 살면서 보거나 느껴보지 못했던 터라, 그야말로 겁에 질렸다.

일을 더 꼬이게 한 것이, 우리가 팜플로나에 오니 어찌나 심하게 눈이 줄기차게 쏟아붓는지 사람들 말이 겨울이 제 철보다 미리 왔고 그렇지 않아도 도로 사정이 쉽지 않았던 터에 이제는 완전히 길이 막히고 말았다고 하는 것이라, 쉽게 말해서 눈이 어떤 곳에는 너무나 깊이 쌓여서 우리가 여행을 계속할 수 없게 되었다는 것이었는데, 북쪽 지방에서처럼 눈이 단단하게 얼어 있지 않았기에 발걸음을 뗄 때마다 눈에 빠져 생매장될 위험을 감수해야 했다. 우리는 팜플로나에 무려 20일이나 머물렀는데 겨울이 와 버렸고 이제껏 사람들 기억에 이렇게 지독한 겨울도 없을 정도라, 전혀 형편이 나아질 기미를 보이지 않았다. 나는 우리가 모두 폰테라비아\*로 가서 거기서 보르도로 가는 배를 타자고 제안을 했으니, 그 정도 여행은 배로 얼마 안 걸리는 거리였다.

그러나 우리가 이 안을 고려하고 있던 중에, 우리가 스페인 쪽에 묶여 있듯이 산 반대편 프랑스 쪽에 묶여 있던 프랑스 양반 넷이 길잡이를 어디서 만나서 랑그독\* 쪽으로 우회하는 길로 산을 넘어왔는데, 그쪽 길에서는 별로 눈 때문에 고생을 하지 않았고 눈이 덮인 곳도 단단하게 얼어 있어서 자기들이랑 그들의 말이 밟고 지나갈 정도라는 것이었다.

우리는 이 길잡이를 불러서 만나보니, 우리를 똑같은 방향으로 아무런 눈 걱정 없이 다시 안내해 줄 용의가 있다며, 단 야수들로부터 방어를 단단하게 할 만큼 무기만 갖고 있으면 될 것이라고 했는데, 그 사람 말이 이렇게 눈이 많이 내리면 사방이 눈에 덮였기에 먹을 게 없어져서 굶주린 늑대들이 산 아래쪽에 출몰하는 일이 빈번하다는 것이라, 이에 우리도 프랑스 여행자들 못지않게 그런 짐승들과 대처할 준비가 잘 되어 있다고 했고, 오히려 두 발로 걸어 다니는 늑대들이 프랑스 쪽에 많다고 얘기를 들었으니 그런 산적들이나 피할 수 있도록 안내를 잘 하라고 했다.

길잡이는 우리가 가는 방향에서는 그런 위험은 걱정할 게 없다고 안심을 시켰고, 그래서 우리는 기꺼이 그 사람을 따라가는 데 동의했는데, 우리 말고 다른 양반들도 일부는 프랑스 사람이고 일부는 스페인 사람들 12명이 각자 하인들을 데리고 같이 동행하겠다고 나서니, 이들은 모두 앞서 말했듯이 산을 넘으려 시도해 보다가 그만 포기하고 돌아올 수밖에 없었던 사람들이었다.

그래서 우리는 모두 우리의 길잡이를 따라서 팜플로나를 11월 15일에 떠났는데, 놀랍게도 곧장 가는 게 아니라 우리가 마드리드에서 왔던 똑같은 길로 다시 약 20마일을 돌아가더니, 강 두 곳을 건너고 나자 평지에 이르렀고, 거기서 다시 따뜻한 기후를 만났고 풍광도 좋고 눈도 전혀 보이지 않았는데, 하지만 갑자기 왼쪽으로 꺾어 들면서 피레네 산맥에 다른 방향으로 접근하니 비록 산봉우리와 암벽이 무시무시해 보이긴 했으나, 길잡이가 워낙 숱하게 샛길로 돌아가며 이리저리 꼬불꼬불한 길로 우리를 안내하니, 우리도 잘 느끼지 못하는 사이에 산등성이를 넘었고 눈 때문에 고생도 별로 하지 않았으며, 그러다가 한순간 우리 눈앞에 랑그독과 가스코뉴 지방*의 푸르게 넘실대는 비옥한 땅이 펼쳐지는 지점까지 우리를 안내했다. 물론 아직 거기까지는 한참 먼 거리이고 험한 길을 아직 더 지나가야 했지만 말이다.

하지만 하루는 온종일, 또한 밤새 눈이 내리는 것을 보고서는 다소 불안해졌는데, 눈이 어찌나 빨리 쌓이는지 여행을 계속할 수 없었으나, 길잡이는 우리한테 걱정하지 말라고 하며 곧 이 지점을 지날 것이라고 하니, 진짜로 우리는 매일 산을 내려가고 있었고 점점 더 북쪽으로 가고 있었으며, 우리는 이렇게 길잡이한테 의지해서 계속 이동했다.

그런데 자정까지 한 두어 시간 남았을 시간에 길잡이는 다소 우리보다 앞으로 먼저 가고 있어서 우리 시야를 벗어나 있는데, 갑자기 울창한 숲으로 덮여 있는 암벽 밑에서 무시무시한 늑대 세 마리가 달려 나오고 그 뒤를 곰 한 마리가 쫓아오는데 늑대 중 둘은 길잡이한테 달려들었으며, 우리보다 반 마일 정도 앞에 떨어져 있었다면 우리가 구조하기 전에 그야말로 잡아먹히고 말았을 것이었는데, 늑대 한 놈은 그 사람의 말을 물고 늘어지고 다른 놈은 어찌나 격렬하게 공격을 해대는지 길잡이는 권총을 꺼낼 겨를도 없고 온통 불안에 사로잡혀서 있는 목소리를 다 내서 소리를 치며 우리한테 도움을 청하니, 내 수종 금요일이가 바로 내 곁에 있던 터라 말을 달려나가서 무슨 탈이 났는지 가서 보라고 하자, 금요일이가 그 사람이 시야에 들어오는 지점까지 가자마자 그쪽이 소리 치는 것 못지않게 큰 소리로, "아이고 주인님! 아이고 주인님! 아이고 주인님! 아이고 주인님!" 하며 당황해했으나, 용맹스런 친구답게 곧장 그 불쌍한 사람에게 말을 몰아 달려가서 자기 권총으로 그 사람을 공격하던 늑대의 머리통을 쏴서 죽여 버렸다.

그 친구로서는 내 수종 금요일이가 달려갔던 게 다행한 일이었던 것이, 개는 자기 고향에서 그런 종류의 동물들에 익숙했던 터라 별로 두려움을 갖고 있지 않았기에 앞서 말한 대로 가까이 다가가서 총을 쏜 것인데, 우리 중에 누가 갔었다면 좀더 먼 거리에서 총을 쐈을 것이고, 그러다가는 아마 늑대는 놓치고 그 사람만 맞출 위험이 있었을 것이다.

그러나 나보다 더 과감한 사람이라 해도 겁에 질릴 만했고 실제로 우리 일행이 모두 놀랐던 상황이 벌어졌으니, 금요일이의 권총 소리와 함께 양쪽에서 늑대들이 음산하게 울어대는 소리가 산 여기저기서 메아리치는데, 마치 수없이 많은 놈들이 울어대는 느낌이 들었지만, 사실은 별로 몇 마리 되지 않아서 걱정할 만한 이유가 없었는지도 모른다.

그렇지만 금요일이가 늑대 한 놈을 죽이자 다른 놈은 말을 물고 늘어지다가 즉시 그만 놔두고 도망을 갔는데, 다행스럽게도 말의 머리쪽 고삐에 비쭉 나온 부분에 이빨이 걸려서 말에게 별로 상처를 많이 입히지는 못했으나, 사람은 아주 심하게 다쳤으니, 이 성난 짐승이 두 번 그 사람을 물었던 터, 한번은 팔을, 다른 한번은 무릎 조금 위쪽을 물었으며, 말하자면 말이 요동을 치는 통에 말에서 떨어지기 직전에 금요일이가 다가가서 늑대를 쏴죽인 것이다.

물론 독자들이 추측할 법한 대로 금요일이의 권총 소리를 듣고 우리는 속도를 내서 가능한 한 빨리, 그게 쉬운 일은 아니었지만 도로 사정이 허용하는 한 빨리 앞으로 가서 어떻게 된 일인지 파악하려 하니, 우리의 시야를 가리고 있던 숲에서 벗어나자마자 사건이 어떠했는지를 분명히 볼 수 있었고, 금요일이가 이 불쌍한 길잡이를 구해 냈음을 알 수 있었는데, 당장 개가 죽인 짐승이 어떤 종류인지를 분간하지는 못했다.

하지만 금요일이와 곰 사이에 벌어진 싸움은 세상에 그렇게 무모하고도 놀라운 격투는 또 없을 정도였고 우리 모두를 (비록 우리가 처음에는 놀랐고 개가 걱정이 됐으나) 지극히 즐겁게 해주었으니, 곰이 큼직하고 둔한 짐승이라 몸이 가볍고 빠른 늑대처럼 신나게 달아나지는 못하는 법이라, 곰의 행동에는 두 가지 특징이 있었으니, 첫째로는, 사람은 먹잇감으로 여기지 않는 것으로, 그러니까 비록 극도의 허기에 시달리면 어떻게 나올지는 모르지만 대개 그렇다는 말인데, 지금 경우는 온 데 사방이 눈으로 덮여 있었기에 바로 그런 경우이긴 했지만, 하여간 사람한테는 대개 먼저 이쪽에서 공격을 하지 않는 한 덤비지 않고, 오히려 숲에서 마주칠 때 우리가 귀찮게 굴지 않으면 그놈도 우리를 내버려두니, 다만 아주 정중하게 대하는 것은 잊지 말아야 하고 먼저 길을 비켜줘야 하는바, 곰은 아주 자존심이 센 신사 양반이라 임금이 막아서도 길을 내주지 않는 법이라, 그래서 진짜로 겁이 난다면 다른 쪽으로 방향을 바꿔서 계속 가는 게 상책이니, 만약 가끔 멈춰서서 곰을 빤히 쳐다보면 그것을 모욕으로 받아들일 것이며, 만약 무슨 물건을 던지거나 날려 버리다가 그것이 곰을 맞추게 되면 그게 그냥 손가락 정도 크기의 조그만 막대기 정도밖에 안 되어도 그것을 모욕으로 받아들여서 하던 일을 모두 멈추고 즉시 복수를 하러 달려드니, 그는 명예를 건드리면 필시 결투로 결판을 내고야 말려고 들 터, 그것이 바로 곰의 첫 번째 속성이다. 두 번째는, 만약 성질을 건드리고 나면 절대로 밤이건 낮이건 자기가 분풀이를 다할 때까지 놔주지 않는다는 것으로, 곰은 사뭇 빠른 속도로 쫓아와서 덮치고 만다.

내 수종 금요일이가 우리 길잡이를 구출해 줬고 우리가 그 사람 있는 데까지 도착해서 보니, 금요일이가 그를 부축해서 말에서 내려주고 있었는데, 길잡이는 상처도 입었지만 겁에 질려 있었고 후자가 전자보다 더 심각했는데, 이때 갑자기 숲에서 곰이 나오는 것이 보이니 아주 무시무시하게 큼직한 놈이라 이제껏 그렇게 큰 놈을 본 적이 없었을 정도였고, 그래서 우리는 곰을 보고서 모두 다소 놀랐지만 금요일이가 곰을 보면서는 그 녀석 얼굴에는 반색을 하며 의기양양해하는 표시를 쉽게 눈치챌 수 있었으니, "아! 아! 아!", 곰을 가리키며 세 번 이런 소리를 하며 나한테 말했다. "아, 주인님, 나한테 허락 주세요! 내가 곰이랑 악수해요. 내가 주인님 많이 웃게 해요."

나는 이 친구가 이렇게 반색을 하는 것을 보고 놀라서는, "이런 멍청아, 곰이 너를 잡아먹어 버릴 거야"라고 하니, "나를 먹는다고요? 나를 먹는다고요?" 이렇게 말을 반복하더니, "내가 그놈을 먹어요, 내가 주인님 아주 많이 웃게 해요, 다들 여기 있어요, 내가 많이 웃기는 것 보여줘요" 이러더니 주저앉아서 부츠를 훌떡 벗어놓고 호주머니에 들고 가던 (우리가 굽 없는 구두를 부르는 대로) 실내화를 신더니 내 다른 하인에게 자기 말을 맡기고서 총을 들고 바람이 지나가듯 쏜살같이 달려갔다.

곰은 조용히 걸어가면서 아무하고도 상관을 하지 않을 작정이었으나 금요일이가 가까이 접근해서는 마치 곰이 자기 말을 알아듣기라도 하는지, "어이, 이보시오, 어이, 당신한테 나 말합시다"라고 큰 소리로 외치는데, 우리는 거리를 좀 유지하며 쫓아갔으니, 이제 우리가 산맥의 가스코뉴 쪽으로 내려온 터였고 광활하게 펼쳐진 숲으로 들어와 있었으며, 그곳 지대는 평평했고 사방에 꽤 많은 나무들이 흩어져 있기는 했으나 제법 시야가 트여 있었다.

금요일이는 흔히 하는 말대로, 곰 발바닥을 앞질러서 날쌔게 따라붙어 큼직한 돌을 집어 들고는 곰한테 던져 정확히 머리에 맞췄는데, 담벼락에 던진 것이나 마찬가지로 아무런 피해를 입히지는 못했지만 그것이 금요일이의 목적에는 부합했으니, 이 녀석이 겁이 전혀 없던 터라 순전히 곰이 자기를 쫓아오게 만들어서 자기 말대로 우리한테 웃음을 보여주려는 것이었다.

곰이 돌에 맞은 것을 느끼자마자, 금요일이를 돌아보더니 뒤를 쫓아오는데 등골이 오싹하게 성큼성큼 발을 내디디며 말이 중간 속도로 달려가는 정도로 뜻밖에 빨리 발을 끌며 달려가니, 금요일이는 앞에서 도망가며 마치 우리한테 도움을 청하려는 듯이 방향을 잡기에 우리 모두 즉시 곰에게 사격을 하여 내 종을 구하기로 작심을 하는데, 물론 금요일이가 다른 방향으로 알아서 잘 가고 있는 곰을 우리 쪽으로 다시 데려왔고, 게다가 곰을 우리 쪽으로 오게 해놓고 자기는 달려가 버리니 나는 내 종 녀석에게 못내 화가 나서, "이런 강아지 같은 놈아, 그게 우리를 웃기는 거냐? 어서 비켜서 말에 타라, 짐승을 우리가 쏠 테니"라고 소리 치니, 내 말을 듣고서 금요일이가, "쏘지 마요, 쏘지 마요, 그만 가만있어요, 주인님 많이 웃게요"라고 했다. 또한 이 민첩한 친구가 짐승이 한 걸음 뗄 때 두 걸음씩 앞질러 가다가, 갑자기 우리 쪽으로 돌아서서 큼직한 떡갈나무를 보고는 그럴 목적에 딱 맞는지 우리보고 따라오라고 손짓을 하더니, 더 속도를 낸 다음 총을 바닥에 내려놓고 나무 위로 순식간에 올라가, 나무 밑에서 한 5, 6야드 정도 거리에 멈췄다.

곰이 곧 나무에 도달했고 우리는 거리를 두고 쫓아갔는데, 곰이 첫 번째로 하는 일이, 총 앞에 멈춰 서서 냄새를 맡아 본 후에는 그냥 그걸 내버려두고서는 그렇게 무시무시하게 무거운 몸으로도 고양이처럼 날렵하게 나무를 타고 올라가니, 나는 내 수종이 내가 생각하기엔 얼마나 어리석은지 놀라웠을 뿐, 아직은 도무지 무슨 웃을 거리라고는 하나도 없는 것 같았는데, 곰이 나무로 올라간 것을 보면서 우리는 좀더 가까이 접근했다.

우리가 나무에 도착해서 보니, 금요일이는 거기서 나무의 큼직한 가지 끝으로 도망가 있었고, 곰은 한 반쯤 금요일이한테 접근해 있었는데, 곰이 가지의 제일 약한 쪽에 이르자 개가 우리한테, "자, 이제 내가 곰한테 춤 가르치기 구경해요"라고 하더니, 나뭇가지 위에서 쿵쿵 뛰며 흔들어대니 곰이 기우뚱거리기 시작했으나 가만히 멈춰 서서 뒤를 돌아다보며 어떻게 돌아갈 것인지를 탐색하는 것이라, 그래서 우리가 실컷 웃었는데, 하지만 금요일이가 아직 곰을 한참 더 놀릴 참이라, 곰이 멈춰 선 것을 보고서는 다시 곰한테 마치 곰이 영어를 하기라도 하는 듯 말을 걸기를, "아니, 왜 더 가까이 안 오시나, 어서 당신 가까이 와요"라고 하며, 그리고는 나무에서 뛰고 흔드는 것을 멈추니 곰은 마치 금요일이 얘기를 알아들었는지 조금 더 가까이 접근을 했고, 이에 다시 가지를 흔들어대자 곰이 또 멈췄다.

우리는 지금이 곰 머리에 총을 쏴서 죽이기 딱 좋은 시점이라고 생각했고 금요일이한테 곰을 쏠 테니 가만히 있으라고 외치자, 개는 아주 심각하게, "아 제발, 아 제발이요, 쏘지 말아요, 내가 쏴요, 이따 조금", 그러니까 곧 쏘겠다는 말이었는데, 아무튼 얘기를 마무리하자면 금요일이가 어쩌나 춤을 춰대고 곰이 어쩌나 신경이 예민해 있는지 웃기는 실컷 웃었지만, 그래도 그 친구가 뭘 어쩌려는 것인지 상상이 가질 않았으니, 애초에는 나무를 흔들어서 곰을 떨어뜨리려는 술책을 쓰려는 줄 생각했었으나 곰이 너무 꾀가 많아서 그건 안 통할 것임을 알 수 있었으니, 떨어져 버릴 정도로까지 너무 멀리 가지도 않으면서 큼직한 앞발과 뒷발로 단단히 붙잡고 늘어져 있었기에, 우리는 이게 어떻게 끝이 날 것인지, 이 장난이 결국 어디까지 갈 것인지를 상상할 수 없었다.

그러나 금요일이는 우리의 의구심을 이내 잠재웠으니, 금요일이는 곰이 가지에 단단히 매달려서는 더 가까이 오려하지 않으려 함을 보더니 하는 말인즉, "좋소, 좋소, 당신 더 가까이 안 오면, 내가 가요, 내가 가요, 당신 나한테 안 오면 내가 당신한테 가요"라고 하면서, 가지의 가장 가는 쪽으로 이동하니 자기 몸무게 때문에 가지가 둥글게 휘어서 자연스럽게 바닥으로 굽자, 가지를 타고 미끄러지다 땅에 가까워지자 뛰어내렸고, 총이 있는 쪽으로 달려가서는 총을 집어 들고 가만히 멈춰 서는 것이었다.

자, 그럼 뭘 어떻게 할 참이야? 왜 쏘지 않는 거냐?라고 금요일이한테 내가 말을 하니, "안 쏴요, 나 아직 안 쏴서 안 죽여요, 좀 더 기다렸다가 웃음을 더 드려요"라고 금요일이가 말하는데, 곧 보게 되겠지만 또한 그렇게 됐으니, 곰이 이제 자기 적이 사라진 것을 보고서는 멈춰 있던 가지에서 돌아오면서 아주 한적하게 매 걸음을 뗄 때마다 뒤를 돌아보며 뒤로 내려오더니, 마침내 나무 몸통에 이르러서는 여전히 뒷걸음을 치며 한 걸음씩 나무를 앞발로 꽉 쥐고서 아주 한적하게 나무를 내려오다가 땅바닥에 뒷발이 막 닿으려는 순간에, 금요일이가 놈에게 바싹 다가가서는 총부리를 곰의 귀에 대고 쏘니, 곰은 곧 죽어서 돌처럼 굳어졌다.

그리고서는 그 장난꾸러기가 우리가 실컷 잘 웃고 즐겼는지를 확인하려고 우리를 돌아보는데, 우리가 모두 즐거운 표정들인 것을 보고서는 자기도 껄껄대고 웃으면서, "우리 고향에서 곰을 그렇게 죽여요" 하는 것이라, 내가, 그렇게 죽인다고, 아니 총도 없지 않냐, 라고 하니, "아니오, 총 없지만 쏴요, 무지 크고 긴 활로요"라고 했다.

이것이 참으로 재밌는 구경거리이긴 했으나 우리는 여전히 험한 지역에 있었고 길잡이는 부상을 심하게 당했으니 어찌 해야 할 바를 몰라 당혹스럽기 그지없었는데, 늑대들의 울음소리가 귀에 생생하게 남아 있었으니, 앞에서 얘기했던 대로 아프리카 해안에서 들은 적이 있던 짐승 소리들을 제외하면 이렇듯 나를 공포에 사로잡히게 하는 소리가 없었다.

이런 걱정에다 또 날도 어두워지기 시작하니 우리는 떠나갈 수밖에 없었고, 아니면 금요일이가 하자는 대로 이 무시무시한 짐승의 가죽을 벗겨서 가지고 갔을 것이고, 또한 그것이 충분히 가져갈 만한 가치가 있는 물건이었는데, 하지만 우리는 갈 길이 9마일이나 더 남아 있었고 길잡이가 서두르자고 하니 곰을 버려두고 가던 행로로 계속 나아갔다.

땅은 여전히 눈으로 덮여 있기는 했으나 산 위쪽에서처럼 그렇게 깊거나 위험하지는 않았고 허기진 짐승들이 나중에 들은 얘기지만 굶주려서 먹이를 찾느라 아래쪽 숲과 평지로까지 내려와서는 마을 사람들한테 상당한 피해를 입혔으며, 갑자기 그곳 사람들을 덮쳐서 양 떼와 말들을 적지 않게 잡아먹었고 사람도 몇 명 죽였다.

우리는 위험한 지역 한 군데를 통과해야 했는데 길잡이 얘기를 들으니 이 지역에서 혹시 늑대를 더 만나게 된다면 아마도 이곳에서 만날 것인 모양이라, 이곳은 자그마한 평원이 사방에 숲으로 둘러싸여 있는데, 좁고 기다란 오솔길로 종대를 이루어 숲을 통과해 가야 하고, 그렇게 지나가면 우리가 묵을 수 있는 마을이 나온다는 것이었다.

우리가 첫 번째 숲으로 들어갔을 때는 해가 떨어진 지 30분이 지났는데, 해가 지고 얼마 안 있다가 고원지대로 들어왔다. 우리는 첫 번째 숲에서는 아무 짐승과도 마주치지 않았고 다만 숲 속에 한 길이가 4분의 1마일도 채 안 되는 작은 평지로 큼직한 늑대 다섯 마리가 마치 무슨 사냥감을 발견하고 추격하는 듯이 스쳐 지나가는 것을 보았을 뿐인데, 이놈들은 우리를 전혀 개의치 않고 지나가더니 얼마 후에는 시야에서 사라져 버렸다.

이걸 보더니 우리의 길잡이가, 이 친구는 말하자면 아주 형편없이 의기소침한 인간이었던 터라, 늑대들이 더 달려올 것으로 믿는다며 우리보고 경계 태세를 갖추라고 했다.

우리는 총기를 장전하고 사방을 둘러봤으나 한 1.5마일 정도 거리가 되는 숲을 다 통과해서 평지로 다시 나올 때까지 늑대를 더는 보지 못했으나, 우리가 평지로 나오자마자 경계를 하고도 남을 일이 생겼으니, 우리 눈에 첫 번째로 들어온 것이 죽은 말이라, 말하자면 늑대들이 죽인 가엾은 말에게 한 열두 놈은 달려들어서 뜯어먹고 있는데 이미 살을 다 먹어치웠던 터라, 뜯어먹는다기보다는 뼈를 갉아 먹고 있었다고나 해야 할 지경이었다.

이놈들의 잔치를 방해하는 것은 적절치 않으리라고 생각했고 그놈들도 별로 우리를 개의치 않았는데, 금요일이는 늑대들을 공격하자고 했으나 나는 전혀 그것을 허락하지 않았으니, 이는 우리가 의식하고 있는 것보다 더 많은 우발상황에 대비해야 할 것 같았던 까닭이다. 우리가 이 평원을 한 반쯤도 통과하지 못했을 때 우리 왼편 숲에서 늑대들이 무서운 소리를 내며 울어대는 소리가 들리더니 이내 한 100마리쯤 되는 놈들이 한꺼번에 대부분이 대열을 맞춰서 우리를 향해 곧장 진격하는 것이 보였는데, 마치 노련한 장교들이 정규군을 지휘라도 하는 듯했다. 나는 이들을 어떻게 맞이해야 할지 방법을 생각할 수가 없었으나 유일한 대응책은 우리도 방어선을 한 줄로 만드는 것뿐이었는데, 하지만 너무 간격을 길게 두지 않도록 나는 전체의 반은 일제히 사격을 하고 나머지 반은 놈들이 계속 접근하면 즉시 두 번째 사격을 가할 대비 태세를 갖출 수 있도록 하라고 명령했고, 첫 번째로 사격한 사람들은 다시 총탄을 장전하는 대신 각자 권총을 들고 대비하라고 했으니, 우리는 모두 머스켓 총과 권총 두 정씩으로 무장을 하고 있었던 터라, 이런 식으로 해서 반씩으로 병력을 나눠서 한 번에 여섯 발씩을 쏠 수 있도록 했는데, 그렇지만 이 경우에는 그럴 필요까지도 없었던 것이, 첫 번째 사격에 적들은 총소리는 물론이요 번쩍하는 섬광에 겁을 집어 먹고서 그 자리에 완전히 정지했던 것이라, 이 중 네 마리는 머리에 총을 맞고 제 자리에 쓰러졌으며 다른 놈들도 여럿이 부상을 입고 피를 흘리며 도망가는 것을 흰 눈에 반사된 빛으로 볼 수 있었다. 이놈들이 멈춰 서기는 했으나 즉시 후퇴는 하지 않음을 발견하고서는, 이 가장 사나운 짐승들도 사람 목소리에는 겁에 질린다는 얘기를 들은 게 기억이 나서 우리 일행 모두가 있는 대로 소리를 지르도록 하자, 그 얘기가 전적으로 틀린 것은 아닌 게 드러났으니, 우리가 소리를 지르자 놈들이 돌아서서 슬슬 물러가기 시작했고, 그래서 나는 놈들의 후미에다 대고 두 번째로 일제 사격을 명령하니 이제는 놈들의 걸음이 빨라져서 숲으로 다 사라져 버렸다.

그래서 우리는 다시 총을 장전할 여유를 얻었고 더 이상 시간을 허비하지 않도록 계속 앞으로 나아갔는데, 우리가 겨우 총에 장전을 다시 했고 경계태세를 갖추자마자 똑같은 숲, 그러니까 왼편에서 겁에 질릴 만한 소리가 들렸으니, 다만 우리가 가는 방향으로 좀더 앞쪽에서 들린다는 게 달랐다.

밤이 다가오고 있었고 땅거미가 드리워졌으므로 우리 쪽으로서는 더 불리했으나 소리는 점점 더 커지는데 이게 그 악마 같은 짐승들이 울어대고 짖어대는 소리임은 쉽게 파악할 수 있었으며, 갑자기 둘러보니 늑대 떼 두세 무리가 보이는데 하나는 우리 왼편으로, 다른 하나는 우리 뒤쪽, 또 하나는 우리 앞에 있으니, 우리는 놈들에게 포위당한 것처럼 보였으며, 그래도 놈들이 곧장 우리한테 달려들지 않았기에 우리는 계속 앞으로 우리가 탄 말들이 속도를 낼 수 있는 한 빨리 전진했는데, 길이 험하니 기껏해야 큰 폭으로 걸어가는 정도밖에는 안 되었고, 이런 형편에서 평원 맨 끝 쪽에 우리가 통과해야 할 숲의 입구를 볼 수 있었는데, 우리가 오솔길, 또는 통로에 접근하니 바로 그 입구에 셀 수 없이 많은 수의 늑대가 우글대는 것을 보고서는 극도로 놀랐다.

그런데 갑자기 숲의 반대편 입구에서 총소리가 나는 게 들렸고 그쪽을 보고 있자니, 말이 한 마리 안장과 고삐를 얹은 채 쏜살같이 달려나오고, 그 뒤로 늑대 열여섯이나 열일곱 마리가 전속력으로 쫓아오고 있었으니, 말이 이들보다 한 발자국 앞서 있기는 했으나 그 속도로는 오래 버틸 수 없을 것 같았기에, 늑대가 마침내 말을 따라잡으리라는 것은 의심의 여지가 없었고, 필경 그렇게 됐을 것이다.

그러나 거기서 우리는 끔찍한 광경을 보았는데, 우리가 말이 달려나온 입구로 말을 몰고 가자 또 다른 말의 시체와 사람 시체 둘이 이 게걸스런 야수들의 밥이 된 모습을 발견한 것이라, 아마도 바로 그 사람이 쏘는 총소리를 우리가 들었던 게 틀림없는 것이 바로 옆에 총알을 발사하고 난 총이 놓여 있었던 것인데, 하지만 그 사람은 머리와 상체는 먹혀 버려 남아 있지 않았다.

이 광경에 우리는 공포에 사로잡혀서 어떤 방향으로 가야 할지 모르고 있었는데, 하지만 이놈들이 이 문제를 곧 해결해 주었으니, 놈들은 사냥을 해볼 희망으로 우리 주위로 모여들었으며 족히 300마리는 되었다고 믿어 의심치 않는다. 그런데 우리한테는 매우 유리하게도 숲의 입구에서 약간 떨어진 곳에 큼직한 목재 나무들이 놓여 있었으니, 그 해 여름에 잘라놓고서 운반하려 쌓아둔 모양이라, 나는 나의 얼마 안 되는 병력을 이 나무들 사이로 끌고 가서 긴 통나무 하나 뒤에 대열을 맞춘 후 말에서 내리라고 한 후, 그 나무를 앞에 둬서 임시 방어벽을 삼고 삼각대형 내지는 세 군데 전선을 만들고서 우리의 말들을 그 가운데다 세워놓도록 했다.

우리는 이대로 했고 또 그러길 잘한 것이, 세상에 이 짐승들이 그곳에서 우리한테 달려드는 것보다 더 격한 돌격이 따로 없을 정도라, 놈들은 으르렁대는 소리를 내며 달려들며 앞서 말했듯이 임시 방벽으로 삼은 통나무 위로 기어 올라와서는 마치 사냥감으로 곧장 돌진할 듯 자세를 취하는데, 놈들이 이렇게 미친 듯 달려드는 것이 주로 우리 뒤에 있는 말들이 원인인 것 같았으니, 바로 말들이 이들의 표적이었던 것인데, 그래서 나는 모든 인원에게 전처럼 반으로 나눠서 사격을 하도록 명령했고, 이들이 아주 정확히 조준을 해서 첫 번째 일제 사격시에 늑대 몇 마리를 죽였는데, 하지만 계속 사격을 하지 않을 수 없었으니, 늑대들이 마귀 떼처럼 뒤에서 앞으로 계속 밀며 몰려왔던 것이다.

우리가 두 번째 사격을 하니 놈들이 좀 주춤거린다고 생각했고 그래서 나는 놈들이 가버렸기를 바랐는데, 그것도 잠시뿐이었고 다른 놈들이 다시 앞으로 진격하니, 우리는 각자 권총으로 두 발씩을 쐈는데, 이 세 번의 사격을 통해 도합 한 열일곱에서 열여덟 마리는 죽였고 그보다 한두 배 더 많은 수는 부상을 입혔다고 생각하지만, 그럼에도 놈들은 계속 또 덤벼대기만 했다.

나는 우리의 마지막 총탄을 너무 성급하게 쏴 버리기가 못내 꺼려졌고 그래서 내 하인, 그러니까 내 수종 금요일 말고 다른 하인을 불렀는데, 금요일이는 달리 쓸모가 있었으니, 전투 중에 개가 상상을 초월하게 민첩한 속도로 내 총을 다시 장전해 주고 자기 총도 장전하고 있던 것이라. 하여간 방금 말한 대로 나의 다른 수종을 불러서 화약을 한 주머니 주고는 그것을 길게 불씨를 이어서 통나무 위에다 뿌려놓되 가급적 길게 연결해 놓으라고 하니, 그대로 했고, 겨우 다시 돌아왔을 때 늑대들이 나무로 다가와서 몇 놈들이 그리로 올라오자, 이때 나는 아직 쏘지 않은 총을 화약 가까이에 대고 발사해서 불을 붙이자, 통나무 위에 있던 놈들은 불에 타서 여섯이나 일곱 마리는 떨어졌다고 할까, 아니 오히려 불이 붙는 힘에 겁에 질려서 우리 있는 쪽으로 펄쩍 뛰어들어오니 우리는 이놈들을 즉시 처치했고, 나머지는 섬광에 겁을 먹고 약간 뒤로 물러갔으니, 이제 완전히 밤이 다 될 정도라 섬광이 더 무섭게 보였던 것이다.

이에 나는 각자 마지막 권총으로 일제히 사격하도록 명령했고, 그 후에는 소리를 지르자 늑대들이 꽁무니를 뺐고, 우리는 즉시 부상 당한 20마리 정도 되는 놈들에게 돌격해서 보니, 놈들이 바닥에 쓰러져 버둥거리고 있기에 검으로 베기 시작하자 우리가 기대한 효과가 나타났으니, 이놈들이 죽어가며 내는 울음소리와 짖어대는 소리를 놈들의 동료들이 더 잘 이해했던 터라, 모두 우리를 두고 도망가 버렸다.

우리는 첫 사격부터 마지막까지 약 60마리를 죽였는데 만약 대낮이면 더 많이 죽였을 것이다. 전장이 이렇게 정리되자 우리는 다시 전진을 했으니, 아직도 거의 3마일은 더 가야만 했다. 우리는 가는 길에 몇 번씩 이 게걸스런 짐승들이 울어대는 소리를 들었고,

어떤 때는 우리 앞에 나타난 것처럼 생각도 되었으나 그것이 눈에 반사된 빛을 잘못 본 것인지는 확실치가 않았고, 그래서 약 1시간 정도 더 가니 우리가 자고 갈 마을에 도착했는데, 가 보니 모두 심한 공포에 사로잡혀서 다들 총을 들고 있었으니, 이유인즉 바로 전날 밤에 늑대들과 곰들이 마을로 한밤중에 침입해서 모두 심한 공포에 빠지게 했던 것이라. 그래서 이들은 밤낮, 특히 밤에는 가축과, 게다가 사람도 보호하려고 보초를 서고 있었던 것이다.

다음날 아침, 우리의 길잡이가 너무 아프고 다리에 두 군데 입은 상처가 곪아서 퉁퉁 부어 더 이상 동행할 수가 없는 지경이라, 우리는 길잡이를 새로 구해서 툴루즈*까지 가야 했는데, 거기는 기후도 온화하고 아주 비옥하고 쾌적한 고장이라, 눈도 없고 늑대니 뭐니 전혀 없었는데, 툴루즈에서 우리 이야기를 해주니 그곳 사람들 말이 산자락 숲에서는 그런 일이 다반사요, 특히 눈이 바닥에 쌓여 있을 때는 그렇다는 것인데, 그러나 사람들이 묻기를 도대체 무슨 길잡이를 썼기에 이렇게 험한 계절에 그런 길로 우리를 데려오겠다고 나섰냐고 하면서, 우리가 다 잡아먹히지 않은 게 천만다행이라고들 했다. 우리가 말들을 가운데 두고 둘러싸는 대형을 만들었다는 얘기를 해주자, 아주 심하게 탓을 하면서 그러면 다 잡혀 죽었을 확률이 50 대 1이라고 하니, 말들이 눈에 보이기 때문에 늑대들은 사냥감을 보고서 더 거칠어진 것이라며, 평시에는 총을 진짜로 두려워하지만, 극도로 허기가 진데다 말을 보고서 흥분해 있었으니 말들에게 달려들고픈 욕구가 늑대들을 위험에 둔감하게 만들었던 것이라며, 우리가 지속적으로 사격을 가하고 화약으로 불씨를 놓는 전술로 마침내 이들을 제압하지 않았다면 아마도 우리 모두 늑대들에게 갈기갈기 찢겼을 가능성이 매우 컸다는 것인데, 반면에 우리가 그냥 말 위에 올라타 있는 것으로 만족하며 마상에서 총을 쐈다면 아마도 말들에 사람이 타고 있으니 그렇게까지 자기들의 몫으로 생각하지 않았으리라고 하니, 결국 마무리로 하는 얘기인즉 우리가 한데 뭉치고 말들은 내버려뒀다면 늑대들이 말들을 잡아먹는 데 진력을 하느라 정신이 없었을 것이라며, 우리는 특히 각자 손에 총을 들고 있었고 숫자가 제법 많았으니 무사히 피해 왔을 수 있었으리라는 것이다.

나로서도 평생 그렇게 목숨에 위협을 느낀 적이 없었으니 300마리가 넘는 악마들이 입을 벌리고 삼켜먹으려 달려드는 것을 보면서 어디로 피하거나 후퇴할 곳이 없으니 그만 이제 끝장이구나 하는 생각을 했던 터, 그래서 나는 다시는 그쪽 산은 넘지 않기로 했으니 차라리 바다로 나가서 수천 마일을 항해하는 편이, 비록 매주 한 번씩 폭풍우를 만난다 해도, 더 나을 것이라고 생각했다.

프랑스를 통과하는 도중에는 딱히 뭐 유별난 사건은 얘기할 게 없었고, 이런 것은 다른 여행자들이 다들 하는 얘기들이며 다들 나보다 더 잘하니 생략하겠다. 나는 툴루즈에서 파리로 어디서건 오래 머무는 법 없이 쭉 여행을 했고 칼레에 와서 도버에 무사히, 아주 심하게 추운 계절에 여행을 한 끝에, 1월 14일에 상륙했다.

나는 이제 내 여행의 중심지로 다시 돌아왔고 얼마 안 되는 시간 동안 내가 새로 발견한 모든 재산을 안전하게 갖고 왔으니 내가 가져온 환어음들은 아주 시세대로 잘 환전받았다.

주로 나를 자문하고 사적인 충고를 준 사람은 옛적부터 알던 그 미망인 양반이라. 그분은 내가 보내준 돈에 대한 보답으로 그 어떤 수고도 마다하지 않고 그 어떤 정성도 아끼지 않으며 나를 위해 애를 써 주니, 나는 이분에게 모든 것을 위탁하고 내 재산의 안전에 대해서는 완전히 맘을 놓을 수 있었고, 참으로 처음부터 또한 이제 마지막까지 이 훌륭한 아주머니의 흠 없는 성실성 덕을 본 것이 내게는 크나큰 행운이었다.

이제 나는 이 아주머니에게 내 재산을 맡겨 두고서 리스본으로 가서 거기서 다시 브라질로 가볼 생각을 하기 시작했으나, 하지만 또 다른 문제 때문에 주저하게 되긴 했으니 그것은 종교 문제인데, 비록 내가 로마 교회에 대해 심지어 내가 외국에 있을 때, 특히 나의 고독한 시절에도 의구심을 갖고 있었던 터라, 나는 브라질로 가고 게다가 거기에서 정착하려면 로마 가톨릭 종교를 아무 거리낌 없이 수용할 작정을 하지 않을 수 없음을 알고 있었고, 그렇지 않다면 내 원칙을 지키기 위해 희생을 감수하여 순교자가 되어서 종교재판을 통해 죽을 각오를 해야 했으니, 나는 고국에 그냥 남아 있으면서 방법을 찾을 수만 있다면 내 농장을 처분하기로 했다.

이런 목적에서, 리스본에 있는 내 오랜 친구에게 편지를 쓰자, 그쪽에서는 내 재산을 처분하도록 하는 것은 쉽다는 답장을 해주는데, 단, 자기가 내 이름으로 내 피신탁인의 자식들인 두 상인들에게 매매 제안을 하도록 하는 권한을 줄 마음이 있느냐고 물으며, 이들은 브라질에 살기에 농장의 재산 가치를 잘 이해하고 있을 것이며 바로 그 근처에 살고 있는데다 내가 알다시피 상당한 부자들이라고 하니, 이들은 아마도 내 지분을 꼭 사고 싶어할 마음일 것이며 내가 4천에서 5천 스페인 달러나 그 이상을 빌리라고 믿는다고 했다.

따라서 나도 여기에 동의하여 이들에게 판매 제의를 하라는 위임을 그분에게 하니, 그대로 했고, 약 8개월 정도 더 지나서 배가 돌아올 때 나한테 전한 얘기인즉, 이들이 제안을 받아들였고 리스본에 있는 자기들 거래처에 33,000스페인 달러를 지불하도록 결제했다는 것이다.

내 쪽에서는 이들이 리스본에서 보낸 매매계약서에 서명을 해서 나의 오랜 친구에게 보내니 그분은 32,800스페인 달러 어치 환어음을 부동산 처분 대금으로 보내줬는데, 나는 농장에서 확정 수익으로 노인의 생전에 100모이도르씩, 그리고 사후에는 그분 아들에게 평생 50모이도르씩 지불하기로 한 부분은 내가 약속했던 대로 남겨 놓고 처분했다. 이렇게 해서 나는 요행과 모험으로 점철된 내 인생의 전반부를 마무리했으니, 그야말로 섭리의 손길에 따라 온갖 우여곡절을 겪다 보니 세상에 그처럼 다채로운 삶도 찾아보기 어려울 정도였던바, 시작은 어리석게 했지만 내가 전혀 기대할 근거가 없을 만큼 훨씬 더 행복하게 유종의 미를 거뒀다.

아마도 누구건 이렇듯 복합적으로 길조로 돌아선 처지에서 다시는 모험을 감행하지 않을 것이라고 생각할 법한데, 사실인즉 나도 다른 형편이 그렇게 맞물렸다면 그러했을 것이나, 나는 방랑생활이 몸에 배었고 딸린 가족이 없었으며 친척도 몇 명 안 되었고 아무리 부자라고 해도 사람을 별로 사귀지 않았으니, 내가 비록 브라질 부동산을 처분하기는 했으나 여전히 그 나라를 머릿속에서 지울 수가 없었고 다시 한 번 여행길에 오르고픈 마음이 간절했는데, 특히 내 섬을 다시 가보고 거기서 그 불쌍한 스페인 사람들이 살고 있는지, 또 내가 두고 온 그 깡패 친구들이 이들을 어떻게 대했는지 알고 싶은 쪽으로 마음이 크게 기울었다.

나의 진실된 친구인 미망인은 간곡히 나를 만류했고, 거의 내 맘을 돌려놓았기에 한 7년간 나를 외국에 못 가게 붙잡아 두고 있었고, 그 동안 나는 내 형님의 자식들인 두 조카를 챙겨서 돌봤는데, 큰 아이는 걔 앞으로 재산이 좀 있었기에 신사 한량으로 키웠고 내가 죽은 후에 자기 재산에 좀더 보태주도록 증여를 해주었으며, 다른 조카는 배의 선장 한 사람에게 붙여서 일을 배우게 했고 5년 후에 보니 아주 지각 있고 과감하고 야심적인 청년으로 커 있는 것을 확인하고서는, 괜찮은 배 하나에 선장 자리를 얻어줘서 바다로 내보냈는데, 바로 이 젊은 친구가 나중에 내가 비록 늙은 몸이지만 몸소 또 다른 모험을 하도록 나를 끌고 들어갔다.

그러는 동안 나는 어느 정도는 이곳에 정착을 했으니, 무엇보다도 결혼을 했는데, 나는 뭐 특히 나로서는 손해를 보거나 만족스럽지 않은 셈이었고, 아이를 셋을 가졌는데 아들 둘에 딸 하나를 뒀다. 하지만 부인이 죽고 내 조카가 스페인까지 아주 성공적으로 항해를 하고 돌아오자 해외로 나가고 싶은 마음이 다시 발동을 했고 조카 아이가 끈질기게 자기 배에 동인도* 쪽에 무역하러 가는 개인 사업가 자격으로 같이 타자고 간청을 해대는 통에 그만 넘어갔으니, 그 해가 1694년이었다.

이 항해를 하면서 나는 그 섬의 내가 개척한 식민지를 방문했고 나의 후계자인 스페인 사람들을 만나서 이들이 살아온 얘기와 내가 거기에 남겨둔 악당들 얘기를 전부 들었으니, 처음에는 이자들이 불쌍한 스페인 사람들을 모욕했다가 나중에는 다시 잘 지내다가, 다시 불화했다가 다시 또 화합했는데, 마침내 스페인 사람들이 무력을 쓰지 않을 수 없었고 그래서 이들이 스페인 사람들의 통제를 받았으며 스페인 사람들은 이들을 정당하게 대우했다는 것이라. 이런 이야기를 하기 시작한다면 내 이야기 못지않게 다채롭고 진기한 사건들로 가득한 것이 될 것이니, 가령 이들이 몇 번 이 섬에 상륙한 카리브 인들과 싸운 전투라든지, 이들이 섬을 발전시킨 얘기라든지, 이 중 다섯이 본토를 공격해서 남자 11명과 여자 5명을 포로로 데려온 것 등으로, 내가 방문했을 때 이 포로들이 낳은 아이들 20명이 이 섬에 살고 있었다.

이곳에서 나는 약 20일을 머물면서 이들에게 필요한 물품들, 특히 총기와 화약과 총탄과 옷과 공구를 주었고, 영국에서 내가 데려온 일꾼 두 사람, 즉 목수와 대장장이를 두고 왔다.

그 외에도 나는 이 섬의 구획을 나눠서 각자에게 협의해서 맡겼는데, 섬 전체에 대한 소유권은 내가 갖고 있지만 이들이 동의하는 땅들을 각자에게 분할해 줬으니, 이렇게 해서 이들과의 모든 일을 정리한 다음, 이곳을 떠나면 안 된다는 약속을 받은 후에 이들을 거기 두고 떠났다.

거기에서 출발해서 나는 브라질에 들렀는데, 브라질에서 배를 한 척 사서 사람을 더 많이 싣고 다른 보급품들과 함께, 일을 잘

할 것 같은 여자 7명을 그 섬으로 보내어 아내로 취하려면 취하도록 했고, 영국인들의 경우는 이들이 농사일에 열심히 매진한다면 영국에 가서 필요한 물품들을 한 짐 잘 싣고, 아울러 여자들도 좀 보내주겠다고 약속했으며, 나중에 그대로 실행에 옮겼다. 이 친구들은 기가 꺾인 뒤에는 아주 정직하고 근면해져서 재산도 절약해서 모아놓았다. 나는 또한 브라질에서 암소 다섯 마리를 이들에게 보내줬는데, 이 중 셋은 송아지를 배고 있었으며, 또한 양 약간과 돼지도 몇 마리 보냈으며, 내가 다시 섬에 갔을 때는 다들 상당히 숫자가 불어나 있었다.

하지만 이런 얘기들과 그 밖에 약 300명의 카리브족들이 와서 이들을 정벌하고 농장을 모두 망쳐놓은 얘기라든지, 이들이 어떻게 자기들 숫자보다 두 배나 더 많은 적들과 싸웠는데 처음에는 패배해서 전사자가 셋 나왔으나 마침내 폭풍이 불어와 적들의 카누를 다 파괴해 버린 덕에 나머지를 모두 굶겨 죽이거나 제거하여 원래 농장을 되찾아서 다시 시작하여 이제껏 거기서 살았다든지.

이 모든 이야기들과, 그 후로도 10년 동안 내가 겪은 새로운 모험 중에 일어난 정말 놀랄 만한 사건들의 이야기는 장차 더 깊이 하게 될 일이 아마 있을 것이다.

**9**  헐: 영국 북동부의 항구도시.

로카트 대령: 윌리엄 로카트(1621~1976). 올리버 크롬웰 휘하의 장군으로 프랑스 북부 됭케르크에서 1658년에 스페인군을 무찔렀다.

**11**  "지혜로운 … 증언했다": 『구약성서』, 「잠언」 30장 8절.

**15**  험버 강: 헐 시에서 바다로 흐르는 강.

**19**  야머스: 영국 동부 해안 중간쯤에 있는 항구.

뉴카슬에서 온 배들: 뉴카슬은 영국 북동부의 항구도시로, 여기서 남쪽 지역으로 석탄을 싣고 가는 배들을 지칭함.

**23**  윈터튼 곶: 윈터튼은 동쪽 해안을 따라 야머스 북쪽에 있다.

**24**  "아버님은 … 것이냐": 「누가복음」 15장, '탕자의 비유'에 대한 언급이다.

**26**  "다시스로 … 이야기처럼": 『구약성서』 「요나서」 1장에 대한 언급. 예언자 요나는 하나님의 명을 거역하고 다시스로 도주하다 배가 풍랑을 만나자, 선원들이 그를 바다에 던진다. 그러자 바다가 잠잠해진다.

**28**  "뱃사람들의 … 것이다": 즉, 노예무역선을 탔다는 말이다.

**29**  "나는 선장이 … 가져갔었다": 아프리카 추장들에게 노예를 사는 결

제 대금으로 사용된 칼, 못 따위를 지칭한다.

**33** 마레스코: 스페인 출신 모로코 인.

**34** 양고기 어깨살 돛: 요트 등에 다는 길쭉한 삼각형 돛.

**36** 카디스 만: 스페인 남서쪽의 작은 만.

**42** 카나리아 제도: 아프리카 북서부의 스페인 령 군도.

카보베르데 군도: 아프리카 북서부의 포르투갈 식민지.

**44** 머스켓 총: 옛 보병용 병기로, 당시로서 가장 화력이 셌다.

**49** "이 지형 … 단정지었는데": '카보베르데'는 포르투갈 어로 '푸른 곳'이란 뜻이다.

**52** 스페인 달러: 당시의 국제화폐로 통용되었다.

바이 데 토두스 로스 산투스: 북부 브라질 항구로 당시 브라질의 수도였다.

**62** 산아우구스티누 곶: 브라질 북부에 있는 지형으로 대서양으로 나가는 항해시 육표로 삼았다.

페르난두데누로냐 군도: 브라질 북부 대서양에 있는 군도.

**63** 오리노코 강: 베네수엘라를 관통해서 대서양으로 흐르는 강.

**137** "환난 날에 … 하리로다": 「시편」 50장 15절.

**138** "하나님이 … 있으랴": 「시편」 78장 19절.

**139** "내가 … 계산하다": 크루소가 적도를 날짜 변경선으로 잘못 알고 하는 말이다.

**141** "그를 … 삼으셨느니라": 「사도행전」 5장 31절.

**144** 카사바 뿌리: 고구마 류의 식물.

**164** "내가 … 아니하리니": 「여호수아」 1장 5절.

**179** "물론 … 없었다": 고기를 넣어 구운 파이는 영국인들이 즐겨 먹는 음식 중 하나이다.

**186** "나와 … 없다": 「누가복음」 16장 26절.

"육신의 … 자랑": 「요한 1서」 2장 16절.

**192** "엘리야에게 … 기적이요": 「열왕기 상」 17장 4~6절. 광야로 피신

한 선지자 엘리야를 하나님이 보살피신 얘기.

**227** "너는 … 기다릴지어다": 「시편」 27장 14절.

**230** "블레셋 … 사울 왕같이": 「사무엘 상」 28장 15절.

**274** "아메리카 … 모양이고": 즉, 남미 대서양 남쪽에서 대륙을 타고 항해하여 올라와서 쿠바를 거쳐 대서양을 건너는 항로라는 말이다.

**278** 모이도르: 포르투갈 금화.

**307** 산타마르타: 콜롬비아 해안 도시.

**350** "야만인들에게 … 했다": 구교 강국인 스페인의 종교재판소는 신교도들을 적성국가 요원으로 간주, 이들을 색출하여 벌하는 게 목적이었다.

**354** 알리칸테: 스페인 남동부 항구도시.

**392** 마데이라 와인: 포르투갈 마데이라 섬에서 나는 도수가 높은 포도주로 명품으로 통했다.

**406** 크뤼사두: 포르투갈 은화.

**407** "내 경우는 … 하겠다": 『구약성서』 「욥기」에서 욥이 고난을 감내한 후 더 많은 축복을 받았다.

**413** 코루나: 스페인 북서쪽 항구.
비스케 만: 프랑스와 스페인 사이의 만.
도버: 프랑스와 영국을 잇는 가장 가까운 해로.

**414** 나바르: 프랑스와 스페인 사이 국경선 지역으로 예전에는 독립 왕국이었다.

**415** 팜플로나: 나바르 지역의 중심 도시.

**416** 폰테라비아: 비스케 해협의 스페인 항구.
랑그독: 프랑스 남부 지역.

**417** 가스코뉴 지방: 피레네 산맥과 대서양을 접한 프랑스 지역.

**432** 툴루즈: 남부 프랑스의 파리로 가는 길에 있는 도시.

**436** 동인도: 동남아 및 남중국을 지칭하던 이름.

# 근대 시대의 첨병 디포

윤혜준

## 1

　대니얼 디포(Daniel Defoe)는 후세에는 『로빈슨 크루소』의 작가로 명성을 누리고 있으나, 엄밀한 의미에서 디포를 '소설가'라고 할 수는 없다. 일단 하나의 직업으로서 '소설가'란 개념이나 '소설'이란 장르 개념도 이 시대에는 확립돼 있지 않았다. 더욱이 디포는 익명으로, 아니 실제 인물 로빈슨 크루소가 직접 쓴 여행기로 이 작품을 꾸며내어 세상에 내놓은 후 본인의 신원을 숨겼으니 디포와 『로빈슨 크루소』의 관계는 더욱 더 '비밀스런' 것이었다. 그 이후 『로빈슨 크루소』 같은 종류의 사실성을 '사칭'한 이야기들이 하나의 문학 장르로 자리 잡게 된 것은 바로 이 작품이 크게 성공한 덕이기도 하다. 말하자면 『로빈슨 크루소』는 숱한 사실주의 소설의 '원조'인 셈이다. 그러나 디포는 근대 사실주의 소설을 개척한 문학사의 '첨병'만은 아니었다. 그는 무엇보다도 근대 시대로의 변화를 몸소 겪고 선도한 근대 문명 자체의 '첨병' 중한 사람이었던 것이다.

디포가 1731년 사망하자, 부고를 알리는『리드 주간지』에는 그를 "타고난 재주가 많았고 조국의 무역과 국익" 및 "민권과 신앙의 자유를 지지하는" 다수의 글을 출간한 문필가 내지는 저널리스트로 소개하고 있다. 디포의 시사 팸플릿들이라든지 그가 거의 10년간 써냈던 1인 신문『리뷰』등을 모두 합치면 한 사람의 손에서 나왔다고는 믿기 어려울 정도로 엄청난 분량이 된다.『로빈슨 크루소』의 작가로서만이 아니라 당대의 논객 디포의 면모는 근래에 와서야 제대로 인지되고 있는데, 2008년 현재 아직도 편집이 진행 중인『디포 전집』은 총 44권에 달한다.『로빈슨 크루소』는 말하자면 디포라는 한 사람이 쌓아 놓은 거대한 글의 산맥의 가장 높은, 따라서 가장 눈에 띄는 봉우리일 뿐이다.

그렇다면 디포는 누구였나? 그는 어떤 사람이었는가? 이 물음에는『디포 전집』출간이 아직 미완성이듯 아직도 완벽한 대답은 하기 어렵다. 디포의 서신이나 디포에 관련된 기록들이 충분히 남아 있지 않기도 하거니와 각 문건에 담긴 주장들의 진위에 대한 공방의 여지가 적지 않다. 하지만 현재까지의 연구 성과에 비춰볼 때 분명하게 말할 수 있는 것은 어떤 경우에도 디포는 단지『로빈슨 크루소』를 쓴 작가만이 아니라 근대 사회로 전환하는 격동기 영국의 시대 정신을 구현한 '역사적 개인'이란 점이다. 디포와 그의 작품을 이해하려면 그가 산 역사를 이해하지 않을 수 없다. 그가 산 역사에 태동된 사회, 경제, 정치적 제도와 이와 연관된 정서 및 사상, 그리고 『로빈슨 크루소』가 만들어 낸 사실주의 소설 등의 문학 장르가 이후 전세계로 확대되었다는 점에서 디포는 '세계사적 개인'이기도 하다.

2

디포는 1660년 런던 시내 한복판에서 양초 도매업자 제임스 포의 아들로 태어났다. 그가 태어난 해와 장소는 디포를 이해하는 데 결정적인 단서들이다. 무엇보다도 런던이란 공간이 그러하다. 흔히 런던은 지금은 훨씬 더 광역화되었지만 17세기에도 '런던 시티'와 그 옆에 바로 붙어 있는 웨스트민스터를 포함한 개념으로 이해되었다. 하지만 이 둘은 사회 경제적 및 정치적 성격에 있어서 대조를 이룬다. '런던 시티'는 전통적으로 상인과 금융업자들이 자리 잡고 살던 '부르주아'들의 거점으로, 중세 때부터 금융업과 무역업의 중심지였다. 디포는 런던 시티의 사업가 집안에서 태어났으므로 영국을 대표하는 상인 계급의 일원이 될 자격을 반쯤은 얻은 셈이었다. 반면에 웨스트민스터는 국왕의 궁궐과 귀족들의 저택, 상·하원 의사당, 행정부 관공서들이 자리 잡은 곳이다. 두 세력의 이해관계가 서로 조화될 경우에는 웨스트민스터와 런던 시티는 사이좋은 이웃으로 지냈고, 둘이 서로 적절히 타협하며 돕고 지낸 경우가 대부분이다.

그런데 영국 역사상 거의 유일한 예외가 있다. 바로 1640년부터 1660년까지 이어진 '영국 혁명' 시기이다. 1640년에 국왕 찰스 1세는 자신이 벌인 전쟁 비용을 충당하러 하원을 소집한 후 세금을 올리려 하자, 주로 돈 많은 상인들과 중간 지주층들로 구성된 하원은 왕에게 반기를 든다. 국왕은 의회를 해산하려 하지만 의회는 이를 거부하고 웨스트민스터 의사당을 점거, 국왕에게 전면 도전한다. 양측은 타협점을 찾지 못한 채 1642년에 급기야 왕당파와 의회파 간의 무력 충돌이 영국 전역에서 전개된다. 의회파의 핵심은 웨스트민스터 의사당을 장악하고 군주를 궁궐에서 쫓아 버린 런던 시티의 상인 세력들이었다. 이들은 신학적으로는 청교도들인 반면 왕당파는 영국 국교의 권위를 수호하려 했기에, 이러한 일련의 사태를 '청교도 혁명'이라고 부르기도 한다. 하지만 종교는 어찌 보면 하나의 명분일 뿐, 사실 그것은 향후 영국의 주도권을 두고 벌인 권력 투쟁이자 계급 투쟁이었다. 즉, 왕실과 국교의 권위를 관습법과 전통의 이름으로 지키려 하는 귀족 세력과 런던 시티가 대변하는 경제적, 종교적 자율을 주장하는 시민 내지는 상인 세력 간의 투쟁이었던 것이다.

이 싸움에는 많은 이질적 변수들이 개입하여 영국은 물론 스코틀랜드, 아일랜드 등 영국 섬 전체에 걸쳐 전개된 총체적인 내전으로 확대되었다. 이 전쟁이 낳은 영웅은 용맹하고 (적들이 보기에는) 잔인무도한 올리버 크롬웰로, 왕당파 군대를 마침내 꺾고 찰스 1세를 1649년에 처형한 후, 영국 역사상 유일한 공화정을 편친다. 크롬웰은 평민 자격을 고수하면서도 국가 원수 노릇을 했고 승리한 의회파, 즉 런던 시티는 권력을 독점한 후 영국 전역에 자신들의 가치를 심어보려 진력한다. 이러한 혁명기를 대변하는 지식인 중에, 런던 시티의 부유한 시민 계급 집안 출신이자 『실락원』의 작가인 존 밀튼을 꼽을 수 있다. 그러나 밀튼의 대표작 제목이 시사하듯, 혁명의 이상은 점차 변질되고 혁명세력은 결국 '낙원'을 상실하고 만다. 1658년에 크롬웰이 사망하자 그의 무능한 아들이 권좌를 물려받았으나 민심은 이미 돌아서고 있었다. 크롬웰 사망 2년 후, 1660년에 청교도들 입장에서는 그야말로 '실락원'의 사건이 터졌다. 이들이 처형했던 왕의 장자(長子) 찰스 2세가 그간 프랑스에 피신해 있다가 영국으로 돌아와서 공화정을 종식시킨 것이다.

찰스 2세의 정치적 보복은 그간 흘린 피를 감안하면 그리 극심한 것은 아니었다. 그러나 권력의 중심이 런던 시티에서 웨스트민스터 궁궐과 귀족층에게 넘어간 점만은 의심의 여지가 없었다. 이제 청교도들을 포함한 비국교도들은 영국 국교로 개종하지 않는 한 공직에 오르거나 정식 대학 교육을 받을 수 없게 되었다. 디포 집안은 애초에 큰 정치적 야심은 없는 편이었으나 자신들의 종교적, 정치적 정체성만은 포기할 수 없었기에 비국교도로 남았다. 어차피 자리를 잡은 부친이야 이게 별 상관없는 문제였을 것이다. 하지만 자라나는 디포에게는 이런 제약이 적지 않은 영향을 미쳤다. 청교도 집안에서 태어난 디포는 옥스퍼드나 케임브리지 같은 정식 대학이 아니라 사설 장로교 계열 학교에서 교육받을 수밖에 없었다. 그래서 디포는 가령 이 시대 지식인들의 '자격증'이나 마찬가지였던 희랍어 및 라틴어 고전어 교육을 제대로 받지 못했다.

그러나 디포가 무슨 '학벌 콤플렉스'에 시달린 것은 아니다. 오히려 자신이 배운 교육에 대해 강한 자부심을 갖고 있었다. 장로교 목사가 될 것을 심각히 고려하기까지 했고, 『리뷰』의 지면을 통해 고전어 교육의 무용론을 펼치며 영어, 즉 국어의 우수성을 옹호했다. 무엇보다도 디포 본인이 이러한 일상적 모국어의 힘을 입증하였다. 그는 고전 교육을 받지 않았다는 덕에 오히려 더 자연스럽고 유려한 일상적 문체를 구사할 수 있었다. 호흡이 길면서도 갑갑하지 않고, 사실을 정확히 전달하면서도 단순화시키지 않는 디포의 문체는 영문학사 및 나아가 영어의 역사에서 찬란한 업적으로 칭송할 만하다.

왕정이 복고되었다고 해서 한쪽이 완승을 거두고 모든 갈등이 봉합된 것은 결코 아니었다. 이후 근대주의적 시민 세력(곧 이들은 '휘그당'이란 별명을 얻는다)과 전통주의적 보수 세력(이들은 '토리당'이라 불리게 된다) 간의 투쟁은, 1745년에 전통 왕실을 복원하려는 마지막 무력 봉기가 실패로 돌아갈 때까지, 때로는 노골적으로 때로는 암묵적으로 지속된다. 희대의 호색가였던 찰스 2세는 본처와의 사이에서 아들이 없었으나 여러 여인들과 숱한 서자를 낳았다. 국법상 서자가 왕위를 계승할 수는 없었으니 찰스 2세의 아우 제임스 2세가 왕위를 계승하게 되어 있었다. 문제는 제임스 2세가 구교도였다는 것이다. 국왕의 사생활 그 자체야 어쩔 수 없는 일이라 해도 왕위 계승 문제는 그냥 넘어갈 수 없었다. 굳이 청교도가 아니라 해도 영국인들 대다수는, 헨리 8세가 로마 교회로부터 (이유가 어찌 됐건) 독립선언을 한 이후 영국의 정체성을 개신교에서 찾고 있었다. 당시 유럽의 강국들인 프랑스나 스페인이 가톨릭 국가였기에 가톨릭을 적대시하는 것은 종교를 떠나서도 국가 안보와 직결된 문제였다. 같은 영국 영토 안에서도 막 식민지 지배권을 굳히는 중이던 아일랜드는 대다수가 가톨릭이었으니, 이래저래 이 문제만은 양보할 수 없다는 것이 다수의 여론이었다.

찰스 2세가 신나는 인생을 마지못해 마치고 세상을 뜨자 제임스 2세가 영국의 왕이 되었고, 이를 좌시하지 않겠다는 세력들은 찰스 2세의 서자 중 가장 인기가 있었던 몬머스 공을 왕위에 책봉하려 봉기를 일으킨다. 왕정복고 해에 태어난 디포의 개인사는 이 대목에서 다시 국가의 역사와 만난다. 디포는 몬머스의 반란에 열렬히 동조한 나머지 직접 총을 들고 반란군에 동참했다. 이들이 패퇴할 때 다행히도 도주에 성공해서 체포는 면했다. 이후에 디포는 다소 굴절은 있지만 기본적으로는, 총 대신 펜을 들고 나름대로 전통 보수 세력과의 '투쟁'을 계속했다. 이러한 공적인 글쓰기를 통한 현실 참여의 의지는 그의 삶 전체를 관통하는 하나의 흐름이다. 오히려 이런 점에서 보면 당대의 첨예한 현실 정치와의 연관성이 (당연히) 가장 적은 떠돌이 모험가 로빈슨 크루소의 여행과 무인도 생활 이야기는 디포로서는 대표작이 아니라 오히려 예외적인 작품이다. 물론 바로 이 작품이 당장의 현실과 일정한 거리를 유지한 덕에 당대 영국 역사가 아니라 근대 문명사 전체를 대변하는 신화적 지위에 오를 수 있었지만 말이다.

그러나 디포는 이전 청교도 혁명기에 활동한 선배 작가들, 가령 밀튼이나 번연처럼 과격한 이상주의자는 아니었다. 디포가 태어났을 때는 이미 '낙원 상실'의 시대였다. 게다가 그의 부모가 열성적인 이상주의자였다는 기록은 없으니, 디포가 자라며 보고 듣고 배운 것이 늘 부친의 장사와 사업 이야기였을 것이다. 장로교도로서 부친이 돈벌이에 열성적인 것은 탓할 일은 아니었다. 장로교의 근간인 칼뱅주의는 물질적 부를 추구하는 현실과 기독교의 교리가 별 분란을 일으키지 않도록 조정해 주었던 터라, 대부분의 부유한 시민 계급은 여러 비국교도 교파 중에서 장로교를 가장 선호했다. 반면에 이들보다 훨씬 더 과격한 입장이었던 '민중 작가' 번연은 『천로역정』에서 부의 축적과 물질적 거래 자체를 악으로 단정한다. 반면에 디포에게 부의 축적과 경제 활동은 그 자체가 선이면 선이지 악과는 거리가 멀었다. 이렇듯 디포가 부유한 장로교도 상인 집안 출신이란 점은 그를 이해하는 데 매우 중요한 단서이다. 근대 부르주아적 (칼뱅 본인의 의도나 사상과는 다른 차원에서의 '이데올로기'로서) '칼뱅주의' 논리에서 가장 중요하게 부각되는 것은 복음서가 강조하는 자선과 봉사의 정신이 아니라 근면의 가치와 '섭리'의 개념이다. '나'의 경제적 근면이 하나님을 섬기는 방법이요, 이러한 근면이 물질적 성공으로 결실을 맺는 것은 '섭리'의 결과이다. 이러한 섭리의 작용은 '내'가 '선택받은 백성'임을 입증한다. 이와 같은 근면과 섭리의 논리는 디포의 작품들 곳곳에 배어 있고 『로빈슨 크루소』에서도 뚜렷한 흔적을 남기고 있다.

하지만 이러한 세속화된 칼뱅주의를 굳이 칼뱅의 사상이나 종교개혁 그 자체에 책임으로 돌릴 일은 아니다. 막스 베버의『개신교 윤리와 자본주의 정신』을 오독하거나 제목만 읽은 사람들은 '개신교 윤리' 때문에 '자본주의 정신'이 생겨나고 합리화되었다는 주장을 펼친다. 하지만 베버를 자세히 읽어 보면 기독교 및 개신교 윤리가 자본주의의 무한한 탐욕과 충돌하는 양태와 그 제어 효과에도 베버가 주목하고 있음을 알 수 있다. 이 명저의 마지막 부분에서 베버는 기독교적 제어 장치마저 치워버린 순수 자본주의의 모습이 어떠할까 (미국의 경우를 염두에 두고) 우려하고 있다. 또한『로빈슨 크루소』에 넘쳐나는 (독자에 따라서는 위선적으로 보이는) 성서적 어법은 분명히 두 가치 체계의 충돌을 보여준다. 이 작품은 근면과 '섭리'의 논리로 쉽게 봉합할 수 없는 물질과 영혼의 갈등을 적나라하게 드러내주는 것이다. 바로 이 점이, 특히 본 역자에게는, 이 작품이 지닌 고전적 가치를 담보한다.

디포가 사회에 나와서 활동하던 시기는 청교도적 전통이건 칼뱅주의 이데올로기건 이런저런 이념적 제약으로부터 자본의 논리가 '해방'되려 몸부림치기 시작한 시기이기도 하다. 섬나라 영국으로서는 무엇보다도 '바다'로 나아가서 바다를 제어하는 게 급선무였다. 영국 섬에만 머물러 있는 한, 중세 시대처럼 욕망과 소비 수준을 형편에 맞게 조정하여 자족하며 사는 수밖에 없을 것이다. 근대 시대로 이행하는 분기점에서 이러한 소박한 공동 생활을 예찬하고 권장하는 토머스 모어의『유토피아』가 나왔다는 것, 또한 이 책의 저자가 헨리 8세의 엉터리 종교개혁에 불만을 품은 죄로 형장의 이슬로 사라졌다는 사실이 시사하는 바가 크다. 모어의 생전에 이미 사유 재산을 극복하고 소비를 절제하는 이상사회 '유토피아'는 문자 그대로 '아무데도 없는' 시대가 시작되었으며 17세기 내란의 와중에도 영국 사회는 줄기차게 모어의 이상과는 반대 방향으로 달려가고 있었다.

크롬웰의 업적 중에서 가장 중요한 (또는 가장 치명적인) 것은 영국이 바다로 진출하는 데 걸림돌이 되는 두 이웃나라, 아일랜드와 네덜란드에게 도전장을 던졌다는 것이다. 아일랜드의 경우 이미 그 전시대부터 일부 영토를 식민지로 관리해 오고 있었으나 큰 위협은 되지 않았으나, 저항의 불씨는 늘 꺼지지 않았었다. 이에 크롬웰은 직접 군대를 몰고 건너가서 영국에 저항하는 토착 세력을 완전히 초토화하여 아일랜드를 영국의 손아귀에 단단히 집어넣는다. 네덜란드는 좀더 힘겨운 투쟁의 대상이었다. 같은 개신교 국가로서 일찍이 연방 공화국을 만들어 근대 시민 세력이 주도하는 시장 경제를 구축한 '선배'였기 때문이다. 크롬웰은 네덜란드 무역과 운송업에 도전장을 던지는 일련의 '항해법'을 제정하여 싸움을 걸었고 17세기 내내 이어진 두 국가 간의 투쟁에서 종국엔 영국이 승리한다. 그 승리의 가장 가시적인 성과물은 다름 아닌 뉴욕으로, 원래 네덜란드 인들이 '뉴 암스테르담'으로 개척하여 명명했던 맨해튼 섬의 주인과 이름이 바뀐 것이다. 뉴욕은 이후 세계 역사의 주도권이 영국과 영국의 후예들의 손으로 넘어가는 시발점을 상징했으며, 오늘날은 이들 영어권 세력의 중심지로 우뚝 서 있다.

네덜란드를 제압하고 (스페인은 이미 그 전시대 엘리자베스 1

세 때에 패퇴시킨 바 있다) 아일랜드에서 식민지 만들기 훈련을 해본 영국은 카리브 해 지역의 스페인령 섬들을 하나 둘씩 빼앗고 북미 대륙 동부 연안에 식민지를 개척함으로써 본격적인 '세계화'의 기반을 구축한다. 또한 이들은 '세계화'의 선배들의 오류를 피하여, 지속적인 성장이 가능한 수익 모델을 창출한다. 스페인은 중남미에 식민지를 개척했으나 이들은 주로 금과 은을 캐서 돈을 찍어내는 데 열중했다. 그 결과 유럽 내의 통화량이 급격히 늘어났으나 제조업의 기반이 거의 없다시피 했던 스페인은 신대륙에서 갖고 온 금으로 공산물을 수입하는 데 그쳤고, 이러한 '신대륙 특수'의 덕은 유럽의 다른 지역들이 봤다. 반면에 네덜란드 인들은 멀리 동남아까지 가서 후추 등의 향료를 싣고 와서 상당한 이윤을 남기긴 했으나 이러한 물품이 유럽 시장 전체를 휘두를 만큼 핵심적인 상품은 아니었다. 후발주자 영국은 카리브 해와 북미 지역 식민지들에다 유럽 시장을 겨냥한 설탕, 담배, 목화 등의 원료 생산 기지를 구축하여 생산 단가를 줄이고, 영국 본토의 활발한 제조업을 통해 이 원료들을 가공하여 유럽 시장에 팔아 상당한 차익을 챙겼다. 특히 디포 시대의 주력 상품이던 설탕이나 담배는 중독성이 강하다. 한번 맛을 보면 끊을 수 없기에, 스스로 수요를 창출하고 보장하는 '효자 상품'들인 것이다.『로빈슨 크루소』도 작품의 뒷부분에서 설탕과 담배가 주인공에게 톡톡히 효자 노릇을 했음을 보여준다.

그러나 문제가 하나 있다. 사탕수수나 담뱃잎이나 목화가 제 스스로 상품으로 변신하는 것은 아니다. 거기에는 인간의 노동력이 필수적으로 개입돼야 한다. 브라질에다 농장을 차린 크루소에게 제일 아쉬운 것은 인력이다. 어떻게 값싼 노동력을 조달할 것인가? 크루소를 비롯한 농장주들에게 그 대답은 한 가지, 아프리카 노예였다. 영국인들은 포르투갈 인들이 이미 개척해 놓은 아프리카 노예 노동 시장을 조금씩 잠식하여 '국제 인력 시장'을 장악했다. 『로빈슨 크루소』 전반부에 정확히 그려져 있듯이, 본토에서 빈 배에다 쇠붙이나 칼을 싣고 서부 아프리카 해안으로 내려가서, 이것들을 현지 노예상들에게 주고 노예를 사서 배에다 가득 싣는다. 그리고서 대서양을 건너 노동력에 굶주린 농장주들에게 팔고 이들이 생산해 낸 사탕과 담배를 다시 노예들을 실었던 짐칸에 채우고 본국으로 돌아오는 이른바 '삼각무역'은 무사히 돌아오기만 한다면 한순간에 거액을 손에 쥘 수 있는 '대박' 장사였다.

모든 것이 '번영'과 '부'의 이름으로 합리화되었다. 실제로 경제는 고속 성장하기 시작했고 1698년에는 런던 증권 시장이 태어나 오늘날까지 이어지고 있다. 이처럼 돈 버는 재미에 빠진 사회가 더 이상 종교 문제를 명분으로 총칼을 들고 싸울 일은 없었다. 게다가 불필요한 민족주의적 감정도 내세울 필요도 없었다. 가령 1689년 명예혁명은 한 마디로 의회가 '국왕'을 외국에서 '수입해 온' 혁명이었다. 전통적인 영국 왕실의 권위를 내세우려는 제임스 2세를 쫓아버리고 네덜란드의 귀족이자 영국 왕실의 사위인 윌리엄 공을 영입했다. 윌리엄은 부인 매리 스튜어트와 함께 공동 군주 행세를 하러 영국에 오기 전에 의회를 무시하지 않을 것이며 의회가 주는 만큼만 재산 및 기타 권리를 누리겠다는 약속을 해야 했다. 디포는 윌리엄 3세를 열렬히 환영했다. 자신의 입맛에 딱 맞는 군왕이었던 것이다. 이후 1714년 이번에는 영국 왕실의 먼 친척에 불과하고 게다가 영어도 제대로 못하는 독일 사람을 영국 왕으로 영입하는 일이 벌어졌다. 전통을 지키려는 보수 세력들은 극렬히 반대했으나 디포는 역시 이번에도 독일 출신 군주를 지지했다. 뿐만 아니라 1707년에는 이미 왕실이 합쳐져 있던 스코틀랜드와 잉글랜드가 아예 의회도 합쳐 버려서 그야말로 명실상부한 한 나라가 되었다. 이 국가 통합도 디포는 적극 지지했다. 실제로 『로빈슨 크루소』의 앞부분에서 북아프리카에서 탈출한 크루소를 포르투갈 선장이 구해 주는 장면에서 굳이 스코틀랜드 선원의 도움을 받도록 해놓은 장면은 '영국 연합왕국'을 지지했고 실제로 정부의 요원으로 이 사건에 깊숙이 개입한 것으로 알려진 작가의 자취를 보여주는 대목이다.

이렇듯 영국이 근대 사회로 분주하게 변신하는 와중에서 디포는 온갖 사업에 손을 댔으며, 정치적인 야심도 없지 않은 사람으로서 자신의 이권을 위해 열심히 뛰었으나, 막상 사업가로서는 별로 운이 없었다. 수차례 파산 선고를 한 기록이 사업가 디포의 성적표이다. 디포의 재주는 돈벌이보다는 글쓰기였다. 물론 이것도 사업은 사업이었다. 디포의 시사 팸플릿이나 기타 저서들은 한편으로는 세상에 대해 발언하고 현실에 영향을 미치려는 '언론인'(아직 이런 직종은 없었던 시절이긴 하다)으로서의 정치적인 야심의 발로이긴 하나 그것은 다른 한편으로는 경제적인 형편이 강제한 것이었다. 이미 숱한 글을 써냈던 디포가 『로빈슨 크루소』라는 희한한 '가짜 여행기'를 시장에 내놓았을 때는 만 59세의 완숙한 글쟁이였다. 그간 디포는 안 써 본 글이 없었고 안 다룬 분야가 없었다. 정치, 경제, 종교, 역사, 시사, 가사, 심지어 유령 문제까지 온갖 주제에 대해 끝없이 써왔고 어느 정도 '시장의 반응'이 있기도 했다. 하지만 지금까지 글과는 전혀 다른 차원의 이 파격적인 '사기 여행기'(아직 '소설'이란 개념이 정착되기 훨씬 전이니)는 발간 즉시 독자들을 열광케 했다. 발간 첫 해인 1719년에만 약 넉 달 간격으로 5쇄에 들어갔다. 이것은 당시 기준으로는 파격적이었다. 또한 당시 책시장의 관행대로 이 '베스트셀러'는 온갖 유령 판본들과 모조품들을 양산했고, 본인이 쓰지도 않은 '속편'들이 이미 시장에 돌아다녔다. 이에 저자는『로빈슨 크루소』를 출간한 지 넉 달 뒤에 속편『로빈슨 크루소의 후속 여행』을 내놓았다.『로빈슨 크루소』의 열기가 그 다음해까지 이어지자, 디포는『로빈슨 크루소의 진지한 명상』이라는 교훈적인 명상록까지 내게 된다.

　『로빈슨 크루소의 진지한 명상』이 나온 해인 1720년에 '태평양 개발 주식회사'라는 부실회사 내지는 유령 회사 주가의 '거품'이 꺼지는 사상 최초의 증권 '작전' 사건이 터진다('거품'이란 말이 이 사건에서 유래한다).『로빈슨 크루소』도 이 '태평양 개발 주식회사'와 마찬가지로, 일종의 '유령 상품'이었다. 물론 혼자 신대륙 섬에서 염소를 잡아먹으며 연명하다가 영국으로 귀환한 실제 인물이 있기는 했다. 알렉산더 셀커크라는 선원이 선장에게 대든 죄로 칠레 연안의 무인도에 버려진 후 4년간 연명하다 다시 구출되어 1711년에 영국으로 돌아왔고 그의 일화가 인구에 회자된 적이 있었다. 그러나 『로빈슨 크루소』의 주인공이자 서술자는 이와는 비교가 안 될 정도로 오랜 세월 동안 아주 체계적으로 무인도 생활을 했을 뿐 아니라, 마지막에는 수종 '금요일이'를 개화시키는 '선행'도 하고, 무인도를 사설 식민지로까지 '발전'시켜 놓는 업적까지 남겼다고 주장했다. 그리고 이것은 어디까지나 실화임을 강변했고 실화로 보이도록 꾸며 놓았다. 이것이 첫 독자들에게는 그대로 먹혀들었다. 당시 바다로 나가서 대박을 터뜨려 거액의 재산을 챙기는 것이 만인의 꿈이던 나라와 그런 시대에 자기만의 섬에서 자기만의 사유 재산을 만끽하는 이 '경험담'은 너무나 믿고 싶고 너무나 그럴듯하고 너무나 매력적인 이야기였던 것이다. 당시로서는 제대로 알지도 못하는 '태평양'을 개발하겠다는 엉터리 회사에 너도 나도 투자를 했던 것과 마찬가지로 이 완벽한 '사유화'의 신화는 독자들을 사로잡았던 것이다. 물론, '태평양 개발'이 '거품'임이 드러났듯이 『로빈슨 크루소』도 '허구'임이 곧 밝혀졌다. 그러나 이 작품의 억제할 수 없는 매력은 이때부터 더 강해지면 강해졌지 전혀 손상되지 않았다.

그 매력을 이 번역이 제대로 살려냈는지는 독자 여러분이 판단할 몫이다. 지금까지 해설에서 의도적으로 작품에 대한 '해석'은 자제했다. 원작의 정신과 묘미를 나름대로 살려 보려고 시도했으니 독자의 판단과 감상의 몫을 열어 두기 위함이다. 다만 번역에 있어서 몇 가지 주안점만은 밝혀 둘 의무가 있겠다.

번역판의 원본은 1719년 초판본에 기초한 J. Donald Crowley

편(編), *Oxford World's Classics*(Oxford Univ. Press, 2007) 판본이다. 이는 무엇보다도 초판이 보여주는 작품의 역사적 '현장성'을 가능한 한 재현하려는 의도의 반영이다. 또한 번역의 초점은 무엇보다도 원작의 생생한 문체를 되살리는 데 맞췄다. 따라서 원작의 문단 구분을 철저히 따랐고, 원작에 없는 인위적 장(章) 구분을 일체 배제했다. 또한 원작의 구문을 원칙적으로 그대로 살리되 우리말에 정착되지 않은 구두점은 사용하지 않았다. 기독교적 용어 및 성서에 대한 언급은 주인공의 신앙 및 성향에 맞게 개신교 관행을 그대로 따라서 '하나님'으로 표기했고 성서 인용은 '고아함'이 배어 있는 한글 개역판을 택했다.

역자는 이 작품을 지난 4년간 연세대학교 영문학과 〈18세기 영국소설〉 시간에 강의하며 학생들과 흥미진진한 토론을 나누는 낙(樂)을 누렸다. 학생들에게 필자가 뭔가를 가르치긴 했겠으나 필자가 이들에게 배운 바도 적지 않다. 이 번역 작업을 마치니 이들의 얼굴이 하나둘씩 떠오른다. 뜻밖에도 이처럼 좋은 학생들과 부족한 학문을 나누며 중년을 맞게 해주신 하나님의 은혜에 감사한다.

## 판본 소개

　최초의 근대 사실주의 소설로 인정되는 『로빈슨 크루소』는 초판
본 제목에서부터 이 책이 허구가 아니라 로빈슨 크루소 본인의 실
제 자서전인 것처럼 제시함으로써 서사의 사실성을 강조했다.

　1719년 4월 25일, 런던 서점가에 등장한 이 책의 제목은, 당시
관행대로 내용을 최대한 선전하는 광고성 표현이 듬뿍 들어간 다
음과 같은 형태였다. "요크 사람 뱃사람 로빈슨 크루소의 생애와
이상하고도 놀라운 모험. 그는 아메리카 해안 큰 강 오루노크 하구
가까이의 한 무인도에서 완전히 홀로 28년을 살았음. 배가 난파되
어 그를 제외하고 나머지는 모두 죽었고 혼자 해안으로 표류하였
음. 그가 해적들에 의해 어떻게 마침내 희한하게 구출되었는지 이
야기까지 포함함. 본인 스스로 썼음." (The Life and Strange
Surprizing Adventures of Robinson Crusoe of York, Mariner:
Who lived Eight and Twenty Years, all alone in an un-inhab-
ited Island on the coast of America, near the Mouth of the

Great River of Oroonoque; Having been cast on Shore by Shipwreck, where-in all the Men perished but himself. With An Account how he was at last as strangely deliver'd by Pyrates. Written by Himself.)

이 책에 대한 시장의 반응은 참으로 폭발적이어서, 불과 한 달 뒤 5월에 2쇄를 찍어야 할 정도였다. 또한 아직 저작권이 확립돼 있지 않은 시대였고 애초에 디포 본인은 책 표지에서부터 뒤에 숨어 있는 형편이라, 당시 관행대로 이렇게 잘 나가는 책에 해적판들이 따라붙지 않을 리 없었다. 먼저 6월에 더블린에서 해적판이 똑같은 제목과 똑같은 내용으로 등장했고, 8월에는 암스테르담에서도 해적판이 출간되었다. 그 와중에도 정본의 판매는 꾸준히 늘어나서 6월에 3쇄, 8월에 4쇄가 나왔다. 이렇게 동시 다발적으로 여러 판본이 시장에 쏟아졌고 그 중 일부 해적판은 원본의 일부 내용을 자의적으로 삭제하는 상황까지 벌어지자, 디포는 (다시 로빈슨 크루소의 이름 뒤에 숨어서) 속편 『로빈슨 크루소의 후속 모험. 그의 생의 두 번째이자 마지막 부분임(*The Farther Adventures of Robinson Crusoe: Being the Second and Last Part of His Life*)』을 같은 해 8월에 출간함으로써 정품 『로빈슨 크루소』의 법통을 확립하려 했다.

그러나 해적판들은 왜곡된 형태 그대로 계속 2쇄, 3쇄에 들어가 정품과 나란히 시장에서 유통되었고, 속편이 등장하자 속편도 해적판이 유통되는 대접을 받았으며, 1720년부터는 주간 신문 연재

본으로도 등장하곤 했다. 오늘날에도 이런 베스트셀러가 또 등장하기 어려울 정도의 대단한 인기였지만, 저작권이 보장돼지 않은 형편에서 디포 본인의 수입으로 이런 인기가 연결되지는 않았다.

급기야 속편의 2쇄를 찍으면서 해적판을 적시하고 경고하는 문구를 달았으나, 별 효과는 없었다.

기왕에 상황이 이렇듯 혼란스럽다면 디포로서는 '로비슨 크루소 시장'에 신상품이나 하나 더 출품하는 게 낫다고 판단한 듯하다. 그리하여 1720년 8월, 그 전 해에 나온 속편이 그 제목에서 분명히 크루소의 "생의 두 번째이자 마지막 부분"이라고 밝혔음에도 불구하고, 『로빈슨 크루소의 생애와 놀라운 모험을 겪던 중에 한 진지한 명상록(*Serious Reflections during the Life and Surprising Adventures of Robinson Crusoe*)』이 나왔다. 이 두 번째 속편은 이후에 점차 무대에서 살아졌지만, 디포 사후 18세기 전반부까지 『로빈슨 크루소』 및 속편은 서점 진열대를 떠나지 않는 고정상품이 되었다. 그러다가 19세기로 들어가면서 점차 속편은 떨어져 나가도 『로빈슨 크루소』는 원래 처음 등장한 1권짜리 단행본으로 인식되고 정착되는 경향이 자리 잡았다.

오늘날 강단에서 교재로 사용되는 이 책의 판본은 대략 세 가지가 있다. 펭귄 본(Penguin Classics, John Richetti 편, 2001년), 노튼 본(Norton Critical Edition, Michael Shinagel 편, 1993년), 옥스퍼드 본(Oxford World Classics, 최근판 Thomas Keymore 와 James Kelley본). 이 중에서 전자는 텍스트 비평의 신뢰도가

떨어지는 편이나 노튼이나 옥스퍼드는 둘 다 1719년 초판본을 저본으로 삼고 있기에 신뢰도가 높다고 하겠다. 번역자는 이 중에서 옥스퍼드 본을 택했으나, 이 번역본의 원본을 대조하려는 독자는 노튼이나 옥스퍼드 본 어떤 쪽을 봐도 상관없을 것이다.

# 대니얼 디포 연보

**1660** 런던에서 태어나다. 출생 당시 집안의 성은 '디포'가 아니라 '포'로, 부친 제임스 포는 런던 시내에서 활동하던 비교적 부유한 양초 도매 업자였다. 디포가 태어난 해에 청교도 공화정이 종식되고 왕정이 복고되다.

**1662** 새로 복원된 왕정은 (디)포 집안 같은 비국교도들의 공직 진출이나 고등 교육을 제약하는 법을 제정하다.

**1674** 런던 외곽의 찰스 모튼 목사가 운영하는 장로교 학교에서 수학하다 (~1679).

**1681** 졸업 후 장로교 목사 생활을 심각하게 고려하나 결국엔 포기하다.

**1683** 런던 왕립거래소(오늘날 증권거래소의 전신) 인근에서 양말 도매업 자로 사업을 시작하다.

**1684** 메리 터플리와 결혼하다. 신부가 갖고 온 두둑한 지참금으로 이후 사업을 확대하다.

**1685** 구교도인 제임스 2세가 왕위에 등극, 이에 개신교도의 왕위 계승을 확립시키려는 '먼머스의 난(亂)'에 무기를 들고 동참하나 패퇴할 때 도주하다.

**1688** 명예혁명으로 제임스 2세가 폐위되다.

**1694** 영국은행 수립. 민간 주도 시장경제의 재정적 기반이 확립되다.

**1695** 관변 이권이라고 할 수 있는 세무 공무원직과 국가 복권 관리인직을 지내다. 이 무렵 성을 '디포'로 바꾸다. 언론출판의 자유가 확대되다.

**1697** 단행본 『기획에 대하여』를 출간, 영국 사회의 경제적 발전에 대한 '기획'을 제시하다.

**1701** 단행본으로 『진짜 토종 영국인』이란 운문 풍자시를 발표, 네덜란드 출신 윌리엄 3세를 옹호하다.

**1702** 윌리엄 3세의 사망에 이어 앤 여왕의 등극으로 권력의 중심이 보수파로 이동하다. 비국교도와 보수파들 간의 분란을 노린 『비국교도를 간편히 처치하는 법』이라는 팸플릿을 출간하다.

**1703** 『비국교도를 간편히 처치하는 법』의 저자 신원이 탄로나서 국기를 문란하게 한 죄로 구금되어 유죄 선고를 받고는, 런던 대로상에 칼을 씌운 채 세워두는 형벌을 치르다. 보수당의 실력자 로버트 할리의 개입으로 석방된 후, 상당 기간 동안 할리의 '요원' 생활을 하며 보내다.

**1704** 주 2, 3회 출간된 1인 정기간행물 내지는 신문 『리뷰』를 집필, 출판하기 시작하다(1713년까지 이어짐). 이 지면을 통해 매호마다 당대의 시사적 문제에 대한 논평을 개진하다.

**1706** 『빌 부인의 유령에 관한 실제 보도』를 익명으로 출간하다.

**1707** 잉글랜드와 스코틀랜드의 의회가 통합되어 명실상부한 '연합왕국'이 결성되고, 본격적인 자본주의적 '세계경영'과 식민지 개척의 기반이 마련되다.

**1709** 『대영국 통합 소사』를 출간, 이후 몇 년 간 각종 정치, 경제 문제를 다룬 팸플릿을 출간하다.

**1714** 하노버 공(公) 조지가 영국 왕으로 영입되어 조지 1세로 등극, 현재 영국 왕실의 원조가 되다.

**1715** 『가정생활 지침』을 출간하다.

**1716** 팸플릿 출간과 잡지 투고 등으로 생활하며, 여러 사업에도 손을 대

나 별 성공을 거두지 못하다(~1718).

1719 『요크 출신 뱃사람 로빈슨 크루소의 생애와 이상하고도 놀라운 모험』을 익명으로 출간하다. 같은 해 속편『추후 여행기』가 나오다.

1720 『로빈슨 크루소』류의 사실성을 사칭하는 일련의 '조작 서사'를 계속 익명으로 발표하다. 이 해에『왕당파 회고록』,『싱글턴 선장의 생애와 모험과 해적 수기』,『로빈슨 크루소의 생애와 놀라운 모험을 겪던 중에 한 진지한 명상록』등을 출간하다. 사상 최초의 대규모 증권 '작전' 사건인 '태평양 개발 주식회사' 사건이 터지다.

1722 『그 유명한 몰 플랜더스의 요행과 불행』,『역병 해 일기』,『참으로 훌륭한 잭 대령의 대단한 삶 이야기』등을 출간하다.

1724 『운 좋은 정부』(또는『록새나』로도 불림),『대영국 전역 여행기』제1권 (제2~3권은 각각 1725년과 1726년에 발행),『최신 세계일주기』등을 출간하다.『운 좋은 정부』를 마지막으로 '소설'은 더 이상 쓰지 않다.

1725 『영국 상인 교본』제1권을 출간하다(제2권은 1727년 발행).

1726 『유익한 기술을 발견하고 발전시킨 사례들의 일반역사』,『마귀의 정치사』등을 출간하다.

1727 『유령의 실상과 역사에 대하여』,『신 가정생활 지침』등을 출간하다.

1728 『영국 무역 제안서』를 출간하다.

1729 『영국 신사 교본』집필, 사후(死後) 1890년에야 출판되다.

1731 런던 시내 하숙집에서 사망, 비국교도들의 묘지였던 런던 시대 번힐 언덕에 안치 되다. 사인은 '무기력증'으로 기록되다.

# 새롭게 을유세계문학전집을 펴내며

을유문화사는 이미 지난 1959년부터 국내 최초로 세계문학전집을 출간한 바 있습니다. 이번에 을유세계문학전집을 완전히 새롭게 마련하게 된 것은 우리가 직면한 문화적 상황에 적극적으로 대응하기 위해서입니다. 새로운 을유세계문학전집은 세계문학의 역할이 그 어느 때보다 중요해졌다는 인식에서 출발했습니다. 오늘날 세계에서 타자에 대한 이해는 우리의 안전과 행복에 직결되고 있습니다. 세계문학은 지구상의 다양한 문화들이 평등하게 소통하고, 이질적인 구성원들이 평화롭게 공존할 수 있는 문화적인 힘을 길러 줍니다.

을유세계문학전집은 세계문학을 통해 우리가 이런 힘을 길러 나가야 한다는 믿음으로 만들어졌습니다. 지난 5년간 이를 준비하기 위해 많은 노력을 기울였습니다. 세계 각국의 다양한 삶의 방식과 문화적 성취가 살아 있는 작품들, 새로운 번역이 필요한 고전들과 새롭게 소개해야 할 우리 시대의 작품들을 선정했습니다. 우리나라 최고의 역자들이 이들 작품 속 한 문장 한 문장의 숨결을 생생히 전하기 위해 심혈을 기울였습니다. 또한 역자들은 단순히 번역만 한 것이 아니라 다른 작품의 번역을 꼼꼼히 검토해 주었습니다. 을유세계문학전집은 번역된 작품 하나하나가 정본(定本)으로 인정받고 대우받을 수 있도록 최선을 다했습니다. 세계문학이 여러 경계를 넘어 우리 사회 안에서 주어진 소임을 하게 되기를 바라며 을유세계문학전집을 내놓습니다.

## 을유세계문학전집 편집위원단 (가나다 순)
김월회(서울대 중문과 교수)
박종소(서울대 노문과 교수)
손영주(서울대 영문과 교수)
신정환(한국외대 스페인어통번역학과 교수)
정지용(성균관대 프랑스어문학과 교수)
최윤영(서울대 독문과 교수)

# 을유세계문학전집

을유세계문학전집은 계속 출간됩니다.

# 을유세계문학전집 연표